SUNBOY

SUN BOY

SUNBOY

GABRIELA PARAIZO

SUN BOY

1A EDIÇÃO, 2021

EDITORA EUPHORIA

CAPA
GABRIELA PARAIZO
NATHALIA BRANDÃO
ILUSTRAÇÕES
GABRIELA PARAIZO
IMAGENS LICENCIADAS - PNGTREE COMPANY
DIAGRAMAÇÃO
NATHALIA BRANDÃO
PREPARAÇÃO DE TEXTO
VITORIA ALMEIDA
REVISÃO
ANDRÉA SANTOS
EDU CARPENTER
ISABELLA LARAZONI
[2021]

SUNBOY, 1A EDIÇÃO, EDITORA EUPHORIA, 2021
CNPJ: 39.317.627/0001-06
CONTATO: EDITORAEUPHORIA@GMAIL.COM
SITE: WWW.EDITORAEUPHORIA.COM.BR
RIO DE JANEIRO — RJ

DADOS INTERNACIONAIS DE CATALOGAÇÃO NA PUBLICAÇÃO (CIP)
(CÂMARA BRASILEIRA DO LIVRO, SP, BRASIL)

PARAIZO, GABRIELA
SUNBOY / GABRIELA PARAIZO. -- 1. ED. -- RIO DE JANEIRO, RJ : EDITORA EUPHORIA, 2021.
ISBN 978-65-996021-8-4
1. LGBT - SIGLAS 2. ROMANCE BRASILEIRO I. TÍTULO.
22-108971 CDD-B869.3

Índices para catálogo sistemático:
1. ROMANCES : LITERATURA BRASILEIRA B869.3
ELIETE MARQUES DA SILVA - BIBLIOTECÁRIA - CRB-8/9380

Para todos aqueles que deram início às suas jornadas em uma tarde de sol.

ERICK CAPDEVILLE
ALAN PELLEGRINI
DIEGO FLORES

KAÍQUE YUICHIRO
ÍCARO RUSSO
ANTÔNIO CIDAVIL
SUN BOY

SUN BOY

Eu não sou o Sook

Sinceramente, eu prefiro a noite, pois é quando a maioria das pessoas entra para casa e meu caminho fica livre. Não que eu seja antissocial, apenas gosto de poucas pessoas.

Gosto do silêncio, da calmaria da noite, do brilho da lua, da *vibe*. É quando eu posso respirar, pensar na minha vida e no quão chata ela é. De dia, as pessoas estão sempre falando, é muito barulho, muito movimento. Eu me sinto sufocado. De noite, posso me sentar na varanda de casa e aproveitar a paz.

Por mim, seria sempre noite, a Lua sempre estaria cheia, as estrelas estariam sempre em suas posições e o silêncio continuaria. Mas o dia sempre vem, o Sol sempre nasce.

O Sol me irrita tanto. Sei que ele é preciso para a existência de todas as coisas. Mas ele precisa mesmo ser tão claro, forte e quente? Você nem ao menos pode olhar para o Sol para admirar a beleza dele.

Meu nome é Alan Pellegrini, tenho vinte e um anos, ensino karatê para crianças. Tenho poucos amigos, só dois, na verdade: Ícaro e Antônio. Moro sozinho desde que me tornei maior de idade, não falo com meu pai, mas converso bastante com minha mãe. Os dois separaram-se, e acho que a culpa foi minha. No meu país, infelizmente muitas pessoas ainda são contra a homossexualidade, e meu pai é uma dessas pessoas que despreza LGBTs. Já a minha mãe, esteve ao meu lado quando me declarei. Acredito que tenha sido esse o motivo da separação deles.

Eu sou um merda. Acho que posso me definir assim.

Estou apaixonado. Juro que estou. Ele é amigo do Antônio e tem o sorriso mais estranho e lindo que já vi na vida. Ah, meu coração quase pula para fora, quando vejo o Kaíque. Ele é tudo o que eu sempre quis, de verdade.

Ontem, eu saí com ele, fomos assistir a uma partida de *baseball*, depois andamos, sem muito rumo, até anoitecer.

— É aquela estrela ali, perto da Lua. — Tentei mostrá-la com o indicador. — A mais forte delas.

— Estou vendo — Kaí respondeu, com a boca aberta, como sempre.

— Então, não é uma estrela, é Marte — disse, e seus olhinhos se arregalaram.

— Está brincando? — Riu. — Eu nunca soube!

Depois disso, lhe contei uma lenda romântica que se passava na Lua, entre as estrelas, e Kaíque não deixou eu terminar direito, me fez parar de falar com um beijo.

Eu amo Kaíque Yuichiro.

Amo seus olhos, seus lábios, seu sorriso, suas orelhas saltadas, o tom de sua pele, a pinta do seu queixo, suas mãos e sua barriguinha.

Eu amo Kaíque.

Amo sua voz, seus sentimentos, seus pensamentos, seus beijos, amo fazer amor com ele, amo como ele faz eu me sentir. Amo até não restar nada de mim. Amo como nunca amei nada nem ninguém.

Dez meses com Kaíque. Por mim, seriam anos.

Mas certo dia, ele pediu para conversarmos e não me recebeu com um beijo quando cheguei ao local, como de costume:

— Alan. — Sua voz estava estranha. — Me perdoa.

— Pelo quê? — Ri de nervoso.

— Diga que entende — continuou, e seus olhos ficaram marejados.

— Entender o quê? — Ri novamente, mas por dentro eu estava uma pilha.

— Aconteceu... — Ele apertou minha mão. — Foi natural, eu não consegui controlar.

Não consegui responder. Meus olhos começaram a ficar quentes, e eu sentia que as lágrimas viriam em seguida.

Não, Kaíque.

— Eu te traí. — Ele finalmente disse.

Minha voz não saía. Eu fiquei, por severos dez minutos, sem conseguir pronunciar nenhuma palavra.

— Eu te perdoo — disse por fim. — Eu te amo... Não vou conseguir continuar sem você. Eu te perdoo, vamos esquecer isso.

Ele não me pareceu feliz ou aliviado.

— Não quero apenas perdão, Pelle. — Ele abaixou a cabeça por um momento. — Sei que vai doer... — Suspirou. — Você é incrível, o melhor

namorado que já tive, o melhor amigo... mas não te amo como homem. Eu amo ele. Quero ficar com ele.

Dez ligações do meu chefe, trinta ligações do Ícaro e oitenta ligações do Antônio.

Não atendi nenhuma.

Só precisava da ligação do Kaíque, mas justamente essa não apareceria em meu celular.

Garrafas de Corote pela sala, músicas tristes no *pendrive*, três dias sem tomar banho, dois sem comer, quatro sem sair de casa e cinco sem Kaíque. Vou perder meu emprego, mas quem se importa? Nem sei se quero continuar vivo.

Duvido que o outro cara amará o Kaíque como eu amo. O que fiz de errado? Fui o melhor possível para ele e não foi o suficiente. Eu deveria ir até a casa dele e perguntar o que é que o outro cara tem que não tenho.

— Mas, Kaíque, eu te amo! — Repeti pela milésima vez, com meu rosto doendo de tanto chorar. — Como você pode jogar tanto tempo de história juntos fora? Assim, do dia pra noite...

— Alan, vai embora! — Kaíque pediu, parecendo cansado. — Entenda, eu não te amo mais! São coisas que acontecem, nem todo casal nasceu pra ficar junto pra sempre.

Eu me ajoelhei no jardim de sua casa, abaixei a cabeça e não tentei mais controlar as lágrimas.

— Você ainda vai encontrar seu amor verdadeiro — Kaíque disse e preparou-se para fechar a porta. — Mas ele não sou eu.

— Pelle... — Antônio me abraçava, já na casa de Ícaro. Eles tinham ido me buscar no jardim de Kaíque. — Você precisa superar isso.

— Eu o amo — disse e segurei sua blusa mais forte.

— Mas ele não te ama, cara! — Ícaro voltou da cozinha com uma caneca na mão. — Aprenda uma coisa: se ele não te ama, uma hora ou outra, você também vai deixar de amá-lo. Almas gêmeas se amam para sempre... Se uma das almas deixou de amar, é porque vocês não nasceram um para o outro.

— Sua metade está por aí, Pelle... e não é o Kaí. Você precisa esquecê-lo. — Antônio pousou a mão em minha cabeça, passando a fazer carinhos em mim. — E também precisa tomar um banho.

— Antônio... — Choraminguei.

— Tudo bem, depois. — Ele continuou com os carinhos.

— Pega isso aqui. — Ícaro me entregou a caneca. — Bebe isso e relaxa.

— Vai tudo ficar bem — disse Antônio, e comecei a beber o chá, tentando afastar Kaíque dos meus pensamentos.

Mas eu o amo tanto.

Tomei o tal banho, que Antônio havia dito que eu precisava, e realmente me senti purificado depois de me lavar.

— Melhor? — perguntou Ícaro.

— Sim, obrigado. — Agradeci, um pouco envergonhado. — Obrigado aos dois.

— Você é nosso garoto. — Antônio me abraçou mais uma vez. — Vamos sempre cuidar de você.

— Agora, tenho que ir pra casa... Aquilo tá um lixo — disse. — E amanhã tenho que encarar meu chefe.

— Boa sorte. — Antônio me deu um sorriso solidário.

— Vai direto pra casa! — Ícaro me levou até a porta. — Nada de fazer visitinhas ao ex.

— Ícaro!!! — Antônio repreendeu-o.

— Valeu, gente. — Eu me despedi dos dois.

Quando cheguei a casa, fiquei das sete às onze horas da noite limpando aquele lugar. Senti-me até melhor na verdade. Deitei-me em minha cama. Meu corpo estava tão pesado, que quase gemi de prazer ao sentir o conforto do meu colchão. O sono estava prestes a me dominar por inteiro, quando BigBang começou a tocar, do nada, no apartamento do lado.

BANG BANG BANG ÀS ONZE DA NOITE, NO ÚLTIMO VOLUME, NA MINHA CABEÇA, HOJE, NÃO!

Esperei para ver se a música abaixava... mas nada!

Está na hora de agir feito uma velha rabugenta.

Levantei-me da cama e deixei meu apartamento, em direção ao vizinho. Primeiro, bati à porta gentilmente, mas ninguém atendeu; depois, bati um pouco mais forte, sem chance.

Será mesmo que o senhor Hélio, do apartamento 03, não está ouvindo todo esse barulho? É claro, sempre sobra para eu resolver os problemas desse lugar. Esmurrei a porta do apartamento 02, e enfim, alguém teve o bom senso de atender.

— Sook! — Um rapaz alto puxou-me pelo pulso para dentro da casa.

— Eu não sou o Sook! — Tentei me soltar dele antes de fecharem a porta, mas não consegui.

— Cala a boca, Sook! Estou bêbado, mas nem tanto! — Ele me deu um beijo na testa e me passou um copo de bebida. — Mas fala baixo que é pra não acordar os vizinhos!

Eu finalmente pude olhar em volta, e a casa não estava lotada, mas tinha umas vinte ou vinte e cinco pessoas, todas muito bêbadas.

— Sook! — Alguém surgiu em minha frente e me abraçou. — Não pensei que viesse!

— Meu nome é Alan! — Tentei explicar. — Sou o vizinho.

— É, e eu sou hétero. — Ele começou a rir. — Tá esperando o quê? Bebe logo.

— É que eu não...

Ele não me deixou terminar e empurrou, outra vez, o líquido do copo para mim.

— Vamos, vem dançar, Sook! — disse, depois de me fazer beber um pouco, e me puxou para o meio da sala.

— Sook, há quanto tempo! — Uma garota me deu um beijo na bochecha, e mais alguém bagunçou meu cabelo, chamando-me de Sook.

E no meio daquele bando de loucos, é... eu acabei bebendo. Eu não deveria, mas me cansei de dizer que não era o tal Sook e comecei a beber e a dançar, porque, afinal, estava carente e aquelas pessoas eram divertidas.

O problema é que fico bêbado muito fácil.

— Você não dançava tão bem, Sook — Alguém disse, e eu ri. Nem tinha tanta graça, mas estava alterado.

— Oh, Sook! — Uma garota ruiva passou o braço por meus ombros. — Senhor Capdeville está aqui. Não vai dar um olá?

Eu nem sabia quem era esse Capdeville, então não me preocupei, só ignorei e continuei a dançar.

Mal vi como as coisas se sucederam depois da meia-noite.

Acordei, depois de sentir uma movimentação ao meu lado, abri minimamente os olhos e senti minha cabeça doer como nunca. Eu estava deitado em uma cama e, pela janela, via o dia quase clarear.

Um rapaz, então, entrou no quarto, pegou uma camisa que estava na cama, vestiu-a e espreguiçou-se. Ele era, provavelmente, uns centímetros mais baixo que eu, usava uma calça preta e tinha cabelo loiro. E *wow*, era bonito pra caramba.

Mas eu estava cansado demais para pensar no que tinha acontecido, e minhas pálpebras voltaram a pesar. A última coisa que vi foi o rapaz saindo do quarto.

Apaguei de novo.

Acordei novamente, sentindo meu celular vibrar em meu bolso, ainda no mesmo lugar. Peguei-o e vi que havia muitas chamadas perdidas do meu patrão.

Levantei-me da cama em um salto, não acreditando que havia feito aquilo. Peguei meu casaco no chão, corri daquele quarto, tropecei em uma garota deitada no meio da sala e deixei aquele apartamento. Entrei em minha casa, fui direto buscar minha mochila, apenas tranquei a porta e corri para a academia.

Uma hora de atraso depois do meu patrão ter perdoado as faltas. Eu estava fodido.

Cheguei, quase totalmente sem ar, ao meu trabalho, apoiei as mãos nos joelhos para descansar e senti minha respiração voltar um pouco ao normal. Suspirei, prevendo um sermão de duas horas, e entrei na academia.

Podia ouvir os sons de comandos e golpes vindos do outro lado do lugar: eram da turma faixa verde. Segui o caminho até a sala do meu chefe, bati à porta apenas uma vez e ele me deixou entrar. Eu o cumprimentei formalmente e tentei não olhar diretamente em seus olhos.

— Alan, meu filho... — Ele coçou as pálpebras. — Sei que você está arrasado pelo tal término, mas quer ficar arrasado por perder o emprego também?

— Sr. Kentaro, me perdoe. Eu juro que não vai acontecer nunca mais — pedi e prometi.

— Alan, você ensina karatê às crianças... Precisa se concentrar, precisa estar atento, ensinar direito — Ele disse. — Artes marciais não são apenas lutas, há muito mais envolvido. Equilíbrio mental faz parte da arte marcial.

— Eu sei disso — disse-lhe. — Mas não é tão fácil. Não sei se vou conseguir superar esse término, e isso me deixa nervoso, me impede de pensar direito.

— Nem tudo na vida é eterno. Sei que amou muito aquele rapaz, mas se ele não te ama mais, é porque vocês dois não devem ficar juntos — Sr. Kentaro falou. — Aceite isso.

Outra vez aquela filosofia.

— Entendi — respondi, me sentindo desconfortável.

— Ou trabalha ou chora — Ele disse por fim. — Você escolhe.

— Eu preciso trabalhar, senhor.

— Vou te dar essa chance, porque também já perdi um grande amor. — Ele suspirou. — Agora, vá tomar um banho e se arrumar. A turma chegou há dez minutos.

— Obrigado, Sr. Kentaro! — Sorri, envergonhado, e deixei sua sala.

Fui até o vestiário, tomei um banho, sentindo minha cabeça latejar, por causa da ressaca, e vesti meu traje.

Enquanto me dirigia à minha sala, perguntei a mim mesmo quem estava cuidando das crianças enquanto eu me atrasava. Encontrei o Sr. Kentaro na porta da sala e parei para falar com ele:

— Quem está cuidando das crianças?

— Você passou tanto tempo fora que nem tive como avisar — Ele começou a dizer. — Contratei um ajudante. Ele auxiliará vocês por aqui, ou seja, se precisarem de uma mãozinha com a molecada, chamem ele.

— Okay. — Assenti com a cabeça. *Graças a Deus.*

— Vai lá — Sr. Kentaro deu um tapinha no meu ombro e voltou para o seu escritório.

Entrei em minha sala de aula, com o chão revestido de E.V.A.

— Bom dia — cumprimentei todas as crianças, que se inclinaram em uma saudação, e fui até o tal ajudante, que estava amarrando a faixa de uma garotinha. — Com licença.

— Ah, toda. — Ele se levantou e virou para mim.

Na mesma hora, meu cérebro pareceu entrar em choque. Havia dentro da minha cabeça uma memória muito recente desse rapaz. Ele arregalou um pouco os olhos, e vi suas bochechas corarem, mas não me lembrava exatamente de onde o conhecia ou por que era tão estranho estar perto dele. Eu, com toda certeza, já havia visto aquele rosto gordinho em algum lugar. Conhecia aqueles olhos, já tinha ouvido aquela voz.

— Erick *sensei* — A mesma garotinha o chamou. — Amarra de novo? Soltou.

Erick.

Erick!

Horas antes

— Eu te disse, Erick, o Sook está aqui! — A garota ruiva apareceu de novo, mais bêbada que antes e, dessa vez, acompanhada. — eu disse a ele que você estava aqui, Cap, mas ele nem deu bola. Eu não perdoaria!

Eu estava muito alto, mas conseguia reconhecer a expressão confusa no rosto do tal Erick.

— Tá, entendi, Camilla, pode sair. — Ele empurrou de leve a garota. — Então, você é o Sook? — Ele também estava um pouco bêbado, mas aparentava estar menos que o resto das pessoas.

— Eu nunca disse isso. — Comecei a rir e bebi mais um gole denso de vodca. — Essa gente doida que disse que eu sou ele!

— Você definitivamente não é o Sook. — Ele me olhou de cima a baixo.

— Isso é bom ou ruim? — perguntei, também o olhando de cima a baixo. *Droga, o que eu estava fazendo?*

— Depende muito. — Ele se aproximou um pouco mais. — O que me diz?

— Será bom. — Aproximei meu rosto do dele. — Se você mostrar o que seus lábios podem fazer.

Erick sorriu de um jeitinho inocente, mas quase podia ver chifrinhos rubros no topo da cabeça.

Eu estava fora de mim, não estava pensando em minhas ações, e aquele garoto dificultava as coisas. Tentei voltar à realidade, mas quando me deparei com o rapaz loiro à minha frente, quis fugir.

— Uh! — Ele pigarreou. — Sou Erick Capdeville.

Eu sei quem você é.

— Alan Pellegrini — cumprimentei-o desconfortavelmente.

— Vamos lutar. — Um pequenino tentou chutar o ar e tombou para trás.

Erick riu graciosamente e abaixou-se novamente para ajudar a garotinha de antes. Nisso, me afastei dele e fui até o armário de equipamentos. Eu não lembrava o que tinha que fazer ali, minha cabeça estava lenta. Creio que perdi uns cinco minutos apenas parado em frente ao armário, pegando e devolvendo equipamentos aleatoriamente.

Quando me virei, encontrei os alunos e Erick olhando-me, todos com as colunas eretas e mãos atrás do corpo. Eu me sentia ridículo, porque todos esperavam meus comandos, eu era a "autoridade", e minha voz simplesmente não saía.

— Bom. — Erick deu um passo à frente. — Onde nós paramos na última aula? Alan *sensei* se lembra?

Droga.

— Nós meditamos — Outra garotinha, com dois coques na cabeça, respondeu.

— Oh, sim! — Erick olhou para mim, esperando que eu seguisse, mas dei um passo para trás. — Okay. Turma nova, então não fizeram muitas coisas... O que fizeram nas outras duas aulas?

— Na primeira, estudamos os conceitos éticos e físicos do karatê — respondeu um dos garotos.

— E na outra nós aprendemos alongamentos precisos — A mesma garotinha dos coques disse.

— Conceitos, alongamento e meditação. — Erick contou nos dedos, se aproximou de mim e disse baixinho: — Você podia ter ensinado tudo isso em uma aula apenas.

— Meu pai quer ver uns golpes. — Um dos meninos simulou um soco no ar.

— Nos mostre, Alan *sensei* — Erick pediu, segurando o riso.

— Minha mãe acha que Alan *sensei* nem sabe lutar — Uma menininha disse, visivelmente receosa em dizer.

Segurei-me para não parecer chocado. Eu sei lutar.

— Aposto que Erick *sensei* sabe lutar — O garoto do chute disse, todo animado.

— Mostrem pra gente! — A pequena dos coques juntou as mãozinhas para pedir. — Por favor.

— Não é uma boa ideia — Tentei dizer.

— Está com medo do Erick *sensei*! — Um dos atrevidinhos disse. — Desculpe, Alan *sensei*, mas queremos ver!

— Qual é, *sensei*? — Erick disse isso para apenas eu ouvir, com a voz pidona e um sorriso levado nos lábios. — Não está com medo, está?

Garoto.

Ele estava me desafiando.

Nós nos posicionamos no meio do tatame, eu o cumprimentei e ele fez o mesmo. Inventei de pensar no que deveria fazer e não consegui desviar de um chute no ombro, seguido de um soco de mão aberta abaixo da orelha.

Desestabilizei-me, e Erick empurrou-me para trás, acertando um chute com a panturrilha em minhas costelas esquerdas, e eu quase caí, recebendo, em seguida, dois tapas no peito. Erick segurou meus ombros e acertou uma joelhada em minha axila esquerda. Para terminar, me empurrou para o chão e finalizou em minha nuca, com um chute com a parte da frente do pé.

Fiquei de joelhos no chão, com as mãos apoiadas no forro de borracha.

Não foi muito doloroso, mas Erick ganhou, e eu não consegui reagir a nenhum de seus golpes.

Vi o loiro inclinar-se para me cumprimentar, enquanto eu estava chocado e inerte. Olhei para as crianças, e todas estavam sentadinhas, de bocas abertas.

Erick ofereceu-se para me ajudar a levantar, e tive que aceitar, fazia parte. Não pude acreditar que um rapaz tão bom em karatê tinha mãos tão pequenas, macias e gordinhas.

— Vocês certamente conhecem esses golpes. — Erick sorriu para eles, mas em resposta, todos negaram com suas cabecinhas. — O quê? Não aprenderam nem um desses?

Negaram novamente.

— Não assistiram a nenhuma performance? — Erick ajoelhou-se para ficar mais próximo a eles. — Não sabem nada?

— Ah, nós assistimos a alguns vídeos no *youtube* — Uma garotinha disse, desanimada.

Eu me senti envergonhado. Muito envergonhado.

Ainda estava assustado com a agilidade de Erick. E acredito, realmente, que não tivemos um bom encontro nesta madrugada.

Erick colocou as crianças para correr e saltar pequenos obstáculos, para aquecê-los, e nós ficamos lado a lado, coordenando a garotada.

— Eu sei lutar — disse discretamente e, pelo canto do olho, pude ver Erick sorrindo, sem mostrar os dentes. — Você me pegou desprevenido. De ressaca.

— Também bebi bastante hoje. — Ele piscou para mim.

— Sou fraco pra bebida — Assumi.

— Eu vi. — Ele mostrou um sorriso forçado.

Eu tinha que perguntar.

— O que nós fizemos? — indaguei, com medo da resposta. — Não me lembro de nada.

Erick suspirou pesadamente, estalando o pescoço.

— Aqui não é um bom lugar — Ele finalmente disse.

Qual é?

— Podem parar! — disse Erick às crianças e abriu um sorriso para eles. Seus olhos sumiam quando sorria. Era *fodidamente* adorável. — Alan *sensei* — Ele quase ordenou, com os olhos, para que eu dissesse algo.

Suspirei. Precisava começar a ensinar alguma coisa aos pequenos.

— Vamos assistir e aprender sobre a performance mais básica do karatê — disse, e Erick sorriu para mim. — Erick sensei irá mostrar, e irei explicar o que ele está fazendo.

Erick cumprimentou-os formalmente, assumiu sua posição e realizou a performance rápida e perfeitamente, me deixando um pouco embriagado. As crianças estavam fascinadas.

— Agora, vou explicar cada passo — disse, e Erick tornou à posição inicial, realizando a performance em fases lentas, enquanto eu explicava o que ele estava fazendo.

Era um pouco complicado ter que me concentrar no corpo de Erick e explicar sobre os golpes ao mesmo tempo.

Droga, preciso tanto saber se fizemos alguma coisa enquanto estava bêbado.

Continuei a aula daquela forma. Enquanto Erick mostrava as ações, eu as explicava, e então, nós ensinamos alguns golpes iniciais às crianças.

Não acredito que perdi tanto tempo com cerimônias. Caramba, eu estava com saudade de ver a garotada cair e se levantar até realizar o movimento corretamente.

Erick ajudou muito. As crianças simplesmente ficavam vidradas quando ele começava a se movimentar. Talvez eu também ficasse, mas isso não vinha ao caso.

— Finalmente acabou. — Suspirei, assim que vi a última criança deixar a sala, e encostei-me na parede, sentindo meu cérebro latejar.

— Que disposição! — Erick disse com sarcasmo, enquanto recolhia os materiais fora do armário.

— Você não entende. — Eu me irritei um pouco com sua crítica. — Estou em uma fase complicada.

— Por causa do Kaíque? — perguntou, e arregalei os olhos.

— Como sabe? — Afastei-me da parede e me aproximei dele.

— Bom… — Erick fechou o armário. — Ugh... Você não se lembra mesmo?

— Não — lamentei, sentindo-me um idiota.

— Até onde se lembra? — perguntou, encarando-me, com as mãos para trás.

— Olha... — Senti minhas bochechas esquentarem. — Lembro-me de você com a tal Camilla... E aí, nós flertamos... Não me lembro de mais nada.

Como eu podia não me lembrar de seja lá o que fiz com esse rapaz? Ele é tão... nem sei.

— É porque não aconteceu nada. — Virou-se e deixou a sala, e eu fiquei parado, feito um poste.

Fui atrás dele, até o vestiário, e peguei-o pronto para tirar a calça, então me virei de costas.

— Pode explicar? — Pedi, ouvindo, em seguida, o som do chuveiro.

— Ah, bebê — Erick disse, com sua voz cansada. — Como posso explicar?

Olhei de soslaio e vi a imagem borrada de seu corpo através do vidro do box.

— Tente. — Sentei-me no banco, tentando não espiar muito o seu banho.

— Eu estava de joelhos. — Ele riu de forma lasciva. — Você estava realmente sexy. E duro.

Fechei meus olhos.

— Eu estava desamarrando o cordão da sua calça. — Eu o vi encostar a bunda no vidro do box, e meu corpo inteiro pulsou.

Droga, Erick, que bunda!

— E você estragou tudo. — Desencostou o bumbum do vidro e desligou a ducha. — Começou a chorar e a chamar pelo tal Kaíque.

Vai para o inferno, Alan!

Eu bati na minha própria testa, e ele se enrolou em uma toalha, deixando a parte de cima à mostra.

— "Ah, Capdeville" — Ele começou a me imitar dramaticamente. — "Eu amo tanto o meu Kaí, preciso tanto dele!"

— Que merda! — Senti uma vergonha terrível dominar meu corpo.

— "Eu vou morrer sem o meu Kaí". — Erick sentou-se ao meu lado. — Então, nós deitamos na cama... Você encostou a cabeça no meu ombro. — Ele me puxou pelo pescoço, delicadamente, e encostou minha cabeça em seu peito molhado. — Eu peguei minha garrafa de vodca e ouvi você chorar por umas duas horas, até dormir.

Diga-me que isso é brincadeira.

— Me desculpe! — Afastei-me minimamente dele.

— Tudo bem. — Ele sorriu, e no momento que o fez, assim, tão perto, foi como se as coisas à minha volta ganhassem mais cor. — Você fica bonitinho dormindo, mesmo com os olhos inchados e o nariz vermelho.

Senti meu rosto ferver novamente, e Erick levantou-se. Abaixei a cabeça, enquanto ele se trocava, e senti uma vontade enorme de enfiar um soco na minha própria cara.

Quando você vai sair do meu coração, Kaíque?

Deixei a academia horas depois, após passar o resto da tarde revendo os compromissos do mês e checando as presenças dos alunos.

Quando coloquei meu pé na rua, vi Erick subir na moto de um cara, depois de lhe dar um selinho. Ele, então, me avistou, sorriu e acenou. Em seguida, ambos partiram.

Acho que foi bom não termos feito nada na noite passada.

Fiz meu caminho até a casa e, assim que deitei na minha cama, senti como se tivesse levado um soco. Bom, eu realmente levei, Erick derrubou-me tão fácil.

Meus olhos estavam quase se fechando quando ouvi meu celular tocar, e bufando, atendi:

— Não tive uma noite muito boa, Antônio — avisei e ouvi-o rir.

— *O vizinho fez muito barulho?* — perguntou, e quase desconfiei que ele soubesse alguma coisa.

— Eu fiz merda — contei.

— *E a novidade?* — Ouvi Ícaro perguntar, um pouco mais afastado.

— falei *pra você ir pra casa.* — Antônio soou como uma mãe.

— Fui — Eu me defendi. — Mas o vizinho deu uma festa, e eu... eu...

— *Você... você...* — Antônio riu. — *Te conheço, Alan! Tava carente, decidiu beber, você fica bêbado em cinco minutos e blá, blá, blá.*

— E blá, blá, blá? — Resolvi contar o que aconteceu. — Você não tem noção do quão otário eu fui hoje!

— *Só hoje?* — A voz de Ícaro surgiu novamente.

— *Conta, garoto...* — Antônio prosseguiu. — *O que houve?*

— Houve que eu ia receber um oral de um dos caras mais gostosos que já vi na vida e, na hora H, comecei a chorar pelo Kaíque! — disse tudo de uma vez.

Eu esperava palavras de consolo dos meus grandes amigos, mas só recebi gargalhadas que quase me fizeram ficar surdo. Revirei os olhos intensamente, respirando fundo.

— *Ai, que trouxa!* — Ícaro disse, ainda rindo.

— *Você é muito idiota, Pelle* — Antônio continuou.

— Muito obrigado por me fazer ter certeza do que eu já sabia. — Enfiei a cara no meu travesseiro.

— *Que vergonha!* — Ícaro ainda parecia lesado das gargalhadas. — *Ainda bem que você nunca mais vai ver ele, não é?*

— *Pelo menos, isso.* — Antônio suspirou.

— Na verdade... — Fechei os olhos para dizer. — Descobri hoje que ele está trabalhando na academia.

— *Ah, vai se foder, Alan Pellegrini* — Ícaro protestou do outro lado.

— *Que merda!* — disse Antônio em seguida.

— Estou me sentindo bem melhor agora. — Dei um sorriso falso, mesmo que não pudessem ver.

— *Mas ele é mesmo tão gostoso assim?* — Ícaro perguntou.

— *E você quer saber por quê?* — Antônio perguntou, e ouvi o estalo de um tapa.

— *Caramba! Era só pra saber quão otário o Alan foi!* — Ícaro defendeu-se, e eu fiz uma cara de dor.

Só de imaginar o prazer que aquela boca do Erick me proporcionaria, fico triste.

— *Muito gostoso?* — Antônio perguntou, parecendo lamentar por mim.

— Muito, muito, muito gostoso mesmo — choraminguei de verdade. Queria que um trem passasse por cima de mim.

— *Burrão* — Ícaro disse, por fim.

No dia seguinte, eu acordei cedo, tomei um banho decente e exercitei-me no quarto. Teria que encarar mais um dia de trabalho ao lado de Erick, então tinha que fazer bem, sem passar vergonha, e começar a ensinar alguma coisa de verdade.

Caminhei, sem muita pressa, até a academia e encontrei colegas na porta.

— O Capdeville vai ficar na sua turma hoje? — Um dos professores perguntou.

— Não sei — disse com sinceridade. — Mas acho que sim.

— Droga! — O menor dos professores lamentou. — Aquele cara é muito bom, ele entra na sala e a molecada cala a boca. Ficam mansinhos enquanto ele fala.

— É verdade — O mesmo professor de antes disse. — Estou com uma turma terrível, e quando o Capdeville chega, eles viram uns anjinhos.

— Meus alunos também adoram ele — O mais velho entre nós disse.

Ótimo.

Iniciei minha aula com a mesma turma do dia anterior. Erick chegou um pouco mais tarde, na hora em que eu alongava as crianças, e quando elas o viram, pareceram ficar mais animadas.

Meus parabéns, Erick, todo mundo o adora!

— Bom dia! — Eu o vi cumprimentar todos nós, com seu belo sorriso nos lábios.

Como não o adorar?

— E aí, *sensei?* — Aproximou-se de mim, com o rosto iluminado de charme. — Dormiu bem?

Não, fiquei pensando no quanto você é bonito e na oportunidade magnífica que eu perdi de receber um oral seu.

— Muito bem! — Sorri de volta.

Iniciamos a aula, então, continuando a explicação das performances e dos golpes. Às vezes, eu me perdia na perfeição de Erick, ao executar os passos, e na sua graciosidade ao sorrir para a gente.

— Vai ter revanche? — Um dos garotos perguntou, depois de terminarmos de ensinar a eles uma sequência simples.

— Isso é considerado falta de disciplina — Erick disse, mostrando seu descontentamento com o comportamento do menino. — Não deve tratar seu *sensei* assim.

— Desculpe, Erick *sensei.* — O garoto encolheu-se.

— Estou falando do Alan. — Erick olhou para mim. — Devem respeito a ele, o mestre de vocês.

— Desculpe, Alan *sensei.* — Inclinou-se ao dizer, e eu acenei.

— Tudo bem.

— Mas e aí, revanche? — perguntei quando Erick voltou ao meu lado.

— Eu acabei de te defender. — Erick beliscou meu braço discretamente. — E ouvi você chorar pelo Kaí...

— *Não está com medo, está?* — Eu lhe devolvi a pergunta que me jogou no outro dia. — Agora, Erick *sensei* e eu iremos demonstrar alguns desses golpes um com o outro. Como um combate.

Pude ver a excitação nos olhos das crianças, que queriam ação.

— Me mostra o que sabe, mestre. — Erick sorriu, enquanto mordia o lábio inferior, e se posicionou no meio do "tatame".

Nós nos cumprimentamos e iniciamos o combate. Eu o empurrei, acertei um soco de mão aberta no ombro e recebi, então, chutes nas costelas e no ombro, levei uma rasteira, um soco com o antebraço na nuca e, por fim, um chute com a panturrilha na boca do estômago.

Vai à merda, Erick!

Fiquei no chão por um momento, chocado com a rapidez dele para me derrotar. Ele, sorrindo graciosamente, como uma *miss*, inclinou-se, cumprimentou-me e ofereceu uma das mãos para me ajudar a levantar. Irritado, recusei a ajuda e levantei-me sozinho.

— Pausa, vão tomar água — disse aos garotos, e eles foram.

— Quer água também? — Ouvi Erick perguntar e bufei.

— O que eu te fiz? — perguntei de vez. — O que eu te fiz pra você me humilhar na frente dos garotos?

— Mas eu nem peguei pesado. — Riu, e rolou os olhos. — Me desculpe, eu estou frustrado.

— Com o quê?

Em minha mente, não havia motivos para ele estar frustrado comigo.

— Veja bem, Alan. — Erick desamarrou a sua faixa preta, que estava frouxa, e deixou o peitoral definido à mostra. — Eu cheguei àquela festa, todos me disseram que o Sook estava lá, e eu estava com tanto tesão nele. Quando vi, era você.

Eu me senti ofendido.

— O tesão aumentou. — Amarrou a faixa novamente. — Eu queria tanto foder com você.

Senti minha boxer apertar e desviei o olhar dele.

— E aí, você fez aquela cena. — Suspirou, dramático. — Esse Kaíque deve ser mesmo incrível, pra você começar a chorar por ele quando eu, Erick Capdeville, estava ajoelhado na sua frente.

— Eu já pedi desculpas. — Pisquei lentamente, me sentindo impotente.

— Eu já te desculpei. — Erick sorriu para mim.

— Por que está frustrado, então? — Minha voz soou cansada.

— Porque você pediu desculpas. — Erick rumou à porta. — Não fez nada além de pedir desculpas. — Preparou-se para sair. — Foi isso que me deixou frustrado.

E saiu, me deixando parado como uma estátua.

E só saí do meu transe quando as crianças voltaram.

— O que acha que ele quis dizer com isso? — perguntei ao Antônio pelo telefone, enquanto comia um sanduíche no meio da tarde, na academia.

— *Você é burro assim naturalmente ou se esforça?* — Antônio falou do outro lado, e arregalei os olhos.

— Antônio! Me ajuda, caramba! — Pedi e tomei um gole do meu suco.

— *Se uma pessoa reclama que você não fez nada, além de tal coisa, o que ela quer que você faça?* — Antônio perguntou, como se fosse óbvio.

Olhei pela janela da sala do café, tentando procurar a resposta à minha volta, mas tudo que via era o clarão do Sol.

— Não faço a mínima ideia. — Desisti e fechei a cortina da janela. Estava quase ficando cego.

— *Vai se ferrar, Alan.* — Ouvi Antônio bufar de estresse. — *Garoto, me escuta!*

— Estou escutando — resmunguei, irritado.

— *Ele não quer mais desculpas* — Antônio quase gritou. — *Ele já te desculpou por você ser um tremendo vacilão.*

— O que ele quer, então? — Suspirei.

— *Ele quer que você faça alguma coisa, Alan* — Antônio respondeu, e eu fiz uma careta descrente. — *Ele quer que você peça desculpas com uma foda!*

Eu quase me engasguei com aquilo.

— *Garoto, ele disse que estava com tesão em você.*

Eu quase podia vê-lo revirar os olhos.

— *Não sei como ele poderia deixar mais claro.*

Droga, Antônio!

— Eu não vou transar com ele — respondi imediatamente.

— *Ele ia te chupar noite passada* — respondeu na hora.

— Eu estava bêbado. — Mordi meu sanduíche com raiva.

— *Ah, Alan!* — Sentia que Antônio queria dar um tapa na minha cara. — *Qual o problema de fazer sexo com ele?*

— O problema é que trabalhamos no mesmo local — disse-lhe o óbvio. — Se transássemos, não iríamos namorar, porque não estou pronto, e ficaria mais estranho ainda trabalhar ao lado dele.

— *Falando desse jeito, até parece que você é passivo* — disse Antônio, suspirando em seguida.

— Cala a boca — pedi. — Não é certo transar com o Erick, sendo que ainda amo o Kaíque... Seria como usá-lo.

— *Ah, chegamos ao real motivo.* — Antônio parecia realmente estressado. — *Kaíque!*

— Mas eu o amo, Antônio! — Senti meu coração apertar. — Amor não acaba da noite pro dia.

— *Alan, meu filho!* — Antônio respirou fundo. — *Sai dessa! O Kaí tá feliz com o novo namorado, tá rindo como se tivesse ganhado na loteria. Ele tá lá, nas nuvens, namorando um cara legal pra caramba!*

Quase me engasguei novamente.

— Você conhece o novo namorado dele? — Meus olhos estavam quase saltando da cara. — Como ele é?

— *Não inventa!* — Antônio quase rosnou para mim.

— Eu preciso saber, Antônio! — Implorei. — Me fale dele!

— *Não adianta, Pelle!* — Soou como uma mãe furiosa. — *Não vou falar nada sobre o Luan!*

— Luan? — Mordi meu sanduíche com nervosismo.

— *Alguém cala a minha boca?* — Antônio choramingou no telefone.

— Vamos, Antônio, me fale dele — pedi mais uma vez.

Um momento de silêncio total.

— *Okay!* — Antônio suspirou, derrotado. — *Mas prepare-se para o que vai ouvir.*

— Fala logo.

— *Olha.* — Antônio pareceu parar para pensar no que diria. — *Ele é lindo. Ele é lindo de rosto, de corpo, de jeito. É lindo. O garoto faz todo mundo rir, é adorável, inteligente, sensível... e faz o Kaíque feliz.*

Eu me senti tão deprimido.

— *Você também fazia o Kaí feliz, eu sei.* — Dessa vez, ele parecia lamentar. — *Mas com o Luan é, sei lá, mais profundo, mais natural. O Kaí não consegue parar de sorrir pra ele, os olhos dele brilham daquele jeito... E como não brilhariam? Pelle, se você conhecesse o Luan, também se apaixonaria.*

Onde é a ponte mais próxima daqui?

— *O Luan é iluminado, pra cima. Ele e o Kaí parecem duas crianças juntos. É lindo de ver.*

— Porra, Antônio — disse e sequei meu olho, que começava a umedecer por conta de lágrimas que queriam brotar.

— *Você pediu* — Antônio falou com aquele tom de "eu te avisei".

— Eu nem conheço esse Luan e quero dar pra ele. — Enfiei o último pedaço do sanduíche na boca, irritado. — Que droga!

— *Segue em frente, Pelle* — pediu Antônio. — *O Kaíque tá feliz. Seja feliz também.*

Um pouco antes das cinco, eu deixei a academia. Meu rosto estava doendo, porque chorei na sala do café, lembrando-me dos meus momentos com Kaíque. Ele sorria comigo, passeava, brincava comigo, dormia, transava comigo. Agora, está fazendo tudo isso com outro cara.

— Tenha uma boa noite, Alan. — Erick passou por mim na porta. Eu não o vi a tarde inteira.

— Você também — disse baixo, esperando que nem ouvisse.

Ele parou em um ponto de ônibus próximo à academia, e eu comecei meu caminho para casa.

Apenas comecei.

As palavras de Antônio não saíam de minha cabeça, tanto sobre o que Erick queria dizer, como sobre o novo namoro do Kaí.

Kaí está feliz com o novo namorado.

Voltei um passo atrás, atravessei a rua e fui em direção ao Erick.

— Ei! — Parei ao lado dele, com as mãos nos bolsos de minha calça preta. Ele sorriu para mim, com o cabelo loiro um pouco úmido e a camisa branca caindo muito bem nele. — Vai de ônibus?

— É o jeito — respondeu sem olhar para mim, mas ainda sorrindo.

— E seu namorado? — Arrisquei.

— Oi? — Erick riu.

— O cara da moto. — Ajeitei minha touca na cabeça, me sentindo envergonhado.

— Ah, o cara da moto! — Pareceu parar para pensar. — Ele é só um cara de moto.

— Ah! — Eu não sabia o que ele queria dizer novamente. — Uau!

— Você não precisa namorar para poder transar — disse Erick, ainda sem me encarar.

Havia um clima estranho entre nós. Ele não me olhava, mas não parava de sorrir, e eu o olhava, mas não estava sorrindo.

Peguei meu celular e enviei uma mensagem ao Ícaro:

> **Erick acabou de me dizer que não é preciso namorar para transar. O que significa? — AP**

— Vai de ônibus também? — Finalmente me olhou, depois de suspirar, aparentemente cansado. — Pelo que eu sabia, sua casa era ali perto.

— Não — respondi. Eu nem ao menos sabia por que estava ali. — Só... Só...

Meu celular vibrou na minha mão.

Você é burro assim mesmo ou fez curso? — Ícaro

— Só...? — Erick tirou-me de meu transe.

— Ah... — Sentia minhas mãos suarem.

Eu não era bom em conversar com as pessoas. Só consegui me aproximar de Kaíque porque tinha Antônio e Ícaro de apoio sempre que nos víamos. Meus outros relacionamentos foram coisas bobas, mal trocávamos palavras.

Chegou outra mensagem:

Você é burro assim ELE ESTÁ TE DANDO O MAIOR SINAL VERDE DE TODOS OS TEMPOS, GAROTO! ELE QUER FICAR COM VOCÊ SEM COMPROMISSO! O QUE MAIS VOCÊ PODERIA PEDIR? — Ícaro

— Meu ônibus! — Erick desencostou-se do pilar de ferro do ponto e foi até a beirada da calçada.

Mais uma mensagem:

Não erra esse pênalti, pivete! — Ícaro

Vi Erick acenar para o ônibus parar.

— Boa noite, Alan! — Sorriu, com menos brilho que todas as vezes.

O ônibus parou.

— Erick. — Segurei seu pulso, impedindo-o de entrar no transporte.

O ônibus seguiu em frente.

— É melhor você ter um bom motivo. — Erick virou-se para mim e pretendia ser sério, mas eu podia ver um sorriso contido.

— Eu tenho. — Puxei-o para mim, segurei sua cintura, colando seu abdômen ao meu, e rocei meus lábios nos dele, inalando o cheiro de laranja que emanava de sua pele. Suas mãos pousaram em meus ombros, e juntei nossas bocas.

Senti seus lábios fartos, levemente molhados, se movendo lentamente entre os meus, com o gosto de bala de framboesa e a textura gostosa de sua pele.

Avancei com minha língua, encontrando a sua, e foi como se o contato finalmente conectasse nossos corpos, fazendo eu me sentir quente. Podia dizer que Erick era a ponta positiva do fio de alta voltagem, e eu, a negativa.

Um arrepio denso e demorado correu por meu corpo, enquanto o beijo sincronizado, lento, mas sensual, acontecia. Seus dedos moviam-se por meus ombros como se tocassem piano, e sua língua pincelava a minha.

Estávamos sem ar quando fomos interrompidos pela aproximação de alguém. Virei minha cabeça lentamente para ver quem havia estragado o momento, ainda desnorteado e grogue.

Era uma garota, com uma máquina *polaroid* na mão.

— Oh, Deus! — Escondeu a câmera atrás do corpo. — Me desculpem!

— Tirou uma foto de nós dois? — perguntei, e a garota assentiu, com as bochechas em um rosa forte. Erick escondeu o rosto na curva de meu pescoço, rindo.

Eu quase morri com esse ato.

— Uma não, duas. — Ela abaixou a cabeça. — Não queria atrapalhar... mas estava lindo demais para não registrar. Perdão.

— Te perdoo — Erick finalmente disse. — Se me der uma das fotos.

A garota lhe entregou a foto e saiu correndo em seguida. Gente!

— Fica pra você. — Erick sorriu, mordendo o lábio, radiante novamente, me deu a foto e beijou-me na bochecha. — Boa noite.

Eu nem vi que outro ônibus estava chegando, e desta vez, ele entrou.

Eu fiquei parado lá, com a foto na mão, os lábios latejando, uma sensação de brisa no estômago e semiereto.

Porra, Erick Capdeville.

Erick Capdeville é o Sol

No dia seguinte, eu não vi o Erick durante o dia todo. Ouvi dizer que ele estava ajudando um outro professor.

Queria pedir ao sr. Kentaro que Erick fosse apenas meu ajudante, mas jamais faria isso.

— *Então, você o beijou?* — Antônio soltou gritinhos no outro lado da linha. — *Ah, garoto! Esse é meu bebê!*

Eu estava na sala do café novamente, dessa vez comendo uma pera.

— Argh, Antônio! — Senti meu rosto esquentar. — Não sei se fiz a coisa correta... E se ficar estranho entre nós?

— *O cara foi àquela festa atrás do tal Sook, mas ficou afim de você. No mesmo dia, saiu com outro cara...* — Antônio começou, e eu esperava mesmo que ele não fosse insultar o Erick. — *Acho que não existe clima estranho pra ele.*

— Mas eu me sinto esquisito. — Encostei a cabeça na parede. — Sonhei com o Kaíque.

— *Ah, vai plantar batata!* — Antônio respondeu. — *Tenho que citar novamente todas as qualidades do novo namorado dele?*

— Não! — Quase gritei.

— *Então, para com essa merda.* — Ouvi Antônio bater na mesa. — *Pega logo o Erick! Preciso voltar ao trabalho! Trouxa!* — E desligou.

Eu continuei meu lanche e voltei ao meu trabalho também.

No fim da tarde, deixei a academia, cansado. Era difícil controlar a turma sem aquele loiro.

Estava pondo meus fones de ouvido, pronto para dar *play* em minha *playlist* do Topp Dogg, quando avistei Erick e o cara da moto novamente.

Realmente, não existe clima estranho para ele.

Mas ao invés de beijar o cara, Erick lhe deu um tapa forte no braço, e só então, vi que o outro segurava o pulso dele.

Eu me agachei para fingir que amarrava o cadarço, apenas para ver como seguiria a situação dos dois.

— Eu não quero ir! Me solta! — Erick tentava se soltar.

Não podemos usar o karatê em qualquer situação, acho que por isso ele ainda não tinha derrubado o cara.

— Vamos, Erick! — O cara puxou-o agressivamente.

Okay.

Fui até eles, sem muita pressa, e parei próximo aos dois. Erick estava de costas para mim.

— Tá parado aí por quê? — O cara da moto perguntou, e Erick se virou o máximo que pôde para me avistar.

— E você, tá insistindo por quê? — Mandei, me aproximando. — Quando uma pessoa diz "não", significa "não".

— É melhor cair fora. — O cara puxou Erick para perto.

— É melhor *você* cair fora — avisei.

— E por quê? — O cara arqueou as sobrancelhas.

— Porque não é assim que se trata uma pessoa — eu disse. — Solte-o, ou chamarei a polícia.

O cara me encarou com raiva nos olhos, mas soltou Erick, e eu o puxei, com delicadeza, para perto de mim.

— Pela última vez — Erick pronunciou-se, direcionando a palavra ao cara. — Não temos nada. Não quero mais te ver.

E ele ligou a moto, nos deu uma encarada mortal e partiu.

— Droga! — Erick bateu o pé no chão, parecendo envergonhado. Era estranho vê-lo sem uma linha de alegria no rosto.

— Você está bem? — Massageei seu pulso no local em que o cara havia segurado, e estava com manchas vermelhas.

— Estou. — Finalmente sorriu, com as mechas loiras caindo sobre sua testa. Era angelical. — Obrigado pela força.

— Que babaca! — Olhei na direção que o cara havia seguido. — Vai de ônibus hoje?

— Estava pensando em caminhar. — Piscou os dois olhinhos para mim.

Ahh!

— Quer que eu te acompanhe? — Abaixei a cabeça depois de perguntar.

— Não. — Sorriu e beijou meu rosto. — Tchau. — E começou a andar.

Eu fiquei parado, de boca aberta, enquanto ele partia.

— Eu estou brincando — gritou pra mim. — Venha!

Eu corri para alcançá-lo, peguei-o rindo e revirei meus olhos, mas ri também, de forma contida. Começamos a caminhar, lado a lado, sem falar por um tempo. Ele faz com que eu me sinta um garoto virgem do colegial. E odeio essa sensação.

— Gosta de caminhar essa hora? — perguntei. Estava sem assunto e nervoso.

— Qualquer hora do dia. — Erick sorriu, ou não havia desfeito o sorriso de antes. — Eu gosto do Sol.

Ew. Mas, droga, combina com ele, e isso não soa mal.

— Ah! — Sorri, sem graça. — Prefiro a noite.

— Ai, que gótico! — Deu-me uma cotovelada leve. — Você lembra a Lua.

— Eu brilho? — Sorri, convencido.

— Você é muito pálido — respondeu, e desfiz meu sorriso. — Mas, tá, se prepare para a cantada genial que eu criei agora.

— Ah, Deus! — Fechei os olhos, temendo pelo que ouviria.

— Alan! — Paramos em um parque pouco movimentado, e Erick olhou em meus olhos. — Eu não gosto da noite... mas com você, passaria mil e uma noites.

No primeiro instante, eu fiquei em silêncio, encarando-o, e então, comecei a rir como um idiota, e ele escondeu o rosto com a mãos.

— Ei! — Empurrei-o contra uma árvore, e ele tirou as mãos do rosto. Em seguida, juntei meu corpo ao dele, e ele me segurou a barra de minha camisa.

Eu o beijei, e diferente de ontem, dessa vez foi com mais necessidade: segurei seu rosto com minhas mãos e comandei o beijo. Seus lábios cheios contra os meus criavam sons, e sua língua na minha fazia a boca do meu estômago borbulhar.

— E aí? — Passei o beijo para seu maxilar. — Quer passar a primeira das mil e uma noites comigo amanhã?

Erick sorriu e abaixou a cabeça.

— Melhor não — Ele disse enquanto brincava com a gola de minha camisa. — E desta vez, eu não estou brincando.

Fiquei confuso.

— Sei que realmente quero transar com você. — Ele seguiu o contorno do meu queixo com os dedos. — Mas não vai ser tão fácil.

Maravilha. Do que ele está falando?

— Não estou falando pra gente sair pra transar. — Rolei meus olhos. — Vamos pegar um bar, uma boate, um restaurante, sei lá, qualquer coisa...

— Não precisa de tudo isso, Alan. — Desvinculou-se de mim, se afastando da árvore. — Eu tô acostumado, okay? A gente só precisa transar, não precisa fingir que gosta de mim e blá, blá, blá... Eu só quero esperar um pouco.

Droga, Erick.

— Mas eu não... — Tentei dizer, e ele me deu um beijo.

— Tchau, baby! — Sorriu para mim e seguiu até o ponto de ônibus, no qual logo pegou o transporte.

Eu realmente queria apenas sair com ele. Merda.

— Que triste! — Antônio disse-me. Eu estava em sua casa, derramado em seu sofá, e Ícaro estava com um jornal na mão, sentado em uma poltrona. — Sabe o que significa, não é?

Eu contei o que Erick dissera.

— Não — falei como se fosse óbvio.

— Por que não estou surpreso? — Ícaro abaixou o jornal somente para rolar os olhos para mim.

— Alan. — Antônio suspirou. — Isso significa que ninguém quer namorar com o Erick, que só transam com ele.

Oh!

— E é por isso que ele lhe sugeriu sexo sem compromisso — Ícaro deu continuidade. — Porque já imaginava que você não queria nada sério mesmo.

— E considerando que você chorou pelo seu ex na cara dele… — Antônio deu um sorriso amarelo para mim.

— Mas...

Perdi as palavras.

Eu estava confuso, não sou do tipo que só pega a pessoa por uma noite e age como se nada tivesse acontecido. Eu queria sentir o Erick, porém não sou esse tipo de cara, mas também não quero algo sério, porque ainda amo muito o Kaíque.

É, acho que meus problemas amorosos não se resolverão enquanto eu não deixar de amar esse homem. Mas quando isso acontecerá? Sinto tanta saudade do toque dele, da voz, do sorriso, da risada...

— Você tá chorando, Pelle? — Antônio pousou a mão no meu ombro.

— Não. — Fiquei confuso. — Estou?

— Sim! — Antônio limpou as lágrimas em minhas bochechas. — No que está pensando?

— O certo é em "quem" — Ícaro corrigiu. — Cara, esquece o Kaíque, pelo amor de Deus.

— Vocês agem como se fosse fácil — irritei-me. — Eu realmente o amo, amo tudo nele, amo mais do que a mim mesmo.

— Oh, Deus! — Antônio pareceu exausto.

— Ícaro. — Levantei-me. — Como você ficaria se o Antônio terminasse com você de uma noite pra outra?

Eles ficaram em silêncio.

— Não é fácil. — Deixei mais lágrimas escaparem. — Não é fácil saber que o cara que eu amo está amando outro. E pior: o outro é aparentemente muito melhor que eu.

— Não foi isso que eu disse — Antônio tentou se defender.

— Eu saquei, tá? — Peguei minha mochila. — Kaíque prefere o outro cara... porque eu não o fazia feliz, era somente ele que me fazia feliz. Eu não sou bom em fazer as pessoas felizes.

— Alan, espera. — Ícaro foi atrás de mim, enquanto eu ia à porta.

— É por isso que eu o amo mais do que ele me ama — disse, tentando controlar o choro. — Porque só ele me fazia feliz, eu não conseguia fazer o mesmo por ele. — E deixei a casa de Antônio.

É o direito de Kaíque querer ser feliz.

Não fui para casa, comprei um litro de batida, parei em uma pista de *skate* vazia e fiquei assistindo ao céu, às estrelas piscando sobre minha embriaguez e à lua brilhando borrada. Lembro-me de pegar o celular e discar o número do Kaí.

— *Vá para casa e durma.* — Lembro-me da voz dele dizendo.

Mas eu o amo.

— *Pare com isso, Alan.* — Ele parecia tão cansado.

Mas eu te amo, Kaíque.

— *Isso vai passar. Pare de beber!* — disse. — *Viva sua vida... Você é jovem, é bonito, não é muito inteligente, mas é bom de coração. Encontre outra pessoa.*

Eu te amo, Kaí... e dói tanto.

— Esse Kaíque deve ser muito, muito gostoso. — Acordei com aquela voz. — Que *bad*, hein.

Erick.

Levantei-me, assustado, com minhas costas doendo e a cabeça latejando.

— O que... — Tentei massagear minha cabeça. — Como você...?

— Moro naquele prédio ali. — Erick apontou para um prédio grande, em frente à pista de *skate*. — Uma vizinha disse que tinha um mendigo dormindo aqui e deu-me uns pães para que eu lhe oferecesse.

Entregou-me um pacote com pães, e eu pude reparar como estava vestido e como estava bonito, com uma camisa branca e uma calça preta.

— O senhor não tem trabalho ou não tem família? — Pôs a mão em meu ombro, me olhando de forma solidária, e eu acabei rindo. — Cheguei aqui faz uns dez minutos... Você estava chamando pelo seu ex.

— Que merda! — Abaixei minha cabeça e cocei meu couro cabeludo.

Parabéns, Alan!

— Batida? — Erick pegou a garrafa derramada ao meu lado. — Tá mal mesmo...

Então, lembrei que tinha que ir trabalhar.

— A academia. — Levantei-me rápido e quase tombei por causa da tontura, mas Erick me segurou. — Estamos atrasados... Eu...

— Ainda são sete da manhã. — Ele me ajudou a me manter em minhas pernas. — E hoje é sábado.

Ao ouvir o que ele disse, primeiro não consegui acreditar, e então, sorri, aliviado.

— Minha cabeça está doendo tanto. — Gemi. — Não sei o que me deu... de novo.

— É a saudade? — Erick soltou-me aos poucos. — Saudade do Kaíque?

Eu fiquei em silêncio, sentindo meu rosto esquentar.

— Você até chorou enquanto dormia. — Pôs as mãos nos bolsos da calça e forçou um riso. — Ama mesmo ele, não é?

Eu não sabia o que dizer.

— Ele está com outro cara. — Pigarreei, me sentindo desconfortável. — Um cara melhor que eu. Eu queria esquecê-lo, mas...

— Mas... — Erick desviou o olhar e começou a andar, e eu o acompanhei. — Mas ele é seu primeiro amor?

— Sim — respondi sem pensar. — Foi meu primeiro amor em tantos quesitos... eu não sei explicar. Quando o conheci, foi como se finalmente sentisse meu coração bater, sabe?

— Não. — Erick deu um sorriso frio. — Nunca amei ninguém.

— Nunca? — Nós nos sentamos em uma mureta.

— Nunca. — Desembrulhou uma bala de menta e pôs na minha boca. — Nem nunca fui amado.

— Impossível! — Eu realmente ri, mas ele pareceu para baixo. — Como alguém não amaria você?

— Só nunca me amaram. — Começou a desenhar formas na areia com a ponta da bota. — Desde que comecei a me relacionar com as pessoas, elas só se divertiram comigo e depois pularam fora.

— Eu não entendo — disse distraidamente. — Você é incrível... como pode?

Eu o vi sorrir de maneira tímida, e foi tão lindo, queria poder gravar.

— Quer entrar? — Erick perguntou-me.

— Entrar onde? — Fiquei confuso.

— Onde quiser — Ele respondeu, e eu ri, mas não entendi. — Na minha casa.

— Oh! — A ficha caiu, eu acho. — Não quero incomodar.

— Por favor! — Ele desceu da mureta e colocou-se entre minhas pernas. — Vem... eu quero tanto ouvir você falar do seu ex-namorado.

— Idiota! — Ri e empurrei-o de leve. — Tudo bem, vamos lá.

— Minha vizinha vai ficar tão orgulhosa de mim. — Bateu palminhas. — Não só entreguei o pão a um mendigo como também o trouxe para dentro de casa.

— Tão altruísta! — Dei um sorriso falso, e ele riu e beijou meu queixo.

Eu quase faleci.

Nós entramos em seu apartamento, no quinto andar. Era um pouco maior que o meu, tinha uma sala decente e algo que ele realmente podia chamar de cozinha, ao contrário do meu apê. Era aconchegante, combinava com o dono, tinha aqueles tons claros, mas tinha uma bagunça charmosa por cima. Era visível que ele limpava, mas não arrumava. Era fofo.

— A gente pode fazer assim. — Erick tirou a mochila de minhas costas. — Você toma um banho, e eu preparo um café. Que tal?

— Não — disse imediatamente. — Já foi demais aceitar entrar, não vou te dar todo esse trabalho...

— Você está fedendo e teve uma péssima noite. — Erick abriu o zíper de minha jaqueta, com aquele típico sorriso de garotinho malcriado tentando enganar os pais. — Toma banho, e eu faço alguma coisa pra gente comer. Por favor.

Argh, Erick, você complica as coisas.

— Mas eu não tenho roupa... — Tentei encontrar uma desculpa, não queria ficar nu na casa dele.

— Eu te empresto. — Erick correu para um local, que parecia ser seu quarto, e voltou com uma toalha. — Tem uma escova nova na segunda gaveta da pia.

Eu suspirei, derrotado, peguei a toalha e segui para o banheiro.

— Por que insiste tanto? — perguntei de dentro do banheiro, enquanto me despia.

— Gosto de gente cheirosa — Ele respondeu. — E quero te devolver o favor de ontem…

— Que favor? — Franzi o cenho e abri a ducha.

— Você me ajudou com o cara da moto. — Eu o ouvi dizer. — Eu estava prestes a socar a cara dele.

— Aquilo não foi nada. — Sorri de lado, olhei para os inacabáveis frascos de shampoo na prateleira e fiquei perdido. Deve ser por isso que o cabelo dele brilha tanto.

— Tenho que parar de me envolver com babacas — Ele retornou ao assunto.

Oh, Erick, prazer, eu, o maior babaca de Curitiba.

— Por que ainda anda comigo, então? — perguntei e escolhi um shampoo aleatório para usar.

— Você não é um babaca — respondeu, e eu ensaboei a cabeça e escovei meus dentes com a tal escova nova. — Só não é bom em controlar seus sentimentos.

— Definitivamente — devolvi e o ouvi rir. — Por que recusou meu convite ontem? Sabe, eu realmente queria sair pra curtir com você…

Teve um longo momento de silêncio.

— Gosta de cebola? — perguntou depois daquele tempo.

— Erick! — Eu me enxaguei e me enrolei na toalha. — Sei que você diz que nunca foi amado e tal... mas não deve ser pra tanto. — Deixei o banheiro, me sentindo extremamente desconfortável. — Eu não sou do tipo que apenas faz a coisa e esquece... Acho que você pode tirar uma base pelo meu exagerado apego ao meu ex.

— Não me leve a mal. — Erick saiu da cozinha e, antes de prosseguir, me deu uma boa olhada, bem descarada. — É só que... eu conheço a história. E você é um rapaz engraçado, trabalhamos no mesmo lugar, eu sei de seu amor pelo Kaíque, você beija como um noivo... Não quero ter esperanças.

Não entendi.

— Eu nem devia ter te chamado aqui. — Erick abaixou a cabeça. — Quanto menos envolvimento, melhor.

— O que quer dizer? — Fiz uma careta involuntária: um olho quase fechado e a boca semiaberta.

Erick riu.

— Se troca lá no meu quarto. — Apontou para a porta.

Eu fui, já que não havia compreendido o que ele queria dizer. Em cima da cama, tinha uma calça de moletom, uma regata e uma boxer preta. Eu me vesti e observei o cômodo à minha volta: era arejado, a cama era espaçosa e era possível ver roupas amontoadas em um canto.

Fui até o espelho e vi que a calça estava larga no bumbum, assim como a boxer, e a regata, apertada.

No espelho, havia uma nota colada, e eu, intrometido, fui ler o que era:

Devolver as roupas
esquecidas do Marcos,
do Charles e do Ryan.
Devolver o relógio
esquecido do Matheus e
o óculos do Yan.

Oh, okay. *Sua casa é bem frequentada, Erick.*

Voltei ao banheiro, peguei minhas roupas e guardei-as na mochila. Não queria virar uma nota colada no espelho. Quantos caras! E nenhum deles foi capaz de amar o Erick. Eles são loucos?

— Senta aqui. — Ele indicou uma cadeira na mesa, e eu me sentei. — Veja se gosta... — Colocou um prato de omelete com *bacon*, cogumelos e mais um monte de coisas que eu não conheço. — Come.

Comecei a comer, e estava bom pra caralho. Erick saiu por um momento e voltou com uma toalha. Em seguida, colocou-se atrás de mim e começou a secar meu cabelo. Eu pensei em protestar, mas quando ele começou a passar a toalha pela minha cabeça…

Ele não é real.

— Está maravilhoso — disse, inebriado com o sabor da comida e com seus movimentos relaxantes e delicados em meu couro cabeludo.

— Não é pra tanto. — Riu e começou a passar os dedos entre meus cabelos. Era tão gostoso. — Vai... me conta da sua infância. Tô curioso.

— Eu... — Quase não conseguia falar. — Sei lá... foi normal. Eu não tinha muitos amigos, passava meus dias nas aulas de karatê. Também ia bastante ao planetário e acampava no quintal de casa. Acho que só. E você?

— Ah, eu… — Terminou seus carinhos em minha cabeça, foi pegar mais omelete na panela, pôs na mesa e sentou-se em meu colo.

Eu quase faleci, parte dois.

— Bom… — Deu-me o garfo para que eu continuasse a comer, e não recusei. — Eu morei um tempo com meus pais, depois com minha avó, depois com meus tios e, por fim, com minha madrinha. Comecei no karatê por causa de um garoto que eu gostava. E passava meus dias beijando meninos dentro da casinha de boneca da escola.

Wow.

— Não vai me comer? — perguntei, depois de um momento de silêncio. Estava desnorteado.

Espera, o quê?

— Oh! — Erick arregalou os olhos.

— Não, não — Tentei desfazer a pergunta.

— Eu achei que você fosse ativo. — Ele riu. — Mas tudo bem pra mim. Vamos lá, eu tenho camisinha no quarto.

— Droga! — Comecei a rir, mas queria chorar. — Eu queria perguntar se você não vai comer... a omelete. A omelete!

— Coitadinho, tem problema de dicção. — Erick beijou minha testa e fez um carinho em minha nuca. — "O rato roeu a roupa do rei de Roma", vamos lá.

— Argh! — Bebi um gole de água para tentar me recuperar. — Desculpa, eu tô nervoso.

— Deve ser o veneno que coloquei na comida. — Sorriu de maneira angelical, e eu ri, mas ele continuou com a cena.

Oh, meu pai do céu, não pode ser!

— Meu Deus, como você é bobo. — Riu e segurou minhas orelhas. Eu suspirei, aliviado. — Adoro isso em você.

E beijou-me. Daquele jeito dele, calmo, com desejo e intensidade, acariciando minhas orelhas. E minhas mãos foram ao seu cabelo macio, puxando levemente.

— Quer mais? — Ele rompeu o beijo, ofegante.

— Quero! — Tentei voltar a beijá-lo. Eu queria mais, queria muito mais. Mas ele saiu do meu colo, me deixando com as mãos no ar e a boca em um biquinho, esperando por mais beijos.

— A omelete ficou boa mesmo, uh. — Pôs o resto no prato e entregou-me.

— Quê? — Fiz a maior cara de decepção do ano.

— Você disse que queria mais. — Sorriu, como um garoto propaganda de uma marca de pasta de dente, e apontou para o prato. — Tá aí.

— Não faça isso comigo — disse, manhoso, e levantei-me. — Está brincando comigo de novo.

— O que você quer, então? — Encostou-se no balcão da cozinha, sorrindo com o lábio preso nos dentes.

— Você sabe! — Coloquei-me entre suas pernas, esfreguei meu nariz em seu pescoço e pousei as mãos em suas coxas fartas.

Comecei a deixar beijos em sua pele, acima do pomo de adão, em uma trilha até o queixo, até meu celular começar a tocar.

Eu tentei ignorar, sentindo as mãos de Erick adentrarem minha camisa, e alcancei seus lábios, beijando-os lentamente, fazendo barulhinhos gostosos.

Mas o celular não parava de tocar.

— Atende. — Erick desceu da pia e foi para a sala.

— Oh, porra! — Peguei o celular na mochila e atendi, irritado. — O que foi, Ícaro?

— *Isso é jeito de falar comigo, garoto?* — Recebi como resposta. — *Pra começar, por mim eu não estaria ligando, foi o Antônio que insistiu.*

— Desculpa — obriguei-me a dizer. — Fala.

— *Ele quer saber se você está bem* — disse Ícaro, sério desta vez. — *Você saiu daquele jeito ontem... Nós ligamos para o porteiro do seu prédio, e ele disse que você não foi pra casa.*

— Estou bem, sim. — Pude sorrir. — Fala pro Antônio que estou ótimo.

— *Ah!* — Ouvi um gritinho de Antônio no fundo. — *Por quê? Me conta, me conta!*

— Não é uma boa hora — respondi e tentei ajeitar meu pau na cueca. — Eu estou com o Erick...

— *Ah, moleque* — foi o que Ícaro disse. — *Vamos até desligar.*

— *Não, não!* — Antônio pareceu segurá-lo. — *Vocês vão fazer o que acho que vão fazer?*

— Eu não sei, Antônio. — Revirei os olhos. — Meio que estou no telefone enquanto devia estar com ele.

— *Alan* — Antônio disse com aquela voz de: você tem certeza? — *Mesmo depois do que ele te disse... sobre nunca ter sido amado? Você vai fazer isso?*

— *Ah, não, Antônio* — Ícaro interferiu. — *Deixa o garoto pôr o pequeno Pelle pra brincar.*

Mas que porra.

— *Você mesmo queria que ele fizesse isso* — Ícaro continuou.

— *É, mas...* — Antônio suspirou. — *Mudei de ideia quando soube que o Erick nunca sentiu amor. Caramba, os caras só saem com ele e não querem nada sério depois!*

— *Okay!* — Ouvi Ícaro bufar. — *O Alan sabe o que faz... ou não. Enfim, agora não é uma boa hora pra falar sobre isso.*

— *Boa sorte, Pelle* — disse Antônio, e eles encerraram a ligação.

O que foi isso? Perdi até o tesão.

Fui para a sala e encontrei Erick sentado em um banco perto da janela, com sua cabeça encostada na grade de segurança, enquanto a luz do sol iluminava o rosto sereno, com os olhinhos fechados e os lábios em um sorrisinho quase secreto. Tão perfeitamente montado, tão irreal e celeste.

Lindo.

Ele é muita areia para o meu caminhãozinho.

Como alguém pode ter um homem desse nos braços por apenas uma ou duas noites, mesmo depois de comer sua omelete e ter o cabelo secado por ele? Como? Se fosse eu, gostaria de tê-lo sempre. Como alguém pode não o amar? Ah, se eu tivesse essa oportunidade...

— Acho melhor eu ir embora — Com muito custo, eu disse. — Já te dei trabalho demais.

Erick olhou-me, sorrindo, um tantinho triste, com toda a sua beleza e delicadeza.

— Quer mesmo ir? — Abraçou as pernas, encolhidinho.

— Não! — Suspirei, derrotado. — Mas eu tenho... Você deve ter mais coisas pra fazer.

— É! — Abaixou a cabeça. — Nós nos vemos na segunda, então. — Levantou-se e foi até a porta. — Eu te acompanho.

Calcei meus tênis, coloquei minha jaqueta, joguei a mochila nas costas e saí pela porta, com Erick ao meu lado.

— Entrego suas roupas na academia — avisei, e ele assentiu.

Entramos em silêncio no elevador, e uma mulher de meia-idade entrou em seguida. Erick abraçou meu braço e encostou a cabeça em meu ombro, e não preciso dizer que quase tive um ataque.

— Mas você é rápido, uh, Capdeville. — A mulher desviou os olhos do celular para nos encarar. — Esse aí deve ser o vigésimo com quem você sai só nesta semana.

Erick a olhou, um pouco surpreso, com o rosto vermelho, e então, se afastou de mim, com a cabeça baixa.

— Vadiazinha. — Pude ouvir a mulher resmungar, com cara de nojo.

Esperei que Erick dissesse alguma coisa, mas ele apenas ficou de queixo baixo, longe de mim.

— Desculpe, *senhora*! — Dei ênfase ao "senhora". — Com quem o Capdeville sai não é da sua conta. A vida é dele.

— Ora, moleque! — Ela passou a cesta de verduras para o outro braço. — Como pode falar assim comigo?

— Se você não respeita as pessoas… — Vi a porta do elevador se abrir. — Elas também não vão te respeitar. É a regra básica da vida, senhora.

Puxei Erick para fora do elevador, deixando a mulher de boca aberta lá dentro, e saímos do prédio.

— Ela é a síndica. — Erick segurava um riso. — Meu aluguel vai aumentar!

— Você pode viver na rua. — Beijei seu rosto. — Lembra? Eu sou um mendigo e, veja só... continuo gato.

Ele riu e abraçou-me, beijando meu queixo e bochechas.

— Mas... — Passou seu momento de alegria e ele voltou a parecer um pouquinho triste. — Às vezes, acho que ela tem razão... sou um vadiozinho.

— É nada! — Belisquei sua orelha. — Sair com um monte de caras não te faz vadio ou algo do tipo... Você é livre e pode transar com quem quiser, com quantos quiser. O corpo é seu e a vida também.

Ele deu um sorriso ladino, com os olhinhos brilhando.

— Não ligue para o que aquela mulher diz. — Dei-lhe um selinho. — O único que pode dar pitaco na sua vida é você mesmo.

Nós ficamos um tempo em silêncio.

— Cala a boca. — Empurrou-me de leve, e, claro, eu não compreendi. — Pare de ser assim…

— Assim como? — Virei um ponto de interrogação.

— Tão... tão... — Ele pareceu nervoso. — Tão adorável. Pare, por favor!

Eu pisquei meus olhos, não entendendo.

— Pare de ser tão bonito. — Encostou a cabeça em meu peito. — E fofo. Eu não quero me apaixo…

Droga, o que ele estava fazendo?

— Por que você é assim? — Olhou-me nos olhos, com um biquinho nos lábios.

— Assim? — Fiz uma careta sonsa. Mesmo que eu me esforçasse, não conseguia entender o que ele queria dizer. — Você que fez uma omelete boa pra caralho e secou meu cabelo... É você quem beija daquele jeito, tem esse corpo e um cabelo lindo. É você quem está tentando me pegar.

— Não, não! — Abraçou-me mais forte. — É você, com esse jeito bobo... e dentinhos.

— Cala a boca. — Segurei seu rosto. — Deixa eu te beijar, só isso.

— Pode me beijar quando quiser. — Sorriu, mas ainda tinha aquele pingo de tristeza. — Quero aproveitar enquanto você ainda se lembra do meu nome.

Oi? Fale minha língua, Erick Capdeville!

Eu o beijei de forma lenta, saboreando sua boca, seus toques, suas mãos em minhas costas e sua pele na minha. Não queria continuar com aquela conversa estranha.

— Chega, Pellegrini. — Encerrou o beijo e sorriu para mim. — Cai fora.

Eu sorri de volta, acenei e peguei o rumo de casa.

Deus amado, esse garoto vai me matar.

Domingo, eu estava na casa de Antônio, com Ícaro, que, aliás, raramente voltava para sua própria casa.

— Vem cá — eu disse, me apoiando no balcão da cozinha, enquanto Antônio cozinhava algo extremamente cheiroso. — Por que vocês não moram juntos de vez?

Antônio me olhou por cima do ombro, repreendendo-me, e Ícaro se concentrou em beber seu suco.

— Isso faz sentido, não é? — Dei um sorriso largo. — O Ícaro já nem lembra onde é a casa dele... Vocês namoram há séculos, vivem grudados. Por que não?

— Eu sei lá, Alan. — Antônio jogou o sal com força na panela. — Pare de pensar nessas coisas...

Ugh, por que todo mundo é tão complicado?

— Mas...

Fui interrompido:

— Shiu, Pelle. — Antônio lançou-me um olhar raivoso e um tanto triste.

Ícaro deixou a cozinha, e fui atrás dele.

— Alguém pode me explicar por que vocês não moram juntos? — perguntei baixo para não receber uma chinelada do Antônio.

— Não gostamos desse assunto. — Ícaro sentou-se na poltrona, que é praticamente sua, e esfregou os olhos. — Não fique incomodando o Antônio! Depois, ele fica estressado e nada de carinhos para mim, seu merdinha.

Rolei meus olhos, porque aquilo não fazia sentido. E agora eu estava curioso.

— Mudando de história. — Ele sorriu de maneira sugestiva para mim. — Como ficou lá com o Erick? Ele é bom de cama?

— Não — respondi. — Não sei... provavelmente é. Bom pra caramba.

— Vocês não...? — Ícaro desmanchou o sorriso.

— Nem chegamos perto. — Bufei. — O Antônio me fez broxar com aquela conversa no telefone.

— Que merda! — Ele coçou o queixo. — Mas você pensou no que o Antônio te disse?

— Afinal, o que ele me disse? — Senti meu rosto se transformar em uma careta. — Droga, eu não consigo entender…

— Argh! — Ícaro tacou uma almofada em mim. — Antônio acha que seu *crush* é solitário, que nunca foi amado e que precisa sentir o amor. No caso, ele quer que *você* dê esse amor ao Erick.

Ah, Antônio Cidavil!

— Eu não posso — disse imediatamente. — Erick é bom demais pra mim.

— O Kaíque também era. — Ícaro quase fez um "duh".

— Exatamente. — Sorri, triste. — E não consegui dar tudo o que ele queria.

— Você está completamente enganado, Alan — Ouvi a voz de Antônio, que se sentou ao meu lado. — Acho que você e o Erick ficariam ótimos juntos. É só você parar com essa merda de se sentir ruim ou achar que as pessoas são boas demais pra você.

— Esqueçam. — Desviei o olhar. — Eu sou fraco. Não consigo ser alguém incrível para as pessoas incríveis que conheço. É melhor o Erick nem querer algo sério comigo mesmo... seria a maior de suas decepções.

— Tá me deixando depressivo. — Ícaro levantou-se e sentou-se atrás de Antônio. — Pare de falar porcarias e vai pra cozinha rapidinho. — Eu o vi começar a acariciar a nuca de Antônio. — Vai, Alan!

Eu fui e sentei-me à mesa, mordiscando os biscoitos que estavam em uma vasilha.

Antônio quer que eu dê amor ao Erick? Caramba... não consigo nem dar amor a mim mesmo. É uma má ideia.

— Tira a mão, Ícaro. — Pude ouvir Antônio dizer, com a voz um pouco frustrada. — O Alan tá aí do lado.

Ew. Eles transam!

Poderia ser Erick e eu, mas o destino não colabora. Quero saber como fica o cabelo dele depois de foder; quero saber se ele dorme ou toma banho; quero saber suas posições preferidas e como é o seu gemido de orgasmo. Erick deve ser a perdição na cama, considerando que ele faz eu me perder só de olhar para mim.

Tudo podia ser mais simples... mas não, sempre tem que ter algum problema. Eu só queria poder viver sem complicações, sem um coração partido e peso na consciência. Mas enquanto uns se agarram no sofá da sala, gemendo "Como você é gostoso, Antônio", outros apenas comem biscoitos enquanto queriam estar gemendo: "Como você é gostoso, Erick".

Valeu, Deus.

Erick passou o dia todo com outro professor, me deixando sozinho nas mãos vorazes dos nanicos. Eu me despedi dos garotos e fui ao vestiário, molhado de suor. Ah, eu preciso da sua ajuda, Erick!

— O Capdeville é o melhor, cara — Ouvi assim que entrei no vestiário. Era um dos professores dizendo. — Nunca dei uma aula tão tranquila.

— Ele emana paz. — Outro professor suspirou.

— E é um gato — A faxineira disse enquanto trocava os sacos de lixo.

Oh! É mesmo?

— Parece que a filha do Kentaro tá de olho nele — O primeiro professor disse.

OH! É MESMO?

— Eu acho que ele namora — Eu me intrometi. E talvez tenha inventado uma mentirinha.

— Tá namorando, mas não tá morto — O outro disse, e eles começaram a rir.

— Traições acontecem todo dia — disse a faxineira. — Todo santo dia tem alguém virando corno.

Senti o impacto.

Ignorei-os, então, já que o papo estava bem irritante, e entrei no box.

— *Hey*, Capdeville — Ouvi falarem depois de alguém entrar no vestiário. — Estávamos falando de você agora mesmo.

— Coisas boas ou ruins? — Ouvi sua risada gostosa.

Erick, venha aqui, enlace seu corpo ao meu, e vamos fugir, nus, em um cavalo branco, para nos amarmos em uma cama de folha de bananeira.

— Boas, é claro — Um dos professores disse. — Estávamos falando que a filha do Kentaro está interessada em você.

Grande bosta.

— Oh! — Erick riu, simples. — E ela é bonita?

— Não! — gritei. — É feia como o cão! E fede!

Não era uma mentira.

— Porém, é filha do patrão — Um deles disse. — Mas o Alan disse que você namora.

— Ah, ele disse? — Ouvi Erick dizer, com um tom divertido na voz.

— Foi o que ele disse — afirmaram. — Bem, estamos indo. Até mais tarde.

Eu ouvi uns três passos diferentes deixando o vestiário e captei o ranger de um armário.

— Quem eu estou namorando? — Erick perguntou, e eu o avistei perto do meu box, de cueca e com uma toalha na mão.

— Ai! — Cocei minha nuca. — Era só pra evitar constrangimento para você... Vai que eles inventam de te apresentar àquela garota?

— Era só isso? — Ele se encostou no vidro, com um sorrisinho vitorioso.

Ah, Erick!

— Talvez eu não queira você com ela — assumi, e ele abriu a porta do box. — Os outros chuveiros estão estragados?

— Nem testei. — Erick sorriu e entrou, ficando perto de mim, e senti o ar ficar mais pesado. Droga, eu estava nu! — Quer que eu saia?

— Erick — eu disse, manhoso, me encostei na parede fria, e ele tirou a boxer e entrou debaixo da ducha.

A lateral de seu corpo encostou generosamente em mim, e senti sua bunda em minha virilha, em meu membro.

Desta vez, eu faleci.

Ele fechou os olhos e esfregou o couro cabeludo. Com seu corpo sendo bem iluminado pela lâmpada, pude estudar suas curvas tão bonitas. Erick é um pecado. E eu, um pecador.

— Por que você faz isso comigo? — Agarrei sua cintura, virei-o para mim e uni nossos corpos. — Está me deixando doente.

— E tem cura? — Passou os braços por meus ombros, e seus dedos pousaram delicadamente em meu pescoço. — Hein, Alan?

— Acho que a única cura é ter você — disse, com meus olhos quase fechados por conta da água, com a sua pele gostosa em minhas mãos e nossos sexos se tocando lá embaixo.

Seus lábios inchadinhos tocaram os meus com simplicidade, desceram para o meu queixo e, em seguida, para o meu pescoço, começando a chupar minha pele sensível, sugando-a até arder. Repetiu o ato em vários pontos, até em minha clavícula, enquanto minhas mãos apertavam sua bunda com vontade.

— Por que está me marcando? — perguntei com minha voz fraca.

— Pra saberem. — Erick voltou a me beijar, e seus dedos infiltraram-se em meu cabelo, puxando-o. — Pra saberem que, pelo menos por um momento, você foi meu. Só meu.

Eu quase me deixei levar, com meu corpo inebriado, enquanto ele me beijava e a água causava arrepios em nossas peles, mas eu acordei, despertei-me.

Antônio, olha o que você está me obrigando a fazer!

— Vou continuar doente. — Interrompi os beijos e afastei-me de Erick, que me olhou, confuso. — Não vou ser seu só por um momento.

Peguei minha toalha, deixei o box, com uma ereção muito dura no meio das pernas, prestes a chorar de tesão, e afastei-me.

Não, Erick, não serei só uma foda no chuveiro. Antônio tem razão.

Só Deus sabe o quanto quis voltar àquele vestiário e transar com o Erick até esquecer meu nome, mas não pude. Eu mereço um prêmio grande e gordo.

— Não acredito que você realmente fez isso. — Ícaro tinha a boca aberta, negando com a cabeça. — Alan, tá errado!

— Tá certo! — Antônio levantou-se, animado, e abraçou-me. — Tá mais que certo! Alan, estou tão orgulhoso.

— É? — Olhei, desanimado, para ele. — Que bom, porque perdi uma das fodas mais loucas da minha vida. E fiquei com uma ereção por quarenta minutos!

— Alan! — Antônio fez com que eu me sentasse no sofá.

Estávamos em minha casa, eles tinham vindo ver se eu estava mesmo fazendo a higiene.

— Vai ser bom pra você. — Antônio deitou minha cabeça em seu colo. — Vai ser bom pra você se dedicar à outra pessoa.

— Espero que dê certo. — Suspirei.

— É importante ressaltar que o Kaíque está super feliz com o Luan — Ícaro me lembrou. — Luan é gente boníssima. Adoro!

— Cala a boca! — Taquei uma almofada nele.

— Já que você perdeu uma oportunidade de ouro... — Ícaro suspirou, cansado. — Então, vai ter que ir fundo e fazer valer a pena.

Fazer valer a pena!

— A gente acredita em você. — Antônio deu-me um olhar encorajador.

— Fé no pai, que vai! — Ícaro fez um soquinho com o punho.

Ótimo.

Fiquei com Antônio e Ícaro mais umas boas horas, e então, eles foram embora, e a casa voltou a ficar silenciosa. Gosto do silêncio, mas, às vezes, quero as vozes me enchendo o saco.

Saí na sacada da casa e sentei-me no chão, encostado na parede, admirando o céu escuro com pontinhos brilhosos. Eu amo a noite, amo o frescor e a aparência. Amo a Lua, suas formas diferentes e seu modo de iluminar. Amo mesmo. Mas, de repente, peguei-me com saudade do Sol.

O Sol.

Queria sentir a pele do Erick, seus lábios, seu calor, sentir um arrepio depois de ouvir sua voz no meu ouvido. Queria sentir seus toques e o efeito de suas palavras sobre mim.

Queria sentir o Sol, e isso era loucura.

Diego Flores, um problema em potencial

Era meio de semana quando cheguei à sala e encontrei Erick se alongando com as crianças. Menino do céu, como alguém consegue ser tão bonito?

— Bom dia — disse desajeitadamente, e todos me cumprimentaram.

Erick mal falou comigo durante a aula, enquanto ensinamos dois chutes aos garotos. Também não o vi ontem.

— *Sensei* — Um dos meninos chamou, raivoso. — Victor não me deixa em paz!

— O que está havendo? — Eu me agachei para compreendê-lo melhor.

— Ele fica me provocando, dizendo que sou fraco! — O garotinho disse.

— Venha provar que não é, então, Gabriel — Victor desafiou-o. — Te derrubo em um minuto!

— Foi isso que ensinei a vocês? — perguntei. Eu estava envergonhado. — Não é assim que devemos ser.

— Okay. — Erick suspirou. — Sentem-se, todo mundo. — Assim fizemos. — Alan *sensei* tem uma história pra contar pra gente.

Tenho?

— Er... — Pigarreei. — Que história?

— Aquela, do samurai idoso. — Erick rolou os olhos.

— Ah, sim! — Lembrei-me. — Chama-se *O Sábio Samurai* — comecei. — *Perto de Tóquio, vivia um grande samurai, já idoso, que agora se dedicava a ensinar os jovens. Apesar da idade, corria a lenda de que ainda era capaz de derrotar qualquer adversário…*

Captei os olhinhos curiosos em mim.

— Certa tarde, um guerreiro, conhecido por sua total falta de escrúpulos, apareceu por ali. Era famoso por utilizar a técnica da provocação. Esperava

que seu adversário fizesse o primeiro movimento. Dotado de uma inteligência privilegiada para observar os erros cometidos, contra-atacava com velocidade fulminante. O jovem e impaciente guerreiro jamais havia perdido uma luta.

Olhei para Victor, que devia ser o melhor da turma.

— *Conhecendo a reputação do samurai, estava ali, para derrotá-lo e aumentar sua fama. Todos os estudantes se manifestaram contra a ideia, mas o velho e sábio samurai aceitou o desafio. Foram todos para a praça da cidade. Lá, o jovem começou a insultar o velho mestre. Chutou algumas pedras em sua direção, cuspiu em seu rosto e gritou todos os insultos que conhecia, ofendendo, inclusive, seus ancestrais. Durante horas, fez tudo para provocá-lo, mas o velho sábio permaneceu impassível.*

— Como? — Uma garotinha interrompeu.

— *No final da tarde, se sentindo exausto e humilhado, o impetuoso guerreiro desistiu e retirou-se* — continuei. — *Desapontados pelo fato do mestre ter aceitado tantos insultos e tantas provocações, os alunos perguntaram: "Como o senhor pôde suportar tanta indignidade? Por que não usou sua espada, mesmo sabendo que poderia perder a luta, ao invés de se mostrar covarde e medroso diante de todos nós?" Depois dessa pergunta, o Samurai respondeu: "Se alguém chega até você com um presente, e você não o aceita, a quem pertence o presente?" Perguntou o Samurai. "A quem tentou entregá-lo", respondeu um dos discípulos. "O mesmo vale para a inveja, a raiva e os insultos", disse o mestre. "Quando não são aceitos, continuam pertencendo a quem os carrega consigo. A sua paz interior depende exclusivamente de você. As pessoas não podem lhe tirar a serenidade, só se você permitir."*

— Respeite seus colegas, Victor — Erick completou. — E você, Gabriel, não aceite as provocações.

— Isso vale para todos — avisei. — Somos um time, e quando um erra, o time todo paga.

— Ou seja, dez flexões cada um — disse Erick, e ouvimos reclamações. — Quinze.

Eles começaram, e eu me sentei ao lado de Erick.

— Quer sair comigo hoje? — perguntei, sem o olhar.

— Passe, às nove, na minha casa — Ele respondeu e encostou sua coxa na minha.

Obrigado, Deus.

Às nove da noite, minhas mãos tremiam um pouco. Vou confessar: eu não estava nada tranquilo. Esperava o porteiro liberar minha entrada no prédio, para buscar o Erick, e também cogitava fugir dali enquanto dava.

— Pode subir — O porteiro avisou.

Agradeci e entrei no elevador. No espelho, eu chequei minha roupa: uma camisa branca de botões e uma calça preta. É, não tenho muita criatividade e talvez eu esteja parecendo um careta, mas acho que o Erick não vai se importar.

Cheguei ao seu andar, apertei a campainha do seu apartamento, limpei o suor em minhas mãos e tossi um pouco. Droga, estava parecendo um adolescente prestes a levar uma garota ao baile, tendo que encarar seus pais antes de irmos.

Erick, você me causa coisas estranhas.

Ele era diferente, muito mais experiente que eu, muito mais sedutor, mais esperto… Eu me sentia um merdinha ao seu lado. Devo ser pretensioso demais por pensar em ter algo com ele. Fala sério, Alan, é o Capdeville Fodendo Erick, é uma quantidade de areia acima da capacidade que sua carroça pode levar.

No entanto, Antônio faz com que eu tenha esperanças.

Ouvi o ranger da porta e finalmente fui recebido.

E droga, droga, droga! Isso não é justo, Erick!

Ele estava usando apenas uma camisa branca, que ia até a metade de suas coxas, com o cabelo loiro bagunçado e uma escova de dentes na boca.

— Entra! — Deu seu sorriso angelical e tentou esconder a calda de demônio atrás das costas.

Eu entrei, com as pernas quase travando.

— Chegou cedo. — Ele se virou e foi ao banheiro.

— São nove horas — Encontrei voz para falar.

Merda! Que afronta!

— Oh, Deus! — Erick voltou, sem a escova e enxugando a boca com uma toalha. — Você é o primeiro que realmente chega na hora.

— Mas é o correto, não é? — Sentei-me no braço do sofá. — Você marcou às nove.

— Que adorável! — Sorriu, se aproximou de mim e me deu um selinho demorado. — Nem me arrumei ainda.

— Eu espero — Minha voz saiu fraca, pois seu perfume me deixava chapado.

— Se eu soubesse que você chegaria na hora… — disse ele, se colocando entre minhas pernas e pondo os braços em meus ombros — teria vestido alguma coisa pra te receber.

— Não tem p-problema. — Meus olhos estavam fechados, enquanto ele acariciava minha nuca.

— Tem, sim. — Beijou meu pescoço. — Isso não é jeito de receber uma visita em casa. — Um arrepio doloroso percorreu minha espinha. — *Eu nem vesti nada por baixo* — sussurrou em meu ouvido e guiou uma das minhas mãos até sua cintura. — Viu?

Nem sinal de boxer por baixo da camisa.

Antônio, por quê? Por que eu? Força, Alan Pellegrini!

— Vá se vestir, então. — Eu o empurrei sem brutalidade, e ele me olhou, surpreso, mas forçou um sorriso. — Vou ficar aqui esperando.

— Preciso comer alguma coisa antes. — Suspirou e caminhou até a cozinha, mas parou na porta e escorou-se no batente, parecendo um gatinho manhoso. — Me acompanhe, por favor!

Eu respirei fundo, acompanhei-o até a cozinha e sentei-me à mesa. Ele começou a abrir os armários, e a cada inclinada, sua camisa quase subia.

Não sei se consigo.

Erick esticou-se, nas pontinhas dos pés, para pegar um pacote em cima do armário, e sua camisa levantou, revelando metade de sua bunda redonda e farta.

Ele é mau.

— Me ajuda, Pelle — choramingou, vendo que não conseguia alcançar o que queria.

Pelle!

Eu me levantei para ajudá-lo, mas ele não saiu do lugar, então o tive de prensar contra a pia para pegar o pacote. Soltei um gemido quando meu membro encostou, tão generosamente, em seu bumbum quase nu.

Haja controle!

— Obrigado — Ele disse quando lhe entreguei o pacote de biscoitos, com a voz sapeca.

Sentei-me na cadeira novamente, leso, mole e *duro.*

— Na verdade... — Deixou os biscoitos de lado. — Não quero comer. — Filho da mãe. — Vou me arrumar. — Passou por mim, bagunçando meu cabelo.

Vai ser uma noite longa.

— Aonde vai me levar? — Erick saltitava ao meu lado, abraçando meu braço.

— Eu nem sei — confessei. — Estava tão ansioso pra sair com você, que nem pensei nisso.

Estão em casa? — AP

— Oh! — Riu e beijou minha bochecha. — Pense, então... Minhas pernas vão cansar em algum momento.

— Ah, eu tenho um lugar em mente... — murmurei. — Mas não sei se você vai gostar.

— Não estou indo por causa do lugar. — Erick jogou a franja para o lado e sorriu. — Estou indo por causa de você.

Tive que me controlar para não tossir todos os meus órgãos fora, depois de ouvir aquilo. Ai, que nervoso!

Estamos no clube de sempre — AC

Ótimo.

— Vamos a um clube — eu disse, e ele pareceu animado.

— Legal! — Deu um sorriso largo, e continuamos o caminho até aquela boate.

Eu, particularmente, odeio baladas, mas Erick parecia gostar, então, okay... O que eu não faço pelo loiro? E, bem, não tinha outro lugar para levá-lo, já que passo todos os dias da minha vida inútil em casa.

Logo nós chegamos, e o lugar estava meio lotado pra caralho e tinha uma fila enorme. Droga, que ótimo passeio!

— Argh! — Juntei-me à fila. — Se você quiser, a gente pode procurar outro lugar.

— Ah, não! — Ele se soltou de mim. — Já vim aqui, o *barman* faz os melhores *drinks* que já tomei na vida. Quero ficar.

— Mas olha a fila. — Apontei, desanimado, para os cento e setenta LGBTs na minha frente.

— Eu resolvo isso. — Erick me deu um beijo rápido e sumiu entre as pessoas.

Que porra!

Um tempinho depois, voltou e puxou-me para o início da fila, e eu não entendi nada.

— Obrigado, Renan! — Erick fez um toquinho de amigos com o segurança.

— Você é de casa, Cap. — O homem liberou para entrarmos.

— Oh, você vem mesmo aqui — disse, constrangido, enquanto Erick me guiava pelo corredor escuro. — Como eu nunca te vi?

— Deve ter visto. — Ele riu, e nós passamos pela porta que dava para a pista. — Mas não se lembra.

De repente, ficou difícil de ouvir qualquer coisa, porque a música invadiu meus ouvidos tão brutalmente, que tive de tapar as orelhas, mas Erick soltou um gritinho animado e puxou-me para a multidão de pessoas.

— Eu me lembraria de você — disse perto de seu ouvido, e ele sorriu.

Estava um pouco difícil andar entre as pessoas dançando ao som de qualquer coisa. Erick levou-me até o bar, como quem sabia exatamente o caminho, e encostou-se no balcão.

— Capdeville! — O *barman* disse, com um grande sorriso, e entregou a bebida a uma garota. — Acompanhado?

— Na verdade, sou a companhia. — Erick olhou em minha direção. — Uma *vanilla* pra mim... e você, Pelle?

— O mesmo. — Eu estava sem criatividade.

— Um minuto. — O *barman* foi para o outro lado.

Virei-me para tentar encontrar Antônio e Ícaro, olhando diretamente para os locais mais reservados, com mesas e lugares para sentar, pois sabia que eles nunca iam à pista de dança. Ainda bem que nem tentavam dançar, porque, olha, era horrível.

Eu os achei e marquei bem a mesa em que eles estavam. E estavam se pegando, argh.

— Erick! — Voltei minha atenção a um cara que se aproximou de nós. — Faz um tempo que não te vejo. — Ele era alto e bonito, mas estranho.

— É, faz. — Erick desviou o olhar dele.

— Hm. — Ele ficou bem perto de Erick, por trás. — Eu tô com um cara em uma mesa, mas posso dispensar ele, e aí a gente vai pra sua casa... Ou, se você preferir, podemos ir os três.

Epa.

— Não tô a fim. — Erick tentou afastá-lo.

— Qual é? Você sempre está a fim. — O cara puxou-o pela cintura, e, bom, eu o empurrei sem muita violência. — Que porra é essa?

— Que porra é essa? — perguntei, colocando-me entre ele e Erick.

— Ele disse que não tá a fim. Volta pra sua mesa, volta pro cara com quem você está.

— Ah, Cap. — O cara riu com escárnio. — Sempre acompanhado, não é? Tem sempre alguém pronto pra comer sua bunda.

— Volta pra sua mesa — repeti, sem muita paciência desta vez.

— Vou voltar, herói. — O rapaz rolou os olhos. — Fique aí com seu príncipe, Cap... Mas não se engane, não, você não é uma princesa, não tem nada de especial.

Preparei-me para socar a cara do babaca, mas Erick segurou-me e impediu-me, e o cara saiu às pressas.

— Não faz isso — Erick pediu e abraçou-me.

— Que merda, Erick! — Afastei-o. — Será possível que você só transa com idiotas?

— Me desculpe! — Ele ficou amuado e pegou sua bebida no balcão, deixada pelo *barman*, afastando-se de mim.

Eu peguei meu copo também, o segui e segurei sua mão. Meio hesitante, ele me deixou guiá-lo.

— Foi mal — disse em seu ouvido, e ele sorriu, meio triste. — Eu fiquei irritado com o cara.

— Mas você tem razão — Erick respondeu-me. — Só transo com idiotas.

— Isso me inclui? — Sorri, sem graça.

— Nós ainda não transamos. — Riu e beijou meu pescoço. — Ainda.

Ai, porra.

— Ali, meus amigos! — gritei, apontando para Ícaro e Antônio, cortando os planinhos do Erick.

— Ah, você nem me avisou. — Correu, animado, até a mesa, e eu o acompanhei.

— Alan! — Antônio levantou-se e abraçou-me.

— E aí? — Ícaro bateu em minhas costas.

— Oi! — Tentei conter meu sorriso enquanto os encarava. — Esse é o Erick!

Erick acenou, todo bonitinho, e vi Antônio analisá-lo e depois bater palminhas animadas.

— Oh, ele é lindo mesmo! — Antônio puxou Erick para se sentar. — Não olhe muito pra ele, Ícaro. Pelle tinha razão.

— Alan falou de mim pra vocês? — Erick deu um sorriso divertido.

— falou pra caralho. — Ícaro começou a rir. — Tipo, o dia todo.

— Cala a boca! — Pedi, envergonhado, e vi Erick entrar em uma conversa com Antônio.

Ícaro sorriu, orgulhoso, para mim, e me senti estranho de uma forma boa. Eu estava me sentindo orgulhoso também de poder apresentar o Erick a eles.

— E ele começou a chorar. — Erick ria, ao lado de Antônio e Ícaro. — Eu juro, broxei na hora. Era muito engraçado.

— Você realmente perdeu um oral dele. — Antônio, um pouco altinho, gargalhava no sofá de couro.

— É um idiota mesmo. — Ícaro deu-me um tapa no ombro.

Eu também ria um pouco, porque fui mesmo um idiota, mas estava cansado daquele papo.

— Vamos conversar sobre outra coisa — pedi, virando o último gole do meu *drink*. — Tipo, sobre quando será o casamento do Antônio e do Ícaro.

— Vocês vão casar? — Os olhos do Erick brilharam em direção ao casal.

— Não — Eles responderam em uníssono.

— Claro que vão — protestei. — Só não querem admitir, seja lá por qual motivo.

— Cala a boca, garoto. — Ícaro rolou os olhos.

— Deixa eles — Erick pediu e levantou-se. — Vem dançar comigo.

— É, vai dançar, Alan. — Ícaro empurrou-me e começou a se aproximar de Antônio, com a mão na cintura dele.

— Okay — disse, e Erick me segurou pela camisa, me puxando para a pista.

Tocava *One Dance,* do Drake, e as pessoas rebolavam em direção à genitália uma da outra. Eu adorava muito tudo isso, mas me causaria problemas. Erick escolheu um lugar e começou com movimentos tímidos, ainda segurando a minha camisa, de frente para mim, mexendo um pouco o quadril, com um sorriso envergonhado.

Comecei a rebolar a pelve, tentando fazê-lo se sentir mais confortável, e Erick sorriu delicadamente, virando de costas para mim, se inclinou um pouco e rebolou a bunda lentamente, roçando minha virilha, enquanto, na música, cantava *Baby, i like your style*. Eu tinha a boca entreaberta, com um sorriso e a língua quase para fora. Enquanto Erick dançava, era a visão do paraíso, irmão.

A música voltou a ficar agitada, e ele se afastou um pouco, rebolando mais rápido. Eu podia vê-lo rir, estava se divertindo, e acompanhei. Erick segurou minhas mãos, e nós voltamos a dançar juntos, sufocados por um mar de pessoas à nossa volta. Encostou a cabeça em meu ombro, enquanto nós nos mexíamos, com nossas pernas encaixadas, uma de suas coxas tocando meu membro e uma coxa minha tocando o seu.

Eu arfava em seu ouvido, enquanto ele, aos poucos, me empurrava para algum lugar, até eu sentir minhas costas tocarem a parede. Em seguida, Erick desabotoou três botões da minha camisa.

Levei minhas mãos à sua cintura, enquanto nossos quadris — o meu involuntariamente — se esfregavam. Senti os lábios úmidos de Erick em minha pele, beijando e chupando minha clavícula. Sob as luzes e os flashes da boate, a iluminação baixa e o efeito do álcool em meu corpo, a mão de Erick desceu para o meu membro, apertando-o por cima da calça. Sentia ardência nas áreas que ele estava chupando, minha excitação crescendo, sua bunda deliciosamente acomodada em minhas duas mãos e toda a pressão de ter Erick, excitado, em meus braços.

Ele uniu nossos lábios de forma sedutora, não lenta, mas controlada, com toda a sua habilidade; apertou mais forte o meu pau, extraindo um gemido meu sobre seus lábios, e continuamos a nos beijar com intensidade, com minha língua latejando.

Eu estava perdendo a cabeça.

— Vamos sair daqui — pediu Erick, com a voz fraca e os olhos fechados, enquanto eu beijava seu queixo. — Eu quero que você me foda, Alan.

Ele vai me matar, Senhor.

— Preciso ir ao banheiro — Uni minhas forças para dizer, e vi Erick desfazer seu sorrisinho.

— Alan! — Pediu, parecendo impaciente. — Pare de me evitar, por favor.

Ai, Deus, eu não vou conseguir.

— Ainda não! — Segurei suas bochechas e beijei sua boca. — Vai ter que esperar.

— Alan, eu preciso. — Colou seu corpo ao meu e beijou meu pescoço. — Preciso de você.

— Erick — gemi, frustrado. — Me entenda…

— Não entendo. — Levou as mãos à minha bunda e a apertou; eu arfei. — Você quer, eu sei.

— Quero. — Tornei a beijá-lo. — Mas eu não quero.

— Alan! — Erick acertou um tapa forte em meu braço. — Vamos, por favor.

Preciso fazer o que Antônio quer que eu faça, preciso tornar isso algo sério, mas… e se transarmos agora e ele tentar se afastar? Eu o conheço há pouco tempo, mas não o quero perder.

Droga.

— Vem cá! — Segurei sua mão e guiei-o até o banheiro, esbarrando em gente bêbada pela frente.

Todas as cabines estavam fechadas, mas meu membro estava latejando dentro da minha cueca, e eu podia ver o volume na virilha de Erick.

— Sai logo, caramba. — Bati à porta de uma cabine.

— Tá ocupado! — Gritaram de volta.

— Vou arrebentar sua cara se você não sair daí agora — respondi, porque, por baixo, eu podia ver que estava apenas cheirando cocaína lá dentro. — Eu sou faixa preta, tô avisando!

— Mas que merda! — Abriu a porta, com o nariz branco de pó.

Eu o arranquei de lá e empurrei Erick para entrar. Ele sorria animadamente, tirando uma camisinha do bolso da calça.

— Não, não — disse, e ele guardou o preservativo, parecendo meio confuso.

Eu o fiz se sentar no tampo do sanitário e ajoelhei-me em sua frente, com um pouco de surpresa em seu rosto e, então, um sorrisinho excitado.

Abri os botões de sua calça, e ele me ajudou a arrastá-la para baixo, deixando-o com a boxer preta e uma ereção definitivamente visível. Eu apalpei por cima, sentindo o formato e a rigidez.

— Você é tão apressado. — Encostei meus lábios em seu pescoço e comecei a beijá-lo e tocá-lo com a língua.

— Você me deixa assim — Erick gemeu, enquanto eu o masturbava por cima do pano, com o quadril remexendo um pouco.

Adentrei sua boxer com a mão, senti seu membro duro e molhado e continuei a estimulá-lo.

— Eu te excito? — Sussurrei em seu ouvido, sentindo-o se contorcer, e esfreguei o polegar sobre sua glande, ouvindo-o gemer mais alto. — Excito, Erick?

— Sim! — Apoiou a cabeça em meu ombro, com as mãos segurando meus braços. — Muito.

Sorri, empurrei-o para trás, até que se encostasse na parede, e inclinei minha cabeça até sua virilha. Expus seu pênis e segurei-o pela base, enquanto a outra mão estava em seus testículos, afagando-os. Olhei em seus olhos, mordi o lábio inferior, dei uma lambida na cabeça rosada de seu falo e ouvi-o arfar, tenso.

É nessa hora, com um pau na minha boca, que me certifico novamente de que sou definitivamente gay. E eu amo ser gay, por poder pôr um pau na boca.

Chupei a ponta, sentindo o gosto do pré-gozo, e enfim, engoli, até meus lábios encostarem em sua virilha, já que ele não era tão grande. Em seguida, voltei lentamente, vendo-o gemer, entregue.

Eu descia rápido e subia de forma lenta, pincelando a glande com a língua, fazendo Erick rebolar em minha boca, segurando-se forte em meus braços.

— Alan... — Ele gemeu, e, caramba, sua voz nesse estado estava me deixando maluco. Seus gemidos eram do tipo sofrido, soltando o ar, com força, e sons manhosos.

Comecei a chupá-lo rápido, indo até a metade, com agilidade, sem perder o ritmo, sentindo-o rebolar com mais força, empurrando seu membro mais fundo em minha boca.

— Como você gosta? — Afastei minha boca do seu pau para perguntar, masturbando-o, agora, com a mão. — Dentro ou fora?

— Fora, fora — disse, frenético, com a cabeça jogada para trás, o quadril estocando minha mão, e eu retornei a chupá-lo.

Minhas bochechas doíam e minha língua estava dormente, mas eu estava tão orgulhoso de deixar Erick daquela forma, ofegante e meio descontrolado.

— Oh! — Era o tipo de gemido "aviso".

Suguei sua glande com força, e Erick afundou as unhas nos músculos de meus braços. Em seguida, tirei a boca de seu sexo, e ele veio, de forma grossa e densa, escorrendo para o chão.

Limpei o excesso de saliva em meu rosto com as costas da mão e assisti ao Erick aproveitar o seu momento de prazer. Era tão bela sua expressão corporal ao ter um orgasmo.

Sorri, porque nunca estive tão feliz por fazer alguém gozar.

Peguei o papel higiênico, enrolei um pouco na mão, limpei o que sobrou de porra no membro de Erick e, depois, limpei o que estava no chão.

— Vamos lá! — Dei tapinhas em sua coxa, e meio molenga, ele se levantou e vestiu a calça.

— Sua vez. — Tentou me empurrar para que eu me sentasse no local em que ele estava, mas eu o impedi. — Hey!

— Não precisa. — Eu o beijei calmamente, com suas costas na porta da cabine. — Vem.

Puxei-o para fora da cabine, e nós deixamos o banheiro, assim que lavei a mão e o rosto. Erick observou tudo, parecendo pensativo.

Okay, eu estava com uma ereção dolorosa entre as pernas, mas não precisava cuidar disso agora.

— Eu vou buscar mais dois *drinks* pra gente — disse, e Erick concordou.

— Vou encontrar o Antônio e o Ícaro. — Ele me deu um selinho rápido e foi em direção às mesas.

Eu peguei o caminho do bar.

— Mais duas *Vanillas* — pedi ao *barman* de antes.

— É uma ordem. — O sorridente foi preparar as bebidas.

— Ei! — Ouvi e senti uma mão em meu ombro.

— Oi. — Encarei a garota, que parecia ser simpática.

— Vi você com o Cap. — Sorriu para mim.

— Ah, é. — Sorri de volta. — Estamos juntos hoje.

— Eu vi você com ele na festa. — Bebeu um gole de seu *drink*.

— A festa naquela casa? — perguntei, mas era meio óbvio que só podia ser naquela festa.

— Não, no barco, lembra? — Ela mexeu o cabelo rosa. — Seu nome é Sook, não é?

Lá vem!

— Não! — Bufei, irritado.

— É claro que é. — Riu. — Você estava na festa.

Desisti dela e peguei os dois copos com bebidas que o *barman* entregou.

— Espera. — Segurou meu braço. — Naquele dia, você pagou ao Erick pra transar com você, mas e hoje? Tá de cliente ou é ficante mesmo?

— Oi? — Nunca fiquei tão confuso.

— Tá pagando ao Erick ou tá de graça? — Ela riu, agindo normalmente. — Porque pensei que ele tinha parado de fazer programa.

Tive que segurar os copos com mais força, para eles não caírem, e fiquei tonto.

— Tudo bem, tudo bem. — A garota rolou os olhos. — Você deve estar chapado. Vou voltar para minha namorada. — Ela começou a se afastar. — A gente se vê, Sook!

Eu fui, com a mente em pura neblina, à mesa de Antônio e Ícaro e sentei-me, com a boca aberta e os olhos perdidos.

— Alan. — Senti Antônio me cutucar. — Está bem?

Não.

— Onde está o Erick? — perguntei assim que me toquei que ele não estava ali.

— Ah. — Ícaro coçou a nuca. — Um cara estranho passou aqui e fez o Erick acompanhar ele. A gente falou pra não ir, mas ele disse que o cara não ia sossegar até que eles conversassem.

— Merda! — Eu me levantei. — Pra onde eles foram?

— Pra fora. — Antônio olhou-me de forma preocupada. — Cuidado, Alan!

— Okay. — Eu os deixei ali e fui o mais rápido possível à saída da boate.

Com muito custo, tendo que enfrentar um mundo de pessoas, cheguei à porta e consegui sair. A fila para entrar ainda estava cheia, mas se eu pudesse, os aconselharia a voltar para suas casas.

Olhei para os dois lados da calçada e não vi sinal de Erick em lugar algum, e aquilo estava começando a me preocupar.

Merda, minha cabeça estava tão confusa. Talvez eu nem pudesse dizer qual o meu nome, se me perguntassem.

— Capdeville! — Ouvi uma voz um pouco conhecida, vinda de uma viela ao lado da boate, e segui o som dela. — Vamos logo!

Eu me esgueirei pela parede da balada até a rua pouco iluminada e olhei discretamente para ver o que acontecia. Era o cara de mais cedo, que chamou o Erick de vadio. Ele o segurava contra a parede e parecia forçar a mão de Erick para dentro de sua calça.

Que porra é essa?

— Bate direito! — O cara rosnou, e eu vi Erick olhá-lo com nojo. — Mandei bater direito! Vamos, não aja como se não soubesse fazer isso.

— Me deixe sair! — Erick pediu, com a voz em uma mistura de medo e raiva. — Me deixe ir embora.

— Erick. — O cara riu, debochado. — Isso é só o início... ainda vamos para minha casa, e você vai me dar até o dia clarear, bebê.

— Primeiro: eu não vou a lugar algum. — Erick conseguiu tirar as mãos de dentro da calça dele. — Segundo: até o dia clarear? Você não aguenta nem uma fodinha de dez minutos!

— É melhor medir as palavras. — O cara segurou o rosto de Erick e lambeu sua bochecha.

— É melhor *você* medir as suas palavras — explodi e entrei na viela, assustando-os. — E atos.

— E o herói ataca novamente. — O cara afastou-se de Erick e encarou-me. — Você é um idiota mesmo, garoto.

— Alan. — Erick tentou vir ao meu encontro, mas o rapaz segurou-o pela camisa. — Me solte!

— Alan é o nome do trouxa? — O cara gargalhou, e Erick começou a chorar. — Garoto, me desculpe por destruir seus sonhos com a princesa aqui.

— Cala a boca — Erick pediu, e o cara segurou-o mais perto e forte.

Meus punhos estavam cerrados e meu maxilar trincado. Estava a ponto de partir pra cima daquele desgraçado.

— Alan, meu filho. — Continuava a rir. — Perdão, mas sua princesa é, na verdade, uma vadia. — Erick pareceu fraco. — Uma puta profissional.

— Chega, por favor — Erick pediu, quase desesperado.

— Ele é garoto de programa, Alan. — O cara gargalhou, e Erick abaixou a cabeça, chorando alto. — Faz sexo por dinheiro!

— Eu sei — Foi tudo o que eu disse, e Erick olhou-me, surpreso, apenas com linhas de tristeza em seu rosto. — Sei que ele era garoto de programa.

— E aí? — O cara esperava alguma reação.

— E aí, o quê? — Ri. — Solta ele.

— Garoto. — Ele ficou bem irritado. — Vai ficar com um cara que vendia o próprio corpo?

— Solta ele — repeti.

— Você não está entendendo. — Bateu o pé no chão. — Esse vadio… — Agarrou o cabelo de Erick. — Esse vadiazinho já fodeu com todo tipo de homem: com adolescentes, velhos, com caras casados, drogados, bandidos e até com padres e pastores!

— E o pior de todos esses caras aparentemente foi você, não é? — Eu me aproximei rápido. — Eu mandei soltar ele, porra!

Acertei um chute alto em seu ombro, fazendo-o soltar Erick, e então, dei uma joelhada em seu estômago, seguido de um soco no queixo, e ele caiu, desacordado. Acho que nunca fiquei com tanta raiva de alguém!

— Você está bem? — Abracei Erick com força e deitei sua cabeça em meu peito. Ele agarrou a minha camisa, soluçando contra minha pele. — Vamos sair daqui.

Antônio, está tudo bem com a gente, mas estamos indo embora… Eu ligo pra vocês amanhã. — AP

— Venha. — Eu o abracei de lado, praticamente sustentando todo o seu peso, enquanto ele chorava mais baixo agora.

Nós caminhamos, em silêncio, até uma lanchonete próxima dali, quase cheia de pessoas, que deixavam a boate. Erick foi ao banheiro, me olhando de maneira triste, e eu pedi dois sanduíches no balcão.

Sentei-me à mesa, perto da parede com janelas grandes, e esfreguei o rosto com minhas duas mãos, frustrado.

Droga. Que merda estava acontecendo?

Vi Erick deixar o banheiro com o rosto vermelho, mas sem lágrimas, secando as mãos na própria calça e esfregando um pouco mais a mão direita: a mesma que o cara o obrigou a usar para masturbá-lo. Ele se sentou em minha frente, com os ombros caídos e a cabeça baixa.

A garçonete veio ao nosso encontro, desviando de pessoas bêbadas pelo caminho, e entregou os sanduíches e uma garrafa de refrigerante.

— O-obrigado. — Erick tocou, desanimado, em seu lanche.

— Deve estar com fome — disse e servi refrigerante para nós dois. — Eu estou.

Ele ameaçou morder o pão, mas voltou a choramingar.

— Erick...

— Desculpa. — Enxugou as lágrimas que desciam. — Desculpa por tudo.

— Desculpa por qual tudo? — Eu o encarei. — O único que deve desculpas é aquele nojento lá do beco. — Ele fungou e secou o rosto com um guardanapo. — Apenas coma.

E ele comeu, em silêncio, encolhido na cadeira, com o olhar caído.

Naquele momento, ele não lembrava nem um pouco o Sol. Ele, aliás, era como uma representação humana de uma nuvem escura, carregada de chuva, prestes a desabar.

Chuva e Erick não combinavam.

Nós terminamos de comer, deixamos a lanchonete e começamos uma caminhada em direção ao ponto de ônibus, ainda em silêncio. Nos sentamos no banco do ponto: Erick longe de mim, em uma ponta, e eu no meio. Aproximei-me e encostei nossas coxas, com minhas mãos pousando sobre as suas, que estavam unidas em cima do seu colo. Ele me olhou de baixo, com o rostinho triste e sem cor, e eu beijei seus lábios demoradamente, sem língua.

Sinceramente, o que Erick fez no passado não me importa. Ele continua sendo um ser humano e merecendo respeito.

— Você disse que já sabia... — Ele disse baixinho quando terminamos o beijo.

— Uma garota de cabelo rosa me contou na boate — disse no mesmo volume que ele. — Podia ter me contado antes.

— Alan. — Sorriu, tristonho. — Damos aulas pra crianças... E, bem, não é todo mundo que age normalmente ao saber que você era um garoto de programa. Aliás... quase ninguém leva isso numa boa.

Eu escutava tudo atentamente enquanto acariciava as costas de sua mão com meus dedos.

— Ele tem razão. — Erick abaixou o queixo. — Não deve ficar com alguém como eu. Você é um cara bacana, Alan... devia se envolver com caras corretos, não com um ex-garoto de programa.

— Isso não me importa. — Levei minha mão livre ao seu cabelo loiro, acariciando o couro cabeludo.

— Não importa mesmo? — Olhou-me intensamente. — Mesmo, mesmo? Alan, você ouviu... eu já transei com todo tipo de gente.

— Eu não vou julgar nada que você tenha feito. — Beijei sua testa. — Não vou julgar uma história que não conheço, e mesmo que conhecesse... não o faria. — Beijei de novo. — Não sou melhor que ninguém para dizer o que é certo ou errado.

Ele, enfim, me abraçou, afundando o rosto em meu pescoço. Era tão boa a sensação de tê-lo próximo a mim, de ter suas mãos tocando-me, que, caramba, jamais aquela informação sobre ele me impediria de adorá-lo.

É, foi um choque, porque eu não esperava, mas não o deixaria. E, sim, ele ter sido garoto de programa explicava bastante coisa, como toda a sua experiência, charme e encanto.

O ônibus chegou uns dez minutos depois, e nós entramos e nos sentamos no fundo, mesmo que estivesse vazio. Ele voltou a se acomodar em mim, usando meu peito como travesseiro, com uma perna sobre minhas coxas, e eu mergulhei o nariz em seu cabelo e aspirei o cheiro bom. Erick era precioso demais para ser tratado tão mal.

— Está tarde — Erick disse quando o deixei na porta de sua casa. — Dorme aqui.

— É melhor não. — Sorri, agradecido.

— Não quer ficar perto de mim? — Seus lábios formaram um bico triste. Seu corpo estava encostado no batente da porta, e os olhos inchados, de tanto chorar. — Eu entendo.

— Você tem um cobertor pra mim? — Abri a porta da casa, entrando.

— Mas você vai dormir comigo. — Erick sorriu ao me ver aceitar. — Na cama.

— Acho que não está tão frio. — Comecei a ajeitar as almofadas no sofá.

— Na cama. — Segurou minha mão e puxou-me em direção ao quarto. — Eu vou tomar banho, okay?

— Okay.

Beijou minha bochecha e seguiu para o quarto.

Meu corpo amoleceu ao ver a cama tão arrumadinha, parecendo tão cheirosa. Eu me sentei na beirada, peguei um travesseiro e respirei fundo o cheiro bom dele. Cheiro de Erick.

E ele voltou ao quarto minutos depois, com uma toalha na cintura e o cabelo molhado sobre a testa, deixando-o mais adorável. Erick é arte.

— Aqui. — Deu-me uma toalha. — Eu vou fazer um chá pra gente.

— Você é incrível. — Suspirei e beijei seus lábios. — Sabia disso?

— Sou nada. — Sorriu de maneira triste e deu-me um empurrãozinho em direção ao banheiro.

Eu tomei banho, voltei ao quarto e vesti a calça moletom que Erick havia deixado para mim. Fui ao seu encontro na cozinha e, chegando à porta, pude pegá-lo, em silêncio, limpando as lágrimas de seu rosto enquanto adoçava o chá.

— Ei!

Ele se assustou, ao me ouvir, e acabou queimando os dedos no chá.

— Calma, Erick.

Ele correu para esfriar os dedos na torneira, e eu o puxei para um abraço, o qual ele devolveu, passando os braços por cima de meus ombros.

— Era melhor você ter ido dormir em casa — Erick disse, com a voz chorosa, perto do meu ouvido. — Eu nem vou conseguir fazer nada com você hoje... me desculpa.

— Como é que é? — Eu o afastei o suficiente para encarar seus olhos vermelhos. — Erick... acha que estou dormindo aqui pra transar com você?

— S-sim... — Sorriu de uma forma que me entristeceu. — Por qual outro motivo seria?

Não, Erick, droga!

— Porque eu me preocupo com você. — Afastei-me totalmente, irritado. — Porque eu gosto de você.

— Pare de mentir! — Pediu, com a voz embargada. — Eu já disse que você não precisa fazer isso... Está tudo bem, Alan. — Forçou um sorriso, com as lágrimas descendo. — Acho que consigo, é só você me dar um minuto para me animar, e aí a gente pode ir ao quarto ou aonde você quiser.

Eu me virei, bati com a testa na parede, sem muita força, e respirei fundo. Que vontade de acertar esse rostinho lindo.

— Não, Erick! — Voltei a encará-lo. — Que droga, não... não vim aqui pra transar com você. Não estou com você somente para fazer sexo.

Erick sentou-se em uma cadeira, parecendo confuso e atordoado, e me ajoelhei em sua frente.

— Acredite em mim. — Segurei sua mão. — Estou aqui por tudo o que envolve você, não apenas pelo sexo. Estou aqui pela sua presença.

— Mas, Alan. — Soluçou. — Você ama o Kaíque…

— Eu nem sei mais o que sinto. — Abaixei a cabeça. — Você está me deixando maluco. E não sabe o quanto me magoa ouvir você falando assim... Pensei que estivesse claro que estou sendo verdadeiro com você.

Ele ficou em silêncio, com os ombros caídos e os lábios no conhecido biquinho triste.

— Me perdoa — Finalmente disse, parecendo culpado. — Alan, me perdoa... eu não sei lidar com isso. — Pegou fôlego. — Se fosse outro cara no seu lugar, aqui, agora, já estaríamos fodendo, sem importar se eu estaria feliz ou não.

— Mas não é outro cara. — Beijei sua mão. — Sou eu, Erick, Alan Pellegrini. E me importo.

— Me desculpe. — Segurou minha mão com força. — Me desculpe, por favor. Eu nunca conheci ninguém assim. Eu nunca... ninguém nunca... — Suspirou, frustrado. — Ah, Alan!

— Só diga que acredita em mim — pedi, olhando em seus olhinhos. — Diga que acredita que estou aqui porque me preocupo. Porque, Erick, é a verdade.

Eu o conhecia há pouco tempo, mas me sentia ligado a ele de um jeito forte.

— Eu acredito — disse Erick, por fim, subiu em meu colo e abraçou-me com força. — Obrigado. Obrigado por ser verdadeiro comigo... Por favor, me desculpe por interpretá-lo mal.

— Eu te desculpo. — Beijei o seu rosto.

— Eu sou um idiota. — Erick puxou o próprio cabelo, e segurei seu braço para que não continuasse.

— Não é. — Dei-lhe um selinho. — Eu entendo, okay? Eu entendo.

Antônio provavelmente entenderia melhor que eu, mas não deixava de sentir.

— Vamos tomar o chá. — Eu o puxei para nos levantarmos. — E ir dormir. Foi uma noite maluca.

— Queria que tivesse sido melhor. — Suspirou. Suas lágrimas finalmente estavam secando. — Mas diga aos seus amigos que eu os adorei. O Antônio é um amor, e o Ícaro é uma graça.

— Vou dizer — concordei enquanto servia o chá em duas canecas. — E eles realmente são.

— É tão visível que eles se amam. — Erick sorriu, bobo. Ele realmente sorriu. Isso me fez sorrir também.

— Aqui. — Eu me sentei ao seu lado e entreguei-lhe uma caneca.

— Obrigado! — Olhou-me intensamente enquanto falava, dizendo-me, em silêncio, que não estava agradecendo apenas pelo chá.

— Você é lindo, sabia? — Tive que dizer, vendo-o tomar a bebida.

Mesmo com os olhos inchados e as bochechas vermelhas, Erick continuava bonito e adorável. E quando lambeu o lábio, após afastar a caneca do rosto, sorriu de maneira charmosa, como quem diz "eu sei", piscando lentamente, e eu pude reconhecer meu erro.

Achei que seu charme, sua segurança e seu encanto eram resultados de sua experiência como garoto de programa, mas, não, eram naturais.

— Você é lindo também! — Apoiou o queixo na palma da mão, me olhando. — O mais lindo que já conheci.

Minhas bochechas esquentaram, e eu sorri, envergonhado.

— Lindo em todos os aspectos. — Lançou-me um olhar de devoção, algo que me constrangeu. Não era para tanto, eu acho. — Você é lindo, Alan. Lindo!

— *Onde está?* — Perguntava Antônio ao telefone, quase gritando.

— Na casa do Erick — respondi, suspirando, cansado.

— *Seu filho da mãe!* — Ouvi o raivoso Antônio. — *Sabe como ficamos preocupados?*

— Me desculpa — Tentei dizer.

— *Desculpa nada!* — Tive que afastar o celular da orelha, de tão estridente. — *Hoje já é domingo, seu merdinha! Domingo! Você deixou a boate na sexta! Sexta! Você saiu pra ir atrás do seu namoradinho em uma aventura perigosa, me mandou uma mensagem vagabunda e nunca mais ligou!*

— Deus amado! — Erick segurava-se para não rir, ao meu lado, ouvindo tudo.

— Eu estou bem — Foi tudo o que pude dizer. — Estou ótimo. Estamos os dois bem, não precisa enlouquecer.

— *Eu fiquei preocupado.* — Antônio finalmente abaixou o tom, parecendo exausto. — *Você não pensa em mim e no Ícaro, que ficamos achando que algo tinha acontecido com vocês. A gente se preocupa, okay?*

— Okay. — Sorri, constrangido. — Eu sei que se preocupam... Não quis assustar.

— *Mas assustou* — Foi Ícaro quem disse. — *E, mudando de assunto... você está na casa do Erick desde aquela noite?*

— Sim — respondi, envergonhado. — Nem fui pra casa.

Eu tentei ir embora, depois de acordar com Erick dormindo de maneira tão dócil, abraçado a mim, com a boca em um biquinho e o cabelo bagunçado, mas não consegui.

Ele cozinhou para mim, me ajudou com uma dor no ombro e enrolou-me, fazendo-me passar o sábado com ele. Toda vez que eu tentava pegar minha mochila, ele vinha me dar um beijo de despedida, e aí acabavámos no sofá, com seu corpo no meu, me fazendo alcançar as estrelas.

Nada de sexo. Não que ele não tenha se insinuado, mas eu não queria.

Quando vi, era tarde demais para ir embora, e acabamos assistindo a um filme qualquer, enrolados no cobertor.

— *Ah!* — Ícaro agiu como se tivesse me pegado aprontando. — *Seu hipócrita! Fica falando que eu não saio da casa do Antônio, mas ora, ora, ora, veja só quem nem lembra mais o caminho de casa!*

— Eu tentei ir embora. — Olhei para Erick, que sorria inocentemente. — Tentei mesmo, com todas as minhas forças, mas não é nada fácil resistir.

— *A carne é fraca, eu sei.* — Ícaro riu como se compreendesse. — *Como acha que acabei passando a viver mais na casa do Antônio do que na minha?*

— Eles são uns filhos da mãe, bonitos do caralho. — Suspirei, pensando em toda incalculável beleza de Erick Capdeville.

— *Que cozinham* — Ícaro respondeu — *e fazem carinhos fodidamente irrecusáveis.*

— Cobras venenosas. — Olhei para Erick, que mostrou a língua para mim. — Odeio todos eles.

— *Já transaram?* — Ele perguntou, assim como quem pergunta se eu já jantei.

— *Não.* — Ouvi Erick murmurar um "infelizmente". — *Nem vamos.*

Eu não devia ter dito isso.

— Ah, é? — Erick aproximou-se de mim, fez eu me deitar na cama e subiu em meu colo.

Devia ter dito sim.

— Ícaro! — Pedi como se fosse um "socorro". — Estou sendo atacado!

— *Uh, acho que Antônio foi tomar banho.* — Ícaro riu. — *Agora é a hora. Tenha um bom domingo, Alan.*

E desligou. Abandonou-me na mão de Erick, também conhecido como diabo.

— Erick — pedi, enquanto ele se ajeitava, sentado em minha virilha.

— O que foi? — Deu uma risada sensual, baixinha, enquanto adentrava minha camisa com as duas mãos. — Eu não estou fazendo nada.

— Você acha que não? — Agarrei a gola de sua camisa e puxei-o para perto, fazendo seu peitoral chocar-se contra o meu. — Devia fazer, então.

— O que você quiser. — Beijou meus lábios e, depois disso, meu maxilar, enquanto suas mãos macias espalmavam minha pele por baixo da blusa, causando uma sensação gostosa.

Levei as mãos até seus glúteos e apertei-os, ouvindo-o arfar perto do meu ouvido. Suas mãos desceram para a barra da minha calça, e ele começou a desfazer o nó dos cordões.

E o interfone tocou.

— Merda — Erick resmungou, saiu de cima de mim e foi à sala.

Qual é, destino!? Isso só pode significar que não é para transarmos mesmo. Essa é a vida, sempre cortando minhas asinhas e fazendo-me dar de cara com o estrume. Valeu, cosmos!

— Pode deixar ele subir — Ouvi Erick dizer.

Não pode, não, é domingo. O que você quer na casa dos outros? Não tem sua casa, não? Droga.

— Ei! — Erick voltou ao quarto. — Um amigo meu está subindo.

Sobe você em cima do meu p...

— Quem? — perguntei, desanimado. *Tomara que seu amigo morra, sinceramente.*

— Diego. — Sorriu ao dizer.

Sorriu ao dizer!

Já não gostei do tal Diego, que faz Erick sorrir ao dizer seu nome.

Encostei-me na parede da sala, esperando o tal Diego, enquanto Erick colocava água para ferver em uma panela.

Ouvi, então, a campainha tocar, e Erick foi atender, imediatamente abraçando o rapaz que surgiu na porta. Eles eram da mesma altura, e ele tinha cabelo preto, a pele bem branca e, droga, era bonito pra caralho.

Intensamente, indiscutivelmente, incrivelmente, irritantemente bonito pra caralho.

— Trouxe as roupas que deixou na minha casa — Diego disse, com sua voz um pouco relaxada. — E o *pendrive* com as músicas que me pediu.

Oh, que fofo.

— Ah, obrigado — Erick disse, animado. — E não precisava trazer as roupas... eu pegaria quando dormisse lá de novo.

Ah, dormir lá. Na casa do Diego. De novo!?

— Precisava de um pretexto pra vir te ver. — Ele beliscou o nariz de Erick, que gargalhou adoravelmente.

Casem-se logo.

— Vou fazer comida pra gente — Erick disse, e ele sorriu, agradecido.

Oi, estou aqui. Tudo bem? É bom te ver.

— Tem mesmo um gostosinho com cara de entojado na sua sala ou sou só eu que estou vendo coisas? — O tal Diego finalmente me notou.

— Ah! — Erick virou-se para mim, sorrindo. — Este é o Alan. E ele só tem cara de entojado, mas não é, eu juro.

— Vamos ver. — Diego me olhou dos pés à cabeça. — Sou Diego Flores.

— Alan Pellegrini. — Acenei, sem animação.

— Vou pôr as roupas no cesto, já volto. — Erick pegou o saco de roupas e foi ao banheiro.

E eu fiquei sozinho com o amigo dele.

— Então... — Tentei, colocando minhas mãos nos bolsos da calça.

— Então, o quê, garoto? — Diego aproximou-se de mim. — Está com o Erick de verdade ou está pagando? Porque, se estiver apenas como cliente, eu vou chutar sua bundinha malhada pra fora deste apartamento agora mesmo. E depois, vou puxar as orelhas de Erick Capdeville até ele perder os brincos, porque achei que ele tinha parado com essa merda de prostituição.

Antônio, achei seu irmão.

— Trabalhamos na mesma academia — comecei a explicar, meio amedrontado. — Eu não estou pagando nada.

Ele é baixinho e parece fofo, mas dá medo.

— Oh! — Diego suavizou sua expressão ameaçadora. — Espera aí. Você sabe a história da prostituição?

— Sei. — Dei de ombros.

— E... — Ele pareceu confuso. — E mesmo assim está com ele?

— Sim — disse, como se fosse óbvio. E era.

— Essa é nova. — Ele estava visivelmente surpreso. — Tudo bem, *karatê kid*, acho que posso suportar a sua presença.

Obrigado.

— Acho que é por isso que o Erick anda tão felizinho esses dias — Pareceu pensar alto. — Acho que você faz bem pra ele.

— Isso é bom. — Tentei conter um sorriso.

— É ótimo. — Sorriu, claramente falso. — Se você ferir meu amigo, eu juro, não estou nem aí se você é faixa verde, vermelha, preta, prata, rosa, eu acabo com a sua paz.

— Eu não vou magoá-lo. — Suspirei, exausto. — Eu acho.

— Você acha? — Ergueu uma sobrancelha. — Olha, só quero deixar claro que não me custa nada te fazer uma visitinha na sua casa e deixar o gás do seu fogão aberto.

— Se acalma — pedi. — Não quero ferir o Erick, acredite em mim.

Ele ficou em silêncio, com os olhos semicerrados, me analisando.

— Você parece ter mais coração que cérebro. — Permitiu-se sorrir de verdade, desta vez. Eu não entendi o que ele quis dizer.

— Vou te dar um voto de confiança, mas estou falando sério, *karatê kid*, eu não vou medir esforços em destruir sua vidinha se você machucar ele — Diego continuou, falando seriamente.

— Eu mesmo destruo se eu fizer algo a ele — Fui sincero.

— Voltei. — Erick saiu do banheiro, distribuindo sorrisos. — Vou preparar o miojo. Podem ligar a televisão se quiserem.

— Vou te ajudar. — Diego acompanhou-o até a cozinha.

Eu não insisti e comecei a arrumar minhas coisas na mochila. Tinha que ir embora e queria que eles pudessem conversar sem que eu estivesse por perto.

Não estava mais com tanta raiva do tal Diego.

— Eu vou indo — avisei da porta da cozinha.

— Mas eu estou cozinhando. — Erick fez um biquinho.

— Eu tenho que ir. — Sorri, tristonho, para ele. — Tenho que arrumar minha casa.

— Oh! — Lamentou-se, veio em minha direção e abraçou-me. — Obrigado por passar o final de semana comigo. Você foi um herói em muitos aspectos. — Deu-me um estalo demorado. — E me desculpe por sexta-feira... saiba que não penso mais daquela forma.

— Eu acredito em você. — Abracei-o com mais força. — E obrigado por ter sido tão bom comigo.

— Acho que vou escorregar — Diego disse enquanto cortava salsichas.

— Onde? — Erick olhou para o chão em que ele pisava.

— Na melação de vocês dois — respondeu, e Erick mostrou-lhe o dedo do meio.

— Até amanhã. — Beijei-lhe o rosto, e ele me acompanhou até a porta.

— Te vejo na academia. — Sorriu de forma graciosa para mim, e eu deixei sua casa.

— Espera aí. — Diego passou por Erick. — Tenho que falar com você, *Daniel-San*.

— Diego! — Erick tentou impedi-lo.

— Não vou esfaqueá-lo até a morte, não, Erick — Flores estressou-se e fechou a porta, proibindo Erick de nos ver e ouvir.

— O que foi? — Estava preocupado.

— Soube do que aconteceu com vocês na boate — Diego começou a falar. — Me contaram que um cara levou o Erick pra fora. O que aconteceu?

— Ah! — Suspirei, não queria me lembrar daquele merda. — O cara já tinha falado umas porcarias pro Erick quando a gente chegou, eles já se conheciam. Depois, ele o levou para um beco e obrigou o Erick a bater uma punheta pra ele, dizendo que eles iam transar depois. Foi horrível.

— E como era esse cara? — Diego perguntou.

— Alto, tinha cabelo escuro, barba malfeita, mas era até bonito — expliquei, tentando me lembrar da cara daquele porco.

— Eu sei quem é. — Diego bufou, irritado. — Ele está sempre enchendo o saco do Erick, mas obrigá-lo a meter a mão naquele pinto podre… isso é demais.

— Por que está perguntando essas coisas? — Eu o olhei de maneira assustada.

— Eu estava evitando ter que fazer isso. — Suspirou. — Mas, *karatê kid*, vamos ter que tirar esse bostinha de pomba da vida do nosso Erick.

— O que quer dizer com isso?

— Que nós vamos fazê-lo sumir.

— Nós? Fazê-lo sumir? — Meu coração disparou. — Oi?

— Não vamos matar ele. — Diego rolou os olhos. — Tô vendo que inteligência não é teu forte, mas serve.

— Como assim? — Ainda não havia entendido.

— Coloca seu número aí. — Entregou-me seu celular. — Se colocar o número errado de propósito, eu faço você perder as bolas, gostosinho.

— Mas o que nós vamos fazer? — perguntei, salvando meu contato em sua lista.

— Estará livre amanhã à noite? — Não me respondeu.

— Até o momento, sim. — Cocei meu couro cabeludo, mostrando quão confuso estava.

— Eu vou te mandar uma mensagem. — Abriu a porta, pronto para voltar para dentro. — Até mais, *karatê kid*.

Que viagem é essa, velho?

A relação que pode existir entre o Sol e a Lua

— Oi, mãe. — Sorri e corri para atender a ligação da minha mãe quando vi o nome dela na tela do celular.

— *Ei, querido* — Ouvi sua voz serena e doce do outro lado. — *Faz um tempo que não nos falamos.*

— Três semanas e dois dias — respondi, e ela riu. — Me desculpe por não ligar, é que aconteceram muitas coisas nas últimas semanas.

— *Tudo bem, meu amor.* — Podia imaginá-la sorrindo enquanto falava. — *Conseguiu superar o Kaíque?*

Como ela sabe que ele terminou comigo?

— Como você sabe que terminamos? — indaguei, no mínimo confuso.

— *Você me ligou às três da manhã* — explicou, e eu bati na minha própria testa. — *Bêbado. E chorou no telefone por uma hora seguida.*

— Me perdoe, mãe — pedi, constrangido. Eu não posso beber e levar um pé na bunda ao mesmo tempo.

— *Não tem problema. Sou sua mãe, estarei aqui pra te ouvir sempre que precisar.*

— Eu te amo — disse, com meu peito doendo de saudade.

— *Eu também te amo.* — Ouvi quando ela beijou o celular. — *Mas como está sua situação com o Kaíque?*

— Não há situação. — Custou-me dizer aquilo, admito. — Realmente terminamos. Ele está com outro cara e feliz pra caramba, então...

— *E você?* — perguntou, preocupada. — *Como está lidando com isso?*

— Eu não sei. — Suspirei, cansado. — Realmente não sei. Está tudo confuso, mas eu estou saindo com outro rapaz também.

— *Oh!* — Ela exclamou, animada. — *E como ele é?*

— É o melhor possível. — Sorri de maneira boba, pensando no Erick. — É incrível, mãe.

— *Vocês estão namorando?* — Parecia esperançosa.

— Não. — Eu me peguei, de repente, triste. — O conheci há umas duas ou três semanas... E, sabe, estamos nos envolvendo ainda. É uma coisa complicada, mãe.

— *Okay, okay.* — Riu, dócil. — *Eu só quero que você fique bem, meu filho. Sei que passou bastante tempo com o Kaíque e que realmente gostava dele... mas precisa superar, esquecer.*

— Eu sei — disse, cabisbaixo. — Estou tentando... e posso garantir que estou tendo progresso.

— *Esqueça ele* — ela pediu. — *Tem muita bunda por aí, meu bem.*

Eu continuei minha conversa com minha mãe por mais uma hora, aproximadamente. Sei lá, não consigo ter noção do tempo quando estou falando com ela. Não acredito que meu pai teve coragem de deixá-la. Ela é a melhor pessoa do mundo. Meu pai é um otário.

Mas tive que desligar, porque estava na hora de ir para a academia. Academia que leva a Erick.

Erick, que leva aos meus problemas psicológicos mais sérios no momento.

Eu saí de sua casa no dia anterior, na hora do almoço, e, Deus, já estava com tanta saudade. Mas quando cheguei à academia, tive uma das piores visões da minha vida: Erick conversando animadamente com a filha do Kentaro.

Não, não, não! Não admito! Nem por cima do meu cadáver. Nem por uma maratona de Naruto. Nem pelo *comeback* do 2NE1.

— Ei! — Eu me aproximei deles.

— Bom dia, *sensei* — Erick cumprimentou-me.

— Bom dia, Alan. — A filha de Kentaro, Larissa, me olhou sem muito ânimo. Nojenta. Aposto que ela lambe os dedos quando está comendo Doritos.

— Acho que estamos atrasados. — Puxei Erick pelo pulso, mas Larissa nos impediu. — Perdão?

— Perdoo. — Sorriu falsamente. — Vou assumir a administração da academia... e estava pedindo ao Erick que me apresente o lugar.

— Oh! — Compreendi. — Seu próprio pai pode fazer isso, não acha? Ele faria melhor que qualquer um. E sabe, o Erick nem trabalha há tanto tempo aqui.

— Mas eu vi que as crianças adoram ele. — Ela puxou Erick para o seu lado. — Ou seja, ele é um ótimo professor, então deve saber lidar com a academia.

Olhei para Erick, que me olhava daquele jeito "deixa pra lá", e tive que me segurar para não enfiar um karatê na cara daquela garota.

— Ah, tudo bem. — Sorri de maneira amigável para ela. — Uh, Erick, seu namorado pediu pra te avisar que deixou as chaves na casa da vizinha.

— Muito obrigado por avisar. — Erick sorriu para mim.

— Namorado? — Larissa o olhou, incrédula. — Ah, não! Será possível que todo mundo é *viado* hoje em dia?

— Quer conhecer a academia? — Erick ignorou Larissa.

— Deixa pra outro dia. — Soltou seu braço e rolou os olhos. — Você é mesmo gay?

— Cem por cento. — Erick piscou, solidário, fingindo lamentar.

— Mas não parece. — Larissa fez um bico, triste. — Tipo, o Alan é visivelmente gay... mas, você... Que droga!

E ela nos deixou lá, sem palavras.

— É tão visível assim que eu sou gay? — perguntei, enquanto caminhávamos em direção à sala.

— Até cego vê.

Ele sorriu para mim, fazendo seus olhos virarem duas linhazinhas graciosas.

— Por causa dos dois brigões aí… — Erick apontou para Victor e Gabriel. — A turma inteira vai ter que correr e voltar dez vezes. Vamos lá!

Eles reclamaram, é óbvio, mas começaram a correr de uma parede à outra. Erick monitorava, enquanto eu passava a lista de chamada. É incrível! Mesmo que Erick os mande fazer cinquenta flexões só com uma das mãos, eles continuarão amando-o. Se fosse eu, sairia daqui linchado. É muita injustiça.

Enfim, escapei um minuto para checar meu celular e, é, tinha uma mensagem. Do Diego. Ah, esse cara era maluco, mas visível e indiscutivelmente se preocupava com o Erick. Era bom saber que ele não estava sozinho.

Jackie Chan, vamos agir esta noite. Pegue sua katana, vamos atrás do talismã místico do dragão do templo de BigBang. — Diego

E mandou o endereço.

Reconheci o bairro, e não era exatamente o melhor de Curitiba. Eu deveria chamar a polícia. Mas vai que minha casa explode? Não posso perder minha coleção de álbuns do SNSD.

— Tudo bem — Ouvi Erick dizer depois de um tempo. — Estão liberados.

As crianças se despediram de nós, Victor deu a língua para Gabriel, e ficamos só Erick e eu na sala.

— Na casa de que vizinha o meu namorado deixou a chave? — Erick aproximou-se, realmente curioso.

— Ah, Erick. — Desviei o olhar, e ele riu.

— Você é tão ciumento. — Passou um braço por meus ombros, e nós deixamos a sala. — Kaíque te traumatizou.

— Nem me fale. — Até senti uma coisa ruim no joelho. — Mas nós não namoramos, então você pode ficar com quem quiser.

— Ah, é mesmo. — Erick retirou o braço de meus ombros. — Vou tomar um banho.

Acho que falei merda. Só acho.

— Digo… — Corri atrás dele, e entramos no vestiário. — Eu não tenho nem chances com você.

— Cala a boca. — Sorriu para mim enquanto tirava a parte de cima da roupa branca. — O Diego gostou de você, sabia?

— Um pouco. — Comecei a me despir também.

— Isso é difícil, okay? — Pegou uma toalha e foi para o box. — Ele raramente vai com a cara de alguém.

Deixa eu tomar banho com você, Erick, e lavá-lo com a minha boca.

— Eu percebi. — Entrei em um box também. — Ele é intenso, né?

— É bastante seletivo. — Parecia sorrir enquanto falava. — É como um irmão pra mim.

— Que bom que é só irmão — deixei escapar. — Você e ele nunca tiveram nada? — perguntei, tentando não demonstrar meu interesse pessoal.

— Eu tirei a virgindade dele — respondeu, e quase me engasguei com a água que bebia do chuveiro. — Mas não valeu de nada... Ele se descobriu passivo, então não curtiu muito quando fiquei de quatro pra ele.

Que vacilo, Diego.

— Tínhamos uns quinze ou dezesseis anos. — Erick riu enquanto contava. — Faz tempo.

— Quantos anos você tem? — perguntei, percebendo que nunca havia feito esse tipo de questionamento a ele.

— Vinte e seis. — Eu o ouvi desligar a ducha.

— Eu tenho vinte e um. — Permaneci no box.

— Eu sei. — Pude vê-lo secar-se em frente ao seu armário. — Você me contou naquela festa. Foi tipo "Capdeville, eu tenho vinte e um anos e zero motivos para viver até os vinte e dois."

Que vacilo, Alan.

— O que mais eu te contei? — Fiquei com medo de fazer aquela pergunta.

— Você me contou que doeu pra caramba perder a virgindade — disse Erick, e eu saí do box. — Que o cara que te fodeu devia ter uns quarenta centímetros de pênis.

Draminha de quem não nasceu pra ser passivo.

— Mas ele tinha — Eu me defendi. — Ou parecia ter.

— Me contou que seu primeiro namorado preferiu assistir ao filme *A Lagoa Azul,* ao invés de ir pra sua casa fazer troca-troca e comer bolo de cenoura com cobertura de chocolate. — Olhou-me como se lamentasse enquanto se vestia. — disse também que só passou de ano na nona série, porque masturbou a pedagoga. Alan, nem mesmo eu teria feito isso!

— Mas... — Tentei encontrar uma forma de contornar a situação. — Erick... Eles iam me reprovar e meu pai não ia comprar meu *play* 2.

— Nada justifica. — Olhou-me com um falso olhar de nojo. — Por fim, contou que seus pais se separaram depois que você disse que era gay. — Eu contei isso? Oh. — Que seu pai pôs toda a culpa na sua mãe. — Sentou-se em um dos bancos, enquanto eu terminava de me vestir. — Dizendo que ela era a culpada por você não gostar de mulher.

— Foi uma época difícil. — Eu me sentei ao seu lado. — Ela amava ele... eles se amavam. De repente, eu estraguei tudo.

— Não é assim. — Pegou a toalha para enxugar meu cabelo. — Eu não entendo muito de amor, mas acho que, se ele a amasse mesmo, teria passado por cima disso, teria aprendido a lidar com você, teria te aceitado, por ela.

— Por que eles têm que ser assim? — perguntei, parecendo uma criança, já que Erick, agora, penteava meu cabelo. — Por que não podem aceitar? Tipo... não muda nada na gente, nós continuamos os mesmos, só que gays.

— Tem tanta coisa que eu não entendo. — Erick beijou minha bochecha. — Não se culpe... você não podia fingir ser alguém que não é.

— Você tem razão. — Eu o abracei.

— É melhor fazer chorar com a verdade, do que fazer sorrir com a mentira. — Olhou-me como se entendesse.

— Você me contou que viveu com vários parentes diferentes — resolvi perguntar. — Por quê?

— Você ouviu mesmo quando eu te contei? — Pareceu surpreso. — Ninguém nunca lembra... Enfim, é, eu morei com todos os tios e padrinhos possíveis. É uma história complicada.

— Não precisa contar se não quiser. — Eu o deixei livre.

— Não, está tudo bem. — Sorriu para mim. — Nem é a pior parte da minha vida... Acho que até aí ainda estava razoável.

Isso era definitivamente triste. Erick não merecia ser triste.

— Eu vivi com meus pais até uns cinco ou seis anos, mas o Conselho Tutelar me tirou deles — começou a dizer. — Eles eram drogados, os dois... Algumas vezes, passei dias trancado em casa, sem comida, banho, essas coisas. Então, me deram para minha avó, mas ela foi diagnosticada com Alzheimer quando eu tinha uns dez anos. Aí, meus tios me assumiram, mas só passei uns dois anos com eles, porque se separaram. Minha madrinha resolveu cuidar de mim, e eu morei com ela até meus quinze anos. Depois, vim morar sozinho.

— Que pesado — Foi tudo o que consegui dizer. — Mas você lida bem com isso?

— Sim. — Olhou-me de forma sincera. — Eu estou de bem com esse assunto.

— Que bom! — Dei um selinho nele. — É inaceitável te ver infeliz.

Eu parei em frente ao tal bar que Diego havia indicado e esperei. Muita gente mal-encarada passava por ali, e eu não estava nem um pouco confortável, ou me sentindo seguro.

— O que estou fazendo aqui? — perguntei a mim mesmo, segurando minha mochila com mais força. Eu só me meto em encrenca.

— Ei, bonitinho. — Vi uma mulher vir em minha direção. Ela usava uma plataforma altíssima, uma minissaia e uma blusa que parecia ser parte de uma *lingerie*. — Que tal uma rapidinha aqui perto? São só trezentos e cinquenta reais.

— Desculpa, eu sou gay. — Evitei encará-la.

— Eu tenho um dildo, posso te comer. — Ela sorriu e piscou. — Vamos lá.

— Usa o dildo em si mesma, flor — Ouvi outra voz responder e virei para ver quem era: Diego.

— Vai à merda, Gogó. — A mulher mostrou o dedo do meio e bateu em retirada.

— Gogó? — Olhei para ele.

— Ou Diegay. O que você preferir. — Sorriu, mas logo fechou a cara. — Vamos, gostosinho.

— E aonde vamos exatamente? — Comecei a segui-lo.

— Fazer justiça. — Olhou-me de forma maligna.

— Não tô entendendo nem um pouco — Deixei claro, mas ele deu de ombros, e nós viramos a rua.

— Você fugiu da escola, Alan? — perguntou, e eu ignorei, porque não o compreendi.

— Você anda muito por aqui?

— Às vezes. — Andamos mais um pouco e paramos em frente a um prédio/pulgueiro pequeno. — É aqui.

— E que porra vamos fazer? — perguntei, e ele tirou a mochila das costas.

— Vamos dar férias a ele. — Diego tirou um pé de cabra de dentro da mochila.

— Eita. — Olhei, assustado, para o objeto. — Tem certeza de que não pretende mesmo matar o cara?

— Ainda não. — Tirou também uma lata *spray* de tinta da bolsa. — Aquele ali é o carro dele.

Eu olhei para onde ele apontava: era um carro antigo, bastante amassado, com a lataria descascada.

— Destrói. — Entregou-me o pé de cabra.

— E se ele aparecer? — Eu não queria destruir nada.

— Ele não vai. — Diego rolou os olhos. — A essa hora, ele deve estar chapado, de tanta droga, no quarto dele!

— Como sabe? — Desconfiei.

— Mandei uma amiga minha levar umas paradas pra ele. — Sorriu. — Vai logo. Eu não tenho a vida toda!

Eu poderia estar em casa, assistindo a *Casos de Família* na televisão, mas estava ali, com uma barra de ferro na mão em um bairro perigoso.

— É pra hoje, *karatê kid.* — Diego me empurrou para a rua, e atravessei, indo em direção ao carro. — Mostra sua força, garota! Você é linda, forte e guerreira, ninguém pode te derrubar!

Dei o dedo do meio a Diego, cheguei ao carro e olhei em volta, para ver se não havia ninguém olhando. Até tinha, mas não pareciam interessados, então acertei o vidro do carro, mas não foi o suficiente para quebrar ou rachar.

— Você só tem tamanho, gostosinho? — Diego gritou, sem paciência. — Seus braços são mesmo fortes ou essas veias são de tanto bater punheta?

Argh! Eu me irritei e acertei o vidro com força, fazendo o pé de cabra atravessá-lo. Em seguida, arranquei-o dali e golpeei novamente o vidro.

— Pensa que aquele filho da puta... — Diego apontou para uma das janelas do prédio. — Já gozou na bunda do Erick e depois o chamou de vadia suja!

Atingi de novo o carro, desta vez no vidro da frente, com força, irritado, várias vezes.

— Ele obrigou o Erick a tocar no pau nojento dele — Diego provocou mais um pouco, e fiz o vidro se partir em milhares de pedacinhos. — Alan, ele já drogou o Erick para transar com ele depois!

— O quê? — perguntei sem olhá-lo, chocado.

— Destrói essa lata velha, Bruce Lee! — Mandou Diego, e eu coloquei mais força nos golpes, esmigalhando todos os vidros daquela merda de carro.

Ele agitou o *spray* de tinta e foi à parede do prédio. Eu passei a golpear as rodas da sucata e vi Diego pichar a parede. Destruí as rodas, uma por uma, com muita raiva, abri o capô do carro e meti o pé de cabra no motor, amassando as peças e arrebentando ligações.

Queria amassar a cabeça daquele cara por maltratar o Erick, mas não queria ser preso.

— Acho que não tem mais como fazer o carro andar, Alan. — Diego pousou a mão no meu ombro, me fazendo parar.

— Droga. — Soltei o pé de cabra, ofegante.

— Muito bem, gostosinho. — Analisou o carro que estava acabado. — Se fodeu um carro desse jeito, imagina quando chegar a hora de foder o Erick.

Sorri, constrangido, e olhei para onde ele havia pichado:

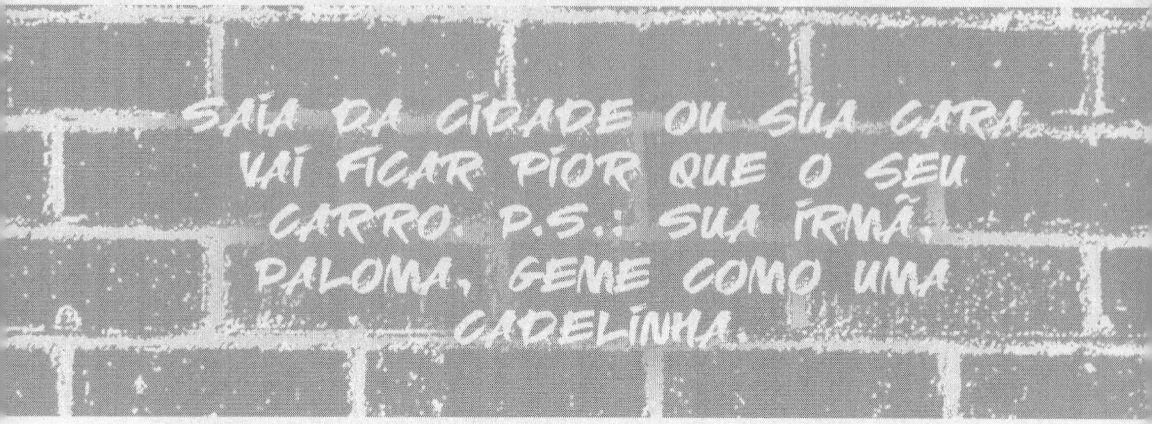

— Como você sabe sobre a irmã dele? — Olhei, assustado.

— O que eu não faço pelo meu amigo? — Sorriu de maneira doce. — Vamos.

— Você acha que ele vai embora? — perguntei, enquanto saíamos dali.

— Aquilo lá é um covarde — Diego falou, parecendo entediado. — Espero que suma.

— Você gosta mesmo do Erick, não é? — Fitei seus olhos bonitos.

— É como um irmão. — Sorriu fraquinho. — Mas irmãos não fodem, então…

— Informação demais. — Rolei os olhos.

— É pra ficar com ciúme mesmo. — Diego apontou um dedo na minha cara. — Erick é uma obra de arte única e rara. Se não cuidar dele, eu juro que enfio esse pé de cabra no seu rabo. Tá entendendo?

— Estou. — Encolhi os ombros.

— Já escolheu que presente vai dar pra ele? — Mudou de assunto, como se não tivéssemos acabado de cometer vandalismo.

— Presente? — Franzi o rosto, perdido.

— Você sabe, o aniversário dele é na quarta-feira. — Diego gesticulava com as mãos. — Eu já comprei meu presente.

— Eu não sabia.

— Do aniversário dele? — Diego parou de andar. — Ele não te contou ou você não prestou atenção?

— Não contou — Fui rápido na resposta, antes que fosse ferido seriamente.

— Ah. — Diego suspirou, parecendo exausto. — É na quarta, vinte e sete anos. Vamos levar ele a algum lugar pra curtir.

— Tudo bem — assenti. — Vou pensar em alguma coisa pra ele.

— Não vacila — pediu, me olhando seriamente. — Obrigado por ajudar com o carro.

— Ajudar? Eu fiz tudo sozinho!

— Boa noite, *karatê kid*. Tenha bons sonhos e não pense nos demônios que rondam sua casa enquanto você dorme. — Diego deixou-me no ponto de ônibus e seguiu até o que parecia ser sua moto.

Erick está bem protegido.

— Então, o que você gostaria de ganhar de presente este ano? — perguntei a Erick, enquanto as crianças testavam golpes, umas nas outras.

— Um carro. — Sorriu para mim, e eu engoli em seco.

— O que você acha de um pacote de macarrão instantâneo? — Dei um sorriso amarelo. — Da marca que você quiser!

— Pode ser — Erick pareceu sincero. Digo e repito, ele não é real.

— Falando sério… — Pedi. — Do que você precisa?

— Eu só preciso de um beijo seu. — Erick sorriu e levantou-se. — Todo mundo em fila, por ordem de tamanho.

O que eu poderia dar a ele? Eu o conhecia há pouco tempo, nem sabia que seu aniversário estava próximo. Não sabia de nada que ele pudesse gostar e não confiava o suficiente em meu próprio gosto.

— *Sensei*! — Ouvi Gabriel gritar. — Diga ao Victor que sou mais alto que ele.

— É nada, eu sou muito maior — Victor respondeu.

— Me respeite. — Gabriel tentou ir para trás do outro menino na fila. — Sou mais velho que você!

— Gabriel — Erick interferiu. — Pare com isso, já conversamos sobre essa atitude. E, não, você não é maior que o Victor.

— Assim como o Erick *sensei* não é maior que eu — falei. — Uns nascem altos e outros baixinhos. É a vida.

— Altura não significa nada — Erick falou calmamente. — Tamanho não é documento. Você pode ser alto e forte e, ainda assim, ser derrubado por um baixinho em quarenta segundos.

Eu não brinco mais.

— Vão, em fila, ao banheiro e tomar água, depois retornem — Erick mandou, e eles fizeram.

— Quarenta segundos? — Provoquei.

— Trinta e nove, se quiser. — Sorriu adoravelmente.

Acho que gosto de apanhar dele.

— Me mostra. — Parei no centro do tatame.

— Ah, as crianças. — Erick suspirou, vindo ao meu encontro. — Sempre demoram a aprender a lição.

Ele me chutou perto da orelha, e eu revidei, com uma tapa no abdômen. Ele rebateu, com uma joelhada nas minhas costelas e uma cotovelada próxima ao meu pescoço. Empurrei Erick, até que caísse, e prendi suas pernas com meus braços, deixando-o sem movimentos por um momento, mas ele pegou impulso e rolou para o lado, me fazendo soltá-lo. Chutou a parte de trás da minha cabeça, me empurrou no chão, subiu em cima de mim e sentou-se em meu abdômen, imobilizando meus braços com seus joelhos, enquanto a mão aberta apontava para o meu pescoço.

Estávamos ofegantes. Erick estava sentado em mim, e eu, me sentindo fraco.

— Trinta e oito. — Sorriu para mim, com seu cabelo dourado e brilhante bagunçado e a malícia em seus olhos.

Meu corpo estava dolorido, não tanto, mas ainda era desconfortável. Erick saiu de cima de mim, e levantei-me, humilhado.

— Mas está melhorando. — Mandou um joinha para mim. — Da primeira vez, não conseguiu revidar nem um golpe.

— Eu estava frágil — Tentei me defender. — Tinha acabado de levar o maior pé na bunda de toda a minha vida.

— Coitadinho. — Beliscou meu queixo. — Vou ter que ajudar outro professor. Até mais tarde.

Não, fique aqui! Vamos transar no meio desta sala, correndo o risco de alguém entrar a qualquer momento. Quero foder você com adrenalina.

— Tá bom. — Sorri para ele, vendo-o deixar a sala.

Terminei de dar minha aula aos meninos e meninas, chegando à conclusão de que as meninas estão aprendendo mais rápido e executando os golpes com mais perfeição.

Quando deu três ou quatro da tarde, eu estava na sala do café, fazendo meu lanche e conversando com Ícaro.

— Você e o Antônio vão, né? — perguntei. — Ao aniversário do Erick.

— *Vamos* — Ícaro confirmou. — *Não temos nada melhor pra fazer mesmo. Já assistimos a quase todas as séries legais da Netflix.*

— Como? — Arregalei os olhos. — Eu estou todo atrasado. Qual o segredo?

— *O segredo é o Antônio.* — Riu. — *Ele me paga um boquete toda vez que termino uma série com ele.*

— Eu preciso do Antônio!

— *Ei, tá louco? Quer apanhar, garoto?* — Ícaro rosnou do outro lado. — *Antônio só pode fazer oral em mim.*

— Ui, nem queria também. — Franzi o nariz. — Mas, mano, não sei o que dar pro Erick.

— *Dá sua bunda.*

— Eu tô falando sério — grunhi.

— *Dê alguma coisa que te lembre ele* — Ícaro sugeriu. — *Sempre funcionou com o Antônio.*

— Ah, mas não é melhor eu dar alguma roupa de marca ou um... liquidificador? — perguntei, nervoso. — Ou um relógio? Algo caro.

— *Vou liquidificar suas bolas, Alan* — Ícaro parecia exausto. — *Não acredito que Antônio e eu conversamos com o Erick por vinte minutos e conhecemos ele melhor que você.*

— Não fala difícil, por favor — pedi, sentindo minha cabeça dar um nó. Detesto quando falam de forma tão complicada, porque meu cérebro não vai, não vai. Ele trava, e tudo fica branco.

— *Desculpa* — Ícaro pediu, suspirando. — *Eu tô querendo dizer que o Erick não parece ser o tipo que liga muito para o preço das coisas. Compre algo que mostre seus sentimentos por ele.*

Oh, entendi. Eu acho.

— Eu vou pensar em algo que lembre o Erick — prometi.

— *Boa, garoto.* — Ícaro riu. — *Você precisa me ouvir... eu entendo das coisas.*

— Aham. — Rolei os olhos. — Aposto que foi o Antônio que ensinou tudo o que você sabe.

— *É, mas não vou admitir na frente dele* — Ele disse, e eu achei aquilo muito fofo.

— Espero ansiosamente pelo dia do casamento — soltei, ele bufou, e eu desliguei o celular. Não é bom lidar com o Ícaro bravo.

Eu me concentrei em encontrar algo que pudesse transmitir meus sentimentos, para dar de presente ao Erick. Passei o máximo de tempo que pude tentando pensar em algo, mas era muito difícil. Quando vi, já era hora de ir embora.

— Ei! — Erick veio ao meu encontro na porta da academia. — Vai direto pra casa ou...?

— O que você preferir. — Dei um sorriso bobo para ele.

— Então, vem andar comigo. — Segurou minha mão e começou a me guiar pela calçada.

— E pra onde vamos? — perguntei, admirando sua beleza única, seu sorriso radiante, os olhos fechados, a pele e os cabelo bonitos.

Deus, que trabalho incrível o Senhor fez na criação de Erick Capdeville.

— Pra qualquer lugar. — Abraçou meu braço e encostou a cabeça em meu ombro. — Eu só quero ver o Sol se pôr.

— Ah, por quê? — resmunguei, e ele riu.

— Porque é bonito — respondeu, simples. — E hoje está mais bonito ainda, porque as nuvens estão escuras, aí o céu fica roxo e contrasta com o rosa do pôr do sol. São tão diferentes um do outro e ficam tão lindos juntos.

Erick falava com tanta admiração, com os olhinhos brilhando, enquanto assistia ao céu. Eu olhei também e confirmei que era mesmo bonito o roxo mesclando com o rosa.

— É lindo mesmo — admiti. — Mas ainda é sem graça, prefiro a Lua.

— Mas por quê? — Olhou-me, curioso.

— Porque a Lua brilha no meio da escuridão — respondi. — Mesmo que você ache que está tudo perdido no lado escuro, ainda tem um ponto seguro. É luz no meio do breu, é esperança. — Lembrei-me do quanto ela significava para mim. — E ela é bonita e nós podemos admirá-la. Não é como o Sol, que não podemos nem olhar diretamente para ele. A Lua nos permite admirá-la; o Sol, não.

— O Sol nos permite senti-lo. — Erick me olhou nos olhos. — É quente, Alan. Mesmo que prefira a noite, o calor é preciso, é confortante quando ele atinge nosso corpo em dias frios.

Nós tínhamos parado de andar, e meu olhar estava fixo no dele, enquanto ele ainda segurava meu braço, como um coala em uma árvore.

— Não podemos olhar diretamente pra ele, mas podemos senti-lo. — Tocou meu rosto com a mão, acariciando minha bochecha com os dedos. — Ele te aquece, Alan.

Nós nos beijamos no meio da calçada, com pessoas indo e vindo. Nós nos beijamos de forma calma e carinhosa. E eu me senti quente. Mas o calor não vinha do Sol. O calor que eu sentia vinha de Erick.

Talvez ele seja o *meu* Sol. E eu quero ser aquecido.

Fora de órbita

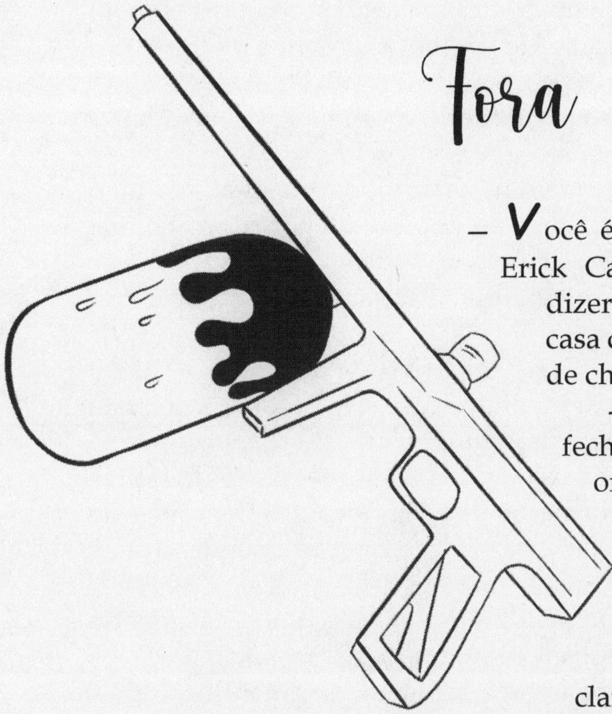

— Você é um sortudo desgraçado, Erick Capdeville — Ouvi Diego dizer, enquanto estávamos na casa de Erick. Eu havia acabado de chegar.

— Eu sou demais. — Erick fechou os olhos e deu de ombros.

— Quem tem a porra da sorte de nascer no dia de um feriado? — Diego perguntou, indignado. — Você, é claro.

— Eu, é claro. — Erick sorriu de maneira adorável.

— Planejei tudo para o seu aniversário, Erick. — Diego tirou um panfleto da mochila.

Eu estava com ciúme dos dois e inveja do Diego, porque ele pensou em tudo para que Erick tivesse um bom aniversário. E eu nem ao menos sabia como presentear o rapaz.

— Seus amigos vão vir, certo? — Diego questionou-me.

— Sim, liguei pra eles, estão a caminho — disse. — O Ícaro tem carro, então vai facilitar pra gente.

— Aonde vocês vão me levar? — Erick perguntou, desconfiado, terminando de arrumar o cabelo.

— Para o nosso chalé da decapitação. — Diego sorriu para ele. — Por isso precisamos do carro, porque seria difícil levar seu corpo na moto.

— E por que vão me decapitar?

— O ritual precisa do sangue de uma moça virgem — Diego explicou —, do fio de cabelo de uma loira natural — continuou — e das partes íntimas de uma heterossexual.

— Oh, você pensou em tudo. — Erick coçou o queixo, pensativo. — Eu realmente sou uma moça, virgem, loira natural e hétero.

— Só vai faltar o crânio de um bode. — Diego pareceu parar para pensar. — Mas pode ser o crânio de um burro. Alan, você faria um sacrifício?

Rolei os olhos, e ouvimos o interfone chamar. Erick atendeu e avisou que já estávamos descendo.

— Bom, Diego me fez acordar às oito da manhã, no meu aniversário, que também é feriado, e me proibiu de pôr roupa bonita. É bom valer a pena — Erick disse enquanto fechava a porta.

— Você vai adorar — Diego garantiu, e nós entramos no elevador. — Mas talvez me odeie.

— Eu nunca iria te odiar. — Erick beijou o rosto do amigo. — Estou há quase dez anos aturando suas maluquices, Diego Flores, se eu não te dei um chute no primeiro ano, não chuto mais.

Nossa, que sensação horrorosa de perceber que, perto de outras pessoas, você é um nada, um nadinha insignificante. Dez anos de amizade contra três semanas de uma relação que nem sei descrever. Que saco! Vontade de morrer.

— Feliz aniversário, Erick! — Ouvimos Antônio desejar quando passamos do portão, e Erick correu para abraçá-lo.

— Obrigado — Ele respondeu, parecendo realmente feliz. — Muito obrigado.

— Ei, feliz aniversário. — Ícaro acenou, e Erick beijou sua bochecha enquanto agradecia. — Antônio fez pra você.

Era um *cupcake,* todo bonitinho e confeitado.

— Oh, que lindo! — Erick pegou o bolinho. — Muito obrigado aos dois.

Eu fiz um joinha, em agradecimento, para Antônio, que piscou um dos olhos.

— Ah, este é Diego Flores, meu melhor amigo — Erick o apresentou, e eles se cumprimentaram. — Diego, estes são Antônio Cidavil e Ícaro Russo, são os amigos do Alan. São noivos, vão casar em breve e adotar uma criança.

Antônio abriu a boca, chocado, e Ícaro pigarreou.

— Mas ainda não casaram, não é? — Diego riu, olhando para Antônio.

Epa!

— Estamos parados aqui por quê? — Ícaro segurou o braço de Antônio. — Pro carro, vamos!

O casal na frente e nós três atrás, com Erick entre nós. Ele encostou a cabeça em meu ombro, segurando minha mão, e eu sorri.

— Meu bem — chamei Erick baixinho, enquanto Ícaro e Diego discutiam sobre o caminho: um insistindo que era melhor ir pela avenida norte e outro pela leste.

— Sim? — Acariciou meu pescoço com a pontinha do nariz.

— Eu preparei uma coisa pra você ontem. — Tirei o celular do bolso. — Não é o meu presente, mas acho que você merece.

— O que é? — perguntou, vendo-me abrir a galeria do celular, e entreguei-lhe os fones.

Eu abri um vídeo que gravei ontem, quando ele saiu para ajudar outro professor e meus alunos voltaram.

— *Feliz aniversário, Erick sensei!* — Todas as crianças desejaram ao mesmo tempo. — *Feliz vinte e sete anos!*

Foquei o rostinho de uma garotinha que sempre ia de coques, e ela disse:

— *Obrigada, sensei, por nos ensinar tão bem.*

Pulei para outra menininha, que disse:

— *Erick sensei é o melhor! E luta como um samurai!*

Um garotinho atrapalhado roubou a cena:

— *E sempre derrota o Alan sensei!*

— *Tá, ninguém precisa saber, sai* — eu disse no vídeo e foquei Victor e Gabriel.

— *Obrigado, Erick sensei, por nos ensinar disciplina.* — Victor curvou-se para mostrar respeito.

— *Obrigado, sensei* — Gabriel reforçou. — *Respeito em primeiro lugar.*

Os dois garotos abraçaram-se, demonstrando amizade. Eu tive que dar dinheiro para eles comprarem doces depois, mas o Erick não precisa saber que os subornei.

— *Parabéns, Erick sensei!* — Todos disseram juntos e bateram palmas antes do vídeo acabar.

Nós dois ficamos em silêncio por um tempo: eu, muito envergonhado, e Erick, com uma expressão indecifrável. Até que ele me beijou na bochecha e aninhou-se em mim, jogando as duas pernas para cima das minhas coxas e encostando a cabeça em meu peito.

— Eu adorei — disse, sorrindo. — Muito obrigado, Pelle.

E ele deu *play* no vídeo novamente, para revê-lo com um sorriso enorme no rosto. Ainda bem que ele gostou, eu já estava com as partes íntimas na mão.

Nós chegamos ao lugar um tempo depois, após um caminho longo, com Ícaro e Diego realmente discutindo sobre coisas insignificantes, Antônio tentando mostrar a paisagem e Erick sobre meu corpo.

— Que lugar é esse? — Erick perguntou, assim que saímos do carro e encontramos, em nossa frente, uma construção toda destruída e desocupada. Também tinha uma área com bastante árvores.

— Isso aqui foi um hospital psiquiátrico no passado. — Diego abriu o portão e entrou. — Mas foi fechado por motivos desconhecidos. Vocês não vão entrar?

Ah, vou entrar, sim. Já entrei, aliás.

— O que nós vamos fazer aí? — perguntei, com vontade zero de entrar.

— Jogar *paintball* — Alguém disse, um rapaz gordo e alto, seguido de mais três rapazes. — Entrem.

— Diego! — Erick pulou, animado. — Eu sempre quis fazer isso!

— Eu sei. — Diego riu.

— Ok, vai funcionar da seguinte forma... — O dono dali disse. — Duas equipes, três de cada lado, vão se confrontar e tentar derrubar os oponentes, com o intuito de chegar à bandeira inimiga. Vamos lá.

Nós os seguimos até o vestiário, onde vestimos coletes e capacetes e, depois, recebemos as armas de tinta. Também assinamos os termos de responsabilidade, caso a gente morra. Poxa, que legal, não é? Que lugar seguro.

— Como vocês estão em cinco, vou emprestar um funcionário meu — O cara grande informou. — Vamos separar as equipes. Equipe vermelha: Antônio, Diego e Erick. Equipe azul: Ícaro, Alan e meu funcionário, Jeferson.

Que maravilha!

— Cheguei, patrão — Ouvi a voz áspera, e viramos para encarar a figura baixa, forte e loira. — Jeferson, senhoras e senhores, a salvação, a arma secreta, o soldado universal, a última esperança, o tordo, aquele que dizia a profecia...

— Cala a boca, cara — O dono disse, rolando os olhos. — Vocês vão começar dentro do prédio, no andar de cima, um em cada ponta.

Nós seguimos o caminho indicado e ficamos em nossas posições.

— Não tenha medo de atirar no Antônio — pedi a Ícaro.

— Eu vou atirar é naquele Diego — Ícaro parecia irritadíssimo. — Não acredito que eles ficaram na mesma equipe.

— Relaxa — falei. — O Diego é passivo também.

— Relaxa nada — Jeferson se intrometeu. — É só pegar um dildo longo e colocar nas duas entradas.

— Nem mortos — Ícaro grunhiu.

— Na hora que o bicho pega, ninguém é ativo ou passivo — Jeferson avisou. — Todo mundo é versátil.

— Não tá ajudando, cara. — Eu o afastei de Ícaro, que agora lançava um olhar mortal em direção ao time vermelho.

— Aí, gente — Jeferson parecia falar sério agora —, deixem que eu comando, okay? Conheço isso aqui e saberei o que fazer. Nós não podemos perder para o time dos passivos.

— Você vai saber o que fazer? —Ícaro olhou-o, descrente.

— Eu sou um profissional — Jeferson disse, esnobe.

A buzina da largada, extremamente alta, foi ouvida. E Jeferson gritou, deixando a arma cair.

Nós corremos e descemos as escadas de forma rápida, evitando encontrar o time vermelho pela frente. Jeferson foi na frente, guiando o caminho. Quando chegamos ao segundo andar, fomos recebidos a tiros e nos escondemos atrás de paredes.

— Como eles chegaram aqui tão rápido? — perguntou Ícaro, assustado. — Ai, meu coração, quase tive um negócio na orelha esquerda.

— Acho que pegaram um atalho — Jeferson respondeu.

— E por que nós não pegamos o atalho, se você conhece tão bem o lugar? — perguntei, irritado.

— Eu estava distraído. — Suspirou e abraçou a arma. — Meu Marcos prometeu vestir orelhinhas de gato hoje à noite. Vou gozar só de olhar pra ele.

— Saiam daí, maricas! — gritou Diego. — Ou vou chutar a bunda de vocês até atingir a próstata!

— Tem certeza de que ele é passivo? — perguntou Ícaro.

— Eles estão indo em frente — avisei depois de espiá-los. — A gente vai perder.

— Não tenha dúvidas. — Ícaro bufou, olhando para Jeferson, que agora mexia no celular. — Jef!

— Oh! — Ele olhou para nós. — Foi mal... mas olha pra isso. — Mostrou o celular. — Ele não é lindo?

O tal Marcos era bonito mesmo, pra caramba. Tipo, deveria ser proibido ser tão bonito. Mas estamos no meio de uma guerra!

— Vamos, Jeferson! — Eu o puxei para avançarmos.

Andamos com cautela pelo corredor do lugar vazio. Era meio macabro, mas eu escolhi Deus.

— Ali — Ícaro sussurrou, enquanto Antônio estava na janela, se preparando para pular.

Ele tentou atirar, mas Antônio foi mais rápido, pulou para o outro lado e, chocado, tentou atirar em Ícaro, errando por pouco.

— Você tentou me matar, Ícaro Russo! — Antônio berrou, indignado.

— Merda! Se ele me negar sexo, eu acabo com vocês por me enfiaram nessa! — Resmungou Ícaro.

Nós corremos para outra saída, agora que os três estavam indo para o outro lado. No exterior, havia caixotes, barris, muretas e outras maneiras de barreiras para nos protegermos. Nós nos agachamos atrás de algumas, sabendo que eles faziam o mesmo nas barreiras opostas.

Ícaro levantou-se, enquanto Diego tentava ultrapassar um barril para acertá-lo, mas foi atingido por Antônio, ficando com uma mancha amarela e outra rosa nos braços. Jeferson levantou-se rápido e atirou em Antônio, que cambaleou para trás ao ser atingido por duas cápsulas alaranjadas no peito.

— Ícaro e Antônio estão fora! — O dono avisou no alto-falante.

— Você protegeu aquele Diego! — Pude ouvir Ícaro dizer, enquanto seguia com Antônio para fora da área.

— Você tentou atirar em mim na janela! — Antônio cruzou os braços, emburrado.

Jeferson conduziu-me às barreiras de trás, e fomos nos escondendo até nos aproximarmos da "floresta". Era perceptível que Erick e Diego faziam o mesmo do outro lado.

— A bandeira deles está pra lá. — Jeferson apontou na direção que eles seguiam. — Vamos cruzar com eles no caminho.

— Merda. — Bufei.

Entramos na mata, que tinha morros e descidas em que podíamos nos esconder. Nós nos agachamos atrás de uma depressão, fora da vista do time vermelho, e tentamos, silenciosamente, dar a volta para conseguirmos ir na direção da bandeira.

Tivemos que nos levantar para avançarmos, mas Diego estava no caminho e tentou atirar em Jeferson. Ele pegou cobertura em uma árvore grossa, enquanto eu estava encolhido atrás de um morro.

Jeferson tentou atirar, mas nisso foi pego no peito por duas manchas coloridas e jogou-se no chão dramaticamente.

— Aqui é Rambo! — Diego bateu no próprio peito. — *This is Spartacus*!

Eu aproveitei o momento e atirei nele nas costas.

— Ei, caralho! Como assim, *karatê kid*? Eu tô pagando essa merda! — Olhou-me, indignado.

— Diego e Jeferson, estão fora! — O chefe avisou.

— Eu vou processar esse povo. — Diego saiu chutando folhas e galhos.

— Alan — Jeferson chamou, ainda esparramado no chão. — Diz para o Marcos que eu amo ele. E acaba com o Capitol!

— Vai cagar, Jeferson. — Rolei os olhos, e ele fingiu estar ofendido e levantou-se, retirando-se dali.

— Agora somos só eu e você, Pelle — A voz de Erick ecoou através das árvores.

Eu me escondi atrás de uma moita vasta e tentei encontrá-lo. Lá ia ele, tranquilo, em direção à minha bandeira.

— Não tão rápido, Capdeville. — Saí de trás da moita, com a arma apontada para ele. — Vai querer cartucho rosa ou verde?

— Alan. — Erick olhou para mim. — É meu aniversário. — Ai, caralho. Não, não, não! — Vai ter coragem de atirar em mim? — Fez um biquinho. — Alan... — disse, manhoso. — Eu posso te dar um beijo.

— Sabe quanta gente eu matei pra chegar até aqui? — perguntei, ainda mirando nele.

— Mas... — Começou a se aproximar. — Mas eu sou o Erick. Não pode me matar.

Nossa, que dor!

— Posso, sim — Eu me forcei a dizer.

— Então, mata. — Ajoelhou-se em minha frente, me olhando com seus olhinhos inocentes. — Me mata, Alan.

Puta merda.

Eu vacilei, fui dar um passo e tropecei. Foi a deixa para Erick, que empunhou a própria arma e atirou em meu abdômen várias vezes.

— Que fracasso, *sensei*! — Erick riu e aproximou seu rosto do meu. — Mas continua gostoso. — Deu-me um selinho. — Acho que ganhei!

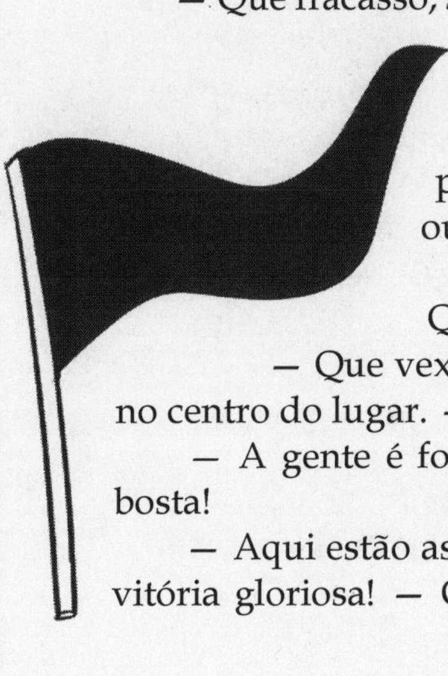

Erick saltitou até a bandeira azul, que estava presa numa árvore, agarrou-a, e a buzina alta foi ouvida novamente.

— O time vermelho venceu! — Anunciaram.

Que golpe, Erick Capdeville!

— Que vexame! — Jeferson disse, assim que retornei a eles, no centro do lugar. — Perdemos para os passivos.

— A gente é foda! — Os três comemoram. — Ser ativo é uma bosta!

— Aqui estão as medalhas de campeões de vocês. Parabéns pela vitória gloriosa! — O dono vinha com três medalhas vermelhas. —

Time azul, vocês perderam miserável e vergonhosamente, mas aqui estão os chaveiros de participação.

— Ah, que honra! — Jeferson pegou o chaveiro animadamente.

— Muito obrigado! — Ícaro pegou o chaveiro, enquanto os três, do lado de lá, analisavam suas medalhas reluzentes.

Nós tiramos uma foto juntos, com Jeferson, e fomos devolver os coletes e proteções.

— Voltem, quem sabe a gente ganhe dos passivões da próxima vez — Jeferson disse. — Vocês foram bravos guerreiros, mas é aquele ditado: não dá para vencer todos os dias.

— Diz pro Marcos que ele é um gato. — Sorri para ele.

— Gato você vai ver na sua cara. Tira o olho do meu homem, moleque — Jeferson ameaçou, e dei-lhe a língua. — Nem precisa voltar, sai.

— Vamos — Diego chamou. — Perdedores.

Nós nos despedimos dos funcionários dali e voltamos ao carro do Ícaro, fazendo nosso caminho de volta para casa.

— Agora que nós já ganhamos — Antônio disse bem claro. — Vamos para casa e, mais tarde, pegamos vocês para comemorarmos o aniversário do Erick.

Eles nos deixaram na casa de Erick e seguiram o caminho deles.

— Vou pra casa. — Diego nem subiu, foi diretamente até sua moto. — Boa tarde, só pra quem ganhou no *paintball*. Pro resto, nem tarde. — E partiu.

Nós subimos para o apartamento de Erick, em silêncio: ele, com sua medalha bonita; eu, com um chaveiro de participação.

— Você trapaceou — acusei assim que ele fechou a porta. — Você me distraiu.

— Na guerra, usamos as armas que temos. — Erick virou-se para mim e tirou o moletom que usava. — Eu posso te recompensar…

— Não só pode, como deve. — Eu o puxei pela cintura e selei nossos lábios. Foi o tipo de beijo suave, sensual, que arrepia o corpo inteiro. — Mas hoje é seu aniversário, não quero que se esforce pra nada.

— Hum? — Olhou-me, curioso.

— Por isso, vá tomar banho, grande vencedor. — Eu o guiei até o corredor e dei um tapa em sua bunda. — Eu faço o almoço.

— Não precisa. — Sorriu para mim.

— Eu preciso que você prove a pior comida do mundo — insisti. — Pro banho agora, tô mandando.

— Estou indo, mestre. — Deu-me um beijo rápido e entrou no banheiro.

Vou morrer de amor.

— *Amor?* — Eu me peguei surpreso com meus próprios pensamentos.

Ignorei a dúvida estranha e confusa e fui à cozinha, onde fiz o máximo que pude. Preparei uma panela de arroz e tive um pouco de dificuldade para fazer algumas panquecas com frango e molho, que ficaram meio deformadas, mas ainda pareciam ser uma comida.

Erick voltou pouco tempo depois que terminei, vestindo uma calça moletom simples, e sorriu, radiante, ao ver o prato na mesa.

— Eu não acredito. — Veio, sorridente, em minha direção e deu-me um beijo na bochecha, me abraçando em seguida. — Obrigado.

— Não é pra tanto... — Fiquei envergonhado. — Prova. Eu vou pegar um balde, caso você vomite.

Eu realmente ia pegar o balde, porque confio zero por cento na minha comida, mas Erick me impediu. Ele fez eu me sentar na cadeira e, então, se sentou em minhas coxas. Abracei sua cintura e apoiei a cabeça em seu ombro, vendo-o começar a comer: pegou os talheres, engoliu a primeira garfada, concentrado em sentir o gosto, e soltou uma exclamação contente.

— Fale a verdade — pedi, desconfiado, e ele riu.

— Está ótimo! — Pegou mais um pouco. — Não está melhor que a da minha avó, mas ainda é boa.

— Que alívio! — Suspirei, e ele sorriu para mim.

— Não vai comer? — Ofereceu um pedaço de panqueca.

— Não. É pra você. — Beijei seu ombro.

Por um tempo, fiquei apenas em silêncio, vendo-o saborear a comida, entretido. E, Deus, ele era lindo até comendo.

— Estava uma delícia — disse assim que terminou, se levantando para beber água. — Você manda bem, Pellegrini.

— Não está melhor que sua comida — disse, indo à sala. — Mas ainda é boa. — Ele viria atrás de mim, mas eu o impedi de continuar, e ele me olhou, confuso. — Fique aí. Vou buscar seu presente.

— Oba! — Bateu palminhas.

A animação dele me deprimiu.

Eu fui à sala e abri a mochila, pegando o presente. Diego pagou uma partida de *paintbal*, que o Erick tanto queria; Antônio fez um bolinho e, junto com Ícaro, deu um *piercing* de prata a ele. Olhei para meu presentinho ridículo e tentei encontrar uma desculpa para Erick.

Talvez eu dissesse que esqueci em algum lugar.

Eu não faço nada certo. Vou jogar fora e dizer que perdi.

— É lindo! — Erick disse, me tirando de meus pensamentos. Ele estava próximo a mim, e eu nem percebi que estava ali antes. — É tão delicado!

Era um bordado em um tecido branco, com um aro de madeira em volta. Tinha o desenho de um Sol, amarelo com laranja em volta, pequenas nuvens arroxeadas e, abaixo, estava escrito "Erick Capdeville, 27".

— Minha mãe me ensinou a fazer quando eu era mais novo — contei, enquanto ele passava gentilmente os dedos sobre o tecido. — Passei a noite toda costurando... mas não ficou muito bom.

— Ficou, sim. — Pegou o bordado com cuidado e abraçou-me com força. — Ficou lindo. Muito, muito obrigado.

— Eu queria ter feito algo melhor, mas...

— Cala a boca — disse, e percebi que estava chorando. — Foi a coisa mais bela que eu já recebi.

Segurei seu rosto, vendo que seus olhos estavam molhados, mas ele sorria. Eu sorri de volta, sequei suas lágrimas tão repentinas e beijei-o de forma carinhosa, de forma significativa.

— Você é incrível, Alan. — Enterrou o rosto em meu pescoço, e ficamos assim por um tempo. — Eu amei o bordado.

Ícaro disse que eu deveria presenteá-lo com algo que me remetesse a ele, e não há nada que me lembre o Erick mais que o Sol. Ele tinha o calor que eu precisava.

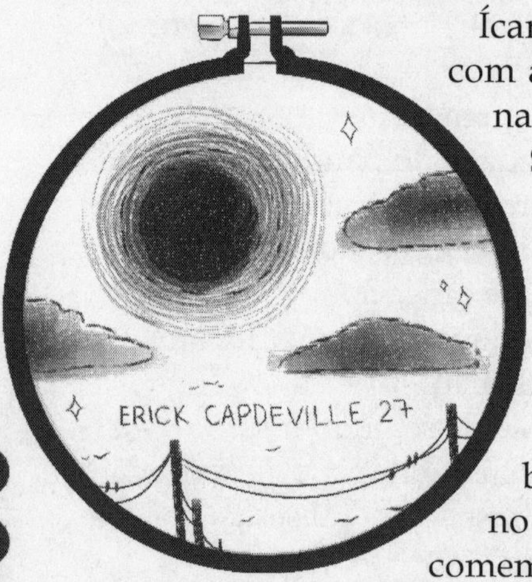

— Vamos encontrar o Diego no bar — Erick avisou assim que entramos no carro de Ícaro, prontos para comemorarmos o aniversário.

— Que legal! — Ícaro rolou os olhos. — Vamos encontrar o Diego de novo. Quem sabe, desta vez, ele consegue roubar meu namorado?

— Me desculpa por ele — Erick pediu, constrangido. — Ele é meio sem noção.

— Sem noção é o Ícaro — Antônio rebateu. — Diego nem deu em cima de mim.

— E eu sou o Thiaguinho na época do Exaltasamba! — Ícaro bufou. — Eu vou fazer aquele baixinho engolir açúcar se olhar de novo pra você.

— Se continuar com esse ciúme de merda, juro que te deixo um mês sem tocar em mim — Antônio ameaçou, e Ícaro calou-se.

Eu engoli em seco, dei um sorriso amarelo e acenei para Erick, sentado ao meu lado.

Nós chegamos em pouco tempo, deviam ser oito horas quando paramos em frente ao bar. Passamos pela moto do Diego, e Ícaro só faltou chutá-la.

— Começando sem nós, que feio! — disse Erick a Diego, quando o encontramos sentado à uma mesa, bebendo, enquanto simulava um boquete para um cara, que parecia chocado.

O lugar era parecido com um *pub*, e as pessoas estavam calmas, apenas tomando seus *chopps* e socializando. Nós nos sentamos em volta da mesa, e Ícaro fez questão de ficar entre Diego e Antônio.

Nossas bebidas chegaram, com alguns petiscos, e Diego e Antônio entraram em uma profunda conversa sobre camisinhas.

— Eles realmente acham que é só comprar camisinha lubrificada, como se isso bastasse — Antônio dizia, indignado.

— Exatamente! — Diego concordou fervorosamente. — Precisa de lubrificante, dos aromáticos, e tem que preparar com os dedos, caramba... Não é só meter a droga do pau.

Mirei a cara de Ícaro, que comia suas batatas silenciosamente.

— Eles não pensam nessas coisas, porque não é na bunda deles que enfiam camisinhas secas — Antônio grunhiu.

Eu olhei para Erick, tentando saber o que ele pensava sobre aquilo, mas ele estava sorrindo, feito um bobo, em uma direção qualquer.

— Sorrindo por quê? — Encostei meu ombro no dele e perguntei baixinho.

— Eu só estou feliz. — Olhou para mim com os olhos brilhantes.

— Mesmo com o papo sobre como os passivos são sensíveis às camisinhas secas? — perguntei e beijei a ponta de seu nariz.

— Ei, dói mesmo. — Deu-me um empurrãozinho. — Mas, sim, mesmo com o papo. Eu gosto de estar entre as pessoas e vê-las confortáveis para falar até sobre isso. Me sinto bem-vindo.

Sorri e fiquei admirando seu rosto, notando que admirar seu rosto havia se tornado um costume para mim, um *hobby* incrivelmente agradável.

— Você consegue parar de sorrir? — Desafiei, vendo que ele continuava mostrando os dentes graciosamente.

— Oh! — Pareceu nervoso. — Mas é claro, eu sou um ator nato.

— Cinco segundos, então — pedi. — Cinco segundos de pura seriedade.

— Tá bom. — Inspirou fundo e ficou sério por um milésimo apenas, voltando a sorrir. — Droga!

Ele tentou de novo e forçou um biquinho, mas acabou gargalhando. O ato repetiu-se várias vezes, porque ele simplesmente não conseguia não sorrir. E era a coisa mais linda que eu já havia visto na vida.

— Perdeu, Erick Capdeville — acusei, e ele tapou o rosto com as duas mãos. — Você não consegue ficar sem sorrir.

— Já chorei demais — confessou, abaixando os olhos. — Gosto de sorrir.

— E você fica lindo assim. — Belisquei seu lábio inferior.

— Obrigado! — Beijou meu rosto e encostou-se em mim. — Eu concordo, Jontex é a pior marca. Nenhuma ganha da Prudence.

— Alguém aqui já usou a da Chanel? — Diego perguntou. — Dá vontade de comer aquela camisinha.

— Não — Antônio lamentou. — Meu namorado compra nossas camisinhas no caixa do mercado. Nem na farmácia é.

— Oh, Deus! — Ícaro rolou os olhos, exausto.

— Senhor — Fomos interrompidos pelo garçom, que falava comigo. — Aquele rapaz, na mesa perto do balcão, perguntou se o senhor aceitaria uma bebida.

Eu nem olhei em direção ao cara.

— Não, obrigado. — Voltei a beber minha cerveja, e o garçom assentiu e distanciou-se.

Diego voltou a conversar com Antônio, e Ícaro continuou a comer sua batata.

— Você nem pensou no caso. — Erick olhava para mim, sério.

— Não preciso pensar.

— É por minha causa? — perguntou, brincando com seu copo de cerveja.

— Sim — respondi, sorrindo. — Estou com você.

— Mas não é meu. — Não pareceu, simplesmente, descontraído ao dizer aquilo. — Podia ter ido.

— Ficaria bem se eu fosse? — Evitei olhá-lo. — Gostaria que eu fosse?

— Alan... não temos nenhum compromisso, eu não preciso estar de acordo com suas decisões.

— A resposta é "não", Daniel-*San* — Ouvimos Diego dizer. — A resposta do Erick é: *Não, Alan, eu não quero parecer pegajoso, não quero mostrar que estou apaixonado, mas, não, não ficaria nada bem se você saísse com outra pessoa. Agora, me fode!*

— Cala a boca, Diego! — Erick levantou-se, nervoso, e deixou o bar.

— Diego! — Eu o repreendi, me levantando para seguir Erick.

— Quer drama? Vai assistir às Kardashians — disse, encostando-se, desconfortável, no banco.

Eu corri até a saída e encontrei Erick parado na calçada movimentada, com a cabeça baixa.

— Erick. — Eu me aproximei, e ele me olhou, com as bochechas vermelhas. — Vamos ignorar o que ele disse, okay?

— Okay. — Desviou o olhar do meu e enfiou as mãos nos bolsos da jaqueta. — eu disse que ele é meio sem noção.

— Esquece, ele é um bobão. — Eu o abracei e o senti hesitar antes de devolver o abraço. — Vamos andar... vem.

Segurei sua mão e guiei-o pela calçada. Cercados por prédios e luzes enquanto caminhávamos, algumas pessoas nos olhavam, porque estávamos de mãos dadas, mas nenhum de nós ligava.

— O que acha? — Apontei para uma barraca de petiscos.

Ele assentiu, tentando sorrir, e nós fomos até lá.

— Como está se sentindo, agora que tem vinte e sete anos? — perguntei, enquanto esperávamos o senhor fazer nossos pedidos.

— Não mudou nada. — Sorriu, simples. — Acho que minha mente não muda desde os meus dezoito ou dezenove anos.

— Por quê? — Fiquei curioso, pegando nossos pacotes com petiscos.

— Se eu te contar uma coisa… — Começou a comer. — Você me conta outra?

— Que tipo de coisa?

— Algo que ninguém sabe.

— Eu não tenho nada muito interessante — avisei —, mas tudo bem.

— Começa, então. — Erick sentou-se na escada de uma loja fechada.

— Bom... — Sentei-me ao seu lado. — Eu sofria *bullying* na escola.

— Disso eu sei — resmungou. — É meio óbvio... somos gays.

— Não era por causa da homossexualidade — corrigi, e ele pareceu surpreso. — Me zoavam por ser meio lento.

— Eu sei que é meio perceptível sua lentidão — Erick foi cuidadoso —, mas não imagino que tenha sido pra tanto.

— Eu demorava muito a aprender... então, por um tempo, tive que estudar na turma especial — contei, sentindo minhas bochechas esquentarem. — Eu sou realmente lento.

— Como assim?

— Nem o Ícaro nem o Antônio sabem. — Suspirei.

— Não precisa contar. — Pôs a mão em meu ombro.

— Não, eu quero. Quem sabe, assim, você perdoa qualquer vacilo meu?

— Eu perdoo. — Passou uma perna por cima de minhas coxas. — Pode contar, bebê.

— Eu tenho... — Dei uma pausa, me sentindo constrangido. — Eu tenho transtorno de déficit de atenção e dislexia, Erick.

— Oh! — Arregalou os olhos. — Sério?

— Sim.

— Não precisa se envergonhar por isso. Eu não sei muito sobre isso, mas, com certeza, não é motivo pra ficar constrangido.

— É, sim. — Abaixei a cabeça. — Se você visse a cara da minha mãe toda vez que minhas notas chegavam... e quando os professores disseram que eu não tinha a mínima chance de entrar pra uma faculdade. Não faço ideia de nada, de nenhuma matéria.

Erick abraçou-me de lado e acariciou meu braço. Eu me senti confortável para me abrir com ele.

— Eu não sei qual foi o maior imperador do Brasil, não sei o porquê a Primeira Guerra Mundial aconteceu, não sei escrever boas redações, não sei qual é a dos átomos nem sei como achar o x da questão... — Estava exausto só de pensar. — Eu terminei a escola com muita piedade dos professores. E o pior, minha mente dá um branco terrível quando falam de forma complicada, simplesmente não entendo quando as pessoas não são claras. Meu cérebro não funciona, sou uma porta.

— Você não é uma porta — Erick disse. — Você nasceu assim, não é falta de esforço, não se culpe. Você conseguiu terminar a escola, sabe dar aulas de karatê, você é bom, Alan. E não importa sequer se seu QI for baixo, até porque isso não define tudo sobre a nossa vida. Você tem um coração incrível.

— Mas é deprimente ver as pessoas insultando minha inteligência — confessei. — É triste, porque não posso mudar isso.

— Mas eu gosto de você assim mesmo. — Beijou meu rosto com força. — Gosto de você desse jeitinho. Não mudaria nada.

— Você não existe. — Eu o beijei na boca por um bom tempo. — Conte-me algo sobre você agora.

— Ah! — Erick jogou um petisco na boca e ficou em silêncio por um momento. — Primeiro: eu menti pra você sobre uma coisa.

— Bom, você não tem vagina— ponderei. — Não poderia mentir sobre isso, não é?

— É, você já me chupou bem gostoso — disse, e eu ri, envergonhado.

— Mentiu sobre o quê? — perguntei, tentando não o pressionar.

— Lembra quando te encontrei bêbado na pista de *skate*? — perguntou, e eu assenti. Mais um momento vergonhoso da minha vida. — eu disse que nunca tinha amado ninguém, mas já amei, sim. Menti pra não ter que falar sobre esse assunto.

— Okay, eu tô meio chocado. — Cocei minha nuca. — Mas tudo bem, eu compreendo.

— Quer me ouvir contar a história toda? — perguntou Erick, sem me olhar nos olhos.

— Sim — Fui sincero. — Quero saber mais sobre você.

— Okay. — Sorriu. — É meio triste.

— Eu assisti ao Titanic sem chorar.

— Mentiroso. — Beliscou meu braço. — Bom, eu o amei muito, muito, muito mesmo. Era capaz de fazer tudo por aquele cara. Eu tinha meus quatorze anos e passei a viver pra agradar ele.

— Tanto assim?

— Tanto assim. — Riu, amargo. — Ele roubou umas peças de carro de um cara, e esse cara jurou matá-lo ou coisa do tipo, então ele precisou fugir, mas eu fui junto. Nós saímos de nossa vizinhança, onde minha madrinha morava, e viemos pra um bairro aqui perto. Vivemos juntos por uns três meses. Consegui um emprego em uma loja, e ele cometia assaltos por aí. Mas depois de três meses, ele simplesmente sumiu, pegou o dinheiro que eu andava guardando e evaporou.

— Mas que imbecil! — Não consegui me conter. — Que puta babaca!

— Eu sei. — Erick suspirou pesadamente. — Eu tinha quinze anos, estava sozinho em um lugar que não conhecia, sabia que minha madrinha jamais me perdoaria. Conheci o Diego, ele me ajudou, mas não foi o suficiente. Precisava de dinheiro para me manter.

Eu sabia aonde ele queria chegar.

— Uma amiga minha disse que só tinha uma forma de me ajudar. — Pegou fôlego. — Então, me levou a um bordel clandestino. Foi aí que me tornei garoto de programa. O pior, Alan, é que eu ainda amava aquele filho da puta. Só fui superar o amor por ele entre dezoito e dezenove anos.

— Por isso você diz que sua mente não muda desde essa fase?

— Exatamente. — Tornou a comer. — Uma merda.

— Uma merda enorme. — Não tinha como discordar. — E eu achando muito ruim ser traído pelo Kaíque.

— Esse negócio de vida amorosa não pega leve com ninguém.

Nós nos levantamos e voltamos para o bar. Eu ainda estava pensando sobre o que ele me disse e sobre quão triste era aquela experiência. Porque Erick é incrível, como alguém pôde abandoná-lo?

— Deram uma rapidinha em algum beco? — Diego perguntou, e Erick deu um soco no braço dele e depois o abraçou.

Bem, eu insisti muito para que Ícaro nos levasse para casa, porque eu estava simplesmente duro. Sim, duro, do nada.

— Onde vocês compraram isso? — Antônio analisava o pacote de petiscos que havíamos comprado na barraca mais cedo.

Estávamos no carro. Diego foi embora de moto.

— Em uma barraca, é tailandês — Erick respondeu, parecendo eufórico. — Já estamos chegando?

Antônio pegou um cubinho e experimentou, caindo na gargalhada em seguida. Eu olhei para Erick, e ele olhou para mim e, depois, para o volume em minhas calças.

— Vamos logo, Ícaro — Erick pediu.

— Calma, garoto!

— Gente, eu conheço isso aqui. — Antônio apontou para o pacote. — E vocês estão definitivamente fodidos.

— Por quê? — Erick tirou a jaqueta, parecendo sentir calor.

— Por quê? — Antônio riu alto. — Porque essa porra é altamente afrodisíaca!

— Quer fazer no banheiro? — perguntou Erick, assim que fechamos a porta de sua casa. — Eu posso bater no quarto.

Nós dois estávamos duros, por conta da comida tailandesa, e estava uma situação bem constrangedora. Eu não queria simplesmente bater uma punheta. Não desta vez. Erick ia em direção ao quarto quando eu segurei seu pulso e impedi que fosse.

— Pra que se masturbar se tem a mim? — falei com a voz baixa, e ele sorriu. — Ainda não deu meia-noite... então, ainda é seu aniversário.

— Não terminamos de comemorar ainda? — Erick perguntou, e eu me aproximei, diminuindo a distância aos poucos.

— Não. — Levei minha mão até a parte de trás de seu pescoço, segurando delicadamente. — Ainda não te dei o presente que você tanto quer.

— Me mostra, então — pediu, com os olhos brilhando de desejo, no silêncio do apartamento. — *Sensei.*

Sem perder mais tempo, uni nossos lábios e empurrei Erick contra a porta do quarto, enquanto suas mãos subiam por minhas costas até tocarem meu cabelo. O beijo se intensificou, começando a formar sons excitantes, com nossas bocas se chocando fervorosamente.

Abri a porta do quarto e fiz com que entrasse, correndo com meus dedos até sua camisa, em meio aos beijos calorosos. Tentamos abrir os botões da minha, de forma eufórica, e acabamos estourando algumas costuras.

Eu já estava ofegante quando senti os lábios dele tocarem meu pescoço, começando a chupar a área, com a língua macia e habilidosa. Ele ia, aos poucos, me guiando até a cama, me fazendo sentar nela. Ajoelhou-se em minha frente e passou os beijos e chupões para meu peitoral, arranhando minhas costas, enquanto sua boca sugava minha pele. Meus olhos estavam fechados, sob o quarto iluminado apenas pela luz da lâmpada lá fora. Não acreditava que estava ali com Erick.

Parei o que ele estava fazendo e segurei seu rosto em minhas mãos, diminuindo o ritmo acelerado com que ele ia. Olhei em seus olhos bonitos, o vi sorrir, adorável, e iniciei mais um beijo, profundo desta vez, sem a euforia de antes, *aproveitando-me de seu calor.*

Erick abriu o zíper de minha calça, fazendo o volume em minha cueca ser exposto, e eu suspirei, aliviado. Tocou-me por cima do tecido, e segurei sua mão. Eu estava incerto se ele deveria fazer aquilo.

— É seu aniversário — falei. Mesmo que eu quisesse muito a boca em mim, era o dia dele.

— Deixa eu matar a vontade — Erick pediu, mordendo o lábio. — Eu quero tanto, Alan.

Eu não pude fazer nada.

Ele continuou com os movimentos em minha ereção, pressionando e massageando, me fazendo arfar. Eu o senti abaixar parte da minha boxer, livrando meu pênis, e gemi só de pensar no que viria.

A mão pequena e macia segurou-me, e eu tombei a cabeça para o lado, me sentindo anestesiado com o simples toque. Abri os olhos para ver o que ocorria, por causa da leve demora, e pude contemplar Erick abrindo e fechando a boca, tentando abri-la o suficiente para me receber.

Enfim, senti os lábios molhados e espessos em torno da minha glande, chupando-a com suavidade, e dei um gemido grosso, aliviado. Ele quebrou o contato, tornou a me tocar com a língua, sobre minha fenda, me fazendo estremecer, e por fim, pôs tudo o que pôde para dentro, tocando minha virilha com parte do rosto. Retornou à ponta rápido e afundou meu membro em sua garganta lentamente, pressionando meus testículos com uma mão e usando a outra para acariciar meu abdômen.

Não pude conter meus gemidos, não com Erick chupando meu pau com tanta vontade, me fazendo girar a cabeça e ficar sem reação, com a respiração pesada.

Erick poderia fazer o diabo rezar.

Levei minhas mãos até seu cabelo loiro e fiz com que parasse de me chupar, começando, agora, a estocar sua boca lentamente, sentindo meu pau tocar sua garganta. Não fiz com força, para não machucar ou constranger, mas a sensação era indescritível.

Erick voltou à atividade, subindo e descendo rápido desta vez, segurando-se em minhas coxas, me fazendo gemer alto e profundo, com meus olhos rolando de tesão.

Eu estava a ponto de gozar, então o puxei para cima e arranquei sua camisa. Ele voltou a me beijar, puxando meu cabelo, e eu abaixei sua calça. Em seguida, ele terminou de tirar tudo o que vestia, e levantei-me para fazer o mesmo.

— Um segundo — pedi, quando ele estava completamente nu em minha frente. — Você é tão perfeito.

— Me diga. — Erick ajoelhou-se na cama e pousou as mãos sobre as coxas. Divino. — Como você me quer?

Eu não entendi a pergunta, afinal, então apenas me aproximei e o beijei, guiando-o, aos poucos, para que ficasse de quatro na cama, e ele empinou a bunda, ficando exposto para mim.

Senti meu membro pulsar ao ver aquela cena. Era tudo milimetricamente perfeito, bem desenhado, bem construído, calculado. Nada em Erick Capdeville parecia ser desproporcional, ele era a pura perfeição. Pura.

Eu me inclinei sobre ele, beijei sua nuca, sentindo-o arrepiar-se, e desci os beijos por suas costas, deixando um rastro molhado por onde minha boca passava. No final de sua coluna, eu segurei suas nádegas cheias, beijando-as, e chupei até ter a certeza de que ficaria roxo no dia seguinte.

Escorreguei minha língua até sua entrada, vi Erick rebolar em minha boca, suguei as extremidades, inseri dois dedos de uma vez e abracei sua cintura, para que pudesse masturbá-lo. Enquanto beijava a área da sua bunda e estimulava seu interior, eu o ouvia gemer graciosamente.

Quando estava bom o suficiente, eu me afastei, ele pegou camisinha e lubrificante, que estavam embaixo da cama, e entregou a mim.

— Vai com calma — pediu, deitando-se de barriga para cima. — Faz um tempo que eu não transo.

— Me desculpe por demorar tanto — falei, enquanto colocava o preservativo, e derrubei um pouco de lubrificante em sua intimidade. — Eu vou recompensar.

— Estou esperando. — Erick sorriu e abriu mais as pernas. — Seja o melhor que já tive.

Eu me inclinei sobre ele, beijei-o suavemente e posicionei meu membro, vendo-o respirar rapidamente. Erick estava nervoso? Mesmo sendo, provavelmente, sexualmente mais experiente? Por que estava nervoso?

Eu segurei sua cintura com certa força e penetrei de uma vez, fazendo minhas coxas unirem-se às suas. Ouvi Erick gemer, sôfrego, fechando os olhos com força, e com a boca, acariciei seu peitoral, enquanto me movia minimamente dentro dele, para que não o ferisse. Esperei, mesmo louco para fazê-lo gemer alto.

— Vai — pediu Erick, parecendo mais relaxado. — Fode.

Sorri para ele e apoiei as mãos no colchão. Ele rodeou meu quadril com as pernas, me mantendo próximo e firme. Comecei a estocar, assistindo ao Erick começar a arfar e mover-se, conforme o prazer aumentava. Estar dentro dele era melhor que ganhar na loteria.

Erick segurou com força os meus braços quando aumentei o ritmo do meu quadril, enquanto ele começava a soltar gemidos, de olhos quase fechados e boca entreaberta. Eu gostaria de ter uma câmera para poder gravar sua expressão, tão genuína e sensual.

— Alan — gemeu, ferindo, levemente, os meus braços com suas unhas.

Eu passei a usar mais força, aprofundando o contato, enquanto Erick me pressionava em seu interior, pulsando, e eu podia ver seu pau pingando pré-gozo. Mordendo a língua, voltei a segurar a cintura fina e rolei os olhos de prazer, sentindo a parte sensível do meu membro ser esmagada pelas paredes de Erick, que parecia fazer de propósito. Ouvi-lo gemer poderia ser um bom *hobby*, de tão prazeroso que era, mas fodê-lo era melhor ainda.

— A-ah! — Vi Erick arquear as costas e agarrar o lençol. Eu o havia atingido.

Então, saí de dentro dele, recebendo um severo gemido de desaprovação. Sentei-me na beirada da cama, e ele, muito mais experiente que eu, entendeu imediatamente. De costas para mim, sentou-se em meu colo, encaixando-se em meu falo, colou as costas em meu peitoral e começou a rebolar, com a respiração pesada.

Ele deitou a cabeça em meu ombro e começou a subir e descer em torno do meu sexo, lentamente e fundo, fazendo-me tocar seus limites. Segurei seu rosto e alcancei seus lábios, beijando-o, enquanto gemíamos por causa de seu desempenho.

E não se podia ouvir nada à nossa volta, além de nossos gemidos e sons pornograficos.

Erick era um pornô com carinha de anjo. Ou um anjo com carinha de pornô. Ele me deixava fora de órbita.

Eu o ouvi gemer alto e começar a sentar com mais agilidade. Passei um braço em volta de seu pescoço, segurei seu membro com a outra mão, me levantei e empurrei-o até a parede, e acabamos derrubando os quadros e o calendário.

Voltei a fodê-lo com força e rapidez. Erick gemia continuamente, sem parar, chamando meu nome. Ele estava encostado na parede, aparentemente sem forças, sustentado por meu braço em torno de seu pescoço, e eu tinha certeza de que estava surrando sua próstata, com minha outra mão masturbando seu pênis. Eu podia vê-lo chorar, devido à intensidade, enquanto gemia em seu ouvido.

— Alan! — gritou, quando veio em minha mão, apertando meu falo em sua entrada. — Oh, inferno! Alan!

Eu vim em seguida, gemendo profundamente, me sentindo desmanchar por baixo do preservativo. E quando soltei Erick, suas pernas cederam, e ele quase caiu, mas segurei-o, antes que acontecesse, e deitei-o na cama.

Deitamos, um ao lado do outro, no colchão, preenchendo o quarto com o som de nossas respirações ruins, descompensadas, e suspiros de exaustão.

Quando recuperado o suficiente, me levantei e fui até o banheiro, para me livrar da sujeira. Molhei uma toalha, retornei ao quarto e limpei o sêmen grudado no abdômen de Erick. Em seguida, deitei-me ao seu lado, beijando-o com calma.

Ele estava meio lento, mais do que eu. Podia ver os músculos de suas coxas saltando, seus lábios inchados e as bochechas muito vermelhas.

— Você está bem? — perguntei, beijando seu rosto, e ele sorriu. — Espero que tenha sido tão bom pra você quanto foi pra mim.

— Foi incrível! — Levou os dedinhos ao meu rosto, acariciou meus traços, me observando com carinho, e beijou minha testa. — Fica comigo… por favor!

— Eu não ia embora. — Sorri para ele, puxei o lençol, para nos cobrir, e deitei minha cabeça em seu peito, sentindo a textura gostosa de sua pele. — Feliz aniversário, Erick.

— Obrigado, Alan. — Pousou a mão em minha cabeça, passando a fazer carinhos. — Você é fantástico.

E você, incomparável.

Acordei sentindo a textura da pele de Erick e, sem abrir os olhos, movi meus dedos sobre seu abdômen, sorrindo com a sensação: era macia e aveludada. Mas abri meus olhos, sentindo o impacto dos raios solares, os quais entravam pela janela, fortes, clareando tudo. Em um dia comum, eu estaria reclamando, mas, naquele momento, não.

Eu me sentei na cama e observei Erick, que dormia sereno, tranquilo, iluminado, angelical, com o lençol cobrindo-o até a cintura. E ele se moveu, virando para o outro lado, acabando por deixar seu bumbum à mostra, o qual parecia um pêssego, com marcas arroxeadas dos chupões que lhe dei na noite passada.

Uma das melhores noites da minha vida toda. Sem brincadeira ou exageros. Transei com algumas pessoas na minha curta experiência, mas nunca encontrei alguém tão... tão intenso.

Foi estranho fazer sexo com ele. Não pareceu ser apenas uma transa, um desejo carnal... Não sei, não sou bom em me entender. Foi profundo. Eu não sabia explicar. Mas não seria justo dizer que apenas fodemos. Não foi só uma foda, disso eu tenho certeza.

Poderia ficar o dia inteiro assistindo ao Erick dormir e pensando no que fizemos, mas eu tinha que ir para casa, infelizmente. Então, peguei uma toalha e uma boxer emprestadas dele, e fui tomar um banho. Vesti as mesmas roupas da noite anterior e voltei ao quarto, encontrando Erick na mesma posição de antes.

Fui até o espelho para arrumar meu cabelo e não vi nenhuma nota sobre "pertences esquecidos dos caras com quem transei", o que me fez sorrir.

Ajoelhei-me ao lado de Erick e beijei suas bochechas, até que ele acordasse, o que aconteceu lentamente. Quando ele abriu os olhos inchados, sorriu para mim. E foi uma das coisas mais lindas que já vi em todos os meus vinte e um anos de vida.

Vê-lo acordando era tão lindo quanto ver tartarugas bebês correrem em direção ao mar pela primeira vez.

— Eu preciso passar em casa. — Dei-lhe outro beijo. — Mas te vejo na academia.

— Você ficou mesmo. — Erick me observou atentamente. — E me acordou para dizer que estava saindo.

— É óbvio! — Ri, abobalhado, porque não entendi a sua surpresa. — Achou que eu iria embora sem antes te dar um beijo e dizer quão gracioso você é?

Erick não respondeu, apenas me puxou pela camisa e me abraçou forte, e eu devolvi o abraço, inalando o cheiro bom de seu cabelo.

— Obrigado. — Beijou meu rosto. — Você é único.

— Eita! — Fiquei sem jeito.

— Vai. — Soltou-me. — Nós nos vemos mais tarde.

— Okay. — Dei-lhe um selinho e fui em direção à saída do quarto. — E... você que é único, Erick. De verdade. Eu poderia rodar o mundo todo e não encontraria alguém como você. Jamais!

— Ah, Alan! — Ele puxou o lençol e cobriu o rosto, e eu sorri, encantado.

Gritei um "até mais", deixei sua casa e entrei no elevador, acompanhado de uma mulher. Não sei bem o motivo, mas me senti estranhamente vazio ao me afastar de Erick e de sua casa. Era tão bom estar com ele, estar na casa dele. A casa era confortável e tudo remetia a ele. E estar rodeado de coisas que lembram Erick Capdeville era uma sensação maravilhosa.

— Seu nome é Alan? — A mulher ao meu lado perguntou, e eu confirmei.

— Como sabe? — perguntei, desconfiado.

— Moro ao lado do Capdeville. — A mulher suspirou, e nós chegamos ao *hall*. — Ouvi ele gritar seu nome. — *Oh!* — Meus parabéns — a mulher continuou. — Porque eu já o vi trazer muitos homens para casa, mas nunca ouvi ele gemer o nome deles.

Nesse momento, eu tremi de vergonha e quis sair correndo dali, mas ela continuou:

— E também nunca vi os caras ficarem até o dia amanhecer. Todos iam embora antes. — Ela acenou para o porteiro. — Você deve ser o primeiro namorado do Erick. — *Oh!* — Você é meio calado. — Franziu o cenho ao me encarar. — Mas, olha, gosto bastante do Erick. É um ótimo rapaz... Sabe, eu sou mãe solteira, meu marido me deixou há três anos. E todos os anos, Erick me ajuda com a festa de aniversário da minha filha — Ela contou com carinho. — Ele também ajudou um vizinho nosso, um senhorzinho, quando ele quebrou a perna. E sempre compra as bolachas das escoteiras.

Ela riu, antes de continuar:

— São bolachas horríveis. Então, Alan, já que você é o primeiro namorado do Erick em anos, quero pedir pra que você cuide dele... porque eu tenho certeza de que ele irá cuidar de você.

Estava tão surpreso processando aquelas informações, que nem percebi que a moça esperava que eu dissesse alguma coisa.

— Bem, tenha um bom dia. — Aparentemente, desistiu de tentar conversar comigo.

Eu quis pedir desculpas por ser um tapado, mas não sabia como reagir. Droga! Era muita informação para o meu cérebro protocolar. Mesmo que eu entendesse, meu coração estava batendo de forma estranha. A ideia de machucar Erick fazia eu me sentir terrível. O fato de não sermos namorados, de repente, começou a ser incômodo, como se eu quisesse *mudar* a situação. Mas era algo sério demais para se fazer subitamente.

— Que confusão! — Bati na minha própria testa, frustrado.

Percebi que ainda estava parado na porta do prédio, então me retirei dali, peguei um ônibus para casa e logo cheguei.

Em casa, me arrumei para trabalhar e tomei café. Minha mente estava cheia de "Erick". Mal havia saído de sua casa e já queria vê-lo novamente. Isso era normal? Tipo, coisa de amigos?

Não.

— Merda! — Abracei a parede de minha casa e choraminguei. — Ah, Deus... por quê?

Reconhecia o sentimento. Era como quando comecei a namorar Kaíque e tinha aquela vontade de estar perto dele o dia todo.

— Não pode ser amor. — Abracei a parede com mais força. — Por que meu coração é assim?

Era o maior fracote do mundo para o amor. Eu só me fodia!

Peguei minha mochila e, já meio psicologicamente adoentado, fui para o trabalho. Chegando lá, após vestir o kimono, dei uma olhada em minha sala e encontrei apenas alguns alunos se alongando. Então, procurei Kentaro e o achei terminando de conversar com um professor.

— Sr. Kentaro — Eu o cumprimentei. — Onde está o Erick?

— Ah, ele vai me ajudar no escritório hoje — explicou. — isse que está com dores no corpo, porque se desgastou demais ontem, então o deixei ficar no escritório.

Dores no corpo por quê? Será que ele caiu quando jogamos *paintball*?

— Ok — assenti, meio tristonho. — Sua filha vai estar com vocês?

— Não.

— Que bom! — Deixei escapar. — Quero dizer...

— Só vá trabalhar logo, Pellegrini. — Sr. Kentaro rolou os olhos e seguiu seu caminho.

Eu queria Erick ao meu lado, mas, pelo menos, a chata da filha do chefe não estaria com eles. E isso era o suficiente por enquanto.

— Erick é meu — pensei alto, mas não tinha ninguém ali para ouvir.

Erick é meu? Mas que porra eu estava pensando?

Retornei à sala e iniciei a aula com as crianças.

— Onde está o Erick *sensei*? — Alguns deles perguntaram.

— Está ajudando o Kentaro *sensei* — expliquei, e eles pareceram chateados. — Mas eu estou aqui!

— Ah, grande coisa — Uma das crianças disse, com a maior cara de desânimo do mundo.

Eu também queria o Erick aqui.

— *E como foi?* — Ouvi Antônio perguntar pelo telefone, enquanto eu lanchava na academia. — *Não quero saber dos detalhes carnais, por favor. Quero saber sobre como você se sentiu.*

— Ah. — Encostei a cabeça na parede. — Foi incrível. Eu me senti tão ligado a ele. — Suspirei. — Me senti feliz por fazê-lo sentir prazer, por estar com ele.

— *Isso é tão bom, Alan* — Antônio respondeu, parecendo orgulhoso. — *Você acha que foi especial?*

— Especial… — Aquela definição me fez pensar em algo. Ela era perfeita. — É isso, Antônio! Foi especial. Acho que podemos descrever assim.

— *Ah, que bonitinho* — Antônio falou com a voz fina. — *E então?*

— O quê? — perguntei, voltando a comer meu bolinho.

Bolinhos lembram o Erick.

— *Puta que pariu…* — Antônio grunhiu, parecendo frustrado. — *Alan, você acha que vocês podem ser namorados?*

Ao ouvir aquilo, quase me engasguei com o bolinho.

— Antônio! — Repreendi-o por soltar uma bomba dessas na minha cara. Eu sei que a intenção era ter algo sério com o Erick, mas agora, que estou de frente para o gol, me sinto nervoso.

— *Responde, piá!* — Antônio exigiu.

— Eu não sei — Tentei ser sincero. — E se ele não quiser? E se não estiver pronto?

— *Você tem dois olhos, que enxergam muito bem, na sua cara, Alan.* — Ouvi Antônio bater na mesa. — *São os olhos mais serelepes que já vi em Curitiba! Use esses olhos!*

Eu até parei para processar, mas não foi.

— Como assim? — perguntei, me sentindo muito confuso.

— *Os olhos do Erick brilham como diamantes quando ele olha pra você* — Antônio respondeu com a voz cansada. — *Ele não consegue parar de sorrir quando está com você.* — Sorri sem perceber que estava sorrindo. — *Se ele não gosta de você, então ninguém gosta, Pelle. Não vacila, meu filho, por favor.*

Não consegui responder, minha mente voou para longe.

— *Tudo bem* — Antônio pareceu desistir. — *Vou desligar, ok? Te ligo mais tarde.*

Okay. Eu podia claramente me imaginar ao lado de Erick no futuro, em qualquer situação. Era tão real que eu sentia como se pudesse tocar aqueles momentos no futuro. E se Erick fosse o cara da minha vida? E se eu não fosse o cara da vida do Erick?

O medo me invadiu.

Erick podia até gostar de mim, mas o Kaíque também gostava. E ele me deixou, se apaixonou por outro cara. E se eu me entregasse ao Erick e ele também começasse a gostar de outro?

Senti meus olhos quentes. Não queria ser trocado de novo, não queria sentir aquela dor de novo. Não queria imaginar o Erick cozinhando para outro cara ou secando o cabelo de outro. Queria que ele fizesse essas coisas somente comigo. Queria seus beijos, sua comida, seus carinhos, seu corpo, sua graciosidade somente para mim. E se fosse para ter isso somente por uns meses, para depois perdê-lo, então eu não queria nem mergulhar nessa paixão.

É melhor prevenir do que remediar.

Mas até dois minutos ao lado de Erick Capdeville valem a pena.

Meu cérebro estava tão confuso. Ou era o meu coração?

Sequei as lágrimas em minhas bochechas e me forcei a terminar meu lanche.

Voltei ao trabalho.

No fim do expediente, me encostei na porta e esperei por Erick, mas ele não apareceu, então fui até o escritório do Sr. Kentaro e perguntei.

— Saiu mais cedo — Ele respondeu. — Terminamos as fichas dos alunos bem rápido.

— Oh, entendi. — Tentei não mostrar o quão decepcionado eu estava. — Boa noite, Sr. Kentaro.

— Ei, Alan. — Eu o ouvi e voltei a abrir a porta. — Você e o Erick estão tendo alguma coisa?

Merda. Fodeu.

— Não! — eu disse, coçando minha cabeça por baixo do gorro.

— Uma pena — Sr. Kentaro lamentou, o que me surpreendeu. — Acho que o Erick faria bem pra você, e você pra ele. Os dois são ótimos rapazes.

Eu, é óbvio, não soube como responder. A única coisa que consegui fazer foi me despedir dele e deixar sua sala. Queria tanto ir com Erick à sua casa, mas ele não estava na academia, e eu não apareceria em sua porta. Então, fui para casa, triste, bem triste. E para piorar, o céu estava cinzento, indicando que choveria. Nada de Sol hoje.

Passei minha noite em silêncio, ouvindo a chuva bater forte lá fora. Digo, minha casa estava em silêncio, minha mente não. Eu estava gostando do Erick. Gostando mais do que o planejado. E eu não sei se é bom.

Quero dormir abraçado com o Erick.
mas não estou com ele :(— AP

Chora mais — Ícaro

Eu não sei se consigo dormir
sem falar com ele — AP

Chora mais ainda — Ícaro

Liga pra ele — Antônio

Foi aí que percebi que eu não tinha o número do Erick.

Eu não tenho o número do Erick! — AP

Como assim não tem? Vocês trocam mensagens por cartas? — Ícaro

Eu sempre falei pessoalmente com ele — AP

Que vintage — Antônio

GeNtE, eu não tenho o número do Erick! — AP

Ele não me passou o número dele — AP

Isso significa que ele não gosta de mim e dá graças a Deus quando eu vou embora?

Será que eu fedo a Cheetos?

Ah, meu Deus, será que ele é team Capitão América e descobriu que eu sou team Homem de Ferro?

Será que eu não valho a bateria do celular dele?

Você também não deu o seu número pra ele — Ícaro

AI MEU DEUS, E SE ELE ACHAR QUE EU NÃO GOSTO DELE??? — AP

Eu tenho o número dele — Antônio

Como assim até vocês têm e eu não? — AP

Vai ver ele gosta de falar pessoalmente com você também — Ícaro

Eu, em meio ao nervosismo, não consegui conter um sorriso com a suposição de Ícaro.

Passa o número dele aí — AP

Não podemos — Antônio

É errado passar o número das pessoas sem a permissão delas — Ícaro

A gente pode ser processado — Antônio

NoSsA vÃo CaGaR — AP

A gente passa. Relaxa, piá — Ícaro

Eles me deram o número, e fui, animado, para a minha cama. Cruzei minhas pernas e pensei no que diria. Eu tinha que começar de um jeito especial, marcante.

oi

Eu enviei e esperei a resposta, um pouco nervoso.

Quem é você?

Ah, ele não sabia quem eu era, e tive a maldita ideia.

— Não faça isso, Alan — repetia a mim mesmo, tentando evitar fazer aquela sacanagem.

Meu nome é Miguel.

Eu fiz.

— Nossa, eu sou um idiota. — Dei um tapa em minha testa.

Quem é você?

Como conseguiu meu número?

Quem te passou?

Oh, okay.

Eu te vi em um bar ontem... um amigo te reconheceu. Te achei muito bonito

Que merda eu estava fazendo?

Diga ao seu amigo para não passar mais o número das pessoas sem a autorização delas.

Eu só queria te chamar pra sair.

Você gostaria de sair comigo?

Eu precisava saber se ele estava mesmo gostando de mim.

Não.

Yeah!

Por quê?

Primeiro: não quero.
Segundo: não te conheço.
Terceiro: eu tenho alguém.

Sim, porra, sim! Esse alguém só podia ser eu, não é?

E se não parar de me mandar mensagens, mando o meu namorado te bater.

Oi?

Ele é mexicano, tá? Ele não dá a mínima.

Eu sou mexicano?

— Oh, meu Deus! — Soltei o celular e fiquei estático. — Como assim?! — Ele tem um namorado mexicano? O quê?

Ah, parou de mandar mensagens, Alan?

— AH! — Saltei da cama. — Como ele sabe?

Ele é satanás?

O celular começou a tocar, e o atendi, tremendo um pouco.

— *Mentir é feio.* — Eu o ouvi dizer. — *Acho que vou ter mesmo que mandar meu namorado mexicano te bater.*

— Erick — foi o que pude dizer.

— *Só me diga por que mentiu* — Ele pediu, com sua voz soando séria.

— Não menti — disse. — Eu só queria te *trollar*... mas acabei sendo *trollado*.

— *Só queria zoar?*

— Sim — respondi. — Desculpa?

— *Não sei ainda* — disse Erick, e eu formei um biquinho.

— Como você descobriu que era eu?

— *Você tá com foto de perfil* — Ele respondeu, simples.

Ah! Eu nem usava mais aquela porcaria.

— E agora, já me desculpou? — perguntei, com medo.

— *Ainda não* — repetiu. — *Mentira. Eu não consigo ficar bravo com você.*

— Ah, obrigado! — Quase gritei. — Eu ia me jogar da janela se você não me desculpasse. — Eu o ouvi rir. — Você está bem? Não o vi na academia hoje.

— *Estou* — respondeu, com sua voz voltando ao tom habitual: suave e tranquilo. — *Só estou um pouco dolorido.*

— Você se machucou ontem? — perguntei, preocupado.

— *Alan*... — Ele fez uma pausa. — *Esquece.*

— Eu estou com saudade — confessei, deitando-me na cama.

— *Quer me ver?* — Ele perguntou, e eu sorri feito um bobo.

— Sim.

— *Vai ficar querendo* — devolveu, e meu sorriso se desmanchou. — *Tenho que recuperar meu corpo pra dar aula amanhã.*

— Ah, tá... — compreendi. — Mas amanhã já é sexta-feira... então, a gente pode ficar junto depois do trabalho.

— *Eu não sei* — disse ele, e eu estranhei. — *Tenho que perguntar ao meu namorado mexicano.*

— Ah — choraminguei. — Diga a ele que eu vou cuidar bem de você.

— *Tudo bem.* — Fez uma pausa. — *Ele disse que podemos.*

— *Gracias.* — Sorri finalmente.

— *Agora, vá dormir, bebê* — disse Erick, e meu coração quase derreteu. — *Quero você com bastante energia amanhã.*

Arriba!

Você e eu somos...?

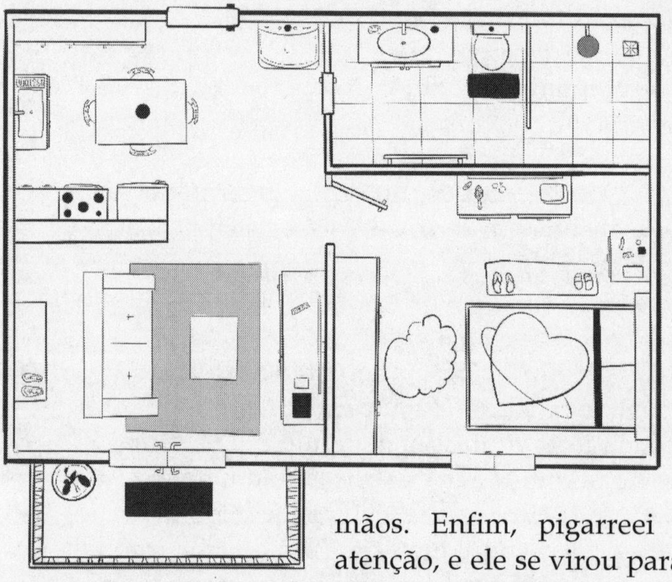

Meu coração quase diluiu quando abri a porta da sala e vi Erick lá, se alongando com as crianças. Eu não consegui me mover, precisei ficar parado um tempo, admirando toda a sua fisionomia. Não acredito no que tenho nas mãos. Enfim, pigarreei para chamar sua atenção, e ele se virou para mim, sorriu e me cumprimentou formalmente.

— Bom dia — disse a eles, e me desejaram outro "bom dia".

Não consegui falar com o Erick, precisei me concentrar na aula. Nós ensinamos às crianças algumas técnicas para derrubar o oponente.

Eu gostava de dar aula, e com Erick ao lado era melhor ainda. Ele tinha um dom. Encantava as crianças e soava como um verdadeiro herói quando demonstrava um golpe, e os pequenos abriam suas bocas em um perfeito "O". Eles amavam o Erick. E eu não podia julgar.

— Tudo bem — eu disse, fazendo-os parar de treinar os movimentos. — Vão ao banheiro e tomem água, depois retornem.

Eles foram, um atrás do outro, e Erick sorriu em minha direção.

— Me desculpe por ontem — pedi, me sentindo envergonhado.

— Foi engraçado. — Ele se encostou no armário, ainda sorrindo. — *Miguel.*

— Eu sou um otário. — Fechei os olhos com força, tentando espantar o constrangimento.

— Você só é um pouco bobo. — Riu. — Mas eu gosto de você assim mesmo.

Meu coração se aqueceu assim que ouvi aquilo. Eu queria tanto beijá-lo, mas não podia fazer isso no meio da sala. E nós ficamos apenas em silêncio, sorrindo, enquanto eu arrumava os materiais para exercitar as crianças.

Terminamos de dar a nossa aula, sem nenhuma interrupção além de Gabriel e Victor, que quase falaram palavrões um para o outro. E eu nunca quis que uma tarde passasse tão rápido. Deus, como eu queria que desse logo a hora de ir embora. Simplesmente, estava inconformado com a distância entre mim e Erick. Ele teve que ajudar outro professor, e eu fiquei na sala, cuidando das formalidades da minha turma.

Quando eu bati o cartão, nunca me senti tão livre.

Esperei por Erick em frente à academia e senti meu estômago ventilar quando o vi sair pela porta, jogando os fios ondulados e loiros para trás. Como Deus conseguiu acertar tão bem na beleza de um ser humano? Se é que ele é humano.

— Esperando por alguém? — Passou por mim, e eu o segui.

— Um cara chamado Erick Capdeville — contei. — Ele é baixo, tem o cabelo mais macio que já toquei, mãos delicadas, olhos brilhantes, boca gostosa e várias pintinhas lindas. E eu o adoro. Você conhece ele?

— Não faço a mínima ideia de quem seja — disse Erick, e depois sorriu. — Pra minha casa?

Eu estava pronto para dizer um "sim" alto e nítido, mas...

— Não — eu disse, e ele parou de andar, me olhando confuso. — Vamos para a minha casa.

Nunca o levei lá. Ele já esteve no prédio, mas nunca em meu apartamento. Eu preferia sua casa, mas não queria parecer um sem-teto ou dar a impressão de que ele não era bem-vindo.

— Oh! — Ele pareceu animado, e isso me alegrou. — Vamos, então. Eu quero saber como ela é!

Ele segurou minha mão e me fez andar mais rápido. Nós fomos, o caminho todo, de mãos dadas. Erick parecia uma criança prestes a entrar em um parque de diversões, todo animado para conhecer minha casa. Era só uma casa, então eu não entendi o porquê de tanta expectativa. Quando paramos em frente ao meu prédio, ele pareceu reconhecê-lo.

— Você mora aqui? — Ele apontou de forma meio infantil. — Alan, eu vim aqui tantas vezes...

— Veio? — Fiquei surpreso, porque eu sabia que ele já tinha ido ali, mas tantas vezes era surpresa.

O porteiro liberou o portão, nós subimos a escadaria curta, passamos pelo apartamento em que conheci Erick e paramos em frente à minha porta.

— Não acredito que nunca esbarrei com você. — Ele parecia tão impressionado, e eu acabei rindo.

— Quer coincidência maior que trabalharmos no mesmo lugar? — perguntei de repente, pela primeira vez, contente com o destino.

Abri a porta e deixei Erick entrar primeiro, depois a tranquei novamente. Liguei as luzes e esperei que ele terminasse de avaliar minha decoração sem graça, sem nada de extraordinário. Não tinha o charme do apartamento dele. Era tudo bem apagado, e eu claramente não dava a mínima, apenas limpava. Erick deixava tudo meio bagunçado em sua casa, mas era um ambiente claro, fresco. Meu apartamento tinha móveis sem muita cor, a luz de fora não chegava até os cômodos, por causa dos prédios ao lado, não tinha quadros ou bibelôs, nem cortinas bonitinhas. Era frio e extremamente organizado.

Erick correu seus olhos por tudo, enquanto eu deixava minha mochila no chão e tirava meu casaco.

— É bem sem graça — lamentei, parando, envergonhado, ao seu lado. — Era só pra conhecer mesmo. Não tem nada demais.

— É tão arrumado — Ele comentou, e eu quis me estrangular, porque "arrumado" não era exatamente um elogio.

— Se você quiser, a gente pode ir pra sua casa. — Já fui me preparando para vestir o casaco de volta. — Desculpa te trazer aqui.

— Não. — Erick me impediu de continuar e aproximou-se de mim. — É bonitinho. Confesso, é meio acinzentado, mas é a sua casa, e tudo sobre você me agrada.

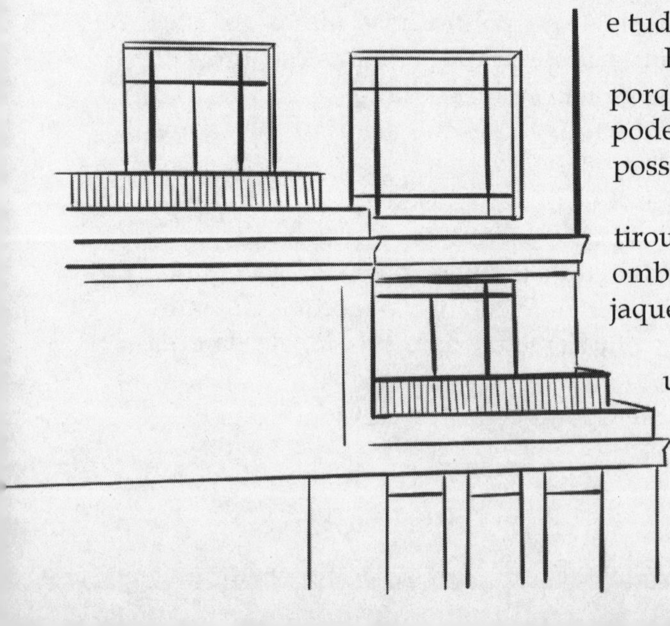

Eu só posso estar louco, porque Erick Capdeville só pode ser uma ilusão. Não é possível que ele seja real.

— Vamos ficar. — Ele tirou a bolsa atravessada dos ombros e abriu o zíper da jaqueta. — Estou com fome.

— Tudo bem. — Sorri, um pouco desconfortável ainda. — Vem.

Eu o guiei até a cozinha, que não

continha nada além do básico, e ele se sentou no balcão, ao lado da geladeira.

— Vamos ver. — Abri o refrigerador e não encontrei muita coisa. — Tem uma banana... tem ovos... leite.

— Que pornô! — Atacou-me com um pano de cozinha, e eu gargalhei.

— É sério! — falei a verdade e desisti da geladeira, indo até os armários. — Aqui tem bolacha, cereal, farinha... um pão.

— Como você se alimenta? — Erick me perguntou, parecendo indignado.

Eu fiquei constrangido, porque na casa do Erick sempre tem verduras frescas, carne e comida em fartura.

— Eu peço no *delivery* — admiti. — Ou como no Antônio.

— Sua mãe sabe disso? — Ele perguntou, balançando os pés.

— Não. — Até tremi. — Se ela soubesse, já teria me obrigado a plantar uma horta e a criar galinhas no meio da minha sala.

— Acho que gostaria de conhecê-la — Erick disse, mas não muito alto, e abaixou a cabeça. — Enfim... acho que podemos comer bolacha com leite.

— Não — falei e peguei o meu celular. — Vamos pedir *pizza*.

Eu pedi a *pizza*, não muito grande, puxei Erick para a sala e o deitei sobre meu corpo. Nós ficamos em silêncio, enquanto eu acariciava seu couro cabeludo, e ele parecia tão relaxado, abraçado a mim.

— Sua casa é tão silenciosa — Ele disse, brincando com o colar que eu usava. — Meu prédio é todo barulhento.

— Vamos pôr música — Eu sugeri, e ele saiu de cima de mim. Peguei o *pen drive* ao lado da televisão e conectei no *home theater*. *Don't Let Me Down,* do The Beatles, começou a tocar.

— Desculpa — pedi imediatamente, pretendendo tirar o *pen drive*. — Essa é a *playlist* de quando eu tô mal.

E já deixava esse *pen drive* por perto, por sempre usá-lo.

— Eu gosto. — Erick tirou as botas que usava, além da jaqueta. — Deixa.

— Tudo bem. — Dei de ombros e voltei para o sofá, e ele tornou a me abraçar.

Erick estava tão manhoso, tão agarrado a mim. Percebi que, naquele dia especificamente, ele estava carente.

Mas a campainha tocou, e tive que o deixar novamente. Eu paguei pela *pizza* e as latas de refrigerante e as coloquei na mesinha de centro. Eu ia pegar pratos e talheres, mas Erick pegou um pedaço na mão e começou a comer.

— Está gostoso — comentou, e me juntei a ele.

Quase tive uma overdose de fofura quando ele manchou a pontinha do nariz com molho. Erick era tão adorável fazendo qualquer coisa.

Não falamos muito, acho que por estarmos em um ambiente novo para ele, mas a cada dez segundos, nossos olhos se encontravam. E a cada dez segundos eu quase falecia também.

— Terminei — Erick avisou, assim que engoliu o resto de seu terceiro pedaço. Eu ainda estava no segundo, então ele apoiou os cotovelos na mesa e pousou o rosto nas mãos, me assistindo comer.

— Para com isso — pedi, sentindo minhas bochechas ficarem quentes.

— É que você é tão bonito — Ele disse, e eu segurei o riso. Eu não sou nada ao lado dele.

— Obrigado. — Desviei o olhar, um pouco constrangido.

— Posso tomar banho? — perguntou, levantando-se.

— É claro — confirmei, e Erick inclinou-se para me dar um beijo e seguiu o caminho até o banheiro.

Eu terminei minha *pizza*, com a Lana Del Rey em meu ouvido, e esperei que Erick saísse do banho.

— Alan — chamou, e eu corri até a porta do banheiro. *Me chama pra tomar banho com você, por favor, diga que sim.* — Toalha e roupa — Erick pediu, e eu fechei a cara. Quem disse que eu quero que ele use roupas?

Peguei uma toalha, uma boxer minha, uma camisa branca e as entreguei a ele.

— E a calça? — perguntou, pondo só a carinha para fora do banheiro.

— Nós vamos dormir — Dei a desculpa, e ele me encarou por um momento, fechando lentamente a porta.

Que medo.

Ele deixou o banheiro depois de tomar banho, e eu entrei só para escovar meus dentes, já que havia me lavado na academia.

Enquanto Erick penteava o cabelo na sala, desliguei a música e comecei a apagar as luzes. Fui para o quarto, troquei de roupa, ficando apenas com uma calça moletom, e me deitei na cama.

Erick entrou, timidamente, no cômodo, e seus olhos analisaram novamente o ambiente. Meu quarto era mais aconchegante que o resto da casa.

— Está com sono? — Ele perguntou, andando pelo cômodo, avaliando tudo.

— Um pouco.

— Uma pena. — Erick me olhou, sorrindo sem mostrar os dentes. — Porque não vamos dormir.

Eu sou o cara com mais sorte no mundo.

Ele abaixou a boxer que usava, foi em direção à cama, subiu no colchão e engatinhou até mim, mordendo o lábio carnudo.

Eu sorri e me sentei, e ele se sentou em meu colo.

— Sua casa é silenciosa demais — Erick disse, levando suas mãos aos meus ombros.

— Concordo. — Pousei minhas mãos sobre sua bunda, e ele deixou nossos rostos a centímetros de distância. — Devíamos fazer barulho.

— Eu posso fazer barulho — Ele falou e umedeceu os lábios, e nossas bocas finalmente se encontraram.

Os vizinhos que me perdoem, mas eu vou fazer o Erick gemer alto esta noite.

Eu vim, sentindo o meu corpo todo enfraquecer. Era a quarta vez que eu gozava, em menos de duas horas.

Saí de dentro de Erick, tirei suas pernas de cima de meus ombros e me deitei ao seu lado. Minha respiração estava pesada, assim como a dele.

— Meu Deus, Erick Capdeville — Eu soltei, um pouco frustrado com a forma como ele fazia eu me sentir. Nunca havia passado de três *rounds* na minha vida.

— O quê? — Ele perguntou, risonho.

Eu procurei por um travesseiro para tacar nele, mas descobri que estavam todos no chão, assim como o cobertor e o lençol.

— Que bagunça! — Eu me levantei e juntei as coisas derrubadas.

— Para com isso — Erick pediu, com a voz manhosa. — Volta pra cama.

— Espera — eu disse, tentando organizar um pouco a situação, fui até o banheiro, joguei o preservativo fora, peguei lenços e entreguei a Erick, para que se limpasse.

— Como você é chato — reclamou, enquanto eu arrumava os travesseiros e dobrava o cobertor. — É sério, Alan... vem logo.

Eu o ignorei, só para irritá-lo, fui à cozinha e preparei duas tigelas de cereal com leite, enquanto ouvia Erick resmungar no quarto. Descobri que ele perde o controle das pernas depois de transar. Então, sabia que não viria atrás de mim.

— Alan! — Chamou, parecendo bravo.

Eu voltei, mas parei, um momento, para apreciar o corpo do loiro em minha cama. Tão bem-feito.

— Que desespero! — Eu me sentei ao seu lado e entreguei-lhe uma tigela.

— Desculpe. — Começou a comer. — Estou me sentindo um adolescente hoje.

— É fofo. — Sorri para ele.

— É estranho — divagou. — Nem mesmo quando eu era adolescente me sentia como um.

Eu não entendi, mas tentei.

— E agora... — Suspirou. — Com você... fico me sentindo um moleque.

— E isso é bom? — perguntei, enquanto ele enchia a boca de cereal.

— Alan. — Erick me olhou e engoliu o que comia. — Estou comendo cereal às onze da noite, pelado, depois de ter transado. — Fez uma carinha emburrada, mas sorriu em seguida. — É ótimo.

— Eu não entendi nada do que você disse — confessei, e ele acabou rindo. — Mas desde que tenha um sorriso no seu rosto, eu julgo como algo bom.

— E se for ruim pra você? — Olhou-me, sorrindo fraquinho.

— Se é bom pra você, é pra mim também.

Ele não respondeu, ficou me encarando por um tempo, e voltou à sua tigela de cereal.

Pelo canto do olho, eu assisti ao Erick comer, brincando com a colher e sorrindo. Eu gostava de ser o motivo de sua felicidade.

Terminamos de comer em silêncio, eu deixei a louça no chão e Erick se deitou. Ele estava de costas para mim, sem roupa alguma. E eu criei uma obsessão pesada pela imagem das costas de Erick, seguida por sua bunda bonita.

Não há visão melhor que ter Erick nu em uma cama.

Eu me sentei, pousei uma mão sobre o tornozelo dele e comecei a subir lentamente, sentindo a pele macia e quente de sua perna torneada.

Erick se virou, mas eu continuei o caminho, com sua supervisão, e passei por sua coxa, virilha, abdômen, tórax, pescoço e, finalmente, seu rosto, no qual segurei seu maxilar gentilmente e me inclinei para beijá-lo. Devagar e delicadamente, encostei meus lábios nos dele e conectei minha língua à sua, acariciando atrás de sua orelha com meus dedos.

Já o havia beijado dezenas de vezes só hoje, mas, a cada toque, ainda me surpreendia com o quão gostoso era.

Eu passei meus beijos para seu queixo, desci até o pescoço, chupei-o, para que ficasse marcado, parti para seu ombro, deixando mais marcas na bela pele, e o virei de bruços.

— De novo? — Ele perguntou, com a voz um pouco abafada, rebolando contra o colchão. — Eu estou cansado...

— Só mais essa — pedi, ainda beijando suas costas, e levei minha mão até o móvel ao lado da cama. — Por favor.

— Tudo bem — Ele concordou, gemendo um pouco. — Mas só porque você me excitou.

— Eu gosto assim. — Mordi levemente o seu ombro, peguei o lubrificante no móvel e procurei pelo preservativo, mas não o encontrei.

Precisei me afastar de Erick, para tentar achar uma mísera camisinha, mas não tinha mais.

— Droga — resmunguei.

— O que foi? — perguntou, se virando um pouco para me encarar.

— Estou sem preservativo — contei, chateado.

— Alan. — Erick enterrou o rosto no travesseiro e riu. — Eu não posso engravidar.

Não acreditei que ele estivesse sugerindo que fizéssemos sem proteção.

— Também não tenho nenhuma doença — Ele disse, sério desta vez. — Se é do que tem medo.

— Não! — respondi o mais depressa possível. — É que eu nunca fiz sem camisinha.

— Nunca?

— Não que eu me lembre. — Cocei o couro cabeludo, me sentindo um pouco confuso.

Erick não disse mais nada, pegou a embalagem de lubrificante, despejou um tanto na mão, espalhou por meu membro, aproveitando para me masturbar, e levou a mão à própria entrada, molhando-a.

— Não há nenhum problema. — Voltou a ficar de bruços, e eu fechei minha boca, parei de babar e me posicionei entre suas pernas.

Eu, primeiramente, massageei sua bunda, depois afastei suas nádegas fartas e o penetrei.

Imediatamente, me senti incrível ao entrar em contato com seu interior, nu, mais sensível do que nunca. Segurei Erick por baixo de seus braços, usei-o como apoio e, com a testa colada em sua nuca, comecei a me mover, sentindo todos os detalhes do sexo.

Fechei meus olhos, perdido no êxtase, e passei a enterrar devagar, a fim de captar cada sensação que o ato me proporcionava.

Mas ouvir Erick gemer fez meu lado mais primitivo despertar.

Coloquei mais força nos movimentos, indo mais fundo, aumentando a velocidade aos poucos. Abri meus olhos, ergui meu tronco e segurei Erick pela cintura.

Eu estocava rápido, mordendo minha própria língua, vendo Erick se contorcer abaixo de mim, com as mãos agarradas ao travesseiro, se controlando para não gemer muito alto. Mas eu queria que todos o ouvissem e soubessem que eu podia fazer aquilo com ele, que eu podia levá-lo às alturas. Tentei ser mais preciso, enquanto o fodia, e ouvi, satisfeito, seus gemidos aumentarem de volume, de quantidade.

— Alan! — Erick gemeu, e um arrepio percorreu meu corpo. Eu me sentia tão incrível em poder fazer com que ele sentisse prazer.

Talvez eu tenha nascido para fazer Erick Capdeville feliz.

Eu gemia, também, o nome dele, grunhidos, vogais, e tentava segurar os palavrões, porque descobri, durante o segundo *round,* que Erick não gosta de palavrões na cama, então não iria aborrecê-lo.

Mas quando se está dentro de Erick, é quase impossível controlar o que se diz.

Eu me sentia perto, enquanto meu membro entrava e saía do loiro, e ele rebolava o quadril, com seus olhos fechados com força, a boca aberta e o suor escorrendo outra vez. Inclinei-me sobre ele novamente, sem diminuir o ritmo, com meu queixo em seu ombro, ouvindo os gemidos de Erick mais de perto.

— A-ah! — Ele soltou, ofegante, enquanto minha virilha se chocava com força contra sua bunda e meu pau acertava seu ponto fraco, dentro de seu interior. — Alan... oh, meu...

Ele já estava tão sensível, por causa das outras transas, que o fazer gozar agora não seria difícil. Eu, inconscientemente, procurei pela mão direita de Erick e entrelacei meus dedos aos seus, com minha mão por cima da sua, vendo as lágrimas verterem das extremidades de seus olhos fechados. Eu o atingi mais algumas vezes, antes de escutá-lo emitir o gemido mais alto até então, gozando contra o lençol, rebolando violentamente. O prazer estava estampado em seu rosto.

Depois de mais uma série de enterradas fundas e ágeis, eu me desmanchei dentro dele e, grunhindo alto, apertei mais forte a sua mão, até que o orgasmo se dissipasse.

Relaxei por cima de Erick, com nossas respirações descompensadas podendo ser ouvidas novamente.

Cinco vezes em uma só noite.

Eu realmente nunca consegui fazer mais que três. Mesmo que Kaíque quisesse, eu sempre ficava exausto demais.

Erick me faz descobrir novos lados de mim mesmo.

Eu saí de cima dele e me joguei ao seu lado, cansado, sentindo minhas pernas fracas.

— Alan. — Erick virou-se para mim, mas eu não o deixei continuar a falar. Selei nossos lábios e o beijei até que o ar faltasse, tentando mostrar o quanto eu estava na dele. *Deus, como eu estava na dele.*

Quando abrimos os olhos, nossos olhares se encontraram, e ele parecia tão inerte, tão entregue, tão verdadeiro.

— Alan, eu te...

Fomos interrompidos por porradas na parede, as quais nos assustaram.

— VAI DORMIR, ALAN PELLEGRINI! — Sr. Byun gritou do outro lado, e Erick e eu acabamos gargalhando.

Vá dormir, Alan Pellegrini.

Vá dormir, tendo a certeza de que nunca mais encontrará alguém como Erick Capdeville.

— Para com isso — Erick pediu, tomando seu suco. — Eu estou comendo, Alan!

— eu disse que iria tirar uma foto sua toda vez que você estivesse bonito — falei, mudando a posição para pegar outro ângulo de Erick.

— Mas você está há duas horas tirando fotos minhas. — Rolou os olhos.

— O que eu posso fazer se você está sempre bonito? — perguntei, finalmente deixando a câmera de lado, e ele não respondeu, apenas abaixou a cabeça para esconder o sorriso.

Era tarde de domingo, e estávamos em minha casa. Erick não foi para o seu apartamento, ficou comigo o sábado inteiro. Nós tomamos banho juntos, e eu massageei seus músculos, porque ele ficou dolorido da noite de sexta. Também fizemos maratona da primeira temporada de *Eu, a patroa e as crianças* e criamos um *ranking* dos piores castigos do Michael para os filhos. Descobri que Erick gostava mais da Claire da primeira temporada, e não da outra. Não vou nem comentar.

— Vai querer assistir àquele filme? — perguntei.

— Eu não gosto de terror. — Fez uma carinha de tédio.

— Não precisa ter medo. — Eu o abracei por trás e beijei sua bochecha. — Se ficar com medo, é só segurar minha mão.

— Você não fica assustado? — Erick perguntou, enquanto eu o levava à sala.

— Não — respondi, arrumei as almofadas no sofá, para Erick ficar confortável, e acessei a Netflix na televisão.

— Então, me proteja — pediu e esticou os braços, esperando um abraço.

— O filme nem começou ainda. — Eu o fiz se sentar no sofá e me deitei entre suas pernas.

A casa toda estava sob iluminação baixa, e o filme, em um volume alto. Eu estava só esperando a introdução passar para que o terror começasse, Erick se assustasse e eu pudesse cuidar dele, mas na primeira cena de susto, quando a mulher abriu o armário e caiu um corpo, não foi Erick que gritou, fui eu.

— Alan! — Erick deu um tapa em meu braço. — Você disse que não tinha medo!

— Eu estou só brincando — menti. — Não me assustei.

Meu coração estava na goela.

Nas cenas seguintes, tive que me segurar, mas a cada novo ataque do demônio, eu saltava e ouvia Erick rir de mim.

O bicho estava abrindo a boca da garota até rasgar as bochechas e quebrar o maxilar, então eu não tive como me controlar: precisei esconder o rosto com as mãos.

— Que molenga, Alan. — Erick gargalhou.

— Olha o que ele fez com a garota! — Eu me defendi. — Não tenho coração pra isso, não. Pelo amor de Deus. Por que esses idiotas tinham que passar as férias justo na casa do capeta? Não tinha como ir pra Disney, não?

— *Mickey Mouse e o Massacre da Serra Elétrica, a morte da Minnie foi só o começo* — brincou. — Reboot de *Pague para Entrar e Reze para Sair* ou *O Pooh Maldito.*

— Você é péssimo, Erick. — Eu me levantei e fui ligar as luzes. — Chega desse filme sem graça. Terror mesmo é *Coragem, o Cão Covarde.*

— Alan, você é uma criança que cresceu demais — disse, se espreguiçando.

— Quem me dera poder voltar a ser criança. — Sentei-me ao seu lado.

— Por quê? — Ele se encostou em mim e deitou a cabeça sobre meu ombro.

— Eu poderia ter feito muita coisa diferente — confessei, ficando um pouco chateado comigo mesmo. — Poderia mudar uma série de coisas.

— Eu não mudaria nada. — Erick sorriu para mim. — Mesmo que eu tenha passado por coisas realmente deprimentes... estou bem agora. Se eu mudasse alguma coisa, poderia nunca ter encontrado o

Diego, a academia e você. — Seus olhos fitaram os meus. — Imagine só se eu nunca tivesse te conhecido?

— Não teria perdido tanta coisa. — Abaixei a cabeça. — Mas eu estaria perdendo muito se nunca tivesse te encontrado.

— Não se coloque pra baixo. — Ele buscou minha mão e a segurou. — Você é incrível. Não se julgue menos do que é. Você é o melhor, Alan.

Eu não acreditava muito nele, mas se ele gostava de mim desse jeito, não o aborreceria.

Segurei seu rosto, sentindo a pele macia, o beijei, sem malícia, e o abracei. Nós nos deitamos no sofá e ficamos daquela forma por um bom tempo, com Erick apenas fazendo carinhos em minha cabeça, enquanto eu aproveitava o calor que seu corpo emanava. Estar nos braços dele era tão confortável, tão gostoso. Eu não gostaria de perder aqueles carinhos, não mesmo.

Quando o céu estava quase escurecendo, me levantei e puxei Erick até a sacada, para que ele pudesse ver o Sol se pôr. Eu me sentei na espreguiçadeira, e ele se sentou em meu colo, com seus olhos focando o fenômeno natural que ocorria, na paisagem bonita entre os prédios. Era somente o pôr do Sol, mas Erick gostava de assistir, de reparar nas cores que pintavam o céu no dia, porque, segundo ele, todo dia era diferente. Eu não via a diferença, porque, enquanto ele admirava o céu, eu o admirava.

— É bonito, não é? — Ele perguntou, e eu assenti.

Sim, Erick, você é bonito. O mais bonito que já vi.

— Você vai dormir comigo hoje? — perguntei, acariciando sua bochecha com a ponta do nariz.

— Eu preciso ir pra casa — respondeu, e eu quase corri para buscar uma corrente para prendê-lo.

— Não precisa, não. — Eu o abracei apertado. — Você precisa ficar comigo.

— Você pode me acompanhar até o ponto de ônibus. — Deu-me um beijo e levantou-se.

Nossa, não, cara. Nossa, não, que raiva. Nossa, mancada. Nossa, que raiva, não, nossa. Fica na minha casa, fica na minha vida.

Erick e eu nos vestimos propriamente, ele juntou todas as suas coisas, as quais tinham sido, aos poucos, espalhadas pela casa, e nós deixamos meu apartamento.

— Tá indo embora? — Sr. Byun perguntou quando esbarramos com ele no corredor.

— Sim — Erick respondeu, um pouco envergonhado.

— Graças a Deus! — Sr. Byun suspirou. — Eu estava pronto para chamar o bombeiro para apagar o fogo do rabo de vocês.

Mas nós nem transamos ontem, foi só um boquete.

— Boa noite, Sr. Byun — resmunguei e continuei o caminho com Erick. — Não sei do que ele tá falando... esse hipócrita. Quando o Sr. Amadeu ainda estava vivo, eles não calavam a boca.

Erick não respondeu, apenas riu e segurou minha mão.

No caminho até o ponto de ônibus, nós paramos em um mercado, porque Erick insistiu que eu tinha que comer alguma coisa além de *pizza*. No meu carrinho tinha carne, peixe, arroz, macarrão e temperos. Para mim, era o suficiente, mas Erick insistia que faltavam verduras e legumes.

— Já está bom — disse, assim que ele pôs o vigésimo legume no carrinho. — Vamos pagar logo.

— Espera, tá faltando creme de leite — constatou, depois de analisar os produtos que tínhamos apanhado. — Eu vou pegar.

Ele foi atrás do tal creme de leite, e eu fiquei. Foi quando um piá me cutucou. Ele usava uma saia, blusa curta e maquiagem.

— Pode pegar o pacote de farinha pra mim? — Apontou, e eu vi que o pacote estava no alto da prateleira.

— Tudo bem — assenti e peguei o que ele pediu. — Aqui.

— *Obrigada* — respondeu, dando ênfase no "a", e eu assenti, confuso. — É uma droga ser *baixinha*.

Oh! É claro.

— Deve ser — Tentei compreender o lado *dela*.

— Acho que preciso de um garoto alto na minha vida — Ela disse, risonha. — Você é alto, não é?

— Sou. — Sorri, mesmo não entendendo nada do que ela queria dizer.

— E você pode ser o garoto alto que eu preciso? — perguntou, se aproximando de mim.

— Posso. — Dei de ombros. — O que você quer que eu pegue?

Ela riu, e eu não compreendi, mas julguei estar tudo bem.

— Pega na minha bunda. — Virou-se um pouco, mordendo o lábio.

Oh! Não, não! Moça, não!

— Pega, Alan — Ouvi *aquela* voz atrás de mim, enquanto Erick vinha em nossa direção, com uma caixinha de creme de leite e doces na mão. — Não vai pegar?

Erick deixou os produtos no carrinho e encarou a guria da cabeça aos pés, e esta fez o mesmo com ele.

— Desculpa. — Erick sorriu docemente para ela. — Mas ele não pode ser seu garoto alto, ele já é meu. — Segurou meu braço. — Da próxima vez, traga uma escada.

— Não foi o que o grandão falou — A de saia disse, com a mão na cintura.

— Existe 99% mais 1% de chances de o *meu namorado* não ter entendido o que você quis dizer — Erick retrucou, fechando mais o aperto no meu braço. — Mas você vai entender o que *eu* vou te dizer: você não deveria se insinuar para pessoas que não conhece. Meu namorado poderia ser um maníaco. Você não é baixinha, só tem dezesseis anos. — A menina arregalou os olhos, desconcertada. — E, por último, essa sua saia ficaria melhor na minha bunda.

Ele terminou de dizer, fez com que eu empurrasse o carrinho para fora daquele corredor, até o caixa, e pôs os produtos na esteira com certa brutalidade.

Nós saímos do mercado, em silêncio, e paramos no ponto de ônibus. Erick cruzou os braços e evitou me olhar, emburrado.

— Desculpa — pedi, me sentindo culpado. — Eu não sabia que ela tava dando em cima de mim.

Erick descruzou os braços e olhou-me, com um biquinho nos lábios.

— Está falando a verdade? — perguntou e abaixou o olhar.

— Sim — Tentei transmitir minha sinceridade. — Eu juro, juradinho.

Erick demorou a me responder, mas acabou sorrindo e me abraçou.

— Aquele projeto de naja... Aposto que nem usa calcinha e vem querer se fazer de gostosa.

— Quando você falou da saia... — Comentei, enquanto minha mente imaginava Erick usando aquele tipo de roupa. — Você usaria uma?

— Se você quiser. — Sorriu, me deu um estalinho e puxou meu lábio com os dentes. — Eu tenho uma em casa.

— Com direito a calcinha e tudo? — perguntei, e ele assentiu.

— De renda — disse e virou-se. — Com um lacinho bem aqui. — Apontou para o final de sua coluna, local em que começava a linha divisória de sua bunda. — Bem pequena.

Saias e calcinhas em mulheres particularmente não me interessavam — porque eu só gostava de homens —, mas em Erick despertava milhares de fantasias em minha cabeça.

— Você vai ter que mostrar. — Eu o puxei pela cintura, fiz sua bunda se chocar com minha virilha e beijei seu pescoço.

— Talvez eu mostre um dia. — Afastou-se, e vi que seu ônibus estava chegando. — Você vai gostar.

— Eu sei que vou. — Sorri, mas ainda tinha que dizer algo. — No mercado... você disse que sou seu namorado.

— Foi só pra espantar aquela iniciante — Erick me deu a desculpa, mas não parecia indiferente àquilo. — Tchau, bebê.

Ele entrou no busão e partiu.

Sorri comigo mesmo, me lembrando do final de semana que tivemos. Sorri, ao perceber o quanto eu gostava de Erick Capdeville, e me senti triste ao imaginá-lo longe de mim.

Acho que Alan e Erick *têm* que ficar juntos, formam um ótimo casal.

Eu ri com meu pensamento bobo. Estava feliz e podia jurar que nada mudaria isso. Mas a alegria de Alan Pellegrini dura pouco.

No dia seguinte, eu fui trabalhar e, antes mesmo de entrar na academia, encontrei a zeladora, que me disse algo que me derrubou:

— Erick foi demitido.

— Por que, Sr. Kentaro? — perguntei, já no escritório do meu chefe, completamente chocado com a notícia.

Erick foi demitido. Como? Por quê?

— Calma, Pellegrini — Sr. Kentaro pediu, se acomodando na cadeira.

— Por quê? — Insisti. — Erick era o melhor funcionário dessa academia.

— Foi preciso — Sr. Kentaro disse, e eu tive que me segurar para não socar a cara dele.

— Corte de gastos? — perguntei. — Então, me demite, mas deixa ele aqui.

— Não foi isso, Pellegrini. — Parecia um pouco estressado.

— O que foi? — Questionei. Eu precisava saber. — Foi sua filha? Ela ficou brava, porque Erick não quis ficar com ela?

— Não a coloque nisso — Foi rígido. — Tive que demiti-lo. Não tinha outra opção.

— Só me diz — pedi, soando como uma súplica.

Qualquer que fosse o motivo, seria uma injustiça, pois Erick era o melhor no que fazia.

— Os pais dos alunos descobriram que ele era garoto de programa — Finalmente disse.

Tudo fez sentido. Mas, droga, que porra era aquela?

— Como? — perguntei, pasmo.

— Parece que uma das mães reconheceu o Erick. Aparentemente, o marido de uma amiga dela, uma vez, o contratou — Ele disse e, no fim, suspirou, parecendo lamentar. — Eles não querem um ex-garoto de programa dando aula aos filhos deles.

Precisei me sentar na cadeira em frente à mesa do Sr. Kentaro. Estava completamente abalado com o acontecido. Era só um emprego, mas eu sabia o quanto Erick gostava de trabalhar ali. E talvez aquele emprego fosse o que o impedia de voltar à vida de prostituição.

— Sr. Kentaro. — Eu o olhei, fazendo minha maior cara de gato de botas. — Você não pode mesmo manter o Erick?

— Alan, se eu o deixar aqui, os pais vão tirar os filhos da academia — Ele explicou, e eu abaixei a cabeça. — Ou eu continuo com um funcionário ou perco meus alunos. E sem alunos, sem dinheiro para manter a academia.

Era completamente compreensível o lado dele.

— Por mim, ele ficaria... — disse o Sr. Kentaro. — Mas não tem como.

Merda.

Eu me despedi dele e fui me preparar para dar aula. Assim que entrei na sala, me senti extremamente triste, tendo a certeza de que não viria Erick naquela sala.

— Bom dia — cumprimentei as crianças, sem ânimo, e elas fizeram o mesmo.

— Erick *sensei* vem hoje? — Perguntaram.

— Não.

— E amanhã? — Uma guriazinha perguntou.

A expectativa nos olhinhos deles me arrasou.

— Nunca mais — Tive que contar. — Ele foi embora da academia.

Uma porção de "por quê?" foi ouvida.

— Ele precisou — Eu me limitei a dizer.

— Foi por causa da gente? — Victor perguntou, com Gabriel ao seu lado. — Nós o chateamos?

— Não. — Sorri, triste. — Ele gosta muito de vocês. De todos vocês. Ele teve um problema.

Carinhas tristes e até mesmo algumas gotinhas de lágrimas das gurias, puderam ser vistas em toda parte.

— Vou contar lendas de samurais — anunciei, e eles se sentaram em um círculo.

Contei a eles histórias sobre batalhas épicas, grandes guerreiros, contos de amor e até mesmo piadas comuns no karatê. Foi o máximo que pude fazer. Não queria lutar sem ter Erick para me derrotar.

Passei a tarde em silêncio, preenchendo fichas, pensando em Erick e em como ele estaria se sentindo. Não queria que ele voltasse a se prostituir. Digo, não era preconceito, era só que eu queria algo melhor para ele, algo melhor para todos que levavam essa vida. Ele era tão bom ensinando karatê, tão bom com as crianças.

Como está? :(— AP

Triste :((— erickcapdeville

Pode ficar comigo hoje à noite, bebê? — erickcapdeville

Eu ia sugerir exatamente isso — AP

No fim da tarde, eu deixei a academia, ainda cabisbaixo, e segui para a casa de Erick. Tudo o que eu queria era confortá-lo e beijá-lo, até que ele sorrisse. Gostaria de estar feliz, para encontrá-lo, e queria que tivéssemos uma noite tranquila juntos, mas sabia que seriam horas de lamentação. Eu não sabia se estava preparado para ver Erick Capdeville triste.

E quando ele abriu a porta, meu coração se contraiu. Seu belo rosto estava vermelho, com os lábios e os olhos inchados.

Eu não disse "oi" ou "e aí", primeiramente o abracei. Abracei-o com força, sentindo seu corpo, agora frágil, junto ao meu, com seu choro em meu ouvido. Era de partir o coração.

— Como foi? — perguntei, me afastando um pouco, e fechei a porta, enquanto ele ia para o sofá, no qual já tinha um cobertor.

— O Kentaro mandou eu ir mais cedo — disse, tentando secar os olhos. — E aí, ele disse que os pais dos alunos exigiram que eu fosse demitido. Disseram que ele era um irresponsável por deixar uma pessoa como eu ficar perto de crianças. Disseram que só Deus sabe o que eu fazia com as crianças lá dentro.

Aquilo era nojento. Aquelas pessoas eram ridículas.

— Alguns deles disseram que iam mandar fazer exames nas crianças, para saber se eu abusei delas — disse Erick, voltando a chorar, enquanto eu deixava a minha mochila no chão e me sentava ao seu lado. — Que eu podia estar ensinando coisas impróprias aos filhos deles.

— Mas que filhos da puta sem cérebro! — Deixei escapar, puxando Erick para meu colo e deitando sua cabeça em meu peito. — Você não merece isso.

— Será mesmo? — Ele perguntou, fungando. — Acho que é o preço por ter feito escolhas erradas na minha vida.

— Não diz isso. — Eu o abracei mais forte. — Você é uma pessoa incrível.

— Eu gostava tanto de trabalhar lá — Erick disse, brincando com o zíper da minha jaqueta. — Gosto tanto das crianças.

— Elas também gostam de você — eu disse. — Ficaram super tristes quando souberam que você tinha ido embora.

— Eles são meus amorzinhos — disse, cessando um pouco as lágrimas. — Promete que vai ensinar direitinho?

— Prometo. — Beijei o topo de sua cabeça. — Não consigo ser um professor tão bom quanto você, mas vou fazer meu melhor.

— Eu vou tentar assistir quando tiverem as competições para subir de hierarquia — disse, com a voz rouca de tanto chorar.

— Erick, o que você vai fazer agora? — perguntei, e ele não respondeu. — Me promete que não vai voltar a fazer programa?

— P-prometo — Ele disse, mas não vi muita convicção, então o puxei, para olhar em seus olhos. — Alan... se eu não conseguir outro trabalho, vou ter que voltar.

— Mas você vai conseguir — Tentei dar-lhe um pouco de esperança. — Eu vou te ajudar.

— Eu não tenho nenhuma profissão... — disse, de cabeça baixa. — Meu currículo é vazio. O máximo que eu tenho é o ensino médio.

— Você consegue. — Retornei a abraçá-lo. — A gente vai dar um jeito.

— A gente? — perguntou, e eu assenti. — Alan, você não precisa quebrar a cabeça com isso. É um problema meu.

— Acho que tudo que te envolve, me envolve também — disse honestamente. — Erick, se você estiver oitenta e sete por cento triste, eu estarei oitenta e oito por cento triste. Se estiver cem por cento feliz, eu estarei cento e um por cento feliz.

Eu nem sabia direito o que havia dito, mas era exatamente daquela forma que me sentia. Digo, cento e um é mais que cem, não é?

— Você não existe — disse Erick, deixando um sorrisinho aparecer em seus lindos lábios.

— Você vai conseguir outro emprego. — Segurei suas mãos. — E vai ser feliz nele.

— Não estarei totalmente feliz. — Abaixou o olhar. — Porque não terei você por perto. Não vou ter ninguém para derrotar.

— Você pode meter a porrada em mim aqui mesmo. — Abri meus braços, me deixando exposto para ele.

— Não tem a mesma graça. — Sorriu. — Eu gosto de te humilhar na frente das crianças.

— Eu vou sentir falta até mesmo disso. — Sorri também, triste, assim como ele. — Mas ainda posso te ver toda noite, não é?

— Sempre que quiser. — Erick segurou meu rosto com suas mãos macias e me beijou.

Seu beijo era a coisa mais valiosa do mundo. Aliás, tudo em Erick era valioso, incalculável, inestimável, incomparável e indescritível.

— Quer comer alguma coisa? — perguntei, acariciando suas bochechas gordinhas. — Ou quer ficar aqui comigo, no meu colo, abraçado, recebendo beijinhos e muito amor? — Muito amor, por favor, só dessa vez. Não peço nunca mais, vai.

— Comida em primeiro lugar. — Ele me deu um beijo rápido e desceu do meu colo.

É, Alan, seu nível de credibilidade está abaixo de zero.

— Mas você pode me abraçar, enquanto eu cozinho. — Pôs a cabeça para fora da cozinha, com um sorrisinho que deixava suas bochechas infladas.

— Você pode me chutar quantas vezes quiser — disse, indo de encontro a ele. — Eu sempre vou voltar.

— Até parece que eu sou cruel. — Sorriu enquanto dizia.

— Você é pura maldade. — Eu o puxei pela cintura e juntei nossos lábios. — Mas não consigo ver o lado ruim disso.

— Alan — Erick me chamou, ficando um pouco mais sério e olhando diretamente em meus olhos. — O que nós somos?

— Como assim?

— Você e eu somos...? — Deixou a fala morrer. — Esquece.

Ele me deu o melhor sorriso possível, enquanto minha cabeça tentava processar as coisas que ele dissera ou quase dissera. No final, eu não entendi.

— Deixa que eu faço. — Peguei a vasilha de frango de sua mão e fiz com que se sentasse à mesa. — Vou te dar uma noite de reizinho.

— Eba! — Erick comemorou, apoiando o queixo na mão para me observar.

— Milorde. — Eu me curvei até ele. — Me daria a honra de receber o beijo real?

— Claro que não, plebeu. — Fez uma caretinha esnobe. — Mas pode ter a honra de beijar a mão real. — Estendeu a mãozinha. — Vamos, beije a mão do rei.

Eu beijei as costas de sua mão, subi os beijos para seu braço, fazendo uma trilha até seu pescoço, e enfim, cheguei a seus lábios, que beijei como se fossem delicadas pérolas raras. Foquei seus olhos inchados, com um brilho adorável, e admirei seu rosto angelical, com um sorriso verdadeiro e verdadeiramente lindo. Eu me senti o cara mais feliz do mundo por simplesmente conhecer Erick Capdeville.

Eu estava amando-o.

— Ah, precisa ter cursado Administração? — Erick conversava ao telefone. Era a décima segunda vez que ele tentava conseguir uma vaga para entrevista de emprego. — Tudo bem, então. Obrigado.

— E aí? — perguntei, levemente esperançoso.

— Não. — Erick me lançou um sorrisinho triste e voltou para a cama. — Daqui a pouco, você tem que ir trabalhar.

— Está uma droga sem você. — Suspirei.

Fazia dois dias que Erick havia sido demitido, e estava simplesmente um tédio total. Eu não estava animado, e as crianças também não. Erick era o brilho e a energia da turma.

— Ninguém vai me contratar. — Bufou e deitou a cabeça em meu peito. — Vou começar a procurar algo como garçom ou... cuidador de cachorros.

— Eu queria poder te ajudar. — Fiquei decepcionado comigo mesmo.

— Você fez o que pôde. — Beijou a região do meu tórax. — Procurou anúncios pra mim... perguntou se tinha vaga nas lojas.

— Ainda não acredito que o melhor funcionário da academia teve que ser demitido — falei, realmente incrédulo. — Tudo isso por causa de um preconceito nojento. E daí que você já foi garoto de programa? Você é muito melhor que muitas pessoas "corretas" por aí! Garanto que seu coração é melhor do que o de muitos fiéis devotos da igreja.

— Mas as pessoas não enxergam assim — Erick disse, e eu o abracei. — Eu estou com saudade.

— Das crianças? — perguntei. — Elas também sentem saudade.

— Sinto saudade delas também — Erick falou e se afastou de mim para se sentar no colchão. — Mas estou com saudade de você. Saudade de ficar o dia todo no mesmo lugar que você. Saudade de quando escapávamos pra nos pegarmos no vestiário.

— Nem me fale. — Eu o puxei para se sentar em meu colo e abracei sua cintura. — É uma tortura ficar longe de você.

Ele sorriu e uniu seus lábios aos meus, passando os braços em torno do meu pescoço. E nós nos beijamos com calma e carinho, transmitindo nossos sentimentos um para o outro.

Ainda estávamos uma bagunça da noite passada, e a cama, toda desarrumada. Mas Erick era lindo com o cabelo bagunçado, o rostinho inchado e a voz rouca de sono.

O lado bom de Erick ter sido demitido é que agora posso fodê-lo com força, já que no dia seguinte ele não vai precisar se esforçar. Sou egoísta pra caralho.

— Eu posso juntar dinheiro — disse-lhe, enquanto ele plantava beijinhos em minhas bochechas. — Juntar dinheiro para criarmos nossa própria academia. — Eu estava falando sério.

— Você é doido, Alan. — Erick sorriu de forma tão bela. — Completamente doido.

É porque eu te amo.

Eu queria dizer as três palavras para o Erick, mas tinha medo da reação dele, medo de assustá-lo. Afinal, nos conhecíamos há um mês apenas.

— O quanto você gosta de mim? — perguntei, olhando em seus olhos.

— Muito. — Deu-me um beijo rápido. — Tipo, muito, muito. Tanto que não posso descrever.

Aquilo significava que ele me amava?

— Erick, eu vou te dizer uma coisa — Tentei prepará-lo e vi a animação em seus olhos.

São só três palavras pequenininhas, Alan. São apenas oito letrinhas. Ou são sete?

— Bando de vagabundos — Ouvimos e nem nos assustamos muito, porque reconhecemos a voz. — Isso é hora de estar na cama?

— Como você conseguiu a chave do meu apartamento? — Erick desceu do meu colo e foi abraçar o Diego.

— Eu tenho até as senhas dos seus cartões. — Ele rolou os olhos. — Manda o gostosinho vestir uma cueca, porque daqui eu posso ver a marca do pau dele.

— Estava olhando? — perguntei, rindo. — O que foi Diego? Se interessou?

— Coitado. — Fez uma careta.

— Na minha cama, cabem três pessoas. — Erick sorriu para ele. — Se você quiser, o Alan e eu podemos entrar em você e te foder até você gozar com força.

— Eu não vejo problema — provoquei.

— *Karatê Kid* e Dedo Mindinho, vocês são deploráveis. — Diego fingiu ter uma ânsia de vômito. — Se merecem.

— Você não é nenhum santo, Flores. — Erick riu. — O que veio fazer aqui?

— Vim saber os nomes dos pais dos pirralhos — explicou. — Os que fizeram você ser demitido.

— Não inventa, Diego — Erick pediu, muito sério. — Nada de vingança. Já deu essa *vibe* Emily Thorne[1], né?

— Mas eu consegui uns explosivos ótimos. — Diego fez carinha de pidão.

Deus me livre.

— Esses ricos têm instalações de gás na casa inteira — disse, e eu pude ver o brilho em seu olhar. — Um fósforo apenas e tudo vai aos ares.

— Cala a boca, por favor. — Erick passou por ele e deixou o quarto. — Vou passar o café.

— Passa os nomes, Pequeno Gafanhoto. — Diego veio até mim. — Vamos, antes que ele volte.

— Eu não vou fazer isso — disse e suspirei. — Mesmo querendo... não posso, cara. Deixe essas pessoas ignorantes viverem com o peso na consciência.

— Filosofia não combina comigo. — Bufou, mas pareceu desistir. — Que droga! Por que essa gente não enfia o punho no ânus ao invés de ficar fodendo com a vida dos outros?

— Estou me perguntando o mesmo. — Abaixei a cabeça.

— Como foi? — perguntou. — Como descobriram?

— A amiga de um dos pais reconheceu o Erick — contei, e ele ficou um tempo em silêncio. — Por quê?

Opa.

— Assim, do nada? — Diego me olhou. — Simplesmente reconheceram?

Eu não estava entendendo aonde ele queria chegar, mas sabia que queria chegar em algum lugar.

— Sim — respondi. — Do nada.

— Hm... — Ele assentiu e desviou o olhar. — *Daniel-San*, acho que sei o que aconteceu.

---

1 Protagonista da série estaduniense "Revenge" (2011).

— O quê? — Quase saltei de curiosidade.

— Não posso confirmar nada. — Ele se levantou, rumo à porta. — Não comente sobre isso com o Erick.

Eu não podia acreditar que ele não ia me contar de que suspeitava. Oh, eu ia morrer de curiosidade!

Lavei-me no banheiro, enquanto Erick e Diego tomavam café e falavam sobre um tal Jean, que largou a vida dos bordéis para se casar com um cara chamado Keiko. Erick ficou encantado ao saber que um de seus "colegas de guerra" encontrou um rapaz para casar.

Ei, eu posso me casar com você, Erick.

Casar como? Que anel eu daria a ele? O único anel que eu podia comprar era o que vinha de brinde no algodão doce. Eu juntaria dinheiro para levantar uma academia ou para comprar um anel de noivado? Que porra eu estava pensando? Quem disse que o Erick gostaria de se casar comigo?

Perdido nesses pensamentos, entrou espuma nos meus olhos e eu gritei de dor.

— Alan — Ouvi a voz de Erick, preocupado. — O que houve?

— Nada. — Fingi, mas meus olhos ardiam. Tentei tirar a espuma, mas meus dedos estavam cheios de sabão. — Merda!

— Alan, para com isso — Erick disse, e ouvi seus passos em minha direção. — Deixa que eu limpo.

Senti seus dedinhos sobre meus olhos, esfregando as pálpebras levemente e abrindo-as um tantinho para a água levar o sabão. A ardência foi sumindo aos poucos.

— Seus olhos estão vermelhos. — Riu, olhando-me com um pouco de dó. — Parece que você fumou umas ervas.

— Olha, maconha explicaria a lerdeza desse garoto — Ouvi a voz de Diego e o vi na porta.

— Diego, ele tá pelado! — Erick gritou com ele, entrando em sua frente.

— Nossa, se mole é desse tamanho, imagina duro. — Ele realmente levantou os calcanhares para conseguir ver por cima do Erick. — E que foi, Erick? Tá com ciuminho do Grande Gafanhoto?

— Talvez eu esteja. — Levou Diego para fora do banheiro. — É *meu*, sai.

Gol do Alan.

Terminei meu banho, sem perder a visão, e me troquei para ir à academia. Na sala, encontrei Diego e Erick conversando.

— O amigo do meu primo, que casou com minha prima e que são pais da meia irmã do meu tio, me disse que o primo carioca deles, aquele que deu um tiro no meu avô paterno, está precisando de alguém pra vender umas paradas perto da universidade — Diego dizia.

— Primeiro, prostituição; agora, tráfico de drogas. — Erick sorriu, amargo. — Meu currículo só melhora. Só falta limpar merda com ele.

— Tá, então... — Diego precisou parar um momento para pensar. — Minha tia, que é irmã do meu avô e prima do meu cunhado, que queimou a casa do irmão da minha mãe, precisa de um secretário pra clínica de aborto dela.

— Aborto nem é legalizado no nosso país — Erick recusou.

— Mas é limpinho — Diego insistiu. — A gente conseguiu limpar todo o sangue da garota que teve uma hemorragia lá.

— Não, obrigado. — Erick suspirou, cansado.

— Que tal essa? — Diego pareceu animado. — Meu primo do norte me ligou e disse que o amigo do primo paulista dele, que deu uma facada no meu tio paraibano, está transportando órgãos para a Argentina. O que acha, daí? Posso te encaixar.

Imagine como é o Natal dessa família.

— É tentador, Diego, mas não. — Erick se levantou e veio até mim. — Bom trabalho pra você.

Ah, eu me senti tão mal.

— Obrigado. — Eu o abracei e beijei o topo de sua testa. — Você vai conseguir um emprego que não te leve pra cadeia.

— Espero que sim. — Sorriu para mim e me deu um estalinho. — Se cuida, bebê.

— Fica bem, amor — disse e o beijei, antes que ele pudesse ter alguma reação negativa ao novo apelido. — E você, Diego, manda um abraço pra sua família. Adorei eles, gente finíssima.

Deixei-os no apartamento e desci do prédio, indo em direção à parada de ônibus. No caminho, recebi uma mensagem:

Chama o Erick pra jantar aqui, hoje à noite. Vamos animar um pouquinho o bichinho. — Antônio.

Ele sabe quem você é

— Você acha que estou apresentável? — perguntava Erick, enquanto nós caminhávamos até o ponto de ônibus.

Ele estava simplesmente arrasador. Usava uma calça preta colada, botas e, por baixo do casaco bege, uma camisa preta de gola alta. Gola alta, porque eu acabei deixando marcas em seu pescoço. Não há como Erick Capdeville ficar feio.

— Acho que você não arrumou o cabelo direito — disse-lhe, apenas brincando. — E a roupa não está combinando muito.

Senti um tapa ardido em meu braço, assim que disse aquilo.

— Eu sei que estou perfeito. — Sorriu, mas desmanchou o sorriso. — Não estou?

Ele precisou parar em frente a uma vitrine para se olhar no reflexo, checando o cabelo e as roupas que vestia.

— Esse casaco me deixa grande — disse, testando se ficava melhor sem ele.

— Para com isso. — Eu o fiz vestir o casaco de novo. — Você está deslumbrante.

Puxei-o pelos ombros e beijei-o ali mesmo, aproveitando que não havia alguém por perto. Seus lábios eram sempre tão gostosos de beijar, sua respiração contra a minha era relaxante, e o modo como ele tentava não sorrir entre o beijo era a coisa mais encantadora que eu conhecia. Mas havia algo diferente em sua boca. Um gosto diferente da habitual mistura de bala de tutti-frutti e enxaguante bucal… Ele estava usando brilho labial.

— Você passou *gloss*? — perguntei, tocando seus lábios com as pontas dos dedos. Somente na luz eu pude ver direito, e era uma visão linda.

— Ficou ruim? — Pareceu um pouco inseguro.

— Está lindo. — Sorri depois de ver seu sorriso bonito. — Mas eu vou ter que tirá-lo de você.

— Como? — Ele se encostou na parede, sorrindo daquele jeitinho de quem sabe exatamente como pegar um cara.

— Com minha boca — disse-lhe e voltei a beijá-lo.

Por mim, eu ficaria horas apenas fazendo aquilo, com as mãos de Erick acariciando minhas costas, enquanto eu segurava seu rosto macio, mas tínhamos que ir à casa do Antônio.

— Vamos perder o ônibus — disse, puxando-o para continuarmos o caminho.

Nós pegamos o busão e nos sentamos um ao lado do outro. Como de costume, Erick encostou a cabeça em meu ombro e pousou as pernas em cima das minhas coxas, como uma criancinha.

Estávamos em silêncio, mas não era porque não tínhamos assunto, a verdade é que era bom apenas ficar abraçado e calado. Era confortável e relaxante.

— Está vendo aquela garota? — Erick apontou, muito discretamente, para uma jovem sentada alguns bancos à nossa frente. Ela usava um sobretudo realmente longo, e por baixo, podíamos ver que usava uma plataforma altíssima e meia arrastão. A maquiagem era forte sobre um rosto delicado, e ela parecia pequena demais para o penteado que usava. Parecia triste. Tão bonita e tão triste. — Ela é garota de programa — Erick disse com a voz baixinha, meio melancólico.

— Você a conhece?

— Não. — Sorriu tristonho. — Mas eu sei que é.

Ela parecia ser nova, mas fraca. Não havia nem um traço sequer de felicidade em seu rosto. Era triste até mesmo para mim, que não tinha nada a ver com ela.

— Como era a sua vida na prostituição? — perguntei a Erick, e ele se afastou para me encarar.

— Olha — Ele disse e tirou um tempo para refletir. — Eu tive sorte. Fui um garoto de programa "bem-sucedido". — Fez aspas com os dedos. — Eu não precisava me desgastar tanto, porque estava acostumado a ser alugado por pessoas com dinheiro de sobra. Então, fazia apenas alguns programas por mês. Mas isso mudou no último um ano e meio... Eu precisei começar a fazer com mais frequência, porque as pessoas de cacife não me queriam mais.

— Por quê? — Arrisquei perguntar, mesmo não muito seguro.

— Uma pessoa ferrou o meu lado. — Erick desviou o olhar. — Espalhou boatos ruins por aí.

— Ah. — Resolvi não insistir. — E como era transar com os caras?

— Não eram só caras. — Riu, amargo. — Havia mulheres também. Enfim, era tudo muito frio… eu raramente gozava. Meu prazer não importava para a maioria. Eles só diziam o que queriam que eu fizesse, e eu fazia, simples assim. Se quisessem me foder, fodiam. Se quisessem que eu fodesse, eu fodia. — Suspirou. — Tinham alguns caras mais carinhosos, que se importavam se eu estava me sentindo bem... A maioria era homem inseguro em relação à beleza e à sedução ou homem com pouca experiência. — Permitiu-se dar um sorrisinho. — Com as mulheres, era um pouco mais complicado, já que não sinto atração por elas, mas eu basicamente tomava um viagra ou coisa do tipo e dava o orgasmo que elas queriam. Era sem emoção.

Era tão deprimente ouvir aquelas coisas. Digo, Erick viveu essas coisas por quase dez anos, todos os meses.

— Mas estou livre agora. — Finalmente sorriu, radiante. — E posso fazer sexo de verdade, sentir prazer de verdade.

— Fazer amor? — perguntei, olhando em seus olhos.

Foi um momento de silêncio, com um Erick sem reação.

— Sim — disse e buscou minha mão para segurá-la. — Fazer amor a noite inteira, com o cara que eu gosto.

Fazer amor a noite inteira, com o cara que eu amo.

Erick voltou a se encostar em mim, e nós assistimos a um casal de velhinhos brigar para saber quem se lembrava corretamente das datas de aniversário de seus filhos. E eu realmente chorei quando vi a senhorinha deixar um beijinho no rosto de seu marido, após provar que estava certa o tempo todo. Eu queria discutir com Erick sobre essas coisas também, só para vê-lo ganhar e depois receber um beijinho seu na bochecha.

Quando o busão chegou ao seu destino, Erick e eu saímos pela noite repleta de estrelas, com as ruas bem iluminadas.

— Você tem razão — disse Erick, agarrado ao meu braço. — A noite é bonita.

— Não importa muito — disse-lhe, admirando seu rosto tão esculpido. — Qualquer hora do dia é bonita se estou com você.

— Alan. — Erick riu, envergonhado. — O que você quer de mim?

— Quero seu beijo. — Eu o beijei. — Seu abraço. — Eu o abracei bem forte. — E seu amor. Você pode me dar isso?

— Alan, você está drogado? — perguntou, e eu me afastei um pouco para olhar para ele. Deus, como ele é lindo! Que raiva!

— Estou. — Sorri. — E estou viciado.

— E o que você está usando?

— Estou cheirando sua pele. — Tornei a abraçá-lo e enterrei o rosto em seu pescoço, sentindo o cheiro de sua loção preferida misturado ao aroma de laranja de seu cabelo. — Ingerindo seu gosto... — Beijei sua bochecha e suguei levemente a região do seu maxilar. — E injetando muita paixão diretamente na minha veia.

Talvez eu estivesse mesmo drogado. Erick me entorpecia com sua graça e beleza.

— Você não existe. — Sorriu, e pude ver que seus olhos estavam marejados. Ele estava prestes a chorar, e eu me desesperei. Eu o magoei? Disse algo errado?

— E-ei — Tentei acalmá-lo, enquanto ele se desmanchava em meus braços, chorando. — Me desculpa, Erick! Perdão... Ah, meu Deus. Não foi por mal.

Você é um burro, Alan Pellegrini!

— Eu gosto tanto de você. — Ele me abraçou com força. — Você me faz tão bem. Obrigado. — Beijou meu rosto. — Você é um garoto tão bom!

Eu sorri, envergonhado, sem entender o porquê de me achar tão bom, já que eu me julgava simples e totalmente substituível.

Puxei a manga de meu moletom e sequei suas lágrimas, rindo de seu nariz vermelho. Um vento forte e gélido passou por nós, e vi Erick estremecer, tentando esconder as orelhas nos ombros.

— Aqui. — Tirei a touca escura que eu usava e a encaixei em sua cabeça, protegendo seus ouvidos do frio. Erick sorriu, ainda choroso, e me deu um beijo no queixo. — Vamos.

Nós caminhamos até o apartamento de Antônio, mas, no caminho, recebi uma mensagem dele:

> ***O Ícaro passou mal. precisei levá-lo até o hospital. mas já estamos bem. Você sabe. tem uma chave no vaso de planta ao lado da porta. Esperem por nós.***
> ***— Antônio***

— Tá — murmurei, preocupado com o estado de Ícaro, mesmo que Antônio tenha dito que ele estava bem.

Nós subimos o prédio, peguei a chave entre as flores e abri a porta. Erick e eu entramos e suspiramos ao sentirmos o ar quentinho dentro do apartamento.

Não ousem transar na nossa cama — Ícaro

— Deveríamos fazer isso — eu disse, após mostrar a mensagem ao Erick, que apenas riu.

— Ele disse "nossa cama" — Erick observou. — Ah, ele e o Antônio são tão maridinhos.

— Só eles não sabem. — Ri, e Erick sentou-se no sofá.

A campainha tocou.

— Quem é? — Erick perguntou. — O Antônio não apertaria a campainha para entrar na própria casa. Eu acho.

— Deixe eu ver. — Fui atender, despreocupado.

E assim que abri a porta, senti minha pressão cair.

— Antônio, trouxe a sua batedeira... — disse Kaíque, antes de realmente tirar os olhos do celular e ver que era eu ali. — Alan?

Era Kaíque Yuichiro, acompanhado de um moreno sorridente.

— O-O Antônio está? — Kaíque perguntou, com a voz um tanto travada. Não mais travada que a minha.

Que merda ele estava fazendo ali, com aquela batedeira na mão? Não podia aparecer em outra hora? Deus!

— Ele precisou sair. — Não fui eu quem respondeu. — Mas entra, não vai ficar aí na porta.

Não, Erick!

— Obrigado — O moreno disse, entrando, seguido por Kaíque, que estava hesitante. — Está congelando lá fora.

Eu fechei a porta, ainda muito surpreso.

— Desculpa aparecer — Kaíque disse. — Pensei que o Antônio ou o Ícaro estivesse em casa.

— Eles chegam daqui a pouco — Erick respondeu, levantando-se para cumprimentá-los. — Eu sou o Erick.

— Luan — O moreno respondeu, todo alegre.

Ele é o Luan. Oh.

— Kaíque. — Acenou para o Erick.

Ele sabe quem você é.

— E você é o Alan? — Luan sorriu para mim. Que cara de pau.

— Sim. — Não me prestei a sorrir para eles. — Podiam ter ligado para o Antônio antes, não é?

— Desculpa. — Kaíque deixou a batedeira sobre a mesa da cozinha. — Não sabia que você estaria aqui.

— Tá tudo bem — disse Erick, lançando-me um olhar que não pude compreender.

— Já entregaram o que emprestaram — eu disse, um pouco impaciente. — Já podem ir.

— Tenho que falar com o Antônio sobre os trabalhos da faculdade. — Kaíque suspirou. — Mas se está me expulsando...

— A casa não é do Alan — Erick interferiu. — Esperem pelo Antônio, ele não demora.

Silêncio. Maldito silêncio.

— Vocês namoram? — Luan perguntou.

— Não. — Erick sorriu.

Eu estava tão confuso sobre aquela situação, não fazia a mínima ideia de como agir. Não sabia se focava o sorriso tranquilo de Luan, o visível desconforto de Kaíque ou as ações de Erick, as quais eu não compreendia. Por que justamente eu tinha que me enfiar nesse tipo de situação?

— Não espere o Alan pedir você em namoro. — Kaíque cruzou os braços e se encostou na parede. — Ele nunca toma iniciativas, acha que as pessoas podem esperar para sempre. Ele é acomodado.

— Mas estamos bem — Erick respondeu, abaixando a cabeça em seguida.

— Vocês ficam bem juntos — Luan comentou, parecendo sincero.

Ah, tão gentil!

— Ficam mesmo — Kaíque concordou. — É bom ver que o Alan superou o término e conseguiu encontrar um cara legal.

— É, e você é realmente bonito — Erick disse a ele. — Assim como o Alan disse.

— Você falou de mim pra ele? — Kaíque parecia indignado.

— Foi na noite em que nos conhecemos — Erick explicou. — Ele estava bêbado.

— Ele é um merda pra beber. — Kaíque bufou, checando o relógio.

— Mas e vocês dois? Estão bem? — Erick se referiu a Kaíque e Luan.

— Sim. — Kaíque sorriu pela primeira vez desde que chegou. — Eu o amo.

— Nunca amei ninguém como amo o Kaí. — Luan deixou um beijinho na bochecha dele.

Meus parabéns.

Mesmo não amando mais o Kaíque, ainda era incômodo vê-lo com o cara com quem ele me traiu. Eles poderiam regar os galhos da minha cabeça juntos. Ou querem que eu diga "Ei, tudo bem? Como foi comer meu ex-namorado enquanto ele ainda estava comigo?" Eu só queria que aqueles dois sumissem da minha frente. Vão se amar, mas longe de mim. Chega logo, Antônio.

— Vamos casar um dia. — Luan segurou a mão de Kaíque, com um sorriso sincero no rosto. — Vamos convidar vocês.

Vão à merda!

— Isso se o Kaíque não te fizer de corno antes — Não consegui me segurar e disse.

— Alan! — Erick me repreendeu.

Cale a boca, Alan, cale a boca!

— Se cuida, Luan — Acabei dizendo. — Um dia ele vai chegar pra você e dizer "Ah, você foi o melhor namorado que já tive, mas eu te traí. Tudo bem? Quer que eu te pague umas balinhas de banana?"

— Por que está dizendo essas coisas? — Luan perguntou, deixando de sorrir. Que cínico!

— Estou falando de quando o Kaíque me traiu.

— Fecha a boca, Alan — Kaíque mandou, parecendo realmente nervoso.

Como assim?

— Do que está falando? — Luan me olhou, chocado. — Você traiu ele, Kaí?

Fiquei mais confuso que nunca.

— Claro que traiu! — Esbravejei. — Como se você não soubesse!

— Para com isso, Alan. — Erick tentou me afastar dos dois, mas permaneci no meu lugar.

— Que merda você está dizendo? — Luan soltou a mão do Kaíque.

— Ah, meu Deus! — Não estava acreditando. — Qual é, cara? Pare de fingir!

— Cala a boca, Alan, por favor — Kaíque pediu, e pude ver as lágrimas começarem a brotar de seus olhos.

— Fingir o quê? — Luan estava irritado e confuso. — Do que ele está falando, Kaí?

Um Oscar pra esse cara. Que desempenho!

— Meu irmão. — Eu estava incrédulo. — Você era amante do Kaíque! Ele me traiu com você! Me diga agora que não sabe do que estou falando!

— Alan, seu idiota! — Kaíque explodiu em lágrimas.

— Isso é verdade? — Luan olhou, descrente, para Kaíque.

Meu cérebro deu um nó tão complicado que minha mente não conseguiu processar mais nada.

— Alan, ele não sabia... — Erick me disse, e pude ver a decepção nos olhos que eu tanto admirava.

Vi Luan começar a chorar e Kaíque tentar tocá-lo e ser impedido.

— Você me disse que tinha terminado com ele! — Luan parecia tão triste e decepcionado. — Você traiu ele… comigo? Kaíque, você sabe o quanto eu odeio adultério!

— Eu estava confuso, não sabia o que fazer… — Kaíque tentou se explicar, mas agora era visível que Luan estava com raiva. — Por favor, me desculpe!

— Você mentiu pra mim! — Luan rosnou, nada semelhante ao cara alegre de mais cedo. — Me usou para magoar uma pessoa!

— Não foi por mal! — Kaíque se embolou nas palavras. — Eu te amo, vida!

— Sai! — Luan fugiu dos toques dele. — Eu vou embora… por favor, não me siga.

Luan saiu pela porta, tentando enxugar as lágrimas, e Kaíque ficou chorando, atordoado.

— Por que você não pode superar essa merda? — Ele explodiu e veio em minha direção. — Segue sua vida! Que droga, cara! Por que você fez isso?

— Você mentiu pra ele — eu disse, mas estava confuso e não sabia direito em que pensar.

— Menti! — Kaíque fungou. — Não queria te ferir e não encontrava uma forma de terminar com você, mas eu estava tão atraído por ele, a gente bebeu… eu não consegui me segurar.

Não sabia o que responder, nem se deveria.

— Pra sua informação... — Olhou-me com raiva. — Eu terminei com você no dia seguinte ao que dormi com ele pela primeira vez.

— E-eu... — Não fazia a mínima ideia do que responder.

— Você nunca aprende a controlar as coisas que diz, apenas sai falando com essa sua língua enorme. — Kaíque foi em direção à porta. — Se o Luan não me perdoar, eu nunca vou perdoar você.

Ele sabia que eu não podia viver sem o perdão de alguém que magoei.

Kaíque deixou o apartamento de Antônio, batendo a porta com força. Um silêncio mortífero se instalou na sala, onde pude ver Erick afundar as mãos nos bolsos do casaco e me encarar, sem emoção.

— Eu vou embora — disse, rumo à porta. — Boa noite, Alan.

— Erick. — Eu o alcancei, nervoso. — Me desculpa por isso, por favor... Eu… eu não consegui me controlar.

— Você ainda o ama? — perguntou, olhando nos meus olhos.

— Não.

— Mas surtou daquela forma. — Afastou-se de mim. — Se sente raiva é porque ainda sente alguma coisa. Mesmo que sejam só fragmentos, ainda sente.

— Não! — eu disse, com o desespero tomando conta de mim. — Não, Erick. Não é verdade!

Ele não podia me deixar. Não.

— Alan — disse, finalmente deixando lágrimas verterem de seus olhos tristes. — Não vou ficar com alguém que ainda sente algo pelo ex-namorado.

— Eu não sinto! — Tentei segurar suas mãos, mas ele me afastou. — Eu juro, Erick.

— Não me jure nada. — Sua voz era pura tristeza. — Todas as vezes que me juraram coisas nunca foram verdadeiras. E eu cansei disso. — Não, não, não, Deus, não! — Cansei de ser um amor de temporada. — Abaixou a cabeça. — Cansei de ser só um cara bonito que pode dar uma boa transa… cansei de não ser amado.

Eu comecei a chorar, sentindo um aperto enorme e insuportável em meu peito.

— Cansei de amor pela metade. — Erick me olhou, com os olhos vermelhos e os lábios trêmulos. — Eu quero alguém que me ame por inteiro, alguém que só tenha olhos para mim. Quero ser especial! É egoísta, mas eu sou egoísta... Eu quero alguém só pra mim. Alguém que não sinta amor nem raiva por mais ninguém. Eu já me feri demais — Ele disse, pousando a mão no trinco da porta. - Só quero ser amado de verdade, por inteiro e para sempre.

Mas eu te amo.

— Erick, mas eu-

— Você não é o cara que pode me dar isso. — Erick deixou lágrimas grossas caírem ao abrir a porta. — Tchau, Alan.

E se foi.

Não consegui mover um dedo até que Antônio e Ícaro chegassem.

O que eu fiz? *Por que* eu fiz? Minha mente estava tão confusa. Eu tive que ver meu ex e seu namorado, felizinhos na minha frente, depois de ter passado dias inteiros chorando por causa deles. Mas eu jamais imaginei que aquela explosão fosse magoar tanta gente. Kaíque, Luan *e Erick*. Todos de uma vez só. Por que eu não calei minha boca?

Luan, aparentemente, terminou com Kaíque, e Erick não me quer mais. Droga! Ele não me quer mais, disse na minha cara que não pode ficar com um cara como eu. E suas palavras revelaram tanto sobre seu coração… Feri uma pessoa que ainda tinha hematomas de outras agressões. Eu sabia, sabia que não podia magoar o Erick, porque ele era uma pessoa que já tinha passado por coisas demais, mas eu o magoei. Eu o deixei ir.

Kaíque me pediu desculpas quando terminou comigo, e eu encontrei o Erick, então por que não fiquei calado? Por quê?

— Chegamos — Antônio anunciou ao abrir a porta. — Venha, Ícaro, você tem que se deitar.

— Eu estou bem — respondeu Ícaro, indo apoiado em seu namorado. — Foi só uma crise de asma.

— Só? — Antônio pareceu indignado. — Não sei se você sabe, mas se ficarmos sem respirar, nós morreremos!

— Que drama, Antônio. — Ícaro rolou os olhos. — Alan, onde está o Erick?

Não o respondi. Não queria ter que aceitar que o Erick tinha ido embora.

— Eu queria cozinhar alguma coisa gostosa, mas não vai dar. — Antônio fez uma carinha triste e foi à cozinha. — Mas posso preparar algo rápido.

— O Erick está no banheiro? — Ícaro perguntou outra vez, desabotoando o casaco grosso. — Você está chorando?

— Ele foi embora — respondi, deixando que mais lágrimas descessem.

— Por que ele foi embora? — Antônio perguntou, tranquilo. — Minha batedeira! — disse ele, pegando-a de cima da mesa. — Mas eu emprestei ao Kaí... Ah, meu Deus!

— Que houve, Alan? — Ícaro perguntou, com preocupação.

— O Kaíque apareceu aqui — disse, fitando o chão. — Com o Luan.

— O que aconteceu? — Antônio perguntou, se aproximando de mim.

O que aconteceu, Antônio? Estou me perguntando ainda.

— eu disse umas coisas — falei apenas aquilo, por estar com vergonha de mim mesmo. — E aí, eu magoei todos eles.

— Como assim? — Ícaro me conduziu até o sofá e fez com que eu me sentasse ali. — Explica.

— O Luan disse que iria nos convidar para o casamento deles — grunhi, e mais água desceu dos meus olhos. — Eu acabei explodindo, disse coisas feias sobre a traição do Kaíque, e aí... aí descobri que o Luan não sabia que foi amante dele.

— Oh, Deus! — Antônio tapou a própria boca. — eu disse ao Kaíque para contar logo.

— Acontece que... — Solucei. — O Erick ficou muito magoado comigo e disse que não quer ficar comigo, que precisa de alguém que saiba amá-lo. — Fiquei inquieto, pensando nas palavras que ouvi. — Irmão, eu o amo! Amo muito! Mas ele não acha isso, pensa que eu sinto alguma coisa pelo Kaíque. Eu não sinto! Amo só o Erick...

— Se acalma, Alan. — Ícaro pousou uma mão em meu ombro e o afagou. — Cara, que confusão!

— Eu magoei o Luan, magoei o Kaíque e, principalmente, o Erick. — Abaixei a cabeça, sentindo vontade de acertar um soco no meu próprio olho. — Eu sou um babaca... Sou mau!

— Não é! — Antônio respondeu imediatamente.

— Eu sou mau! — Repeti, decepcionado comigo mesmo. — Eu sou mau, Antônio! Podia ter calado a boca, mas continuei dizendo aquelas coisas... Fui mau com eles! Eu os machuquei!

— Você não é mau — Ícaro me disse, sério. — Você apenas... apenas teve um momento de raiva. Alan, você foi traído, é compreensível.

— Mas o Kaíque não fez de propósito — Antônio respondeu. — Você sabe que ele sente culpa... Ele não acordou um dia e disse "Ah, vou trair o Alan hoje".

— Mas traiu — Ícaro retrucou. — Traiu e escondeu esse fato do Luan.

— Ele estava confuso! — Antônio lhe disse. — Primeiro, não sabia como dizer ao Alan que queria terminar, porque não queria machucá-lo, mas acabou ficando com o Luan. E depois, não conseguiu contar a verdade a ele, porque descobriu que o Luan abominava traição.

— O que ele pensou, Antônio? — Ícaro perguntou. — Que poderia mentir pra todo mundo sem ter as consequências um dia?

— Oh, me perdoe se nem todo mundo é um robô como você — Antônio respondeu, um pouco irritado. — As pessoas têm sentimentos, Ícaro, elas têm dúvidas e, também, medos.

— Mas o Alan também tem sentimentos! — Ícaro quase gritou. — Você queria que ele aceitasse tudo de boca calada? E dissesse "Que legal, Kaíque, você transou com outro enquanto ainda tinha um compromisso comigo, enquanto eu ainda depositava toda a minha confiança no nosso amor. Felicidades ao casal!"

— Não! — Antônio também alterou a voz. — Mas o Kaíque foi sincero com ele. Poderia estar mentindo e enganando o Alan até hoje, mas assim que viu o que tinha feito, foi contar a verdade para ele. Ele sabe que errou e pediu perdão! Nós vimos ele chorar por sentir culpa, vimos ele se maltratar por se sentir um monstro por ter traído o Alan.

Isso não vale de nada? Ele deve ser condenado para o resto da vida por causa disso?

— Chega! — eu disse, um tanto estressado. — Parem com isso, por favor.

— Desculpa — pediu Ícaro.

— Foi mal — Antônio me disse, abaixando o olhar. — Você acha que o Erick não vai mais querer falar com você?

Precisei respirar fundo e pensar sobre aquilo.

— Ele me disse coisas que fizeram eu me sentir inútil, um incapaz — confessei, tentando enxugar minhas lágrimas. — Eu falhei com ele. Ele precisa de todo o amor do mundo, e eu não consigo dar isso a ele.

— Alan... — Antônio se sentou ao meu lado e segurou minha mão. — Você pode, sim, dar muito amor a ele. Você é uma bolha imensa de amor, tudo o que você faz é para fazer as pessoas se sentirem bem.

— Isso é mentira! — Tornei a chorar. — Eu magoei todo mundo! Sou um babaca. Eu sou burro, Antônio, sou burro... E não sou só burro pra matérias da escola, eu sou burro pra vida.

— Não fale assim de si mesmo — Ícaro pediu, apertando mais o meu ombro.

— Eu sou! — Insisti. — Eu nunca entendo as coisas, demoro a raciocinar. Foi como o Kaíque disse: eu nunca tomo iniciativas, deixo as coisas passarem bem na frente dos meus olhos. — Funguei. — Eu ferro com tudo! Fui eu que separei os meus pais, que levei o Kaíque a se apaixonar por outro, que fiz todo mundo chorar hoje à noite… É tudo culpa minha, porque sou uma bola de destruição, sou a porra do Godzilla. Nao sei compreender e não sei ser suave. Eu sou uma merda de pessoa!

— Não, Alan! — Antônio abraçou-me de lado. — Não diga coisas assim, por favor. É doloroso ouvir.

— Eu mereço dor! — gritei. — Mereço dor por só causar dor!

— Não, Pelle, não! — Ícaro me chacoalhou um pouco, parecendo nervoso.

— Eu queria fazer do Erick o meu amor… — Minha voz saiu trêmula. — Queria cuidar dele e dar tudo o que ele precisa. Eu queria ser o herói dele. Mas, irmão, tudo o que eu fiz foi magoá-lo! Eu machuquei ele. Fiz totalmente ao contrário!

— Não é assim, bebê, não é — A voz de Antônio saiu chorosa.

— Se eu contar isso à minha mãe… — Senti mais vergonha ainda de mim mesmo. — Ela vai ficar decepcionada? Ela vai me achar uma pessoa ruim?

— É claro que não — Ícaro respondeu. — Ela vai compreender que você é humano. Vai entender que tudo isso foi um choque de circunstâncias e que você não fez por mal.

Fiquei em silêncio, chorando, dentro do abraço de Antônio, pensando em tudo que aconteceu e em como seria dali para a frente. Queria poder voltar no tempo e nunca ter tocado no assunto da traição. Neste momento, eu poderia estar com o Erick, admirando o seu sorriso, tocando sua pele e fazendo dele o meu bolinho.

— Vamos dormir — Ícaro disse, se levantando.

— Eu vou pra casa, então. — Levantei-me também, secando meu rosto.

— Não, dorme aqui — Antônio pediu.

— Seu sofá é meio duro.

— Dorme na cama com a gente. — Antônio deu de ombros.

— Eu não vou fazer um sexo louco com vocês. — Arregalei meus olhos.

— Quem disse que nós queremos? — Ícaro fez uma careta. — E Antônio, o Alan pode muito bem dormir em casa.

— Está muito frio para ele sair e ameaçando chover. — Antônio começou a me conduzir ao quarto.

— Mas, Antônio, eu estou doentinho — Ícaro protestou.

— Posso cuidar dos dois — Ele respondeu sorrindo.

Aceitei dormir com eles e fiquei na beirada, enquanto Antônio ajudava Ícaro a fazer inalação. Depois, eles se deitaram. Antônio me deu um beijinho na testa e disse "Vai ficar tudo bem", antes de apagar as luzes. Eu tinha sorte de tê-los como amigos. Uma pessoa má como eu não deveria ter amigos tão bons.

Não consegui dormir direito, apenas cochilei algumas vezes e acordei para chorar. Minha mente voava para momentos em que passei com o Erick, e o medo de não poder repeti-los me invadia.

— Alan — Erick me chamou, secando o cabelo loiro. — Quando você tiver uma casa, de que cor vai querer pintá-la?

— Verde — respondi, e ele fez uma careta.

— Amarelo é mais bonito — Ele disse, e eu ri. — Não vou querer uma casa verde. Você vai ter que escolher outra cor.

— Tudo bem. — Dei-lhe um beijo. — Pode ser roxo?

— Mas roxo tem que ser o quarto das crianças. — Erick quase fez um "duh".

— Azul?

— O carro vai ser azul — Ele recusou.

– Branco? – perguntei, vendo como ele ficava adorável com o cabelo bagunçado e carinha pensativa.

– Nosso quarto vai ser branco – disse, simples.

Nosso quarto? Eu não entendi.

– Podemos pintar cada parte de uma cor, então. – Revirei meus olhos.

– Pode ser amarelo? – perguntou, animado. – Eu amo amarelo!

Lembro-me de não compreender aquela conversa, mas agora fazia sentido. Erick queria ter uma casa comigo. Queria que nossa casa fosse amarela.

Odeio ter dislexia. Odeio ter déficit de atenção. Odeio ser lento e inconveniente. Nunca entendo nada, e as coisas escapam por entre meus dedos.

Merda.

De volta ao fundo do poço

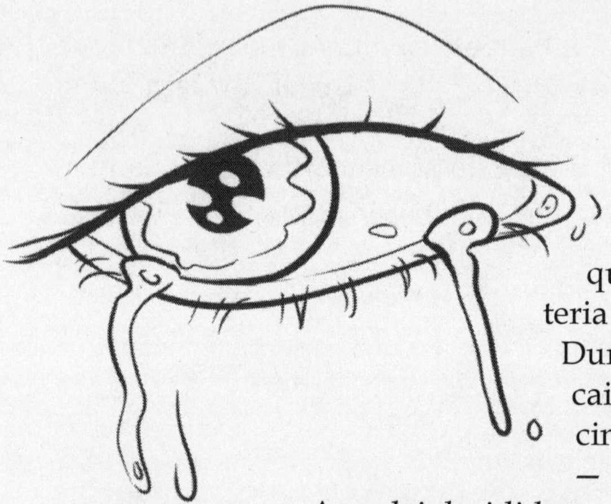

Estava realmente frio naquela noite. E já sabia que, no dia seguinte, eu não teria o Sol para me esquentar. Durante a madrugada, a chuva caiu, tempestuosa. O céu estaria cinza pela manhã.

— Eu vou falar com ele. — Acordei decidido.

Saltei da cama de Antônio, enquanto ele e Ícaro se arrumavam, e fui até a janela, encontrando, como esperado, um céu nublado e sem vida.

— Vai falar com quem, garoto? — Ícaro me olhou sem entender.

— Erick.

— Tem certeza? — Antônio pareceu duvidoso.

— Eu preciso, gente — disse e fui ao banheiro.

Tomei um banho, vesti umas roupas minhas, que tinham ficado na casa do Antônio, e corri para a porta. Eu não podia esperar nem mais um segundo.

— Alan — Ícaro me chamou, antes de eu sair. — Já pensou no que vai dizer?

— Eu te amo — respondi. — Tchau, Ícaro.

Desci as escadas do prédio do Antônio como um raio, como se, a cada minuto, Erick pudesse estar mais longe. Mas foi na frente do ponto de ônibus que tive de rever o que faria.

Sr. Kentaro me ligou.

— *Pellegrini* — Ele dizia. — *Sei que hoje é sábado… mas você precisa vir pra academia. Vamos pensar na performance que a turma de doze a quatorze fará este ano.*

— Mas, Sr. Kentaro, eu não posso — Tentei lhe dizer.

— *Pellegrini, você já faltou demais.* — Pareceu irredutível. — *Sou seu amigo, mas também sou seu chefe. E tenho regras.*

— Mas precisa mesmo de mim? — perguntei, com aquela voz preguiçosa, quase batendo o pé no chão.

— *Dois professores já não vão poder vir* — disse. — *E você é bom com coreografias. Vamos.*

— Mas, Sr. Kentaro, eu preciso resolver uma coisa muito importante — choraminguei.

— *Alan Pellegrini, ou você vem trabalhar hoje...* — Fez uma pausa — *Ou não vem trabalhar nunca mais. Vai escolher o quê?*

— Sr. Kentaro, eu realmente preciso faltar, o senhor não está entendendo. — Torci para que ele não me demitisse ali mesmo.

— *Olha, Pellegrini, pode deixar.* — Suspirou. — *Quando eu passar por você debaixo da ponte, vou te dar umas moedas pra comprar um pão.*

— Sr. Kentaro, por favor… — Grunhi, desesperado.

— *Maldita hora que precisei demitir o Capdeville.* — Parecia irritado. — *Ele viria trabalhar no sábado, no domingo, feriado, qualquer dia.*

Mais uma memória me veio à mente, bem ali, parado na calçada, com o Sr. Kentaro na linha:

— Amo nosso trabalho — Erick disse, enquanto eu colocava um filme para assistirmos. — Amo as crianças e amo ser um bom professor.

— Eu gosto. — Dei de ombros e vi a indignação em seus olhos. — Tá, Erick, eu amo!

— Que bom! — Ele sorriu e me abraçou por trás, deixando um beijo em meu pescoço. — Você tem que ser um bom sensei, Pelle. Um bom sensei é uma boa pessoa.

Eu ri na hora.

— Não ria! — Deu-me um tapa. — Eu tento dar o meu melhor, tenho orgulho de ensinar karatê.

— Você é o melhor, Erick. — Eu me virei para beijá-lo.

— Dê seu melhor também, Alan. — Sorriu para mim. — Gosto de ver você trabalhando. Eu sinto orgulho.

Escondi o rosto, envergonhado.

— E você fica um tesão de kimono. — Erick mordeu o lábio e apertou minha bunda. — Eu preciso me segurar até o último minuto pra não te agarrar no meio da aula.

— *Pellegrini?* — Ouvi Sr. Kentaro perguntar. — *E então, vem ou não?*

— Eu vou. — Suspirei, derrotado. — Estou indo.

Eu não tinha muita escolha. Guardei o celular e, ao invés de ir à casa do Erick, fui à minha para pegar minhas coisas. Eu estava desanimado, mas sabia que as crianças precisavam de uma *performance* para os campeonatos que viriam, e eu era bom em coreografias. E o Erick faria isso se ainda pudesse trabalhar lá.

Joguei a mochila nas costas e fui para a academia, de cabeça baixa, pensando no que faria para voltar a falar com Erick. Tive que passar meu sábado todinho dentro de uma sala espelhada, com o Sr. Kentaro e mais dois professores, criando as sequências que os alunos fariam nos campeonatos. Foi até bom, para distrair um pouco a minha cabeça e parar de pensar no quanto inconsequente tinha sido ontem.

Mas esquecer é impossível. Foi na volta para casa, sob uma garoa irritante, às seis da tarde, que vi algo que me intrigou: Luan falando ao telefone, em frente a um hospital para crianças especiais. Abriguei-me em uma loja e pensei no que faria. Ou, ao contrário, decidi que agiria por impulso. Digo, eu sou uma merda para planejamentos, apenas faço e depois vejo se deu ruim ou bom.

Tinha quase certeza de que ele ainda não havia perdoado Kaíque, e talvez nem tivessem se falado ainda. Achei que poderia falar com ele, conversar sobre ontem e pedir desculpas. Suspirei, torcendo para que não desse merda, e atravessei a rua, no mesmo momento em que Luan entrava no hospital. Subi as escadas e também entrei, mas não o encontrei por ali, então fui até a recepção.

— Boa noite. — Acenei para a atendente.

— Boa noite. — Ela sorriu. — No que posso ajudar?

— Você conhece algum Luan? — Tentei a sorte. — Ele tem cabelos castanhos e deve ter passado por aqui agora.

— Sim, sim — afirmou. — Ele trabalha aqui. É voluntário.

— Sério? — Fiquei surpreso.

— Sim, ele é ótimo com as crianças. — Parecia verdadeira. — É um rapaz muito bom.

Luan era voluntário em um hospital para crianças especiais. Oh!

— Você pode chamá-lo, se ele não estiver ocupado? — Tentei a sorte mais uma vez.

— Sim. — Ela buscou o telefone. — Qual seu nome?

— Alan Pellegrini.

Ela o chamou e me disse para esperá-lo, que logo ele viria. Eu me sentei em uma cadeira perto da porta e esperei poucos minutos até que o outro saísse do elevador.

— Alan? — Ele veio em minha direção, um pouco desanimado. — Venha.

Eu o acompanhei até o lado de fora e, sinceramente, fiquei encarando-o por um tempo, sem saber o que lhe diria. Que merda eu estava fazendo ali?

— Oi — foi o que consegui dizer.

— Escuta. — Suspirou. — Se veio me bater, pode ir em frente, mas saiba que eu não fazia a mínima ideia de que o Kaíque havia te traído comigo.

— Eu não vim te bater — falei, um tanto chocado com a atitude dele. — Vim perguntar se você perdoou o Kaíque ou vai perdoá-lo.

Ele ficou um tempo em silêncio, de braços cruzados, fitando-me.

— Não perdoei — Ele finalmente disse. — Nem vou perdoar.

Merda.

— Olha, Luan, eu sei que falei aquelas coisas — comecei —, mas o Kaíque não vai te trair. Ele não é assim, não fez por mal.

— Por favor, Alan. — Riu. — Não vou perdoar de jeito nenhum.

— Por quê?

— Eu sinto nojo de traição — falou, mostrando verdadeira repulsa em sua voz. — Sinto nojo de quem trai.

Eu não soube como reagir.

— Não vou perdoar uma pessoa que teve a covardia, a irresponsabilidade de trair o cara com quem tinha um compromisso — Luan disse, com raiva na voz. — Ele me colocou nessa merda, me usou pra te trair, coisa que, estando ciente, eu jamais faria.

Aquelas confissões me deixaram sem saber o que dizer.

— O Kaíque não é nada do que eu pensei. — Desviou o olhar. — Ele te traiu e mentiu pra mim.

— Ele ficou confuso — Tentei dizer.

— Ele não ficou confuso. Não venha querer pôr a culpa na nossa bebedeira! Ninguém esquece que namora! — Ele se exaltou um pouco. — Ele é sem-vergonha, é um safado.

— Cara, para.

— Para? — Olhou-me, indignado. — Eu tinha treze anos quando cheguei em casa e encontrei minha própria mãe fodendo com nosso vizinho. E depois disso, tudo virou um inferno na minha vida e na do meu pai!

Oh, Deus.

— Eles nunca pensam em como vão ficar os sentimentos de quem é traído — disse, e senti o peso de suas palavras. — Eu tenho completo e total nojo de adultério. Eu não suporto, não posso ver, muito menos posso fazer parte disso!

— Mas ele ama você — eu disse, com a voz fraca.

— Pois vai desaprender a amar! — Rosnou. — E você, Alan, é um idiota por tentar defendê-lo.

— Eu só não vejo a situação dessa forma.

— Você é um otário — desdenhou. — Como será que foi? Ele deu pra você de manhã e à noite veio dar pra mim? Ele não tem dignidade.

— Meu Deus! — Eu realmente não sabia como lhe responder. — Como pode ter esse tipo de mentalidade?

— Se você não se importa de ser feito de corno, o problema é seu — disse, ríspido. — Com licença, eu tenho mais o que fazer.

Ele voltou para dentro, e eu fiquei no mesmo lugar por um tempo.

Como alguém tão bom, um cara sorridente, um cara de bem, como Antônio dizia, pode ter esse tipo de pensamento? Céus, as pessoas são tão estranhas!

Mas agora eu compreendia o Kaíque. Um pouco, pelo menos. Digo, como ele diria ao Luan que me traiu, sabendo que o namorado dele agiria dessa forma? Eu não sabia quem estava mais ferrado, se o Kaíque ou eu.

Retornei o caminho de casa, novamente pensando no que faria com relação ao Erick, já que não consegui ajudar o Kaíque. Mas todos sabem, meu cérebro não é bom em raciocínio. Eu não consegui pensar em nada. A ideia de perder o Erick para sempre me impedia de pensar com precisão e lógica.

— Ah, Erick... — Suspirei, debaixo da chuva. — Por que nada dá certo pra gente?

Acordei com os olhos inchados, minha cabeça latejando e minha garganta doendo. Chorei quase a noite toda.

Lembrei de cada sorriso, de cada beijo, de cada piscar de olhos... Eu me imaginei sem o Erick, por isso chorei. Não quero ficar sem ele e acho que não posso ficar sem ele.

Eu tinha que falar com o Erick, precisava dizer alguma coisa. Eu tinha que parar de esperar o dia seguinte, porque talvez não houvesse o dia seguinte.

Levantei da cama fria, sem disposição, ouvindo o som da chuva forte que caía lá fora. Tomei um banho, e toda vez que eu fechava os olhos, podia ver Erick comigo, rindo, com seus dentes pequenos e perfeitamente alinhados e o olhar sempre gentil.

— Ah, meu Deus — lamentei, procurando algo para comer.

Estava cansado de chorar e de só pensar naquilo. Acho que eu estava exagerando, digo, talvez Erick me perdoasse sem problemas.

Mas o destino nunca coopera comigo.

Olhei, pela janela, para a chuva que não passava, para o céu repleto de nuvens escuras e senti o vento gélido entrar. Belo domingo.

Agasalhei-me ao máximo, coloquei uma capa de chuva, respirei fundo e saí de casa. Eu precisava chegar até Erick. Saí na chuva e andei até o ponto de ônibus, sentindo um frio terrível. Logo meu queixo começou a tremer e as pontas dos meus dedos começaram a esfriar, e era doloroso.

— Ei, saindo nesse aguaceiro por quê? — Um senhor me perguntou, fechando seu guarda-chuva. — Vai atrás do amor da sua vida?

— Na mosca. — Tentei sorrir, mas não era genuíno.

O ônibus chegou, e eu suspirei, aliviado, no momento em que meu corpo frio se chocou com o calor do interior do transporte. Eu me sentei perto da janela e assisti à paisagem correr para trás, pensando no que diria a Erick e em quais seriam suas possíveis respostas.

Erick gosta de mim. Ele não iria desistir tão facilmente, não é?

O incidente com Kaíque e Luan foi um deslize, foi mal pensado, não fiz de propósito, e definitivamente, não significava que eu ainda amava o Kaíque.

— Ele vai me entender — disse a mim mesmo, tentando encontrar um pouco de confiança. — Ele vai.

Ele tem que entender.

Mas... e se ele não entender porra nenhuma e me mandar sumir da vida dele? Seria possível viver sem Erick Capdeville?

— Merda. — Eu abaixei a cabeça e fechei os olhos.

Lembrei-me da sua boca na minha, do gosto da sua língua, do seu nariz esbarrando no meu, de suas mãos acariciando meu pescoço, de seus sorrisos durante o beijo, de seu corpo junto ao meu, do seu calor, da textura de sua pele. Deus não pode me tirar tudo isso.

O ônibus chegou à parada em que eu desceria, e quase me arrependi de estar ali quando pulei para fora, e a chuva, misturada com vento, caiu pesada sobre mim. Comecei a andar, abraçando meu corpo, em uma tentativa falha de esquentá-lo, e ao chegar em frente ao prédio de Erick, eu suspirei e senti meu coração bater mais rápido.

— Ei! — Acenei para o porteiro, quem eu já conhecia. — Pode dizer ao Erick que estou aqui?

— O Sr. Capdeville não está. — O porteiro deu-me um sorriso triste.

— Ah, droga! — Eu resmunguei. Que destino mais lixo. — E ele volta logo?

— Creio que ele não vá dormir em casa hoje.

Ah, porcaria de vida!

— Tudo bem! — Resolvi desistir. — Posso esperar pra ver se a chuva passa?

— Claro! — Sorriu, e me sentei em um banco perto da porta. — Sabe, a gente vai sentir saudade do Sr. Capdeville.

Eu ia responder um "que triste", mas percebi que ele se referia ao *meu* Sr. Capdeville.

— Como assim? — perguntei, sem entender nada.

— Você não sabe? — O porteiro me olhou, um pouco surpreso. — Achei que você, como namorado dele, saberia.

— Saberia o quê? — Comecei a ficar nervoso.

— Que o Sr. Capdeville vai se mudar — disse. — Ele vai embora amanhã.

Meu cérebro travou, e até o meu corpo tombou para trás, enquanto uma grande tela azul piscava na minha mente. Ele vai embora?

— Embora pra onde? — perguntei, arrasado.

— Parece que vai para Londrina — Ele disse, e meus olhos saltaram.

Ele ia sair de Curitiba? Erick realmente iria embora?

— Mas vocês não namoram? — O porteiro perguntou, parecendo confuso. — Como você não sabe sobre isso tudo?

— Nós nunca namoramos. — Custou-me dizer aquilo. — E agora estamos brigados.

— Ah! — Fez uma careta chateada. — Você acha que ele está indo embora por sua causa?

— Não — respondi imediatamente.

Mas... *e se for?*

— Será que é? — Eu perguntei, muito confuso.

— Aí, eu não sei. — Suspirou. — Uma pena vocês terem brigado. Ele te amava, não é?

— Amava? — Eu o encarei, surpreso.

— Ele comentou um dia. — O porteiro sorriu. — disse que estava amando você.

Minha pressão caiu com tanta força, que pude vê-la atravessar o chão. Erick me amava? *Erick me ama?* Digo, ama mesmo? Ama de amor? Ele não está só apaixonado?

— Moço do céu — choraminguei, sentindo uma dor no peito. — Que tiro!

— É, rapaz. — Riu. — Espero que vocês voltem.

— Eu também.

Calei-me, enquanto a chuva não diminuía, e meu cérebro — e meu coração — tentava processar aquela informação de que o Erick me amava e de que, mesmo assim, ele iria embora. Eu precisava ouvir um "eu te amo" dele, assim como precisava que ele ouvisse um "eu te amo" sair da minha boca. Por que, porra, se nós nos amamos, não podemos ficar juntos?

Eu queria ficar naquele prédio e esperá-lo chegar. Precisava vê-lo, tocá-lo, mas se ele não voltaria para casa hoje, eu tinha que ir embora. Despedi-me do porteiro, saí na chuva mesmo e corri até a cobertura do ponto de ônibus.

Refiz todo o caminho de volta para casa, tentando entender o porquê de Erick ir embora para outra cidade. Mesmo que não seja difícil chegar a Londrina, ainda assim, é longe demais da minha casa. Não era possível que eu fosse o motivo pelo qual Erick estavisse deixando a cidade. Não. Ou sim?

— Grrr, merda. — Chutei uma pedra enquanto caminhava para casa. — Você é um burrão, Alan.

Não é justo. Não é justo algumas pessoas nascerem com tanta inteligência e outras com tão pouca. Eu queria ter o controle de minhas emoções, para jamais errar. Queria saber exatamente o que fazer, para não perder ninguém.

Se Erick fosse embora, eu jamais o veria novamente? Tipo, nunca mais? Nem por fotos?

Eu chorei.

Antes mesmo de chegar à minha casa, eu me sentei na escadaria de uma loja fechada, debaixo da chuva grossa, abracei minhas pernas e chorei. Chorei, porque a ideia de nunca mais ver o Erick era dolorosa demais. Era o tipo de dor que não deixa hematomas pelo corpo, mas deixa feridas grandes no coração. Era pior do que ser traído. Ser traído não era a pior coisa do mundo, era até razoável, perto de perder a melhor pessoa que você já conheceu. O que eu faria se nunca mais o visse? Eu sorriria e seguiria em frente? Isso seria possível?

— Droga — eu disse, fungando, enquanto a chuva levava minhas lágrimas. — Droga, droga, droga!

Por que eu só faço merda? Que merda. Eu sou um merda. Merda.

Devo ter chorado feito um louco, por uma hora ou uma hora e meia, no duro. E quando me levantei, eu não fui para casa, fui ao mercado, onde comprei uma garrafa de conhaque. Sou do tipo que precisa beber para se concentrar mais na lesma escorregando pela parede do que na porcaria que é a vida.

Cheguei à minha casa, arranquei a roupa e fiquei de cueca na sala, bebendo, vendo o céu escurecer cada vez mais. Enquanto estava bêbado, dancei sertanejo. Refleti sobre uma discussão com uma garota na quarta série e pensei em respostas que poderia ter dado naquele dia.

Eu chorei, porque em algum canal estava passando *O Irmão Urso*. E o ursinho é lindo. E fiquei encarando uma foto de Erick em meu celular e chorei mais um pouco, porque ele é tão lindo quanto o ursinho do filme.

Sinceramente, não me lembro de como acabei no quarto, mas quando acordei, bem, lá estava eu, abraçado ao meu travesseiro. Não acordei com muita ressaca, graças a um milagre divino, mas quando olhei para o relógio em meu pulso, saltei da cama. Eu já estava atrasado para trabalhar, mas o mais importante de tudo: Erick já poderia estar em Londrina a esta hora.

Tomei o banho mais rápido da minha vida, vesti duas meias diferentes, coloquei a camisa pelo lado errado, não penteei o cabelo e só coloquei um boné. Corri para o ponto de ônibus e, quando o transporte chegou, entrei tropeçando, mas eu não estava me importando. Estava tudo bem — não estava —, eu chegaria a tempo e faria o Erick voltar para mim. Tudo certo.

Mas o ônibus quebrou na metade do maldito caminho.

— Ah, mas vai ser foder! — Eu gritei no ônibus e recebi olhares feios das pessoas. — O cara que eu gosto pode estar indo embora, vocês não têm noção!

O motorista abriu a porta para quem quisesse descer, e eu desci. Alonguei-me uma vez e comecei a correr.

Use suas pernas, Alan Pellegrini. Músculos são a única coisa que você tem mesmo.

Eu consegui correr, graças ao meu porte físico, aproveitando que o prédio de Erick não era tão longe. Esbarrei em umas trinta pessoas e quase levei um soco de um cara, mas não parei.

Meu coração batia forte, não pelo fato de estar correndo há quinze minutos, mas sim, porque a ideia de Erick ir embora era desesperadora.

Meus joelhos quase cederam quando vi o prédio dele, mas continuei a corrida, sentindo o suor cobrir minha pele. Eu não podia parar, tinha que vê-lo. Alcancei meu limite, assim que parei em frente ao prédio, e precisei me sentar na calçada, sem fôlego, com o peito queimando.

Eu respirei fundo, para conseguir o meu ar de volta, me levantei, sentindo as pernas bambas, e andei, molenga, até o porteiro, que me encarava como se eu fosse um louco.

— O-O Erick — consegui dizer, com a respiração muito ruim. — E-ele já foi...

— Ele acabou de chegar. — O porteiro segurou o riso. — Mas já está descendo as caixas da mudança.

Eu olhei para o *hall* e vi caixas no chão, lacradas, espalhadas.

— Ele não vai levar os móveis — O porteiro disse.

Eu queria que ele não levasse nada.

— Daqui a pouco o Sr. Capdeville desce — disse, e eu assenti.

Aproveitei o tempo e tentei ajeitar o meu cabelo, pensando no que poderia dizer a ele.

"Erick, eu esqueci o autocontrole no churrasco, desculpa", cogitei.

— Sr. Carlos, você pode me ajudar? — Ouvi aquela voz e vi Erick sair do elevador, carregando uma caixa enorme e uma menor, que tapavam toda a sua visão.

Impedi o porteiro de se mexer e fui em seu lugar. Peguei as caixas dos braços de Erick e o meu rosto ficou tapado.

— Obrigado, estava pesado — Erick disse e tirou a caixa menor de cima, revelando o meu rosto.

Ele desmanchou o sorrisinho que carregava e seus olhos saltaram, e eu perdi o ar novamente.

— Alan? — Ele me olhou, espantado. Nós deixamos as caixas perto das outras, e eu pude encará-lo. — O que está fazendo aqui?

Estou aqui, prestes a me jogar aos seus pés, porque posso fazer qualquer coisa para que você não vá embora. Se você for, minha felicidade também vai, Erick. Eu preciso do seu sorriso, preciso do seu cheiro, da sua voz, dos seus olhos brilhantes, do seu toque, do seu corpo, eu preciso do seu amor, preciso de você.

— Eu te amo — Foi tudo que consegui dizer, sentindo meu coração bater feito uma britadeira. — Erick, eu te amo.

Ele não me disse nada, ficou parado, me olhando, com a boca entreaberta. E pude entender que sua mente estava confusa.

— Eu te amo — repeti, sem medo daquelas palavras, e me aproximei dele.

— A-ama? — perguntou com a voz baixa, e foi fácil ver seus olhos lacrimejarem.

— Amo — disse a ele, com toda a sinceridade que existia em mim. — Eu te amo.

Puxei-o delicadamente para um abraço e senti seu corpo quente se acomodar ao meu, cada partezinha sua encaixar-se nas minhas.

Eu suspirei, como se um peso imensurável tivesse saído de minhas costas, e sorri ao sentir seus braços enlaçarem minhas costas. Ele devolveu o abraço.

Inalei o perfume de laranja que vinha de seu cabelo e senti sua pele macia em minhas mãos, enquanto sua respiração, um pouco acelerada, batia contra meu pescoço. Estava tudo bem de novo.

— Querido — Alguém chamou, e Erick desfez o abraço, assustado. — Já pegou tudo? Precisamos ir.

Virei-me e encontrei uma mulher na porta. Ela era claramente mais velha que nós dois, deveria ter entre quarenta e cinco e cinquenta anos, vestida com roupas luxuosas, com o rosto severo, os olhos sem emoção e uma pose dura. Erick não tinha família, então quem era aquela mulher?

— Quem é você, moleque? — Ela perguntou, me encarando com desprezo.

— Alan Pellegrini — respondi no mesmo tom. — Quem é você, senhora?

Olhei para Erick e pude ver a apreensão em seu rosto bonito. Ele parecia tão perdido.

— Valéria Zimmer — Ela disse, enchendo a voz de orgulho. — *Noiva* do Erick.

Eu deixei de ter cordas vocais, perdi a habilidade da fala. Tudo pareceu *errado demais* naquele momento.

Erick tinha uma noiva. *Insira vários pontos de interrogação aqui.*

Eu não consegui falar, então comecei a rir. Não sabia se estava rindo porque aquela merda só podia ser uma piada ou porque estava nervoso.

— Está rindo de quê, piá? — A mulher me olhou, e eu podia jurar que raios *lasers* saíram dos seus olhos.

— Eita. — Pude ouvir o porteiro dizer.

— Estou rindo dessa brincadeira — respondi. — Vamos lá, Erick, ela é sua mãe, não é?

— É melhor analisar bem o que você diz. — A mulher apontou um dedo na minha cara. — Você não sabe quem eu sou!

— Calma, Valéria. — Erick fez a mulher abaixar o braço. — Com licença, Alan, nós temos que ir.

Não é possível. Não é. Não, não é, não. Não! Não, Deus, não, por favor, não!

— Erick! — Eu o chamei, abismado. — Você não… não... ela não tá falando sério, está?

— Sim, estou. — Valéria estufou o peito. — Vamos nos casar, piá. Quer um convite?

Ignorei a cara nojenta dela e foquei o rostinho do Erick, e ele tinha a cabeça baixa e parecia nervoso.

Minha mente se embaralhou mais do que nunca. Nada daquilo fazia sentido. Erick me ama. O que ele estava fazendo com aquela mulher? Erick é gay! Que porra ele estava fazendo com aquela mulher?

— Erick. — Tentei fazê-lo me olhar, mas Valéria o afastou de mim. — Escuta aqui, senhora, não sei quem é você, mas isso não faz sentido algum.

— Faz mais sentido do que você pensa, moleque — disse, e percebi que odiava a voz dela.

— Você sabe que ele é gay, né? — Joguei. — Sabe que ele é cem por cento homossexual, não é?

— Eu vou curá-lo — Ela cuspiu.

Não. Não! Ela não disse isso. Aquele monte de merda não saiu de sua boca, não saiu, não. Devo estar ouvindo errado.

— Curar de quê?! — Explodi. — É você quem tem que ser curada! Nossa, por que você não some?!

— Quem você acha que eu sou pra falar dessa forma comigo? — A mulher veio em minha direção.

— Eu falo do jeito que quiser — disse-lhe sem medo. — Você é ridícula!

Respire fundo, Alan, ela continua sendo uma mulher. Mesmo que uma mulher muito, mas muito filha da puta.

— Espera, Valéria! — Erick segurou a senhora e se pôs na frente dela. — Não precisa de violência, calma. Por favor.

— Quem é esse merdinha, Erick? — perguntou. — O que ele é seu?

Erick me olhou por cima do ombro, e consegui vê-lo lamentar.

— É um amigo.

Amigo do meu pau.

— É, só um amigo mesmo. — Ela riu, me olhando de cima a baixo. — Em que mundo um pivete como esse teria chances com você, *meu amor?* Veja só as roupas dele... Talvez nem seja maior de idade ainda.

Olhei para o que eu vestia. Não eram as roupas mais maduras que já havia vestido realmente, mas isso não importava.

— falou a papa anjo — debochei. — Vai dizer que não gosta de um garotão? Hipócrita!

— Mande seu amigo abaixar o tom — Ela disse, parecendo assustadora. Ela era menor que o Erick, mas poderia ser comparada a um dragão furioso.

— Eu abaixo o tom e você abaixa a bola, nojenta — provoquei-a.

— Alan, não piore as coisas — Erick pediu, sem exatamente olhar em meus olhos.

Ele não podia simplesmente ir embora com ela. Não podia casar com ela assim, do nada.

— A gente pode conversar? — Pedi, tentando controlar a emoção. — Por favor, Erick.

— Não! — Foi Valéria quem respondeu.

— perguntei a ele.

Deus, como eu queria fazer aquela mulher sumir. Queria tirar o Erick dali e ficar com ele em um lugar em que ninguém pudesse nos encontrar.

— Deixe, Val, por favor — Erick pediu à mulher. — Vai ser rápido.

— Olha — Ela demorou a se pronunciar —, em menos de cinco minutos eu quero você aqui de volta.

Ela só podia ser a mãe dele.

— Vem. — Erick me conduziu até o elevador. — E não tente nada, por favor.

Erick só podia estar drogado. Não havia outra explicação.

Nós subimos em silêncio, só com o zumbido do elevador. Erick de cabeça baixa, e eu encarando-o descaradamente.

Nós entramos em seu apartamento. Ou no seu antigo apartamento.

Os móveis estavam todos lá, mas suas coisinhas foram tiradas, estava tudo frio e sem graça. Não era a casa do Erick, não sem seus enfeites, suas cortinas e seus bibelôs.

Havia uma caixa para ser carregada ainda e uma mala grande. Eu suspirei, quase derrotado.

— Que merda é essa, Erick? — Eu finalmente perguntei quando paramos no meio da sala.

Ele ficou em silêncio, sem me olhar. O desespero estava começando a tomar conta de mim novamente. Todo o alívio que senti, quando nos abraçamos, sumiu. Dentro de mim só restavam dor, dúvidas e medo. Se Erick realmente se casasse com a Valéria, eu teria que desistir.

— Quem é ela? — perguntei. — Como vocês ficaram noivos em dois dias?

— Alan. — Erick suspirou, ainda sem me encarar. — Você não vai entender.

— Não vou mesmo — respondi, com minha voz saindo amarga. — E não é nem por causa do déficit.

— Eu não tenho mais tempo — foi o que ele disse.

— Como assim? — Eu o olhei, procurando alguma explicação em seu rosto triste.

— Não sou mais um adolescente, Alan — disse, com a voz baixa e os olhos percorrendo a sala quase vazia. — Eu já passei por coisas demais.

— Você não é velho, Erick — disse, tentando seguir a linha de raciocínio dele.

— Não sou na identidade — falou, acariciando a estante em que costumavam ficar suas coisas. — Mas sou velho na mente. Enquanto você estava brincando de *videogame*, eu já estava no mundo, correndo atrás da sobrevivência, Alan.

Aquilo me entristeceu mais ainda.

— Eu amava o Paulo — Ele disse, e reconheci esse Paulo como o cara com quem ele fugiu aos quinze anos. — Eu era capaz de dar a minha vida pela dele. E ele me deixou, Alan. Traiu minha confiança, me deixou sozinho e sem dinheiro, em um lugar que eu não conhecia. Demorei anos para superar o amor que eu sentia por ele. Dói até hoje.

— O-o que isso tem a ver, Erick? — perguntei, inseguro.

— Tem tudo a ver. — Ele se virou para mim. — Eu já me apaixonei várias vezes e me fodi várias vezes. Não posso mais arriscar.

— Pode, sim. — Tentei me aproximar, mas ele foi para trás. — Erick...

— Não posso. — Pude ver as lágrimas começarem a brotar de seus olhos. — Eu quero alguém que me ame. Ame mesmo. Não quero dúvidas. Não quero que a pessoa de quem eu gosto brigue com o ex toda vez que o encontrar.

— Eu não vou mais brigar com o Kaíque — disse com a voz trêmula. — Aquilo foi um erro, eu estava nervoso e não consegui me controlar, tente entender. Você disse que ainda dói pensar no Paulo.

— Não é assim, Alan — Erick me disse e sorriu entre lágrimas. — Você é jovem, é um garoto. Olhe para suas roupas... você parece o Ash do *Pokémon*, e isso é adorável.

— Eu posso mudar as roupas! — Tirei meu boné.

— Não é isso. — Erick tombou a cabeça para o lado e observou-me. — Você ainda vai se apaixonar muito, tem um monte de coisas pra viver... eu não. Não posso mais me enfiar em aventuras.

— Não fale desse jeito — pedi, sentindo meus olhos ficarem quentes. — Não fale como se estivesse tudo acabado.

— Está tudo acabado — Ele disse e desviou o olhar. — Eu preciso me casar, estudar alguma coisa e encontrar o rumo da minha vida. Não posso perder meu tempo com amores incertos.

— Eu te amo — repeti. — Acredite em mim, eu te amo e não é incerto, eu juro.

— Você jurava que amava o Kaíque também. — Deu-me aquele sorriso triste. — Sua mente ainda vai mudar muito, Alan. Não queira se envolver comigo... porque eu preciso de algo duradouro.

— Tarde demais, já me envolvi. — Bati o pé no chão, irritado, e as lágrimas começaram a escorrer pelo meu rosto. — Eu te amo, Erick. Você não pode casar com aquela mulher, você é gay!

— Eu sou — disse, dobrando uma camisa que deixou no sofá. — Eu sou gay, e nada vai mudar isso. O que ela disse sobre me curar é babaquice. Eu sou definitivamente gay.

— Então? — Eu o olhei, sem entender. — Ela é uma mulher!

— Acontece, Alan. — Suspirou, enxugando o rosto. — Acontece que eu só quero um amor concreto, um amor seguro. Não importa se a pessoa é homem ou mulher, jovem ou velho, gordo ou magro, alto ou baixo. Eu só quero amor.

— Mas eu te amo — disse outra vez, implorando com o olhar para que, dessa vez, fosse o bastante para ele. — Você tem o meu amor!

— Você me conhece há dois meses, Alan. — Olhou-me como se eu fosse uma criança que diz já ser adulta. — Seus sentimentos ainda vão mudar.

Eu odiava aquela tese dele, odiava com todas as forças.

— E quem te garante que a Valéria vai te amar pra sempre? Como você sabe? — perguntei, realmente descrente. — Você me deixou na casa do Antônio na sexta e, hoje, segunda, já está noivo dela. Como isso aconteceu? Como você pode ter certeza do amor dela?

— Alan. — Respirou fundo. — A Valéria me pede em casamento desde quando eu tinha dezenove anos de idade — explicou, evitando me olhar nos olhos, mesmo que eu procurasse ter esse contato. — Ela sempre pediu para que eu deixasse a prostituição e fosse viver com ela, porque ela me ama. Eu sempre neguei, porque acreditava que iria encontrar um amor pra mim. Mas acabou, eu não tenho chances. Vou casar com ela, vou casar com alguém que, há anos, me jura amor. É o máximo que tenho.

Aquela porra era tão triste. Era tão triste saber que Erick chegava ao ponto de ir contra sua sexualidade só para receber amor. Era tão fodidamente triste saber que ele não conseguia confiar no meu amor.

— Erick — Tentei de novo, enquanto meu rosto era molhado pelo choro. — Você me ama, eu sei. Então, por favor, dê uma chance pra nós... Confie em mim, se arrisque só mais uma vez, por favor!

— Eu não posso, Alan. — Tornou a chorar. — Não quero me machucar de novo. Me entenda!

— Não. — Eu não queria ouvir nada sobre aquilo. — Não, Erick, não faça assim. Eu imploro, fica comigo! Juro que nunca vou te decepcionar!

— Alan, eu preciso ir. — Tentou ir até a mala, mas o segurei. — Não, Alan!

— Fica, por favor! — Eu o empurrei até a parede e o abracei à força. — Não vai embora, não vai embora com ela. Por favor...

— Alan. — Erick segurou meu rosto, e a tristeza em seus olhos era tão perceptível. — Você vai encontrar uma pessoa boa pra você, e essa pessoa vai ter os melhores dias da vida dela, porque você melhora tudo cem por cento.

— Não, não, não — Eu me recusei a ouvi-lo. — Essa pessoa é você, Erick!

— Não, não é. — Ele abaixou a cabeça e fungou. — Me deixa ir, Alan.

— Não. — Escorreguei para baixo e fiquei de joelhos aos seus pés. — Eu preciso de você, Erick.

— Não, Alan! — Ele me puxou para me levantar. — Não faz assim, você não precisa fazer isso. Nunca se ajoelhe pra mim, eu não sou digno disso.

— Fica comigo, por favor — pedi, sem forças, com meu choro ganhando intensidade. — Erick... eu te amo.

— Preciso entregar a chave, Alan — disse, de olhos fechados. — Tenho que ir.

Erick se esquivou de mim, pegou a pequena caixa, puxou a mala de rodinhas, passou pela porta e esperou que eu saísse.

Arrasado, eu saí do apartamento, vi Erick trancar a porta e ir em direção ao elevador. Ele continuava chorando, mas baixinho.

— Erick... — O chamei uma última vez, com meu coração doendo.

— Adeus, bebê. — Erick sorriu, muito triste, e entrou no elevador.

Era o meu fim.

— Isso é uma piada — Ícaro me dizia. — Tipo, uma piada péssima, mas com certeza, uma piada.

Não consegui responder.

Ícaro estava em seu horário de almoço, e eu havia lhe contado toda a história, tentando crer naquela loucura também.

Pedi um café, mas não consegui tomar mais que um gole, porque a bebida estava mais amarga que o normal. *Tudo* estava mais amargo que o normal.

— É verdade? — Ícaro perguntou. — Ele vai casar com uma mulher?

— Vai — Tive que dizer, abaixando minha cabeça.

— Mas que merda, Alan! — foi o que Ícaro conseguiu dizer. — Que merda enorme, irmão.

— Ele acha que ela pode amá-lo — disse-lhe, sentindo a indignação dentro de mim. — Ele não acredita no meu amor. Ele acha que sou um moleque e que não posso amá-lo de verdade.

Eu posso ser jovem, mas tenho certeza do que sinto.

— O que você vai fazer? — Ícaro perguntou, depois de um tempo em silêncio.

— O que eu posso fazer? — Eu o questionei, sem saída. — Ele foi pra outra cidade com ela, não tenho nem como chorar na porta dele.

— Acabou, então? — perguntou, me olhando com certa pena. — Vocês acabaram?

Não consegui dar uma resposta imediata a ele. Eu não sabia o que fazer, não sabia o que tinha acontecido, o que Erick e eu éramos agora. Se tivesse provado meu amor antes e não tivesse surtado com o Kaíque, estaria tudo bem agora. Mas Alan Pellegrini só faz merda atrás de merda.

— Não sei — disse, sentindo meus olhos darem sinais de que eu choraria. — Eu quero ele. Preciso dele.

— Não faço a mínima ideia de como te ajudar, sinceramente. — Vi Ícaro suspirar. — Ele não vai voltar atrás tão fácil.

Sinto como se tivesse magoado o Erick, como se eu fosse o único culpado disso tudo, mas, honestamente, quando meu cérebro resolve funcionar, penso na possibilidade de não ser o único culpado.

Eu fui lento. Sou imaturo. Não consigo controlar o que digo. Destruí meus dois últimos relacionamentos. Magoei três pessoas. Mas eu também estou sofrendo com isso, ver todas as consequências dos meus atos é triste. Tenho plena convicção de que amo o Erick, eu sinto isso, sei disso. Será que sou tão não confiável assim, para ele desistir da *nossa coisa* no primeiro grande vacilo?

— Eu não valho a pena, não é? — perguntei a Ícaro, me observando no reflexo do café. — Todo mundo me descarta.

Nunca dei o fora em alguém. Sempre fui eu a bola a ser chutada. Mesmo no meu primeiro namoro, com uma menina, ela chegou, um dia, e disse: "Ah, Alan, você é bonitinho, mas o Matheus é tão mais divertido... Você e eu não somos mais namorados." Matheus nem morava em Curitiba e, anos depois, se descobriu gay também. Mas a dor de ser trocado por Matheus ou de ter levado um pé na bunda de Kaíque não era nada parecida com a de ser dispensado pelo Erick. Isso estava doendo de uma forma que nunca doeu antes.

— Vale, sim. — Ícaro deu um tapa no meu ombro. — Você é um cara incrível, Alan. Se eu não fosse do Antônio, não fosse ativo, não fosse brasileiro, não tivesse vinte e seis anos e não me chamasse Ícaro Russo, namoraria com você.

Poxa, obrigado.

— Entendo o Erick — eu disse. — Não posso oferecer nada. Não sou extraordinário, não tenho faculdade, não tenho dinheiro, não tenho carro, não tenho talento para nada e nem sou inteligente... Eu não tenho nada.

— Alan... — Ícaro precisou respirar fundo. — Nem tudo na vida é sobre essas coisas. De qualquer forma, o mais importante você tem de sobra. Você tem amor. Só não vê quem não quer, entende?

— Não. — Bati com a mão na mesa. — Não entendo, não! Por que ele foi embora com ela? Por que ele não podia confiar em mim?!

— Ah, cara. — Ícaro tomou o último gole de seu café e levantou-se. — Eu tenho que voltar ao trabalho. Vai pra casa, mastigue esse assunto quantas vezes você quiser. O Erick foi embora, e enquanto você não descobrir uma forma de trazê-lo de volta, não há nada que eu possa fazer. Ligue para o Antônio depois, ele é melhor que eu nessas coisas.

— Desculpe por tomar seu tempo livre — pedi, me levantando também. — E obrigado.

Eu não deveria enchê-lo com meus problemas. Só atrapalho mesmo.

— Você é um puta azarado, Pelle — Foi a última coisa que Ícaro me disse, antes de nos despedirmos.

E eu fui para casa andando, para ver se o vento forte me ajudava a clarear a mente, para tentar entender que porra estava acontecendo com a minha vida. Eu me envolvi com o Erick sem pretensão alguma, achava que ele seria apenas uma experiência boa e rápida, mas agora eu quero mais.

Parei em frente ao meu prédio e senti um vazio dentro de mim, porque eu, provavelmente, nunca mais subiria as escadas dali com Erick ao meu lado. Eu subi, indisposto, atravessei o corredor frio e passei em frente ao apartamento em que conheci o Erick. Então, a vontade de chorar voltou.

Por que o destino põe pessoas tão especiais em nossas vidas, se depois vai tirá-las de nós?

Quando cheguei à minha porta, tirei as chaves do bolso, mas quando fui abri-la, descobri que ela já estava aberta. Eu não a tranquei? Não, não, não. Eu sempre tranco, tenho medo que roubem minha coleção de latas de Nescau.

— Meu Deus! — Sussurrei, imaginando o pior, porque era, com toda certeza, o que me faltava.

Empurrei a porta devagar e adentrei, andando lentamente e cantando um hino gospel.

— Mestre, eu preciso de um milagre... — Orava baixinho.

Ouvi barulhos na cozinha e finalmente o medo me tomou. Eu deveria voltar e chamar a polícia, mas algo me impediu.

— Esse *Karatê Kid* é um inútil mesmo — Ouvi a voz irritadíssima.

Diego.

Diego?

— O que você está fazendo na minha casa?! — Entrei na cozinha e perguntei.

— Ah, chegou é? — Diego levantou-se do local em que estava. — Piá, você excede os níveis de inutilidade.

— Oh, me perdoe. — Rolei os olhos. — O que você ia fazer?

— Ia explodir seu apartamento — disse, tranquilo, e meu queixo caiu. — Mas você está sem gás.

— Graças a Deus, né?

— Mas tenho outras táticas. — Sorriu de maneira bem doce e atirou uma faca em minha direção.

Uma faca!

Eu me agachei a tempo e talvez até tenha perdido uns fios de cabelo. Meu coração nunca bateu tão rápido, caramba. Imediatamente, peguei a faca que caiu no chão e a deixei longe de Diego.

— Que merda, Diego! — gritei. — Para com essa merda!

— Por sua causa o Erick foi embora com aquela piranha! — Diego grunhiu. — Ele foi embora!

— Eu sei! — Devolvi outro grito. — Eu vi, estava lá!

— Você falou com ele? — Diego perguntou, parecendo surpreso.

— falei — Eu lhe respondi. — falei que o amo, jurei, de joelhos, chorei e implorei pra que ele ficasse.

— Gostosinho, você é uma bosta — Diego abaixou o tom. — Porra, eu estava pondo fé em você, piá.

— Eu também estava — Lhe respondi, me sentando no chão da cozinha. — E, sim, eu sou uma bosta.

— Cara, que porcaria aconteceu? — Diego se sentou no balcão. — Vocês não eram grudentos igual a gozo?

— Me irritei com meu ex-namorado — contei, me lembrando daquela sexta-feira infeliz. — E pronto, o Erick decidiu casar com aquela mulher.

— Vocês dois são uns lixos. — Diego bufou. — Não acredito que aquela porca conseguiu pegar o Erick.

— Quem é ela, afinal? — perguntei, me estressando só de me lembrar da cara dela.

— É uma desgraçada, herdeira de uma porrada de dinheiro — disse com desprezo na voz. — A filha da puta cerca o Erick há décadas. Teve algumas vezes que ele pensou em aceitar viver com ela, mas nunca, realmente, disse "sim"... até sábado.

Oh, aquela mulher me fazia sentir raiva até transbordar por meus poros.

— Ele me disse que tinha esperanças de encontrar um cara bom pra ele.

— É. — Ele abaixou a cabeça. — Ele se apaixonou muitas vezes... Tipo, ele só amou de verdade o Paulo, aquele resto de aborto, mas se apaixonou várias vezes. De um tempo pra cá, ele começou a ser mais seletivo e a se doar menos. Ele estava começando a desistir. — Diego deu uma pausa, parecendo pensativo. — Eu entendo, um pouco... Acho que depois de tanto chute, de tanta porrada, você começa a ter medo de brigar.

— Feriram muito ele? — perguntei, temendo ficar mais deprimido ainda.

— Muito! — Diego me olhou, passando sinceridade. — Tiveram caras que o humilharam; outros que sumiram; alguns traíram ele na cara dura. Teve um cara que roubou o carro do Erick e teve outro que escondeu drogas na mochila dele. Ele fez várias tentativas, mas nunca conseguiu alguém de verdade. Ele tinha acabado de sair da depressão quando conheceu você.

— O quê? — Eu o olhei, chocado.

Erick nunca mencionou nada de depressão, apesar de estar claro que havia passado por muita tristeza. Ele nunca mencionou muita coisa sobre seus outros namoros.

Eu o conhecia tão pouco.

— Você tinha que ver. — Diego sorriu, triste. — Quando me falou de você pela primeira vez e disse que o garoto do boquete estava trabalhando na academia, ele estava tão animado. E depois, com o tempo, os olhos dele começaram a brilhar cada vez mais... E ele falava de como você o tratava, de como era diferente dos outros, de como era bom de cama e do modo como você o fazia rir. Ele achava que você era *o cara*.

Ouvi aquilo e automaticamente me senti a pior pessoa do mundo. Eu dei esperanças a ele, fiz com que achasse que eu poderia ser a pessoa certa para ele e fodi com tudo.

— Não fiz de propósito, Diego, juro — disse-lhe, e ele me encarou. — Não foi por mal…

— Eu sei que não. — Deu-me um sorriso discreto. — Reconheço uma pessoa má, e com certeza, você não é alguém assim.

— Eu não queria ter magoado ele — falei, sentindo vontade de chorar. — Mas, porra, ele precisava casar com uma mulher? Que merda, que exagero, que drama! — Eu me irritei. — Ele não podia ter me ouvido antes? Ele não entende que as pessoas cometem erros? Que droga, Diego! Ele não precisava ser tão drástico!

— Eu sei. — Soltou um suspiro. — Mas a vida ainda é dele, e só ele pode decidir o que faz. A não ser que a gente prenda o Erick em uma corrente... — Parou de falar e sorriu como se tivesse tido uma ideia brilhante. — Meu Deus, *Daniel-San*, é uma ótima ideia. Vamos prender e…

— É claro que não vamos fazer isso — O interrompi. — Não sei como vai ser agora, porque amo tanto ele.

— É, também não sei. — Diego saltou do balcão. — Só sei que perdi meu amigo, porque aquela desgraçada não vai deixar o Erick falar comigo.

— Como assim? — Eu me levantei do chão.

— Ela me odeia. — Diego fez uma careta. — Ela sabe que, se o Erick mantiver contato comigo, vou tentar trazer ele de volta. O Erick não sabe disso, é claro. Ele não sabe nada sobre essa cachorra.

— Que tipo de coisas ele não sabe? — perguntei, acompanhando-o até a sala.

— Vejamos. — Diego se jogou no sofá. — Bom, que ela espalhou boatos horríveis para que o Erick perdesse clientes.

Oh, então ela era a pessoa que ferrou o Erick.

— Que ela impediu muitos lugares de contratarem o Erick para trabalhar. — Diego tirou uma garrafinha de *whisky* do bolso do casaco. — Que foi essa filha da puta que fez o Erick ser demitido da academia.

— Como é que é?!

— Bom, é uma suspeita. — Diego deu de ombros. — É tipo quando falam na televisão: tal político é suspeito de desviar dinheiro de tal obra.

Ou seja, era certeza de que ela havia feito aquilo.

— Que merda! — Eu me senti tão impotente por não poder fazer nada. — Que mulher nojenta! Não acredito que o Erick vai casar com um ser assim.

— Ele vai estar cometendo o maior erro da vida dele. — Diego pareceu cansado. — Mas fazer o quê? Eu sou só um amigo.

Percebi que Diego também estava triste por ser deixado.

— Erick é um egoísta — disse, sentindo um pouco de raiva. — Um puta egoísta.

Ele se mandou para outra cidade, só para não ser magoado, mas não viu que estaria magoando pessoas ao fazer isso. Ele só pensou no próprio bem.

— Ele é. — Diego riu, amargo. — Sempre foi, é o defeito dele. Ou você achou que Erick Capdeville era perfeito?

Sim, eu achava que o Erick era perfeito. *Mas ninguém é.*

— Esse filho da mãe. — Precisei segurar as lágrimas. — Eu não entendo.

— Olha. — Diego levantou-se. — Talvez ele poste alguma coisa no *Tumblr* dele. Quem sabe isso te ajuda a entender o lado dele?

— *Tumblr*? — perguntei, vendo-o ir rumo à porta. — Erick tem um *Tumblr*?

— Sim, tem. Ele fala sobre os sentimentos dele nas postagens, bem gay. Te mando o *link* por mensagem.

— Você vai embora, então? — Eu o acompanhei até a saída.

— Eu ia atear fogo na sua casa, mas você está sem gás e estou com preguiça de molhar tudo com gasolina. — Bocejou. — Também estou triste demais pra cometer crimes hoje.

— Diego?

— O quê, *Karatê Kid*? — Afundou as mãos nos bolsos do casaco.

— Você acha que o Erick pode voltar? — perguntei, temendo a resposta.

— Eu vou pensar no que a gente pode fazer. — Deu-me um sorriso um tanto tranquilizador. — Fique bem, *Daniel-San*.

Ele deixou minha casa, e cansado, fui para o meu quarto, mas ao abrir a porta, não pude acreditar no que havia ali.

O quarto estava todo pichado.

KARATÊ KID, SEU MERDINHA SEM CHEIRO

DANIEL-SAN, QUANDO SUA MÃE TE VIU PELA PRIMEIRA VEZ, ELA TENTOU LEMBRAR SE ALGUMA VEZ DORMIU COM UM TUCANO

INUTILIDADE, QUANDO LIDA DE TRÁS PRA FRENTE, FORMA ALAN PELLEGRINI

— Qual é, Diego? — Caí na cama, exausto de tudo aquilo.

JÁ PENSOU NA COR DA GRAVATA QUE VAI USAR NO CASAMENTO DO ERICK? EU VOU TINGIR A MINHA COM SEU SANGUE, JACKIE CHAN.

Minha vida é uma montanha russa que só desce, desce, desce e, quando sobe, me faz parar, de cabeça para baixo, bem no *looping*.

Quero bater um prego na minha testa, para pendurar meu diploma de otário. A culpa me consome e, junto a ela, vem a raiva, por saber que não tenho mais o Erick, porque fui um idiota e ele é um puta egoísta. Quantos milhões de coisas eu fiz a gente perder?

Agora, Erick está dormindo na cama de uma mulher horrível, que vem ferrando o lado dele há um bom tempo. E nem tenho como abrir os olhos dele, porque não faço a mínima ideia de onde esteja.

Estou prestes a abandonar este livro.

Olá, meu nome é Alan Pellegrini, tenho vinte e dois anos e sou viciado em Erick Capdeville. Estou limpo há doze dias.

Eu deveria ter casado com a Nalu, quando ela estudava na minha escola, antes de desistir de mim e trocar para o turno da tarde. Estaria bem mais feliz hoje em dia.

É sério, minha vida está parecendo uma conta de matemática, e eu não sei em que local está a porra do x. Ainda tem meu chefe no meu ouvido, me pressionando para que eu me esforce na academia, para que eu trabalhe duro com os alunos, por causa do campeonato. Mas, merda, na minha cabeça só tem Erick, Erick e Erick. Não consigo focar mais nada, meu cérebro só sabe dar *replay* nas últimas palavras de Erick. É só nisso que ele trabalha.

São várias as vezes que preciso parar um pouco e respirar fundo, pensar no que é importante e tentar chutar o Erick para fora da minha mente, mas não funciona. Eu, no máximo, me distraio.

Olho para a merda dos casais na rua e me imagino com o Erick ali. Quão idiota isso é? Eu nem consigo calcular. Literalmente.

— Alan *sensei* — Uma das gurias me chamou.

— Ah, sim? — perguntei, notando que eu devia estar, há alguns minutos, parado, feito pinheiro de Natal, no meio da sala.

É isso aí, esse sou eu, Alan Pellegrini, passando vergonha por causa de Erick Capdeville, como sempre.

— Vamos subir de hierarquia no campeonato? — A guria perguntou.

Eu me senti mal, porque não tinha uma resposta para ela. Sei que sou um professor de merda. Erick faria muito melhor do que eu.

— Se vocês se esforçarem, sim — Foi tudo o que pude dizer, e eles não pareceram animados.

— O Erick *sensei* vai assistir? — Um dos piás me perguntou, mas a expectativa estava no olhar de todos eles.

Joguei minha franja para trás, tentando pensar em algo. Droga.

— Eu não sei — respondi. — Ele não trabalha mais aqui, e não temos contato com ele.

Foi aí que percebi que ainda não tinha tentado ligar para o Erick.

— Meu Deus, eu sou um idiota — foi o que disse a mim mesmo, chocado. — Crianças, pausa pra tomar água.

— Mas ainda nem fizemos nada — Uma das gurias disse.

— Er… uh... vocês precisam estar hidratados! Vamos pegar pesado hoje — eu disse, já que não era uma mentira, e os vi saírem em fila.

Corri para minha mochila, peguei meu celular e quase não consegui desbloquear a tela, de tão nervoso que estava. Busquei o número do Erick e quase caí em lágrimas quando vi a foto no contato. Tão bonito.

— Atende, atende — pedi, fechando os olhos. — Atende.

Este número não existe.

— O quê?! — Faltou pouco para meus olhos não saltarem.

Disquei novamente, e a mensagem foi repetida. Então, procurei o número nos *sms* que Erick me enviou, e eram exatamente iguais. Ele cancelou o número.

— Merda. — Suspirei, derrotado.

Os alunos voltaram, e não me restou nada a fazer, além de ensinar alguma coisa a eles. Então, ensinei alguns *katas* mais difíceis e fiz com que usassem os antigos, uns com os outros. Eles gostam de se mexer, e eu estava sendo um lixo de professor para eles, então era bom vê-los alegres.

Nós passamos a manhã toda suando, treinando de forma concentrada e até pesada, em comparação às últimas aulas, e no final, estávamos todos cansados. Eu, como professor, tive que "lutar" com cada aluno, e eles são fortes, então foi cansativo. Mas era bom estar no meio das crianças, estar entretido e, melhor ainda, fazendo algo útil.

No final, os dispensei e tomei o meu merecido banho. Não preciso nem dizer que o que eu mais queria era poder pegar o Erick contra os armários do vestiário, não é? Mas eu não podia. *Insira uma carinha triste aqui.*

Eu me arrumei para almoçar fora da academia, coisa que comecei a fazer depois do Erick sair, porque tudo naquele lugar o lembrava. Deixei a academia e andei um pouco até o restaurante na esquina, mas antes de entrar, vi algo estranho. Eram Victor e Gabriel, sentados em um banco, em frente a uma loja de doces.

Lembrei que os dois moravam em um prédio perto dali e que eles iam a pé, mas agora já estavam usando a roupa do colégio e provavelmente esperavam pelo ônibus. Mas o engraçado era que eles estavam de mãos dadas. Eles não se odiavam?

Bom, pelo jeito não, já que Gabriel deixou um beijinho no rosto de Victor, quando este lhe deu um saquinho com jujubas coloridas. Meu coração quase derreteu, porque aquilo era muito lindo. Sou um boboca para essas coisas.

Entrei no restaurante e me senti um pouquinho melhor. Enquanto comia meu almoço, eu pensava sobre o quão bonito é o amor entre crianças. Quando você cresce, tudo se desmancha, fica sério, e cada deslize pode ser fatal. Ser adulto é uma droga.

Durante a tarde, enquanto ajudava outro professor, vi meu celular vibrar, e era Diego, o que também era um tanto estranho. Ainda tinha que pedir que comprasse tinta para pintar meu quarto, mas muito dificilmente ele faria isso.

Karatê Kid, vou salvar
sua vida — Diego

Salvar?
Você atirou uma faca em mim
Nossa amizade nunca mais foi a mesma
depois que você tentou me matar — AP

Foi uma brincadeira
Eu não ia mesmo te matar
Se eu quisesse te matar,
você não estaria vivo agora — Diego

Essa foi a herança que Erick me deixou.

O que você quer? — AP

Sinceramente, quero dar
bem gostoso pra alguém — Diego

Puta merda.

Mas eu vou te enviar o link do Tumblr
da musa de barretos — Diego

De quem? — AP

Do Erick — Diego

Naquela hora, eu me perguntei se queria mesmo saber o que Erick pensava. Poderia ter coisas jamais imaginadas naquele *blog*, e eu poderia sair magoado daquilo, mas também poderia ter a resposta para algumas de minhas paranoias.

Pode mandar — AP

Ele mandou o *link*, mas eu ainda tinha uma dúvida.

Você pensou em alguma coisa para trazermos o Erick de volta? — AP

Não faço a mínima ideia de como mudar a cabeça dele — Diego

Merda.

Mas conheço um dos seguranças da cadela da valéria — Diego

Ainda podemos amarrar e sequestrar ele com uma corda. Deixar em um quarto escuro, dando comida por uma pequena janelinha na porta. Quando ele estiver morrendo, há dias sem ver a luz do sol, vai mudar de ideia e pronto. — Diego

Diego???!!! — AP

Eu vou tentar criar alguma coisa, Daniel-San. Relaxa e confia no pai — Diego

Aquilo era, definitivamente, melhor que nada.

Encerrei a conversa e voltei à sala, quando o *sensei* me chamou. Tentei me concentrar, ajudei no que pude, mas a cada dois minutos, a minha situação com Erick vinha à mente.

— Você tá bem desligado, Pellegrini — O professor disse quando os alunos deixaram a sala. — É o amor de novo?

— Por que acha isso?

Poxa, imagine, eu sou uma pedra, jamais sofreria por alguém. Não faço amor, eu fodo duro.

— Porque você trabalha aqui desde os dezenove anos. — Riu, me dando um tapa no ombro. — E você sempre está sofrendo por amor.

É, eu estou na merda.

— Seu silêncio é a resposta — Ele continuou. — Quer uma dica de um cara que tem o dobro da sua idade?

— Acho que sim — respondi, um pouco inseguro.

— Não se entregue tanto, cara — Foi o seu conselho. — Quanto mais você se mexe, mais afunda.

Eu tentei entender, mas esse não é o meu forte.

— Nenhum amor vale o seu mal-estar — falou, saindo da sala. — Se te faz mal, cai fora, não deixe isso te consumir.

Tive que parar e refletir. Meu amor pelo Erick me fazia mal?

Eu não tinha a resposta para isso, sinceramente.

Quando cheguei a casa, tudo que queria fazer era dormir. Depois de fugir da chuva e comprar uma garrafa de batida, só queria beber um pouco e ir para cama. Quem dorme, os males espanta. Nunca se sabe, uma hora eu posso acordar e ver que foi tudo um pesadelo. E aí, Erick e eu vamos nos casar e adotar duas meninas chamadas Ericka e Alana Pellegrini. Ou não. Erick provavelmente insistiria para que elas levassem o sobrenome dele, o que, por mim, estaria tudo bem. Sei lá. Só quero viver e construir uma vida ao lado dele, mas nada disso parece possível.

Olhei para uma lagartixa que estava na janela e disse-lhe: não ame, amor é ruim. Palavras de um homem machucado pelo tempo. Amor é uma puta merda. Eu devia parar de beber, o efeito sobe muito rápido. *Wow*. Se o Erick estivesse aqui, eu não estaria com a boca na garrafa, estaria com a boca no pau dele.

Meu boquete é incrível.

Mas talvez a Valéria tire a dentadura e chupe o Erick com a gengiva. Deve ser bom. Ok, vamos fingir que esse foi o motivo pelo qual ele me deixou.

Como vão transar? Ele nem gosta de mulher. Além do mais, Erick que me perdoe — quanta ironia —, mas o pau dele não é exatamente a espada do rei Arthur.

Que ódio.

E ela acha que vai curá-lo. Curar de quê? Do amor que ele sente por homens, do desejo que ele tem por corpos masculinos? Ela não deve imaginar quão alto o Erick geme quando eu fodo com força. Que ódio de novo.

Tornei a sentir raiva e decidi que não leria o *Tumblr* do Erick ainda, porque eu estava bêbado e na defensiva. Então, me joguei na cama e chorei, enquanto o sono não me levava. Odeio dormir sozinho, odeio não ter alguém para abraçar.

Estou com tanto frio, e não importa quantos casacos e cobertores eu use, não esquenta. O frio não passa.

Ele não está aqui.

Ajeitei o *notebook* em meu colo, acessei o navegador e colei o *link*. Eu estava com tanto medo. Medo de me decepcionar, de sair magoado, de ter falsas esperanças... Medo do que havia na cabeça de Erick.

Enquanto a página carregava, eu me arrependi de não ter ouvido Erick com atenção quando ainda podia. Eu me arrependi de não forçar meu cérebro um pouquinho mais, para talvez decifrar os ditos dele. Sabe-se lá quantos sentimentos ele me revelou sem que eu percebesse. Podia estar tudo na frente dos meus olhos e eu não sabia, não notei.

Era um perfil bonito.

O *icon* era a foto da Zendaya, linda como sempre, e o fundo era a imagem de um rapaz dormindo.

Meu cérebro precisou de severos trinta segundos para notar que o rapaz da imagem, o qual dormia, era eu.

Era *eu* dormindo entre os lençóis brancos, sem camisa, com o cabelo bagunçado. Eu, a merda do Alan Pellegrini.

Será que ele me achava bonito mesmo? Que ele não dizia aquelas coisas só para que eu me sentisse bem? Era estranho saber que eu era tão importante, tão belo para ele.

Desci a página, ignorando alguns *reblogs* de lindas imagens e algumas citações, e passei por alguns textos, mas não quis lê-los, pois queria começar dos mais antigos. Enfim, parei sobre um dos textos e respirei fundo, antes de começar a ler:

Eu conheci um cara.

Na festa de um amigo meu, uma colega disse que o Sook estava lá. E o Sook é engraçado, apesar de ser um babaca. Ele é divertido, então o procurei.

Mas não era o Sook. Ainda não sei porquê todo mundo naquela festa achou que ele era o Sook. Sinceramente, deve ser a semelhança entre o tamanho dos narizes. Só sei que não era o Sook. Nem de perto. Era muito mais bonito, era doce e atrapalhado.

Eu ofereci um boquete a ele. Sim, ele falou da minha boca, então eu puxei ele para o quarto e me ajoelhei na frente dele. Mas ele começou a chorar, chamando por um tal de Kaíque. Foi engraçado e deprimente.

Ele me contou sobre a aparência do ex-namorado, sobre as comidas que ele preferia, me disse que Kaíque queria ter um filho chamado Caio e que a posição favorita dele, no sexo, era a de cavalgar.

Acho que posso escrever uma biografia sobre Kaíque.

Eu não me importei muito em ouvir aquilo, porque estava acostumado a ouvir homens chorando por causa de seus amores. Não me importei, porque aquele garoto era lindo e me masturbou. É, depois de chorar, ele bateu uma punheta pra mim. E ele jamais vai lembrar disso, mas foi bom, eu gozei.

Tanto faz.

Mas aconteceu uma das coisas mais bizarras da minha vida todinha: Ele trabalha na mesma academia que eu. E se lembra do meu rosto, só não se lembra do que fizemos.

Ele não se lembra de como recusou meu boquete, não se lembra de ter chorado, de ter batido uma pra mim, de ter dito na minha cara que eu tenho o pau pequeno e de ter emprestado dinheiro a uma guria desconhecida.

O piá é fraco pra bebida, mas é um amor.

E eu vou dar pra ele, com toda a certeza.

Havia um sorriso em meus lábios, mas ele era triste. Por dentro, eu era um espaço enorme amontoado de nostalgia e desejei poder voltar ao dia em que o reencontrei na academia.

Eu nem ao menos estava surpreso por tê-lo masturbado enquanto estava bêbado. Não me lembrava dessa parte e não me importava.

Abaixei a cabeça, e a memória da primeira vez que vi o sorriso dele me veio à mente, e eu senti como se tivesse perdido um grande tesouro. Perder o Erick era tipo ganhar na loteria e não achar o bilhete.

Eu suspirei, relendo superficialmente as palavras do meu amor, e subi a página em busca de outro texto, outra publicação.

Havia imagens com legendas, e uma delas dizia: "De escolhas ruins a minha vida foi feita, mas dentro de mim ainda há um gole de esperança." Era meio melancólico, mas havia algumas postagens sobre ele se considerar bonito, e isso era bom. Afinal, era a verdade.

Enfim, mais um texto:

Eu ando fugindo de alguns contatos, como os antigos caras com quem eu saía. Alguns deles me ligaram, outros esbarraram comigo por aí. Todos eles ainda pensam que eu sou um brinquedo erótico, que é só pegar e usar.

Não posso julgá-los tanto.

Antes, eu não me importava com o fato de ser só uma boca e uma bunda aos olhos dos outros, eu não tinha expectativa sobre nada. Digo, depois de tantos tombos, acabei ficando no chão, então não era um problema ser só uma foda. Não era um problema ser recomendado de um cara para o outro, através de mensagens ou conversas no banheiro, como um produto. Estava acostumado com isso. Deixei de fazer programas, mas continuei sendo apenas uma pessoa com quem você consegue sexo rápido e fácil. Era extremamente comum ir às boates e ouvir os caras dizerem coisas como: *Um amigo disse que você faz com qualquer um. Topa pegar um motel comigo?*

Eu era um completo lixo, sem valor e sem qualidade. Eu não tinha nada a perder e nada a ganhar. Mas eu gosto de ver sorrisos nos rostos das pessoas. E eu fazia aqueles caras felizes, mesmo que por algumas horas ou minutos. Eu ganhava um elogio, um tapa na bunda e pronto.

Mas, nos últimos dias, tenho me guardado e me dedicado a uma só pessoa: O garoto chorão.

Ele é uma graça e lembra um menino na adolescência, mesmo que seja um adulto. Ele é maduro em relação ao mundo, tem opiniões fantásticas sobre certos assuntos, mas é ingênuo e ainda está aprendendo a viver. Ele tem aqueles olhos enormes e brilhantes, como os de uma garotinha de cinco anos. Ele é um bom rapaz e tem uma malícia engraçada, beija bem e tem pegada, não entende muito o que eu falo e ainda é apaixonado pelo ex.

É encantador.

Sempre que ele me toca é com carinho e ele acredita que sou um espécie de deus da fertilidade. Ele me faz sorrir, com uma simples careta natural, e tem um jeito bobão que eu amo.

Posso dizer, com certeza, que há tempos não ficava tão interessado em alguém que "não faz meu tipo". E estou gostando da sensação.

Minhas bochechas estavam quentes, e eu estava levemente ofendido. Digo, não sou um bobão. Mas nada do que disse sobre mim me afetava tanto quanto os relatos sobre ele mesmo.

Era triste, e o pior é que era normal para ele. Eu não gostaria que fosse assim. Erick não era só um sexo fácil, era muito mais. Cada coisinha dele era incrível, cada gesto era fascinante. Tudo em Erick Capdeville era encantador, era o melhor possível, era irreal e apaixonante. A voz, o olhar, as palavras, os toques, a pele, o cabelo, seus pensamentos, sua audácia, seu corpo por inteiro, os sentimentos, o coração. Erick não era um homem para se ter por apenas uma noite ou horas. E eu não o tenho mais.

— Gostaria de agradecer ao meu pai, à minha mãe e a todos os meus fãs — sussurrei, amargo. — Sem vocês, eu jamais ganharia o prêmio de "Otário do Ano".

Movi meu dedo pelo *mouse,* em dúvida se deveria mesmo prosseguir, mas fui em frente de qualquer forma. Passei por uma foto, uma *selfie* com uma caretinha de sono adorável, e baixei a imagem.

Isso me lembrou de quando eu ainda era passivo e stalkeava os garotos para quem eu queria dar.

Continuei minha busca por textos dele e encontrei mais um:

Ele não me julga. Foi uma das primeiras vezes que vi isso acontecer.

Talvez por ser tão julgado, eu só saio com caras que queiram me usar. É difícil encontrar um rapaz legal na cafeteria e contar a ele que você foi garoto de programa a vida toda, mas ele descobriu em uma situação muito estranha e, ao invés de me jogar na fogueira, me tirou dela.

Eu não sei qual é a do garoto. Ele é tão diferente de tudo que já conheci e, ao mesmo tempo, é tão comum quanto um carro preto. Ele é alguém que eu conheci do nada e entrou na minha vida de forma sorrateira. Ele não ligou para a minha cafetina e pediu um programa, não soube de meus recursos através de amigos, ele só me conheceu.

Eu amo o jeito dele, a forma como ele diz coisas sem pensar, a forma como é malicioso, como me respeita, como tenta me convencer de que eu sou uma boa pessoa.

Ele, sim, é alguém bom. E não sei se o mereço.

Se ele soubesse que, o tempo todo, o felizardo sou eu. Puta merda, como eu pude perdê-lo? Tenho ameba no lugar do cérebro? Errar é humano. Errar quinhentas e oitenta e três vezes seguidas é Alan Pellegrini.

Lembrei-me das crianças que estudavam comigo na terceira série, de como elas riam de mim quando eu errava a tabuada de dois. Podia ouvi-las rindo de mim novamente, por ter deixado o Erick ir. Decidi não me excomungar, não por enquanto, não mais do que eu já estava, e retornei ao *Tumblr* dele:

Encontrei o meu primeiro amor no ponto de ônibus essa semana.

Paulo continua o mesmo, tão lindo quanto sempre foi.

Desgraçado.

Mas eu não o amo mais. Definitivamente. Tirei a prova que eu precisava. Ele estava acompanhado de outro rapaz, e eles não me viram, mas eu os vi, claro. Conversavam sobre como iriam passar o aniversário de cinco anos de namoro.

O namorado dele é lindo e claramente um doce. Era comovente a forma como eles se olhavam. Eu sempre achei que, se visse o Paulo outra vez, pegaria qualquer objeto que eu encontrasse pela frente e faria com que ele engolisse, mas não foi desse jeito. Assim que o vi, acompanhado do namorado, senti como se parte do rancor tivesse ido embora.

Eu não o perdoei, ainda sinto raiva por ele me deixar na pior, mas ele está amando o rapaz, e este aparentemente o ama de volta.

Eu poderia chegar ao tal Jonas e dizer tudo sobre o Paulo, fazer a caveira dele e contar tudo pelo que passei, mas não senti vontade. Talvez ele saiba sobre os erros do namorado e não o julgue, assim como Alan não me julga também.

Faz dez anos, e ainda tenho o sentimento de injustiça no peito, mas o brilho nos olhos daqueles dois não era falso. Que Paulo saiba valorizar o amor do rapaz.

Ele nunca me contou sobre ter reencontrado o traidor no ponto de ônibus ou em algum lugar, e eu sentia um tanto de ciúme, mas podia compreender.

Opa, não posso julgar as atitudes de ninguém ao esbarrar com o ex-namorado. Se já estou longe de ser exemplo de qualquer coisa, quem dirá dessa especificamente.

Eu transei com ele.

Não foi só bom, foi único.

Eu nem sei explicar, me sinto como uma guriazinha que acabou de perder a virgindade com um *bad boy*.

Mas eu não sou uma guriazinha virgem e o AP não é um *bad boy*. E há um bocado enorme de sentimentos lutando por destaque dentro de mim. É bom e é ruim.

Gosto das mãos dele sobre meu corpo, nunca senti minha pele ficar tão quente. Gosto do som dos gemidos dele, soam como música para mim. Gosto de como ele me olha, eu me sinto tão bonito.

E gosto do pau dele, sinceramente.

Eu me senti confortável quando me deitei ao lado dele, e seus braços fazem eu me sentir seguro. Sinto como se jamais pudesse escorregar, como se ele não quisesse me soltar. Foi uma das melhores sensações. E quero sentir de novo e de novo, quantas vezes eu puder.

Foi o melhor aniversário de todos.

Eu fiz amor com ele.

Que merda de vida, irmão. Que porra de vida, João.

Naquele momento, eu senti frio, como se chuva transparente começasse a cair dentro do meu quarto. Eu precisava do Sol tanto quanto as flores precisam. Me senti terrivelmente frio e vazio, senti como se o vácuo jamais pudesse ser preenchido por outra pessoa além de Erick.

Talvez não possa mesmo.

O texto a seguir era o pior de todos, o mais deprimente de todos. Foi o que me fez chorar:

Meus pais se amavam. Se amavam tanto que até se esqueciam de mim. Às vezes, eu os reencontro quando visito meus primos, e eles estão bem, os meus pais, mas não sentem remorso por terem me deixado.

Ainda posso ver o amor deles em seus olhos, e eles nunca vão se soltar. Eles têm aquele brilho, aquele mesmo brilho que vi nos olhos de Paulo e Jonas, o mesmo que vi nos olhares dos amigos do AP.

O amor chega para todo mundo. Às vezes, na primeira tentativa; outras vezes, na última.

Chegou pra mim. Eu achava que não havia mais escapatória. Depois de ter sido usado por tanta gente, depois de namoros tóxicos, de tanta pedra no meu sapato, achei que eu seria daqueles que morrem sozinhos. Não seria um fim tão ruim.

Mas estou amando, coisa que não faço desde os dezoito anos.

Sinto amor por Alan Pellegrini.

Sinto amor por aquele moleque.

Eu não posso mais ficar sem o som da sua voz; não posso mais ficar sem a textura da sua pele; não posso mais ficar sem o carinho em seus olhares.

É com ele que eu quero ter uma casa amarela; é com ele que quero adotar crianças; é com ele que eu quero ficar até me tornar um velhinho.

Sinto coisas que não senti em nenhum momento da minha vida. Sinto a necessidade de ser bom para ele, de vê-lo feliz, de dar prazer a ele, de fazê-lo ver quão bonito ele é. Sinto que nasci para caminhar ao lado dele. Ele é um pontinho brilhante em minha escuridão.

Mas ele não está pronto.

É só um menino e precisa se dedicar às aventuras de ser um. Descobri isso na noite passada. É um rapaz que precisa viver as várias nuances da paixão, da vida e da juventude. Ele ainda não pode se prender a alguém. E eu sou um homem que já viveu de tudo, que está na rua desde a adolescência, que vem lidando com diferentes situações desde criança. Eu cansei de aventuras, não tenho mais forças. Já dei tudo de mim e agora preciso parar. Nem me importa a minha idade, só sei que não posso continuar como estou, arriscando meu coração. Muita gente já teve um pedacinho de mim e, aos poucos, eu fui diminuindo. *Aos poucos, fui acabando.* Eu quero preservar o que ainda resta.

Alan precisa aprender a viver, e eu já aprendi. Não estamos na mesma série.

Eu quero paz.

Sozinho ou ao lado de quem eu não amo.

Vinte dias sem ele

Se a vida não é uma merda, então, ela é uma bosta.

Vinte dias sem Erick Capdeville. Já é dezembro, estão começando a enfeitar a cidade com luzes e guirlandas. Nunca me imaginei passando um Natal com o Erick, eu nem via o tempo passar, na verdade. Só passava cada dia vivendo o que tinha no momento e admirando cada partezinha dele.

O frio estava indo embora aos poucos, e o calor chegava, mas eu sabia que não seria assim para mim. O frio continuaria me acompanhando, porque o meu Sol não era o mesmo que o das outras pessoas.

O que será que o Erick gosta de fazer no Natal? Será que ele gosta de fazer maratona de filmes ou prefere passear pela cidade? Será que ele faz a ceia ao estilo brasileiro ou de outros países? Que bebidas ele prefere? E será que alguma vez acreditou no Papai Noel?

São coisas que eu não vou saber. Não vou saber se ele prefere vinho quente ou achocolatado, se ele gosta de suéter natalino e se canta músicas típicas.

— *Meu bem, você tem ligado cada vez menos* — Minha mãe me dizia, ao telefone. — *Eu estou preocupada. Aconteceu alguma coisa?*

— Aconteceu — confessei, encostado no meu canto, na sala do café. — Me perdoe por não ligar, é que realmente aconteceu...

— *Algo grave?* — Seu tom mostrava a visível preocupação. — *Você se machucou? Se meteu em encrenca ou algo do tipo? Ou…*

— Não — Eu a interrompi. — Te acalma. É só o meu coração.

— *Ah, meu filho...* — Suspirou. — *De novo?*

— Pois é. — Bati minha cabeça no armário ao meu lado. — De novo...

— *Isso vem acontecendo desde quando? Desde os nove anos?* — Minha mãe riu, mas era de uma forma triste. — *Querido... eu nem sei mais o que te dizer. Acho que só posso repetir o mesmo de antes: você é jovem, ainda tem muito tempo para achar seu par ideal.*

— Mas eu achei, mãe — choraminguei. — Eu achei, mas vacilei... E aí, ele foi embora. Mãe, não é como das outras vezes.

— *Não?*

— Não! — disse-lhe. — Eu o amo, tipo, de verdade. É mais forte que das outras vezes, é bem mais forte. — Senti meus olhos umedecerem. — Está doendo bem mais. Eu nunca senti essa dor.

— *Oh, meu bem.* — Podia imaginar o seu olhar de lamento. — *É mesmo tão forte assim?*

— Demais. — Fechei os olhos, e o rosto dele veio à minha mente. — O que eu faço, mãe?

— *Olha, Alan...* — Eu a ouvi dar uma pausa. — *Seu pai e eu nos separamos uma vez, antes de casarmos e termos você. Eu achei que estava tudo perdido, que era um término definitivo. Um dia, nós nos encontramos por acaso e fizemos as pazes. Ficamos dezessete anos casados... Porém, acabamos por nos separar novamente, e essa parte você sabe, não é? Não houve volta. Então... eu só não quero vê-lo triste* — disse, com sua voz calma. — *Por favor, independente do que você decida, não se machuque.*

Gostava de como minha mãe era imparcial comigo, como ela não tentava me defender e não era o tipo de mãe que sempre passa a mão na cabeça dos filhos. Conversar com ela era como conversar com uma amiga.

Eu não sabia se deveria tentar trazer o Erick de volta, em parte porque eu não queria sofrer e em parte porque eu não achava que era possível. Porra, a desgraçada da mulher o pedia em casamento desde quando ele tinha dezenove anos. Digo, Erick teve bastante tempo para se decidir. Mesmo que ele me ame, tem seus traumas, seus medos.

Sua decisão dilacerou meu coração, mas o coração dele também já foi muito maltratado.

Sinceramente, eu até apoiaria a decisão dele de me largar e se casar com alguém com quem ele se sinta seguro. Mas não vejo isso naquela mulher, eu não vejo a honestidade nela. Poucos minutos em que estive ao seu lado já foram suficientes para querer me afastar e afastar o Erick dela. Ela é ruim. Eu sinto.

— Pellegrini. — Ouvi e vi o Sr. Kentaro entrar na sala. — Tudo bem?

— Sim — menti.

— Eu não acho que esteja. — Deu de ombros. — De qualquer forma, preciso que você supere logo esse sofrimento, pois vamos precisar de foco total nas próximas semanas.

— Decidiram as datas do campeonato? — perguntei, me levantando do chão e jogando o guardanapo do meu sanduíche no lixo. Dois pães, presunto e muito queijo. Isso, sim, cura o sofrimento.

— Vinte e um e vinte e dois de dezembro — disse. — Em Água Verde.

— Ah, ótimo. — Tentei sorrir. — Faz tempo que eu não visito Água Verde.

— Vai te fazer bem. — Deu-me um tapa nas costas. — E vai fazer melhor ainda se sua turma nos der orgulho.

— Eles darão. — Finalmente consegui sorrir, pensando neles.

— Eu estaria bem mais confiante se o Capdeville estivesse aqui. — Suspirou. — Mas são as regras: o funcionário ou o dinheiro. E você sabe qual a resposta mais lógica.

Com a menção de Erick, o meu sorriso desapareceu, e eu abaixei a cabeça, com as lembranças dele ensinando às crianças com tanta vontade.

— Você está assim por causa dele, não é? — Sr. Kentaro me encarou. — Eu suspeitei que vocês tivessem alguma coisa, só que você negou, e ele também. Mas é, estava bem claro… com o fato de vocês saírem sempre juntos e trocarem olhares.

— Perdão, não queria me envolver com outro funcionário… mas o conheci fora daqui — expliquei.

— Tanto faz, ele foi embora mesmo — Sr. Kentaro disse. — Como eu já falei, acho que vocês formavam um bom casal. Digo, não entendo direito esse negócio de gays e tudo mais, mas acho que vocês ficavam bem juntos.

Eu sorri timidamente.

— Obrigado.

— É claro que eu não entendia o que um cara tão inteligente, como o Capdeville, queria com uma porta como você. — Ficou pensativo. — Mas ele me disse, certa vez, que estava saindo com um rapaz que não era muito esperto, mas que o tratava melhor que qualquer um e que o fazia se sentir especial. Era você, eu suponho.

Nem consegui responder.

— Eu falei com ele no telefone anteontem — comentou, e meus olhos saltaram. — Sabe, eu depositei a última parcela de seu seguro desemprego. E ele me agradeceu por ter dado o emprego a ele quando não tinha nada no currículo.

— O senhor falou com ele? — Era quase inacreditável para mim. — Ele falou mais alguma coisa?

— Ele não estava muito animado — Sr. Kentaro contou. — Assim, não muito animado pra alguém que vai casar, mas eu compreendo. Para homem, casar é um saco. E eu não sabia que ele era *biohomossexual.*

— É bissexual, Sr. Kentaro, e o Erick não é bi. Enfim... — Comentei rapidamente. — Mas ele está bem?

— De saúde? Sim — Meu chefe falou. — De humor? Creio que não. Pareceu abalado quando citei a turma e você.

— O senhor falou de mim?

— eu disse que você estava ensaiando com os meninos, só isso. — Sorriu, triste. — Ele desejou boa sorte e disse que acredita nas crianças e em você.

Eu gostaria de ficar contente com aquilo, mas tanto eu, quanto o Sr. Kentaro, sabíamos que era algo bem deprimente.

— Quer saber? — Sr. Kentaro pousou uma mão em meu ombro. — Vá pra casa mais cedo hoje, eu te libero, não há muito o que fazer na academia mesmo.

— Ah, obrigado. — Sorri. — Eu juro me esforçar com as crianças durante essas semanas. Nós vamos para Água Verde e eles vão nos dar muito orgulho.

— Vou acreditar. — Deu-me um empurrãozinho em direção à saída. — Vai, vai.

Peguei minhas coisas e deixei a academia, ainda agradecendo por poder sair duas horas antes. Eu, ultimamente, só queria ficar em casa, no meu quarto, ouvindo minha *playlist* da Marília Mendonça e pensando em uma forma de resolver minha situação.

Pelo menos Erick está bem, ao menos de saúde. Poxa, bacana. Radical.

Eu caminhei, arrastando as sandálias frescas pelo asfalto, que estava morno por conta do Sol que fazia durante o dia em Curitiba, até a região de restaurantes, na qual escolhi um bar simples e entrei.

Eu tinha acabado de comer, mas queria comer de novo, porque não tinha mais nada para fazer. Aliás, eu não preciso mais regular quantas vezes como ou faço exercícios, porque não preciso mais me manter bonitão.

O Erick foi embora mesmo.

Mas assim que entrei no bar pouco amplo, eu me deparei com alguém sentado em uma das mesas, sozinho.

Kaíque.

Cogitei dar meia-volta e sair por onde entrei, mas todo mundo sabe, eu só faço merda. Então, fui até a mesa dele.

— Posso me sentar? — perguntei, inseguro, com as mãos tremendo nos bolsos da minha calça. Ele demorou um pouco a notar que eu estava ali, mas quando me viu e processou o que eu perguntei, apenas me deu um sorriso triste e assentiu com a cabeça. — Obrigado.

Era bizarro ver o Kaíque triste, para baixo. Ele era sempre muito enérgico e para cima, sempre fazendo as pessoas rirem e cantarolando suas músicas favoritas. Sem contar que seu sorriso fazia todo mundo querer sorrir junto.

Ainda não acredito que eu causei sua tristeza. Parte dela.

Fiquei sem palavras, porque não esperava que ele fosse me receber. Eu imaginei que fosse tacar o seu caneco de chá em minha cara. Eu tacaria.

— Oi. — Tentei sorrir, mas saiu como uma careta. Era esquisito estar sentado em sua frente depois de tanto tempo e depois do nosso último encontro tão gentil. — Não sei o que dizer. Você deve ter percebido.

Porque, sim, Kaíque me conhecia bem pra caramba.

— Agindo por impulso de novo. — Balançou a cabeça, imitando a mãe sem esperanças no filho. — Que bom que nos esbarramos.

— É?

— Sim. — Ajeitou o boné que usava. — Em algum momento, eu teria que te encontrar mesmo.

— Por quê? — Eu não estava entendendo nada.

— Porque preciso pedir desculpas. — Sorriu, mas suas pálpebras tremeram, e pude ver as lágrimas brotarem. — Me perdoa por ter traído sua confiança.

— E-eu... — Engoli em seco. — Kaí, eu já... já te desculpei.

— Não desculpou não. — Abaixou a cabeça. — Se tivesse me desculpado, não teria dito aquelas coisas. Mas você não é obrigado... não mesmo, ninguém é. Eu nunca fui traído, não sei como é o sentimento. Na verdade, acho que era seu direito ter dito tudo aquilo.

— Não — disse, ansioso. — Não, não. Eu disse coisas horríveis, disse que você poderia trair o Luan também, mas eu sei que você não é esse tipo de pessoa. Você não é um canalha, sei disso. Eu não podia ter te tratado feito um... feito um vagabundo, porque eu te conheço, sei que você é uma boa pessoa. Você não sai por aí magoando as pessoas de propósito.

— Alan... — Fungou. — Eu errei. Errei tanto. Eu sou um covarde, um grande covarde.

— Não...

— Eu sou. — Secou as lágrimas, para novas começarem a escorrer. — Devia ter sido sincero com você, devia ter dito que estava tendo sentimentos por outra pessoa. Eu não tinha certeza do que sentia e, toda vez que tentava dizer, você dizia que me amava e que eu era a melhor coisa que te aconteceu... Nada disso justifica, mas eu gostaria que vocês pudessem sentir o que eu senti, pra tentar me compreender. Eu estava tão confuso, não conseguia focar nada, não conseguia me decidir e não conseguia entender. — Pegou fôlego. — Não foi por mal. Eu juro, Alan, não foi por mal. Acredite em mim. Não me odeie, por favor... Não fique com rancor de mim, porque você foi muito bom pra mim. Eu sei que você não merecia ser traído, e me sinto um lixo por causa disso, me sinto sujo e mau-caráter... Você não merecia, não merecia. Eu sou um merda.

Wow.

Eu juro que nunca vi Kaíque tão frágil, tão triste.

— Hey. — Procurei sua mão e a segurei. — Não fale assim. Eu te perdoo, juro, você está desculpado. Naquele dia, eu perdi a cabeça, não queria ter dito tudo aquilo. Não se sinta tão mal, por favor! Você é Kaíque Yuichiro, não pode ficar triste desse jeito, você precisa sorrir. Todo mundo ama o seu sorriso.

— Não posso mais sorrir. — Tornou a chorar. — Não posso sorrir sem o Luan.

Ah, merda, aquilo era de partir o coração. Outra pessoa no meu lugar poderia estar rindo da situação do Kaíque e pensando "bem feito", mas eu não sou assim. Pode me chamar de burro, de otário. Isso não me fará rir da desgraça de uma pessoa. Mesmo com a traição, eu não poderia rir daquilo, não poderia me sentir satisfeito por ver Kaíque sofrer. Eu o amei, amei mesmo, e gostava demais dele para querer vê-lo triste. Kaíque era uma boa pessoa, e um deslize não corrompia seu caráter, não mudava o fato de que ele me fez muito bem quando estávamos juntos.

Fui um cara feliz ao lado dele. Kaíque era carinhoso e me elogiava, me dava suporte, me fazia sorrir e, apesar do caso com o Luan, sempre foi honesto comigo. Eu não tinha motivos para odiá-lo, não mesmo. Nem podia julgá-lo por agir por impulso, por cometer um erro, afinal eu era o embaixador da Impulsolândia.

— Vocês não voltaram, então? — perguntei, já sabendo a resposta.

Sentia-me culpado, apesar de saber que nem tudo era culpa minha. Kaíque vacilou muito ao esconder a verdade do Luan, porém eu já sabia qual era a opinião do rapaz sobre adultério. Era o famoso "sei lá".

— Ele me odeia. — Kaíque apoiou o cotovelo na mesa e o queixo na mão, com os olhos vermelhos de tanto chorar. — Ele tem nojo de mim.

— Eu vi... — Contei, e Kaíque me olhou sem entender. — Esbarrei com ele uns dias depois de termos discutido na casa do Antônio.

— Vocês conversaram? — Kaíque tinha a mesma ansiedade que eu quando fiquei sabendo que o Sr. Kentaro havia falado com o Erick.

— Mais ou menos. — Fiz uma careta. — Fui tentar aliviar sua barra com ele e pedir desculpas pelo caos na casa do Antônio... Mas, porra, Kaíque, ele é muito duro quanto a isso.

— Eu sei. — Suspirou. — Ele é irredutível.

— Tipo, ele é uma boa pessoa, não é? — eu disse, ainda em choque em relação às coisas que ouvi do Luan. — Ele é voluntário naquele hospital... Antônio e Ícaro disseram coisas tão boas sobre ele, e a recepcionista do hospital disse que ele é um rapaz de bom coração. E aí, booom, a forma como ele se transformou quando o assunto foi traição. Eu entendi que o pai dele foi traído e coisa assim, mas, caramba...

— É que... — Kaíque respirou fundo. — Depois que o pai dele foi traído, a mãe dele saiu de casa. O pai dele a amava demais. Muito mesmo. Ele implorou pra ela voltar, mas ela não quis. Ela ficou com o amante. — Deixou mais lágrimas caírem. — E o pai dele não aguentou. Luan chegou em casa um dia e a polícia estava lá, porque o pai dele acertou um tiro na própria cabeça. Morreu segurando uma foto da ex-esposa.

Meu queixo nem caiu, meu corpo não conseguiu expressar nem uma reação, porque aquela porra era muito pesada. Era bem pior do que eu imaginava. O que essa merda de amor não faz?

— Mas... mas e você e o seu namorado? O Erick — Kaíque mudou de assunto, ao mesmo tempo que ingeria mais cerveja do copo de vidro. — Quero dizer, você pediu ele em namoro, certo? Eu espero, pelo menos...

— Não.

— O que você está esperando? — Kaíque perguntou. — Ele é tão bonito e gentil! O que mais você quer?

— Na verdade... — Procurava uma forma de dizer. — Depois daquele dia, ele ficou muito magoado.

— Ah, merda. — Kaíque bufou.

— Ele foi embora — contei de uma vez. — Vai casar com uma mulher.

— Como é? — Kaíque pareceu chocado. — Erick não era gay?

— Ele é gay. Muito gay. — Suspirei. — Mas é complicado. Eu não sei explicar.

— Sinto muito. — Apertou minha mão com mais força. — Acho que estamos os dois na pior.

— De novo. — Ri, mas era bem triste.

— Só mais um dia comum nas nossas vidas. — Sorriu, mas também era trágico.

E pensar que eu podia ter evitado parte dessa merda. Outra vez, que ódio.

Kaíque me contou que terminaria o ano da faculdade em uma semana e que iria para o último ano do curso, e isso me fez lembrar do Antônio, que se formaria.

Kaíque estava bem, digo, sem dificuldades, com saúde. Estava muito triste sem o ex-namorado, porém não havia nada grave rolando. Menos mal.

Depois de bebermos alguns copos de cerveja juntos, eu me despedi do meu ex-namorado com um abraço e voltei para casa. Para ser sincero, nunca vi Kaíque tão deprimido. Não combinava nem um pouco com ele, e eu não achava justo.

Quando virei a última esquina, pude ver um carro preto em frente ao meu prédio. Passei por ele, imaginando que era alguém querendo falar com o Sr. Byun ou com outro vizinho, mas quando pisei na recepção, encontrei Valéria sentada no banco de espera, com uma caixa ao seu lado. Que porra aquela múmia queria na minha casa?!

— Que bom que chegou! — Ela tirou os óculos escuros para me encarar, e seus olhos lembravam os de um rato. — Vim devolver umas coisas.

— O Erick? — perguntei, sem paciência.

— Nem morta. — Sorriu.

Merda.

— Se a senhora não veio trazer o Erick de volta, então eu acho que não tem nada para me devolver.

Puta merda, eu queria acertar um banco de plástico na cara daquela mulher. Queria chutá-la e mandá-la ao inferno com um laço rosa.

— Oh, meu bem, você acha que o Erick é seu? — Valéria sorriu para mim.

— Bom, pode não ser meu. — Era meu sim. — Mas seu que ele não é!

— Escute bem, moleque. — Suspirou, mostrando estar exausta. — Eu mesma vim lhe entregar algumas porcarias que Erick levou na mudança, mas não pense que fiz isso porque tenho tempo de sobra para lidar com crianças, não, eu vim lhe dar um aviso.

— Pode falar, estou anotando. — Cruzei os braços.

— Só gostaria de deixar claro que o Erick não vai voltar para você. — Levantou-se para me encarar. — E se você quiser ele de volta, vai precisar de muito esforço, muito mesmo.

— Você acha que eu não sou capaz?

Não tinha certeza de que eu tinha alguma chance, mas não queria me mostrar fraco diante dela. Já era visível o suficiente.

— Talvez até seja. — Riu. — Talvez você e seu coleguinha, o Diego, montem um planinho, mas veja bem, piá, você tem escolinha de manhã, dever de casa pela tarde, e sua mamãe não vai deixá-lo sair de casa à noite, não é?

— Ah, a senhora gosta tanto de me lembrar da minha idade. Vai fingir que não gosta de um anjinho? — Ri também. — Você tem o quê? Idade para ser mãe ou avó do Erick? Como é o sexo? Você tira a dentadura para chupar ele? A fralda geriátrica atrapalha muito? Você ainda consegue ficar de quatro?

Detestava julgar as pessoas pela idade e impor limites aos idosos, mas, merda, eu só queria atingir aquela pessoa o máximo que eu pudesse. Se ela estava atacando minha idade, poxa, eu faria o mesmo contra ela. Fogo contra fogo.

— Eu não sei como Erick pôde se interessar por um garoto como você. — Bufou. — É totalmente infantil e imaturo.

— O que foi? — Olhei em seus olhos, com um sorriso nos lábios. — Por que veio até aqui, afinal? Não me diga que... que o Erick ainda gosta de mim? É isso? — Eu fingi estar surpreso. — Ele não consegue nem disfarçar que sente saudade de mim, não é? Você vê isso, você vê que ele ama o moleque aqui, estou certo?

Ela não respondeu, e entendi aquilo como um sim oculto.

— Pois saiba que não vai passar — continuei. — O Erick é gay. E além de gay, ele me ama, e eu tenho certeza disso. Nada que você faça vai acabar com o que ele sente por mim.

— Você é tão seguro de si, não é? — Tentou parecer descontraída, mas eu podia ver certo nervosismo.

— Pois, senhora, mantenha o Erick bem longe mesmo, porque se eu me encontrar com ele em algum momento, você pode ter certeza, eu vou pegá-lo de volta. E eu vou foder ele tão forte, que, seja lá onde você estiver, vai ouvir ele gemer meu nome.

— Estas são as merdas que Erick levou na mudança. — Ela me ignorou, pegou a caixa e me entregou. — Eu poderia queimar tudo, mas sou educada o bastante para lhe devolver.

— Tudo que está aqui é relacionado a mim? — perguntei, sorrindo. — É uma caixa pesada. Essa é a sua tática para desprendê-lo de mim? Poxa, admiro o esforço, mas eu estou na mente dele, estou no coração. E o corpo dele sente falta do meu, então faça o que quiser, não vai conseguir.

— Eu já fiz o que tinha que fazer aqui. — Valéria ajeitou a bolsa no braço.

— Vai, volta pra casa, volta para o seu noivo — disse. — Mas volta sabendo que a única pessoa que ele ama é um piá chamado Alan Pellegrini.

— Um garoto que o magoou. — Sorriu em minha direção.

— Ah, é verdade — admiti. — Mas como você acha que ele ficaria se soubesse que foi você que ferrou o trabalho dele? Se ele soubesse que você contou aos pais das crianças que, um dia, ele foi garoto de programa?

— Ah, você sabe. — Suspirou. — Primeiro: você nunca vai ter a chance de contar a ele. — Sorriu. — Segundo: tenho que lhe agradecer, piá. Confesso que dei um empurrão para que o Erick ficasse sem saída, sem emprego, mas pensei que seria preciso intervir na relação de vocês dois para que ele viesse até mim... mas você mesmo executou a outra parte do plano. Você mesmo o afastou, você mesmo o magoou, eu nem precisei me mover. Obrigada. Boa noite, Alan Pellegrini.

Esperei até que a SUV dela fosse embora e subi as escadas até meu apartamento, com aquela caixa nas mãos e o coração doendo. Digo, eu disse aquelas coisas sobre pegar o Erick de volta e acredito um pouquinho em mim mesmo, mas não tanto. Eu não tinha a mínima certeza se conseguiria trazê-lo para mim. Nem sequer sabia por onde começar, onde procurá-lo, onde Valéria o havia escondido. Eu poderia ir à Londrina, mas teria que bater de porta em porta atrás dele.

Entrei em casa e deixei a caixa na mesinha de centro da minha sala. Imaginava que tinham coisas minhas ali dentro e saber que Erick agora não tinha mais nada meu com ele era extremamente triste e desanimador. Era como se mais uma ligação entre nós fosse cortada.

Eu me sentei no chão e abri a caixa, logo encontrando a touca que deixei com Erick no dia em que nós esbarramos com o Kaíque e o Luan na casa do Antônio. Lembrei-me de quão lindo ele estava naquele dia e dos nossos últimos beijos, antes de eu semear a discórdia.

Tirei da caixa uma camisa minha, que tinha ficado em sua casa em um dos dias em que passei lá, mais duas blusas que também havia esquecido, um boné, uma boxer, um par de fones de ouvido, uma das minhas faixas pretas do karatê, um CD dos pagodes em alta no carnaval daquele ano, luvas e… o bordado que costurei para ele no dia do seu aniversário.

Deixei as coisas sobre o sofá, recolhi minhas pernas para perto do meu corpo, cruzei os braços acima dos meus joelhos e deixei as lágrimas escorrerem por meus olhos.

É… quando você acha que já chegou ao fim do poço, a vida ainda dá um jeito de empurrá-lo mais um pouco. Cada coisinha daquelas me lembrava dos momentos em que passei com ele, e a sensação era dolorosa demais para suportar.

Eu não deveria estar assim. Vivi com Erick por pouquíssimo tempo, não era para eu estar tão fodido. Não sei o que tem nele, não sei o que me faz tão apaixonado. Não sei dizer o que me afeta mais, o que me deixa tão encantado, o que me faz chorar de saudade.

Nunca achei que amar pudesse doer tanto.

Por que Erick tinha que ser tão egoísta, tão orgulhoso? Ele pensa que é o mestre do tempo para saber o que acontecerá no futuro? Quem lhe disse que eu o deixaria em algum momento?

— Que merda. — Peguei a caixa e a taquei contra a parede. — Porra!

Eu odeio Erick Capdeville.

Odeio depender daquele sorriso para me sentir feliz, odeio o frio que sinto longe dele. Odeio a dor no meu peito, odeio a saudade, odeio esse sentimento de abstinência, odeio querer o Erick.

Eu odeio amá-lo.

— Erick… — Eu o chamei baixinho, sentindo as lágrimas molharem o meu rosto por completo.

Minhas mãos imploravam por sua pele, meus ouvidos precisavam ouvir sua voz e minha boca queria a dele.

Todos os meus pedidos foram negados.

Ao invés de Erick estar comigo, estava ao lado daquela mulher nojenta, uma pessoa que jamais o amaria como eu. E eu não podia mover nem um dedo sequer para mudar a situação. Eu estava amarrado, inútil. Como sempre.

Naquela noite, fui para o quarto e dormi abraçado a um casaco que Erick havia esquecido em minha casa. Dormi inalando o seu cheirinho de laranja fresca.

Na quarta-feira, eu precisei ensaiar com minha turma e usei óculos escuros, porque os meus olhos pareciam infectados com conjuntivite, mas, na verdade, eu havia chorado demais.

Na quinta, eu fingi que estava com cisco nos olhos quando, no meio da aula, me distraí e acabei chorando ao me lembrar de quão feliz Erick ficava ao dar aula para as crianças.

Na sexta-feira, as gurias perguntaram se estava tudo bem com o *sensei*, perguntaram o porquê de eu estar tão triste. Elas compraram para mim lenços e chocolates. Eu chorei de novo.

Apesar de toda a dor, que não saía de mim de jeito nenhum, eu consegui passar a *performance* com os alunos, e eles estavam praticamente perfeitos, os golpes estavam seguros e os saltos no movimento certo. Eu estava orgulhoso com o esforço deles.

Todavia, no sábado, eu chorei. Chorei a noite toda, empurrando sorvete para dentro do meu estômago, enquanto assistia a um drama triste com o meu ídolo favorito.

Antônio e Ícaro me ligaram e insistiram para que eu saísse para curtir com eles, mas não aceitei. Eu não estava sendo uma boa companhia nem para mim mesmo.

No domingo, eu assisti ao pôr do sol colorido, o que era raro naquela estação. Acompanhei o Sol sumir na margem da terra e a Lua brilhar, em meio às estrelas, no céu limpo e escuro. Erick provavelmente também assistiu àquele momento, de sua casa, se Valéria não o proibiu. Eu me senti conectado a ele por um tempo e, por isso, chorei.

— Se anima, por favor — Antônio me pedia. — Amanhã você vai pra Água Verde, e as crianças vão se apresentar. Vai ser incrível.

— Uh, vai ser demais. — Eu queria poder arrastar meu cobertor até a mesa daquela cafeteria.

— Pelo amor de Deus, Alan. — Ícaro bufou. — Daqui a pouco faz um mês que ele foi embora.

— Eu sei. — Encarei o caneco cheio de *frapuccino* em minha frente. — Eu conto os dias.

— Alan... — Antônio afagou meu ombro. — Talvez você devesse esquecê-lo. Isso não está te fazendo bem.

— Não dá, irmão. — Tentei não deixar lágrimas ridículas escaparem. — Eu não consigo. Só penso nele o dia todo.

— Já tentou conhecer alguém novo? — Ícaro perguntou.

— Não — falei. — E mesmo se eu tentasse, não iria encontrar alguém tão bom quanto ele.

— Mas você pode sair com uns caras. — Antônio forçou um sorriso. — Pra tentar distrair a cabeça, tentar esquecer um pouquinho.

Abaixei a cabeça, deixando claro que a ideia não me agradava. Não que desgostasse totalmente do plano, eu só sabia que era inútil.

— Alan. — Ícaro me fez encará-lo. — Ele não desistiu dessa ideia idiota de casar até agora, eu não acho que vá voltar atrás. E se for esse o caso, o que você vai fazer? Vai passar a vida toda chorando por um homem casado, que mora em outra cidade e tem zero contato com você?

Eu permaneci em silêncio, mais uma vez, e tentei não chorar, tentei não passar vergonha na frente de todas as pessoas na cafeteria. Eu gostaria que fosse fácil, mas em minha mente havia somente Erick, Erick, Erick.

— Esqueçam isso — pedi, respirando fundo. — Eu vou ficar bem. Vamos falar de outra coisa, tá?

— Bom, se você acha que é melhor assim. — Antônio suspirou. — Eu me formo na quinta, depois que você voltar de Água Verde, e gostaria que você fosse à cerimônia.

Tá, eu me senti a pior merda do universo naquela hora. Havia esquecido totalmente que meu melhor amigo se formaria naquela mesma semana. Quão idiota eu sou?

— Sim, eu estava pensando nisso — menti e vi Antônio me olhar de maneira desconfiada.

— Aham. — Ícaro apenas bebericou sua bebida.

— Você se esqueceu, eu sei — falou, tranquilo. — Tudo bem, sua cabeça está cheia nos últimos tempos.

— Não, Antônio, eu deveria me lembrar. — Fechei os olhos, envergonhado. — Me desculpe. Esse é um momento importante na sua vida, e eu nem me dei conta de que estava chegando.

— eu disse que está bem. — Antônio lançou-me um de seus sorrisos bonitos. — Só apareça por lá. Digo, você está tranquilo em relação ao Kaí, não está? Porque nós estaremos juntos, então...

— Sim, nós nos desculpamos — disse, aliviado, pelo menos, sobre isso. — Mas e o Luan? Ele e Kaíque fazem o mesmo curso, não é? Como eles estão?

— Sim. — Antônio sorriu de forma triste. — O Luan nem olha na cara dele, o ignora totalmente.

— É, mas é visível que o Luan também está deprimido — Ícaro disse. — Bom, ninguém mandou o Kaíque fazer merda.

— Ele pediu perdão. — Antônio rolou os olhos. — Até o Alan o desculpou.

— É assim, os trouxas sempre perdoam. — Ícaro riu, amargo. — Sei bem como é.

Foi isso mesmo que eu entendi ou o meu cérebro genial me pregou mais uma peça?

— Já terminou, Alan? — Antônio vestiu o casaco. — Quero ir embora.

— Espera aí. — Eu o segurei na mesa. — Que história é essa?

— Como assim? — Antônio me olhou sem entender.

— Irmão... — Tentei encontrar uma forma de perguntar aquilo. — Você já... já t-traiu o Ícaro? — perguntei, e um silêncio total se instalou na nossa mesa.

— Já — Antônio finalmente disse. — É por isso que não vamos casar. Ele não quer casar comigo porque eu já o traí no passado.

Alguém me tira da tomada, porque eu estou em choque.

— Oi? — Os meus olhos quase saltaram dos aros. — Quando? Como? E por que eu nunca soube?

Antônio suspirou, cansado, e Ícaro não conseguiu desviar a visão da sua xícara de café.

— Foi há um ano — Antônio revelou, com a cabeça meio baixa. — Eu briguei com o Ícaro, por causa do ciúme idiota dele, e fiquei realmente bravo... Fiz uma idiotice. Eu pensei: "Quer saber? Vou dar um motivo para o Ícaro desconfiar da minha fidelidade" e, então, transei com um garoto que era apaixonado por mim. Pronto.

Meu queixo estava no chão.

— F-foi por isso que vocês deram um tempo naquela época? — perguntei, e ambos assentiram. — Por que nunca me contaram?

— Ícaro não queria que ninguém soubesse — disse Antônio. — Depois disso, ele deixou bem claro que jamais casaria comigo.

Eu fui de fodidamente surpreso a fodidamente triste. Ícaro e Antônio, o meu casal referência, passou por aquilo e vivia nesta atual situação. Porra. Minha vida toda foi uma mentira. Quem sou eu?

— E eu aceitei. — Antônio sorriu, com visível tristeza. — Porque me senti um lixo depois do que fiz e porque o amo pra caralho.

Ah, não, Deus, não. Se eu achei que não poderia ficar mais triste, me enganei.

— Mesmo que meu sonho seja casar com ele — Antônio disse, olhando nos olhos do Ícaro, que permanecia em silêncio. — Eu entendo a reação dele. Não preciso casar, eu só preciso tê-lo comigo.

Eu sou o Alan Pellegrini mais triste de toda Curitiba.

Assim que pus meus pés em Água Verde, senti os meus olhos se encherem com as luzes e a estética moderna. Era muito bonita, definitivamente bonita, mesmo que eu não estivesse muito animado.

Eu não sei. Talvez nada tivesse tanta graça, porque o Erick não estava por perto.

— Tá, pare de pensar nisso — pedi a mim mesmo, sabendo que eu tinha que focar o torneio.

— Seja o que for, pare de pensar mesmo — Ouvi a voz de meu chefe. — Todos os pais dos alunos já confirmaram que estarão aqui pela manhã, então precisamos acertar tudo na academia, onde vamos nos apresentar.

— Entendi — respondi, sem ânimo.

— Alan, você parece um piá, no primeiro ano do Ensino Médio, sendo enganado pela loira bonitona do último ano — Sr. Kentaro disse. — Supera, filho.

Wow, me sinto ótimo agora!

— Obrigado, senhor. — Sorri. — Depois dessas palavras, eu estou pronto para uma nova vida!

— Venha, vamos encontrar os outros professores no hotel. — Guiou-me para longe do carro, pela calçada, até onde ficaríamos. — Deixe de ser tão emo, menino.

Quando entrei no quarto, joguei minha mochila sobre a cama, vendo o outro professor se deitar na cama dele, e sentei-me no colchão, meio desconfortável. Sabia que ia ter que beber no mínimo três latas de energético para ficar ligado na hora da apresentação, para ajudar os alunos.

— O ruim dessa viagem é que vou ter que dividir o quarto com um piá e não com minha esposa — O professor, na outra cama, resmungou.

Eu ri, apesar de tudo. Também queria estar dividindo o quarto com outra pessoa. Oh, vou pagar um milhão de dólares àquele que conseguir tirar Erick Capdeville da minha cabeça.

Que merda de vida.

Eu, enfim, tomei um banho e me preparei para dormir, já que era noite. Deitei-me naquela cama fria, torci para que meu companheiro de quarto não fosse do tipo que ronca e me cobri com o cobertor tão frio quanto a cama.

Tentando encontrar meu sono, encontrei mais memórias de Erick, ouvi sua voz de esquilo em minha mente, me lembrei de quão quente era dormir abraçado a ele e de como ele me fazia de *pet* e me acariciava atrás das orelhas, enquanto deixava beijos em meu rosto.

Ah, Alan, quanto tempo você achou que isso duraria? Pensou mesmo que a vida o deixaria ser feliz? Oh, pobre coitado.

Grunhi contra o travesseiro, ne segurando para não bater a cabeça contra a parede. Grande idiota!

— Cara, acho que um copo de leite ou um chá quente funciona mais que enterrar a cara no travesseiro — O outro professor disse, me olhando como se eu tivesse problemas na cabeça. — Vai, me conta, por que ela te deixou?

Não é ela, mas tanto faz.

— Ela não confia no meu amor — respondi. — Vai casar com outro cara.

— Ele tem mais dinheiro que você?

— Muito mais.

— Haha, desista — Foi tudo que ele disse, antes de apagar a lâmpada.

— Mas eu sei que ela me ama — falei, provando daquele sentimento terrível de injustiça, que amargava minha boca.

— Ah, filhão, entre amor e dinheiro... — Ele disse, como se fosse óbvio.

Desisti de explicar a situação a ele, murmurei um "boa noite" e me forcei a dormir.

Não acordei nada melhor. Se duvidar, estava pior que no dia anterior.

Logo cedo tive que assinar alguns papéis para o Sr. Kentaro e, com o mínimo de vontade, tive que me exercitar e parecer o mais feliz de todos. No final, eu estava com a cara do *grumpy cat*. Tomei café e não senti o gosto da bebida, porque meu apetite era zero.

Meu humor só melhorou quando recebi uma ligação da minha mãe, que me desejou sorte e disse que já tinha muito orgulho de mim. Mas minha carranca só se desmanchou mesmo quando vi a minha turma entrar pela porta da academia, onde ocorreria o torneio, e eles pareciam todos muito ansiosos, mas felizes. Naquela hora, eu percebi que tinha que pôr meus problemas pessoais de lado e focar totalmente o que faríamos ali.

Respire, Pellegrini, há dezesseis crianças de oito anos precisando de um *sensei* decente.

Meus alunos são uns azarados. Milhares de bons professores no país e eles caíram justamente nas mãos do mais fodido. Eu me reuni com a minha turma na nossa área e puxei um dos meus alunos, para que ele não tentasse chutar os guris de outras academias.

— Não fiquem com medo — pedi, com tranquilidade na voz. — Eu tenho certeza de que todos se sairão muito bem. Estou muito orgulhoso de vocês por terem aprendido tudo corretamente.

— Mas, *sensei*... E se a gente errar os movimentos? — Uma das gurias me perguntou. — Eu não quero passar vergonha na frente dos outros. Eles vão rir!

— Se você errar, não será uma vergonha, será apenas um erro — disse-lhe. — Que se dane se os outros vão rir ou não. Se eles rirem de um erro, isso só mostra que não sabem o que é o karatê.

— *Sensei* — Um dos meus alunos mais velhos disse só para que eu ouvisse. — Sejamos honestos… nossa turma é uma bosta comparada às outras.

Puta merda, viu!?

— Escuta, piá — respondi no mesmo tom. — Se você não calar a boquinha, eu posso garantir que seu pintinho não vai crescer mais que cinco centímetros.

— Nossa, *sensei*! — Ele tapou a própria área genital e se afastou de mim.

— Certo, vamos aquecer. — Eu me ergui e comecei a ditar os exercícios de aquecimento.

Enquanto os alunos ajudavam uns aos outros a se alongar, o pai de um deles veio falar comigo. E é lógico que eu não tinha o mínimo de empatia com nenhum dos pais das crianças.

— É bom meu filho se sair bem — disse, com seus óculos escuros ridículos na cara. — Eu tive que sair de Curitiba, porque o moleque insistiu, e pago todo mês aquela academia.

— Hum, o senhor sabe que muito do vigor de nossos corpos vem da genética, não é? — Inventei. — Se uma criança é fraca, parte da causa é do próprio pai.

— Quê? — O homem me olhou.

— O senhor sabe… — Pigarreei, fingindo ser uma conversa íntima entre homens. — Esperma fraco. Depende também de quão fundo o pai penetrou quando ejaculou e de quão denso o sêmen era.

— Uh... E como você acha que vai a força do meu filho? — Tentou disfarçar o nervosismo.

— Ah, ele perde para as meninas nos combates. — Não era uma mentira. — Mas não se preocupe — eu disse e me afastei, indo ajudar os alunos com o teste de alguns golpes.

Repassei certas partes dos *katas* que eles realizariam, e tudo parecia organizado. Durante esse tempo, a academia encheu-se de alunos, de pais e de espectadores em geral. Eu estava um pouco nervoso, afinal a minha turma do ano passado não tinha ido tão bem. Não queria decepcionar mais as pessoas.

Sabe, *ele* faria isso melhor que eu.

De qualquer forma, levei os meus alunos até a área em que as turmas deveriam esperar e pude ver o Sr. Kentaro me lançar um olhar ameaçador, enquanto o apresentador subia no tatame. Apesar da pressão, estava tudo bem. O apresentador começava a explicar todas as formalidades, quando eu ouvi:

— Cai fora, moleque. — E acreditei que minha cabeça estivesse realmente louca.

Não pode ser.

Vi um garoto de outra turma ser puxado para longe de mim e, ao meu lado, parou Diego Flores. Poxa, era o que me faltava.

— E aí, Jake Long, o Dragão Ocidental? — Deu-me uma cotovelada.

— Como você veio parar aqui?!

— Ah, você fica gato com essas roupinhas de ninja — Diego disse. — Já pensou em lutar sumô? Tem uma galera que vai adorar te ver só de cueca.

— Eu tô falando sério — Tentei falar baixo, visto que todos estavam concentrados no que dizia o apresentador. — E você pintou o cabelo?

Agora ele estava loiro.

— Ficou bom? — Bagunçou o cabelo.

— Como chegou aqui? — Tornei a perguntar.

— Eu estava na cidade ao lado e vi um *banner* na rua — Diego explicou. — Suspeitei que você e seus pestinhas estariam aqui.

— Podia ter avisado — resmunguei.

— Escuta aqui, eu vim te dar apoio moral — Irritou-se. — Seu merda!

— Shh — Uma garota de outra turma pediu silêncio.

— Shh o quê, pirralha? — Diego quis encará-la, mas eu o arrastei para longe dali.

— Fique quieto — pedi.

— Sensei, tô com medo — Um dos meus alunos choramingou baixinho. — Eu acho que vou fazer xixi nas calças.

— Medo de quê? — Eu me agachei para falar com ele.

— De errar. — Abaixou a cabeça.

— Você não vai errar, você treinou — Tentei tranquilizá-lo.

— Mas… e se eu errar? — Tinha um biquinho nos lábios.

— Se você errar, suas bolas nunca vão crescer — Diego se intrometeu. — E nenhuma guria vai querer engravidar de você.

— Ah, *sensei*! — O garoto começou a chorar. — E-eu vou errar.

— Viu o que você fez? — Segurei-me para não socar o Diego.

— Eu juro que queria ajudar. — Deu de ombros.

— Não quero bolas pequenas. — O menino soluçou.

— Escuta, melequento, um dia seus ovinhos de codorna vão virar ovos de ganso, relaxa — Diego pegou sua atenção. — Você não vai errar, tá legal? É só ver o que seus colegas estão fazendo. E se você errar, não se preocupe, é só a primeira derrota de muitas que virão.

Não era exatamente a melhor coisa que ele poderia dizer, mas o garoto parou de chorar, aos poucos, e voltou para seus colegas.

— Boa sorte, *Karatê Kid.* — Deixou um tapinha amigável em minhas costas. — Se você errar, não fique triste, você já está acostumado a fracassar na vida.

— Obrigado. — Sorri para ele.

Diego foi para o meio da plateia, roubando o pacote de pipoca de um garoto e apoiando os pés na cadeira da frente. A primeira turma subiu no tatame, em suas posições, para começar a apresentação. E eles eram razoáveis.

As apresentações eram uma espécie de concurso, valendo primeiro, segundo e terceiro lugares, mas, ainda assim, metade da minha turma teria que combater para subir de nível, mudar de faixa.

A segunda equipe ocupou o tatame, e eles eram bem mais sincronizados que os primeiros. Até mesmo o *sensei* deles parecia mais um general do exército do que um karateca.

— Estamos lascados. — Uma das gurias tapou o rosto para não ver quão boas eram aquelas crianças.

Eles deixaram o tatame com uma salva de palmas, mas pude ver Diego vaiando-os.

A terceira, quarta e quinta turmas eram muito boas também: umas mais sincronizadas; outras mais precisas. Minha equipe foi a sexta, e eu a acompanhei até o tatame e fiquei ao lado, monitorando-a. Assim que os karatecas começaram a tocar o *taiko*[2], eles começaram a se mover, e o meu coração quase saiu pela boca.

Eles estavam tão bem.

As pernas chutavam exatamente ao mesmo tempo, na mesma altura, enquanto os braços iam na mesma direção e os gritos de ordem saíam de suas bocas na mesma intensidade. Não pude evitar um sorriso maior que o meu rosto, e eu sabia que meus olhos estavam brilhando ao acompanhar os movimentos. Eu era puro orgulho naquele momento. Afinal, não sou um professor tão ruim.

Assim que terminaram, palmas foram ouvidas, e um grito de Diego atravessou a academia, dizendo: "Vai, *Daniel-San*!".

— Vocês foram bem, foram muito bem — disse-lhes quando desceram do tatame. — Estou muito orgulhoso!

---

[2] Tambor japonês

— É... aquelas videoaulas do *YouTube* eram realmente boas — Um dos garotos disse, e eu honestamente o ignorei.

Os acompanhei até nossos lugares, e assistimos às outras apresentações, as quais, graças a Deus, não foram muito melhores que a nossa.

No final, os karatecas que julgariam as apresentações entregaram suas notas ao narrador. Eu não estava com muita expectativa, mas seria fantástico se ficássemos em uma boa posição. Suspirei quando o apresentador começou a citar as posições. Pelo menos minha turma não ficou em último. Óbvio, nós não ganhamos, mas ficamos em quarto lugar, e isso era um recorde para mim.

— Não fiquem tristes — pedi, assim que vi uns rostinhos amuados. — Quarto lugar é muito bom. Pensem que foram melhores que as outras cinco equipes, equipes com faixas mais altas que as de vocês. Vocês foram excelentes.

— Mas eu queria uma medalha. — Uma das gurias abaixou a cabeça.

— Terão outros campeonatos — Tentei animá-la. — E se treinarmos mais um pouco, com certeza, seremos o número um.

— A gente nunca ganha nada — Victor reclamou. — Ser brasileiro é horrível!

— Parem com isso! — Suspirei, um pouco chateado. — Metade de vocês ainda tem que ir para os combates individuais.

— Oba, mais fracasso. — Gabriel bateu palminhas.

Naquele momento, encostei-me na parede e não consegui evitar que meu queixo abaixasse, e o desânimo dominou todo o meu corpo. Devo ser um pedaço de merda que criou pernas e braços, é isso que eu devo ser.

— Oh, desculpe, *sensei* — Gabriel pediu, e notei que o pedido era em nome de todos os alunos.

— Não, me desculpe, eu não sou um bom mestre — admiti.

— É, sim — Uma das gurias disse.

Nada podia me convencer. Digo, às vezes, eu chegava a pensar que era bom em alguma coisa, mas logo a realidade acertava um soco na boca do meu estômago.

— Só foquem os combates, façam o melhor e tudo vai ficar bem — disse-lhes.

— Ah, acho que estou com dor de barriga — Um piá choramingou, claramente nervoso. — Sinto que vou ser massacrado.

— Besteira — falei. — Vocês todos serão incríveis.

— E aí, crianças remelentas? — Diego aproximou-se de nós. — Pensem que até o Panda consegue lutar, então vocês também conseguem.

— O Panda luta *kung fu* — Uma das gurias o corrigiu.

— É tudo a mesma coisa. — Rolou os olhos. — O Goku paraguaio aí treinou vocês direitinho.

— A gente vai morrer. — Gabriel já havia aceitado o seu destino.

— Que moleques sem confiança — Diego resmungou. — Olha, eu vou fazer uma coisa pra animar vocês. Que tal?

— O que você vai fazer? — perguntei, já alarmado, ao vê-lo tirar o celular do bolso.

— Quem aqui conhece o *Xvideos*? — perguntou, e eu me preparei para empurrá-lo para longe dos alunos. — Estou brincando!

— Eu não tô no clima pra brincadeira!

— Hum, o gostosinho tá nervosinho — falou com uma voz enjoativa. — Vou ajudar os pirralhos, não esquente a cabeça.

— Diego — Tentei impedi-lo, mas ele se agachou entre as crianças e teclou algo no celular.

— Presta atenção, Pucca. — Apontou para mim, enquanto seu telefone completava uma ligação. — Agora você vai surtar.

E atenderam a chamada.

— *Já falei que você não pode ficar me ligando, Diego* — Ouvi, por meio do viva-voz do celular.

Tudo a minha volta perdeu o foco.

— Escuta, é importante — Diego respondeu.

— *Seja rápido, a Valéria está no banho, logo volta* — Erick disse.

— Ah, aproveita e afoga ela na banheira.

— *Diego, eu vou desligar* — retrucou, com sua voz baixa, sem energia.

— Não, calma! — Flores foi ligeiro. — É que tem uma galera aqui que precisa da sua ajuda.

— *Que galera?* — Erick estava confuso.

— Aí, seus cata-melecas — Diego chamou a atenção deles. — Lembram-se do Erick *sensei*?

— Sim! — Um dos guris gritou, seguido dos outros.

— *D-Diego... você... onde você está?* — Erick provavelmente já tinha uma ideia de onde o Diego estava.

— Ouça, Alan *sensei*, é o Erick *sensei*! — Victor parecia animado, assim como todos ali.

Não consegui responder, e houve silêncio também da parte do Erick.

— Capdeville, os piolhentos vão ter que lutar daqui a pouco — Diego explicou. — Mas estão achando que vão perder miseravelmente, o que não é difícil.

— *Uh... Ah... É...* — Parecia perdido, e havia expectativa nos olhinhos das crianças. — *V-vejam bem, eu passei pouco tempo com vocês, mas foi o suficiente para saber que vocês são incríveis. É normal estarem com um pouco de medo, mas não deixem isso dominar vocês, não deixem. Eu juro e jamais mentiria: vocês são ótimos, seus golpes são fortes e as esquivas são rápidas. Na idade de vocês, eu não conseguia fazer nem a metade. Eu acredito em vocês, de verdade. Só... subam no tatame e façam o que treinaram. Vou torcer por cada um de vocês. E, ah... eu nunca torço para perdedores, acreditem que vocês são fantásticos.*

Pude sentir a brisa de esperança que refrescou os corpinhos dos alunos, e até surgiu mais cor nas bochechas. O poder de Erick Capdeville.

— *Lembrem-se de quando estudamos seus pontos mais fortes. Foquem isso! Analisem o adversário, notem em que pontos são mais fracos e ataquem* — Erick disse-lhes. — *Não percam o foco. Vai tudo correr bem.*

Em seguida, os alunos citaram coisinhas como "Obrigado", "Estamos com saudades" e "Você é o melhor", e Erick desejou-lhes um "Boa sorte", antes de Diego se afastar das crianças, vindo em minha direção.

— Obrigado pela ajuda! — Diego agradeceu, bem em minha frente. — Sabe, o Alan não é muito bom em animar os melequentos.

— *Ele está aí?* — Erick perguntou, parecendo nervoso.

Meu coração estava parando aos poucos.

— Não, foi levar os garotos pra tomarem água — Diego mentiu. — Mas se ele estivesse aqui, o que você diria?

Oh.

— *Não provoca, Die.* — Erick suspirou. — *Deseje boa sorte a ele.*

— Você podia estar aqui para dizer isso, né? — Diego sorriu para mim, claramente pondo lenha na fogueira. — Você podia enchê-lo de beijos e dizer bobagens de pessoas apaixonadas. Você pensa nisso todo dia, certo?

O caráter de Diego Flores sempre será uma incógnita para mim.

— *Não me ligue mais, espere até que eu te chame* — Erick o ignorou.

— Ah, você o ama. — Diego revirou os olhos.

— *Vai pra merda, Diego.*

— Escute, Erick. — Diego me lançou um sorriso sacana. — E se eu ficar com o Alan? Vai estar tudo bem pra ti?

Ok, eu sabia que Diego estava só o testando, mas a ideia não deixava de parecer sinistra.

— *Por que está perguntando isso?* — Erick não tinha emoção na voz.

— Ele é gostoso, solteiro. — Tentou pegar em minha bunda, mas eu o impedi. — E está de coração partido. Eu posso muito bem usar meu charme e levar ele pra cama.

Meu Jesus Amado, me leve agora.

— *Você não... não faria isso* — Erick respondeu.

— Sabe, eu estou com raiva por você ter ido viver com aquela filha da puta. — Pareceu sério dessa vez. — Alan é um bobo, é só eu dar a ele umas três cervejas e pronto, faço o que quiser com ele.

Eu nem tive tempo para ficar ofendido.

— *Vai se foder, Diego.* — Erick soou triste. — *Pare de me provocar! Você sabe quanta saudade eu sinto dele, sabe como fico toda vez que me lembro dele. Sabe como eu gostaria de dormir ao lado dele todos os dias.*

— Ninguém mandou você escolher a Valéria — Diego foi seco. — Sofra, então. Você merece toda a dor, por ser um egoísta do caralho.

— *Diego, eu-* — foi o que Erick conseguiu dizer, antes de Diego encerrar a ligação.

— Ele te desejou "boa sorte". — Diego sorriu de maneira amarga para mim e, sem uma resposta minha, voltou para onde estava mais cedo.

Minha cabeça girava. Meu corpo não conseguiu gerar nenhuma reação. Eu estava em um estado de inutilidade, não podia fazer nada. A voz dele, junto às suas palavras, ecoavam pelo meu cérebro, como um disco riscado. Eu não esperava poder ouvi-lo novamente. Grande parte da minha esperança já havia se dissolvido.

Eu nem ao menos conseguia correr, desesperado, para o Diego e implorar para que ele me desse o número do Erick. Eu também não ouvia direito o que diziam à minha volta, estava inerte.

— Venha, Alan, os combates vão começar — Um dos professores da academia do Sr. Kentaro me chamou, e eu o acompanhei até a lateral do tatame. — Você está bem? Está pálido. Viu um fantasma?

— Foi quase isso — consegui dizer.

Forcei-me a recuperar a consciência, pois precisava guiar meus alunos. Reuni as sete crianças que iriam lutar e ajudei a aquecer os músculos, enquanto alunos de outras academias iniciavam os combates.

— Ah, o Erick *sensei* me fez lembrar de coisas importantes — Uma das gurias comentou.

— Que bom — disse, com uma voz quase robótica.

Em pouco tempo, três lutas haviam sido realizadas, com duas vitórias para duas gurias e uma para um menino. O próximo era o Gabriel.

— Suas pernas são longas, você pode tomar um pouco mais de distância para chutar. Lembre-se disso — Eu o auxiliei, e ele assentiu com a cabeça.

— Gab — Victor o chamou e, visivelmente, tímido, deixou um beijo na bochecha dele. — Boa sorte.

Ah, aquilo acabou comigo, quase não tive forças para pôr Gabriel no tatame.

Basicamente, o garoto da outra academia era lento demais, e foi fácil para Gabriel imobilizá-lo, já que suas pernas eram poderosas, e o menino realmente parecia amedrontado. A próxima da minha turma foi uma guria de sete anos, que caiu contra outro garotinho. Eu assisti, com orgulho, ao modo como ela lhe acertava as coronhadas e se esquivava com agilidade. Ela venceu, porém, meu terceiro aluno falhou. O garoto da outra equipe estava mais confiante e acabou levando-o ao chão depois de um tempo.

Quase em seguida, uma das nossas gurias mais velhas subiu no tatame para lutar com uma adversária do mesmo tamanho. Todos ficaram chocados ao presenciar a intensidade dos golpes de ambas, a forma como elas atingiam uma à outra, com movimentos perfeitos. E, sim, minha aluna levou a melhor depois de uma árdua disputa.

Meu aluno de oito anos perdeu, depois de muito brigar com uma guria de outra equipe. Ela era mais rápida, apesar de ele ser mais preciso. Victor foi o sexto, e pude ver Gabriel acariciar suas costas antes que ele fosse lutar. O combate foi contra um piá realmente agressivo, que fazia parte de uma das melhores academias de Curitiba. É... Victor perdeu, mas perdeu com muita dignidade, somente depois de cansar o adversário. Foi uma bela batalha.

— Você foi muito bem — Ouvi Gabriel dizer-lhe.

O último dos meus alunos venceu, lutou contra uma guria, e ela era muito arrogante, muito convencida, podíamos ver o orgulho em seus olhos. Bom, meu aluno a imobilizou em pouquíssimo tempo.

Eu estava contente, de verdade, pois o dia foi melhor do que muitos que já presenciei. Apesar de tudo, creio que, a cada ano, cresço um pouco mais como professor. Ou não. Talvez eu esteja apenas me iludindo e seja um professor de bosta.

Ao me reunir com minha turma, eu os parabenizei e, no fundo, pude ver que eles estavam mais positivos que antes. Isso me deixou feliz.

A cerimônia de evolução das faixas foi como a de todos os anos. O *sensei* mais experiente entregou as novas faixas aos alunos, citando antigos versos japoneses. Eu estava orgulhoso.

— Bom trabalho, piá. — Meu chefe deixou tapinhas em meu ombro. — Achei que fosse um caso perdido e que as crianças realmente teriam que aprender karatê por meio do *yuotobiu*, mas você foi bom para eles.

— Grande parte da glória deve ser depositada no Capdeville — eu disse a verdade. — Ele era uma dose de adrenalina para os alunos.

— Vou ligar para ele mais tarde e agradecerei. Você está liberado agora. — Sr. Kentaro cumprimentou-me e foi em direção aos pais dos garotos.

— E aí, como quer comemorar sua imensa conquista? — Diego me perguntou. — Bar ou boate?

Bar ou boate? Ele quer que eu comemore a vitória de crianças no karatê em um bar?

— Honestamente, quero dormir.

— Mas você é um bundão. — Diego rolou os olhos. — Pelo menos um lanche. Eu estou com fome.

— Uh... eu preciso ir ao hotel me trocar — avisei. — Encontre um lugar e me mande o endereço.

— Certo, Jake Long, certo — Diego concordou. — Te vejo daqui a pouco.

VAI DAR MERDA

Nenhum de nós deveria estar aqui

Eu procurei, mas não encontrei. Não encontrei o contrato em que dizia que eu era obrigado a sofrer desse jeito.

Sentado atrás de uma mesa, em silêncio, com Diego em minha frente, também em silêncio, tentava distinguir o sabor da cerveja e da carne, mas minha língua havia perdido o paladar. Minha cabeça involuntariamente dava *replay* nas palavras de Erick, quando Diego fez a ligação. Sua voz tão melodiosa ecoou pela minha mente, doce e triste.

É tão cruel. É pura maldade.

Ele diz que sente saudade, mas isso de nada vale, pois está longe, pois não me dá uma chance. Será que ele sabe que dói em mim? Será que ele consegue acreditar no meu amor?

Eu não gosto da tristeza. Não gosto de ver as coisas com menos cor, não gosto de invejar o sorriso no rosto de outra pessoa, mas toda vez que me apaixono por alguém, as forças decidem que eu preciso quebrar a minha cara. É cansativo. É cansativo me dedicar tanto para nada. É cansativo fazer o meu melhor e sempre ser descartado.

Eu já devia estar acostumado. Já devia ter aprendido a lição. Mas, merda, toda vez que um anjo pousa, na frente dos meus olhos, sinto como se meu coração pudesse parar de bater.

E, honestamente, não achei que perder alguém pudesse doer mais ainda do que já dói... mas fui surpreendido. Quando vi Erick ir embora, descobri que a dor pode, sim, ser oitenta e sete vezes mais forte.

Eu sou um idiota, porque só os idiotas se apaixonam.

Olhei para Diego e vi que em seu semblante também havia muita mágoa. Enquanto o molho da carne manchava seus lábios, seus olhinhos se concentravam no movimento do *pub*. Diego é uma boa pessoa, que parece insensível, mas também tem um coração.

— Ei — Eu o chamei, e ele me olhou, por baixo de suas sobrancelhas escuras em contraste aos cabelos curtos e descoloridos. — Como voltou a falar com ele?

— Ele me ligou — respondeu, desviando o olhar. — Ligou e disse que não conseguia mais ficar sem minha voz e coisas do tipo.

— Ele não me ligou. — Ri, seco.

— É porque, se ele ouvir a sua voz, não vai conseguir se segurar — Diego explicou, baixando seus talheres. — De você ele mantém distância, porque sabe que, se ficar próximo, vai acabar voltando.

— Por que ele não volta? — perguntei, sentindo meus olhos quentes.

— Erick é um cara estranho. — Diego bebeu um gole de sua cerveja. — Ele tem muito medo e ficou muito desconfiado com o tempo. Ele acha que se afastar é a melhor opção. Acha que não pode mais se permitir amar, só porque seu coração já foi massacrado mais vezes que New York foi destruída em filmes.

Eu ouvi e abaixei minha cabeça, pensando no lado de Erick.

— Acontece que dói em mim também — disse. — Porque nunca amei alguém assim. Será que ele acha que eu não estou sofrendo?

— Só sei que, enquanto ele estiver ao lado daquela mulher, não terei meu amigo de volta. — Diego enfiou mais carne na boca, irritado. — Desgraçada. Trapaceira. Inferno, que ódio! Minha vontade é chegar na frente dela e fazê-la engolir dinamites pelo traseiro!

Eu suspirei, compreendendo exatamente o que Diego sentia.

— Sério, o que mais me deixa puto é que o Erick não vê ou ignora a clara falta de caráter daquela porra aguada — Diego grunhiu, apertando os talheres com força. — Se eu vir essa mulher, eu juro, sou capaz de enfiar um tiro no olho dela. Mas não quero matá-la, não, quero apenas deixá-la inválida, quero que ela apodreça em uma cama, que precise de alguém pra lhe dar comida e limpar sua bunda para o resto da vida.

Fiz uma careta, imaginando Valéria naquela situação.

— Como pôde? Na moral, como ela pôde? — Flores estava indignado. — Ela sabia que o Erick estava feliz trabalhando na academia, sabia que estava feliz namorando contigo. Destruiu a felicidade dele só por causa de um luxo pessoal. Que nojo! Um rato de esgoto é mais limpo que essa mulher.

Bebi mais da minha cerveja e suspirei, com o famoso sentimento de injustiça sufocando-me. Ver Diego bater seu copo contra a mesa com tanta força fez com que eu sorrisse, porque o instinto de proteção dele com o Erick era admirável. Ele é assim com todos que ama?

— Diego — chamei. — Você já amou alguém?

Eu não sei por que me veio a dúvida, mas Diego me pareceu solitário, já que nunca o vi amorosamente acompanhado.

— Eu tenho cara de otário pra amar alguém? — perguntou-me, debochado.

— Responda — pedi. — Estou cansado de falar de quão trouxa eu sou.

— Cansa não, porque sua burrice dá muito pano pra manga, *Karatê Kid* — resmungou. — Dá pra fazer um livro todinho somente sobre "A Trouxisse de Alan Pellegrini", e ainda seria uma trilogia.

— Ha-ha. — Mostrei-lhe a língua. — Se você não quer falar, é porque já amou e provavelmente se fodeu.

— É, isso é óbvio. — Rolou os olhos. — Até porque não tem como você amar e não se foder.

— Já amou, então? — Eu insisti e o vi respirar fundo.

— Nos separamos há dois anos — Diego finalmente disse, batucando o talher na tigela. — E é só isso.

— Não é — protestei. — O que houve?

— Quer saber mais que eu, moleque? Enquanto você estava enfiando lápis de cor no nariz, eu já estava roubando o giz da professora. Me respeita! — Desviou o olhar.

— Fala, vai — insisti. — Olha, Diego, não sei você, mas eu te vejo como um amigo, realmente gostaria de saber um pouco de ti.

— Alan. — Olhou-me como se dissesse "vai se ferrar". — Quer mesmo saber?

— Sim — confirmei. — Ele desistiu de você e foi casar com uma mulher desprezível?

— Não, não foi tão ruim. — Fez uma careta enojada, mas ficou sério.

— Foi algo grave?

— Bem... ele era policial — contou. — E aí, morreu em missão.

Garçom, um revólver, por favor.

— Qual é? — perguntei, sem real expectativa de resposta, e bati a cabeça contra a mesa. — Deus, por que todo mundo tem que ser tão fodido?

— Deus não tem nada a ver com isso. Ele tá lá, bem de boa, enquanto a gente faz merda. — Diego riu. — Culpe o próprio mundo.

— Você sente saudade dele?

— É óbvio que não. — De alguma forma, sabia que ele estava mentindo. — Peça mais cerveja ao garçom, a minha está acabando.

Pedi mais bebida e terminei minha refeição, sem muita esperança no coração. Minha imaginação levou-me à imagem de Diego todo fofo e apaixonado e, logo em seguida, um Diego deprimido, em frente a uma lápide. Eu queria arrancar meus olhos com uma colher.

Nós deixamos o *pub,* e enquanto Diego xingava alguém no telefone, meu cérebro empurrou-me em direção à palavra amor. E não queria ir até ela.

A minha primeira decepção amorosa foi em *Titanic,* quando o Jack morreu no final. Vivi um luto depois de assistir ao filme. Eu tinha uns dez anos e senti como se parte do meu jovem coração tivesse sido arrancada. Eu nunca havia levado um choque tão grande, até aquele tempo, e ainda tinha a doce ilusão de que o príncipe e a princesa viviam felizes para sempre.

Maldita *Disney*.

Mas é claro, ter meus sentimentos massacrados por *Titanic* não me impediu de abrir o peito, feito um bobo, para os meninos por quem me apaixonei.

"Alan, eu só queria ir ao cinema mesmo. Não gosto de você."

"Alan, não sabia que você era tão burro. Que vergonha, não quero mais namorar você."

"Alan, obrigada por tirar meu bv. Agora já posso falar para as minhas amigas, mas não quero mais te beijar."

"Alan, valeu pelo boquete, mas se você contar isso a alguém do time, eu arranco sua língua!"

"Alan, você é um doce, mas o Yago tem um nível maior que o seu no LOL. Desculpa, eu prefiro ele."

Não houve nem um caso sequer em que não tenha ficado chorando por dias, até quase não conseguir abrir os meus olhos, até encontrar outra pessoa para me apaixonar e o ciclo se repetir.

Mas minha segunda decepção amorosa, de verdade, foi a separação de meus pais. Ver meu pai pegar as malas e passar pela porta, enquanto minha mente se lembrava de como ele e minha mãe juravam amor um para o outro, foi doloroso. Os domingos de churrasco, fins de tardes ao som do violão dele, com a voz dela, a forma como seus olhos brilhavam quando eles contavam a história de como se conheceram.

"Pai, eu sei que você vai ficar bravo, mas... eu preciso dizer."

"Notas ruins de novo? Qual é, Pelle? Isso não é novidade, e eu já disse que entendo a tal dislexia, o transtorno de atenção e tudo."

"Não é isso, pai..."

"Que é, então? Não me diga que engravidou alguma garota?! Diga que não, pelo amor de Deus!"

"Não. Não foi isso."

"Ah, menos mal. O que é, então?"

"Pai, e-eu... eu sou gay."

Acho que nunca vou me esquecer de como ele condenou minha mãe, de como acertou o cinto em minhas costas, de como sumiu de casa, dizendo que eu estava morto para ele. De todas as vezes em que fui agredido por ser homossexual, a surra do meu pai foi a mais fraca e a mais dolorosa.

Minha terceira dilacerante decepção amorosa foi Kaíque Yuichiro. Céus, como meu coração bateu forte quando coloquei meus olhos nele. Senti como se o mundo à minha volta tivesse parado, como se eu tivesse sido transportado a um universo diferente do que eu conhecia. Quando seus olhos piscaram em minha direção, eu senti uma dor no peito, porque seu olhar era o mais doce que já tinha visto. E minha morte foi quando ele abriu *aquele sorriso*. Tudo nele fazia meu coração derreter como manteiga. Mas enquanto eu imaginava o nosso casamento, ele se apaixonava por outro rapaz.

Vida: 587

Alan: 0

Minha quarta e mais fodida decepção amorosa não precisa nem de descrição, um nome explica tudo: Erick Capdeville.

Vai, Alan, se fode, toma no cu, seu burro do caralho.

— Tá dormindo, *Daniel-San*? — Diego puxou minha orelha. — Entra no táxi, eu não posso ficar esperando a vida toda.

Só então, vi que Diego tinha parado um táxi, e só Deus sabe há quanto tempo eles já esperavam eu entrar.

— Perdão, motorista — Diego pediu, enquanto eu me sentava no banco. — É que ele é especial.

Acertei uma cotovelada em Diego e me acomodei no assento, ouvindo o som dos pingos de chuva que começavam a cair de maneira pesada.

— Detesto chuva — Diego resmungou, com os olhos sem foco exato.

— Eu costumava curtir — comentei. — Mas agora sinto falta do Sol.

Encostei a cabeça no vidro da janela, tentando esquentar as minhas mãos dentro dos meus bolsos.

— Pode ligar o rádio? — Diego perguntou ao motorista, e o senhor pôs em uma estação de música qualquer. — Sabe, Jake Long, quando eu era adolescente, queria ser músico, tá ligado? Queria fazer *rap*.

— Por que não é? — perguntei, encarando-o.

— Ah, como se fosse fácil. — Diego rolou os olhos. — Não deu.

— Por quê?

— Meu pai foi preso. — Diego fez uma careta. — Precisei arranjar dinheiro pra minha mãe cuidar da casa.

— Oh — entendi. — Acho que você seria um bom *rapper*.

— É, mas eu sou G, e na comunidade dos *rapper*s, gays não são aceitos. — Abaixou a cabeça. — Não ia dar de qualquer forma.

— A vida é uma merda — repeti as palavras que já não saíam de minha boca.

— Conte-me uma novidade. — Diego bufou.

Triste.

Bem-vindo ao planeta Terra, o planeta dos fodidos. Os *aliens* devem rir da nossa cara. "Esses humanos são uns otários".

Nós permanecemos em silêncio, enquanto a chuva continuava estável, do lado de fora do carro, e na rádio tocava um sertanejo qualquer. Paramos no sinal vermelho, com Diego fazendo pequenas paródias grosseiras das músicas. Fechei os meus olhos e resolvi apenas esperar, até que chegasse logo ao meu destino. Quando o sono já ameaçava tirar minha consciência, senti Diego me cutucar, sussurrando um "Pucca do céu".

— Me deixa em paz — pedi, rabugento.

— Acorda, porra. — Agarrou o meu casaco e fez com que eu abrisse os olhos.

— O que é? — perguntei, sentindo meu nível de estresse explodir. — Não tem o que fazer, enfia o dedo no...

— Cala a boca, *Daniel-San*! — Puxou-me pela nuca e fez com que eu olhasse para fora. — É o Erick.

No momento em que meus olhos pousaram na figura que deixava o restaurante, sob um guarda-chuva, o carro avançou e virou a esquina.

Puta merda. Puta merda. Puta merda.

— Pare esse carro agora! — Pedi, tirando meu cinto e procurando pela trava da porta.

O taxista parou, meio assustado, e Diego me empurrou para fora do carro, me fazendo cair no asfalto molhado.

— Corre, seu porra! — Chutou meu traseiro, enquanto eu me levantava. — Não fale com ele, apenas o siga! Ele deve estar em um hotel, e você precisa saber onde fica. Vai, John Cena!

E eu corri, praticamente pondo fogo em meus tênis, atravessei a rua, entre os carros parados, e cheguei à calçada em que Erick estava antes, mas ele já não estava à minha vista. Dei um giro de cento e oitenta graus de um lado e de outro, mas não pude vê-lo, não o encontrei. Decidi seguir na direção em que ele estava indo o mais rápido possível, com meus olhos atentos a qualquer pessoa ao menos levemente parecida.

— Merda. — Chutei uma poça de água, não acreditando que o havia perdido.

— Guria, você viu que loiro lindo? — Ouvi uma guria comentar com a outra, enquanto elas vinham da esquerda. — Quando ele sorriu, senti até um calor. Eu estou morta!

— Ele é muito lindo mesmo, deve ser algum modelo — A outra respondeu.

Ah, Deus.

Virei a esquina, de onde elas vinham, e pude ver a silhueta, não muito distante, caminhando enquanto segurava o guarda-chuva com as duas mãos, pulando pequenas poças e cumprimentando quem passava.

Eu diminuí o ritmo de meus passos e o acompanhei a uma distância segura. Mesmo que eu quisesse alcançá-lo, jogá-lo contra a parede e dizer "Ei, seu filho da puta", precisava fazer o que Diego havia mandado.

— Calma, Alan — sussurrei para mim mesmo, enquanto a chuva umedecia minhas roupas.

O segui, a passos lentos, e me senti um *stalker*, maníaco. Eu me senti patético, mas não queria que ele me visse e fugisse. Não podia arriscar. Foram três ou quatro quadras, enfeitadas para o Natal, até ele parar em frente a um hotel de alto padrão, onde sumiu da minha vista depois de entrar pelas portas de vidro. Parei do outro lado da rua, embaixo de uma marquise, e encarei o prédio enorme. Só nesse momento meu cérebro realmente processou: eu estava perto de Erick.

Porra.

— O que eu faço? — No momento em que me perguntei, meu celular vibrou, e eu o atendi, um pouco aéreo. — Diego.

— *Achou?*

— Estou na frente do hotel — contei. — O que devo fazer?

— *Não faço a mínima ideia* — Diego resmungou. — *Mas anota o endereço pelo menos.*

— Tá.

— *Me ligue caso veja algo útil* — falou e desligou.

Eu me encostei na vitrine da loja já fechada e pensei comigo mesmo: talvez eu possa invadir o prédio ao estilo Rambo. Mas enquanto eu pensava no Rambo, minha cabeça desgraçada começou a pensar na situação da Floresta Amazônica e na economia ferrada do país.

— Alan, você é um bosta. — Puxei minha própria franja, exausto da minha falta de QI.

— Não, Sra. Zimmer, ele não saiu sozinho, não. — Um homem passou por mim, com o telefone na orelha. — Eu juro, não o deixo sair sozinho... Ok. Manterei a senhora informada.

Destino, você é um fodido. Faça alguma coisa, Pellegrini!

— Problemas no trabalho? — Arrisquei. — Esses patrões são uns merdas.

Ele me olhou da cabeça aos pés, com um semblante inexpressivo.

E aí, vai rolar?

— Uns porras loucas! — Deixou a frustração e o estresse transparecerem. — A merda da minha patroa é lunática! Ela quer que eu siga cada passo do noivo dela. É maluca!

— Ah, é? — Forcei uma risada. — Que doida! Ela tem medo de que o cara fuja?

— É! — Ele deixou claro quão patético achava aquilo. — Ela tem medo de que o rapaz se encontre com o ex-namorado ou coisa do tipo. E só pra me foder, o noivo dela insiste em sair sozinho quando ela não está por perto. Hoje mesmo, o desgraçado foi jantar e nem me falou nada. Vai que a megera chega sem avisar e o cara não está aqui? Porra, adeus meu couro!

— Que situação! — Dessa vez, eu realmente ri. — Vocês vivem em Curitiba?

— Não, numa cidade vizinha — disse, ajeitando o uniforme preto. — Eles vieram pra cá pra ver umas peças de teatro, umas merdas assim, mas a mulher me deixou sozinho com aquele porra, porque teve que voltar antes. Não posso nem o impedir de sair, porque o filho da mãe é faixa preta, e eu não sinto a mínima vontade de ter meu pescoço quebrado.

Depois daquilo, eu já não sabia o que dizer, minhas ideias tinham se esgotado.

— Cara, vou te mandar a real — desisti. — Eu conheço o Erick.

— Como assim? — A postura dele mudou completamente, ficando alerta.

— Sou o ex dele — contei, e na minha cabeça veio a frase "vai dar merda, vai". — E, honestamente, não tô a fim de sair daqui até que eu consiga falar com ele.

— Ah, mas se tem uma coisa que você vai é sair. — Estufou o peito. — Se a patroa descobrir isso, estarei mais fodido que meu nome no SPC, e olha que a situação por lá não é das melhores.

Ele ergueu o punho e o atirou em direção ao meu rosto, o que foi falho, já que eu desviei e acertei um chute nas costelas dele, seguido de uma cotovelada no peito e uma joelhada no abdômen.

— Q-que porra! — Tossiu, e o empurrei contra a parede.

— Sou faixa preta também — expliquei. — Mas, cara, não quero ter que te agredir mais que isso. Me ajuda a entrar.

— A Valéria vai descobrir e vou ser jogado no olho da rua, piá! — Grunhiu, tentando me acertar mais um soco.

— É só me levar até lá — pedi, me desviando de seus golpes fracos.

— Como? — Riu, desgostoso. — A megera deixou especificado na portaria que só o segurança poderia subir até o quarto do Erick! Não vai rolar. — Afastou-se da parede, pronto para atravessar a rua.

— Ok. — Dei de ombros. — Vou ligar para o Diego. E eu juro, não vai ser nada legal se eu ligar para o Diego.

Ele parou na mesma hora.

— Você conhece o Diegay? — Olhou-me.

— Oh, conheço. — Apontei para o celular e completei a ligação.

— Não, cara, por favor! — O segurança veio até mim.

— *Fala, pirralho* — Diego me atendeu.

— Sabe aquele segurança da Valéria? — falei. — O qual você disse que conhecia, lembra?

— *Bárbaro?!* — Riu. — *O que tem ele?*

— Está na minha frente — avisei. — E não quer me ajudar a entrar no hotel.

— Não faz isso! — O segurança tentou tomar meu telefone.

— *Aaah, Bárbaro, seu safado!* — Diego gritou com ele, por meio do viva-voz. — *Mudou de celular, de cidade, mas continua vacilando.*

— Qual é, Diegay? — O homem tinha uma careta no rosto. — Eu não posso deixar o moleque entrar! Não posso!

— *Claro que pode, sempre pode* — Diego retrucou. — *Ou esqueceu que eu ainda tenho o número da sua esposa?*

— Diego! — O homem implorou.

— *Será que ela vai gostar de saber que o maridão gastou a poupança toda em jogos de sorte?* — Diego o chantageou. — *Despejados de casa, sem dinheiro pro tratamento do filho de vocês... tudo porque você perdeu a grana em casa de jogos, uh. Que feio.*

— Diegay, cara, por favor, eu não tenho como — falou. — Só um segurança pode entrar, o porteiro sabe.

— *Hum.* — Pudemos ouvir de Diego. — *Se eu bem me lembro da tua cara de palerma... você se parece um pouquinho com o Alan.*

— Como assim?

— *Homem feio é tudo igual* — resmungou. — *Troquem de roupa um com o outro, e, Alan, pegue o cartão de identificação do Bárbaro.*

— Não sei se isso vai dar certo — O segurança soltou.

— *O que vai dar certo é o tiro que sua esposa vai acertar na sua cara quando souber o que tu fez.* — Diego era terrivelmente assustador, até mesmo por telefone. — *Não façam merda, tentem não ser mais idiotas que já são!*

— Tem um banheiro público aqui perto — O segurança, a contragosto, me disse.

Nós fomos até lá, e eu lhe entreguei minha calça jeans, jaqueta escura e camisa azul, enquanto ele me passou o terno grafite. A roupa dele ficava um pouquinho folgada em mim, mas nada demais. De volta à frente do hotel, ele me passou seu cartão de identificação.

— José Bárbaro, a serviço de Valéria Zimmer e Erick Capdeville. Quarto quarenta e três — explicou-me. — Não fode com tudo e, por favor, pede pro Erick não me denunciar pra Valéria.

— Tá — foi o que consegui dizer, antes de atravessar a rua e parar na porta do hotel.

Tudo bem, respira, Alan.

Empurrei a porta, mesmo nervoso, entrei no saguão finíssimo e fui em direção às recepcionistas.

— José Bárbaro, a serviço da Sra. Valéria Zimmer, quarto quarenta e três — menti, torcendo para que nada desse errado.

A recepcionista olhou para a foto de identificação e para minha cara, mas, por pura sorte, a imagem estava meio borrada, e eu realmente tinha a aparência semelhante à de José.

— Está liberado. — A moça deu-me um sorriso gentil. — Vamos avisar ao Sr. Capdeville que você está subindo.

Não acreditava que tinha mesmo dado certo.

— Obrigado — disse e andei até o elevador, no qual entrei e rezei.

Você está fodido, Erick Capdeville.

Não, não foi assim que imaginei nosso glorioso reencontro, mas, puta merda, acho que nem eu mesmo conseguia imaginar esse tal reencontro.

Ali estava eu, em frente à sua porta, com o coração na boca e a ideia de finalmente poder olhar nos seus olhos girando em minha mente. Erick Capdeville, será que você faz ideia do quanto machucou meu coração?

Eu respirei fundo, bati à porta e, honestamente, rezei para que não desse merda.

Ele não me atendeu.

— Entre, José — Erick chamou. — A porta está aberta.

Ah, sua voz.

Olhei a minha volta, me certificando de que não havia nenhuma nave alienígena para me abduzir e me impedir de entrar naquele quarto. Empurrei a porta e entrei. Erick não estava nos arredores da cama, mas eu podia ouvir o som da ducha, o que indicava que ele estava no banho.

— Desculpe por sair sem você — Erick disse, com a voz soando abafada. — Mas isso tem que parar... Vou conversar com a Valéria. Eu tentei me adaptar a essa coisa, a ter você ou os outros rapazes na minha cola o dia todo, mas, ah, eu não consigo. Ela precisa me deixar sair livremente.

Que bela noiva.

Tirei o paletó molhado, tentei secar a camisa branca, igualmente molhada, que eu usava, andei até a janela e dei uma olhada. A vista da cidade era definitivamente bela desse ponto.

O barulho da bucha parou, mas, em seguida, ouvi o som de um secador de cabelo.

Minhas mãos foram até os pertences, em uma das cômodas, e segurei uma pulseira de diamantes legítimos. Não fazia noção do quanto aquilo custava, mas não me importava. Larguei a pulseira ali, peguei uma camisa de Erick que estava sobre a cama, levei-a até o rosto e senti o cheiro. Aquele não era o cheiro dele. Não era minha tão amada laranja doce, era um odor amadeirado.

O que mais ela o fez mudar?

Percebi que já não se ouvia mais o ruído ventoso do secador e ouvi o quase inexistente ranger da porta do banheiro sendo aberta. Eu gostaria de sentir alegria, gostaria de, em um momento desses, dar um abraço apertado nele e dizer o quanto eu o amo. Mas não era isso que eu faria.

— José? — perguntou, com a dúvida clara em sua voz, mostrando que havia percebido que não era o seu segurança ali. — Quem é?

— Não reconhece as minhas costas? — Eu me virei e presenciei seus olhos arregalarem. — Você costumava arranhá-las feito um gato raivoso.

Erick, que usava apenas uma calça moletom, recuou alguns passos, me olhando de maneira surpresa. Sua boca, a qual eu tanto adorava, estava aberta, e todo o seu corpo parecia perdido.

— C-como... você... — Ele tentou dizer, com seus olhos me olhando confusos. — Eu... A-Ala...

— Alan — terminei. — Alan Pellegrini.

— Como você... entrou? Onde está o José? — perguntou, agora desviando o olhar e indo até a porta. — Você não deveria estar aqui.

— Por favor! — Corri para alcançá-lo e o impedi de abrir a porta. — Nenhum de nós deveria estar aqui.

— Alan. — Suspirou, visivelmente tentando se controlar. — Eu não... *Vai embora*, por favor.

— Por que sua noiva não deixa você sair sozinho? — perguntei, trancando a porta. — Por que ela não deixa você usar o telefone?

— Me dê a chave — pediu, tentando pegá-la de minha mão, mas eu não permiti. — Pare de brincadeira!

— Eu não estou brincando — falei, me afastando para me sentar na cama. — O único brincando aqui é você. Brincando de casinha com aquela nojenta. Você é o papai e ela a mamãe? Vocês terão filhinhos? Aposto que não, afinal ela nem é fértil, e mesmo que fosse, duvido que, arrogante daquele jeito, suportaria a ideia de ter crianças correndo pela casa.

— Não faz isso, Alan — pediu, deixando um suspiro sair sôfrego.

— Mas você quer ter filhos — lembrei. — E eu também, você sabe. Ela vai te dar uma casinha amarela? Mal a conheço e já sei que não vai. Mas eu faria exatamente como você quer, porque não ligo para as mesmas futilidades que ela.

— Não é assim... — Erick estava de pé, em frente à porta, enquanto dizia. Sua cabeça estava baixa e seus ombros encolhidos.

— Você sabe que está infeliz com ela — falei, com a mágoa também visível em minha voz. — *Por que* ainda insiste?

— Você não entende — disse, ainda de costas para mim.

— Realmente — Tive que concordar. — Nunca vou entender por que você prefere ficar com uma mulher lunática a ficar com o cara que você ama.

Ele permaneceu em silêncio desta vez, e eu me segurei para não romper em lágrimas, vendo-o ali, em minha frente, tão perto e tão longe.

— Você me ama, não é? — perguntei, com meu queixo baixando inconscientemente. — Todo mundo sabe.

— Eu... eu não sei o que fazer — confessou, se encostando na porta. — Não sei o que fazer pra tirar você da cabeça. — Desta vez, sussurrou. — Não… não era pra ser assim. Mas não consigo controlar, eu não consigo matar esse sentimento.

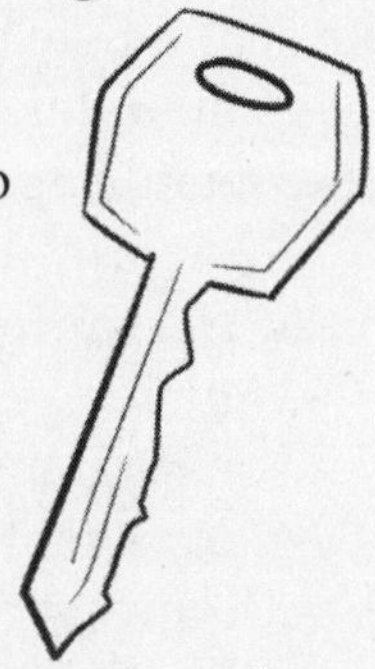

— Não mata — pedi. — Deixa ele aí.

— Alan… vai embora, por favor. — Ele ignorou o que eu disse. — Me entregue a chave e vá embora.

— Ah, você acha que, agora que eu consegui entrar, vou simplesmente sair? — Eu o olhei, quase rindo. — Não. Definitivamente, não.

— Pois é inútil, porque não tenho nada para falar com você. — Levantou a cabeça e cruzou os braços.

Nem que você tente, conseguirá.

— Você vai se casar, não é? — perguntei, me levantando da cama. — Mostre sua alegria por estar se casando com a mulher da sua vida. Vamos. — Erick olhou-me e balançou a cabeça, como se estivesse estupefato. — Chegue mais perto — chamei, com a voz tranquila. — Está com medo de mim? — Eu o olhei. — Sou só eu, Alan, um moleque bobão.

— Eu não estou com medo de você. — Erick suspirou, dando passos um pouco desequilibrados em minha direção.

— Está com medo de quê? — perguntei, tentando desvendá-lo. — Sou a última pessoa que te faria algum mal, mas você não vê.

— Tenho medo de… — Sua voz morreu e sua cabeça permaneceu baixa.

— Olhe pra mim — pedi, com minha voz saindo suave, porém rígida. — Olhe, Erick.

— Não — resistiu, parado a uma distância "segura" de mim. — Você precisa ir embora, A-Alan... precisa ir.

Mal consegue dizer meu nome.

Quando a luz das luminárias bateu em seu cabelo, percebi que os fios, que costumavam ser dourados e vívidos, agora carregavam um tom praticamente prateado. Continuava lindo, mas não me lembrava mais do calor de antes. Sua pele, que era naturalmente bronzeada, agora também estava diferente, mais clara.

— Mudou o perfume, a cor do cabelo, usou produtos para clarear a pele — comentei e o vi encolher os ombros. — Ela fez você mudar sua aparência?

— Não — respondeu, mas até mesmo eu pude perceber que era uma mentira.

— Porra, Erick. — O ar saiu com força pela minha boca. — Será que você não vê? Será que não vê a verdadeira Valéria? Ou será que não quer ver?

— Não quero ouvir essas coisas, por favor. — Sua voz saiu tão triste. Tudo nele parecia tão triste.

— Eu odeio ela. — Não consegui evitar que meus olhos se enchessem de água. — Eu a odeio por ter te deixado triste.

— Não estou triste. — Ele abaixou ainda mais a cabeça. — Eu vou chamar os seguranças do hotel.

— Chama — Eu o desafiei e enxuguei meus olhos.

Ele não chamou, e eu posso dizer que já imaginava.

— Você sente frio à noite? — eu disse, com meus olhos em sua figura desprotegida.

— N-não. — Eu o ouvi respirar fundo. — O que você quer, Alan?

— Oh, como se você não soubesse a resposta. — Ri, mas por dentro estava em pedaços. — Quero te tirar daqui e te levar de volta pra Curitiba.

— Não… não posso.

Não posso, não posso. É CLARO QUE PODE!

— Ao menos me olhe uma última vez — pedi, indo ao seu encontro. — Vamos.

Ele levantou a cabeça, e seus olhos caíram sobre meu corpo coberto por roupas molhadas e analisaram cada parte minha. Eu vi como seus lábios se entreabriram e o olhar ficou perdido, assim como seu peito subiu e desceu com mais densidade.

Descobri do que você tem medo.

— Erick, Erick — chamei, com um sorriso no rosto, me aproximando mais e mais, até restarem apenas centímetros entre nós. — A saudade está tão clara em você que, quando me pede para ir embora, eu sei que não é a sua real vontade.

— Alan…

— Você nem consegue disfarçar — avisei. — Aposto que sonhou com meu corpo durante todos esses dias em que estive longe.

Ele nem pôde negar.

— Sente saudade de como eu te abraçava forte à noite? — Eu perguntei e o vi piscar, afetado. — Sente saudade de como beijava seu corpo e te dizia como você é belo? — Eu me inclinei e aproximei meus lábios de seu ouvido. — Sente saudade de como a gente fazia amor?

Seu corpo estremeceu, e nesse momento, eu o empurrei contra a parede e o segurei pela nuca, enquanto aproximava meu rosto do dele, ouvindo-o arfar vezes seguidas.

— Sente saudade de como cuidava de você… — Não perguntei, afirmei. — Sente saudade da minha boca na sua... — Toquei meus lábios nos dele de relance. — Sente saudade das minhas mãos agarrando suas coxas.

Seus olhos se fecharam, e por sua boca apenas suspiros escaparam, enquanto meu joelho pressionava seu membro.

— Sente saudade de ver como eu te olho com fascinação. — Beijei seu queixo. — Sente saudade do meu corpo empurrando o seu na cama. — Levei as minhas mãos à sua cintura e a agarrei. — Sente tanta saudade de mim.

— Alan, por favor... — Era um pedido sem vontade, enquanto suas mãos, talvez involuntariamente, já procuravam tocar meu corpo.

— Você não consegue, Erick. — Rocei meu joelho em sua intimidade com mais força, e ele gemeu baixinho. — Você me quer.

— Droga! — Erick praguejou, derrotado, antes de eu unir nossas bocas.

Sentir seus lábios novamente, pra mim, foi como sair da água fria e encontrar uma lareira. As suas mãos agarraram minha camisa, me puxando para perto, a sua língua encontrou a minha, e ele me sugou com necessidade. Impulsionei o seu corpo e puxei-o para meu colo, e suas pernas firmes enlaçaram meu quadril.

Ainda contra a parede, eu passei meus beijos para seu pescoço, e suas mãos puxaram os botões da minha camisa, abrindo-a até o final, para tirá-la de mim. Erick abraçou meu corpo e suspirou com meus beijos e chupões em seu pescoço e peitoral.

— Alan — chamou, talvez apenas pelo prazer de dizer meu nome, já que não disse mais nada.

Senti meu corpo quente pela primeira vez desde que ele foi embora, senti a fogueira dentro de mim, e a sensação era incomparável.

Erick beijou-me com necessidade, e suas mãos tocaram, quase desesperadamente, os meus braços e costas. Meus lábios fizeram barulhos contra os seus, nossas línguas sentiram a textura uma da outra. Eu o afastei da parede e o levei até a cama, local em que o deitei, chutando meus calçados para longe, parando para analisar seu corpo.

Mesmo em um tom forçadamente mais claro, ele continuava belo, e minha vontade de marcá-lo ainda era maior que eu. Por cima de seu corpo, sustentado por meus braços, eu beijei sua boca lentamente, saboreando seus lábios.

Sentado sobre sua virilha, sentindo seu membro em minha bunda, mexi o quadril devagar, rebolando e sentindo-o crescer abaixo de mim, quente como ferro na brasa. Descendo os beijos para seu peito, suguei seus mamilos e senti suas mãos acariciarem meu pescoço e ombros, com os suspiros baixinhos preenchendo minha audição.

Sua pele era tão fodidamente gostosa.

Meus lábios deslizavam de um mamilo para o outro como óleo, e entre minha bunda, eu podia sentir sua ereção. Desci os beijos, deixando um rastro de manchinhas vermelhas, e minhas mãos puxaram sua calça para baixo, deixando seu falo respirar livre. De quatro, aproximei meus lábios daquela área e o vi estremecer ao sentir minha respiração quente contra a glande rosada.

Segurando com uma das mãos, eu lambi a ponta, lambi de novo e, então, o cobri todo com a boca, sentindo a extensão tocar minha garganta. Puxei para fora e empurrei novamente, arrancando dele gemidos quase dolorosos. Sugando a cabecinha, minha mão subiu e desceu, friccionando o prepúcio contra o músculo. Em seguida, chupei a lateral e voltei a pôr todo o comprimento na boca.

Os gemidos de Erick começaram a soar mais altos assim que aumentei o ritmo, indo até a base e voltando com mais agilidade, sentindo-o rígido contra minhas bochechas. Chupei as bolas e suguei as carnes do interior das coxas, deixando marcas grandes. Masturbando-o, voltei ao topo e engoli mais uma vez, ouvindo-o gemer arrastadamente, com as mãos agarradas aos meus ombros e as unhas ferindo a pele.

Com selares, voltei para cima e encontrei seus lábios, os quais beijei e senti a língua massagear a minha. Seus braços rodeavam meu pescoço, me puxando até que nossos peitos ficassem colados.

— Oh... Seu cheiro — Ele gemeu, aspirando a pele do meu pescoço.

Levei dois dedos à sua boca e assisti a Erick chupá-los com vontade, deixando-os brilhantes com a saliva. Sem eu pedir, ele abriu as pernas e empurrou minha mão até entre suas nádegas, ofegante, esperando que eu lhe introduzisse.

— Tão necessitado — sussurrei, beijando seu rosto. — Você quer que eu te preencha?

— Sim… quero — respondeu, sem hesitar, com os olhos quase fechados.

— Quer que eu te foda? — Questionei, tocando sua entrada com os meus dedos, sentindo-o pulsar. — Quer eu te foda do jeito que só eu sei fazer?

— Quero. — Assentiu com a cabeça, arfando. — Eu quero, Alan…

Gostaria de ser cruel com ele, como ele é comigo, mas sou um bobo. Afundei meus dígitos em seu interior, sentindo a passagem sufocar meus dedos, pressionando-os, e comecei a puxar e empurrar lentamente.

— Você não fez com mais ninguém — comentei, ao sentir que ele estava como na nossa primeira vez. — Você não quer que te toquem aqui? Você só permite a mim?

Erick não respondeu, mas seu rosto era uma mistura de dor, impaciência e deleite. Como uma criatura dessas pode querer se casar com uma mulher como aquela?

Pondo força nos meus dedos, eu os empurrei para cima, no interior, procurando por seu ponto sensível. Eu assisti a Erick abrir a boca, aturdido, com os gemidos finos soando pelo quarto. Passei a acertar aquele local, sem dar atenção ao seu pênis, vendo-o rebolar sob minha mão, enquanto eu o masturbava, fazendo-o ver estrelas.

— Alan... Ah! — Erick gemeu, com meus dedos estimulando sua próstata, seu pau inchado e o corpo todo recebendo uma série de choques.

— Você ama isso, não é? — Provoquei, atacando sua sensibilidade, sem intervalos. — Diga que ama quando eu te fodo.

— Eu amo quando... Oh! — Suas mãos agarraram os lençóis e seus olhos viraram. Seu pau molhado brilhava, com o topo avermelhado. — Alan!

— Sim? — perguntei, afundando meus dedos dentro dele, com as pontas pressionando aquele centro de prazer.

— Preciso de você. — Agarrou meu pulso, tentando me puxar para perto.

Eu o encarei, olhei seu corpo sensível e suado e senti a fisgada em minha virilha.

— *Precisa?* — Eu o vi assentir. — Será que eu devo? Será que você merece que eu faça você se sentir bem? Mesmo depois de me deixar?

— Alan... — Erick choramingou, enquanto eu desacelerava o ritmo de minha mão. — Por favor.

Eu nunca vi Erick implorar por mim desta forma. Percebi que ele esteve tentando se aliviar sozinho durante esse tempo todo, depois que me deixou.

— Ela realmente não lhe dá prazer algum. — Ri. — Pobre Erick, não te fazem gozar há semanas.

— Pellegrini — pediu, afastando minha mão, saiu da posição que estava e puxou a gaveta da mesinha de cabeceira, tirando preservativos de lá. — Eu preciso de você dentro de mim.

Não, não. Hoje não.

Eu dei de ombros, e Erick levou as mãos até o zíper da minha calça, em seguida, e abaixou-a até as coxas, assim como a boxer, pegando-me sem ereção alguma.

Não movi nenhum músculo nem fiz questão de me excitar para ele. E quando Erick tentou fazer isso por mim, eu o empurrei para que ele se deitasse, tomei seu membro na mão, contra sua vontade, e terminei de masturbá-lo.

— Não, Alan! — Protestou, tentando afastar a minha mão, mas era tarde demais. — Não… — grunhiu enquanto gozava. — Alan...

Ele teve seu orgasmo, mas os esperados gemidos não soaram tão altos, pois ele não queria apenas minhas mãos, queria todo o meu corpo. Ele queria chegar ao ápice comigo dentro dele, com o calor, sem ar, com meus beijos, mas eu não podia fazer algo assim sem o ter inteiramente para mim.

Vi que em seu rosto, cheio de culpa, lágrimas apareceram, e seus ombros caíram. Erick encolheu-se na cama e deixou o choro cair contra o colchão. Eu sabia que suas lágrimas não eram causadas por eu não querer fazer sexo com ele, mas, sim, por tudo que aquilo representava.

— Pare de se torturar — pedi. — Pare de fazer isso com a gente.

— *Vai embora* — mandou, com a voz saindo trêmula. — Sai daqui!

— Você não vai ser feliz com ela. — Eu me levantei e arrumei minha calça. — Você pode ter certeza de que, mesmo que ela goste de você, nunca vai ser amor, nunca vai ser amor como o meu.

— Que merda, Alan. — Erick também se levantou, com o rosto molhado e avermelhado, pegou lenços e limpou o abdômen, antes de vestir a calça. — Você é um… um…

— Um o quê? — perguntei, começando a me irritar. — Fala! Me explica, explica por que merda de motivos você não volta pra mim?

Erick não falou nada, se sentou na cama e tapou o rosto com as mãos. O som de seu choro corria pelo local.

— É, eu também chorei, chorei todos os dias desde que você foi embora. — Joguei na cara mesmo, sentindo os meus olhos quentes. — Você tem razão.

— Razão? — Olhou-me por cima do ombro.

— Sim — assenti. — Realmente, dói muito quando alguém que você ama quebra seu coração.

Isso fez mais lágrimas escorrerem por suas bochechas.

— Você pode achar que eu sou só um garoto idiota que não sabe o que é amor. — Eu me sentei do outro lado da cama, de costas para ele. — Mas eu sei muito bem que o meu coração está frio e vazio sem você. Sei muito bem que você é a pessoa que eu mais amei, sei muito bem que consigo perfeitamente me imaginar ao seu lado quando envelhecermos. E, não, eu não estou apenas enganado, não é a porra de uma paixão passageira!

O silêncio instalou-se onde estávamos, mas eu ouvi Erick fungar e suspirar.

— E eu sei muito bem que você me ama igualmente — falei, com a voz cansada. — Volta pra Curitiba comigo.

— Eu não posso — Erick disse, e eu respirei fundo, me contendo para não pular pela janela.

— Pelo amor de Deus, Erick. — Puxei o meu próprio cabelo. — Não me diga que você não vê a perversidade daquela mulher.

— Ela me ajudou, Alan — Erick respondeu, exasperado. — Houve vezes que precisei de casa e comida, de dinheiro, e ela me estendeu a mão.

— Ah, e você acha que ela fez isso por ter um bom coração? — Eu me estressei. — Ela fez isso para se fazer de boa pra você. Fez isso para que você tivesse uma boa imagem dela. Eu te garanto, mal a conheço e sei que ela é podre.

— Diego enfiou essas coisas na sua cabeça — disse, e eu me segurei para não rir. — Ele já te contou que ela o tirou da cadeia quando ele precisou? Oh, disso ele não se lembra.

— Que se foda! — Dei de ombros. — Nada disso é motivo para você me deixar pra ficar com ela.

— Alan — disse, com a voz chorosa. — Eu tenho medo.

— Medo de quê? — Eu me virei para olhá-lo. — Me diz.

Olhando-o, ouvindo-o me rejeitar, eu não conseguia me sentir muito mais que um inútil.

— Doeu tanto quando o Paulo me deixou — falou, com a cabeça baixa. — Doeu como se eu tivesse recebido facadas. Ele era a pessoa que eu mais amava, a pessoa que eu mais admirava... Foi dilacerante quando, de um anjo, ele passou a ser um demônio.

— Eu não sou como ele. — Alcancei a sua mão e a cobri com a minha.

— Alan... — Ele me olhou. — Tem noção de como vai doer se você deixar de ser esse garoto e passar a ser um filho da puta? Eu não posso arriscar perder essa imagem de você. Eu não consigo imaginar o quanto vai arder se você me machucar.

— Erick-

— Alan, achei que jamais pudesse amar alguém como eu amei o Paulo — disse. — Mas você apareceu... E, porra, eu te amo mais ainda.

— Fica comigo. — Eu me aproximei e o puxei para um abraço forte. — Eu não vou te machucar. Fica comigo.

— Alan — Erick tinha a voz embargada. — Ver você bravo com o Kaíque, naquele dia, já me machucou tanto. Imagina se acontecer algo realmente ruim? Eu não quero a dor. Tenho muito medo.

— Confia em mim, por favor — implorei. — Deixa essa mulher e volta pra mim.

Eu só precisava que ele voltasse, para eu provar o meu amor e minha lealdade, minha preocupação e meu carinho.

— A Valéria não tem ninguém. — Erick se afastou do abraço. — Sou o único que dá algum carinho a ela.

— Eu não me importo nem um pouco com ela — Minha voz saiu frustrada. — Vem comigo, por favor.

— Não, Alan. — Erick enxugou as lágrimas. — Não vou me arriscar a sentir aquela dor de novo. Se você me machucar, creio que nunca mais vou conseguir confiar em alguém.

Ah, não!

— Que merda, Erick. — Bufei, praticamente derrotado. — Você não pode ficar com essa mulher, pelo amor de Deus!

— Alan, ela tem uma doença grave no sangue — Erick revelou. — Sou a única pessoa que se importa com ela. Como posso simplesmente deixá-la?

Ah, puta merda, eu sou um fodido.

— Como posso deixar alguém, que precisa de mim, num estado desse? — perguntou. — Como posso me arriscar a ter mais uma decepção amorosa? Estou cansado disso. Estou cansado de ser deixado em trapos pelos cantos.

Como se comigo fosse diferente.

— Tudo bem. — Levantei-me da cama, procurei minha camisa, o paletó e comecei a vesti-los. — Eu só perdi meu tempo vindo aqui.

Ele não disse nada, apenas me assistiu, enquanto me arrumava, com aqueles olhos caídos.

Você é o pior.

— Eu vou te tirar do meu coração, Erick — avisei, rumo à porta. — E enquanto você fica com memórias boas de mim, saiba que de você só vou levar lembranças dolorosas.

Seu olhar sofrido, enquanto sussurrava um "Alan", fez meu peito doer.

— Bom casamento — cuspi, antes de fechar a porta. — Tenho certeza de que você não vai ser feliz com ela.

Honestamente, cheguei ao meu limite. Detesto a forma como as coisas vêm e vão sem aviso prévio. Poderia ter um aplicativo que te envia uma notificação, avisando que um filho da puta vai chegar à sua vida.

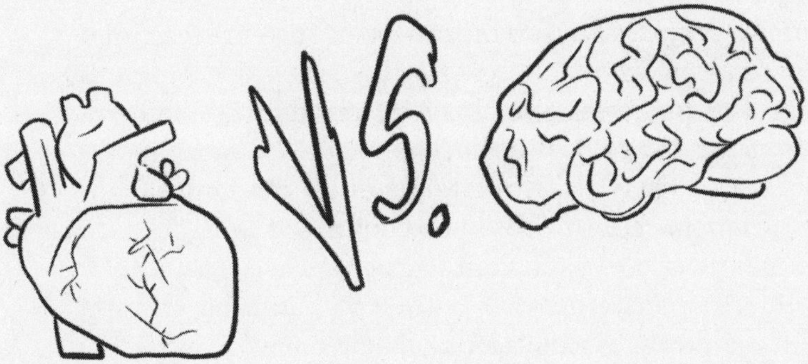

Erick Capdeville me ferrou

— Hey! — Antônio exclamou, assim que abri a porta de casa. — Como foi em Água Verde? Vi uns vídeos das crianças lutando, mas me conte os detalhes.

Ah, eu tinha acabado de chegar em casa, estava com uma puta dor de cabeça e o coração fodidamente partido. Não, eu não estava a fim de ficar jogando conversa fora. Queria me enfiar debaixo das cobertas e fingir que minha realidade era perfeitamente utópica. Nos meus sonhos, meu amor fica comigo.

— Ei, Alan. — Antônio me deu um leve empurrão. — Que cara é essa? Eu vi nos vídeos, os meninos foram super bem... Por que você parece ter voltado de um velório?

É que as minhas esperanças foram assassinadas.

— Eu tô cansado... só isso. — Soltei um suspiro enquanto me jogava no sofá. — Água Verde é longe, sabia?

— Fala a verdade — Antônio pediu, se sentando ao meu lado. — O que tá pegando? O que aconteceu?

— São nove horas da manhã, passei a madrugada dentro de um carro, com meu patrão discutindo com a esposa dele ao telefone — expliquei. — Me sinto dentro de um divórcio.

— Eu te conheço desde que te encontrei perdido numa boate gay. — Antônio abriu um sorriso acolhedor. — Vá, *baby*, sabe que pode me contar tudo. É algum segredo?

— Não... — Eu me encostei em seu ombro e o senti acarinhar meu cabelo. — O Diego apareceu lá.

— Tá... O Diego é esquisito, mas é fofo feito bumbum de neném. O que ele pode ter feito pra você ficar assim?

— Nada... — Eu não estava realmente a fim de me lembrar do meu fracasso, mas desabafar com Antônio era bom. — Ele ligou para o Erick, que disse umas palavras de incentivo às crianças.

— Ah, como eu não pensei nisso. — Antônio bateu na própria testa. — "Alan triste" só pode ter um motivo: macho.

Calúnia.

— Vai embora, Antônio — disse, mas na realidade, só que me agarrei mais a ele.

— Ah, tá carente demais. — Antônio riu, mas logo cessou, ficando sério. — Tá assim por causa da ligação do Diego pro Erick? Tá assim porque ouviu a voz dele?

Queria que fosse só isso.

— Na verdade... — Respirei fundo antes de dizer. — Eu fui jantar com o Diego e, na volta, coicidentemente encontrei a porra do Erick na rua, lindo pra caralho. Segui ele até o hotel em que estava, ao estilo *stalker* mesmo, sabe? — Antônio continuou olhando-me, chocado. — Eu consegui entrar no quarto dele. E adivinha? Eu masturbei ele. No fim, ele me deu um pé na bunda — contei. — A notícia boa é que eu tô de férias.

Antônio deixou o queixo cair e os olhos saltarem, realmente chocado, com os olhos escuros, por trás dos óculos redondos, abrindo ao mesmo tempo que a boca carnuda, soltando um "porra" muito sutil.

— Sua formatura é amanhã? — perguntei, distraído, enquanto circulava meu indicador em uma das partes não pigmentadas de sua pele.

— Por que mudou de assunto? Acabou de jogar uma bomba no meu colo, garoto!

— Você ainda vai ao psicólogo? Está tudo bem?

— Eu tenho vitiligo, Alan. Não estou morrendo e... Espera. — Antônio precisou coçar os olhos antes de prosseguir. — Você viu o Erick? Esteve com ele? Você o m-masturbou? O quê?

— Não vou repetir toda a minha desgraça duas vezes. — Fechei a cara e me levantei do sofá, indo em direção à porta que levava à sacada. — É, eu estive com ele... e foi a última vez.

— Ah, Pelle... — Antônio soltou um muxoxo. — Uma pena que as coisas tenham ficado assim.

Encostei-me no batente da porta e encarei os prédios à minha frente e a pouca luminosidade que vinha do céu. Tudo estava cinza.

— Ele escolheu ela — falei ao Antônio, mas honestamente eu ainda tentava enfiar isso em minha própria cabeça. — Acabou.

Erick foi a melhor e a pior coisa que me ocorreu nos últimos tempos. É sufocante a lembrança de que, um dia, já o tive em meus braços, inteiro para mim, e agora ele é alguém que foi embora.

— Vou ficar bem — disse, assistindo à minha respiração embaçar o vidro da porta. Com a ponta do meu dedo, desenhei um coração no vapor e, com toda a minha mão, apaguei o desenho em seguida. — Já passei por isso antes... É só... só o tempo de conhecer um cara novo. É sempre assim, não é?

— Desde que eu te conheço, sim — Antônio confirmou. — Mas as coisas mudam, as pessoas nos mudam. — Essa é a parte ruim. — Mas, ah, como você perguntou... é, minha formatura é amanhã — Antônio mudou de assunto desajeitadamente.

— Meus parabéns antecipados. — Eu virei-me e dei-lhe um sorriso. — Estou orgulhoso por você. Não deve ser nada fácil esperar tantos anos pra pegar o famoso diploma.

— Ainda pode ser você. — Antônio puxou-me para sentar ao seu lado. — O que acha de fazer uma faculdade, hein?

Seria uma ótima ideia, se eu não tivesse acreditado que a Terra era plana até a oitava série.

— Não... — Fiz uma careta desinteressada. — Gosto de karatê.

— Tudo bem. — Antônio riu e apertou-me em seu abraço. — Você vai à minha formatura, não vai?

— Eu não tô muito animado pra ir... — Confessei. — Mas eu vou, não se preocupe. Vou fazer um álbum no *Facebook* só com fotos da sua graduação. Vou até criar uma *thread* no *Twitter*.

— Pára... — Antônio beliscou minha orelha. — Monta uma *playlist* no *Spotify*.

— Certo — concordei, pensando em realmente fazer a *playlist*.

— Fique bem bonito pra amanhã, bem gostosão — Antônio pediu. — Quero que todo mundo veja o meu pitelzinho.

Eu ri francamente, aproveitando os carinhos que Antônio fazia em mim, já que não havia outra pessoa para fazer isso. Queria que Ícaro visse o namorado incrível que ele tem e o perdoasse por qualquer erro.

No fim, Antônio passou a manhã comigo e pediu comida para nós, me entretendo com conversas bobas sobre *idols,* mesmo que ele não gostasse tanto de *K-pop* como eu. Conversamos durante horas, até ele finalmente desistir e me deixar dormir, depositando um beijinho em meu rosto antes de ir embora.

Ai, ele é tão lindo. Ícaro tem sorte. Já eu, assino como Alan Azarado da Porra Pellegrini.

Quando me deitei em minha cama, o rosto de Erick em minha mente foi a última coisa que eu vi antes de adormecer.

E ao acordar? É... Erick também foi a primeira coisa em que pensei. Como eu pude chegar tão perto e deixar a lebre fugir?

Eram pouco mais de nove horas da noite, e eu passava meu tempo pesquisando bobeiras na *internet*, tentando distrair minha cabeça, tentando não me lembrar do que havia ocorrido na noite passada, tentando fingir que Erick Capdeville nunca existiu.

Sofrer é um sofrimento.

Com minha lasanha gordurosa e nem um pouco nutritiva em meu colo, eu me forçava a rir de um seriado nacional, forçando-me, também, a acreditar que estava tudo bem comigo.

Enquanto eu assistia, meu celular vibrou e quase ignorei a chamada, até ver o contato "Diego" piscando na tela. Pausei o vídeo no computador e atendi a ligação, temendo levar um xingão assim que ele começasse a falar.

— *Demorou pra me atender por quê?* — Diego me interrogou. — *Põe esse celular no volume alto, a gente cansa de ligar e você não atende. Tem celular pra quê? Só pra ficar de conversinha com os amiguinhos no Facebook, né?*

— Já, Diego? — Rolei os olhos. — Nós nos vimos ontem... nem deu tempo de sentir saudade ainda.

— *Escuta, Daniel-San, meu melhor amigo foi levado pra longe, porque sua rola não foi o suficiente pra fazer ele ficar* — O loiro jogou na cara. — *Você vai ter que ser meu coleguinha, vai ter que andar comigo no recreio e dividir o salgadinho.*

— Lavar suas costas também? — Encostei a cabeça no sofá, exausto.

— *Não, mas vai ter que pintar o meu cabelo* — continuou. — *Falando sério, Karatê Kid, ainda tô boladão por você e o Erick. Poxa, tu fez ele gozar, e ele não voltou pra gente. Tô triste.*

— Vamos deixar isso pra lá — pedi. — Tá livre hoje? Se sim, passa aqui na minha casa. Vamos encher a cara e cantar Pabllo Vittar.

— *Desculpa, eu sou Anitter* — Diego respondeu. — *Tá, chego ao seu castelo em trinta minutos. Jogue as tranças quando eu gritar seu nome.*

— Venha, antes que a bruxa má lance um feitiço que me faça ser hetero — supliquei.

— *Nem magia ancestral faz você deixar de ser viado.*

— Uma vez viado, sempre viado — falei, com muito orgulho. — Vem logo.

— *Eu vou se eu quiser, você não me manda* — Diego retrucou e desligou.

Honestamente, eu não estava com vontade de sair, minha vontade mesmo era de pegar uma van com destino a Júpiter. Mas também queria encontrar uma forma de distrair meus pensamentos, de sair e me esquecer, por alguns minutos, do meu coração esmagado.

Erick pegou o meu amor e fez como um pirulito: lambeu, chupou, aproveitou a doçura, sugou o caramelo, adorou e, então, o partiu entre os dentes afiados.

— Merda — murmurei, fechando o *notebook*, me levantei e deixei a minha lasanha na cozinha.

Meu banho mal durou cinco minutos, e então, vesti meu jeans, seguido por um moletom quente, por conta do frio lá fora. Fitando-me no espelho, penteando meu cabelo, olhei em meus próprios olhos e vi o desânimo, a mágoa. Também vi uma espinha na testa, a qual escondi com minha franja e me virei para ver se meu bumbum ficava bonito naquela calça. Andei até a janela e olhei o céu, encontrando-o limpo, cheio de estrelas e com uma Lua crescente. Percebi que, desde que Erick chegou à minha vida, eu parei de admirar a Lua, a noite, as estrelas, a calma.

— Como eu pude trocá-la pelo Sol? — perguntei à Lua. — Por que você não me avisou que aquele calor me traria tanto frio?

Ela não respondeu.

— A Lua não fala — disseram, e eu literalmente pulei, dando um grito engasgado. — Ou fala? Ela pode não ser brasileira e, por isso, não fala com a gente. Vai ver que ela é dinamarquesa.

— Diego! — Empurrei-o, tentando me recuperar do susto. — Como você entrou aqui?

— Pela porta — falou o óbvio. — Está pronta, Sailor Moon?

— Eu tô. — Peguei minha carteira e meu celular, seguindo-o até a porta. — Sério, como você entrou aqui?

— Não é muito difícil quando o dono não tranca a porta. — Diego apontou para as chaves. — Um bandido poderia ter entrado na sua casa, Alan! Que perigo.

— Realmente. — Fiz uma careta e tranquei a porta. Eu sempre trancava quando saía de casa, mas quando estava por lá, esquecia. Quer dizer, eu ainda sou faixa preta, né? Me garanto, eu acho.

— Aonde vamos? — Diego perguntou, enquanto descíamos as escadas.

— Você não conhece um lugar bacana?

— Sim, mas só se você quiser encontrar um matador de aluguel — Diego disse. — Você quer? Meu primo faz o serviço por uma marmit-

— Não! — Eu o interrompi. — Até conheço uns lugares que eu ia quando era adolescente.

— Com "quando era um adolescente" você quer dizer semana passada? — Diego me zoou. — Por favor, Pellegrini, eu tenho vinte e sete anos, não me leve para jantar num restaurante para fãs de *Pokémon*.

— Não é *Pokémon*! — Abri o portão para que ele passasse. — É *Digimon*.

— Tudo bem, gostosinho. — Puxou-me em direção à sua moto. — Vou te levar a um lugar legal.

— A polícia vai aparecer por lá? — perguntei, e ele me entregou um capacete.

— Talvez... se ser lindo for um crime. — Fez uma pose de modelo, formando um biquinho com os lábios. — Sobe na motoca.

Eu subi logo depois dele e agarrei-me aos suportes do banco.

— Vamos, *motoboy* — disse, e ele deu partida.

Andar de moto era legal, tirando a parte em que Diego saiu feito um pião na pista, entrando na frente dos carros, recebendo buzinadas e mandando literalmente um "foda-se" enquanto levantava o dedo do meio.

— Foi tranquilo? — Diego perguntou ao descermos da moto.

Ah, foi, eu só quase voei por cima dos carros mais vezes que posso contar em trinta mãos.

— Supimpa — menti claramente e olhei à minha volta. — Chegamos? E ninguém me recebeu com tiros?!

— É porque não começou a tocar Mc Mirella ainda — Diego falou, me guiando pela calçada.

Aquela rua era bastante iluminada, cheia de comércios, e havia várias pessoas transitando por ali. Diego empurrou a porta de uma construção pintada de amarelo, e a música desconhecida, mas muito agradável, entrou por meus ouvidos. Pude ouvir o som das risadas, da conversação amistosa, e Diego puxou a cortina.

Foi a coisa mais bizarra, porém bem-pensada, que eu vi em minha vida. À esquerda, havia um bar, à direita, um *karaokê*, e, em frente, um estúdio de tatuagem.

— Existe um ritual — Diego começou a dizer, seguindo para o bar, no qual pessoas bebiam e conversavam animadamente. — Você bebe, escolhe uma tatuagem e canta sua música favorita.

— Uh, não sei se é uma boa ideia — confessei, me sentando ao lado de Diego no bar, enquanto dois tatuadores desenhavam nos corpos de uma moça e de um rapaz. Outro cara, acompanhado de seus amigos, escolhia a música no *karaokê*. — Parece divertido… mas, argh, é meio imprudente.

— É por isso que parece divertido. — Diego passou-me uma cerveja e deu um tapa em minhas costas.

— As agulhas são limpas? — Questionei bebericando.

— Há anos, um tonel de pessoas se ilustra com esses dois. — Apontou para os tatuadores. — Nunca alguém teve complicações por causa deles.

Oh, parece muito, muito irresponsável.

— Tá — concordei e engoli uma dose grande de cerveja.

— Isso! — Diego gargalhou, revelando seu sorriso bonito.

— Aí... por que foi preso? — perguntei, bebendo mais um pouco e ouvindo o grupo de garotos cantar alguma música do *Queen*. — O Erick disse que você foi preso, que a Valéria o soltou.

— Linguarudo — Diego resmungou, também tomando a cerveja. — Saiba que a Valéria não fez por bem, só fez para agradar ao Erick.

— Eu sei — falei, sentindo minha repulsa por aquela mulher rastejar sob minha pele.

— Quanto ao motivo pelo qual fui preso… — Diego parecia tentar se lembrar. — Ah! Me recusei a colaborar com uma investigação da polícia.

— *Wow*. — Eu o olhei espantado. — E aí?

— No fim, perceberam que eu não era realmente uma testemunha em potencial — continuou. — Tenho horror a tudo relacionado a isso.

— Por causa do seu ex? — perguntei o quase óbvio.

— É, é. — Diego deu uma golada grande em sua cerveja. — Vai pensando no que vai tatuar.

— Vou tatuar "otário" bem no meio da minha testa — falei com seriedade.

— Não vale! — Diego protestou. — Essa tatuagem você já tem.

— Idiota. — Eu o empurrei um tanto e, então, senti meu celular vibrar em meu bolso. — Duas ligações em uma só noite. Uau, estou famosíssimo.

Eu não reconhecia o número, mas atendi, pois o DDD era o mesmo que o meu e poderia ser algo importante.

— Alô? — perguntei, um pouco preocupado.

— *Alô* — A voz respondeu, e eu logo descobri quem era. — *Troquei de número e encontrei este contato na agenda. Quem fala, por favor?*

Meu pai.

Mal consegui reagir. Olhei para a cara de Diego, procurando uma ajuda, mas ele não fazia ideia do que acontecia na ligação.

— Pellegrini.

— *Sim, eu sou Pellegrini.*

— Eu também sou Pellegrini. — Respirei fundo e, então, continuei: — Alan Pellegrini.

O silêncio na linha levou-me a acreditar que ele desligaria imediatamente, mas me enganei.

— *Sua voz mudou um bocado* — disse ele. — *Tem voz de adulto agora.*

A última vez que o vi foi quando ele e minha mãe assinaram os papéis do divórcio.

— É... o tempo passa — Foi a única coisa que consegui dizer.

— *Uh... Você está bem?* — perguntou, o que me deixou embasbacado.

— Sim — Limitei-me a dizer, mas infelizmente senti uma vontade de provocá-lo. E lá fui eu: — O meu namorado me deu um pé na bunda, mas estou bem.

— *Er... S-sinto muito* — Meu pai disse.

Quase cuspi toda a cerveja. Eu disse aquilo, citei um namorado, e ele não me respondeu com ofensas ridículas e homofóbicas? Céus, meu pai, aquele que desfez a vida com minha mãe porque não suportava a ideia de um filho gay, realmente disse "sinto muito" por eu ter levado um pé na bunda de outro homem? Minha cerveja só podia estar batizada.

— E você? Está bem? — Resolvi perguntar.

— *Sim...* — falou, e eu o senti hesitar antes de continuar. — *Na verdade, descobri que tenho câncer no pulmão, mas estou me tratando.*

Apesar de estar muito magoado por conta de nosso passado, eu nunca odiei meu pai, então receber aquela notícia não foi nada tranquilo. Perdi toda minha habilidade da fala e senti a dor por ele.

— *Todos os anos de cigarro me trouxeram problemas* — comentou. — *Bem, eu preciso jantar. Ouça, meu filho, espero que você e sua mãe estejam bem. Boa noite.*

Ele desligou, e mesmo depois de uns minutos, eu ainda não conseguia dizer nada. Somente bebi minha cerveja e salvei o número nos contatos.

— E aí? — Diego me olhou.

— Meu pai tá com câncer.

— Ih, fodeu. Pega mais uma. — Ele me empurrou mais uma cerveja.

Não sei se todos já sabem, mas fico bêbado com a maior facilidade do mundo. Com o repentino contato do meu pai, eu só consegui beber a cerveja com mais intensidade ainda.

Depois de abrir aquela lata, eu parei de sentir minhas pernas, e a minha visão ficou confusa pra caralho. Lembro-me de abrir ao menos mais duas cervejas; lembro-me de cambalear até a maca do tatuador de cabeça raspada e de Diego dizendo-lhe que eu estava de coração partido e que, por isso, eu contava a todos que Erick Capdeville iria se casar e que não, eu não era o noivo; lembro-me da dor da agulha; lembro-me de ficar uma hora deitado lá, enquanto Diego fazia um carinho nos meus mamilos; lembro-me, também, de cantar Infiel, da Marília Mendonça, com a minha voz embriagada, sendo acompanhado por algumas pessoas desconhecidas; lembro-me até de ter beijado Diego e de ter recebido um chute seu na bunda, mas não me lembro da tatuagem que escolhi.

No dia seguinte, quando acordei com a cabeça latejando, sentindo o corpo todo doer como o inferno, olhei para o lado e encontrei Diego ali, sem roupa alguma.

— Cara. — Eu o cutuquei para que acordasse, e ele desenterrou a carinha amassada do travesseiro. — A gente trepou?

— Ahn? — Diego olhou-me confuso. — Não! Deus me livre, não!

— Ufa. — Suspirei, realmente aliviado.

Se for para transar com Diego Flores, que seja sóbrio, pois isso é algo que deve ser lembrado por gerações.

— Nós, sim, trepamos. — Diego apontava para o chão, e vi que o tatuador estava ali, também nu, dormindo feito um anjo.

— Qual é? — Lamentei, porque dois fodidos meteram na minha casa, talvez na minha cama.

Na hora seguinte, Diego e eu nos despedimos do tatuador do pau grande, enquanto Flores reclamava de mal poder se sentar e minha cabeça parecia pesar quinze quilos.

— O que achou da sua tatuagem? — Diego perguntou, sentado ao meu lado no sofá. Nós tomávamos café sem açúcar.

— Ah! — Lembrei-me de ter feito. — Onde que eu fiz?

— Nas bolas — respondeu, enquanto eu ia para a frente do espelho.

— Sério.

— No antebraço, idiota.

Eu puxei a manga da minha blusa e me deparei com *aquilo*. O desenho de um Sol.

— Você tá de sacanagem comigo? — perguntei ao Diego, perguntei a mim, perguntei ao mundo.

— Você escolheu. — Diego parou ao meu lado. — Você escolheu essa porra sozinho.

— Por que eu fiz isso?

— Não faço a mínima ideia, *Daniel-San*. — Diego deu de ombros, mexendo no celular. — Já é quase meio-dia, achei que eram oito horas da manhã.

— Já? — perguntei casualmente e, só então, eu me lembrei. — JÁ?

— Sim. — Diego olhou-me assustado. — Hoje acaba o mundo?

— Não, céus, não quero morrer ao seu lado. — Corri para o quarto.

— Nem parece que me beijou ontem. — Tacou-me um tênis.

— Olha, de fato, sua boca é gostosa — admiti, procurando roupas no armário —, mas eu preciso correr daqui.

— Por quê? — Diego olhou-me curioso.

— É a formatura do Antônio! — falei, empurrando a porta do banheiro. — Se quiser ir junto, vá pra casa e se arrume. O Antônio nos mata se aparecermos de ressaca lá.

— Nem quero ir. — Deu de ombros.

— Diego — adverti, entrando debaixo da ducha.

— Tá — concordou. — Mas só porque você pode sentir a minha falta.

— É um grande risco, realmente. — Ri, ensaboando o meu corpo.

Eu me arrumei na velocidade de um trem-bala, pondo a minha melhor roupa, e corri para pegar um ônibus. Eu me atrasaria um tanto, mas talvez ainda conseguisse ver o Antônio pegar o diploma.

No ônibus, precisei aturar uma conhecida da minha mãe, que insistia em explicar, tintim por tintim, suas doenças crônicas.

A faculdade era imensa, mas eu já a conhecia por causa das tantas vezes que fui buscar Kaíque na saída. Fui diretamente ao auditório, no qual as pessoas entravam e saíam e de onde vinha um burburinho de vozes.

— Veio montado em uma lesma? — Diego perguntou, assim que esbarrei com ele perto da porta. — Tô te esperando há três dias.

— Só três? Achei que esperava há cinco — retruquei e o puxei para dentro do auditório. — Vamos procurar o Ícaro.

Não foi difícil encontrá-lo entre as outras pessoas, com seus olhos vidrados na cerimônia que ocorria lá embaixo. Mas encontramos dificuldade em chegar até ele, devido aos pés que não nos deixavam passar facilmente.

— Sentem logo — Um garoto ralhou comigo e com Diego.

— Vou sentar minha mão na tua cara, babaca. — Diego quis encará-lo, e eu o puxei para nos sentarmos atrás de Ícaro.

— Ícaro — chamei, mas ele não respondeu, então olhei em direção ao que ele observava e lá vi Antônio subir no palco para receber seu diploma. — *Own*, meu Deus.

— Deve ser tão bom se formar — Diego comentou, inspirado. — Mas ainda prefiro a vadiagem.

— Ele tá tão lindo — Ícaro nos disse, inerte ao que acontecia ao seu redor, enquanto seus olhos brilhavam para Antônio.

Antônio levantou o canudo, abrindo um belíssimo sorriso, recebeu uma salva de palmas dos ali presentes e olhou para Ícaro, mandando um beijo.

Fiquei triste. Por toda minha vida, eu invejaria esses dois.

— Que viadinho! — Alguém comentou atrás de nós, após Antônio mandar o beijo para Ícaro.

— Tô rosa-choque — Diego respondeu. — Acabo de descobrir que merdas falam.

— O quê? — O cara, do tipo bombadinho, o encarou. — Você é uma bichinha também?

— Sou. — Diego sorriu ao dizer. — É por isso que eu brilho mais que você.

— Argh, eu vo-

— Cala a boca, campeão — Ícaro mandou, e magicamente, o rapaz se calou.

Nós assistimos ao resto da cerimônia, com Diego bocejando diversas vezes ao meu lado, reclamando do drama, da demora, do barulho. Nós só deixamos o auditório após todos os formandos buscarem o diploma e a reitoria dar suas palavras.

— Eu quero pegar ele e encher de beijos — Ícaro dizia, enquanto caminhávamos para o estacionamento.

— Antônio vai ganhar mais um canudo hoje à noite, hum — Diego fez uma piada besta.

Eu fiquei feliz por Antônio, por todos que ali se formaram. Feliz por suas conquistas, feliz por seus sonhos realizados. Em meio a tantas pessoas que saíam felizes, eu senti uma baita inveja, mas nada maligno.

— Ali vem ele — Ícaro avisou, quando Antônio saiu acompanhado de sua mãe e Kaíque.

— Ah, Ícaro! — Antônio correu para os braços do namorado, resplandecente. Eles se amarraram em um abraço forte, e Ícaro rodopiou com Antônio em seu colo, enquanto riam. — Eu consegui!

— Conseguiu, sim. — Ícaro deu-lhe um beijo na boca, entre todas as pessoas. — eu disse que você iria até o final.

— disse. — Antônio tinha um brilho lindo nos olhos. — Todas as vezes que pensei em desistir, você estava lá para me ajudar. Esse sonho é meu e seu, amor.

Ao meu lado, Kaíque soltou um muxoxo, soando triste e apaixonado ao mesmo tempo. Ele olhava para o casal com uma inveja que eu compreendia.

— E vocês? — A mãe de Antônio nos perguntou, enquanto os dois trocavam carinho. — Onde estão seus amores?

— Menti para o meu — Kaíque disse.

— O meu morreu — Diego foi o próximo.

— O meu vai se casar com outra — Foi a minha vez.

— Acalmem-se! — Sra. Cidavil deu um sorriso. — A tendência é piorar.

Obrigado.

— Vamos almoçar, eu pago — Antônio chamou, com Ícaro enlaçado em sua cintura.

— Se é zero oitocentos, eu tô dentro — Diego disse imediatamente.

— Comportem-se. — Sra. Cidavil foi para seu carro. — Antônio, não se atrase para a festa, a família toda estará esperando.

O restaurante do qual Antônio gostava ficava bem próximo à faculdade, então nós fomos andando. Diego, Kaíque e eu deixamos Antônio e Ícaro irem na frente, por estarem tão animados com a formatura e perdidos no próprio mundinho.

— Você é o famoso Kaíque? — Diego analisou o garoto.

— Ainda vou matar o Pellegrini por ter feito o que fez — Kaíque estava sem jeito. — Pra quantas pessoas você falou sobre mim?

— Para o mundo inteiro, provavelmente. — Cocei a nuca. — Não me julgue. Sou um cara apaixonado.

— Eu quero saber o que vocês veem nesse bosta do Alan. — Diego desprezou-me. — Diga a verdade, Kaíque.

— O que eu vi no Alan? Hum... — Kaí fez uma caretinha para pensar, enquanto caminhávamos pela calçada. — De verdade, ele é lindo, não é?

— Tá, ele é gostoso — Diego concordou. — Mas tem o cérebro de um pombo.

Pelo menos, tenho um cérebro.

— Ele é gostoso pra caralho. — Kaíque deu-me um murro sem força, fingindo estar com raiva. — Mas ele também é muito mais que isso. O Alan faz de tudo pra te ver feliz, acorda a qualquer hora para te fazer companhia, pula o muro das casas pra roubar frutas das árvores pra você comer, te olha com devoção, faz você se sentir o cara mais bonito do mundo... Ele faz coisas simples, mas que te tocam o coração. Ele faz amor como ninguém, te deixa dias tremendo por causa do orgasmo. Mas acima de tudo, quando ele gosta de você, ele gosta só de você e gosta de verdade.

Eu abaixei a minha cabeça, envergonhado, ouvindo um "Awn" vir de Antônio e um "Wow, que homem, meus amigos, que homem!" vir de Diego.

— Por que você o deixou, então? — Diego interrogou Kaíque, e este olhou para o outro lado da rua, um pouco atrás de nós. Lá vinha Luan, acompanhado de outros rapazes e moças.

— Porque o Luan acendeu em mim algo que nunca senti na vida. Não por algo errado que o Alan tenha feito, mas algo que somente o Luan foi capaz de ativar em mim — disse, murchando aos poucos.

— Ah, é... — Tentei procurar uma forma de animá-lo. — Ano que vem será você quem vai vestir a batina, Kaíque Yuichiro!

— Nem me fale, já posso sentir o frio na barriga. — Pareceu arrepiar-se. — E você, Diego, faz faculdade?

— Não, já me formei. — Diego bocejou. — Tenho pós-graduação na faculdade dos vagabundos.

— Eu que fundei a universidade — continuei.

O restaurante não era fino, era realmente bem simples, mas o cheiro que vinha das mesas era de salivar a boca. Então, quando o garçom trouxe o meu prato, meu estômago roncou de fome. Arregacei as mangas para comer, e foi quando eles viram minha primeira e mais nova tatuagem: *aquele maldito Sol.* Digo, o desenho era bonito, e eu não me importava de tê-lo na pele, mas, droga, o que ele trazia era o símbolo da minha burrice.

— Mas o que é isso? — Antônio, outra vez, ficou chocado. — Alguém pode me explicar?

— Maneiro! — Ícaro analisava o desenho. — Um sol, é?

— Não acredito que fez uma tatuagem dedicada a ele. — Antônio bateu na sua própria testa graduada.

— Tá, acho que Erick me superou. — Kaíque riu. — E você achou que me amava, hein, Alan Pellegrini. Mal sabia o que estava por vir.

Rolei os olhos e enfiei a comida em minha boca, mas ela quase não tinha gosto enquanto eu pensava naquilo tudo.

— Eu estava bêbado — defendi-me.

— Você provavelmente faria isso mesmo estando sóbrio — Ícaro falou.

Ah-ah, que mentira.

— Ele ia tatuar a própria cara do Erick — Diego entregou-me. — Ele disse: "Senhor desenhista, eu não quero Van Gogh nem Pablo Picasso, quero o rosto de Erick Capdeville no meu peito" e depois "Ele vai se casar, buá, vai casar e o noivo não sou eu".

Diga não ao álcool.

— E o pior é que não estou surpreso — Antônio lamentou.

— Foi você quem enfiou na cabeça dele que devia tratar Erick bem e dar uma chance ao amor — Ícaro culpou o namorado. — Então, não reclame. No dia em que ele aparecer com "Erick Capdeville" tatuado na testa, é você que vai tricotar toucas para cobri-lo.

— Ah, pelo amor de Deus — Antônio estava frustrado. — A culpa é minha por ele ter um puta azar no amor?

— Não é — respondi. — Sabe… A primeira vez que eu me declarei a um amor, eu tinha sete anos. Dei uma bala ao garoto de quem eu gostava.

— Fofo — Diego disse, sem humor.

— E aí? — Kaí quis saber.

— Ele deu a bala à menina de quem ele gostava — terminei a história.

— Não fica triste. — Antônio afagou meu ombro. — Ele era um feio.

— Tá tudo bem. — Suspirei. — No colegial, o convenci a pagar um boquete pra mim.

— Viu só? Você só é um pouco perdedor — Diego encheu-me de positividade.

Olhei para a tatuagem em meu braço, envolvida por um fino plástico, e lembrei-me da doce e engraçada risada de Erick, dos tapas que ele me dava enquanto ria, tapando a boca com a mão coberta pela manga comprida do moletom.

— Olha, Pelle — Ícaro chamou. — Antônio e eu fizemos uma lista de garotos interessados em você.

— Os nomes couberam em uma embalagem de chiclete — Diego debochou.

— É sério. — Antônio tirou do bolso de Ícaro uma folha sulfite dobrada e a entregou a mim.

— Eu pareço um filhote de cachorro que late demais, e vocês são os donos que o estão oferecendo na *internet*. — Eu fiquei um pouco irritado devido àquela atitude dos dois.

— Nós só fizemos isso porque não estava passando nada na TV, já tínhamos transado quatro vezes e estávamos no tédio — Ícaro explicou.

Eu abri a folha e li nome por nome. Contei treze pessoas.

— Dezoito caras — Kaíque disse, após ler a lista também. — Uau. Corrigindo: dezoito pessoas.

— Obrigado, mas... — Amassei a folha de papel e a atirei diretamente na lata de lixo do outro lado do restaurante. — Não.

— Perceba, Ícaro, a petulância do cavalo. — Antônio atirou-me um tomatinho. — Levamos horas panfletando suas fotos suado, na *internet*!

— Não adianta. — Kaíque mexia distraidamente no prato de comida. — Quando você encontra certas pessoas e elas entram em seu coração daquele jeito... não é fácil e talvez nem possível tirar.

Nós ficamos em silêncio, cada um com o seu pensamento. Dor e amor.

— É pelo amor ser tão intenso — Ícaro disse de repente, olhando para Antônio, mas chamando a atenção de todos nós. — É por certas pessoas entrarem em nossos corações, de forma tão avassaladora, feito tatuagem, por ferir e curar, que eu decidi perdoar de verdade qualquer desavença entre mim e você, Antônio.

— Ícaro... — Antônio não parecia entender, mas estava visivelmente nervoso. Eu estava nervoso.

— Por te amar e amar vê-lo feliz, realizado, completo, amado... — Ícaro tirou do bolso do casaco um saquinho de veludo. — Que eu te peço em casamento, Antônio Cidavil.

Ver Ícaro oferecer aquela aliança de prata ao Antônio fez meu coração quebrar e derreter. Por dentro, eu era um menininho chorando por conta de um filme romântico. Mas eu não chorei, quem chorou foi o Kaíque, depois o Diego, e os dois se agarraram aos meus braços, procurando apoio em mim, enquanto Antônio também chorava, repetia "sim" e Ícaro anelava seu dedo. Em seguida, eles se encontraram em um abraço caloroso, trocando beijos.

Com a minha camisa ensopada de lágrimas dos dois meninos pendurados em mim, eu sorri, feliz por Ícaro e Antônio, enfim, darem esse passo. Erick gostaria de presenciar essa cena, e eu gostaria de fazer o mesmo que Ícaro, mas com o Erick.

A música, que ecoou pelo rádio do restaurante, fez com que eu pensasse em Erick mais ainda. E só então, chorei, sentindo a saudade me arrastar para baixo.

Na praia deserta escrevo na areia o nome de alguém
O barco partindo, ao longe sumindo, levando o meu bem
Se existe motivo, aqui eu não vivo, também partirei
Minha dor é castigo, quando estavas comigo, eu nunca chorei
Ouço a sereia cantar toda a tristeza do mar

Choro com as ondas a dor
Porque perdemos o amor
A mágoa infinita, se espraia e grita
Doendo em mim
O meu desengano é igual o oceano
Também não tem fim

Saudade de quando estava tudo bem, de quando eu podia beijar Erick sempre que quisesse, de quando não via motivos para chorar, de quando éramos um. Saudade de suas palavras idílicas, de seus beijos doces, de seu cheiro viciante. Saudade de tê-lo. Mas o colibri foi trancado em uma gaiola e a flor foi recolhida por outro alguém.

– Você faz o que seu coração manda? – perguntei ao Erick certo dia, enquanto assistíamos a qualquer bobeira na TV, agarrados um ao outro.

– Faço – respondeu sutilmente, aconchegando a cabeça em meu colo, e infiltrei meus dedos em seu cabelo para acarinhá-lo. – E sempre me dou mal. – Riu sem jeito. – No futuro, vou parar de seguir o meu coração, Alan... vou pela razão, pelo caminho menos longo e mais seguro.

Eu gostaria de ser o que seu coração pede e o que sua razão aconselha, queria ser o impulso e o seguro ao mesmo tempo. Mas sou um erro. Sou a imprudência, a resposta errada, sou a mágoa.

Não posso pedir Erick em casamento, porque ele já está noivo. Eu só posso me odiar por tê-lo deixado ir. Sinto-me um perdedor, me sinto envergonhado, é algo vergonhoso. Algo que me sufoca, que me puxa para baixo, que tranca meu caminho, que me impede de superar. Algo que me agarrou de ímpeto. É uma âncora amarrada ao meu tornozelo. E estou cansado de tentar nadar para a superfície. Afoga-me.

Minhas mãos estão atadas agora, enquanto as mãos dele logo receberão uma aliança de ouro.

– Ouço a sereia cantar... – Cantarolei tão baixinho que não podia ser ouvido – ... toda a tristeza do mar.

Amar é se foder

Vinte e cinco de dezembro, Natal. E de presente, a saudade de Erick Capdeville.

Oh, não, esse presente eu ganho todo dia.

Naquela noite, me senti a pior merda, pois nem com a maravilhosa comida da minha mãe consegui me animar. E, sabe, foi de cortar o coração o jeitinho triste como ela me olhou.

Tentei forçar sorrisos, joguei algumas piadas, tentei realmente escutar o que meu primo dizia, mas minha mente sempre acabava viajando nas ondas de um cabelo loiro.

No finalzinho da noite, ouvi minha mãe se despedir de sua irmã, minha tia. Aos sussurros, diziam:

"Por que o Ali está assim?"

"Ah, o namorado dele o deixou..."

"De novo?"

"Você conhece ele."

"Logo ele acha outro. Ele sempre acha."

Se eu fosse mais novo, teria ralhado com elas, dito coisas como: "Ninguém me entende" e corrido para o quarto para ouvir Evanescence, mas agora apenas suspirei, envergonhado, e voltei à mesa. Eu comi por gulodice, pois nem sentia fome.

— Conheceu alguém novo? — Minha mãe perguntou, com esperança de que eu já tivesse partido para outra.

Eu não respondi, olhei-a e voltei a bebericar a garrafa de cerveja. Ela viu como uma resposta, eu creio.

— Você soube do pai? — foi o que perguntei, enquanto arrumávamos a louça na cozinha.

— É, uma irmã dele me ligou — respondeu, pretendendo soar casual.

Eu sabia que, se eles estivessem casados, minha mãe estaria fazendo de tudo para ajudá-lo, sabia que ela estaria ao lado dele em cada passo.

Dormi na casa dela naquela noite, e foi bom, pois tudo lá tinha um cheiro de mãe. Mamãe usava cortinas de renda, e elas faziam uma sombra bonita na parede, eram aconchegantes. Mas antes de dormir, não pude evitar de pensar em Erick, de me perguntar se estava sendo tratado bem, se estava feliz, se comeu direito, se ganhou bons presentes... se pensou em mim. Amar Erick Capdeville é padecer na fossa.

Eu acordei às três da manhã com uma ligação do Diego, que, todo bêbado, me disse: "Feliz aniversário, *Karatê Kid,* que esse ano de dois mil e cinco seja cheio de felicidades, que o Papai Noel te traga muitos ovos de chocolate nesse Dia dos Namorados e que seu bebê nasça saudável!" No fundo, ouvi seus parentes confraternizando, dizendo coisas como: "Eu vou te matar, seu filho da puta, eu te amo."

Naquela hora em que ele ligou, eu demorei um pouco para voltar a dormir, me apoiei na janela e encarei o céu brilhante. As pessoas passeavam na rua, e várias risadas preenchiam a noite. Mas encarando especialmente o véu negro salpicado de estrelas, eu vi exatamente quando um ponto cintilante cortou o céu, sumindo tão rápido quanto surgiu. Fechei os meus olhos rapidamente e fiz um desejo à estrela cadente:

— Que eu consiga Erick Capdeville de volta, estrelinha — pedi com todo o meu coração.

Eu sei que, na última vez em que o vi, disse a mim mesmo que desistiria, mas... eu não consigo. Mesmo que tente, mesmo que me force a pôr em minha mente que tudo isso me machuca, meus pensamentos tornam a trazer seus sorrisos, seus beijos, seu simples modo de cruzar as pernas enquanto se sentava.

Eu sou um trouxa.

— Você é um trouxa — Ícaro me dizia.

Era o dia seguinte ao Natal, e Antônio quase implorou para que eu fosse almoçar na casa dele, porque sobrou muita comida. É... ele podia dar as sobras ao cachorro, mas preferiu me chamar. "Casinha, Alan, casinha!"

— Não chame ele assim — Antônio me defendeu. — Ele pode ser bobo, inconsequente, impulsivo, teimoso, pouco inteligente, apaixonado, largado, abandonado, mas não merece ser chamado de trouxa.

O que seria de mim sem o Antônio Cidavil?

— Vem almoçar. — Ícaro puxou-me para a mesa. — O Antônio fez tipo, sete quilos de comida, a mãe dele fez mais dez quilos e ficaram disputando para ver quem faria o prato mais gostoso. Depois de comer, eu tive que caminhar para não ter uma indigestão.

— Minha mãe não aceita a derrota. — Antônio distribuiu nossos pratos. — Enfim, eu te contei, Alan?

— Não. — Mal sabia do que ele estava falando. Antônio mudava de assunto na velocidade da luz.

— Fui selecionado para um trabalho — disse-me, abrindo um de seus lindos sorrisos.

— Isso é ótimo! — Sorri com ele, pondo massa com legumes em meu prato. — Começa quando?

— No início do ano que vem — falou, e eu vi que Ícaro o admirava com puro orgulho, com aquele sorriso discreto e brilho nos olhos. — E em março começo a pós-graduação.

— Caramba! — Cansei-me só de ouvir.

A comida de Antônio era realmente maravilhosa. Mesmo amanhecida, continuava tão boa quanto fresca. Ícaro tinha tanta sorte, pois ele não cozinhava nada. Era ridículo um homem daquele tamanho não saber quebrar um ovo sem estourar a gema. Certo, eu só aprendi com vinte e um anos, mas ele é mais velho que eu!

— A gente marcou a data do nosso casamento — Antônio falou, fazendo eu quase me engasgar com o frango.

Nem um sinalizador antes de soltar a bomba?

— Casar como? — perguntei, um pouco chocado. — Não dá para pessoas como nós, pobres proletários, casarem assim aqui no Brasil. Como vão fazer?

— Até parece que você não sabe que o Ícaro é rico. — Antônio sorriu, parecendo sonhador. — Mas nós já vínhamos juntando dinheiro para viajar. Além do mais, será só uma cerimônia simbólica.

— Já que, além disso tudo, a sociedade é uma merda — Ícaro emendou.

Pensando em como seria a cerimônia deles, acabei por imaginar uma cerimônia minha com o Erick. Eu o imaginei vestido de branco, com um arco de flores sobre a cabeça, suas bochechas rosadas reluzindo, o sorriso em seus lábios vermelhos, os olhos escuros vidrados em mim, o cabelo loiro, com qual o conheci, as mãos delicadas sobre as minhas e, entre seus vários anéis, uma aliança.

— Vocês compraram alguma coisa com álcool?

— Sim... por quê? — Antônio olhou-me.

— Eu só... — Perdi a fala, simplesmente me levantei e fui buscar a bebida na geladeira.

Eu abri a garrafa de vinho, enchi um copo e bebi o máximo que pude, até Ícaro aparecer na cozinha, me olhando com certa pena.

— Não é assim que você vai esquecer ele. — Tirou a garrafa de minha mão e a guardou. — Você sabe que dificilmente vai encontrar ele de novo, certo?

Abaixei a cabeça, me apoiando na pia, fechei os olhos e tentei me convencer de que Erick Capdeville não existia.

— Eu sei que você está mal, que realmente gosta dele — disse. — Mas... eu só te vejo desanimado, triste, pra baixo. Cara, tenta esquecer, para o seu próprio bem.

— Não consigo. — Eu não imaginava que minha voz sairia tão sôfrega. Doía em mim, doía como o inferno.

— Tá, piá. — Deu-me um tapinha nas costas. — Tudo ao seu tempo. Volta pra mesa.

Eu voltei, comi e até repeti, ri das piadas de Antônio sobre quando Ícaro usava um topete na adolescência — claro que Ícaro atirou um tomatinho na cara dele por conta disso —, mas eu não estava legal.

Quando voltei para casa, respondi ao "Feliz Natal, *sensei*" dos meus alunos e apenas fiquei deitado a tarde toda, brincando com uma bola de meias e ouvindo alguma música brega na rádio.

Dos meus dezesseis namorados, Erick foi o que mais me fodeu e o que não chegou a ser um "namorado oficial". Acho que foram vinte e dois: tipo, um quando eu tinha treze anos, três quando eu tinha quinze, quatro quando eu tinha dezessete, cinco quando... Chega.

Sou um ser humano que nasceu para se ferrar.

Como uma pessoa só consegue fazer o estrago que várias não fizeram? Explica isso, Física.

Naquela noite, eu pedi uma *pizza,* realmente concentrado no meu plano de engordar até ocupar toda a minha cama *kingsize*. A cada fatia, eu checava o meu abdômen, para ver se as gorduras já haviam aparecido, mas, não, ainda estava sequinho.

Será que Erick já mudou mais alguma coisa desde aquele dia? Eu espero tanto que não tenha. Cada vez que eu pensava nele, me sentia mais burro, mais otário. Alan Pellegrini, vinte e dois anos, abandonado e trouxa.

Enquanto eu cogitava fazer um *bungee jumping* sem corda, meu celular tocou e vi que era Diego, então me perguntei: será que ele não sabe mandar mensagem? Tem que ligar toda santa vez?

— Será que você não sabe mandar mensagem? Você tem que ligar toda vez? — perguntei-lhe.

— *Eu tenho preguiça de digitar* — disse. — *E qual o problema em me atender? Tá com namoradinho aí ao lado, é?*

— Cara. — Rolei meus olhos, tombando a cabeça para trás. — Eu tô mal hoje.

— *Ontem você também estava* — desdenhou. — *E amanhã vai estar também. Não sei por que você ainda se dá ao trabalho de avisar que está mal.*

— O que você quer? — Resolvi ser direto.

— *Eu esava lendo o jornal hoje* — começou. — *E vi uma notícia que muito nos interessa.*

— Uma nova loja de dildos?

— *Não* — grunhiu. — *Na página sobre socialites dizia que Valéria Zimmer vai se casar no dia vinte e sete deste mês.*

— Amanhã? — Senti meu coração quase explodindo.

— *Amanhã.*

Nós ficamos em silêncio naquele momento, e eu notei minha boca ficar seca, um bolo estranho se formar em minha garganta e meus pulsos palpitarem com força absurda.

Erick se casaria no próximo dia, e não havia porra alguma que eu pudesse fazer.

— Por que me disse isso? — perguntei, ficando irritado. — Só pra eu não dormir esta noite nem pro resto da merda da minha vida?

— *É só pra você estar ligado* — falou. — *Porque você pode ter desistido, mas eu não me dou por vencido até que a partida termine.*

— Diego... a gente nem sabe onde eles moram. Pesquisamos onde pode ser a casa dessa ordinária, mas nada apareceu — Eu o lembrei, frustrado. — Tô cansado disso.

— *Acontece que o Erick é o meu melhor amigo, e ele acha que pode convencer a Valéria a aceitar minha aproximação, mas aquela mulher nunca vai deixar nós nos vermos novamente.* — Parecia estressado. — *Eu sou capaz de sentir a tristeza na voz dele toda vez que nos falamos. Ele só tá fazendo isso por medo, por carinho a ela, por ser outro idiota. Vocês dois são uns puta idiotas.*

— E como você acha que vai conseguir impedir esse casamento? — Questionei.

— *Se tudo der certo, logo você vai saber* — falou com leveza desta vez. — *Boa noite, gostosinho.*

Desgraçado.

Como previsto, eu não dormi naquela noite. Realmente só fui vencido pela sonolência quando já passava das oito da manhã, e isso porque o sol contra meu corpo deixou-me *soft,* e eu não consegui evitar. Mas cada minutinho daquela madrugada usei para imaginar como seria minha vida sem a mínima chance de ter o Erick de volta. Digo, mesmo que ele pedisse o divórcio, Valéria nunca aceitaria, e Erick não tinha dinheiro para pagar uma multa. Céus, minha cabeça só pensou nisso, em Erick preso a ela para sempre, distante de mim para sempre.

Eu sabia que Diego, às vezes, era capaz de milagres, mas aquilo era demais, sabe? Chegar até eles e conseguir impedir o processo. Era muito difícil, não por conta da minha dislexia ou do déficit, mas por causa da realidade mesmo, começando pelo fato de que não fazíamos a menor ideia de onde eles viviam, de onde se casariam.

Quis ouvir Adele e chorar.

Será que o Erick realmente não vê que ela nunca vai amá-lo do jeito certo? Eu sou assim tão incerto? Pareço ser tão imaturo? O medo dele é tão grande?

Nós saímos das bolas dos nossos pais só para sofrer.

Não quis acordar naquele dia vinte e sete, não quis pensar que talvez Erick já tivesse se casado ou que se casasse em poucas horas. Acordei com dor de cabeça e, mesmo sendo horário de almoço, eu não senti a mínima fome. Quis picotar meu cabelo, para pagar de rebelde, e fumar uns cigarros, mas, ah, era muito trabalhoso. Eu queria mesmo era pegar Erick e levá-lo para longe, para onde o medo não existisse nem teríamos o que temer.

— Merda — grunhi, batendo a caneca de café contra a mesa e levando as mãos aos cabelos, puxando-os.

Eu chorei.

Chorei, porque não deveria estar tão envolvido, tão fodido, tão apaixonado, não deveria estar doendo tanto. Chorei, porque foi o que me restou. Erick Capdeville é um idiota.

— Seu idiota — gritei para a tatuagem em meu braço. — Idiota, medroso e egoísta. Grande filho da puta!

Irritado, procurei tomar um banho para tentar me acalmar, mas durante o banho, eu até apertei o frasco de *shampoo* com força demais.

Peguei as chaves da casa e saí, fingindo que não, o cara que eu amo não estava se casando.

— La, la, la, eu estou feliz — cantarolei, segurando meu boné para que o vento não o derrubasse.

Eu nem sabia o que estava fazendo na rua, porque não tinha nada para fazer, mas se eu ficasse em casa, talvez quebrasse tudo que visse pela frente. Então, eu pararia em algum lugar para comer, tanto faz.

Valéria Zimmer é uma... vaca. Pronto, falei, ela é uma vaca! Uma vaca! Mas as vacas são bonitinhas e nos dão leite. Valéria é tão ruim que o pior xingamento para ela é "Valéria Zimmer".

Perdido naqueles pensamentos quase inúteis, nem vi quando meu boné voou da minha cabeça, apenas ouvi o chamado, um pouco distante, de um rapaz:

— Seu boné… caiu!

Eu dei meia-volta e fui ao encontro do cara, me sentindo realmente envergonhado.

— Obrigado... eu tava distraído.

— É, estava falando de vacas e de Vale-alguma-coisa. — Ele riu, enquanto me devolvia o boné. — Fica esperto, a Chapeuzinho nunca perde o capuz dela.

Demorei pra caramba a entender, só captei a referência quando me lembrei de que o meu boné era vermelho. Só então, eu ri, e acho que ele viu graça naquilo, pois abriu um sorriso divertido comigo.

É, o sorriso dele era bonito, e tinha um *piercing* prata na gengiva, o que combinava com seu cabelo rosa, com a jaqueta de couro e as botas da mesma textura, mas surradas. Ele era bonito e tinha um jeitinho ardiloso.

— Você mora por aqui? — perguntei, já que nunca o tinha visto por ali.

— Não — respondeu. — Eu só vim devolver algumas coisas do meu ex.

— Como você fez? — Interroguei, imaginando se eu era o único com sangue quente por conta do ex-namorado.

— Taquei tudo na janela dele, mas acho que os vizinhos não gostaram — disse, e pensando na possível cena, eu acabei rindo. — Ele usava aquelas drogas de discos como pretexto para vir à minha casa encher a porra do meu saco. Bem, não há mais nenhuma desculpinha.

— Por que vocês terminaram? — Temi ser invasivo, mas ele parecia amistoso.

— Eu precisei viajar por uma semana, e foi o que bastou para o babaca cair de boca no pau de outro cara. — Suspirou. — Já foi traído?

— Já. — Ri, mas quis chorar.

— Como ela te traiu? — perguntou, puxando os fios cor-de-rosa para trás da orelha por causa do vento.

— Bom, ele acabou se apaixonando por outro rapaz e teve medo de me falar — expliquei.

Vi como ele me olhou dos pés à cabeça quando eu terminei de falar, e minhas bochechas ficaram da cor do cabelo dele.

— Você faz ele parecer bonzinho — debochou. — Aposto que o perdoou.

— É, perdoei. — Torci o nariz ao dizer isso, pois eu parecia meio tolo. — Sou assim.

— É uma graça. — Riu baixinho, afundando as mãos nos bolsos do casaco. — Meu nome é Yan.

— Alan. — Sorri para cumprimentá-lo.

— Tá ocupado hoje ou...? — Eu o vi desviar os olhos da minha direção para perguntar, parecendo um tantinho nervoso.

— Na verdade, não — Fui sincero.

— Uh... Você me achou bonitinho? — Tornou a me olhar, e eu quase me engasguei.

— Sim — Fui sincero outra vez. — Você devia saber.

Digo, ele parecia confiante, provavelmente reconhecia a própria beleza. Sorrindo, perguntou-me:

— Quer meu número?

Ah, Deus. É sério. Por que, meu senhor amado, faz essas coisas comigo? Tipo, olha para esse cara na minha frente, estilo rebelde francês, longas pernas realmente atraentes e olhos que fazem eu me perder na linha.

— Ah... — Fiz uma careta, sem saber o que dizer. — Olha...

— Você namora? — Pareceu se assustar um pouco. — Argh, eu nem pensei nisso. Desculpa!

— Eu não namoro — corrigi. — Mas, sendo honesto, eu tô na merda.

— Por quê? — Yan olhou-me com certa preocupação.

— O cara de quem eu gosto tá se casando hoje — falei, temendo que ele corresse dali para escapar de uma sessão de choro minha. Eu correria.

— Você tá mesmo na merda. — Deu-me um sorrisinho triste. — Quer conversar?

— Na verdade, eu já enchi o saco de todo mundo com esse assunto. Então, eu juro, você não vai querer ouvir isso — falei com toda a minha honestidade.

— Ah, você realmente parece ser uma graça. — Suspirou, mesmo soando meio chateado. — Se, um dia, você estiver livre, eu trabalho em uma loja de instrumentos perto da praia.

— Acho que sei onde é. — Sorri, realmente constrangido.

— Me dê um beijo antes de ir. — Yan virou o rosto, indicando sua bochecha rosada, e rindo, eu me aproximei para beijá-lo, mas ele virou o rosto novamente, fazendo com que minha boca se encontrasse com a sua, em um selinho. — Te peguei.

Atordoado com aquilo, eu nem consegui me despedir direito, apenas acenei, enquanto ele se distanciava dizendo:

— Tchau, Alan! E não desista do seu amor, se ele ainda não casou. Lembre-se de que, enquanto ele não disser "sim", você ainda está no jogo. Boa sorte, Chapeuzinho Vermelho!

Tchau, Yan.

Ah, eu quero muito enfiar a minha cabeça em um tanque cheio de piranhas, por ter realmente dispensado aquele gato.

Almoçando em um restaurantezinho, eu não consegui parar de pensar em Erick, mas desta vez, sem raiva, porque a ocasião com Yan me deixou mais relaxado.

Eu não conseguiria impedir o casamento, isto era certo, então comecei a torcer para que o fizesse feliz. Minha torcida não durou nem dois minutos. Queria muito que Valéria fizesse Erick limpar o chão com uma escova de dentes, para ele ver o demônio com quem se casou.

Eu odeio ser eu.

Terminando de almoçar, comecei o meu caminho de volta para casa, resmungando coisinhas que nem eu entendia, mas que, com certeza, tinham a ver com Erick Capdeville. O celular vibrando e tocando no bolso de minha calça me fez parar para atendê-lo, e já não fiquei surpreso ao ver que era Diego.

— Oi — falei, desanimado.

— *Oi, oi, tchau, tudo bem? Manda um abraço pra sua tia e o caralho a quatro* — falou, afobado. — *Me escuta, Alan, nós temos seis horas só.*

— Seis horas pra quê? — Não entendi nada.

— *Como é difícil lidar com você.* — Quase pude vê-lo rolar os olhos. — *Seis horas para impedir o casamento do Erick.*

Talvez tenha sido o vento a me derrubar, mas eu caí no chão.

— Como assim? — perguntei, quase morto, deitado na calçada. Talvez o rataplã que soava dentro do meu peito, que vinha do meu coração, pudesse ser ouvido a milhares de quilômetros.

— *Eu vou ter que desenhar esse caralho?!* — Parecia um técnico bravo com o time. — *Olha, Daniel-San, há alguns dias, eu vinha acompanhando as redes sociais de uma sobrinha da Valéria, e ontem, a idiota postou uma foto com a desgraçada, dizendo que estava na casa dela. E adivinha?! Ela não desligou a localização!*

— Tá, tá. — Tentei me recuperar. — Mas ela vai casar em casa? Ela não é divorciada? Não teria que ser no cartório?

— *Meu Deus, ele pensa* — debochou. — *Sim, pequeno gafanhoto, precisa ser em um cartório, mas só há um onde ela mora, e é nesse que ela deve se casar, por viver ali.*

— Diego... de Curitiba até Londrina vai levar, tipo, cinco horas. — Voltei a andar em direção à minha casa, com o meu coração parecendo hipertenso. — Isso que... Nossa, cara, tem tanta chance de dar errado.

— *Vai comigo ou não?* — Ele me pôs contra a parede mesmo por telefone, ignorando o que eu disse, obstinado como sempre. — *Alan, a vida do Erick vai virar um inferno do lado dela.*

— Como você pode ter tanta certeza? — perguntei, agradecendo aos céus por logo conseguir ver meu prédio.

— *Posso não ter certeza* — disse-me —, *mas alguém aqui tem.*

— Explica! — Pedi, empurrando o portão para poder entrar. Sentia como se fosse ter um negócio a qualquer hora.

— *Você vem ou não?*

— Diego, do que adianta nós chegarmos lá se ele provavelmente vai dizer "Não, Alan, eu tenho medo, a Valéria tá doente e blá, blá, blá"? — falei, me sentindo realmente fraco ao terminar de subir a escada. — Eu tô cansado disso.

— *Alan...* — Pareceu suplicar. — *Eu te juro: se não der certo, nunca mais toco no nome do Erick.*

Sentei-me no último degrau daquela escada, naquele corredor mal-iluminado, e deixei minha cabeça pender para o lado, me encostando na parede. Eu estava mesmo cansado pra caralho, cansado de sentir dor por causa dessa merda toda, cansado de tentar, de pensar nele a cada segundo. Eu me sentia a porra de um louco obcecado. Aquilo estava acabando comigo.

— Eu não sei, Diego... — Tive que dizer.

— *Seu fodido* — praguejou antes de encerrar a ligação.

Enfiei o celular no bolso e fiquei encarando o pleno nada, apenas aquelas escadas sujas e as paredes depreciativas. Eu não sabia o que fazer. Onde eu enfiaria a minha cara, se fosse até lá e recebesse mais um belo "não" dele? Esse "não" talvez fosse o que mais me doesse e, por isso, eu temia tanto ouvi-lo. Não sei o que se passa pela irritante cabeça de Erick.

Isso é uma completa merda.

Ah, Senhor, por que me deu um coração se só o fazem sofrer? É o que diz aquela velha música: "dizem que quem não ama sofre, quem ama vai sofrer mais".

Não aguentando aquela frustração dentro de mim, eu acabei por não conseguir me segurar e gritei:

— AH, PORRA!

Eu estava à beira da apatia.

Meio ofegante depois disso, eu chutei o nada, arriscando rolar naquela droga de escadaria. Fechei os olhos, apoiei minha cara em minhas mãos e meus cotovelos nos joelhos, todo queixoso.

Por que você foi fazer essa inhaca, Erick Capdeville? Por que não ficou aqui quietinho? Céus, como eu queria voltar no tempo. Estenderia um tapete vermelho para Kaíque e Luan entrarem na casa do Antônio naquele dia.

— Ferrado de novo? — Ouvi perguntarem e nem precisei olhar para saber que era o Sr. Byun. — Por que não me surpreende?

— Eu tô sofrendo — falei, sentindo uma vergonhosa vontade de chorar.

— E eu quero passar. — Deu um chutezinho em minha bunda, e eu me apertei contra a parede para que ele seguisse. Ele ia descer, mas, na metade do caminho, virou e olhou-me. — É aquele loirinho da bunda redondinha? O que geme alto?

— Não me lembre da bunda dele — pedi, choramingando. — É esse mesmo.

— Mas uns três meses atrás não era aquele altão bonito? O que te botou uns chifres? — Sr. Byun fez uma careta. — Ah, você deve trocar de namorado mais do que troca de cueca.

— Você não ia sair, Sr. Byun? — Apontei para o portão. — Me deixa aqui, sabendo que logo o cara que eu amo vai casar.

— Ele vai casar? Mas ele não estava berrando seu nome um tempo desses? — Voltou o caminho e, grunhindo um pouquinho, sentou-se ao meu lado. — Hoje em dia, vocês complicam tudo mesmo.

Mesmo aos setenta e três anos, ele era fofo, tinha um tipo magrinho e as feições continuavam as mesmas de quando era novo. Eu vi em fotos certa vez.

— Pois é... — Apenas torci o nariz. — Ele tem medo de que eu machuque o coração dele. Acha que sou muito novo.

— Quantos anos ele tem?

— Vinte e sete anos.

— Mais idoso que eu, hein!? — disse, e acabei rindo. — Não entendi por que ele te acha tão novo.

— Eu não sei... Ele fala que já viveu demais, que quer sossego e segurança — contei. — Ele teve uma vida difícil, sabe?

— Ele deve te achar imaturo para o amor, não deve confiar na sua seriedade, deve achar que você tem muito a aprender sobre o mundo — Sr. Byun falou, e eu pensei nisso. — Digo, ele vai casar, e tenho certeza, mesmo sem saber nada sobre ele, de que ele não ama essa pessoa.

— Ele vai casar com uma mulher que, há anos, jura amor por ele... — Quase vomitei ao dizer. — Ele acha seguro.

— Não é seguro. — Sr. Byun riu, mas não era engraçado, soou amargo. — Por que você não tenta impedir esse casamento?

— Ah, eu não gosto dessa *vibe* do filme da Julia Roberts, Sr. Byun. — Bufei, voltando a sentir aquela frustração. — Caramba, já levei tanto "não" dele, não quero fazer tudo isso pra receber mais um. Já nem sei o que é ter dignidade.

— Se arrisque a ouvir mais um "não", garoto, o último. — Ele apoiou uma mão em meu ombro. — Quer saber? Eu não teria sido tão feliz se meu Amadeu não tivesse impedido meu casamento.

Meus olhos saltaram naquele momento, e ele riu quando o encarei com espanto.

— É... — Ele sorria enquanto dizia. — Era realmente difícil a vida naquele tempo. Pessoas como nós não eram aceitas de jeito nenhum. Você sabe, ainda não somos. Eu o conheci logo durante a ditadura. Estava no meio do fogo cruzado, por ser estudante e defender o que eu acreditava. E ele era um rapaz tentando proteger a mãe e os irmãos. Quando as coisas se acalmaram um pouco, acabei me envolvendo com ele. Alan, eu tinha tanta vergonha. Me sentia horrível, uma aberração. Eu me lembro de que tinha tanto medo de alguém descobrir... Mas o Amadeu vinha com aquele sorrisinho, os olhos brilhantes, e eu... eu não conseguia pensar direito. — Sr. Byun suspirou, apaixonado. — Mas logo meus pais procuraram uma moça para eu me casar. Com medo do meu pai e de todos que provavelmente me apedrejariam, se eu fosse viver com o Amadeu, aceitei. A moça era um doce, mas também não me queria, era apaixonada por um professor protestante, o que era igualmente inaceitável. No dia do meu casamento, Amadeu apareceu, fingiu que queria levar a noiva e realmente a levou, mas a deixou com o rapaz que ela gostava e depois voltou para me buscar na madrugada. Nós vivemos escondidos por quase vinte anos, Alan.

Sentia meu coração acelerado só por causa daquela história. E talvez, se eu soubesse daquela história antes, tivesse pagado uma cerveja para ele.

— Bem, o resto... foi só coragem, coragem pra encarar a sociedade, você sabe. E foi realmente difícil, você deve ter noção, mas valeu tanto a pena. — Sorriu para mim de uma forma incrivelmente jovial. — Ano passado, quando ele faleceu... era isso que se passava em minha mente: como ele era bom, como eu o amava, como ele me fez feliz, como foi corajoso. Mesmo arriscando dar tudo errado, ele realmente invadiu aquela igreja, naquele dia, e fez o que fez.

Eu sorri, mesmo triste, e engoli em seco, mordiscando o interior de minhas bochechas. Eu não sei se fazer aquilo seria a melhor escolha a ser tomada, mas eu faria.

Eu realmente daria a minha cara à tapa de novo.

— Obrigado, Sr. Byun, — Levantei-me, ansioso. — Eu vou atrás do Erick.

— Vai, Alan, vai. — Sr. Byun deu-me um tapinha na bunda. — Vai, porque ninguém aguenta mais ver você chorando por macho.

O que é um pingo para quem já está molhado?

Só Deus sabe como meus pés funcionaram depois que decidi descer aquelas escadas. A cada passo, eu sentia minhas pernas bambas.

Deus, não permita que eu seja feito de idiota mais uma vez, por favor. É a última vez que peço isso.

Sacando o celular do bolso, disquei o número de Diego e, enquanto caminhava pela minha rua, torci para que ele não mandasse eu me foder. Quando atendeu, quase gritei:

— Vem me buscar!

— *Tenho cara de taxista, então?* — Debochou.

— Não, Uber — respondi, tarde demais para morder minha língua. — Preciso ir atrás do Erick.

— *Eu tô chegando.*

Quando um carro parou ao meu lado e eu o vi ali dentro, dei um salto, assustado com a rapidez.

— Como chegou tão rápido? Eu literalmente acabei de te ligar. Nossa ligação ainda está rodando!

— Eu já estava no caminho — disse, e vi que havia outro rapaz dirigindo o carro. — Você não me respondeu antes, mas eu vim de qualquer jeito. Tem cordas no porta-malas pra amarrar você. Você iria por bem ou por mal.

Eu realmente me pergunto se devo chamar a polícia toda vez que vejo Diego.

— Entra! — gritou. — Não tenho a vida toda não, preciso voltar antes das quatro, porque vai sair a nova temporada de *Orange is the New Black*.

Abri a porta de trás e enfiei-me dentro do carro, me sentindo terrivelmente ansioso. Mal tive tempo de acenar para o cara que dirigia.

— Quanto tempo vai levar pra chegarmos lá? — perguntei, afobado.

— O ônibus sairá daqui a quinze minutos — falou tranquilamente.

Calculei em minha mente o quanto demoraria para chegarmos à estação, e não sabia se estava certo, mas levaria mais que quinze minutos.

— A gente não vai conseguir chegar a tempo!

— Ah, aquieta esse rabo — Diego mandou. — Só dá pra ir pra lá com esse ônibus, então fica de boa. Não mandei você foder com seu namoro.

— Ah, e a culpa é minha do Erick ser um paranoico?! — Eu me irritei. — Que droga, queria saber o que se passa naquela cabeça dele!

— Só bosta — resmungou o loiro e, olhando para o motorista, disse: — Ricardo, acelera essa carroça.

— Quem é ele? — perguntei discretamente para Diego.

— Ricardo — disse. — Ex-marido da Valéria.

Minha boca se partiu naquele momento, e olhando para aquele homem, vi que era bonito, tinha provavelmente mais que trinta anos de idade, mas definitivamente não aparentava ser divorciado.

— Chocante, não é? — Diego disse. — Ele foi casado com o demônio, mas não morreu.

— Estou morto por dentro — Ricardo falou pela primeira vez, acelerando o carro. — O amigo de vocês não sabe o erro que está cometendo.

Aquilo me assustou pra caralho.

Agarrei-me ao cinto de segurança, enquanto o carro deslizava rápido demais pela rua. Eu queria chegar à rodoviária, mas vivo.

Meu coração tamborilava realmente rápido quando o carro finalmente parou, e antes que eles saíssem do automóvel, pulei para fora, correndo para a entrada, passando pelas pessoas e recebendo um xingão de uma tia. Cheguei à máquina de passagens e quase tive uma crise quando meu cartão não foi reconhecido. Claro que, depois, vi que eu estava pondo do lado errado e finalmente paguei minha passagem.

Procurando pelo ponto certo, olhei para trás e vi Diego ter a pachorra de parar para comprar balinhas. Quando vi o ônibus estacionado em frente à plataforma, corri até ele, saltando uma fileira de bancos.

Deus, eu sentia como se minha vida dependesse daquilo.

Esperei Diego e Ricardo chegarem para entrarmos no ônibus, e meu coração finalmente se acalmou um pouco. Sentando-me em um banco, vi Diego discutir com Ricardo, dizendo que queria ficar na janelinha. Suspirei e tirei o gorro da cabeça, por conta do breve calor. Eu não sabia o que pensar, mal sabia o que estava realmente fazendo naquele ônibus. A única coisa que eu sabia era que precisava tentar pegar o Erick de volta, mesmo que isso me custasse litros de energia e me fizesse perder quilos de credibilidade.

Passar vergonha é o meu *hobby*.

Por que Erick precisava ser tão drástico? O coração dele já foi tão judiado assim?

Céus, mesmo que eu achasse que desistir do amor fosse a melhor opção para mim, jamais conseguiria seguir esse caminho. Eu voltaria mesmo para os braços de quem me fez chorar, me prestaria a esse papel, pois sou incapaz de contrariar meu tolo coração. Queria que Erick pudesse ser um pouquinho assim, uma vez na vida.

Eu sei que esta é a minha última chance. Se eu falhar, os resultados não poderão ser alterados.

— O que te fez casar com a Valéria? — Diego perguntou ao Ricardo, e sentado em frente a eles, eu o olhei, esperando a resposta.

Ricardo suspirou, fechando os olhos por um tempo, antes de dizer:

— Eu só... só me vi sem saída. Tinha vinte e três anos, e ela tinha uma conversa doce, insistiu tanto. E quando minha ex-namorada me magoou, ela me persuadiu, me fez acreditar que viver com ela era o melhor para mim. De repente, minha ex teve que voltar urgentemente para o estado dela... Eu não vi mais saídas.

A cada segundo, eu pegava mais nojo daquela mulher.

— Ela faz uma verdadeira lavagem cerebral na sua cabeça — Ele adicionou. — É doentio.

Depois daquilo, nós ficamos em silêncio, enquanto o ônibus já seguia a direção pela estrada. Encostei minha cabeça na janela e imaginei Erick dizendo "sim" ao juiz: "Sim, eu aceito me casar com Valéria Zimmer". A simples ideia fazia meu estômago embrulhar e meu coração ficar angustiado.

Aflito, eu senti vontade de empurrar aquele ônibus com as minhas próprias mãos. Aquelas horas foram, possivelmente, as mais longas da minha vida.

Meu celular vibrou em meu bolso, e enquanto observava Diego dormir no banco, eu atendi, logo ouvindo a voz de Antônio:

— *Onde você está?*

— Não sei exatamente.

— *Você não acordou sem suas roupas em um motel sujo, não é?*

— Não. — Suspirei. — Eu estou em um ônibus de viagem.

— *Indo pra onde?* — Continuou o questionamento.

— Ah, é... — Eu não queria dizer, pois sentia que decepcionaria o meu amigo. — Indo procurar o Erick.

O silêncio se instalou em nossa linha, e eu já preparava os meus tímpanos para o já esperado sermão de Antônio.

— *Não volte sem ele* — foi o que Antônio disse, em um tom muito sério. — *Não volte aqui sozinho, ou eu vou fazer sua bunda arder. E não será da forma boa.*

— Não vai mandar eu voltar pra casa? — Estava surpreso.

— *De que adianta, huh? Agora você já está na porra de um ônibus* — resmungou. — *Ou você acha que é capaz de saltar pela janela?*

— Antônio... — Ainda me sentia mal. — Eu tinha que tentar.

— *Faça o que seu coração diz* — falou. — *É o que você sempre faz mesmo.*

Sorrindo, envergonhado, eu me despedi dele, guardei o celular novamente e, com a cabeça encostada no banco, esperei o tempo passar.

Tantas lembranças me vinham à mente, enquanto eu não podia fazer nada. Infelizmente, as memórias eram limitadas, já que, há algum tempo, eu não colecionava novos fatos com Erick.

Amar é se foder.

Eu devia ter sido eleito a *miss* otária.

Durante a viagem, acabei dormindo menos tempo do que eu queria. Troquei algumas mensagens com Antônio e até tentei me distrair, assistindo a vídeos no celular.

Horas depois, meus olhos quase saltaram quando, finalmente, vi a estação se aproximar. E mesmo antes do ônibus parar, eu já estava de pé, em frente à porta de desembarque. Chacoalhei Diego, até que ele acordasse, e o arrastei para fora do transporte.

— Já são três horas? — perguntei, procurando pela saída do lugar.

— Duas e quarenta — Ricardo respondeu.

Eu sou o mais fodido ou não sou?

— E agora? Só Deus sabe quanto tempo vamos levar pra chegar ao cartório! — Frustrado, eu passei pelas catracas, deixando a estação.

— Meia hora. — Diego sabia.

Eu parecia mesmo uma criança birrenta quando entrei naquele táxi. Era como se eu estivesse desanimado para ir ao zoológico. Porque, porra, o casamento começaria às três horas, e mesmo que eu fosse ruim de cálculos, sabia que chegaríamos atrasados.

— Relaxa, Alan. — Diego deu-me um tapinha na coxa. — Se a noiva pode se atrasar para o casamento, por que você não? Direitos iguais.

Meu humor estava próximo ao de uma velha que acordou com a diabetes muito alta.

— Com a agilidade do taxista, vamos chegar ao casamento quando eles já estiverem na lua de mel — Ricardo mostrou-se irritado.

— Ah... Por que exatamente você tá indo com a gente? — perguntei, questionando isso pela primeira vez.

— Valéria ainda não teve o que merece.

Eu me aproximei de Diego e perguntei:

— Onde você achou ele? E, por favor, me diga que ele não vai tentar assassinar a Valéria.

— Li sobre o divórcio da Valéria em um *site* e procurei por ele — disse Diego. — E, olha, se ele não a assassinar, eu mesmo faço isso.

Tudo aquilo me deixou mais nervoso ainda.

— Tem como o senhor ir mais rápido? — Diego perguntou ao taxista.

— Não — O senhor respondeu.

— Meu senhor. — Diego sorriu para ele. — Sabe de onde eu sou? — O homem deu de ombros. — Eu sou de Curitiba, sabe aquela área bem específica do centro? Exatamente. Juro, é melhor você ir mais rápido, antes que eu lhe faça comer o taxímetro!

De repente, a velocidade aumentou. Ver os outros carros serem deixados para trás me fez ficar eufórico, tanto que minhas mãos se moveram sem meu comando. Eu sentia como se tudo fosse dar errado, mas precisava tentar, pois também sentia que, se não desse a minha cara à tapa, me arrependeria pelo resto de minha vida.

Com toda a certeza, eu irei me benzer depois daqui.

Pensando nisso, subitamente o carro parou, me fazendo bater com o nariz no banco da frente. Aturdido, olhei para as pessoas à minha volta, com o som ensurdecedor das buzinas dos outros veículos.

— Que porra é essa? — Diego perguntou, depois de cuspir uma bala.

— O carro morreu — O taxista informou.

— Não, o carro parou. — Diego suspirou, antes de rosnar: — Quem vai morrer é você!

— Devia ter ficado em casa ouvindo o novo lançamento da IZA. — Ricardo tinha um olhar entediado.

— Eu vou te processar. — Diego apontava para o motorista. — Eu vou gravar, vou jogar no *YouTube*. Eu vou xingar muito no Twitter!

Farto daquilo, eu desci do carro, mas a tempo de ouvir Diego me dizer:

— Vai na frente, eu logo te encontro.

Assentindo, tirei o meu casaco e o meu gorro, entregando-lhe tudo, e corri para a calçada. Com passos apressados, tentando desviar das pessoas, fui o mais rápido que podia. Enquanto eu corria, em meio aos meus pensamentos bagunçados, me perguntei se aquilo realmente valia a pena. Mas para o meu coração, Erick vale a pena.

Bom, o que se espera de alguém que confundia Ciências e Geografia na escola? Até hoje, eu posso jurar que fotossíntese tem algo a ver com as placas tectônicas.

Parei em frente a uma barraca de comida e perguntei:

— Por favor, pra que lado fica o cartório desta região?

— Ah, você segue reto esta avenida, até chegar à rotatória, e pega a esquerda. Por lá, você logo encontra o prédio — A senhorinha informou.

— Obrigado, senhora — agradeci e voltei a correr.

Seguindo aquela imensa avenida, eu praticamente parei de sentir os meus pés, notando meu coração dar piruetas em meu peito, acompanhei a minha camisa ficar molhada de suor e meu corpo todo ficar acalorado, mesmo que os dias estivessem frescos.

Eu poderia estar em casa, aproveitando as minhas férias, engordando até que não pudesse mais ver meu pênis, mas, não, estava correndo na rua.

Desacelerei meus passos quando cheguei à rotatória, apoiando as mãos nos joelhos, e tentei me acalmar, já ciente de que o nervosismo apenas me atrapalharia.

"... e pega a esquerda..."

— Esquerda? — Olhei para as três direções em minha frente e lados.

Tá, a rua em minha frente não poderia ser, já que ela era uma continuação da avenida pela qual eu vim. Devia ser uma das ruas laterais.

— Droga... — Grunhi, irritado comigo mesmo. — Qual é a esquerda?

Respirando fundo, eu fechei os olhos, tentando me concentrar.

— Nós escrevemos com a mão direita, certo? Certo... eu acho.

Movi minha mão, como se fosse escrever, vi a que lado ela pertencia e, então, fui na direção contrária, à esquerda. Puxando ar para dentro de meus pulmões, eu voltei a correr, com meus braços dando impulsos ao meu corpo, enquanto eu tentava controlar o fluxo de oxigênio. Meu peito parecia queimar, mas eu não tinha certeza se era devido à corrida.

Meus olhos varreram cada prédio daqueles, à procura do correto, e quando finalmente vi a fachada indicando que aquele era o cartório, atravessei a rua e andei até ele.

Os guardas nas portas me encararam da cabeça aos pés, talvez desconfiados do meu cabelo bagunçado e do suor em minha roupa, mas eu acenei e entrei na recepção, indo até a atendente.

— O que deseja, senhor?

Impedir um casamento. Porra, onde está o Diego?

— Uh... — Eu não fazia a menor ideia do que dizer.

— Senhor?

— Vou esperar a minha irmã — inventei. — Ela está testemunhando um casamento.

— Oh, o senhor pode esperar aqui na recepção, temos bancos — Ela disse.

— Acontece que ela está com a perna fraturada, eu preciso ajudá-la a descer — disse.

— Não se preocupe, temos elevadores. — Sorriu e apontou para os elevadores.

— Ah, que bom... — Dei um sorriso falso. — Eu só vim porque é muito recente a fratura, ela precisa de apoio para andar. Meu pai a trouxe, mas precisou sair.

Só desta vez, Jesus, por favor, na moralzinha.

— Ah, sendo assim... — Ponderou. — Deixe sua identidade e pegue este crachá.

— Obrigado. — Sorri, um pouco nervoso, entregando meu RG e apanhando o crachá. — Onde fica o andar em que está havendo o casamento?

— Terceiro andar — falou, e assim eu a deixei.

Dentro daquele elevador, só pude pensar no quão fodido eu era. Digo, eu mal sabia como fui capaz de inventar aquela desculpa e notei, mais uma vez, que sou um idiota, pois não tenho certeza, mas poderia até ser preso por isso.

Já era tarde para me arrepender.

Quando a porta se abriu, vi as pessoas que transitavam no corredor, e estavam todas bem-vestidas, esperando em uma porta. Aproximando-me, pude ouvir os cochichos:

— A Valéria é uma inconsequente, como pode se casar com um rapaz de passado tão infame? — Uma senhora comentava.

— Vamos ser honestos, o rapaz que é um doido por estar fazendo isso. A Valéria é um capeta em forma de mulher — Um cara respondeu.

— Ah, qualquer um aceitaria ficar com a Valéria depois de ver quanto dinheiro ela tem. — Uma moça riu.

— Com licença — pedi, e eles me olharam. — Eu quero entrar.

— Você não pode entrar... — O rapaz falou. — Só os noivos, alguns parentes e testemunhas podem entrar.

— Eu não te perguntei — disse-lhe, recebendo exclamações chocadas.

Passando por eles, eu abri a porta devagar, olhando pelo pequeno espaço, e me descobri cardíaco naquele exato momento. Lá estava Erick, vestido em um terno preto, com seu cabelo platinado muito bem-arrumado e as mãos entrelaçadas em frente ao corpo. Ele não podia me ver, mas vi em seu rosto o desânimo, os olhos apagados e a forma como ele apenas fitava os próprios sapatos. Como ele pôde fazer isso consigo mesmo? Há quanto tempo ele vem acumulando esse medo?

— Valéria Zimmer, aceita Erick Capdeville como seu legítimo esposo? Diga "sim" — O juiz dizia.

— Sim. — Ela nem hesitou.

Meu coração se afundou dentro do peito e senti como se aquilo fosse o fim da minha própria vida. Era uma sensação realmente dramática e era dolorosa como o inferno.

— Erick Capdeville, aceita Valéria Zimmer como sua legítima esposa, diga "sim" — O juiz repetiu.

Eu deveria invadir a sala naquele momento, mas senti como se precisasse ouvir aquilo da boca de Erick. Era uma tolice, mas era minha verdadeira vontade. Erick não respondeu nada. Olhou para os papéis sobre a mesa, e foi perceptível como seu peito subiu e desceu, mostrando que estava nervoso.

— Erick Capdeville — O juiz chamou sua atenção. — Aceita se casar com Valéria Zimmer?

Não, não, não, não, não. Não, meu amor, não.

— Erick! — Valéria o olhou, visivelmente apreensiva e estressada. — Responda.

— Eu... — Puxou a gravata do pescoço, afrouxando-a na intenção de poder respirar melhor talvez.

Diga logo, acabe com isso, seja lá como for o final disso.

— Responda, Erick! — foi o que eu disse, abrindo a porta por inteiro.

Todos me olharam, e Erick deixou os seus olhos praticamente saltarem para fora de seus aros, com os lábios se partindo em espanto.

— O que é isso agora? — O juiz pareceu perder a paciência.

— Responde! — Pedi, aflito. — Sim ou não?

— Alguém tire esse moleque daqui! — Valéria gritou.

Havia uma grande confusão naquela sala, todas as pessoas presentes ficaram inquietas, mas os meus olhos só viam Erick, só viam seu jeito assustado.

— Suma daqui! — Vi Valéria vir em minha direção, furiosa.

— Os guardas, por favor! — O juiz deixou a sala, irritadíssimo.

Todas as pessoas ali se voltaram contra mim, mandando eu ir embora, me insultando. Mesmo com Valéria tentando me empurrar para fora e as pessoas tentando me puxar, minha atenção continuou em Erick. Meu coração realmente pareceu parar quando ele veio em nossa direção e, usando sua força, puxou Valéria para longe de mim e empurrou os rapazes que tentavam me puxar.

— Deixem ele!

Quando ele disse isso, um dos homens levantou o punho em minha direção, mas Erick segurou seu braço.

— Não toque nem um dedo sequer nele!

— Que merda você está fazendo, Erick?! — Valéria agarrou suas roupas.

— Eu não… não posso — Erick disse-lhe, com sua voz saindo pesada. — Me perdoa, mas eu não posso.

— Você prefere esse moleque? — Bateu com grande força no peito de Erick. — Prefere alguém que pode magoar você a qualquer momento? Alguém que não pode lhe dar futuro algum? Você é realmente o idiota que sempre pensei que fosse!

A forma como ela esmurrou o tórax de Erick e arranhou seu rosto fez com que eu ficasse furioso.

— Se liga, mulher! — Puxei Erick para longe dela. — Você é horrível! Deixe ele em paz, já está na hora de você cair na real.

— Arrebentem. Esse. Moleque — disse, e os rapazes caíram por cima de mim, me levando ao chão.

Ótimo.

Sentindo um soco acertar o meu estômago, acabei por estremecer de dor, mas estiquei uma de minhas pernas, chutei um dos caras, agarrando os braços de outro, quase os torcendo, até ele gritar de dor, e notei que Erick tentava puxá-los para longe de mim.

— Saiam de cima dele! — Erick chutava, mas havia grossas lágrimas em seus olhos.

Minha visão estava turva, e tudo que eu sentia era a agressão, ouvindo o alto barulho das pessoas.

— Nem me chamaram pra derrubar umas vacas! — Ouvi dizerem e reconheci a voz de Diego. — Olha a merda que você fez, Alan.

Só consegui me reerguer quando Diego começou a acertar as cabeças dos homens com uma sombrinha de flores. De pé, eu vi os guardas entrarem no corredor e tentei agarrar a mão de Erick, mas Valéria o puxou para o lado dela.

— Você não pode me deixar, Erick! — Suplicou. — Eu não tenho ninguém, você é o único em minha vida. Por favor, eu te amo!

— Ah, toma vergonha na tua cara! — Diego estava puto da vida.

— Erick! — Valéria ajoelhou-se em seus pés e agarrou suas pernas. — Não me deixe.

E saber que eu já me prestei a esse mesmo papel com o mesmo Erick.

— Eu te amo — Ela repetia.

Enquanto os guardas tentavam controlar a situação do lado de fora da sala, Ricardo entrou, dizendo:

— Ama?! Você não ama ninguém, Valéria!

A mulher se chocou novamente ao ver o ex-marido ali, e eu pude ver a confusão no olhar de Erick. Ricardo continuou:

— Você não ama, só deseja! Homens jovens e bonitos são como bolsas pra você: você vê, tenta comprá-los e, se não consegue, faz o possível pra tê-los de forma suja!

— Cale a boca, Ricardo — Ela grunhiu. — Seja obediente, como sempre, e suma daqui.

— Eu nunca mais vou acatar suas ordens — Ele falou firmemente. — Deixei você me dominar por tempo demais! Fiz tudo como você queria. E o que me restou? Nada! Você arrancou tudo de mim! Eu fiz tudo que você mandou, me isolei da sociedade, vesti as roupas que você queria, mudei meu cabelo, perdi peso, deixei a garota que eu amava! Pra quê? Pra você se cansar de mim cinco anos depois, pra você pedir o divórcio, depois de encontrar um cara mais novo e mais bonito. Apenas aceite, Valéria. Namorar garotos de vinte e poucos anos não te fará ficar mais jovem, você continua envelhecendo. Você está velha, e não há nenhuma pessoa nesse mundo que ame você!

O silêncio se instalou naquela sala, antes de Diego dizer:

— Ela não está doente porra nenhuma, Erick. Ela fez você sair da academia do Alan, queimou seu filme com seus antigos clientes naquela época. E no fundo, você sabe de tudo isso, não é?

Erick não respondeu, abaixou a cabeça e passou as mãos pelo rosto, parecendo frustrado.

— Eu realmente faço ideia de tudo que ela te falou, rapaz — Ricardo disse. — Ela te faz pensar que você está no fundo do poço e que só ela pode te tirar de lá, certo? Mas, acredite, ela vai se cansar de você, assim que você fizer alguns aniversários, assim que ela encontrar um novo rapaz.

— Não os ouça, meu amor! — Valéria implorou outra vez. — Eu te amo... juro. Posso dar o que você quiser, pense em tudo que pode ter comigo.

— Eu vou vomitar e fazer você engolir meu vômito, mulher asquerosa! — Diego ameaçou acertá-la com a sombrinha.

— É tudo culpa sua! — Levantou-se, cheia de ódio. — Você planejou isso tudo, não é, Diego Flores?! É sempre você!

— Foi, sim, sua fodida. — Pôs as mãos na cintura. — Vai fazer o quê, maracujá de gaveta?

Valéria, de repente, pulou em Diego e agarrou seu pescoço, esganando-o. Na tentativa de ajudar, Erick tentou puxá-la para longe, e eu agarrei os braços dela, tentando afastá-los, enquanto Ricardo tentava puxar Diego na outra direção.

Foi nesse exato momento em que os oficiais entraram na sala, e cada um foi agarrado por um guarda.

— Vocês estão presos!

Sentindo as algemas frias passarem por meus pulsos, tudo que consegui pensar naquele momento foi: "Fodeu". Fodeu muito.

— Isso é um absurdo! — Valéria berrava. — Sabem quem eu sou?!

Exceto por ela, nós fomos o caminho todo, até as viaturas, em silêncio. Eu realmente não sabia o que pensar, apenas me vi dentro de um carro de polícia e, de repente, eu não fazia ideia de como meu dia se transformou naquilo.

Apenas após o carro partir, vi que Erick estava na mesma viatura que eu, com as mãos presas atrás do corpo, as pernas encolhidas e sua cabeça apoiada nos joelhos.

Engoli em seco, incapaz de dizer algo a ele, tentando processar tudo que aconteceu, não só desde hoje de manhã, mas desde quando conheci Erick.

Quando o veículo parou no sinaleiro, pude ouvir que Erick chorava. Aquilo partiu meu coração, mas nem minhas mãos eu pude usar para tentar acalmá-lo. Como nós pudemos chegar a esse ponto?

Acho que, no fundo, é perda de tempo tentar encontrar um culpado para tudo isso.

Não demorou a chegarmos à delegacia, e quando o guarda nos levou até o interior do lugar, eu quis me esfaquear com uma tesoura sem ponta. A vontade aumentou quando fui obrigado a assinar um papel antes de ser levado à cela. Valéria foi levada à ala feminina, enquanto nós quatro fomos postos na mesma cela.

— Diego Flores preso — Diego comentou, sentando-se no chão. — Por que eu não estou surpreso? — Não havia humor na voz dele, na verdade.

— Que bosta! — Ricardo sentou-se no banco, parecendo entediado.

Eu me sentei no chão, me encostando na parede, e vi Erick sentar-se na outra ponta do banco, tirando o paletó do terno, bagunçando o cabelo e finalmente suspirando.

— Como a gente vai sair daqui, Diego? Você, por acaso, pensou nisso antes de invadir um cartório?

— Veja bem, meu plano era te mandar um *sms* dizendo "Oh, chega aí, bora fugir desse casamento". A culpa não é minha se o *Karatê Kid* chegou chutando cadeira, mandando todo mundo deitar no chão — Diego se defendeu.

Erick olhou-me pelo canto dos olhos, abaixando a cabeça em seguida, parecendo constrangido.

— Você chegou a dizer sim? — Diego perguntou-lhe.

Erick o olhou e, depois de um tempo, disse:

— Não. Eu travei na hora.

— Por quê? — Ricardo perguntou.

Erick olhou para um ponto não específico, sorriu, cheio de tristeza, e calmamente disse:

— Aquele "sim" nunca sairia da minha boca enquanto Alan estivesse em minha mente. Eu só demorei demais a notar isso.

Eu não vou mais voltar

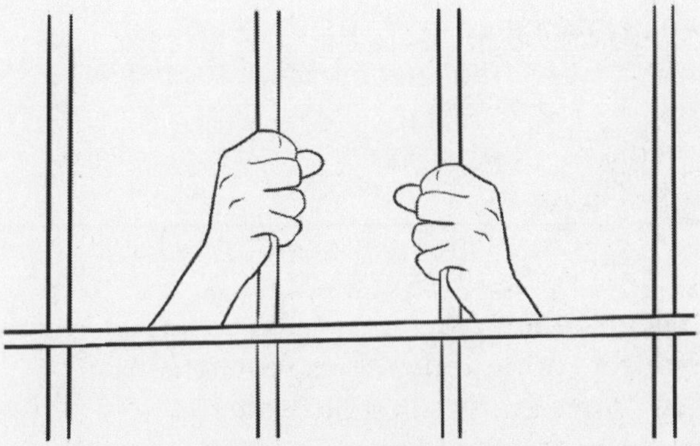

Vamos lá, nós já sabíamos que aquilo poderia dar em uma merda federal, mas é como diz aquele ditado: Fodido, fodido e meio.

Eu já não fazia a mínima ideia de quanto tempo nós estávamos naquela cela, mas parecia muito, uma eternidade, aliás. Mesmo que eu soubesse que não fazia nem mesmo duas horas que nós estávamos ali, não aguentava mais, o que me levou a descobrir que não nasci para a vida do crime.

Pousei minha cabeça sobre minhas mãos, com os cotovelos apoiados nos meus joelhos, e bufei impaciente. Quando levantei o meu olhar, peguei Erick encarando-me, com seus olhos sem aquele aspecto extremamente triste de algum tempo atrás.

Eu havia feito tudo aquilo, praticamente enfrentei uma maratona, consegui impedir o casamento, mas… eu não sabia o que fazer agora, o que dizer ou como agir. Eu estava, honestamente, meio esgotado, não me sentia capaz de fazer mais nada.

Encostei na grade e continuei mantendo contato visual com Erick, tentando decifrar o que passava por sua mente. Acho que seus sentimentos sempre serão um mistério para mim. Passe o tempo que for, nunca saberei quais os seus traumas ou porque ele tem tanto medo. Também acho que não cabe a mim entender.

— Viu só? — Diego abriu a boca pela primeira vez em muito tempo. — Viu só o que você nos fez fazer, Erick Capdeville? Estamos na porra da cadeia porque você tem mais fogo no rabo do que tem fogo no inferno.

— Me tirou de lá pra vir me asperejar? — Erick o olhou com uma expressão de desagrado e cansaço.

— Fala direito! — Diego se estressou. — Tá falando como aquela velha maluca. Até isso ela mudou em você?!

— Chega, Diego! Você acha que eu já não me sinto uma droga o suficiente?

Ver Erick triste ainda dói mais que tudo.

— Talvez sirva pra você usar sua cabeça da próxima vez! — Diego estava realmente irritado, e eu podia compreendê-lo. — Te disse umas mil vezes que aquela mulher não vale o pão que o diabo amassou.

— Testado e comprovado — Ricardo, que se encolhia em um canto, disse.

Erick não respondeu, puxou as próprias pernas para perto do corpo e escondeu o rosto entre os braços.

Cansado, eu pedi:

— Dá um tempo, Diego.

— Dar um tempo? — Diego olhou-me, um pouco irritado. — Quantas pessoas tiveram que te ver chorar todas essas semanas, Alan? Em quais desses dias você conseguiu se sentir alegre? Você praticamente entrou em depressão.

Balancei minha cabeça, tentando negar, a fim de me esquecer daqueles dias infernais ao menos um minuto, mas Diego continuou, mirando Erick:

— Sua impaciência fez esse garoto sofrer pra caralho. Seu egoísmo nem mesmo valeu a pena.

Chega, Diego. Mesmo que eu quisesse dizer tudo o que foi ao Erick, eu não faria, não queria vê-lo estressado.

— Você acha que eu não sei? — Erick levantou a cabeça, com as lágrimas em seu rosto, e meu coração acelerou, porque aquela imagem me afetou de um jeito inexplicável. — Você acha que não sinto por isso? Que não me odiei todos os dias por tê-lo deixado? Eu sei, Diego! Mas, porra, eu já não sabia o que fazer, não queria machucar ninguém, eu juro, mas não sabia como fazer para que ninguém mais saísse magoado. Você pode me desgraçar, porque sei que não fui um bom amigo, mas pode fazer isso depois? Minha cabeça está explodindo!

— Ah, olha o meu "foda-se". — Diego mostrou o dedo do meio.

— Se você não se importa comigo, por que veio me buscar? — Erick perguntou. — Por que vocês não deixaram eu me foder sozinho?

— Porque o Pellegrini é o único que vai te dar o que você quer — Diego disse, com toda sua sinceridade saindo por meio de sua voz. — Mesmo que você seja um idiota sem juízo, ainda não merecia ficar preso àquela mulher.

Erick desviou o olhar para o teto, enxugando as lágrimas em torno dos olhos, e eu abaixei minha cabeça, constrangido, pois aquele clima era esmagador, sufocante.

Quando o silêncio finalmente se instalou mais uma vez, pudemos ver os guardas vindo em direção à nossa cela, e um deles logo chamou:

— Alan Pellegrini e Ricardo Souza, nos acompanhem, vocês têm direito a uma ligação.

Nós nos levantamos e seguimos em direção ao portão, local em que fomos algemados mais uma vez e levados a uma sala repleta de telefones presos à parede. Mais algumas pessoas detidas também faziam ligações.

— Que fase! — Suspirei, parando em frente a um dos telefones, e com meus pulsos algemados, disquei o único número que me veio à cabeça.

— *Alô?* — A voz de Ícaro surgiu do outro lado. — *Quem fala?*

— Alan — respondi, morrendo de vergonha.

— *Garoto, onde você se meteu?* — perguntou. — *O Antônio disse que você estava indo pra Londrina...*

— Não tenho tempo pra explicar agora, Ícaro. — Encostei a cabeça na parede, me sentindo ridículo. — Eu tô preso.

— *Nunca imaginei que esse dia fosse chegar* — respondeu, bastante calmo para minha grata surpresa. — *SEU FODIDO, MOLEQUE IRRESPONSÁVEL, CÉREBRO DO TAMANHO DE UMA UVA, MARGINALZINHO, SE EU TE PEGO, TE ARREBENTO!*

Ok. Isso parece mais coerente.

— Não fala pra minha mãe — pedi, não me importando com seu ataque. — Me ajuda, Ícaro.

— *Passa o endereço da delegacia, vou tentar fazer alguma coisa* — respondeu, me fazendo ficar um tantinho mais aliviado. — *Mas você só faz merda, hein, incrível sua habilidade.*

Depois disso, só tive tempo de passar o endereço e agradecer, antes do policial me interromper e nos levar de volta à cela. Quando entramos, Erick e Diego saíram, pois também dariam suas ligações.

Sentei-me onde estava antes e passei a esperar, pois era o que me restava. Eu queria, por tudo, sair dali e... e poder conversar com o Erick, perguntar como ele estava e receber uma resposta honesta.

— Vocês vão voltar? — Ricardo perguntou-me, com aquele seu típico tom desanimado.

Eu não sabia como responder, pois queria gritar um grande e belo "sim", mas eu não tinha certeza. Infelizmente.

— Qual é, piá? — Ele me olhou. — Olha aonde você chegou por causa dele.

— Eu sei, eu sei — falei, coçando a parte de trás da minha nuca, confuso. — Mas, por enquanto, está um clima estranho… Preciso sair daqui pra falar com ele, com calma dessa vez.

Ele se calou, eu também, e Diego e Erick voltaram para onde nós estávamos. Só notei a raiva nos olhos de Flores quando ele se sentou e bufou.

— O que houve?

— Você acredita que a ridícula da Valéria já foi liberada? — Diego olhou-me, indignado.

— Esperava o quê? — Ricardo não estava nem um pouco surpreso.

— E a filha da puta teve a cara de falar com o Erick — Diego grunhiu, e meus olhos saltaram.

— O que ela disse? — perguntei, olhando para o Erick. Porra, eu estava furioso por dentro.

— Ela disse que, se eu aceitasse voltar, me tiraria daqui agora mesmo.

Rata imunda.

— O que você disse?

— Acha que ele está fazendo o que aqui agora, inteligente? — Diego respondeu, e eu entendi. Erick não aceitou.

— Graças a Deus — deixei escapar, sentindo o alívio dentro de mim.

— Eu não vou mais voltar — Erick nos disse, mas mirou nos meus olhos. — Eu sei onde é o meu lugar.

De onde você nunca deveria ter saído.

Sentia frio no meu corpo, notando que o dia devia estar caindo, escurecendo. Perguntei-me se teríamos que passar a noite ali, mas logo em seguida, os policiais vieram até a nossa cela, chamando três de nós. Sim, Diego não foi chamado.

Só fui entender o que estava acontecendo quando, na sala do delegado, um homem apresentou-se como advogado. Ele conversava de forma rápida, usando palavras que nunca ouvi na vida. Eu só assinei o papel que eles me deram e estendi minhas mãos para que o policial tirasse minhas algemas. Erick e Ricardo foram os próximos.

— Por que o Diego não está sendo solto com a gente? — perguntei, preocupado.

— A situação dele é mais complicada — Erick disse, com a expressão séria, pondo verdade em suas palavras.

— Sobre o amigo de vocês — O advogado começou a dizer, após terminar o acordo com o delegado, nos guiando para fora da sala —, ele não é mais réu primário, então teremos que pagar uma fiança meio gorda, ou ele será condenado a alguns meses de prisão.

— Quais as chances dele? — Erick perguntou.

— Eu vou voltar amanhã cedo para tentar mais um acordo, mas ele terá que dormir aqui hoje — explicou. — Vou fazer meu máximo.

Vidinha sacana.

— Foi o Ícaro que lhe mandou? — perguntei, quase com certeza.

— Foi, sim.

— Quanto ele te pagou? — Questionei, para saber quanto deveria devolver a ele. Pagar as contas dói.

— Não é ele quem está pagando. — Surpreendeu-me, e até mesmo Erick pareceu confuso.

— Quem, então?

— Seu pai — O advogado contou.

Quase pedi que Ricardo me segurasse, pois aquela revelação tirou-me metade da pressão arterial. Meu pai?

Digerindo aquela informação, nós três fomos recuperar nossos pertences, como documentos, dinheiro e celulares. O advogado despediu-se na porta da delegacia, prometendo que faria o melhor para tirar Diego dali o mais breve possível.

Suspirei, quando o ar frio atingiu meu corpo, e pude me sentir um pouco mais livre, sem quatro grades à minha volta.

— Bom, boa sorte pra vocês e para o Diego — Ricardo falou.

— Obrigado por ter nos ajudado — eu disse, apertando sua mão.

— Eu só não podia deixar aquela mulher acabar com mais uma vida — disse Ricardo e, depois de dar um sorriso, virou as costas e pegou o seu rumo.

Eu não sabia aonde ir, não queria ir embora, porque Diego estava na delegacia e me cortava o coração saber que ele ficaria sozinho ali. Mas eu não podia simplesmente me sentar na porta do lugar e esperá-lo sair. Ligando meu celular, eu disquei o número de Antônio e orei para não receber uma bronca enorme:

— Alô? Antônio?

— *Onde você estava com a cabeça?!*

— Você sabe — eu disse, dando uma olhada no Erick, que permanecia ao meu lado. — Eu não queria ser preso, mas...

— *O que aconteceu exatamente?*

— Oh... — Estava cansado, mas resolvi explicar: — Eu tive que invadir o cartório para interromper o casamento do Erick... e deu o maior quebra-pau. A polícia foi chamada, e todos nós fomos levados pra delegacia — terminei. — Não é legal ser detido, Antônio. Não recomendo.

— *Ah, não me diga! Poxa, só porque eu estava planejando ir em cana amanhã à tarde? Vou ter que mudar meus planos, que pena!* — Zombou, me deixando com cara de tacho. — *E o Erick?*

— Foi preso também. — Mirei o loiro, que se distraía com as propagandas coladas em um poste. — Ele não casou.

— *Você conseguiu?* — Antônio acalmou seu tom, parecendo mais aliviado.

— Sim.

— *Garoto...* — Riu, soando incrédulo. — *Você é doido.*

Dei um sorriso meio constrangido e respondi:

— Não sei controlar. Mas... ei, Antônio... o Ícaro está aí?

— *Acabou de sair.*

— Por que meu pai foi quem pagou pelo advogado? — perguntei, um pouco receoso.

— *Ah, Alan, nos desculpe* — pediu com antecedência. — *Mas nem eu nem o Ícaro tínhamos dinheiro pra pagar o serviço... Precisamos ligar pra sua mãe, e ela também não tinha, então restou ligar para alguns parentes, e acho que seu pai ficou sabendo e se ofereceu pra depositar o dinheiro.*

Uau.

Surpreso, eu só pude dizer:

— ... Tá.

Por que as pessoas são tão confusas? Isso é assustador.

Eu me despedi de Antônio, depois dele me amaldiçoar um tanto, e enfiei o celular no bolso. Agora, sim, eu não sabia mais o que fazer.

— Vai ficar aí? — Erick perguntou-me, olhando-me à distância. — Amanhã a gente vem ver o Diego. Vamos.

Eu concordei, pois era o que me restava, afinal, e me juntei a ele, acompanhando-o em uma caminhada pela calçada, em direção à... só Deus sabe onde.

— Conhece a cidade?

— Só um pouco — contou. — A Valéria mal deixava eu sair, na verdade.

Nojo. E saber que ela pôde tocá-lo por todo esse tempo me deixava enjoado. Digo, qualquer pessoa tocando o Erick já me deixava possesso, Valéria Zimmer, então, me deixava a ponto de usar uma arma de fogo contra ela.

Eu não sabia o que dizer a ele sem deixar que meus sentimentos escapassem, então me mantive calado durante a maior parte do caminho. Só quando ele parou em frente a um hotel, perguntei:

— Vamos dormir aí?

— Sim. — Ele segurou meu pulso e levou-me para dentro. — Preciso ser rápido, antes que ela bloqueie o cartão de débito.

Erick foi ligeiro para contratar o serviço: logo pagou por uma noite de estadia, assinou seu nome, e em seguida, eu assinei o meu. Ele agradeceu à recepcionista e pegou a chave, me levando ao elevador.

Prendi o ar em meu peito quando vi que o quarto possuía apenas uma cama de casal.

Erick puxou o telefone do gancho e ligou para o serviço de quarto, pedindo pijamas e uma refeição.

— Eu vou tomar um banho — avisou, tirando os sapatos e a camisa social, deixando tudo jogado, passou as mãos pelo cabelo e suspirou, antes de entrar no banheiro.

Agachei-me até o pequeno *freezer* e apanhei uma garrafa de água, bebendo-a por inteira. Eu estava nervoso pra caralho.

Enquanto Erick estava no banho, tirei meus tênis e esperei minha vez de tomar uma ducha. Eu queria, sim, entrar no banheiro naquela mesma hora e encher Erick de beijos por toda parte, mas não me sentia mais tão íntimo. Querendo ou não, ainda não tínhamos resolvido nossa situação. Aquilo era esquisito e angustiante.

Quando ele deixou o banho, com um roupão em torno do corpo, secando o cabelo com uma toalha, eu me levantei e entrei no banheiro. Meu banho foi rápido, mas mesmo nesse curto espaço de tempo, minha cabeça viajou mais que a repórter do programa de sexta-feira à noite.

Eu tinha Erick bem perto de mim mais uma vez, e desta vez, ele estava livre. Mas, por que eu sentia que não éramos mais um casal?

Saí do banho no exato momento em que o serviço de quarto deixava o pedido de Erick. E enquanto secava meu cabelo, ele se despiu, jogando o roupão sobre uma cadeira e pondo o pijama novo. Sua pele, em tom mais claro que o normal, ainda me incomodava muito.

Eu também pus um pijama, uma camisa e um calção, e sentei-me sobre a cama, sentindo o cansaço me abraçar. Não eram nem mesmo nove horas da noite ainda, mas eu queria, mais que tudo, dormir. Meu dia foi extremamente longo. Deitei-me para me acomodar ao travesseiro, mas Erick puxou-me de volta.

— Vem comer primeiro.

Passei as mãos pelo rosto, respirando fundo, buscando minha última carga de energia. Erick misturou queijo ao macarrão, provou os dois pratos, depois de assoprar, e deu-me o da esquerda. — Pegue esta.

— Por quê? — Eu apanhei o garfo e o olhei. — Não são iguais?

— Não, esse macarrão tem menos pimenta, está mais gostoso — explicou o gosto do que eu comeria.

Ele me deu o melhor. E antes que eu pudesse contestar, começou a comer, com seus olhinhos atentos à comida. Eu também empurrei o macarrão para dentro de minha boca, mas sem muito apetite. Nós jantamos em silêncio, e aos poucos, o cabelo de Erick secava, revelando aquele tom de loiro mais platinado, o qual reluzia belo. Sim, eu estava acostumado ao loiro mais dourado, mas ele ficava bem com esse também. E talvez notando que eu olhava seu cabelo, ele perguntou:

— Não gosta dessa cor? Não fica bem em mim?

— Não é isso — falei, voltando a prestar atenção em minha comida, que já estava no fim. — Tudo fica bem em você, afinal.

Erick, que já havia terminado de comer, me observou finalizar a refeição também, e quando afastei a tigela, ele me olhou nos olhos e abriu um sorriso discreto, enquanto calmamente penteava o cabelo com os próprios dedos.

— Estava bom?

— Sim — confirmei. — Obrigado.

Enquanto ele empurrava o carrinho para fora do quarto, retornei ao banheiro e escovei os meus dentes, e Erick fez o mesmo depois que eu saí. Mas antes que eu me deitasse na cama, senti a mão de Erick segurar meu pulso, e ele me fez virar em sua direção. Fiquei sem reação quando ele passou os braços pelas minhas costas e apertou-me em um abraço.

Fechei os meus olhos e respirei fundo, pois era Erick ali, me abraçando com aquela necessidade. Era finalmente Erick, então eu não pude negar, passei os meus braços por cima de seus ombros e o puxei para mais perto de mim, acomodando sua cabeça em meu peito. Uma de minhas mãos subiu, se infiltrando em seu cabelo macio, e meus dígitos acariciaram o couro cabeludo.

— Nunca senti tanta saudade de alguém, Erick — confessei, sentindo seu corpo colado ao meu.

— Se eu soubesse, não teria te deixado — confessou, com sua voz saindo chorosa e abafada. — Eu só percebi quanta falta você fazia quando já parecia tarde.

E notando minha camisa ficar molhada, fiz Erick levantar a cabeça. Vê-lo chorando era pior que tudo. Enxugando as lágrimas que desciam em seu rosto bonito, eu pedi:

— Não chore. Dói em mim.

Mas ele só derrubou mais água.

— Quando eu chorava na frente da Valéria, ela dizia que eu não devia, pois sou um homem, que era ridículo.

— Não pense mais nela — implorei, depositando um beijo em seu rosto e deitando sua cabeça em meu peito mais uma vez. — Não pense nessas coisas ruins.

Após um tempo de silêncio, que nós passamos praticamente sem nos mover, ele voltou a se pronunciar:

— Você devia me odiar.

— Eu não consigo. — Suspirei. — Eu tentei, mas não consegui.

Erick, aos poucos, saiu de nosso abraço, com seu rosto um pouquinho amassado e as bochechas avermelhadas, e eu disse:

— Você deve estar cansado… vamos dormir.

Entretanto, quando eu me sentei na beira da cama, Erick aproximou-se, parou entre minhas pernas, segurou meu rosto com suas duas mãos e, fazendo-me olhá-lo, avançou os centímetros restantes, até que nossas bocas se tocassem.

Meus reflexos vacilaram por um tempo, até que eu fechasse meus olhos e levasse minhas mãos para a cintura de Erick, puxando-o para se sentar em meu colo. Eu devolvi seu beijo com toda minha saudade e todo meu desejo.

Suas mãos deixaram meu rosto, enquanto sua boca movia-se no ritmo da minha, e segurei um suspiro quando seus dedos tocaram meu cabelo, intercalando entre carinhos e puxões.

Minhas mãos ficaram firmes em sua cintura, parte por cima da camisa e parte em contato com sua pele, mantendo-o próximo. Quando nosso fôlego faltou, ele passou os beijos para minhas bochechas, carimbando cada cantinho, até descer por meu pescoço, onde sua língua encontrou a minha pele, e eu arfei. Quando senti que seus lábios já deixavam um chupão em meu pescoço, levantei sua cabeça e retornei a beijá-lo, desta vez o empurrando contra a cama.

Eu estava com saudade, tanta que realmente doía. Era como se eu quisesse tudo e, naquele exato momento, era como se finalmente pudesse alimentar meu vício.

As mãos de Erick passearam com certa necessidade por minhas costas, enquanto nossas bocas e línguas tornavam-se uma, e notei como o peito dele subia e descia com pressa, revelando seu nervosismo, sua ansiedade.

Erick Capdeville, acho que não funcionamos bem separados.

Quando nós quebramos o contato, ele respirou fundo e suas mãos pararam em minha cintura, tocando minha pele por baixo da camisa, e ele permaneceu de olhos fechados.

Enquanto eu ainda estava sentado sobre suas coxas, ele abriu a boca para falar:

— Me perdoa.

Apoiei meus cotovelos no colchão, e minhas mãos, que formigavam um pouco, tocaram seu rosto delicado. Quando ele abriu os seus olhos, os meus os encontraram, e sendo honesto, eu disse:

— Você foi egoísta, Erick.

— Eu sei — disse, com suas mãos agarrando a minha pele. — Eu só... eu não achei que fosse doer tanto em você e em mim.

Abaixei a cabeça, apoiando-a em seu ombro, e pensei em cada dia que me senti um merda por causa de sua partida. Erick subiu suas mãos até meu cabelo e fez carinhos naquela área, me deixando confortável.

— Eu não queria te machucar, Alan. Acredite em mim.

— Mas doeu — falei, sem o mínimo de hostilidade em minha voz.

Eu não estava bravo, irritado ou sendo violento, só queria dizer a ele que não sou uma criança, que tenho sentimentos e são fortes, que mesmo que eu me apaixone muito fácil, nunca será falso ou insignificante.

— Você me subestimou — falei. — Todos vocês sempre me subestimam, acham que posso me apaixonar e me desapaixonar na hora que eu quiser. Mas, não, eu tenho um coração, e ele dói.

É cansativo ter o meu coração quebrado e ainda ter que me sentir como o idiota da história, o errado. Porque é assim: mesmo quando Kaíque me traiu, eu senti como se a culpa fosse minha. Não consigo sentir raiva deles, pois sinto raiva de mim mesmo. E isso é frustrante pra caralho.

— Me perdoa — Erick tornou a pedir, abraçando-me. — Não queria que você se sentisse mal... eu não queria.

Voltei a olhá-lo, e as gotinhas de lágrimas empoçadas em seus olhos fizeram meu coração se apertar. Sinceramente, eu disse:

— Eu te desculpo. Não fique assim.

— Mesmo? — Olhou-me, com sua voz cheia de insegurança.

— Sim — confirmei e puxei a manga da minha camisa para enxugar seu rosto. — Não chore mais.

Aquela não era a nossa conversa definitiva, mas não queria fazê-lo chorar. Ele estava sensível, e eu precisava ser sutil.

Depois daquilo, nós nos deitamos corretamente na cama, e durante toda a noite, sua cabeça acomodou-se no meu ombro e sua mão pairou sobre meu peito. Um pouquinho antes de eu dormir, ele me disse:

— Sentiu mesmo tanta saudade de mim?

— Sim.

E como senti!

— Acho que nunca alguém sentiu tanta saudade de mim — confessou. — Eu não pensei que, algum dia, faria falta pra alguém.

— Aonde quer que você vá, eu vou morrer de saudade. — Beijei sua cabeça por cima dos cabelos macios.

Eu não precisei sonhar, porque o sonho que mais desejei, nos últimos dias, havia se realizado.

Era incrivelmente bom tê-lo ao meu lado.

Pela manhã, foi ele quem me acordou e já estava vestido, com as mesmas roupas do dia anterior.

— Vamos ver se o Diego está bem.

— Erick — chamei, enquanto eu me vestia. — Se o Diego não sair hoje… o que vamos fazer?

— Você vai voltar pra Curitiba — disse, vendo-me trocar de roupa. — Não pode ficar aqui, sem roupas ou dinheiro. Eu fico, pra acompanhar o Diego e pegar as minhas coisas.

Eu não tinha escolha, por isso concordei e, terminando de amarrar meus tênis, falei:

— Vamos.

Erick fez o *checkout* na recepção, e nós seguimos para fora do prédio. Estava frio, e eu não tinha um agasalho, já que o meu havia sido extraviado na confusão do dia anterior. Mas logo nós alcançamos a delegacia, que ficava na mesma área do hotel, e esbarramos com o advogado na porta.

— Vou conversar com o delegado agora — avisou. — Vocês não vão poder entrar, então me esperem aqui.

Erick desejou-lhe uma "boa sorte", e nós nos sentamos em um dos bancos de madeira em frente ao prédio.

— Vocês são loucos… Como puderam criar uma confusão daquelas dentro de um cartório?

— Você deveria nos agradecer — resmunguei. — Podia estar casado com aquela mulher nesse exato momento. Isso, sim, é uma puta loucura.

— Parecia certo no início — disse, soando um pouco irritado. — Ela nunca me tratou mal antes, tá? Foi depois que eu fui morar com ela que Valéria se transformou em uma lunática, paranoica.

— Ela não se transformou — rebati. — Só mostrou a verdadeira face.

Enganar-se com as pessoas é pior que pastel de palmito.

— Erick... — Passou algo por minha cabeça. — Tem alguma chance dessa mulher tentar te fazer algum mal?

Ele demorou a responder:

— Eu não sei, Alan.

Mas por falar na mãe do demônio, ela surgiu. Sua SUV parou quase sobre a calçada, e ela saiu furiosa, sendo recebida por policiais.

— Deixaram eles saírem! Dei ordens para que eles fossem condenados, como o delegado pôde me contrariar?

Como Erick suportou essa cobra por tanto tempo?

— Eu exijo falar com o delegado. — Ela bateu o pé, parecendo uma criança mimada.

Todavia, de repente, ela nos notou ali, e pudemos até ver o fogo por trás de seus olhos. Segurei a mão de Erick e fiz com que se levantasse:

— Vamos sair daqui.

Fomos para a calçada, caminhando em qualquer direção, mas senti que Valéria nos seguia, e ela não tentava ser discreta.

Eu estava apreensivo, quando Erick parou de andar e virou-se, parecendo puto. Ele se pôs em minha frente e encarou Valéria:

— O que você ainda quer?!

— Quero o que é meu — respondeu, tão rude quanto. — Eu não te aturei com essa cara de viadinho por anos, chorando por machos, pra, no dia do nosso casamento, você desistir!

— Ah, mas foi exatamente isso que aconteceu — Erick respondeu. — Eu não acredito que demorei tanto tempo pra ver quão desprezível você é! E sabe? Nunca alguém vai te querer, mesmo que você disponha toda sua fortuna, porque você é horrível, sua cara é horrível, sua voz é horrível, seus pensamentos são horríveis, seu coração é horrível, você é horrível em cada mínimo aspecto.

Furiosa, Valéria atirou a bolsa dela contra o rosto de Erick, mas ele apenas riu.

— Você vai morrer sozinha, porque não há nada em você que vá agradar alguém. Até mesmo transar com você é mórbido! Acorda pra vida, sua sem noção.

Vi os seguranças dela se aproximarem, e enquanto ela saía do caminho, um dos homens atacou Erick, sem sucesso, já que ele agarrou o braço do cara e acertou um soco em seu rosto, seguido de um chute nas costelas.

Os policiais, ao notarem a situação, vieram em nossa direção, mas quando o outro segurança veio ao meu encontro, foi Erick quem o atacou primeiro, agarrando sua camisa e jogando-o contra o chão.

— Chega dessa merda, Valéria! Eu não vou voltar e nunca me arrependi tanto de algo como de ter aceitado ser seu noivo!

— Esse moleque é assim tão bom? — Ela perguntou, soltando fumaça pelos ouvidos.

— Melhor que qualquer um — Erick respondeu, convicto. — Ele é alguém que você nunca vai ser, nem em mil anos! E ele não é um moleque, é um homem, é o Alan, e não há nada que você possa fazer quanto ao amor que sinto por ele!

— Vá atrás dele no inferno, então! — Valéria gritou, e não entendi de primeira, pois eu ainda estava aturdido com tudo que Erick havia dito.

Entretanto, quando aquela mulher me empurrou em direção à rua, eu só ouvi os gritos de Erick, dos policiais e o barulho de motor, antes de um carro me atingir.

Não ouvi mais nada, eu só senti a dor, antes de apagar.

Erick me ama.

Pior do que já estava

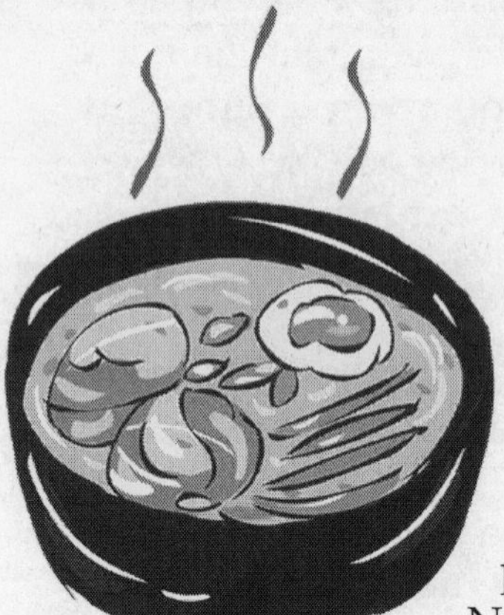

Eu já estava, há uns vinte minutos, encarando o teto daquele quarto de hospital, odiando o colchão daquela maca, porque ele simplesmente não esquentava. Não fazia calor há semanas, e hospitais sempre mantinham uma tempetura fria o suficiente para evitar bactérias.

— Mãe — A chamei, um pouco cansado. — Quando vamos poder ir pra casa?

— O médico está vendo seus exames, menino — disse, se aproximando para acariciar o meu cabelo. — Tenha paciência.

Suspirei, frustrado por não conseguir mexer nenhuma parte do meu corpo sem sentir dores. Minha mãe olhou-me e disse:

— Eu só espero que a justiça não solte aquela mulher, seria muita injustiça. Eu juro, quebro todo o tribunal se ela for absolvida.

— Não fique assim, mãe.

— Fico, sim. — Bateu com o pé no chão. — Ela te empurrou na frente de um carro, Alan. Ela tentou te matar!

A palavra "matar" causava um mal imenso dentro do meu peito. Desde o momento em que acordei, há duas horas, pensei nisso, e foi insuportável.

— Só quero pegar um ônibus e ir pra casa — disse.

As batidas à porta, que vieram a seguir, indicaram que o doutor estava entrando no quarto. Ele abriu um sorriso e deu mais uma lida na ficha em sua mão.

— Ei, garoto… teve sorte.

Poxa, que maravilha, vou até jogar na loteria.

— Apenas fraturas leves, mas... muitas.

— Como assim? — perguntei, não compreendendo.

— Não são fraturas graves, no entanto são várias fraturas — explicou. — Cerca de seis… todas no lado esquerdo do corpo.

— Seis? — Minha mãe pareceu chocada.

— Sim, senhora. — Olharam-me com certa pena. — Ombro deslocado, parte do cotovelo fraturado, pulso quebrado, uma costela com fratura leve, grande desconforto no joelho, e tornozelo levemente fraturado.

Fraturas, fraturas, fraturas e mais fraturas.

— Não vai poder mover o braço, dobrar o joelho ou se apoiar no pé esquerdo por cerca de dois meses. E três meses para a recuperação do pulso.

— Dois meses? — Minha mãe fez uma careta, a qual não pude compreender.

— Como pode ver, nós já fizemos os curativos necessários. — Ele apontou para o meu corpo.

Sim, metade do meu braço estava engessado e havia ataduras em torno da minha costela, assim como no joelho e tornozelo. O retorno da múmia assassina.

— A receita está aqui, e a senhora vai poder pegar todos os medicamentos na farmácia do hospital — O doutor disse a ela. — Ele vai precisar ficar em casa por pelo menos um mês, e até que possa usar a perna esquerda, suponho que leve umas duas semanas. Nada de esforços, o repouso é indispensável para a sua recuperação.

Eu ouvia tudo aquilo e me mantinha calado, mas, na verdade, queria gritar um palavrão bem alto para que o mundo todo ouvisse, porque, céus, como essas porras acontecem comigo?!

— Por ter sido vítima de uma tentativa de homicídio, um helicóptero da polícia irá levá-lo de volta para Curitiba, para vocês não precisarem pegar um ônibus ou avião, certo? — Explicava à minha mãe. — Uma enfermeira passará um dia e uma noite acompanhando o Pellegrini, para ensinar os cuidados precisos. A não ser que a senhora contrate uma enfermeira particular.

— Eh... não, eu mesma vou cuidar.

Eles continuaram a conversar sobre os detalhes do tratamento, mas desviei minha atenção, pensando na tortura que seria passar tanto tempo com meu corpo nesse estado.

Meu Deus, eu sou muito fodido. Dá até vontade de rir. Só que até rir deve doer por conta da minha costela.

Mas tem um lado bom: pelo menos não foi o braço da punheta que eu quebrei.

Merda. Mil vezes merda.

O doutor nos cumprimentou e retirou-se; logo em seguida, ouvimos batidas à porta. Quando minha mãe atendeu, pude ver que era Erick. Eu não o via desde quando fui atropelado. Ele mantinha a cabeça baixa e as mãos entrelaçadas em frente ao corpo.

— Posso falar com o Alan? — perguntou, com sua voz saindo baixa e acanhada.

Minha mãe respirou fundo e o olhou.

— Não é uma boa hora. Me perdoe, mas não quero que veja o meu filho por enquanto.

Ah, meu Deus.

Eu ia dizer algo, mas Erick foi mais rápido.

— Eu entendo, me desculpe!

Ele me olhou rapidamente, por cima do ombro dela, e partiu, sumindo de minha vista. Minha mãe fechou a porta e voltou para sua poltrona. Eu a olhei, um pouco abismado.

— Mãe…?

— Não quero saber — Foi irredutível, me olhando severa. — Você pode ter perdoado esse menino, mas eu não quero vê-lo perto de você. Se vocês voltarem, vai ser depois que você já estiver recuperado.

— Por que isso, mãe? — Meu tom era calmo, apesar de estar indignado.

— Alan, você é um bobo. — Suspirou pesadamente. — Viu onde veio parar por causa desse rapaz? Uma louca quase te matou.

Eu bufei e virei a cara, sentindo uma dor em meu pescoço, mas ela continuou a falar:

— Eu vi como você passou o último mês… e agora você vem pra uma cidade que nem conhece, invade um cartório, vai preso e, no final, é atropelado. Sei que não quer ouvir isso, mas você só tem se fodido por causa desse garoto.

Eu não queria nem podia respondê-la, então só me calei.

— Vou pegar os remédios.

Quando ela saiu, movi meu braço bom até o pequeno móvel, ao lado da cama de hospital, e apanhei meu celular. Havia ligações e mensagens de Antônio, e minha mãe parecia ter ligado para ele mais cedo.

O dia seguinte seria trinta e um de dezembro, e eu passaria deitado em uma cama, tomando sopa. Olha, Alan Pellegrini, meus parabéns!

Céus, aonde foi que eu cheguei? Caralho, eu sofri um atentado.

— Que bagunça! — Grunhi, e isso fez com que meu abdômen doesse. Meu corpo inteiro estava dolorido, e se não fosse pela porrada de remédios, os quais me deixavam sonolento demais, eu estaria gritando de dor.

Eu só queria voltar para Curitiba imediatamente.

Não sabia como Erick e Diego estavam, e para ajudar, a minha mãe havia afastado Capdeville. Pensando nisso, eu bufei, me sentindo inútil por estar preso à cama, sem poder mover nem minha cabeça direito.

Quando minha mãe voltou, carregando uma sacola grande de remédios, nós não tivemos tempo para mais nada, pois, logo em seguida, o médico entrou no quarto e avisou que estávamos prontos para voltar para nossa cidade.

Foi assim que eu imaginei andar de helicóptero pela primeira vez? Não, não mesmo.

Foi estranho pra caramba ser levado em uma cadeira de rodas pelo hospital. Somente por ficar sentado, meus membros queimavam de dor. Os movimentos um pouco bruscos que tiveram que fazer, para me pôr e me tirar da van, fizeram minha cabeça praticamente trincar. O barulho ensurdecedor do helicóptero fez cada dorzinha do meu corpo se multiplicar umas três vezes, e mesmo que o caminho fosse curto, bastou para fazer com que eu chorasse.

— Meu bem… — Minha mãe me chamou, limpando minhas lágrimas com um lencinho, enquanto nós "voávamos".

Voltando para casa de helicóptero… seria um luxo, se não fosse um helicóptero da polícia e eu não estivesse todo quebrado.

Cite alguém mais fodido que Alan Pellegrini, vou esperar.

Quando o helicóptero pousou no heliporto mais próximo ao meu bairro, agradeci por estarmos em terra firme.

Dentro de uma ambulância, mais uma vez, apenas esperei que chegássemos à minha casa.

E quando me puseram na minha cama, já era noitinha, então apenas tomei o remédio que a enfermeira indicou e dormi.

Eu só queria me esquecer de tudo, até do meu nome.

No dia seguinte, quando acordei, meu corpo inteiro latejava de dor, e eu gritei, fazendo minha mãe e a enfermeira romperem o quarto. Nunca chamei tanto a minha mãe. Só fui capaz de me alimentar quando a dor acalmou, e, porra, aquela sopinha aguada era totalmente desanimadora.

Eu fiquei calado, enquanto a enfermeira explicava à minha mãe como fariam para me levar ao banheiro, quando eu precisasse. Eu teria que ser posto na cadeira de rodas primeiro.

— Senhora — chamei. — Minha mãe não tem força pra me levantar.

Qual é? Minha mãe não tinha mais energia e força, e eu pesava quase trinta quilos a mais que ela.

— A gente consegue. — Minha mãe deu um sorriso.

Desviei o olhar, imaginando uma forma de me levantar sozinho, sem minha mãe precisar se matar de tanto fazer força.

— Vou deitar com a parte boa do meu corpo na beirada da cama, mãe — falei. — Assim eu consigo sentar, e a senhora me ajuda a levantar.

— Bom, vocês só precisam tomar cuidado com a costela — A enfermeira avisou. — Mas dia sim e dia não, um enfermeiro passará aqui para ajudar em algumas tarefas.

Eu suspirei, vendo que elas entraram em outros assuntos, e peguei o meu celular, discando o número de Ícaro.

— *Garoto!* — Ele me atendeu. — *Que loucura foi essa? Não consigo acreditar até agora!*

— Nem eu. — Fechei meus olhos, falando baixo. — Como você e o Antônio estão?

— *Bem… preocupados* — disse. — *Sua mãe me disse que vocês já estão em Curitiba, que você tá com metade do corpo quebrado.*

— Foram fraturas leves — expliquei. — Mas dói pra caralho.

— *São ossos fraturados, Alan… esperava o quê?* — perguntou. — *Que puta azarado você, hein?*

— Só falta chover e um raio cair na minha cabeça — resmunguei. — Sabe do Diego?

— *O advogado está tentando… O Erick vai assumir a conta da defesa* — falou. — *Parece que a tal da Valéria deixou umas três jóias no nome dele, então ele vendeu algumas e está tratando do caso do Diego. Mas, olha… a situação não tá muito boa, ele já foi até mandado para a penitenciária.*

Puta merda, viu!?

— Ah, meu Deus… — Rolei os olhos. — Será que ele vai ficar lá por muito tempo?

— *A princípio, três meses…*

— Que caralho… — Praguejei. — Não, sério… que cambada de fodidos! Não é possível, Ícaro… parece que a gente nasceu pra tomar no meio do cu.

— *Literalmente…* — Riu fraco. — *Ah, cara, vocês são uns merdas… sinto muito.*

— Eu tô sabendo. — Bufei. — Porra, viu!? Dá até vontade de me jogar da janela do primeiro andar.

— *Você já está quebrado o suficiente* — disse. — *A única parte boa de tudo isso é que a tal de Valéria tá presa.*

— Será que ela vai conseguir sair? — Eu me preocupei.

— *Alan, você tem sete testemunhas e seis são policiais.*

Aquela mulher era realmente surtada.

— Eu só sei que agora vou ter que mijar sentado.

— *Boa sorte* — desejou.

Nós trocamos apenas algumas palavras, antes de ele me dizer:

— *Preciso ajudar meus pais, mais tarde eu te ligo pra desejar um Feliz Ano Novo.*

— Certo.

— *Fica bem, garoto.*

Logo, minha mãe entrou no quarto, sorrindo, um pouco tristonha.

— Vamos te dar um banho, Pelle…

Eu assenti, vi a enfermeira vir com a cadeira de rodas e tentei ajudá-la ao máximo a me pôr ali, então não foi muito difícil. Nu, eu me sentei na cadeira posta debaixo do chuveiro e deixei a minha mãe lavar meu corpo, enquanto eu lavava minhas partes íntimas.

— Ia dizer que, depois de homem barbado, eu tenho que te dar banho de novo — Minha mãe disse. — Mas você nem tem barba.

Eu nem respondi, pois meus ferimentos ardiam por conta do sabão. E arderam mais ainda depois que me secaram, me vestiram, me levaram para a cama de novo e começaram a refazer os meus curativos.

— Como é muito esforço — A enfermeira dizia —, daremos banho nele um dia sim e outro não. Ele não pode mover muito o corpo, tá?

Ferido e fedido.

Depois daquilo e mais umas conversas com minha mãe, ela foi embora, deixando algumas regras escritas em uma espécie de "manual do piá atropelado".

Minha mãe ia me dizer algo quando seu celular tocou. Ela atendeu, e logo percebi que se tratava de uma das minhas tias na ligação:

— Não, ele tá bem agora… Mas é lógico que não, não posso levá-lo aí! — Olhou-me, mas concentrada na conversa. — Sei que é virada de ano… Ah, ela fez uma sopa pra ele?

Eu ri fraquinho, apanhando meu celular para passar o tempo, escutando minha mãe dizer:

— Tudo bem… vou passar aí pra pegar.

Quando encerrou a ligação, eu logo disse:

— Pode ir pra casa dela mãe, vou ficar bem aqui.

— Alan… eu vou só buscar uma sopa que fizeram pra você, está bem gostosa. Já volto.

— Tô falando sério — insisti. — Vai ter um punhado de comida boa lá, e a senhora tem suas tradições a cumprir. Vou ficar "ok" aqui, se eu sentir muita dor, ligo.

— Não é uma boa ideia — Ela disse. — E se sentir fome? Sede? Quiser ir ao banheiro?

— Deixe uma garrafa de água aqui e aquela sopa do almoço em um pote… Não vou querer ir ao banheiro. Nem posso me mover muito, lembra?

Realmente não queria que ela passasse a noite de Ano Novo me olhando dormir, e eu estava apenas quebrado, nada que precisasse de supervisão vinte e quatro horas por dia.

— Então… volto assim que terminar de fazer meus pedidos, depois de meia-noite. Antes da uma hora da manhã, estarei aqui. Certo? E eu vou te ligar.

— Deixe a chave de cópia na minha caixa de correio — pedi. — Quero ver se o Antônio vem me ver ainda hoje.

— Tudo bem — concordou. — Tem certeza de que vai ficar bem?

— Sim, mãe.

Ela demorou cerca de uma hora a ir, atarefada entre deixar a minha sopa quente, minha cama confortável e tudo ao meu alcance, e me deu um beijo na testa antes de ir embora.

O meu telefone chamou uns vinte minutos depois, mostrando bem grande o nome do Antônio. Eu só esperava que ele não viesse com seu desespero para o meu lado.

— Alô, Antônio.

— *Você tá bem?!* — gritou.

Ah, não.

— Ótimo. — Rolei os olhos.

— *Hum, tá sendo todo sarcasticozinho, então tá maravilhoso! Filho de uma mãe!*

— Antônio… minha cabeça tá doendo — precisei dizer.

— *Desculpa* — pediu. — *Sua mãe tá aí?*

— Não, eu pedi pra que ela fosse passar a virada na casa da irmã dela — contei.

— *Mesmo? Você pode ficar sozinho?*

— Antônio, meu corpo tá machucado, mas eu tô saudável por dentro — expliquei. — Se eu sentir muita dor, vou ligar pra ela.

— *Mas ela te deixou sozinho, então?*

— Sim. — Suspirei. — Ela tem umas doze tradições de Virada que precisa fazer… E eu sei que ela ficaria o resto do ano se culpando por não ter comido a droga das uvas no dia trinta e um de dezembro, então…

— *Entendi.* — Riu. — *Quer que eu vá aí?*

— Onde você está?

— *Na casa dos meus pais e depois vou encontrar o Ícaro.*

Eu queria chamá-lo, mas pensei melhor... só atrasaria seus planos, então respondi:

— Não... tô tranquilo.

— *Vai ficar sozinho?*

— Uma irmã do meu pai virá me ver — inventei.

— *Mesmo?* — perguntou, parecendo preocupado.

— Sim — menti.

— *Certo... Olhe, o Erick te contou que o Diego foi transferido para Curitiba?*

Eu nem poderia visitá-lo.

— Não... Nem estou falando com o Erick.

— *Por quê?* — Pareceu muito surpreso.

— Minha mãe meio que proibiu ele de falar comigo.

Ah, eu me senti com treze anos de idade mais uma vez.

— *Caramba...* — Antônio soou incrédulo.

Depois disso, nós logo encerramos a ligação, e tornei a ficar em silêncio. Meu ombro formigava, cotovelo e joelho latejavam e meu pulso parecia dormente de uma forma ruim, assim como meu tornozelo e costela. Acho que já dá para me mandar para um açougue.

Eu tomei um golinho de água, só para molhar a garganta, e abri o *YouTube* no meu computador, escolhendo alguma comédia para assistir, enquanto ouvia alguns fogos começarem a ser estourados na rua, mesmo que fossem só oito da noite ainda.

Sem conseguir me distrair com o filme, comecei a pensar no Erick. Eu não sabia onde ele estava, com quem estava, se estava bem. Erick não tinha ninguém. Como ele passaria o Ano Novo?

Meu telefone vibrou mais uma vez, com a chegada de uma mensagem.

espero que esteja bem, que fique bem! :(— Kai

Kaíque. Eu sorri de verdade pela primeira vez, mas logo o sentimento gostoso passou. Erick teria me achado interessante mesmo, se eu não estivesse bêbado e tivesse chorado horrores por causa do Kaíque?

A vida é estranha.

E agora? O que eu faço com Erick Capdeville? Por que as coisas não estão saindo como deveriam? Por que não estamos juntos agora? Por que, mesmo que eu o queira perto, não me sinto confortável?

Respirei fundo e mandei uma mensagem ao Ícaro:

Me passa o número do Erick — AP

Ele logo respondeu, e antes mesmo de salvar o contato, toquei no número e fiz uma chamada:

— *Olá* — atendeu, com sua voz acanhada. — *Quem fala?*

— Alan — respondi, sentindo um frio na barriga.

— *Alan? Uh... oi* — Parecia um tanto constrangido. — *Sua mãe deixou você me ligar?*

— Não — Minha voz saiu tímida como a dele. — Ela saiu.

— *Quer falar rápido, antes que ela volte?*

Ah, como eu senti saudade de todas as suas perguntinhas sensatas.

— Não... ela só volta depois da virada — expliquei. — Mas eu tô bem.

— *Está sozinho, então?*

— Sim.

Nós ficamos em silêncio, sendo perceptível apenas sua respiração, até que ele se pronunciou:

— *Quer que eu...?*

— Venha aqui? — Completei. — S-sim.

— *Tudo bem* — Ele me disse. — *Eu já chego aí.*

— As chaves estão na minha caixa de correspondência — avisei, e nós nos despedimos.

Restou-me esperar, e eu fiz isso cheio de ansiedade, dando *google* em coisas inúteis. Tudo sobre Erick me deixava explodindo de sentimentos complicados. Ele me magoou muito, mas eu precisava dele comigo. É algo tão esquisito, tão impregnado em mim. Eu geralmente supero facilmente essas coisas, mas com Erick, tudo está tão tatuado em mim. Literalmente. Ha-ha.

— Ah, eu sou um lixo, tá comprovado — murmurei, mirando a tatuagem de Sol em meu braço.

Quando ouvi o som do trinco da porta, tentei arrumar a minha postura, mas não tinha o que fazer, além de ficar deitado feito uma batata. Quando Erick entrou, eu o vi atravessar a sala e deixar a bolsa e uma sacola no sofá, dando uma olhada rápida em volta. Pisquei os olhos várias vezes, enquanto ele vinha em minha direção, tirando o gorro e o casaco pesado, ajeitando o cabelo platinado e sedoso.

Ao se sentar na beira da minha cama, abriu um sorriso discreto, antes de analisar a minha situação, afastando um pouco o cobertor para ver a minha perna.

— Alan... me desculpa por tudo isso.

— Não, não — pedi, um pouco rabugento. — Sem pedidos de desculpa... Não quero ver você se desculpando o tempo todo. Eu não te culpo por essa merda, não peça desculpas... Não insista, por favor.

Ele me olhou um pouco assustado, deixando-me envergonhado. Eu só estava tão cansado de todos os olhares de pena, mesmo antes de ser atropelado, antes de ser preso, antes de perder Erick ou Kaíque... desde sempre. Cansado de ser o "pobre Alan".

Droga, desde a infância, as pessoas sempre lamentaram ao me ver pela frente, eu sempre fui um coitado, sempre sofrendo por conta de alguma coisa. É irritante, cansativo!

Só queria ter sucesso por, ao menos, um dia, ser tratado como homem por, ao menos, um dia, sem ter pessoas bagunçando o meu cabelo como se eu ainda tivesse quinze anos de idade. Não que eu quisesse ser um machão, homem da família, eu só queria um tratamento mais maduro, mesmo gostando de ser chamado de "bebê".

— Como você está? Os remédios estão ajudando? — Erick perguntou, cobrindo minhas pernas.

— Estou bem. — Soltei um suspiro. — Estão... mas assim que o efeito passa, volta a doer como o inferno.

— Eu sinto muito — disse, soando totalmente culpado.

— Não, Erick... — Voltei a pedir. — Não fale desse jeito, não me olhe desse jeito.

— Eu não te entendo, Alan — confessou. — Se sua mãe chegar e eu estiver aqui? Acho que... que eu não devia ter vindo.

— Tenho vinte e dois anos, eu me sustento — Tive que dizer. — Esta é a minha casa.

Eu respeitava minha mãe, mas desta vez, teria que lhe desobedecer.

Erick olhou-me e assentiu, desviando a atenção para meu braço ferido.

— O Ícaro disse que você quebrou o pulso.

— Foi... vai ser o mais difícil de curar — confirmei, vendo-o se levantar da cama e se agachar ao meu lado, com seus olhos cintilantes mirando os meus curativos.

— Você não tinha isso antes... — comentou, tocando delicadamente a minha tatuagem.

— Fiz esses dias.

Bêbado pra caralho, chorando por você.

— É um Sol... — Ele fez um carinho sobre o desenho. — O que significa?

Não consegui responder, eu só olhei em seus olhos por um tempo, antes de desviar meu olhar para os seus lábios um pouquinho esbranquecidos, como não costumavam ser antes.

Acho que, mesmo que nossas mentes estivessem confusas, nossos corpos tinham certeza.

Erick ficou de pé, se inclinou sobre mim, mas sem me tocar, por causa dos ferimentos, e juntou nossas bocas. Foi apenas um selar simples, mas aqueceu meu coração. A singela pressão de seus lábios nos meus, era capaz de me levar à outra realidade.

— Trouxe comida — avisou, andando até a porta.

— Estão me dando só sopa.

— Hum... pra não forçar o corpo? — perguntou.

— Acho que sim — Foi apenas um murmúrio.

— Ainda bem que trouxe sopa de frango e legumes. — Riu, trazendo uma tigela ao quarto.

Minha mãe deixou-me em uma posição boa para tomar água, mas não tão boa para comer, e Erick percebeu.

— Você só pode ficar assim? — Questionou, tirando o meu cobertor por um momento, e neguei com a cabeça. — Certo.

Erick, com extremo cuidado, segurou a minha perna e o meu braço bons, usando-os para me puxar para cima. Deu a volta na cama, pegou na minha bunda — o único lugar intacto —, empurrou, até que eu estivesse meio sentado, e meio deitado e arrumou os travesseiros. — Está bom assim?

— Sim.

— Que bom! — Sorriu e alcançou a tigela. — Posso me sentar na cama?

— Claro — assenti, e ele chutou as botas que calçava, se sentando com pernas de índio ao meu lado. — Vai me dar na boca?

— Você tem como segurar?

— Não.

— Então... — Mexeu a sopa com a colher, soprando um pouquinho, antes de puxar um punhado e direcionar à minha boca. — Está gostosa? Eu tentei fazer o melhor... mas a cozinha da pensão é apertada.

— Está ótima — falei a verdade. — Está numa pensão?

— Sim... — Deu um sorriso triste. — Não tenho dinheiro pra alugar um lugar agora.

Eu nem consegui responder, pois logo tratou de enfiar comida na minha boca. Ele nem me dava tempo de falar, só enfiava a colher na minha boca, me mantendo calado o tempo todo.

Em pouco tempo, eu terminei de tomar a sopa. Por que será?

— Quer água? — perguntou, pegando a garrafa na mesinha de cabeceira. — Pode tomar álcool?

— Acho que sim — respondi, logo me calando para beber a água que ele me ofereceu.

— Vou te dar um pouquinho de vinho — avisou, desceu da cama, deixou o quarto e voltou com uma taça cheia, até a metade, de vinho e um bolo pequeno. — Não fique bêbado, você já sabe como fica quando bebe demais.

Eu ri e apanhei o copo, bebendo de uma vez só, sentindo minha garganta queimar por um tempo.

— É bolo de quê?

— Eu nem sei. — Sentou-se ao meu lado. — A senhora da loja só disse que devo dividi-lo com a pessoa que amo — disse, deu uma mordida e entregou-me a outra metade.

Eu comi, e era delicioso, tinha o gosto doce de quando eu o beijava.

— Qual o significado desse bolo? — perguntei, olhando atentamente.

— "O casal que divide o Bolo do Beijo nunca terá seus corações separados em vida, nem além" — Erick explicou e beijou-me.

Eu acho que corações não vão ao psicólogo, porque eles são incompreensíveis de qualquer maneira.

No silêncio do meu quarto, eu admirava Erick, os meus olhos focavam, várias e várias vezes, cada detalhe de seu belo rosto. Tudo nele era singelo e delicado, tudo nele fazia meu coração apertar.

Era tão estranho não me sentir confortável com o homem que eu amava, era tão estranho beijar sua boca, sentir seu carinho e saber que havia rancor dentro de mim. Eu o amava, mas doía, e eu não podia controlar. Ao mesmo tempo que o queria o mais perto possível, também sentia que era falta de dignidade minha.

Eu não tinha orgulho mesmo, e isso às vezes me deixava mal, envergonhado. Como muitos diziam, eu era um "bobo", mas não podia fazer nada, porque Erick Capdeville era belo, e somente o seu calor me aqueceu, porque sua pele era a mais macia, porque seu olhar era o mais acolhedor e sua voz, a mais melodiosa. Tudo nele era irrecusável.

Seu corpo, tão bem esculpido, descansava em minha cama, ao meu lado, enquanto seus dedos subiam e desciam no meu braço saudável, me acariciando. Tanto ele quanto eu apenas nos mantínhamos calados, ouvindo a algazarra das pessoas do lado de fora, gritando e soltando fogos.

Erick abriu um sorriso pequeno, ao checar o celular, e olhou-me, sentando-se.

— Dois minutos para a meia-noite.

Dei um sorriso fraco, olhando em seus olhos brilhantes. Guardava uma leve irritação dentro de mim, eu estava um pouco bravo e não sabia explicar, era algo que ia e vinha. Havia horas em que a chateação era por causa do que o Erick fez; havia horas em que era por mim mesmo, por ser tão fraco. Desviei meu olhar para a janela, observando, através dela, as luzes lá fora, e perguntei:

— Não quer ir lá fora?

— Não — Erick respondeu. — Minha virada de ano seria uma completa droga se eu não estivesse com você... Acha que vou sair do seu lado?

Meu Alan interno se dividiu em dois: um dizia "Ele é tão precioso", enquanto o outro furiosamente perguntava "Por que me deixou, então?" E eu me sentia tão confuso.

Minha falta de reação fez Erick abaixar a cabeça, se distraindo com os desenhos de meu lençol, e puxei o ar, suspirando alto, voltando minha atenção para fora.

Eu o ouvi contar bem baixinho.

— Nove... oito, sete, seis, cinco... quatro, três, dois... um.

Os estrondos ensurdecedores dos fogos de artifício puderam ser ouvidos todos ao mesmo tempo, enquanto o céu se iluminava com o *show* de luzes.

— Feliz Ano Novo — Erick disse, ainda de cabeça meio baixa.

Eu soltei um muxoxo, levando minha mão ao seu rosto e o erguendo cuidadosamente.

— Feliz Ano Novo, Erick.

É... eu estava uma bagunça.

Erick sorriu, tristonho, esfregando sua bochecha na minha mão, fechando seus olhos.

— Eu desejo tanto que você me perdoe um dia.

Era tão confuso em minha cabeça, em meu coração, porque eu não culpava Erick, mas também não conseguia compreender sua cabeça, o que tornava tudo tão complicado de engolir.

— Não pense nisso agora — pedi, usando meu polegar para acariciar sua bochecha rosadinha. — Venha me dar um beijo, sabe que não posso ir até aí.

Ele riu fraquinho, se arrastando para pertinho, e capturou meus lábios com os seus, envolvendo nossas línguas. E todo o seu cuidado e carinho ao me tocar eram algo enlouquecedor.

Minha cabeça dizia "fique bravo com ele", e meu coração implorava "não, você o ama". É um caos aqui.

— Eu te amo, Alan — Erick sussurrou contra meus lábios, acariciando meu rosto e cabelo, e fechei meus olhos, sentindo aquela angústia confusa em meu peito. — Eu juro... nunca mais vou ser mau para você. — Então, suas lágrimas caíram, e isso partiu meu coração em vários pedacinhos. — Eu sinto tanto, Alan... sinto tanto por ter estragado o que nós tínhamos, por ter feito você ficar mal.

Passei meu braço por seus ombros e puxei-o para perto, beijando sua testa e deitando sua cabeça em meu peito.

— Eu sei, Erick... não fique assim.

Eu só queria não ter mágoas dentro de mim, porque Erick é meu amor, merda.

— Não fique triste comigo — Ele pediu, com sua voz chorosa, e eu não respondi, levando-o a se sentar e me olhar. — Você vai me chamar se me desculpar? Vai deixar eu ficar com você?

Suspirei, olhando em seus olhos, e assenti honestamente. Erick fungou, enxugando as lágrimas nas bochechas, e desceu da cama, calçando os sapatos e vestindo o casaco grosso.

— Eu vou embora, antes que sua mãe chegue.

Eu fiz uma careta, lamentando, e ele apanhou tudo o que havia trazido, arrumou a bolsa e a pôs no ombro.

— Pegue uma touca minha no armário, está chovendo — disse, me sentindo inútil por não conseguir sair da cama. Ele concordou e foi até a cômoda, me olhando. — Na segunda gaveta...

Erick abriu-a e pegou a primeira touca que viu — uma preta —, mas não fechou a gaveta imediatamente, ficou encarando algo dentro dela.

— O que foi?

Ele deu um sorriso fraco e apanhou uma foto de dentro da caixa, vindo até mim.

— Lembra do nosso primeiro beijo? Da garota que fotografou?

Eu ri baixinho, me lembrando daquele dia.

— Sim.

Erick me mostrou a foto, e vi nós dois de lábios colados, com o momento capturado perfeitamente na *polaroid*, e um sorriso cresceu em minha boca.

— Foi um belo beijo.

— Claro que foi — soltou um murmúrio. — Éramos nós dois nos beijando.

Mantendo meu sorriso, alcancei seu rosto e fiz um carinho em sua bochecha, vendo-o fechar os olhinhos. Ele ainda era o ser mais lindo que já vi na vida.

— Eu vou andando... Ainda estou esperando uma ligação de Diego — disse, se levantando e arrumando a roupa. — Se precisar de alguma coisa, me liga.

Eu concordei, sussurrei um "tchau", enquanto ele deixava meu quarto, e ouvi o som da porta abrindo e fechando. Sozinho, distraí meus ouvidos com o som das pessoas lá fora, com o barulho das festas.

Um telefonema de Ícaro e Antônio, desejando Feliz Ano Novo e muitas melhoras.

Minha mãe não demorou a chegar, e eu adormeci, ouvindo-a falar.

Os dias seguintes foram dolorosos, vergonhosos, tediosos. Aquela foi, honestamente, a semana mais demorada da minha vida. Um dia parecia ter quarenta e oito horas, e a minha alegria era quando a noite caía, indicando que mais um dia vazio tinha ido embora.

Como foi o meu maravilhoso dia primeiro dia de janeiro? Ah, uma merda. Passei o dia inteirinho na cama, comendo sopas ralas, por causa da minha costela, e com o gosto dos remédios em minha língua.

O segundo dia do ano? Igualmente horrível. A única coisa diferente foi que me deram banho, e eu quase morri de dor sentado naquela cadeira, passando imensa vergonha em frente à minha mãe.

No terceiro dia do maravilhoso ano, Antônio veio me visitar, explicando que não havia vindo antes por estar em outra cidade.

— Então, o Erick passou a virada aqui contigo? — Perguntava, enquanto roía as unhas. — Como foi?

— Foi bom — limitei-me a dizer.

— Bom? — Olhou-me desanimado. — Tu tá nessa merda pra ter sido apenas bom?

— Irmão. — Suspirei. — Não é tão fácil...

Ele entortou os lábios e me olhou.

— *É verdade. Desculpa.*
— *Tá tudo bem.*

O quarto dia foi um pouco complicado. Eu cochilava, quando Erick ligou para o meu celular, e somente acordei com o som da voz da minha mãe ao telefone.

— Sim, ele está bem… Por que agora se importa? Não foi fácil deixá-lo? Tanto faz! Agora, meu filho está todo quebrado em uma cama por causa da sua mesquinhez!

— Mãe! Por favor! — Eu pedi, frustrado, vendo-a desligar o celular. — Mãe… para com isso.

— Esse menino subjugou o seu amor, te deixou sem mais nem menos.

Respirei fundo antes de dizer:

— Todo mundo subjugou meu amor, mãe. Todo mundo achou que eu logo encontraria outro namorado, que esqueceria ele em uma semana… até a senhora. Ou se esquece do "Não fique assim filho, logo, logo você se apaixona por outro menino"?

Ela nem me respondeu, só deixou o celular sobre a cama e saiu do meu quarto. E, ah, como aquela situação com ela era difícil de lidar.

O quinto dia foi meio confuso, já que, logo pela manhã, minha mãe pareceu frustrada, fazendo ligações de cinco em cinco minutos.

— Qual o problema, mãe?

— Ah, Pelle… eu não posso faltar ao serviço hoje, mas como vou te deixar sozinho o dia todo?

— Eu fico — resmunguei.

— Fica nada — respondeu. — Eu quero ver se sua tia pode vir.

— O marido dela não tá doente também?

— Ah, é verdade...

— Eu posso chamar o Antônio ou o Ícaro para vir ficar comigo algumas horas — sugeri.

— Vou ligar para o Antônio — falou, me fazendo rolar os olhos. Dez minutos depois, ela voltou ao quarto. — Pronto… fique comportado.

— O Antônio vai vir?

— Não — disse, pondo a bolsa no ombro. — O Kaíque.

E ela me deixou lá, com cara de tacho. Logo depois, Kaíque chegou, e seu riso frouxo revelava o quão envergonhado ele estava.

— Que situação, Alan — disse, assim que me viu.

Sabe como é estranho ganhar sopa na boca de um ex namorado? É, mas eu não tenho dignidade realmente.

O pior de tudo foi ele ter que me dar banho. Sim, nada em meu corpo era novidade para ele, tendo em vista que já tinha metido sua mão e boca em cada parte minha. Mas o mais trágico não foi isso, cara.

Eu estava debaixo do chuveiro, quando meu celular tocou, e sem nem pensar, eu pedi que o Kaíque atendesse. Adivinha? Era Erick.

— Oi — Kaíque atendeu. — Aqui é Kaíque falando. Ah, oi, Erick.

Uma bola de metal fria e pesada desceu por meu estômago.

— Não, só estou cuidando dele hoje, porque a mãe dele saiu... Sim, ela me chamou… Ah, poxa, não sei por que ela me chamou também. Hum… agora eu estou dando banho no Alan… Ah, ok, ligue daqui a pouco, quando ele estiver na cama.

Kaíque desligou, fazendo uma careta.

— Acho que ele ficou bravo quando falei que sua mãe me chamou… desculpa.

Eu soltei um suspiro.

— Está tudo bem.

O resto do dia foi silencioso. Enquanto Kaíque fazia seu trabalho no *notebook,* eu cochilava ou passava o tempo vendo coisas aleatórias na *internet*. E não, Erick não ligou de volta.

O sexto dia foi normal. Minha mãe ficou em casa, mexendo em papéis e mais papéis, trabalho que trouxe da firma.

No sétimo dia, eu não aguentei mais ficar deitado e me levantei. E para quê? Além de mal conseguir dar dois passos, minha mãe me pegou e me deu a maior bronca do mundo.

Ah, eu só queria tomar um ar na janela.

Era horrível estar daquele jeito, era insuportável, e ter somente a companhia das paredes era enlouquecedor. Minha mãe parecia tão estressada quanto eu, pois, se bem a conhecia, ela devia estar louca para ir para casa, para voltar ao trabalho.

Na semana que se iniciou, ela já acordou discutindo no telefone.

— Mas meu filho está doente! Eu não tenho ninguém para cuidar dele! Como quer que eu escolha entre voltar ao trabalho ou ser demitida? Isso é injusto.

Eu me enchi de culpa, porque sabia o quanto minha mãe amava o serviço e como se dedicava a ele. Por minha causa, ela estava pondo em risco o que demorou anos para conseguir.

— Merda — Eu resmungava. Porque eu não tinha como interferir, porque não tinha jeito de eu conseguir ficar sozinho. Eu mal conseguia alcançar um copo de água sem ajuda. E essa culpa estava acabando comigo, de verdade.

Ela passou aquele dia todo calada, claramente pensativa. Durante a tarde, fez ligações, e me senti um merda ao ouvi-la citar o nome do meu pai. Ela teve realmente que apelar para ele.

— Não pode me ajudar a pagar uma enfermeira? Ah, sim, você está afastado, é verdade... Teve que fazer um empréstimo? Oh, tá... Não, tudo bem. Eu entendo.

Não precisei perguntar para saber que meu pai também não podia ajudar. E meu salário também não dava para porcaria nenhuma, ia todinho para as despesas de casa.

— Qual a situação, mãe? — perguntei seriamente quando veio me dar um suco. — O que a firma quer?

Ela bufou e me olhou.

— O trabalho está todo acumulado... eu sou a única técnica da minha área no nosso setor. Eles precisam de alguém... e se eu não puder voltar essa semana, vão me demitir.

Eu abaixei minha cabeça, sem poder fazer nada.

— Sinto muito, mãe.

— Não, meu bem. — Acariciou meu cabelo. — Eu arranjo outro serviço assim que você melhorar.

— Não, mãe. — Eu a olhei. — Você ama aquele trabalho.

— Mas amo muito mais você. — Sorriu, tristonha. — Vou ligar pra eles amanhã.

— Mãe... não tem outra alternativa?

— Outra alternativa seria alguém vir ficar com você — disse. — E não temos ninguém.

Eu mal consegui dormir naquela noite, estava extremamente desconfortável e irritado com a nossa situação, com o que minha mãe estava precisando fazer.

Ao acordar, no outro dia, ela lavou meu rosto e me ajudou a ir ao banheiro. E seu desânimo e cansaço eram super visíveis. Depois de pentear meu cabelo, ela pegou a bolsa e avisou:

— Vou ao mercado, é rapidinho.

Ouvi o barulho da porta sendo aberta por ela, mas não ouvi o barulho dela fechando, eu só ouvi a voz de Erick:

— Eu vim vê-lo.

— Não vai vê-lo — Minha mãe foi rápida em responder.

— Ah, pare com isso, por favor! — Ouvi Erick pedir. — Você preferiu chamar o ex dele para ajudar ao invés de mim, que namoro com ele!

— E daí?

Ah, minha mãe é dura.

— E daí que eu tô com saudade, tô preocupado! A senhora não pode fazer isso — Erick respondeu.

— Caguei — Minha mãe disse-lhe.

— Mãe! — Chamei, tomando fôlego e levantando-me. Eu me arrastei, me segurando nas paredes, chorando de dor, e cheguei à sala. — Para com isso, mãe.

— Alan! — Minha mãe olhou espantada, correndo até mim, enquanto meu corpo ia escorregando pela parede.

Erick alcançou-me, junto dela, e tomou-me nos braços. Enquanto eu chorava de dor, ele suportou boa parte do meu corpo, me levando de volta para a cama, deitando-me nela, e ofegante, me olhou.

— Você é louco, Alan? Pelo amor de Deus!

Erick posicionou-me confortavelmente na cama e pegou lenços para enxugar minhas lágrimas.

— Não pode fazer isso! Seus ossos não estão bons. Se você se esforçar desse jeito, só piora, meu bem.

— Desculpe — pedi baixinho, sentindo dores horríveis.

— Prometa que não vai mais fazer isso — Erick pediu, arrumando a manta sobre mim e acariciando meu rosto.

— Prometo — assenti.

Minha mãe, parada na porta do quarto, pigarreou, chamando nossa atenção.

— Vou ao mercado.

Nós a vimos deixar o quarto e fechar a porta de casa, e Erick beijou-me rapidamente.

— Você está bem? — Eu o olhei e mexi a cabeça, negando. Ele fez um bico chateado e soltou um muxoxo. — Mas vai tudo ficar bem.

— Minha mãe vai se demitir do trabalho para cuidar de mim — contei.

Ele me deu um olhar cabisbaixo e pediu:

— Me desculpe por tudo isso…

— Não — murmurei. — Não é culpa sua.

— É, sim… — respondeu, desviando o olhar. — Sua mãe não tem outra opção? Ninguém pode vir ficar com você?

— Não… todo mundo trabalha ou estuda — disse-lhe.

— Só eu não faço nenhum dos dois. — Tombou a cabeça para o lado. — E sua mãe nem deixa eu vim te ver.

Nós nem tivemos tempo de ficar em silêncio, pois seu celular tocou em seguida, e ele atendeu o que parecia ser um número desconhecido.

— Alô?

— *Erick.* — Pude ouvir dizerem. — *É a Nana.*

— Ah, oi, Nana... mudou de número? Como pegou meu número novo?

— *Sim... hum, peguei com o Anderson... Ele me disse que você voltou para Curitiba, que está sem trabalho, vivendo numa pensão horrível.*

Vi Erick suspirar e responder:

— É isso mesmo...

— *Erick, você sabe que não precisa viver assim. Volte a trabalhar na nossa casa e vai ter dinheiro todos os dias.*

Notei o que aquela mulher queria e de onde conhecia o Erick.

— Vou tentar mais uma entrevista... — Erick falou, de cabeça baixa. — Estou tentando conseguir algo que não seja... isso.

— *Sabe que não vai conseguir... Você passou tempo demais sendo garoto de programa para simplesmente conseguir outro emprego* — Nana disse a ele.

Meu coração já estava na mão, e eu terminei de deixá-lo cair no chão quando Erick a respondeu:

— Eu sei.

Sabe? Não, não! Erick merecia bem mais. Merda.

— *Você sabe que seu corpo é uma loucura, gatinho.* — Nana riu. — *Eles amam te ter na cama. Venha, volte a trabalhar para mim.*

Erick, batucando os dedos na coxa, demorou a responder:

— Nana...

Tomei o celular de sua mão e encerrei a ligação, fazendo com que ele me olhasse um pouquinho assustado.

— Você não pode voltar, Erick! Não pode pensar que fazer sexo é a única coisa que consegue fazer, por Deus. Você é jovem, saudável, inteligente! Não é porque passou dez anos fodendo pra ganhar dinheiro, que significa que isso é tudo que pode fazer. Caramba!

Em silêncio, Erick focou outro ponto distante do meu rosto.

— Só tenho dinheiro pra pagar mais três dias naquela pensão, Alan. Que escolha eu tenho?

— Tem escolha, sim! — falei, frustrado. — Você não pode voltar, Erick... não é possível que se prostituir seja a única alternativa! Você é meu namorado! Como outros homens vão te tocar? Céus, você quer me deixar louco?!

Ele me olhou pelos cantos dos olhos.

— O que quer que eu faça?

— Venha ficar aqui.

Ele demorou bons segundos a dizer alguma coisa, com seus olhos grudados em mim.

— Você tá falando sério?

— Sim.

Era a única forma, era como eu podia ajudá-lo.

— Mas… e sua mãe? — perguntou, incerto.

— Eu vou conversar com ela.

— Alan… — Suspirou. — Tem certeza?

— Por quê?

— Vai conseguir superar o que eu te fiz? — Ele me olhou com seriedade e medo. — Não vai se sentir mal comigo aqui?

— Erick… eu não sei. Não me pergunte agora — respondi honestamente.

Ele não disse mais nada, nem eu, e quando minha mãe chegou, eu a chamei até meu quarto.

— Quero te dizer uma coisa, mãe — falei, mas ela me cortou.

— Eu estava pensando na rua — disse ela, com as mãos na cintura. — Erick, você pode vir ficar com o Alan todos os dias?

Meu queixo caiu, e Erick me olhou surpreso, logo a mirando novamente.

— Claro, claro.

Minha mãe respirou fundo e nos deu as costas.

— Tudo bem. Traga suas coisas, Erick. Você vai cuidar do Alan, já que por sua causa uma baranga tentou matá-lo.

A convivência é uma coisa complicada

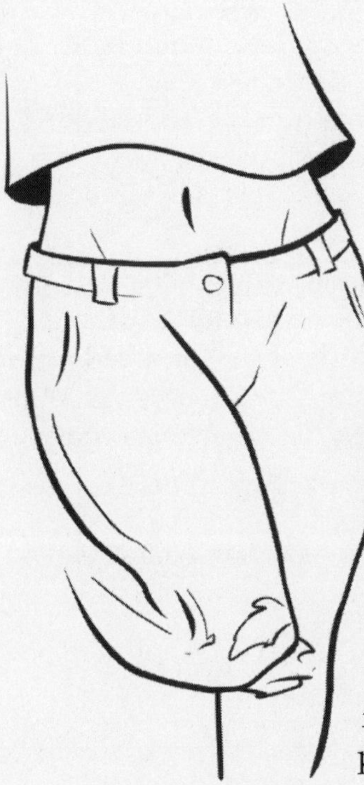

Cara, a vida às vezes é uma comédia tão sem graça que até me faz rir, de tão patética.

Incapaz de me mover sem gritar de dor, eu assistia a tudo deitado em minha cama. Vi minha mãe sair para trabalhar, levar suas coisinhas para sua casa, vi Erick trazer suas roupas para cá. Ainda era estranho pra caralho vê-lo ali, tão perto, pronto para morar comigo. Céus, como eu queria que isso estivesse ocorrendo de outra forma, mas se é assim que nosso belo sonho pode se tornar realidade, então que seja.

Quero dizer, ainda não é o meu sonho, o de viver juntinho dele para sempre, em uma casa realmente nossa, adotar crianças e tudo mais, porque ele está vindo para cá por nossas necessidades. E eu sei que será estranho, pois ainda não estamos cem por cento, porque tanto ele quanto eu ainda pensamos demais no que aconteceu.

Ah, estamos fodidos e mal pagos. Sério! Por que eu não podia me apaixonar por alguém normal? Por que tinha que ser justamente Erick e seu tremendo medo da vida?

Não sei, só sei que é ele quem amo e não há nada que eu possa fazer. É como se, a cada dia, meu coração se apertasse mais ao pensar nele, ao ouvi-lo, ao vê-lo. E sei que sou o maior idiota do mundo por ele. Eu juro, não há ninguém que possa ser mais bobo que eu quando o assunto é Erick Capdeville. Quando o assunto é Erick Capdeville e seu sorriso, seu olhar sempre vívido, suas bochechas coradas, seus toques gentis, sua voz macia, sua boca na minha.

— No que tá pensando? — Ouvi me perguntarem e lembrei-me de que Antônio estava ali, me dando uma mão, enquanto Erick estava fora, resolvendo suas coisas. — Tão aéreo...

— Desculpa — pedi, olhando-o.

— Eu entendo. — Antônio sorriu, se sentando ao meu lado e afagando meu ombro bom. — Muita coisa está acontecendo.

— Sim. — Suspirei, fechando meus olhos por um momento. — E eu não sei quando tudo começou.

— Começou quando você provou mais uma vez que sempre deixa o seu coração ganhar suas batalhas internas, não dando nem chances à razão.

— Isso é ruim, eu suponho — murmurei.

— Não... Digo, é como você age, e tem consequências boas ou ruins. E assim seria mesmo se você usasse apenas a razão — disse Antônio, se levantando e buscando um chá na mesa. — Ainda é cedo pra você saber.

Eu assenti, apanhando a xícara de chá de sua mão, bebendo um gole.

— Mas é tão confuso.

— Você se arrependeu de ter ido buscá-lo em Londrina? — Antônio perguntou, voltando a se sentar ao meu lado.

E eu imediatamente respondi:

— Não!

Ele riu fraco.

— Você é um bom garoto.

— Sou um idiota, isso sim — resmunguei.

— Nós ficamos assim quando amamos, Alan. — Riu mais uma vez, mas me olhou com seriedade. — Vocês vão ficar bem.

— Vamos?

— Vão! Um dia, vão se perdoar e estarão livres para serem como antes e ainda melhores — falou, e eu me permiti sorrir.

— Obrigado, Antônio.

— Foi nada. — Sorriu para mim. — Eu tenho que ir agora... quer alguma coisa antes?

— Não — disse. — Estou bem.

— Certo.

Eu bati uma continência para ele, ficando quieto, enquanto ele deixava meu quarto e minha casa, me deixando sozinho. Só faltava Erick chegar, e isso estava me enchendo de ansiedade, pois eu não fazia a mínima ideia do que fazer para as coisas não ficarem estranhas.

A verdade era que eu amava Erick, mas meu coração estava relutante, magoado. Sim, eu fui atrás dele, não podia deixá-lo se casar com aquela mulher, mas fui com dor no peito, fui entristecido com ele. E agora, quando o vejo, não consigo me controlar, sinto a pura necessidade de tocá-lo e beijá-lo, porque meu corpo pede o dele, mas, não, isso não significa que esteja tudo bem. Dentro de mim ainda há uma grande mágoa, por saber que o que fui para ele não o impediu de me deixar e tentar a vida com outra pessoa. Essa ideia me deixa para baixo.

É tão confuso, e por isso, me sinto um idiota, por nunca conseguir me entender, por agir por impulso, por só me meter em enrascadas. É sério, meu cérebro tem algum problema, vai além da dislexia e do déficit de atenção, porque sou realmente um tapado, que só faz merda e depois fica choramingando por dias.

E agora Erick estará comigo vinte e quatro horas por dia, me dando seus sorrisos, tocando-me com sua mão macia, fazendo com que eu queira me jogar do topo de um prédio.

Perdido em meus pensamentos vergonhosos, mal vi quando a sala da minha casa se encheu de movimentação. Erick havia chegado e, pelo que via, trazia suas malas para dentro, até que a porta se fechasse. Mas mesmo depois do silêncio se instalar, indicando que ele havia parado de mexer em suas coisas, ele não veio me ver.

— Erick? — Chamei, e ele veio, passando as costas das mãos pelas bochechas. Era visível que ele estava chorando. — O que foi?

— Hum… nada. — Forçou um sorriso, sentando-se nos pés da minha cama.

— Fala.

De cabeça baixa, ele soltou um suspiro.

— Eu só tô com vergonha.

— Vergonha de quê? — Fiquei confuso.

— De vir pra cá — disse, com a voz trêmula. — De vir morar de favor na sua casa, mesmo depois de ter te machucado. Isso me enche de vergonha.

Fiquei em silêncio, observando-o, enquanto meu coração tremia em meu peito. Eu não sabia o que dizer, pois enquanto ele sentia vergonha de vir, eu sentia vergonha por ser tão atrapalhado em meus sentimentos.

— Não precisa sentir — disse depois de um tempo. — É sério, não é como se você fosse simplesmente só ficar aqui. Você vai cuidar de mim, esqueceu? Além do mais, eu nunca te deixaria na rua.

Ele me deu um sorriso tristonho, se levantando e voltando para a sala, me deixando com dúvidas sobre o que eu disse, se havia soado bem, se o havia ajudado ou não.

De onde eu estava deitado, com metade do corpo apoiado em almofadas, eu podia vê-lo na sala, e agora ele colocava suas roupas em caixas, me deixando confuso.

— Erick!

— Sim? — Veio até a metade do corredor, dando-me atenção. — Quer alguma coisa?

— Não... Hum, por que está pondo suas roupas em caixas?

— Ah... Onde eu devo colocá-las, se não em caixas? — perguntou.

— No armário. — Apontei para o meu guarda-roupa.

Ele me deu um olhar duvidoso.

— Não... não posso invadir seu armário, Alan.

— Claro que pode. — Ri fraco. — Nas caixas, elas vão mofar, vai ser difícil achar a roupa que quer, sabe? Ponha no meu armário, pronto.

Ele suspirou, me dando as costas e trazendo uma das caixas ao quarto.

— Vou pôr só as que eu mais uso. As outras eu vou deixar nas caixas... nem iria caber tudo no seu guarda-roupa.

Eu assenti, vendo-o deixar a caixa no chão e olhar o armário.

— Nessa terceira porta. — Apontei. — Tira os cobertores dali e coloca suas roupas.

— Não vai mesmo te atrapalhar?

— Não vai, é sério — eu disse, e ele tirou toda aquela roupa de cama, deixando sobre uma cadeira, e começou a dobrar e ajeitar suas roupas.

— Está com fome? — perguntou, enquanto pendurava os jeans.

— Agora não.

— Ei, Alan — chamou —, precisa me dizer sempre que sentir fome, dor, sede, qualquer coisinha... tá?

Movi minha cabeça, concordando, e ele me disse:

— Sua mãe me passou todos os horários dos seus remédios, mas se eu me esquecer de algum, me ajude a lembrar, tá bom?

E eu só assenti mais uma vez, levando-o a me olhar por um breve momento.

— Está mesmo tudo bem eu ficar aqui?

— Sim, Erick — disse, respirando fundo em seguida. — Eu sei que eu tô esquisito, mas... é só...

— Okay — Ele me cortou, fechando a porta do armário. — Entendi já. — E sem dizer mais nada, deixou o quarto, me fazendo ouvir o som de movimentação na cozinha.

Eu soltei um suspiro, um pouco cansado, sentindo-me totalmente impotente, pois não podia agir nem física nem verbalmente, como um vegetal. E ele não veio me ver por praticamente horas, ocupado com algo que arranjou para fazer na cozinha, deixando-me cada vez mais confuso.

Mas eu simplesmente não podia controlar, não podia abrir um grande sorriso sem ser verdadeiro. Eu o amava, mas meu coração estava cabisbaixo esses dias. Aliás, desde quando ele me deixou.

No silêncio de casa, ouvi murmúrios vindos da cozinha e a voz de Erick soando irritada, enquanto falava ao celular:

— falei pra você parar de me ligar, Nana — dizia, e ao reconhecer o contato dele, eu automaticamente fiquei irado. — Não! Não vou, não quero... Sim, eu achei um lugar para ficar.

É, ele achou, feiosa!

— Não, não sei o que fazer depois que eu tiver que ir embora, mas não vou voltar à zona, eu não quero — Ele disse.

Depois que tiver que ir embora?

— Eu sei que você me ajudou muitas vezes, mas não aja como se tivesse sido um favor, pois trabalhei até literalmente sangrar nas vezes que você mandava cinco homens por dia para o meu quarto, quando eu nem mesmo conseguia andar. O que você está me cobrando? Eu saí devendo algo? Não! Exatamente... Eu não quero saber, vou arranjar um emprego, mesmo que seja de limpar chão, qualquer coisa... mas pra essa vida eu não volto!

Eu estava perplexo.

— Por quê? — Erick perguntou depois de um tempo. — Porque eu não quero! Porque eu tenho namorado. Sim! Eu tenho namorado e vou ser dele pra sempre. Para de me ligar!

Com o meu coração batendo rápido, notei o silêncio se estabelecer outra vez. Debaixo daquele cobertor, eu senti saudade dele, me lembrei do quanto ele fez falta e notei que agora ele estava ali, dentro da minha casa, tão perto de mim, e eu não o sentia comigo.

Constatei mais uma vez que sou mesmo um idiota. Meu amor está na sala, por que diabos eu ainda não o chamei para minha cama? Sim, sim, estou magoado e relutante, mas ele está bem ali.

— Erick — chamei, enfim.

— Sim? — perguntou, vindo em minha direção com um pacote de macarrão em mãos. — Diga.

Céus, ele é lindo.

— Vem ficar aqui comigo — pedi, olhando em seus olhos, e ele me olhou de volta, daquele jeito meio duvidoso outra vez. — Vem.

— Mesmo? — perguntou, e eu movi minha cabeça, confirmando, e pude ver um sorriso discreto crescer em seus lábios rosados. Ele me deu as costas, mas logo voltou, sem o pacote de macarrão nas mãos, tirando os sapatos, e cuidadosamente se deitou ao meu lado.

Eu sorri fraco, sentindo, aos poucos, o seu calor atingir meu corpo. É, essa era uma coisa dele. Não importava muito as circunstâncias, estava *sempre* quente. E era confortável pra caralho.

— Pode vir mais pertinho — eu disse, e aos pouquinhos, ele colou suavemente o seu corpo ao meu, no meu lado sadio, claro. — Está ventando muito lá fora?

— Uh, bastante. E é um vento frio, super desconfortável. Aqui nunca parece verão — disse. — Está com frio? Não fechou a janela.

— Não — respondi. — Eu estava... até você vir deitar comigo.

— Devia ter me chamado mais cedo — disse, pousando sua mão em meu peito, instantaneamente aquecendo a área.

Ah, Erick, eu venho te chamando há tanto tempo.

— Foi tão ruim, Alan — disse de repente.

— O quê?

— Ficar sem você. — Suspirou, acariciando meu peito. — Me odeio tanto por isso.

Pensando no que dizer, eu não consegui encontrar algo, apenas saiu um:

— A vida tem dessas.

Ele não me disse mais nada, e apenas ficamos em silêncio, enquanto o dia perdia sua luz, e assistíamos a isso pela janela do meu quarto.

Quando vi, já não via nada, caí no sono. Só acordei porque Erick fez isso, mexendo carinhosamente em meu cabelo, sentado ao meu lado na cama, com uma tigela em mãos.

— Acorda pra comer.

Eu sorri, sentindo o cheiro da comida, e estava certo de que era algum caldo, mas tinha um aroma gostoso e lembrou-me dos temperos que Erick tanto usava em sua antiga casa.

Tentei me sentar, mas uma dor surgiu em minha costela. Erick deixou a tigela sobre o móvel e puxou meu cobertor, me segurando com cuidado, puxando-me para cima, para que eu pudesse me sentar. Ele me cobriu mais uma vez, forrando meu colo com uma toalha, e apanhou a tigela.

— Quer que eu lhe dê na boca ou você come, enquanto eu seguro o prato?

— Hum... tem uma mesa de café da manhã no armário, debaixo da pia — eu disse. — Minha mãe não gostava de usar, mas tem... é bem menos trabalhoso.

— Você prefere? — perguntou, e eu confirmei. — Tá.

Ele foi buscar a mesa e logo voltou com ela, após limpá-la. Em seguida, posicionou-a sobre meu colo e deu-me a tigela.

— Por que você está comendo só sopa, Alan?

— Também não sei. — Ri, apanhando a colher. — É só por causa da minha costela, pra não estufar muito o meu estômago.

— Quando ela estiver melhor, vamos poder te dar comida sólida — murmurou. — Como se sente? Já se passaram umas duas semanas.

— Ah, o ombro, a costela... estão melhores, eu acho. Sei lá, só não sinto mais tanta dor — disse, vendo um sorriso aparecer em sua boca.

— Que bom, bebê — disse, levando a mão até minha coxa, acariciando-a. — Logo vai estar bom de novo. E eu vou ver com sua mãe quando o médico virá vê-lo.

Eu assenti, voltando a comer.

— Não vai jantar?

— Vou, estou esperando a carne ficar pronta. — Sorriu.

— Você fez carne? — Senti inveja.

Ele apenas saiu correndo dali, me deixando indignado dentro da minha própria casa.

Minha primeira noite com Erick, na minha casa, foi assim, bem esquisita e silenciosa. Depois do jantar, ele lavou a louça, trouxe uma bacia com água para eu escovar meus dentes, me deu o remédio, escovou meu cabelo e aparentemente me esperou dormir.

Quando acordei na madrugada, não o senti ao meu lado e, ligando o abajur, eu vi que ele dormia no chão, sobre um colchão de solteiro. E eu não sabia o que aquilo significava.

Eu o fiz pensar que ele deveria dormir longe? Ele não se sentia bem? Eu pensei em chamá-lo para a cama, mas, de qualquer forma, eram quatro horas da manhã, e não tive coragem de acordá-lo, porque ele parecia realmente cansado um pouco antes de me colocar para dormir.

Eu queria poder voltar no tempo, quando estávamos bem, e ter coragem de dizer que o amava, sem medo de ir rápido demais, mas ninguém pode voltar no tempo, muito menos eu.

Um pouco revoltado com isso, voltei a dormir, tentando ignorar o incômodo em meu corpo e mente.

No dia seguinte, eu não acordei de mau humor. Acordar com sua voz doce em meu ouvido é bom, definitivamente bom. Mirei seu sorriso, me desejando um bom dia, e suspirei, recebendo um beijinho na bochecha. Ele parecia um girassol quando o Sol atingia sua pele, que voltava a ter uma bela tonalidade.

Meu coração ficou em pedacinhos bem miúdos quando ele se afastou — e eu pude ver suas pernas trabalhadas — e bocejou, antes de dizer:

— Vou fazer um café pra você, fique aí.

— Eu tenho como ir a algum lugar? — perguntei, dando um sorriso frágil.

— Não sei — respondeu, enquanto deixava o quarto. — Você é doido... não duvido de nada.

Enquanto ele se ocupava na cozinha, o seu celular, que descansava sobre o móvel ao lado da minha cama, tocou. Eu estiquei meus olhos para espiar quem era e, quando vi o nome "delegacia" brilhando, me apressei em apanhá-lo, fazendo até meu corpo doer.

— Alô — Eu atendi.

— *Tá com gripe, Erick? Que voz é essa?* — Diego perguntava.

— É o Alan.

— *Meu Deus, é a volta dos que não foram* — Ele zoou. — *Você tá vivo mesmo? Não caiu nenhuma perna?*

— Tô vivo, pra sua alegria. — Sorri, mesmo que ele não visse.

— *Não quer trocar de lugar, não?* — perguntou. — *Eu fico quebrado numa cama, dormindo o dia todo, e você vem aqui ficar ouvindo piadinha de policial e dormindo no frio.*

— Você pode andar e não precisa ser carregado pra mijar. — Bufei. — Não reclama.

— *Então, você e o Erick vão morar juntos agora?*

— Sim.

— *Me diz, Karatê Kid* — pediu —, *você tá bem com ele?*

— Hum — murmurei. — Um pouco.

— *Seu merdinha, eu não fui preso pra vocês ficarem aí e não se acertarem logo* — grunhiu. — *Faz minha prisão valer a pena. Literalmente.*

— Ele te disse alguma coisa? — perguntei baixinho.

— *É, comentou... que sabe que você tá magoado com ele, que não se sente no direito de te cobrar carinho ou qualquer coisa assim* — contou. — *Que tá se sentindo horrível. Enfim...*

Permaneci em silêncio por um curto período, digerindo aquele pequeno relato de Diego, mas voltei à realidade.

— Cara! Como está sua situação aí?

— *Ah, se lembrou de que eu tô preso?* — Reclamou, fazendo-me rolar os olhos. — *Vou ter que ficar mais um mês aqui, enquanto o advogado tenta livrar minha bunda.*

— Putz... cara, que merda — Foi só o que consegui dizer.

— *E meu colega de cela fede a alho* — resmungou, e ouvi um burburinho no fundo da ligação. — *O quê? Um cidadão não tem direito nem de falar no telefone por uns minutos? E daí que eu tô preso? Isso faz de mim um bandido? É, talvez faça, mas eu ainda sou gente!*

— Hum... — Pigarreei. — O que acha de nos falarmos outra hora?

— *A conta de telefone tá cara.* — Ele bufou. — *Volta logo com o Erick! Para de putaria, tá ouvindo, Daniel-San?*

— Tô — murmurei, logo me despedindo e encerrando a ligação.

Eu queria que fosse fácil, Diego.

— Era o Diego no telefone? — Erick perguntou da cozinha.

— Era.

— Ele disse alguma coisa nova?

— Hum... não — disse. — Mas eu não entendi ainda qual a situação dele.

— Nem eu entendo — falou. — Não entendo a metade do que os advogados falam... mas basicamente o advogado está tentando pegar uma pena pequena pra ele, para tentar um regime aberto.

— Entendi — menti, porque, na verdade, não tinha compreendido porcaria nenhuma. — Então... o Diego vai ficar preso por enquanto?

— Sim — Erick disse, vindo em minha direção enquanto secava suas mãos em um pano. — O que sua mãe te dá no café da manhã?

— Mingau. — Fiz uma careta ao dizer, e ele tapou a boca para rir.

— Hum... eu posso te dar iogurte e cereal.

— Pode ser.

— A Sra. Pellegrini não vai brigar comigo se eu mudar a comida? — perguntou, encostando-se na porta e olhando-me com um sorriso pequeno.

— Não vou deixar ela brigar com você — disse. — Mas, por precaução...

— Não vamos contar nada. — Levou o dedo até a boca, sussurrando um "sihh" e voltando à cozinha.

Depois de tomar café, me deu mais um remédio.

— Uau, esses são bem fortes.

— É, são pra dor — expliquei. — E esse — disse e apontei para a outra caixinha em sua mão — é pra febre.

— Você tem muita febre? — Olhou-me um pouco surpreso.

— Uhum... por causa dos machucados e do gesso.

Ele puxou meus cobertores, começando a testar sua textura e grossura, e eu não entendi exatamente.

— Tinha que ter me dito antes... você teve febre durante a noite?

— Só um pouco de calor.

— Não está nem um pouco calor esses dias, estamos no sul. — Riu fraco. — Ninguém sente calor se não estiver com febre. — Dobrou o cobertor mais grosso, guardando-o em uma caixa. — Vai dormir com esses mais finos agora. Sua casa já é bem quente.

Assenti, não podendo discutir, e ele me olhou.

— Se não concordar com alguma coisa, pode me dizer.

Eu não discordaria, porque é visível que ele sabe mais do que eu.

— Tá tudo bem.

— Tá. — Sorriu, terminando de dobrar os outros cobertores, deixando-me descoberto. — Vou te deixar assim um pouco, pra tomar um ar.

Eu, na verdade, estava com vergonha, por conta da minha perna, enfaixada na região do joelho e com gesso no tornozelo, sem contar as várias manchas na minha pele.

— Estou feio, não é?

— Não, está machucado, é totalmente diferente — disse, se sentando ao meu lado e observando-me. — Eu teria tesão em você mesmo que estivesse totalmente enfaixado. Não, bebê, não está nada feio.

Eu o olhei, abrindo um sorriso fraco.

— Me fez corar, papai.

— Idiota. — Riu, deixando um beliscão em minha coxa boa. — Vou preparar o banheiro pra te dar um banho.

Quando ele voltou, eu mesmo me sentei na cama, com dificuldade, mas não tanta, e ele apanhou a parte ferida de meu corpo, enquanto eu me apoiava na parte boa, e devagar nós chegamos ao banheiro.

Eu me sentei na cadeira, debaixo da ducha. Minha costela e meu joelho doíam quando me sentava, mas o remédio ainda estava segurando a dor forte. Eu só respirei fundo várias vezes, ele tirou minha roupa, deixando-me nu, e abriu o registro, fazendo com que a água morna caísse sobre meu corpo.

— Você só pode tomar banho dia sim e dia não?

— Foi o que o médico disse — falei, usando minha mão boa para espalhar água pelo meu corpo. — Pra não forçar o corpo e sei lá mais o quê.

— Ah, se o médico disse... — Suspirou, apanhou a esponja, derrubando sabonete líquido nela, e começou a passar por minhas pernas, esfregando com gentileza e acabando por se molhar também.

Eu peguei a outra esponja e lavei meu peitoral e abdômen, evitando a área da costela. Erick deu a volta, lavando minhas costas e pescoço, e passou *shampoo* em meu cabelo.

— Aah... — Eu gemi de dor quando uma forte pontada veio à minha costela, e Erick apressou-se, enquanto eu lavava minhas partes.

— Já tá acabando — disse, beijando meu ombro, antes de desligar a ducha e me enrolar em uma toalha, levando-me para me sentar sobre outra toalha na cama.

Ele me secou e vestiu um *short* em mim, me deitando no colchão. Tudo com muito cuidado, com mais cautela que minha mãe, afinal era mais forte que ela. E tudo que ele fazia era verdadeiramente grácil.

Ofegante, eu me ajeitei na cama, logo recuperando a respiração, e vi Erick vir para perto de mim com um secador em mãos, rapidamente secando meu cabelo e penteando-o. Fiquei calado, enquanto ele passava pomada nos meus ferimentos, trocando também as ataduras de meu ombro e costela, exatamente como o enfermeiro fez da última vez, deixando tudo bem firme em meu corpo. Pegou um hidratante, passou em meus braços e pernas e, por último, espirrou desodorante em minhas axilas.

No fim, eu estava cansado por ele e imaginei que Erick estivesse exausto, mas, não. Assim que ele terminou de me arrumar, foi à sala e começou a limpá-la, me deixando um pouco perplexo.

— Quer alguma coisa? — perguntou, enquanto passava pano no chão do corredor.

— Não — respondi. — Na verdade…

— Sim? — Parou para me olhar. — Diga, eu pego, eu faço… O que quer?

— Quero que pare o que está fazendo e venha descansar. — Apontei para o outro lado da minha cama.

Ele riu, como se eu estivesse brincando, e sumiu para lá de novo. Ouvi o som das panelas batendo fraco umas contra as outras, e ele logo voltou.

— Quer alguma coisa? Diga, senão eu vou tomar banho.

— Não, pode ir. — Sorri, um pouco sem graça. Digo, não foi para virar um servo que o chamei para morar aqui.

E eu me senti realmente mal quando notei que o banho dele não durou nem dez minutos. Erick saiu rápido, já vestido e com uma toalha enrolada na cabeça.

— Está tudo bem? — perguntou assim que saiu, e eu assenti, um pouco incomodado com aquilo. — Estarei na cozinha caso precise de alguma coisa.

Eu estava limpo, meu quarto cheirava bem, e eu podia ver o azulejo da minha casa brilhando, tudo limpinho, mas isso não me deixava exatamente feliz.

— Erick!

— Diga. — Veio à porta, com uma batata em mãos. — Estou fazendo o almoço.

— Hum... — murmurei, não sabendo como dizer o que eu queria.

— Pode dizer. — Ele me olhava, esperando, com o cabelo úmido sobre a testa e segurando aquela batata. E eu vi que não adiantava dizer nada naquela hora. — Hum?

— Não é nada — desisti, porque, afinal, ele já até estava com uma batata na mão. — Sério, não é nada... era só uma coisa boba que eu ia perguntar.

— Pergunta. — Riu fraco, esperando.

Tentando pensar em algo, pesquei qualquer dúvida minha:

— Os peixes morrem quando os lagos congelam?

— Eu acho que não. — Sorriu. — Acho que eles congelam e depois descongelam... Acho que peixes são malandros. Mais alguma coisa?

— O que é uma supernova?

— Hum... é quando uma estrela velha explode? Eu não me lembro direito... — disse. — Mas posso pesquisar se quiser.

— Não... eu mesmo pesquiso. — Dei-lhe um sorriso. — Obrigado, meu bem.

— Foi nada. — Piscou um dos olhos, voltando para a cozinha.

E quando a comida ficou pronta, eu senti o cheiro apetitoso se espalhar pela casa, enquanto ele vinha com uma tigela visivelmente quente em mãos. Arrumou a mesinha de refeição sobre meu colo e entregou-me o caldo.

— *Woah,* isso parece maravilhoso.

Ele riu, sentando-se ao meu lado.

— Deixei esfriando por um tempo, mas não adiantou muito, então assopre antes.

— Tudo bem — concordei, logo levando uma colherada à boca. — Argh, tá muito gostoso, Erick! Como você consegue?

— Eu me viro desde pequeno — disse. — Quer alguma coisinha?

— Não... vá almoçar também.

— Okay. — Deixou um beijo na minha bochecha e foi, logo voltando com um prato nas mãos também, sentando-se em uma cadeira. — Se quiser alguma coisa, me di-

— Come, Erick — Eu o cortei.

— Hum — Ele resmungou, começando a comer também.

Depois de terminarmos, ele nem parou para dar um tempo, apenas pegou nossos pratos, e eu o ouvi lavá-los. Assim que parou um minuto, eu o chamei.

— Oi. — Ele veio, mas antes de eu poder dizer algo, apanhou a garrafa de água ao meu lado e destacou um comprimido de outra cartela de remédios. — Beba.

Eu tomei o remédio e, antes de ele se virar para sair mais uma vez, agarrei sua mão, puxando-o para perto.

— Fica aqui comigo.

— Alan, tenho que pegar as cartas na caixa de correio.

— Não tem, não — respondi, quase manhoso. — Para um segundo... Deita aqui comigo.

— Oh. — Ele me olhou, parecendo realizar algo. — Estou te deixando sozinho?

— Está! — Quase abri um berreiro.

— Ah... Desculpa, Alan. — Olhou-me, culpado.

Mas não era isso. Quando ele se deitou ao meu lado, eu passei meu braço bom por trás de seus ombros, deixando-o juntinho a mim.

— Erick...

— Diga, amor — respondeu, com a mão descansando levemente sobre meu abdômen.

— Não precisa ficar limpando tudo, indo pra lá e pra cá, arrumando as coisas, cozinhando tão pontualmente... Não te chamei aqui pra isso. Pode só fazer o necessário, porque eu realmente ainda não posso ajudar em nada — eu disse, enfim. — E mais, eu tô mal, mas estou tranquilo... Realmente só fico deitado aqui, não preciso de mais nada, então pode relaxar. Pode ver TV, cochilar e até sair, se quiser... Tudo bem?

Ele não me respondeu imediatamente e sentou-se, olhando-me.

— Não gosta que eu cuide de você?

— Não é isso. — Suspirei. — É só que... não preciso de muita coisa. Só que faça, sim, a comida, me ajude com os remédios, com banho... e que fique aqui comigo. Só isso.

— Desculpa — pediu, abaixando a cabeça. — É que a sua casa é sempre limpa... eu achei que precisava manter o seu padrão. E mais, você pode querer que eu fique tranquilo, mas não vou relaxar com você.

— Tudo bem... só não se force também. Venha aqui, deite comigo.

— Eu vou tentar. — Deu-me um sorriso envergonhado e voltou à posição que estava.

— Erick?

— Hum? — perguntou, acariciando a pele do meu peito.

— Durma na cama comigo, não no chão.

— Mas você tá machucado.

— E eu só vou melhorar se você dormir comigo — inventei.

Depois de rir, ele sussurrou:

— Eu te amo, Alan.

"Fodido" é apelido para Alan Pellegrini, cara.

— Isso... Agora levante o braço esquerdo... devagar — O doutor pediu, e eu o fiz, montando uma careta fraca. — É... ainda treme um pouco. Qual a sensação, Pellegrini?

— Parece pesado — falei, abaixando o braço.

— Mas dói?

— Não necessariamente. — Suspirei. — Um pouco, como quando faço movimentos rápidos.

— É, com certeza está melhorando. — Deu-me um sorriso. — Vou passar uma nova receita pra sua mãe.

— Hum... é o Erick quem está cuidando de mim agora.

— Ah, certo — assentiu, virando-se para ir até o Erick, que acompanhava tudo perto da porta. — Diminuiremos as doses de alguns comprimidos.

— Tudo bem.

Eu suspirei e vi a janela, lá fora estava ensolarado, e eu, preso a uma cama, sem poder fazer nada por conta própria. Meu corpo estava melhor, doía pouco agora, e eu até podia me mover com cuidado. Nada disso impedia Erick de me tratar como um bebê, mas não havia nada que eu pudesse fazer.

— Certo. — O doutor voltou a mim. — Creio que, dentro de um mês, você estará bom de novo. Claro, o pulso demora mais um pouco, mas o resto do corpo poderá voltar à atividade. Digo, com calma... nada que exija muito esforço.

— Eu sou professor de karatê. — Eu o olhei um pouco sério.

— Com calma — ressaltou. — Nada de sair dando chutes e saltos.

Rolei levemente os meus olhos. Era tudo tão cansativo.

— Sei que deve estar irritado — disse. — Mas... aconteceu. Se quiser ficar bom, terá que seguir as normas, certo? Vai obedecer ao Erick?

— Vou — murmurei.

O doutor foi embora logo depois, deixando instruções com o Erick e lembretes para mim, dizendo que voltaria em duas semanas. Erick voltou ao quarto com um sorriso fraco no rosto, sentando-se ao meu lado e me olhando.

— Logo você vai ficar bem — disse. — Vou estar aqui pra te ajudar em tudo.

— Que porcaria de namoro, não? — Eu o olhei. — Ficar o dia todo cuidando de um cara do meu tamanho.

— Não acho uma porcaria. — Riu. — Muitas pessoas cuidam de seus namorados… e eles nem mesmo estão doentes.

— Queria poder ser eu a cuidar de você — confessei, desviando meu olhar para a porta.

— Você está cuidando. — Erick alcançou minha mão e a segurou. — Está cuidando muito bem.

— Você me entendeu.

— Ah, Alan… sempre fui eu a tratar de você. Somos assim. Eu gosto de fazer comida pra você e te ajudar no banho, fazer massagens e cuidar de tudo… Eu provavelmente estaria fazendo tudo isso mesmo que você estivesse bom. Não há nada que possa fazer. — Fez com que eu o olhasse. — Você é meu bebê.

— Bebê? — Fiz uma careta.

— Tá bom. — Sorriu, se aproximando e deixando um beijo em minha boca. — Você é… meu homem?

— Isso. — Abri um sorriso enorme.

Erick riu de um jeito doce.

— Você acredita mesmo nisso?

— Não. — Suspirei, admirando sua careta duvidosa adorável, e ele me deu mais um beijo e pegou uma toalha. — Banho?

— Banho — confirmou.

— Tá — eu disse, me arrastando para fora da cama e me apoiando nas muletas que havia recebido há três dias.

— Alan… combinamos de começar a usar aos poucos — disse e veio até mim, me ajudando.

— Eu não me levanto pra nada além de ir ao banheiro, Erick. — Bufei. — Acho que estou indo aos poucos, sim.

Ele me olhou, com o cenho franzido e um biquinho nos lábios.

— Quer que eu o ponha para esquiar na montanha?

Nem o respondi, apenas confirmei mais uma vez, porque às vezes o Erick parece um clone da minha mãe. Não sei como eles podem não se gostar, se, na verdade, são como irmãos gêmeos.

De qualquer forma, Erick me deixou caminhar "sozinho" até o banheiro, no qual me ajudou a me despir e me pôs debaixo do chuveiro.

— Senta na cadeira, Alan.

— Não — pedi. — Eu consigo ficar de pé.

— Não seja teimoso — falou. — Você vai ficar se segurando e eu vou ter que te lavar do mesmo jeito, mas com risco de você cair e se quebrar mais ainda. Quer que isso aconteça?

Oh, Jesus!

Eu me sentei na maldita cadeira, e ele pegou o sabonete, começando a me lavar. Enquanto isso, eu lavei meu cabelo.

— Ei! Pode deixar que lavo a minha virilha... obrigado!

— Por que não deixa eu tocar aí? — Riu fraco, esfregando os meus ombros.

Porque eu ficaria duro.

— Você sabe muito bem — resmunguei, e ele beliscou minha orelha, murmurando um "pervertido".

Sim, sou eu o pervertido.

Ao terminar, ajudou a me secar e a me vestir, me levando à cama, e voltei a me deitar.

Durante o resto do dia, apenas cochilei e mirei as paredes do quarto. Aquilo era uma tortura. A única parte boa era quando via Erick pegar suas roupinhas, uma toalha e ir tomar seu banho, porque sabia que suas tarefas haviam acabado e ele poderia ficar comigo.

E foi exatamente assim: após terminar de secar o cabelo e passar creme no rosto, ele apagou as luzes de casa e veio até mim, deitando-se ao meu lado e aconchegando-se no meu corpo, dizendo "eu te amo", antes de adormecer.

É estranho como a minha paz está justamente no meu inferno.

Eu acariciei seu cabelo macio, enquanto seu calor me deixava na temperatura certa e suas mãos pareciam curar cada parte que tocavam, provando que é dele de quem preciso para ficar bem.

Ah, amor, você não deveria ter ido embora.

Na manhã seguinte, Erick me deixou andar pelo quarto, e eu tentei disfarçar que meu corpo ainda doía, o que foi falho, já que, depois de dez minutos, ele me mandou para a cama novamente.

— Sem mais, Alan — resmungou, arrumando os travesseiros atrás de mim. — Se alguma coisa acontecer com você, sua mãe me deixa sem namorado, sem casa e sem cabelo. Quer que eu fique sem cabelo?

— Ficaria fofo. — Sorri.

— Eu ia parecer um pinto — respondeu. — Gigante.

— Eu sou viado mesmo. — Dei de ombros, e ele me deu um tapa na coxa.

— Eu falo sério... não é nem por causa da sua mãe. — Suspirou.

— É por mim? — Eu o olhei, emocionado em meu coração.

— Não! Por mim. — Rolou os olhos.

— Oh, tá — respondi, um pouco indignado.

Ele alcançou minha mão, segurando-a e acariciando-a, e disse:

— Eu já te fiz muito mal. Se eu não conseguir cuidar de você, nunca mais vou me sentir bem de novo. Dói demais te ver assim.

Eu abaixei minha cabeça, desistindo e apenas me acomodando na cama, e ele falou:

— Vamos esperar mais uns dias… aí nós iremos usar as muletas, tá?

— Certo — Minha fala foi um murmúrio.

Era entediante demais, era quase insuportável.

— Eu comprei sorvete — disse, sorrindo. — Tem pedacinhos de frutas… o que acha? Quer um pouquinho?

— Eu não tenho que almoçar antes de comer doce?

— Hum… hoje, não. Hoje é sábado. — Levantou-se. — Quer?

— Quero. — Sorri, mesmo que fraco.

Ele sumiu pela cozinha, e quando fechei meus olhos, ouvi o som de batidas à porta. Vi Erick passar pela sala e atender, e eu não fazia a mínima ideia de quem podia ser, já que Antônio e Ícaro estavam viajando, minha mãe estava no trabalho e Diego na "colônia de férias". Só me restou esperar.

Mas Erick estava demorando demais.

Preocupado, eu me levantei e puxei as muletas, me segurando nelas e caminhando, com um pouco de dificuldade, até a sala.

— É só um minutinho — O rapaz dizia ao Erick. — Nós soubemos da situação dele há poucos dias e só pudemos vir hoje.

— O Alan tá dormindo — Erick mentiu.

— Parece que acordou. — O outro cara, na porta, apontou, fazendo todos me olharem.

— Alan! — Erick resmungou entre dentes.

— Ei, Alan! — Acenaram para mim.

Três dos meus ex-namorados.

Puta que pariu.

— Podemos entrar agora? — Saulo olhou para Erick.

Erick forçou um sorriso e abriu espaço, deixando que entrassem. E eles vieram até mim, me analisando e choramingando.

— *Woah*! Tadinho — disse Charles.

Ah… merda.

Erick, com cara de pouquíssimos amigos, ajudou a me sentar no sofá, enquanto os outros três se sentavam em volta.

— A cama dele não é mais confortável que este sofá? Vamos levá-lo pra lá — disse Saulo.

— Não — Erick respondeu. — O lugar de visita é na sala.

Puta que pariu, eu tô fodido.

— Ele tá com algum problema na fala? — John perguntou, acariciando meu cabelo.

— Hum... não — eu disse. — Só... estou surpreso.

— Ah, desculpa não ligar pra avisar. Depois que nós terminamos, eu apaguei seu número — Charles explicou. — E os outros também não se lembravam... Mas, olha, como você está?

— Ah, bem. — Sorri. — Estou melhorando.

— A gente soube que uma louca tentou te matar... — Saulo contou. — Por quê? Por que alguém iria querer te matar?

— É, Alan, você é um doce. Eu também não entendo — John falou.

— Posso fazer uma pergunta? — Erick olhou para eles. — Huum... vocês três são amigos?

— Sim, desde a quinta série. — Charles riu ao falar.

— Ah... sério? O Alan namorou todos vocês?

— Sim... Charles, no segundo ano, eu, no terceiro — John explicava — e o Saulo dois anos atrás.

As sobrancelhas de Erick se arquearam, e seus olhos lentamente caíram sobre mim. Aw.

— Mas, tipo... não foi um atrás do outro, não. Alan terminava com um, conhecia outros caras e pegava mais um de nós... e assim foi.

Foi uma época... agitada.

— Ah... que ba-bacana. — Erick sorriu, nos deu as costas e foi à cozinha.

— Alan, esse é seu namorado? — Charles perguntou, e eu assenti. — Ah, tão gato.

— Obrigado — respondi.

— Aqui — Saulo disse, abrindo a bolsa e tirando dela vários bombons. — Gosta do de floresta negra, certo?

— Sim. — Sorri, um pouco sem graça, enquanto ele me entregava os doces. — Obrigado.

— Tem mais uma coisa. — John enfiou a mão na bolsa, procurando por algo. — Achei.

Canetas e adesivos.

— Tudo bem se enfeitarmos o gesso dele? — Charles perguntou ao Erick.

— Não — Capdeville respondeu.

E eles deram de ombros, puxando minha mão e começando a desenhar e colar adesivos da Hello Kitty, mas Erick avisou:

— Cuidado pra não machucar!

— Por que tentaram te matar? — Saulo perguntou-me.

— Nada… A mulher só era *esquozofrética*.

— Esquizofrênica — Erick corrigiu, cortando legumes com certa força.

— Isso — assenti. — Nada demais.

— *Woah*, eu esperava uma história emocionante. — John fez uma careta.

— Ah, garanto, foi bem emocionante pra mim. — Suspirei.

— Achou que ia morrer? — Charles perguntou, e todos me olharam, incluindo Erick.

Eu respirei fundo.

— Naquela hora, eu não pensei em nada além de…

— De? — Saulo insistiu.

— Erick — confessei.

— Aah, que coisa mais linda! — John choramingou, enquanto os outros dois soltavam inúmeros "own" e "awn".

Eles continuaram a me enfeitar por quase uma hora, enquanto Erick se mantinha na cozinha, fingindo não prestar atenção. E eles me lembraram do tempo da escola, das coisas que fizemos, de brigas bobas, as quais, na época, pareciam ser o fim do mundo, e de como eu me apaixonava fácil.

— Alan — Charles chamou, quando eles já se arrumavam para ir embora.

— Sim?

— Você tá todo quebrado… mas você pode foder?

Eu quase me engasguei com o bombom que comia, vendo que me olhavam realmente curiosos, e ouvi os passos de Erick.

— Por que querem saber?

— Nada — responderam em uníssono.

— Hum… tchau, Allie, fique bem — Saulo despediu-se, seguido de John e Charles.

Acenei, e Erick fechou a porta. É, eu gosto deles.

— Vamos — Erick chamou, ajudou a me levantar e levou-me para a cama, na qual fiquei bem mais confortável. — Pronto. Não saia daí.

— Erick… Você tá bravo?

— Não — respondeu, antes de sair, e depois jogou uma panela na pia com certa força.

— Que bom — murmurei, ficando mais aliviado.

Uma ligação da minha mãe, durante o almoço, uma mensagem de Antônio e um Erick pouco falante.

— Tá tudo bem?

— Sim... — disse, enquanto observava o lado de fora pela janela. — Gostou da visita deles?

— Ah... sim — Eu respondi e o ouvi bufar. — Erick, são meus colegas do tempo da escola... Não passei mais de três meses com cada um deles.

— Eu não tô dizendo nada — defendeu-se. — Gostou do bombom dele?

— O "bombom dele" era comprado, ele só comprou.

— E desses enfeites no gesso?

— É só uma graça. — Suspirei. — Eu achei fofo.

— Tanto faz — disse, saindo da janela e do quarto.

— Erick... — Chamei, e ele só me respondeu com um "hum". — Pode me dar aquele sorvete?

— Nem tá calor pra tomar sorvete.

Desisti e só me acomodei para tirar um cochilo, o qual não durou muito, já que, pouco tempo depois, acordei, devido à voz do Erick que vinha da sala.

— Não, Diego — Ele dizia. — Eu não tô com ciúme.

Ah.

— Eu não estou! Como queria que eu ficasse? Três ex-namorados do meu namorado aparecem aqui para paparicar ele, e eu devo servir um chá? — perguntou. — Não! Eles não eram mais bonitos que eu! Não é isso. Que "segura seu macho" o quê? — Resmungou. — Até preso você só fala merda. Será que podemos falar da sua situação?

Eu ri fraco, não entendendo muito bem. Digo, o Erick estava com ciúme?

— Sim... O advogado vai ter mais uma audiência com o juiz — falou. — Eu não sei. Espero que seja logo... Não tenho mais tanto dinheiro pra pagar a defesa... Ah! A culpa é minha, agora, por você só ter amigos pobres? Se parasse de dividir vodca com mendigos, talvez alguém tivesse dinheiro pra te ajudar hoje em dia!

Pode deixar, Diego, quando eu ficar rico, vou construir uma prisão rosa-cintilante pra você.

— Falar com sua família? Tá louco?! — Erick pareceu realmente chocado, o que me preocupou. — Diego... liga você pra eles. Ah, eles vivem trocando os números? Céus... tá! Vou ver o que posso fazer.

Depois de mais algumas palavras que não entendi, eles desligaram, e Erick veio ao quarto.

— Pensei que estivesse dormindo.

— Estava... acordei agora — disse, olhando-o. — Posso tomar um banho?

— Pode.

Nós fizemos todo o processo cansativo mais uma vez, ele me deixou limpo e devolveu-me à cama. Foi um banho silencioso, Erick só falava coisas como "levante os braços, feche os olhos". E aquilo estava me irritando.

Quando ele saiu do seu próprio banho e veio ao quarto, eu o chamei umas oito vezes, antes de ele responder:

— É a décima terceira vez que me chama, Alan. — Ele me olhou. — O que foi?

— Tá doendo aqui. — Apontei para minha costela. Uma mentira, claro.

— Ah! Muito? — Pela primeira vez, veio a mim.

— Hum, nem tanto — Eu me senti um pouco culpado por mentir.

— Eu já te dei seu remédio. — Fez uma caretinha tristonha.

— E uma massagem?

— Certo — concordou, indo ao armário e pegando o produto.

Eu me deitei totalmente na cama, ele empurrou minha camisa para cima, deixando meu tronco exposto, passou gel na área da minha costela e começou a espalhar, pressionando um pouco. Começou a massagear com sua mão macia e firme, deixando a área melhor, mesmo que nem estivesse doendo de verdade.

— Está melhor?

Eu suspirei, puxei seu rosto para perto do meu e beijei seus lábios, antes de levar a boca ao seu ouvido, dizendo:

— O doutor me disse que... atividades sexuais estão liberadas.

O quarto caiu em silêncio, antes de Erick descer a mão da minha costela até minha virilha, fazendo um sorriso se abrir em meus lábios, até que ele puxou meus pelinhos, fazendo-me gritar de dor.

— Se divirta batendo punheta. — E saiu da cama, guardando o produto e deixando o quarto.

Eu quis chorar.

— O que eu fiz, Erick?!

— Nada! — Ralhou.

— Está com ciúme! — Retruquei.

— E se eu estiver? — Veio até a porta.

Oh. O que eu digo agora?

— Está com ciúmes de três ex-namoradinhos meus do tempo da escola! — Suspirei.

— Que sabem do seu gosto favorito de bombom, que têm centenas de histórias pra lembrar, que, sei lá, tiraram sua virgindade, já comeram da comida da Sra. Pellegrini, que, a propósito, nem gosta de mim! Sabem exatamente de que músicas você gosta e já viajaram com você — disse. — Três ex-namoradinhos que sabem mais que eu, que viveram com você mais que eu. Quer que eu me sente e deixe me ensinarem sobre meu namorado?

Eu só queria saber qual foi o pecado que cometi na outra vida.

— Erick… eu os conheço desde a sétima série — disse, orando para que entendesse. — E isso não significa que são mais importantes que você, tá? Temos uma vida toda para nos conhecermos.

Não teve jeito, ele virou a cara mesmo assim.

— Tá sendo infantil — avisei.

— E daí?

Porra, Erick Capdeville.

— Queria que eu guardasse rancor deles? Que os odiasse e os mandasse embora? — perguntei. — Não sinto raiva nem de você! Por que teria deles?

Ele parou no caminho do corredor, deixando o apartamento cair em silêncio.

Droga. Eu levei minha mão ao rosto, tapando-o e sentindo a dor de ter feito merda.

— Tem razão — respondeu. — Eu devia me pôr no meu lugar. Desculpa.

— Não, não, não — Tentei dizer, mas foi tarde, já que ele saiu do meu campo de visão, não reproduzindo mais nenhum ruído.

Merda! Caralho! Porra de uma puta que pariu! Caçarola do inferno!

— Fodido — murmurei para mim mesmo.

Quando ele não veio, mesmo depois de um bom tempo, eu me levantei e me arrastei, com as muletas, até a sala, encontrando-o na sacada, sentado na espreguiçadeira. Fui até ele e dei uma batidinha no vidro, chamando sua atenção.

— Você não…

— Deveria sair da cama? — Completei. — Meu namorado está triste. Mesmo numa situação pior que essa, eu iria aonde ele estivesse, não importava a distância. — Ele me olhou e se levantou, me ajudando a ficar em pé. — Ah, obrigado, estava doendo…

— Seu louco — repreendeu-me, me ajudando a sentar onde ele estava antes.

— Só notou agora? — perguntei, e ele sorriu timidamente, abaixando a cabeça.

— Desculpa por puxar seus pelos.

— Tá tudo bem — respondi. — Tá latejando… mas tá tudo bem.

Ele me olhou, antes de eu o puxar para se sentar sobre minha perna boa.

— Eu te amo, Erick.

— Eu também te amo — disse, de cabeça baixa, e eu levei minha mão ao seu rosto, fazendo carinhos. — Me desculpa.

— Eu entendo — falei. — Digo, não entendo, não. Mas, sabe, tá, já passou.

— Está bravo? — perguntou, me lembrando de uma criança que fez burrada.

— Não — falei a verdade. — Só... não precisa ficar assim. Você é o único pra mim.

— Você também é o único pra mim — disse, levantando seu olhar para prestar atenção em mim. — Eu amo tanto você.

Abraçou-me. E mesmo que doesse um pouco, não recusei nem disse nada, porque eu daria todos os movimentos do meu corpo por seu amor.

Logo depois, ele correu para dentro e voltou com um canetão vermelho, começando a escrever no gesso do meu pulso.

— O que escreveu?

— "Alan é meu" — Erick disse e capturou meus lábios, beijando-os. — Só meu.

Inseguranças

Ficar tanto tempo em uma cama, sem poder fazer nada, me fez pensar em tanta merda e mudar de opinião tantas vezes. Com a bunda formigando de ficar sentado, eu me lembrei até das briguinhas da quarta série. E, porra, eu deveria ter dado uma resposta melhor ao Douglas.

Cabeça vazia, oficina do Diego. Eu sou a prova viva, incrível como é possível pensar tanta merda de uma só vez. Acho que meu cérebro nunca trabalhou tanto, nem mesmo para resolver duzentos e quarenta e cinco mais quatrocentos e quarenta e cinco. Ao contrário das minhas paranoias, essa conta consegui resolver: seiscentos e oitenta. Mas e a resposta para meus problemas? Quando eu teria?

Todos os dias, um após o outro, eu via Erick indo para lá e para cá, exibindo suas pernas lindas, enquanto a mim, restava ficar deitado em uma cama, ouvindo Dua Lipa e coçando o saco.

— Hey, bebê. — Erick veio até mim, com remédios em mãos. — Ainda sente muito sono tomando essas coisas?

— Um pouco. — Suspirei, pegando o comprimido e empurrando goela abaixo com um gole de água. — Podemos andar hoje?

— Nós andamos ontem, você ficou com dores nas pernas — disse, me olhando como se eu fosse uma criança.

Olhei de volta.

— Eu pisei num amendoim.

— Você derrubou o pacote de amendoim, porque sentiu dor na costela — respondeu.

End game, Alan Pellegrini.

— O doutor disse que eu posso sair para caminhar — falei. — Você ouviu.

Ele não respondeu, apenas soltou um suspiro, mudando o foco do olhar. E era estranho como ele era contra a ideia de eu andar por aí e me recuperar.

— Quer assistir a *RuPaul's* comigo?

— Eu já assisti a todas as temporadas.

— Nojenta. — Fiz uma careta.

— Pra bicha atrasada, eu só tenho uma coisa a dizer: *Sashay, Away.* — Mostrou a língua, levantando-se e seguindo para a cozinha.

Ele ficava irritado quando falava em sair e andar, mas não podia evitar, eu queria correr livre, como *Forest Gump* ao se livrar dos aparelhos em suas pernas.

Já bastava que, se eu tentasse transar, na primeira sentada, ele terminaria de me quebrar. Ainda por cima não podia passear?

Erick, como de costume, passou a tarde inteira cozinhando batata — aparentemente as batatas mais duras da Terra — só para não me ouvir pedir liberdade, o que não importava, já que, pela noite, eu alcancei minhas muletas e andei, em silêncio, até a sala.

— Eu não tô lavando seu ouvido direito no banho, piá? — perguntou, me olhando da cozinha.

— Sou um homem livre — protestei, caminhando pela sala até chegar ao rádio, o qual liguei, deixando Pabllo Vittar cantar para mim por meio das caixinhas de som. — Rainha mesmo.

— Você tem pulga no rabo?

— Depois de um mês vegetando numa cama, acho que tenho até teia de aranha — respondi, indo até as portas da sacada, mirando a vizinhança. — Não sei o que você quer, Erick.

— Como assim? — perguntou, amassando tomates em uma panela.

— Quer que eu melhore?

— Claro que quero. — Levantou a cabeça para me olhar. — Mas se você sair feito macaco, pulando nas coisas, não vai ficar bom.

— Ah, Erick. — Rolei os olhos. — Quem vê pensa que eu tô fazendo *parkour.*

— Faz o que quiser.

Paciência é uma virtude que não possuo.

— Ei — chamei, e ele nem me olhou. — Vai ficar bravo, Erick Capdeville? — perguntei e, mais uma vez, fui ignorado. — Hein, Erick Capdeville? Erick Carpdeville… hum? Amor da minha vida?

Foi rápido, mas vi um sorrisinho em seus lábios.

— Vou trepar na sacada se não me responder — ameacei, e ele deu de ombros. — Tá, duvida?

Só então, me deu sua atenção.

— Garoto, eu sou responsável por sua comida agora. Não tem medo, não? Que assim... por um descuido, eu jogue um rato morto na sua sopa?

— Tudo bem, pra mim, comer um rato. — Sorri. — Sou um gato mesmo.

Ele reprimiu um sorriso, antes de me dar as costas. Orgulhoso do caralho.

Eu só pude me sentar no sofá e esperar que ele mudasse de humor. Às vezes, ele muda de uma hora para outra; outras vezes, demora uns dois dias. E tudo que me resta é aguardar, pois se eu quisesse dizer algo para ajudar, eu faria merda.

— O que está fazendo? — perguntei.

— Comida.

Às vezes, eu olho para o céu e pergunto ao todo-poderoso Deus: Onde eu errei?

— Ei — chamei. — Por que está assim?

— Porque você não para quieto.

Eu o olhei por cima do ombro.

— Você não fica quietinho na cama comigo. Eu venho atrás, sou grudento. A culpa é sua.

Ele virou-se, olhando-me.

— Se eu ficar na cama contigo, você vai ficar quieto?

Um tiro pela culatra. Eu não acerto uma, cara!

— Ah... — Eu não sabia o que dizer. — Erick! Não vale. Isso aí não vale.

— Viu só? Seu falso e manipulador! — Atirou-me um tomatinho.

— Só não sou mais falso que seu loiro.

Ele deixou seu queixo cair, antes de vir até mim e fracamente puxar meu cabelo.

— O que disse?

— Que eu te amo — choraminguei.

— Víbora. — Beliscou-me e ficou sério, olhando em meus olhos. — Eu te amo também, Alan... me ajude a te ajudar.

— Você está me ajudando. — Eu o puxei para perto de mim. — Mas eu estou me recuperando.

O ouvi suspirar e voltar à cozinha, então desisti de vez, levantei-me, pendurado nas muletas, e voltei ao quarto. Eu me deitei e, no silêncio, esperei.

Naquela noite, apenas jantei e dormi, sem falar com Erick, por estar honestamente chateado. Só torcia para que os dias passassem cada vez mais rápido e que meus ossos colassem o mais depressa possível.

Eu estava completamente cansado da rotina. Erick era lindo de se observar, mas eu queria observar seu belo rosto em outros lugares.

De manhã, surpreendentemente, Erick acordou-me com seus beijinhos, o que me fez fazer uma careta, antes de soltar um suspiro apaixonado. Eu sou um grilo de ponta-cabeça em suas patinhas felpudas de gato.

— Me desculpa — pediu, acariciando meu rosto, usando seus dedos para pentear meu cabelo bagunçado.

— Eu desculpo — respondi, olhando em seus olhos. — Mas precisa me deixar sair.

— Tudo bem — concordou.

— Vou chamar o Antônio e o Ícaro — disse-lhe, e foi o que bastou para que ele mudasse a expressão.

— Hoje? Não pode ser amanhã?

E amanhã ele diria para deixarmos para o dia seguinte.

— Quero hoje, Erick — Tive que dizer, já alcançando meu celular.

Ele não me respondeu, apenas se afastou e abaixou a cabeça, antes de deixar o quarto. Era de cortar o coração, mas eu o tinha que confrontar dessa vez. Eu sou ou não sou o homem desta casa? Yeah! Não sou, mas fingiria que sim.

Eu busquei o contato do Antônio e comecei a digitar.

Estão livres? — AP

Deixei o celular na cama e apanhei as muletas, me arrastando e apoiando-me nelas. Meu pulso era o mais frágil, as outras partes ainda doíam um pouco e não pareciam seguras, mas eu podia me locomover. Ainda necessitava muito da ajuda de Erick, mas ele não precisava me carregar como se eu fosse um bêbado.

— Erick — chamei, e ele logo veio, me ajudando a entrar no banheiro, para ajudar a me limpar.

No banho, fiquei de pé, sem pôr força na perna afetada, e me apoiei nas paredes, enquanto Erick lavava cada parte do meu corpo.

— Feche os olhos, vou enxaguar seu cabelo — mandou, e assim eu fiz.

O banho era uma das melhores partes, eu podia sentir todo o seu cuidado na forma como passava a esponja por meu corpo, e como massageava meu cabelo devagar. Era bom demais. Ele me levava ao quarto e me secava com sua própria toalha, que era mais fofa que as minhas, antes de me fazer uma massagem, passar hidratante em minha pele e deixar meu cabelo sequinho e cheiroso. Ele era incrível, tinha as mãos de um anjo.

Após me vestir, peguei meu celular, abrindo a mensagem de Antônio.

Tá achando que somos desocupados? — Antônio

Eu bufei, antes de responder:

Tudo bem, eu não sabia. — AP

Você achou certo, nós não temos bosta nenhuma pra fazer, chegamos aí em vinte minutos. Pega seu andador, sua bolsa de soro e a fralda geriátrica, vamos passear. — Antônio

Sorri e continuei a secar meu cabelo, enquanto Erick arrumava a cama.

— Vai se arrumar, o Antônio vai passar pra pegar a gente.

Ele demorou a responder:

— Tá.

Desliguei o secador e o olhei.

— O que foi?

Eu devo ter descarregado um caminhão de pedras sobre a cruz.

— Nada. — Deu de ombros, antes de deixar o quarto.

Eu só pude soltar um suspiro e continuar o que estava fazendo. Ele logo voltou e vestiu uma roupa, mas com a cara fechada. Isso incomodava pra caramba.

— Ei…

— O quê? — perguntou, arrumando o cabelo.

— Não vou deixar você ir com a gente se ficar com essa cara.

Ele me olhou, irritado.

— Ah, é? E quem te ajudaria? O Ícaro provavelmente terminaria de quebrar seus braços.

— Dá pra você ficar contente por eu estar melhorando?

— Eu estou!

Não o respondi, apenas desviei meu olhar e levantei-me da cadeira, puxando as muletas para caminhar até a sala. Eu não via a hora de ficar bem de novo, tudo isso estava me deixando louco.

Quando Antônio bateu à nossa porta, acompanhado de Ícaro, eles me ajudaram a sair e descer as escadas, e Ícaro logo reclamou:

— Antônio, com essa sua lerdeza, vamos chegar ao carro daqui a sete anos.

— Eu não vou sair correndo com o menino — resmungou, fazendo com que eu descesse os degraus com cuidado. — Para de puxar, Ícaro, ele não é um pedaço de bife.

Erick abriu o portão e esperou que nós passássemos, então o fechou e ajudou a me acomodar no carro. Eu fui encostado na porta, com a perna machucada sobre o colo de Erick, enquanto os dois iam na frente.

— Está bom assim? — Erick perguntou, e eu assenti. Doía um pouco, mas não me sentia incomodado. — Okay…

— Pra onde quer ir? — Ícaro questionou.

— Podemos assistir ao musical sobre a primavera que está tendo! — Antônio sugeriu.

— De novo? — Ícaro ralhou.

— É lindo!

— Hum… — murmurei, pensativo.

— Diz que não, diz que não — Ícaro pediu. — Nossa, Alan, eu nunca mais falo com você se fizer isso.

Eu ri fraco.

— Não me leve a mal, Antônio, mas estou há mais de um mês deitado e sentado o dia todo.

— Ah — soltou um muxoxo. — Tudo bem. Escolhe outra coisa.

— Podemos ir à praia?

Ícaro fez uma careta e negou rapidamente, torcendo para que o noivo não tivesse escutado a sugestão.

— A praia mais próxima fica há 2 horas daqui.

— Será um belo passeio! — Antônio se animou. Ícaro encolheu os ombros, soltando um muxoxo. — Vamos, amor? Por favor, vai fazer bem pro Alan.

— Ok… Vamos — Ícaro assentiu.

— Certo. — Dei-lhe um sorriso.

Peguei meu celular e comecei a pesquisar sobre a localização de um lugar. Após achar e tirar um *print*, mirei Erick, que observava o lado de fora, parecendo um pouco murcho. Eu não sabia por que ele estava assim, mas não queria abordá-lo em frente a Antônio e Ícaro. Então, só ignorei por um tempo, esperando chegarmos.

Quando as ondas do mar já podiam ser ouvidas, eu entreguei o celular ao Antônio, mostrando o endereço.

— Podem parar mais ou menos aqui.

— Ah, eu virei *Uber* agora? — Ícaro resmungou.

— Não vou pagar nada — avisei.

Quando o carro parou, a minha equipe particular de paramédicos ajudou-me a sair do veículo, e Erick virou meu apoio no lado machucado do corpo, impedindo que eu fizesse muito esforço.

— Nos encontramos aqui lá pelas duas da tarde? — Antônio perguntou.

— Aonde vão?

— Eu vi uma loja com uns paninhos de cozinha lindos, preciso ir lá comprar — explicou.

— Ah... tudo bem. — Sorri, vendo-os se virarem para seguir o caminho oposto.

— Você nem vai usar esses panos — Foi a última coisa que ouvi Ícaro dizer.

— Aonde quer ir? — Erick olhou-me.

A um universo em que o Exaltasamba não tenha se separado e as únicas séries com representatividade LGBTQIA+ de que eu gostava não tenham sido canceladas na primeira temporada.

— Ali... essa loja, logo aqui.

— É uma loja de instrumentos, Alan.

— Eu sei — respondi, enquanto íamos até lá, e ele me deu um olhar confuso, mas não se negou a me levar.

Entrando, eu olhei em volta, checando tudo, e era repleto de instrumentos e CDs. Era tudo tão bonito, e eu nunca, na minha vida, saberia tocar mais que dois instrumentos de todos aqueles ali. Fui ao balcão de atendimento, em que uma guria polia uma flauta.

— Oi.

— Olá, boa tarde. — Olhou. — No que posso ajudar?

— Eu procuro um rapaz... ele trabalha aqui. Tem cabelo rosa... hm... tem um nome curto — Tentei explicar, pois não me lembrava do nome.

— Ah... O Yan!

— Isso. — Sorri.

— Vou chamar! — Ela disse, descendo de seu banquinho e indo ao fundo da loja.

— Quem é Yan? — Erick soltou-me, já que eu me apoiava no balcão.

— Eu o conheci no dia em que fui te buscar em Londrina — falei.

Ele me encarou por um tempo, antes de desviar o olhar.

— Hm... Ah, tá.

A garota e o rapaz, Yan, vieram, e eu vi sua boca se abrir ao me ver.

— Alex!

Eu ri.

— Alan.

— Chapeuzinho Vermelho e o coração partido. — Sorriu, vindo em minha direção. — E aí? O lobo mau vomitou sua vovozinha?

— Foi um pouco difícil, eu tive que lutar. — Suspirei.

Só então, seus olhos avistaram meus remendos pelo corpo.

— Você foi atropelado por um ônibus, piá?

— Na verdade, era um Citroën. — Dei um sorriso amarelo.

Eu o vi ficar em choque por um momento.

— Sua mãe não te ensinou a olhar para os dois lados da rua? Só pode atravessar se o homenzinho estiver verde, Alan.

— Isso eu aprendi, só não aprendi a desviar de loucas assassinas — contei.

— Espera aí. Tentaram te matar?!

— Eu acho que sim.

— Meu Deus, você é muito radical, quanta radicalidade — disse, levando-me a rir, um pouco envergonhado.

— Tem algum lugar em que ele possa sentar? — Erick perguntou.

— Meu colo serve? — Sorriu. Gays sendo gays. — Diana, traz um banco aqui.

A mocinha logo trouxe, e eu me sentei, sentindo a pressão em minhas pernas aliviar.

— Ah, Yan, esse é o Erick.

— Prazer em conhecê-lo, sou o Yan. — Ele sorriu, gentil como sempre.

Erick apenas assentiu, afastando-se um pouco, observando as guitarras, e Yan olhou-me.

— Ele é fechado assim mesmo?

Não.

— Hum... sim.

— Oh. Mas é bonito... É seu namorado?

— É, meu namorado.

— Então, aquele carinha, por quem você tava sofrendo, agora é passado? — perguntou.

— Não... Ele é o rapaz que fez embaixadinhas com meu coração.

Ele ficou um momento em silêncio.

— Você é muito trouxa. — Deu uma pausa. — Parece eu.

Eu ri, antes de soltar um suspiro.

— Eu amo ele... pra caralho.

— Ele parece ótimo — comentou. — Está cuidando de você?

— Sim.

— *Woah*... isso é muito lindo. — Sorriu. — Eu comecei a namorar nesse meio tempo também.

— E como está?

— Hum... ele roubou dinheiro da minha carteira.

Eu fiquei sem palavras.

— Ah... eu... sinto... muito.

— Eu espalhei por aí que ele tem clamídia — respondeu. — Ouvi dizer que ele não transa faz três semanas.

Precisei de um tempo para me recuperar de meu riso, até ele me perguntar:

— Veio comprar alguma coisa ou veio espalhar na minha cara que seu namorado é mais gostoso que o meu?

— Na verdade, sim. Eu tenho em mente algo pra comprar, mas precisa me dar um desconto, porque eu sou bonitinho.

— Só dou desconto pra quem tem pau grande.

— Nesse caso, o produto deveria sair de graça pra mim.

Ele soltou um grito em forma de "wow", enquanto a guria, no balcão, escondia o rosto.

— Me diga o que vai comprar, senhor maçaneta de ouro.

Eu lhe disse o que queria, e ele assentiu, antes de ir buscar. Erick terminou de dar a volta na loja, me dando uma olhada séria e cruzando os braços.

— Como o conheceu mesmo?

— Na rua, no dia do seu casamento — respondi. — Conversamos por cinco minutos, e eu fui pra casa.

— Só isso? E você sabe até onde ele trabalha?

Jesus, podia me mandar um *WhatsApp* com a lista de pecados que eu cometi na vida.

— Ele me disse que trabalhava em uma loja de instrumentos na praia — respondi. — Simples.

— Ele é bonito.

— Eu também acho. — Sorri, e ele respirou fundo, antes de me dar as costas.

Eu deveria achá-lo feio? Mas ele não é!

Eu o vi se sentar na calçada e desviei meu olhar para a guria no balcão, que apenas me deu um sorrisinho triste e continuou a digitar no computador. Yan logo voltou, com uma caixinha em mãos.

— Acho que vai gostar.

Eu abri a caixa e analisei o instrumento, logo abrindo um sorriso.

— Perfeito.

— Ótimo. Vamos discutir o preço. Vou te dar um desconto, mas porque você está todo cagado — disse.

Eu ri.

— Tudo bem. Aceita cartão de crédito?

— Até vale alimentação.

Eu passei o cartão, enquanto Yan fazia a nota e acertava toda a burocracia. E após me entregar tudo, também me deu seu número.

— Me liga, quando quiser beber e chorar por macho.

— É... eu, com certeza, vou ligar. — Fiz uma careta e peguei a sacola com o logo da loja. — Valeu, Yan.

— Obrigado. — Sorriu e cumprimentou-me, ajudando-me a deixar a loja. — Olha bem, pra ver se não tem nenhum carro vindo, na hora de atravessar.

Eu assenti e vi Erick se levantar, passando a mão pelo jeans, para tirar a sujeira, e me apoiar.

— Quer que eu chame o Antônio e o Ícaro?

— Não, vamos tomar sorvete — pedi.

Erick apenas suspirou, ajudando-me a atravessar a rua, já que o quiosque mais próximo ficava do outro lado. Ele me fez sentar em uma mesa, foi até a senhora vendedora, pegou um pote pequeno de sorvete de massa e um picolé, e logo voltou. Eu dei uma colherada no meu sorvete e o olhei.

— Pode ser sincero comigo e me dizer o que tá acontecendo?

Ele me devolveu o olhar, enquanto abria seu picolé, estreitando seus olhos por conta do Sol.

— Nada.

Abaixei minha cabeça, misturando os dois sabores do pote.

— Você não era assim, sabe? Não ficava irritado quando eu conversava com os caras. Digo, ele nem estava dando em cima de mim.

— Apenas não ligue, tá? Está tudo bem.

— Não está. — Voltei a encará-lo. — Não é só o ciúme. Você mal me deixa sair da cama... Parece que não está feliz por eu estar melhorando.

Ele afastou o sorvete dos lábios.

— Não diga tal coisa! Acha que estou feliz por te ver todo machucado?

— Explica.

Eu o vi respirar fundo, passando a mão pelo cabelo.

— Não sei, Alan… mas eu tô cheio de medo.

— Medo de quê?

— De que você não tenha me perdoado e qualquer cara possa ser melhor que eu. Medo de que, depois de você ficar bom, me mande pra longe. Olha o que eu fiz com você. — Apontou, e vi seus olhos brilharem por causa da água que acumulava sobre eles. — E se você pensar direito e achar que eu não valho a pena? Eu sinto que não te mereço, Alan. Tudo me deixa tão inseguro. Tudo isso é culpa minha.

— Não é culpa sua — Tentei dizer. — Tá? Entenda isso. O que a Valéria fez não é culpa sua. Se ela tivesse a cabeça no lugar, nunca teria feito nada daquilo, desde te manipular até me empurrar na frente de um carro. Eu fui atrás de você, eu, foi escolha minha.

— Mas se eu tivesse ficado com você...

Eu o interrompi:

— Você foi tentar ser feliz. Quem pode te julgar? Nem você mesmo pode fazer isso. Você tentou encontrar o caminho da felicidade, e eu entendo isso, meu bem, todo mundo tem o direito de tomar decisões certas ou erradas, acontece… Você achou que com ela conseguiria ter paz e arrumar a vida. Não tem problema nenhum nisso, Erick.

Ele abaixou a cabeça, arfando.

— Mas eu te magoei… muito.

— Você queria que isso acontecesse? Me magoar?

— Não, nunca!

— Então, tá, é isso. Eu poderia muito bem ter me recuperado e te esquecido em uma semana, mas não controlamos as nossas reações e as dos outros, tudo bem? — Alcancei sua mão, segurando-a. — Eu não vou te deixar. Mesmo depois de estar recuperado, vou querer você comigo, cuidando de mim, como sempre fez. Você me ama?

Erick olhou-me e assentiu veemente.

— Sim, muito.

— Eu também te amo. — Sorri. — É só disso que a gente precisa.

Ele assentiu, puxando a manga da camisa para secar as bochechas, antes de se levantar e se sentar ao meu lado, deixando um beijo em minha bochecha.

— Me desculpa?

— Tá tudo bem. — Beijei o topo de sua cabeça e passei meu braço por seus ombros, puxando-o para perto de mim. — Tá, não chore… você fica fofo demais, e eu me sinto horrível por achar isso.

Ele riu, em meio ao choro, me abraçou e deitou a cabeça em meu ombro. E assim, nós voltamos a tomar os sorvetes, enquanto víamos o mar, as ondas indo e vindo.

Quando terminamos, Erick ajudou-me a andar até o outro lado, até pararmos perto do carro. No mesmo momento, Antônio e Ícaro deixaram a loja em que entraram mais cedo. Céus, Ícaro vinha carregando uma sacola gigante.

— Eu vou te matar, Antônio Cidavil.

Antônio apenas fez um biquinho, mandando um beijo ao noivo, antes de abrir as portas do carro. Nós entramos, ficando na mesma posição de antes, e Ícaro grunhiu, finalmente pondo a sacola no porta-malas.

— Eu nunca mais entro em uma loja com você, Antônio.

— E se for uma *sex shop*?

— Olha, você não começa — pediu, dando partida no carro.

— Pra quê tanta coisa, Antônio? — perguntei.

— Nem comprei tanto assim — resmungou. — Comprei um panino de vaca, outro de ovelhinha, um de gatinho, de patinho, de cavalo também, de cachorrinho... Ah! Eu comprei toalhinhas pro banheiro, e a mulher bordou, na hora, os nossos nomes na ponta. Foi o máximo. Eu comprei uma galinha, um...

— Uma galinha? — Erick o interrompeu.

— De cerâmica.

— Pra quê, meu Deus? — Eu não entendia.

— Pra guardar ovo dentro — explicou, e o carro todo ficou em silêncio.

— Isso nem é o pior de tudo... — Ícaro lamentou em seguida. — Ele comprou uma roupa de crochê pro liquidificador. Rosa.

— É lindo! — Antônio se defendeu.

— Você comprou roupa para o papel higiênico!

— É pra segurar!

— Comprou capa de crochê para o computador!

— Não tinha para o celular.

Ícaro respirou fundo e apenas continuou a dirigir, e Erick tapou a boca, segurando o riso.

Antônio ainda disse:

— Você não viu quando eu peguei uma capa de crochê para o volante, amor?

Ícaro bateu na própria testa.

— Eu não tinha tirado da cesta?!

— Eu peguei de volta. Mas mudei a cor… peguei lilás com bijuteria.

Erick olhou-me, sorrindo.

— O que você comprou na loja do seu amigo?

Eu sorri de volta.

— Em casa eu mostro.

Quando chegamos, após Ícaro parar o carro para Antônio pegar uma cesta de frutas jogada no lixo, eles me ajudaram a subir as escadas.

— Obrigado — agradeci, abraçando Antônio, para, então, abraçar Ícaro. — Vou tentar recompensar no futuro.

— Que isso, menino. — Ícaro bagunçou meu cabelo. — Fica bem. E cuidado.

Assènti, e Antônio beijou minha bochecha.

— Fica direitinho. Cuida dele, Erick!

— Vou tentar. — Sorriu e fechou a porta, após nos despedirmos. — Quer deitar?

— Sim — confessei, e ele me levou até a cama.

— Vou tomar banho rapidinho.

Enquanto ele tomava banho, eu tirei a calça que usava, ficando de cueca. Como Erick pôde achar que o mandaria embora depois de me recuperar? Acho que eu não faria isso nem com alguém de quem não gosto, quem dirá com ele.

Quando ele saiu do banho, veio de toalha até o quarto, ficando nu em minha frente, antes de vestir uma calça e uma camisa. Pelo amor de Deus, ele fica mais gostoso a cada dia que passa.

Ele veio até mim, sentando-se ao meu lado.

— Gostou?

— De te ver sem roupa? Porra! — Suspirei.

Ele riu, beliscando minha coxa.

— De sair pra passear!

— Oh — compreendi. — Muito. Sério, eu tava me sentindo o próprio Diego Flores trancado nesta casa.

— Ah... — Ele soltou um muxoxo.

— Mas Diego Flores não tem um namorado lindo, cheiroso e carinhoso pra fazer sopa pra ele.

Erick sorriu, tentando esconder o sorriso no ombro.

— Alan! Pare de flertar!

Eu sorri junto, levando minha mão à sua bochecha e a acariciando.

— Você não é lindo e cheiroso?

— Hum... sou.

Tão convencido que me dá vontade de puxar as bochechas e grunhir um “fofo da porra” em sua carinha linda.

— Pega a sacola pra mim — pedi, e ele desceu da cama para alcançá-la, trazendo-a para mim.

Eu tirei a caixa de dentro.

— Você me disse uma vez que sabia tocar um instrumento… qual era mesmo?

— Gaita — respondeu, roendo a unha e olhando com atenção.

— Pois bem… — Entreguei a caixa, com uma gaita dentro, e vi seus olhinhos arregalarem.

— Não! — disse, tremendo de alegria. — *Woah,* meu Deus, Alan!

— Agora, diz que eu sou o namorado mais lindo do mundo.

Ele se aproximou, beijando meu rosto.

— Você é o mais lindo do mundo, o mais maravilhoso e gostoso, e eu te amo muito, muito, muito. Meu amor por você é do tamanho… do Sol. Eu te amo, Alan.

Eu me senti tão bem, porque toda sua felicidade me deixava feliz. Então, eu o beijei nos lábios, antes de lhe dizer:

— Eu te amo, Erick.

Um tal de Chupetinha

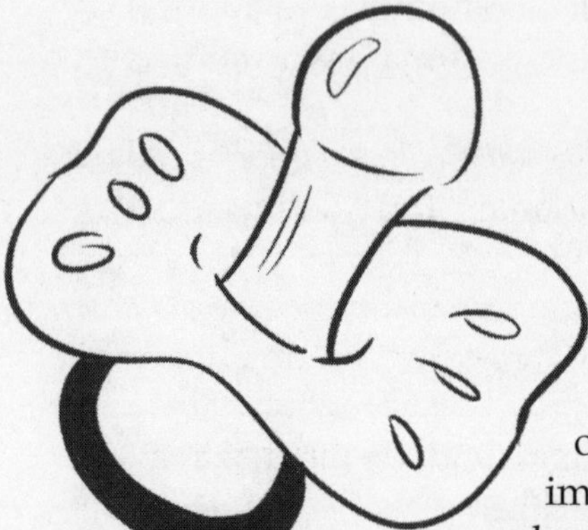

Pode parecer loucura, mas para ter Erick aqui comigo, eu faria tudo de novo e seria atropelado mais uma vez. Um pensamento idiota e irracional, mas não posso negar, eu o amo nesse nível. É só que… imaginar-me sem ele é uma tortura, me lembrar das semanas que passei sem ele dói pra caralho.

Mesmo que seja insuportável ficar nessa cama o dia todo, mesmo que minha pele coce como inferno, por baixo do gesso, e meus ossos ainda doam, posso carregar tudo, só pelo prazer de tê-lo em minha frente, desfilando pela casa, com suas pernas bonitas à mostra.

Ele caminhava para lá e para cá, dobrando roupas e as levando ao armário, usando somente uma samba-canção bem curtinha. Era um teste e tanto.

— Vista uma calça — falei, olhando-o da cama, sentado.

— Estou bem assim — respondeu, puxando a samba-canção para cima, colando mais em sua bunda, e continuou com o que fazia.

Eu respirei fundo, desviando meu olhar por apenas um momento, sem conseguir evitar olhá-lo, e ele me disse:

— O Sr. Kentaro ligou perguntando de você.

— O que você disse?

— Que está bem, que estou cuidando de você. — Sorriu, guardando a última peça de roupa. — Certo?

Assenti, sorrindo de volta, e ele veio até mim, se sentando em minha frente.

— O Antônio vai chegar daqui a pouco pra te levar à fisioterapia.

— Eu sei, você me arrumou. Por que não se arrumou ainda?

— Não vou junto dessa vez — falou, descendo da cama e apanhando a muda de roupas que separava.

Eu estranhei.

— Por quê?

— Tenho um compromisso — disse, seguindo para o banheiro.

Um compromisso? Eu não era o seu único compromisso?

Não respondi, apenas senti meu rosto se torcer levemente em uma carranca.

Compromisso... Erick nunca tem compromisso algum.

Ele entrou no banheiro, e logo ouvi o som do chuveiro. Então, me levantei — algo que agora eu fazia com mais facilidade — e me apoiei em uma muleta, caminhando até a sala.

Que compromisso? O que ele vai fazer? Pensei que estivesse ocupado somente comigo nesses últimos meses.

Sentei-me no sofá, e nesse exato momento, meu celular tocou. Reconhecendo o número da delegacia, eu atendi.

— Oi, Diego.

— *Só tô te ligando porque o Erick não atendeu o celular dele. E de duas, uma: ou tá fazendo sopa ou fazendo a chuca. Então serve você mesmo.*

— Eu vou bem, Diego, obrigado por perguntar — respondi. — Fala logo o que você quer.

— *"Fala logo!?"... Olha o respeito, moleque, nem saiu das fraldas, ainda come catota e vem falar assim comigo* — ralhou. — *O Erick tá me enrolando! Preciso que falem com meus parentes. Eu vou dar o endereço do meu irmão. Anota!*

— Espera, vou pegar uma caneta. — Bufei, levantando-me e procurando uma caneta pela sala.

— *Rápido, guri, eu não tenho a vida toda.*

— Meus membros estão quebrados! — disse, apanhando a única caneta que encontrei. — Pode dizer o endereço.

— *Então...* — falou. — *Tu pega o busão em direção ao terminal da zona leste. Chegando lá, entra na fila que tiver mais maloqueiro. É o certo. Daí, você pede pro cobrador te avisar quando tiver perto do ponto em frente à pracinha, onde ficam umas minas rodando bolsinha. Aí, você pega o beco à esquerda e vai reto, até chegar à rua de pedra. Você vai reconhecer, porque é cheia de roupa velha pendurada nos varais e tem uns quinze cachorros em cada esquina. Lá você pergunta pelo Davi Chupetinha. Talvez os caras te digam onde você pode achar ele. Os caras são gente boa, não precisa ter medo, mas não leva celular nem dinheiro... Anotou?*

Minha mão nem se moveu.

— Diego! — Reclamei.

— *O quê?! Ah, tá, tá. Pressiona o Erick para procurar minha prima, então. Ele conhece ela. Por favor! Eu tô nessa merda por culpa sua!*

— Obrigado por esfregar isso na minha cara!

— *De nada* — respondeu. — *Preciso desligar. Não deixe o Erick esquecer! Ou quando eu sair daqui, vocês serão meus inimigos oficiais.*

Eu respirei fundo.

— Tá, cara. Eu vou falar pra ele.

— *Te corto os bago se me deixar na mão.*

— Vou até depilar pra ficar mais fácil — disse-lhe, antes de desligarmos. Nem acidentado se pode ter paz.

Erick logo deixou o banheiro, e estiquei meu pescoço para vê-lo entrar no quarto. Eu o vi terminar de se vestir, arrumar o cabelo e calçar as botas.

Tão bonito.

E não vai sair comigo!

— Aonde vai? — resmunguei pra mim mesmo.

Seu perfume espalhou-se pela casa. Ele passou perfume? Que absurdo!

Em seguida, eu ouvi batidas à porta e gritei um "entra", já sabendo que era Antônio.

— Pronto, garotão?

— Não me chame assim, pareço um cachorro.

Antônio fez uma careta.

— Mau humor? Mas nem foi você que acordou ouvindo o Ícaro soltar pum.

— Culpa sua, que continua pondo pimenta na comida. Sabe que ele é sensível — falei, ainda observando o Erick.

Ele me olhou e bagunçou meu cabelo.

— O que foi?

— Ele vai sair.

Antônio riu.

— E daí? Tá assim por causa disso?

— Sei que é idiota, mas ele nunca sai, irmão, ele não tem compromisso nenhum. Sabe? Não precisa ir à prefeitura nem ao médico, não participa de nenhum grupo. Então, aonde ele está indo? Ainda mais todo perfumado.

— Pode perguntar.

— Ele vai me achar um machista opressor.

Antônio rolou os olhos.

— Mas você não é um machista opressor, garoto. É só perguntar... — Neguei, e ele, então, gritou: — Ei, Erick!

E Erick veio, cumprimentando-o.

— Oi, Antônio. Tudo bom?

— Sim. — Sorriu. — Hum… aonde tá indo?

— Ah! — Soltou, enquanto colocava os *piercings* na orelha. — Ver um amigo.

— Hum — murmurei em deboche, e Antônio deu-me uma cotovelada discreta. — Te espero pra jantar?

— Não — disse, e um comichão de abelhas começou a me ferroar por dentro. — Tem comida no micro-ondas pra você. É batata com frango, molho e queijo, tá bom?

Eu forcei um sorriso.

— Hum... e... por que você não vai vir jantar?

— Vou jantar com meu amigo — explicou. — Mas me espere acordado, pra eu te dar um banho antes de dormir. Ou se o Antônio quiser te ajudar ni-

— Não, *no, nope, aniyo* — Cidavil refutou. — O bebezão fica por sua conta.

Erick riu.

— Certo, é melhor irem agora... Sabe como é esse serviço do governo, se você atrasar trinta segundos, eles pulam para o próximo paciente.

— E já está em cima da hora — Antônio continuou, e ajudaram a me levantar.

Olhei para Erick bem de perto, antes de seguir Antônio.

— Vai de ônibus?

— Não, ele vai vir me buscar. — Sorriu Erick.

Sorri de volta e caminhei até Antônio, dispensando a ajuda de Erick para me locomover. Antônio e eu descemos as escadas devagar, logo chegando ao seu carro.

— Grr, Antônio, que raiva. Que amigo é esse?!

— Um amigo, ora bolas. — Riu, ligando o motor e partindo, enquanto eu me acomodava no banco de trás.

— Ele até vestiu a jaqueta nova dele — falei, fitando o teto do carro.

— E daí, Alan? Você sabe que ele é vaidoso. Erick põe salto quinze pra ir comprar pão e patê de presunto.

Eu pus minhas mãos sobre meu abdômen, tentando não pensar nenhuma merda.

— Odeio me sentir assim.

— Com ciúme? Mas não tem do que sentir ciúme, garoto.

— Antônio... tenho a leve impressão de que Erick já transou com todas as pessoas que ele conhece. Como quer que eu fique?

Não me levem a mal, mas Erick realmente... realmente dormiu com noventa por cento das pessoas que conhece. Não consigo evitar de me sentir inseguro.

— De boa? — Gargalhou, dirigindo. — *Woah,* Pelle. Ele está namorando você, ele te ama. Acha mesmo que ele te trai?

— Não — disse honestamente. — Mas só a ideia de alguém o olhando com desejo... É o meu Erick, não quero ninguém secando ele.

— Não pode controlar isso.

Eu o olhei.

— Posso secar o Ícaro, então? Sabe... ele tem aquelas pernas longas e fortes... deve fazer um bom trabalho.

— Cala sua boca, ou eu termino de quebrar suas pernas.

O resto do caminho foi silencioso, pois eu não conseguia me concentrar em nada que Antônio dizia. Minha cabeça só conseguia imaginar Erick em um jantar luxuoso com outro cara, os dois conversando e rindo, ele abrindo seu sorriso adorável e o outro cara sentindo o mesmo que eu sinto ao ver Erick sorrir daquele jeito.

Na terapia, eu passei duas horas exercitando-me. Tudo precisava ser feito com calma, a doutora não me deixava ir mais rápido. Mesmo que eu sentisse que conseguiria, ela me segurava no lugar e cada exercício simples levava uma eternidade para ser realizado.

Também perdi vários de seus comandos, pois, às vezes, minha cabeça voava. Eu era um palerma naturalmente, e criando paranoia sobre o Erick, virava uma batata. Antônio, no canto da sala, nem escondeu sua risada besta quando a doutora me perguntou o que eu andava comendo e eu respondi "sim".

No fim, eu nem estava suado, apesar de minha perna tremelicar um pouco. Eu nunca viraria um monstrão fazendo aqueles exercícios.

— É um grande golpe na vida do *bodybuilder* Alan Pellegrini — Antônio me zoava no caminho pra casa. — Nunca vi você ir à academia. Como ficava sarado?

— Transando.

— Fala sério. Como?

Eu o olhei.

— Transando.

Ele deixou o queixo cair.

— Seu mentiroso. Eu transo e não emagreço.

— Você transa enquanto come lasanha.

— Foi só uma vez!

Eu ri baixo, ficando quieto e deixando-o dirigir, e ele perguntou:

— Tem falado com seu pai?

Eu suspirei.

— Não.

— Você sabe que ele está doente — disse em um tom cauteloso.

— Eu sei, Antônio. Por Deus, desejo muito que ele se cure, mas eu não… não tenho nada pra falar. Ele também não me liga… Acho que não se sente confortável, sei lá — falei, mirando meus pés.

— Você guarda mágoas? Pela forma que ele te tratou quando você se assumiu…

— Não sei. Doeu muito, mas eu não o odeio. Sei lá, acho difícil não guardar mágoa, mesmo pra mim. Não desejo mal algum a ele nem que suma da minha vida. Sabe? Eu amava a forma como ele era… sinto saudade daquele pai.

Antônio olhou-me por um momento, sorrindo.

— Sabe… minha mãe odiou saber que eu sou gay. Ela me fez ir morar fora de casa, com minha madrinha. Um tempo depois, eu e um ex-namorado esbarramos com ela nas férias. Eu estava feliz com ele e acho que ela viu isso. Felizmente, ela passou a me aceitar. Digo, ela ainda sorri um pouco amarelo quando me vê com o Ícaro. — Riu. — Mas ela se esforça… Eu também tento compreendê-la. A relação mudou um pouco, confesso, mas ela passou por cima dos preconceitos pra me acolher e me apoiar. Sendo assim, eu a respeito.

Eu sorri.

— Ela é legal… Fez uma touca rosa pra mim. Lembra? Foi naquela época que ela achava que gay só usava roupas que ela achava femininas. Enfim, era inverno, então, mesmo não curtindo rosa, eu usei. Depois que ela aprendeu um pouco mais sobre a comunidade, me fez um cachecol verdinho.

— Viu? Céus, ela chorou quando soube da minha sexualidade, odiou, mas aprendeu e abriu o coração pra mim. Acho que seu pai também está pensando melhor sobre isso.

— Eu sei. — Sorri, um pouco entristecido. — Eles evitariam tanta dor se nos aceitassem desde o início.

— Eu sei, Pelle. Um dia, o mundo vai mudar. O Ícaro sempre diz isso: o mundo vai mudar. E eu acredito nele.

Ri, fechando meus olhos e esperando que chegássemos. Quando o carro parou, desci, sem a ajuda de Antônio, levando-o a me chamar de "metido".

— Sobe as escadas sozinho agora, bonito. Hein, gostosão, dono de si, independente e resolvido.

Precisei ouvir um sermão maior que os áudios da minha mãe para receber ajuda e subir as escadas. É muita humilhação. Ele me deixou na porta de casa e mandou eu me virar com o resto, gritando um "eu te amo" enquanto ia embora. Entrei em meu apartamento e me deparei com o vazio. Erick realmente saiu e não voltou para jantar.

Deixei um suspiro alto escapar, joguei as chaves sobre a mesa, caminhando devagar para a cozinha, pus minha comida no micro-ondas e sentei-me para esperar.

Eu podia mandar uma mensagem? Nunca sei o que é certo. Sinto-me um idiota com ciúme. Não queria me tornar um macho ditador, mantendo Erick em um relacionamento abusivo. Acho que se ele estivesse saindo com um amigo como Diego, eu não sentiria nada, mas Erick não tem muitos amigos, e eu sei disso. Então, algo me dizia que havia algo estranho nessa história.

— Merda — murmurei. — Não seja opressor, Alan, não seja. Lembre–se do que a mãe falou… que não pode ser mandão.

Era ciúme, mas… e se virasse algo pior? Deus, eu não queria prender o Erick em casa ou algo do tipo, mas também não queria que ele saísse com esses caras.

Só despertei quando o apito do micro-ondas soou. Estiquei-me para pegar o prato e comecei a comer, tentando me esquecer de que o Erick estava, sei-lá-onde, com um cara. Um cara. Céus! Que raiva.

Ok, controle-se, Alan Pellegrini.

Eu comi rápido, logo me levantei e segui para o banheiro. Depois de limpo, me arrastei até o quarto e me deitei na cama. Já eram quase dez horas da noite, só mais quatro horas e seria meia-noite! Meia-noite! Erick, na rua com só Deus-sabe-quem, e eu aqui, sozinho.

Deu até vontade de reclamar no *Twitter*, mas respirei fundo e continuei a esperá-lo. Não, não podia esperá-lo, eu só podia casualmente recebê-lo. Caralho, ser politicamente correto é difícil demais. Eu quero meu homem!

Quando a porta da frente abriu, eu mergulhei debaixo dos cobertores e fingi estar dormindo. Por uma fresta no manto, vi Erick caminhar para o quarto, tirando os sapatos. Ele me olhou, e eu discretamente tapei meu olho.

— Cheguei tão tarde assim? — murmurou sozinho. — Ele dormiu sem tomar o remédio. Será? E agora… eu o acordo ou não?

Eu o ouvi suspirar e abri o olho para vê-lo. Ele trocou de roupa e seguiu para o banheiro. Eu fingi acordar, porque não suportava ficar imóvel. Fiz minha melhor cara de sono e, quando ele deixou o banheiro, eu até bocejei.

— Nem vi você chegar.

— Desculpa a demora — pediu, secando o rosto com uma toalha.

Dei de ombros e levantei-me, indo devagar à cozinha.

— Não pode ficar andando, a terapeuta disse q-

Eu o interrompi.

— Sei o que ela disse. Vim beber água.

— Podia ter me pedido.

— Deve estar cansado — soltei, pegando um copo de água e bebendo, e sobre a mesa, vi a sacola do restaurante. Restaurante de luxo.

Respirei fundo e voltei ao quarto, e Erick olhou-me.

— Quer um doce? Eu trouxe do-

— Não — disse, me deitando e cobrindo-me.

Ele permaneceu me olhando.

— Foi tudo bem na terapia?

— Uhum — murmurei, fechando meus olhos. — Pode apagar a luz? Eu quero dormir.

Erick não apagou, sentou-se ao pé da cama, fitando-me.

— O que foi?

— Nada. Eu tô cansado, Erick.

— Fala, ou não deixo você dormir.

Eu rolei meus olhos.

— Escuta, você pode ter tido uma noite maravilhosa, encantadora e inesquecível com seu *amigo*, mas eu fui me exercitar, meu corpo está doendo. Por favor!

Ele arqueou as sobrancelhas, logo rindo fraco.

— Como foi minha noite mesmo? Não ouvi muito bem.

— Vai se ferrar, Erick. — Fechei a cara.

Ele me olhou sério.

— Foi só um jantar.

— Eu tô perguntando alguma coisa?

— Está — disse, e eu não entendi. — Esqueça… Alan, pare com isso. Não foi um jantar romântico. Foi, sim, divertido, mas não foi como deve estar pensando.

Eu o olhei.

— Com quem você saiu?

— Com um antigo amigo.

— Conheceu ele como?

Erick suspirou antes de responder:

— Ele era um cliente.

Eu voltei a fechar meus olhos.

— Porra, eu sabia. Eu sabia. — *Merda! Inferno!* Voltei a falar: — Você não tá feliz aqui, Erick? Por que foi encontrar um cliente? Nós estamos juntos… não pode sair com esses caras, não foi isso que combinamos. Pelo amor de Deus, o que você pensou? Caralho, vocês ficaram? Ele te pagou pelo quê? Erick… não pode fazer isso, não foi o que combinamos! Nós namoramos. Você só fica comigo e eu só fico com você! Eu na-

Ele me interrompeu:

— Não fizemos nada. Ele não me pagou por nada, Alan.

Eu me sentei na cama, bravo.

— Mesmo assim! Você saiu pra jantar com um cara que era seu cliente! Como você quer que eu reaja? Eu posso não ser um desses caras agressivos e tão ciumentos, mas também sinto as coisas, caramba! Não quero meu namorado saindo para jantar sozinho com alguém com quem ele... ele já dormiu. Meu Deus, devo ser o maior otário dessa era.

Ele sorriu ladino.

— Eu nunca dormi com ele. Nós só jantávamos e conversávamos sobre a vida dele.

— Ah, só isso? Sério? — Não acreditei. — Tá bom. AHAM!

— Alan, ele é cadeirante. E hétero.

Eu parei no mesmo momento, olhando-o fixamente, processando a informação.

— Nunca nem nos beijamos. Ele me chamava para que eu o ouvisse falar sobre a juventude dele e as mulheres que amou — Erick continuou. — Com quarenta e três anos de idade, ele sofreu um acidente e perdeu o movimento das pernas. Os filhos nunca estão por perto. No ano passado, foi ao Japão fazer terapia e voltou essa semana. Me chamou para jantar e ouvi-lo falar dessa viagem. Ele queria pagar, mas falei para pagar apenas o jantar.

Engoli em seco e desviei meu olhar, antes de abaixar a cabeça. Eu sou um tosco!

— Acha mesmo que eu iria fazer isso com você?

Eu engoli em seco.

— Ah, da última vez você-

Erick não me deixou continuar:

— Tudo bem. Mas eu te juro, Alan, nunca mais vou te deixar nem vou te trair. Você tem tudo o que eu quero... tudo o que eu amo.

Continuei de cabeça baixa, sentindo um bico meio que pender em meus lábios. Eu detestava me sentir um bobo.

Ele disse:

— Não sabia que ia ficar chateado.

— Porque eu sou um banana, né? Por isso ninguém nunca acha que eu vou ficar irritado. Acham que posso aceitar tudo e ainda abrir um sorriso!

Erick aproximou-se mais um pouco.

— Não. Porque… você sai com seus ex-namorados e recebe eles na sua casa, vai visitar a paixonite de rua. Que mal teria eu encontrar um amigo?

Levantei a cabeça, olhando-o um pouco perplexo.

— É sério isso, Erick?

Ele deu de ombros.

— Direitos iguais.

Eu arqueei uma sobrancelha.

— Então, sempre posso chamar um ex pra almoçar comigo, que você vai só passear com um amigo seu, pra descontar?

— Sim. Tanto faz.

Eu sorri e alcancei meu celular, abrindo a agenda.

— Hum, quem pode estar livre? Oh, acho que o… — Ele tomou o celular de minha mão. — Erick!

— Não me provoque! — Avisou, enquanto seu rosto bonito ficava bravo.

Sorri mais uma vez.

— É? Só porque eu estava pensando em confessar que um ex meu ainda manda mensagens pedindo pra voltar?

Erick inalou profundamente e apertou os lábios em uma linha.

— O que você vai dizer pra ele?

— Hum… — murmurei. — Que meu atual namorado nem me toca mais, e eu estou tão carente… sabe? Vou abrir o coração. Talvez ele queira cuidar de mim.

Erick, em um impulso, ergueu o braço na intenção de atirar o celular em mim, mas suspirou e desistiu.

— Mentiroso.

— Sim. — Sorri. — Mas não menti sobre tudo.

Ele deixou o celular bem longe de mim e olhou-me.

— O quê? Tem mesmo um ex que te procura?

— Não. — Eu o fitei. — Meu namorado realmente não me toca, e eu realmente estou carente.

Erick estreitou os olhos em minha direção.

— Você tá machucado.

— Eu estou bem melhor — disse. — Mas se você não quer arriscar, conheço alguém que, com certeza, arriscaria.

— Sua mão?

— É uma opção. — Sorri, voltando a me deitar e começando a descer a mão por meu abdômen, em direção à virilha. — Você traz uns lenços?

Erick subiu na cama e ficou de quatro, engatinhando para chegar a mim. Quando seu rosto se aproximou do meu, perguntou:

— Serve a minha língua?

Levei minha mão até sua nuca no mesmo momento, matando a distância entre nossas bocas e fechando meus olhos para desfrutar da sempre tão calorosa sensação de beijar seus lábios. Erick deslocou uma perna sua até entre as minhas, fazendo sua coxa tocar meu sexo, e eu arfei, frustrado por não poder mover minha outra mão. Mas me esqueci de tudo quando seu corpo tão desejado se colou ao meu, sem jogar seu peso, e eu desci meus dedos por suas costas, enquanto sua mão subia até meu cabelo, acariciando, e seus lábios se misturaram aos meus, fazendo com que eu suspirasse de tempo em tempo, com meu corpo ganhando calor.

Usei minha perna útil para esfregá-la em seu corpo, fazendo com que sua virilha colasse em mim, e sorri entre os beijos ao ouvir seu suspiro choroso. Sem avisar, sorrateiramente agarrei o cabelo de sua nuca, afastando nossas bocas, e abri meus olhos para descobrir que ele manteve os seus fechados. A cena fazia meu corpo inteiro ficar frenético.

Eu colei minha boca ao seu pescoço no momento seguinte, usando minha língua para saborear sua pele macia e cheirosa. Baixinho, eu o ouvi chamar meu nome devagar e, aos beijos, levei minha boca ao seu ouvido.

— Quantas vezes me chamou quando estávamos longe?

Erick escondeu seu rosto na curva de meu ombro e pescoço, esfregando suas bochechas em minha pele no ritmo em que mexia seu quadril, estimulando nossos membros.

— Muitas… muitas vezes.

Eu beijei a linha de seu maxilar, apertando-o com mais força contra mim.

— Vai me deixar de novo?

— Não, nunca mais — respondeu imediatamente, e eu desci minha mão por suas costas, até alcançar o final de sua coluna, lentamente invadindo seu short com alguns dedos. — Alan…

— E quem você ama? — perguntei, depois de soltar minha boca de seu pescoço.

— Você — respondeu, em um sussurro, ao pé de meu ouvido. — Só você.

— Repete — pedi baixinho, sorrindo fraco, descendo minha mão e tocando sua bunda quente e macia.

— Eu amo você. Só você — disse, com sua voz saindo afetada, enquanto ele empinava o quadril.

Erick levantou-se, ficou de pé na cama e soltou o cordão de seu short, fazendo com que deslizasse por suas pernas, chegando aos seus calcanhares. Ele só chutou a peça para fora e abaixou-se sobre meu corpo novamente, sentando-se superficialmente sobre minha virilha.

— Lembra-se da maldade que fez comigo quando me encontrou naquele hotel em Água Verde?

Eu mordi meu lábio, fitando-o.

— Se refere a quando eu não te fodi enquanto você implorava por isso?

Erick assentiu, enquanto a franja escorregava de trás de sua orelha para a testa, e ele levou suas mãos à barra da minha camisa, empurrando-a para cima.

— Não me deve nada?

Enrosquei meu dedo em seu colar, puxando seu rosto para perto.

— Meu pau está duro. Rebole o quanto quiser.

Joguei o quadril para cima, fazendo meu membro chocar-se contra a divisória de suas nádegas, e o vi fechar os olhos, puxando o ar por entre os dentes. Ele se inclinou, começando a beijar meu peitoral, e eu descansei minha mão em sua cabeça.

— Me deve muitas noites de tesão e carência, Erick Capdeville. Muitas.

Ele deixou um beijo bem molhado em meu mamilo, antes de me responder:

— Eu vou pagar. Uma a uma. — Voltou ao que fazia, começando a rebolar devagar em minha ereção, me levando a fechar os olhos e respirar fundo.

Eu senti cada beijo seu, os lábios inchados carimbando minha pele, do peito ao abdômen e até o umbigo, ultrapassando-o e descendo em direção ao meu sexo preso pela calça.

Mantendo minha visão escura, senti sua respiração quente atravessar o tecido e aquecer meu pênis coberto. Suas mãos agarraram o cós, e ele puxou com certo cuidado, por causa de minhas lesões. Eu abri meus olhos desta vez, pois não perderia a cena por nada, puxei mais um travesseiro para baixo de meus ombros, elevando meu corpo, e lambi o cantinho de meus lábios ao provar da imagem.

Erick, de quatro, com a boca perigosamente perto de meu "problema" e sua bunda lindamente voltada para o alto. E se eu virasse minha cabeça só um pouco, conseguiria ver seu belo membro ereto e corado entre suas coxas tão desejáveis.

Eu sorri, dobrando minha perna saudável, voltei a pousar minha mão em sua cabeça e, com um empurrão fraco, sua boca tocou a ponta de meu pau.

— Bem aí, Erick.

Eu o ouvi rir sem força, e sua língua escapou para fora de sua boca, molhando minha glande. Apenas me acomodei melhor e descansei a mão em minha coxa, assistindo a Erick trabalhar em mim.

Ele deixou suas mãos sobre meu abdômen e virilha, beijando minha área mais sensível e descendo os selares por toda a extensão, voltando no mesmo ritmo. E não avisou antes de me pôr em sua boca, fazendo meus olhos revirarem com o êxtase.

Automaticamente, devolvi minha mão ao seu cabelo, sentindo a boca do meu estômago revirar. Resisti ao impulso de tirar uma foto sua naquela posição, tocando-me de forma obscena. Eu não precisava tirar fotos, porque Erick era meu, assim como eu era dele. E, por Deus, essa cena se repetiria tantas vezes, que seria como uma fotografia mental.

Fechando minha boca e concentrando-me, pude ouvir os sons que vinham de sua boca, os sons que faziam meu corpo se retrair, as correntes "elétricas" de prazer percorrendo por meus músculos.

Afastei a franja de seu rosto e apreciei a imagem: os lábios, com um forte rosa e molhados, descendo e subindo, enquanto me pressionava. Seus olhos, que focavam a minha virilha, subiram aos poucos no final, fitando meu rosto, e eu gemi, sôfrego, soltando o ar com força, e sorri com a língua entre os dentes.

— Gosta?

Erick assentiu, movendo a cabeça, fazendo a glande de meu pau bater em sua garganta, e eu deixei minha cabeça pender para trás, com meus olhos quase fechados e o tesão presente em cada parte minha.

O mais velho só fez melhorar, acelerando seus movimentos, fazendo minha respiração perder o ritmo e minha boca não conseguir mais conter os gemidos, resultados de sua habilidade. Eu naturalmente agarrei seu cabelo, quando meu corpo atingiu um imenso calor e uma sensação gostosa e descontrolada. Voltei a olhar Erick e a imagem de seu corpo inteiro movendo-se para que seu ritmo em meu membro não caísse. Suas costas e quadril faziam o movimento de uma onda, impulsionando sua cabeça, automaticamente descendo sua boca, afogando meu pau em sua garganta.

Eu despertei do transe e, notando meu orgasmo iminente, levei minha mão ao meu membro, puxando-o de dentro de sua boca, fazendo a saliva acumulada no interior das bochechas de Erick escorrerem pelos cantos.

— Você é um pecado.

Ele sorriu, usando as costas da mão para limpar o queixo.

— Vai deixar eu sentar em você?

Tombei minha cabeça para o lado, suspirando e admirando seu rosto tão lindo.

— Só se você fizer direitinho.

Erick permaneceu sorrindo e levou a mão ao próprio cabelo bagunçado, jogando-o para trás.

— Tem alguma dúvida?

— Sim. — Sorri junto. — Se não vai terminar de me quebrar.

Erick não tinha piedade alguma, mesmo eu estando machucado. Não me deu uma chance de resistir à sua boca, às suas pernas fortes e mãos cirúrgicas. Com fraturas pelo corpo inteiro, quase todas curadas, eu vi suas pernas me prenderem e, devagar, mas constantemente, meu membro ser engolido por sua passagem quente e estreita.

Tombei minha cabeça para trás, com os olhos levemente fechados, sentindo meu corpo ferver e mergulhar em um estado indestrutível de relaxamento, porque era gostoso demais. E Erick sabia, por isso se movia devagar, pressionando meu sexo com suas paredes firmes, subindo e descendo sem pressa. Suas mãos macias acariciavam meu peito, minha pele, enquanto eu tentava me controlar para não mexer bruscamente nenhuma parte machucada.

Voltei a olhá-lo, sentindo meu estômago contrair ao me deparar com seu rosto, levemente torcido em uma careta quase dolorosa, com sua franja loira caindo sobre os olhos, enquanto seus lábios mantinham-se partidos, molhados por sua saliva. Descendo meu olhar por seu corpo coberto por uma camisa branca, pude ver meu membro entre suas pernas, entrando e saindo de sua pequena cripta. Ele era minha perdição e devia ter certeza disso, pois seu sorriso direcionado a mim não foi nada despretensioso.

— Está bom assim? — perguntou, apoiando suas mãos na parede, se aproximando mais de mim, que estava quase sentado na cama, e beijei seu lábio inferior, logo olhando em seus olhos.

Ouvi Erick respirar fundo e vi seu corpo tomar outra postura, mudando o ritmo, acelerando. Pousei minha única mão disponível em sua cintura, por baixo da camisa, e senti, em meus dedos, seus músculos trabalharem, enquanto meu corpo seguia o embalo do seu, enquanto meu prazer crescia fora de proporção.

Gemi, como um condenado, sentindo seu calor, assistindo ao seu rosto se contorcer de forma bonita, com seus gemidos saindo altos toda vez que fazia meu pau encontrar seu ponto interno. Ele era bom, era confiante nessa droga, parecia saber exatamente o que causava em mim. Eu o puxei para perto, juntando nossas bocas, enquanto ele rebolava sobre mim, e beijando seus lábios, gemi, sentindo seu corpo suado no meu.

— Ah... Erick! — Chamei, perdido no ato, extasiado, totalmente imerso ao seu feitiço.

Uma de suas mãos alcançou meu rosto, acariciando minha pele, antes de subir o contato e agarrar meu cabelo, e sua boca, colada à minha, disse-me baixinho:

— Diga, amor...

Não pude dizer nada, por minha garganta somente saiu um gemido alto, antes de ele morder levemente meu lábio, beijando meu rosto, ouvindo-me gemer e choramingar, enquanto eu sentia meu corpo todo se arrepiar com a forma que quicava. Era com tanta energia que, mesmo por baixo da proteção, eu podia sentir cada detalhe de sua carne em meu membro sensível.

Eu, que já estava eletrizado desde quando ele terminou de me chupar, me vi sem saída, resistindo às investidas de sua entrada, que faziam meu abdômen levar um "choque" atrás do outro, totalmente entregue às suas mãos pequenas e ao seu canal úmido, que me cobria até a virilha, antes de voltar à fenda, tantas vezes que eu não conseguia contar.

Eu não tinha nem uma atitude sequer, todo meu foco havia ido pro espaço, e me sentia nadando em uma piscina com a essência doce de Erick impregnada na água. Queria me banhar com aquela água, queria beber aquela água e mergulhar até o fundo dela.

Gemi alto, sentindo sua boca cremosa beijar minha pele nua, me fazendo ficar submisso a ele e às suas ações. No limite, eu agarrei sua cintura com mais firmeza, sentindo meus músculos enrijecerem e meu estômago ficar fundo, enquanto minha virilha doía, excitada, concentrando meu orgasmo na porta, antes de jogar para fora e o vizinho ser capaz de saber exatamente o que Erick e eu estávamos fazendo.

Gozando, eu o beijei, sentindo-me cansado, com minha respiração cortada e rouca. Ele sorriu, depois de carimbar minha boca com a sua, e continuou a rebolar devagar por um tempo, fazendo meus olhos ficarem molhados de lágrimas de uma dor prazerosa. Parou, por fim, retirou-se, puxou o preservativo que eu usava, amarrou-o e jogou-o no chão. Eu o olhei, notando o suor pingar da pontinha de sua franja, e desci minha visão até seu sexo, que estava duro, em um vermelho quase doente.

— Me desculpe por vir antes de você.

— Tudo bem, Alan — falou de forma serena e beijou minha bochecha.

Eu alcancei sua mão e a acariciei, antes de pedir:

— Vire-se pra mim.

Erick, sabendo o que significava, virou e ficou de quatro em minha frente, com sua bunda bonita empinada. Eu mal via a hora de me recuperar para fodê-lo do jeito que ele merecia.

Apenas levei meus dedos à sua entrada molhada e os introduzi, fazendo seu corpo tremer um pouco. Ele já estava tão sensível. Afundei até onde eu queria, começando a esfregá-los na área de "perigo", vendo Erick reagir com um de seus gemidos chorosos, e com minha mão machucada, usei meus dedos para acariciar a fenda lubrificada de seu pau, levando Erick a rebolar.

Beijei sua bunda, enquanto puxava e empurrava meus dedos sem pressa, rodeando sua glande com meus outros dedos. Empurrei mais um dígito e acelerei por um tempo, vendo seus músculos tremerem e seu quadril "dançar", com sua voz afetada chamando: — Alan, ah...

Eu o estimulei até seu corpo arquear e suas pernas perderem a pouca força, sentindo, em minha mão, o seu sexo cuspir o orgasmo para fora, ao mesmo tempo que era possível ver sua entrada se contrair, expulsando meus dedos.

Ele usou sua última energia para engatinhar até o outro lado da cama, deitando-se, com a respiração tão falha quanto a minha anteriormente.

— Você está bem? — perguntei, acariciando seu tornozelo, e ele, de olhos fechados, assentiu, sorrindo de modo frágil. — Você foi tão bem... você é tão bom.

Erick virou-se e olhou-me, abraçando o cobertor.

— Gostou?

Eu ri, olhando-o de volta, com carinho.

— Eu tinha outra opção?

Sentou-se e mirou minha mão, a qual estava suja de seu "néctar".

— Vamos tomar um banho.

Fiz manha, espreguiçando-me.

— Eu não posso, estou machucado, não posso fazer tanto esforço.

— Ah. — Sorriu, aproximando-se de mim. — Acho que não vai querer um segundo *round*... está machucadinho, né?

Sentei-me, começando a levantar.

— Não sei quem te disse que tô machucado. Você deve estar usando drogas.

Erick, do outro lado, riu enquanto se levantava, levando seu corpo bonito para fora do quarto, em direção ao banheiro. Eu sorri sozinho, porque seu charme é um tiro em meu coração, e eu amo como queima, como tira meu ar.

Pimentinha: pequeno e picante

Os próximos dias passaram de forma calma. Antônio me ligava para dizer que seu casamento estava mais próximo e, depois de ficar uma hora inteira falando sobre os preparativos, só aí perguntava se eu estava bem.

Ícaro, no entanto, tinha um ar diferente. Estava feliz, era visível, apesar de não soltar um gritinho toda vez que pensava na cerimônia. Tinha um ar mais do tipo "passamos por muita coisa até chegar aqui". Na primeira vez que me falou isso, honestamente, pensei que eles tivessem escolhido um caminho mais longo para vir até minha casa, mas depois entendi e disse-lhe "É, bro".

Como o tempo estava mais quente, Erick não vestia mais roupas longas. Para mim, que o conheci no frio, vê-lo com roupas soltinhas e as pernas de fora era uma tortura. Ele passeava pela casa toda, com regatas que exibiam seus braços fortes, com shorts que deixavam suas pernas tão belas à mostra.

Eu ainda não contei, mas, por causa dele, ficava duro umas três vezes por dia.

Erick sempre me excitou. Às vezes, por rebolar sua bunda ao andar; às vezes, por simular alguma sacanagem, provocando-me; às vezes, simplesmente por se deitar ao meu lado e colar sua boca no meu ouvido, dizendo coisas para maiores de dezoito anos. Erick Capdeville é aquele canal com senha da TV por assinatura.

Minha mãe ligava com frequência, perguntando se eu estava bem, se estava me exercitando, se estava repousando, se estava tendo progresso. Ela não quis confirmar, mas deixou escapar que estava saindo com um homem. Caramba, isso era tudo que eu mais queria.

Minha mãe finalmente se permitiu começar uma coisa nova. Digo, agora eu posso falar: "Vai cuidar do seu macho e deixa o meu em paz."

Oficialmente, eu não precisava mais usar muletas. No dia que a doutora me disse isso, eu quis queimar aquelas muletas, fazer uma fogueira e pular um mortal por cima delas, enquanto assava um *marshmallow*. Ainda não podia voltar às atividades normais, como trabalhar, treinar, andar longas distâncias, subir escadas muito altas, foder pra caralho, dançar, correr, mas eu já podia andar sozinho. Estava um pouco manco, mas era algo que se consertava mais e mais a cada dia.

Era terça, já que o calendário estava em inglês e dizia "thursday". Eu beliscava uma torta que Erick havia feito e arriscava dar uma dançadinha ao ritmo da música que tocava na rádio, quando ele saiu meio apressado do quarto.

— O que foi? — perguntei, vendo-o torcer o rosto em uma careta.

— Eu estava falando com o Diego.

— Te xingou de "olho de pombo" de novo?

— Arranjou uma briga na cadeia — contou, olhando-me sério. — Os caras juraram quebrar ele nesse final de semana.

— Puta merda! — Levei minha mão à cabeça, coçando-a, sem saber o que fazer. — Por que brigou?

— Por causa de uma marmita. Porque no prato do outro cara veio salsicha e no dele veio ovo — explicou, voltando ao quarto.

Eu o segui, entrando no quarto também.

— O que você vai fazer?

— Vou procurar a família dele — disse, começando a trocar de roupa. — Diego pesa 67 quilos, não vai conseguir brigar com três caras de dois metros de altura.

— Erick, não é perigoso procurar a família dele?

— Hum... eu espero que não — respondeu, enquanto calçava os tênis. — Bom, fique aqui, eu logo volto.

— Não! — Neguei. — Eu vou com você.

— Ah, vai? Como? — perguntou. — Vai conseguir correr com o corpo machucado?

— Por que eu correria? — Não entendi.

Ele me olhou, colocando uma jaqueta.

— Se eu fosse explicar, precisaria te mostrar o histórico criminal dos Flores.

— Você não vai sozinho — falei, pegando roupa para mim também. — Diego tá preso por nossa causa.

— Ah, Alan. — Rolou os olhos. — Tá bom! Mas não faz nenhuma merda, deixa que eu falo com eles.

— Eu? — Ri, mudando minha roupa. — Eu nunca faço merda.

Ele nem me respondeu, apenas pegou sua carteira e o celular, pondo nos bolsos. Eu terminei de me arrumar e caminhei com ele até a saída de casa, trancando a porta assim que saímos.

— Eu te protejo se quiserem brigar contigo, Erick.

Erick riu, dando-me uma olhada.

— Você já me salvou muitas vezes. Deixe que eu cuido da gente hoje.

— Não, não — pedi, puxando-o para perto de mim. — Se derem um soco na sua boca... como você vai me chupar à noite?

Ele sorriu e acertou um murro enfraquecido em minha barriga.

— Nesse caso, você me chupa.

Sorri de volta, continuei a andar e desci as escadas com cautela. Erick me dava um suporte, caso eu caísse.

Fomos até o ponto de ônibus, e ele se agarrou a mim, enquanto esperávamos. Dentro do ônibus, pegou meu braço e o abraçou, deitando a cabeça em meu ombro, murmurando coisinhas sobre como queria retocar o cabelo e comprar roupas novas para o verão. Ele não tinha dinheiro, nem eu, o que fez com que eu me sentisse um lixo, pois queria presenteá-lo com coisas novas, mimos. O máximo que pude fazer foi comprar um sorvete, quando descemos do ônibus, e ter o prazer de vê-lo sujar o nariz, enquanto lambia a massa molhada.

— Eles vão tentar nos matar? — perguntei honestamente, enquanto caminhávamos por um bairro mal-encarado.

Erick olhou-me e disse:

— O Diego, por acaso, tentou te matar?

— Uh. — Eu o olhei de volta. — Sim.

Ele se calou por um tempo.

— Poxa, por essa eu não esperava.

— Ótimo — murmurei, e passando em frente à uma casa, um *pitbull* pulou quase na altura do portão e avançou, fazendo-me saltar quatro vezes, ao som de "Brasileirinho", me sentindo em uma olimpíada.

Erick soltou um "menino feio" para o cachorro e segurou meu pulso, e continuamos o trajeto. Ele disse:

— Sabe... gosto desse bairro, eu acho calmo.

No momento seguinte, ouvi uma explosão, sem saber de onde vinha, e me colei mais o corpo ao Erick, tentando desfazer minha careta medrosa.

Woah, tão calmo.

— Aqui. — Puxou-me para dentro de um beco estreito e sem asfalto, no qual crianças corriam, uma chamando a outra de "Aê, cuzão". Uma delas simplesmente me chamou de "filho de tamanduá", e eu nem entendi, mas fiquei ofendido.

Erick bateu palmas em frente a uma casa, e pensei "Ela está de parabéns?"

Um senhor logo saiu pela porta, fumando, soltando fumaça feito chaminé e tossindo de forma rouca sobre um lenço, e eu vi sangue no tecido já manchado. Erick perguntou:

— A Kris tá aí?

— Quem procura? — O senhor perguntou.

— Erick.

— E o nome de guerra? — Questionou.

Erick olhou-me de esguelha, antes de sussurrar:

— Pimentinha.

Travei no lugar, olhando meu famigerado namorado e tentando entender a coisa toda. Eu não fui orientado sobre isso.

— Certo. — O senhor voltou devagar para dentro de casa.

— Pimentinha? — perguntei, arqueando minha sobrancelha.

— Hum. — Fez um biquinho. — Pequeno e picante.

Gostaria de sentar-me e meditar sobre aquilo por doze horas, tentar encontrar o sentido da minha vida, mas a porta da casa logo voltou a se abrir:

— Erick — Uma moça saiu chamando, de alguma forma equilibrando-se sobre os saltos altíssimos. — O que tá fazendo aqui? Não ia casar com aquela cruz de capeta e demônio?

Erick respirou fundo.

— Nós não éramos compatíveis.

— Ah, sim. — Ela chegou ao portão. — Eu ia dizer que, por tu ser viado, o problema seria a buceta dela, mas, caralho, esse nem era o maior problema, porque tem homem que também tem buceta.

Ele riu, visivelmente ficando sem graça.

— Como pegou tanta raiva dela?

A garota pareceu indignada.

— Ela me chamou de fedida! Tipo, pode me chamar de puta, de vadia, de pau no cu, de desgraçada... mas fedida? Porra, eu tomo banho todo dia, uso LifeBoy, meu cabelo tem cheiro de Pantene, inferno.

Erick riu baixo e abraçou Kris.

— Ela não é mais um problema. Fique tranquila.

— Ah, que bom. — Sorriu, colocando uma mecha do cabelo para trás da orelha com as unhas postiças. — Quem é o humano do gênero masculino parado aí?

— Ah! É o Alan — Erick apresentou-me, e eu sorri, sem jeito. — Meu namorado.

— Ai. — Soltou uma risadinha. — Esse rabo tem dono agora? Que lindo! — Bateu palminhas. — Me diz, gato, o Diego ainda não pôs fogo em ti?

— O Diego nem poderia. — Erick suspirou. — Ele tá preso, Kris.

— Tá... e a novidade? — Fez careta de tédio.

— Dessa vez é pra valer — contou.

Kris mudou o tom.

— Ele vai mudar de presídio?

— Eu não sei bem... — falou Erick. — E pior... uns caras da cadeia marcaram de espancar ele nesse final de semana. Você sabe que o Diego é um frango sem penas.

Ela ficou em silêncio por um momento.

— Qual a situação?

— Precisam pagar ao advogado, para que ele volte pro caso e o Diego seja transferido para Curitiba — disse, olhando apreensivo para moça.

— Porcaria — Ela reclamou. — Justo hoje que eu ia depilar minha cheirosa. Diego só faz cagada — disse e começou a desamarrar a sandália, calçando um par de tênis em seguida. — Vamos lá, vou falar com o Chupetinha.

Ela saiu, arrancando três apliques do cabelo e pendurando nas grades do portão.

— Vou preparada, porque, se eu vir a fodida da Katlyn, vou arregaçar a cara dela. Vamos.

Kris nos guiou pela viela e, quando um vizinho a xingou de "caloteira" e "piranha", ela pegou um pedaço de pau jogado no chão e o atirou no homem, dizendo:

— Some daqui, seu corno!

Erick segurou Kris pelos braços, continuando o trajeto, e segurou minha mão, me deixando perto dele. Depois de passarmos por uma ponte molenga, ela entrou no quintal de uma casa e deu uma porrada na porta, logo sendo atendida por um cara que abriu a porta, tacando um controle de TV nela.

— Porra, guria! Falei pra mãe te proibir de vir aqui!

— Seu bostinha. — Ela pegou o controle e partiu na cabeça dele. — Essa casa também é minha. Se eu quiser, ponho fogo nisso tudo aqui. Eu preciso falar com o Chupeta.

— Ele tá lá dentro, afiando faca — disse. — Por quê? O que quer com ele?

— Não é da tua conta, enxerido — Ela resmungou.

— O que houve? — perguntei baixinho. — Por que eles se odeiam?

— Ah... Ela quebrou a cara da namorada dele — disse-me. — Porque a garota roubou um tamanco dela.

— Ah... — murmurei, sem entender.

— Chama o Chupeta, ou eu vou entrar — Ela ameaçou, e ele bateu o pé, antes de voltar para dentro de casa e chamar um "Davi" bem alto, seguido de: — A descabaçada da Kris tá aí fora te procurando!

Um momento depois, um homem grande saiu, com um facão e uma pedra de limar nas mãos.

— Quantas vezes vou ter que mandar não gritar? HEIN, PORRA?! E O QUE FOI, QUE EU NUNCA TENHO PAZ NESSE CARALHO?!

— O Erick. — Kris apontou.

Os olhos do homem caíram sobre Erick, e até o facão ele abaixou.

— Oh... Erick. Quanto tempo! Céus, entre. Vai, Bruno, vai fazer um chá de camomila, como o Erick gosta.

Erick apenas acenou, encolhendo-se um tanto, e eu pus minhas mãos na cintura, olhando para Erick e depois para o tal Chupetinha.

Agora, eu quero matar o Diego.

Menos de três minutos depois de termos entrado na casa do Chupetinha, o chá de camomila de Erick foi servido. Minhas sobrancelhas continuavam unidas, porque eu não compreendia todo aquele apreço de Chupetinha com Erick.

Chupetinha. Satanás age de formas estranhas realmente.

— Que bom que veio, Erick! — Expressou ele. — Nunca mais te encontrei em lugar algum. Deixou de frequentar aquelas baladas? Aonde está indo atualmente?

Mirei Kris, que sorrateiramente usurpava um relógio na estante e o escondia no sutiã, e ouvi Erick lhe responder:

— Eu vivo uma vida diferente agora.

— Ah, que pena! — Chupetinha realmente pareceu triste. — Onde posso te encontrar, então?

No Inferno, capeta.

— Hum, depois que Diego sair da cadeia, nós podemos todos nos encontrar pra beber — respondeu, bebericando o chá.

Eu me acomodei melhor no sofá, incomodado, e Chupetinha disse em seguida:

— Por que não antes? Hum, Erick?

Hum... não.

Tossi e passei um braço pela cintura de Erick.

— Temos que resolver a situação do Diego, meu bem.

O olhar flamejante de Chupetinha veio em minha direção, e acho que, pela primeira vez, ele notou que eu também estava ali. Se formos considerar o arsenal de armas de fogo que ele deve ter no armário da cozinha, não sei se foi uma boa decisão me manifestar.

Kris abriu a boca:

— Diego tá preso, Davi, e os cabra vão deitar ele na madeira.

Chupetinha limpou a garganta lentamente, tirando seu olhar de mim.

— E por que eu deveria me importar?

— Ele é da nossa família — Ela disse. — E porque ele consegue um preço maior pra mim na zona.

— Não, não vou ajudar — disse simplesmente.

— Davi! Ainda tenho cinco parcelas do meu *iPhone* pra pagar! — Kris berrou.

— Tivesse comprado um *Samsung.* — Deu de ombros e levantou-se. — Se era só isso, podem ir embora.

— Mas, Davi... — Erick também se levantou. — Precisa ajudar o Diego!

— Quer que eu aceite algum pedido seu, Erick? — Ele o olhou com indignação. — Você nunca namorou! Pensei que eu seria o escolhido, não esse manco.

— Não sou manco, estou machucado — Eu me defendi e me levantei junto.

— Ah, vou ter que me levantar também? — Kris bufou, preguiçosa, e com toda a dificuldade do mundo, pôs-se de pé. — Sua decepção amorosa não tem nada a ver com o Diego, Davi.

— Tem, sim! — respondeu.

— Não, não tem, pelo amor de Deus — Erick falou. — Eu nunca te dei chances, Davi, não sei por que você insiste! Precisa ajudar o Diego.

— Não, não preciso. — Cruzou os braços. — Diego podia ter me ajudado a ficar com você, mas nunca ajudou!

— Diego é louco, mas nem tanto — comentei, e o homem quis partir para cima de mim, sendo impedido por Erick e Kris. — Não pode bater em mim, eu sou manco!

— Sumam daqui! — Mandou, irritado.

— Chupeta, o Diego vai morrer! — Kris falou. — Só tem espaço pra mais um caixão no nosso túmulo e é meu. Eu não vou ser enterrada pela prefeitura!

— Que. Se. Foda. — Sorriu. — Se fosse eu no lugar dele, ele faria o mesmo. Ele, aliás, iria pôr uma câmera na cela e assistir a tudo, com transmissão ao vivo, comendo pipoca com bacon frito.

— Olha, realmente — Erick não pôde negar. — Mas eu te peço, por favor, sabe que ele vai sair de lá acabado. Você está decretando o fim dele.

— Caguei. — Rolou os olhos. — E me deem licença, não gasto rios de dinheiros com produto *Mary Kay* pra gastar minha beleza com vocês.

— Chupetinha, eu juro que vou te enfiar uma tamanca na cara — Kris ameaçou. — Aquele filho da puta me deve um pastel, e ele precisa pagar antes de morrer.

Davi olhou para mim, ficando em silêncio por um tempo, até dizer:

— Eu posso ajudar aquele merda, mas quero algo em troca.

Meu rim. Moço, meu rim, não, eu mal tenho pernas.

— O quê? — Kris perguntou, curiosa. — Se for de comer, eu também quero!

Ele fez uma pausa antes de dizer:

— Um jantar com o Erick.

Minhas pregas até soltaram. Puta que pariu, eu quero matar o Diego Flores.

— Davi… — Erick ficou inquieto. — Para com isso. Eu namoro, você sabe.

— Eu não disse que faríamos nada demais, é você quem está imaginando coisas. — Sorriu, tendencioso. — Com medo de não resistir, Pimentinha?

Erick girou os olhos, respirando fundo.

— Tudo bem. Eu janto com você e, em troca, paga a saída do Diego.

Meu queixo varreu o chão e catou tudo com uma pazinha.

— Como assim?

— Se fode aí, piratinha da perna de pau. — Davi me deu as costas. — Com licença, eu vou me depilar. Te ligo para marcarmos a hora e o lugar, Erick lindo.

O silêncio espalhou-se pela casa, e o meu *software* dos anos noventa parou de funcionar. Kris sussurrou:

— Eu vou roubar uma *cream cracker* antes de ir pra casa.

Eu fitei Erick.

— Por que concordou?

— Por causa do Diego — disse-me o óbvio, passando a mão pelos cabelos.

— Diego que se dane! — Ralhei.

— Foi o Diego quem te ajudou a me resgatar em Londrina — Erick falou, me olhando nos olhos.

— Sim. Não sei se foi boa ideia — falei com irritação e virei-me, deixando aquela casa fedida.

— Nossa, eu não deixava, meteria um micro-ondas na cabeça dele — Ouvi Kris dizer, mas não me importei, continuei meu caminho.

Quando infernos Erick pararia de sair com outros caras? Que parte de "relacionamento monogâmico" ele não entendia?

Dei uma olhada para trás e vi Erick seguindo-me silenciosamente, enquanto eu fazia o caminho para sumir daquele lugar de uma vez por todas. Parei em um ponto de ônibus, cruzei os meus braços e esperei. Minha cara estava fechada, e eu queria distância de Erick, mas ele estava ali, ao meu lado.

Eu devo mesmo ser um otário para acharem que concordo com toda essa merda. Puta, que raiva!

Fechei meus olhos por um momento, respirando fundo. Foi tempo suficiente para Erick se aproximar, colar seu ombro ao meu e usar sua vozinha meiga e irritante para chamar:

— Alan...

— O quê? — perguntei, sem o olhar.

— Não fica bravo — pediu, subindo suas mãos no meu braço. — Não precisa ficar assim.

— Ah, não, né? Um macho vai sair com meu namorado e eu tenho que rolar na merda de tanta felicidade — falei, olhando-o por um segundo, antes de desviar meu olhar. — Alan com "A" de otário.

— Caramba, eu não vou sair pra namorar com ele, Alan. Pelo amor de Deus, eu vou, sei lá, comer alguma coisa, pegar o dinheiro e ir embora — Erick disse.

— E ele? Vai comer o quê? — Eu o olhei bravo.

Erick respirou fundo.

— Repete.

Eu não sou nem doido, fiquei calado.

— Tô fazendo isso pra ajudar o Diego — disse, olhando-me seriamente. — Eu não vou beijar ninguém, não vou dar as mãos nem flertar. Entenda!

— O que eu entendo é que eu não fui te buscar na puta que pariu pra você chegar aqui e começar a sair com um monte de caras — respondi.

— "Um monte de caras" — repetiu dramaticamente. — Dois, Alan, dois caras! E com nenhum deles é algo sexual.

— Dois já são mais do que demais pra mim — eu disse, irritado, sentindo minhas sobrancelhas unidas e o maxilar travado. — Não era pra haver nem um cara. Eu devo ser o único cara com quem você sai. Não sei se sabe, mas namoros são assim. Você não sai pra passear com um cara que é apaixonado por você e deixa seu namorado em casa, olhando para as paredes. Ele não é um amigo, como Diego ou Antônio ou Ícaro, é um cara apaixonado por você!

Ele bufou, passando as mãos pelo rosto.

— Alan, eu não vou sair pra passear, não vou me divertir. Será que é difícil entender?

— Ah, é sim. — Deixei de olhá-lo e mirei o final da rua. Argh, que raiva, nossa, que ódio. Grr, que raiva. — Se é tão tranquilo assim, então eu posso chamar um cara a fim de mim e beber com ele um dia desses?

— É totalmente diferente.

— Hum, é? — Voltei a fitá-lo.

Eu o vi inflar as bochechas. *Own*.

— Eu vou para ajudar o Diego — repetiu.

— Ah! E se na hora esse Chupetinha do caralho disser algo do tipo "Só pago o advogado se você me beijar"?

— O que você acha que eu faria? — respondeu com uma pergunta, desafiando-me.

— Como assim? — Não compreendi.

— Se tá duvidando tanto assim, me diz, o que acha que eu faria? — Cruzou os braços, e eu não respondi, vi o ônibus apontar na entrada da rua. Erick deu sinal e falou: — Obrigado por não confiar em mim, Alan. Realmente, não sei por que foram me buscar naquele cartório.

Ah, mas pelo amor de Deus.

Eu suspirei, agora derrotado, e apenas entrei atrás dele no transporte. Nós nos sentamos lado a lado, mas ele não disse mais nada.

Merda, eu confio nele! Eu acho. É que, argh, só de imaginá-lo com aquele cara, que é devidamente apaixonado por ele, os dois na mesma mesa, rindo, divertindo-se, meu sangue ferve.

Tentei segurar a mão de Erick, mas ele recusou, escondendo os punhos nos bolsos da calça, sem me olhar. Ah, se eu não me fodo, eu me ferro; se não me ferro, eu me lasco.

— Devo ficar feliz de te ver sair com outro cara da próxima vez, certo? — Resmunguei, olhando para fora do ônibus. — Porque isso faz muito sentido... tá?

— Já te expliquei a situação — respondeu com a voz dura. — Se não queria um problema, não tivesse feito a loucura de invadir o cartório.

— É... e deixar você casar com aquela mulher? — Eu o olhei.

Ele respirou fundo.

— Sim, Alan, uma coisa leva à outra. Vai continuar reclamando dessa merda de jantar? Você tem como arranjar o dinheiro de outra forma?

— Não — respondi.

— Exato — murmurou.

Fiquei quieto aos poucos, voltando a olhar para fora. Meu peito estava cheio de angústia, eu estava medo de que Erick fizesse outra coisa com aquele cara. Não deveria sentir esse medo, mas é inevitável... Da última vez, Erick sumiu do mapa.

Nós fizemos todo o caminho até nossa casa, sem dizer muita coisa. Erick apenas abriu a boca para mandar eu esperar um carro passar antes de atravessar a rua.

Entrei em casa e troquei de roupa, logo me deitando, porque minhas pernas doíam um pouco, assim como meu pulso, ainda fraturado, que começou a latejar. Erick entregou-me um remédio e, em seguida, trouxe uma banana com mel, mandando que eu comesse. Depois, saiu do quarto sem me deixar lhe dizer nada. Ok.

Queria que uma mala de dinheiro caísse em meu colo neste exato momento, para que eu pudesse tirar Diego de lá e Erick não fosse tirado daqui. Mas que caralho, não tem maior inferno nesta vida que ser pobre e proletariado.

Não posso ficar brigado com o Erick, não posso. Agora que consegui meu loirinho de volta, vou ficar distante dele por causa de um malandro chamado Chupetinha? Não, nem pensar. Posso ter apenas oitenta e cinco por cento do meu corpo funcionando, mas não vou deixar ninguém meter a mão no meu Erick. Sem chance.

Eu me levantei, mesmo com uma perna dolorida, e peguei meu *notebook*, levando-o à sala, na qual Erick costurava uma calça.

— Erick, vende isso aqui e usa o dinheiro pra tirar o Diego de lá.

Ele me olhou e olhou para meu computador.

— A gente precisa de bem mais que isso, Alan.

Bufei e apontei para meu *home theater*.

— Vende o som também.

— Alan... — Fechou os olhos.

— A TV — ofereci.

— Não vou vender sua casa toda, sendo que o Davi pode dar o dinheiro se eu apenas jantar com ele — disse, voltando a me fitar. — Não precisa ficar assim.

Ah, Erick Capdeville.

Cerrei meus punhos e larguei o computador na mesinha de centro, saindo dali de cara fechada.

— Você vai mesmo, então?

— Vou — respondeu.

Peguei meu celular e procurei o número da Kris, que me deu seu contato caso eu soubesse de algum viúvo milionário precisando de carinho.

Kris, é o Alan. Precisa descobrir o endereço do restaurante aonde eles vão — AP

Ah, ele vai ficar puto comigo, mas meu oitavo sentido está me mandando fazer isso.

E ela logo respondeu:

Pra quê, Pernetinha? — Kris

Respirei fundo, mirando minha tatuagem do Sol.

Vou fazer a segurança da área. — AP

Erick vai ficar bravo — Kris

Eu não tô nem aí — AP

Não confio naquele Davi. Nem fodendo vou deixá-lo sozinho com o Erick.

Não sei se é impressão minha, mas parece que estou constantemente propenso a fazer alguma merda.

Deve ser só impressão.

Fiquei em silêncio durante todo o tempo, enquanto Erick intercalava entre responder algo em seu celular e se arrumar. Ele ia mesmo jantar com o Chupetinha. Um mano chamado Chupetinha consegue sair para jantar com meu namorado, e eu não. Sou ou não sou um merda?

Kris respondeu-me, depois de algumas horas, um simples "Te encontro no terminal às vinte horas". Respirei fundo e vi o Erick, que terminava de passar seu perfume. Ah, minha angústia só cresceu, porque aquele Davi sentiria o cheirinho do meu mel. Não sei se consigo suportar tal dor.

Ele sumiu do quarto, em um instante, e logo voltou com um copo de água e um comprimido, sentando-se na beira da cama e entregando-me.

— Aqui, beba.

— É alguma droga, pra que eu desmaie e não veja você chegar, todo desarrumado, às três da manhã? — perguntei, peguei o comprimido e tomei meu remédio para dores.

— Na verdade... — Levantou-se, arrumando a calça. — Vou chegar às quatro.

Filho da mãe. Eu o vi se virar, com a calça marcando sua bunda redonda e bonita, e só pude voltar meu olhar ao celular, monitorando o horário.

— Bom, eu preciso ir — avisou, guardando suas coisas nos bolsos. — Não fique pensando em nenhuma porcaria. Antes das dez horas estarei em casa.

— Tanto faz. — Dei de ombros, vendo-o suspirar e rolar levemente os olhos. — Vai, vai logo, antes que o Chupetinha se estresse e peça outra coisa em troca.

— É, se ele pedir outra coisa, eu vou sugerir sua cabeça, pra ele empalhar e pendurar bem na sala dele — disse e atirou um travesseiro contra mim. — Para com essa merda, ou vou perder minha paciência. Eu preciso ir. Se quando eu voltar, você continuar desse jeito, faço você se arrepender.

Eu nem respondi, porque ele realmente conseguia me deixar amedrontado quando queria. Só pude acompanhar sua caminhada para fora do quarto e ouvir o som da porta abrindo e fechando.

Bufei, levantei-me, fui até o guarda-roupas, apanhei um conjunto moletom e vesti. Fui até a janela e vi Erick lá embaixo, esperando. E sua espera não foi longa, já que, em seguida, um carro parou e ele entrou.

— Se divirtam, paus no cu.

Eu me virei, calcei meus tênis, apanhei meu celular, dinheiro, e desliguei as luzes. Deixei minha casa sem muita pressa, até porque, se eu o fizesse, trinta juntas do meu corpo doeriam, já que, depois do "acidente", eu me tornei um senhor de vinte anos de idade.

Chegando ao ponto de ônibus, mandei uma mensagem para Kris:

Tem certeza do endereço? — AP

E ela me respondeu minutos depois:

Macho, só confia. — Kris

Ah, mas eu aprendi a nunca confiar em um Flores.

Olha, é bom estar certo, porque, se a gente parar no restaurante errado... eu vou pedir um lanche, porque é o que me resta. — AP

Antes que qualquer notificação chegasse, meu celular tocou, mostrando uma chamada de Ícaro. Eu não queria conversar, mas atendi mesmo assim.

— Oi, Ícaro.

— *Oi, Ícaro* — Ele me imitou de um jeito preguiçoso. — *Vive morrendo pelas tabelas. Oi! E aí, quer sair pra lanchar? Chama o Erick.*

Respirei fundo e disse:

— Erick já foi lanchar com um cara chamado "Chupetinha".

— *Primeiro: Alan, até com teu namorado tua moral é zero, uh* — disse, e eu quase respondi um "Ah, não me diga". — *Segundo: como assim, irmão?*

Dei sinal para o ônibus, subi, paguei minha passagem e logo me sentei.

— O Diego tá preso, certo?

— *Se a gente tem alguma certeza na vida, é de que, sim, o Diego Flores está preso* — respondeu.

— Bom... ele precisa ser solto imediatamente, pois está jurado na cadeia. Nós fomos pedir ajuda à família dele, e adivinha? — Ri forçadamente. — O primo dele disse que nos ajudaria... se pudesse jantar com o Erick.

— *Quê?* — perguntou, e eu só suspirei. — *Porra... sai mel pela uretra do Erick?*

Fechei meus olhos, choramingando.

— Pior que sai, irmão, bem docinho.

— *Tá! E você?*

— Ah! Eu foda-se, né? Foda-se o Alan! Esse OTÁRIO! — Ralhei enquanto respondia.

— *Que merda, cara... Nossa, se pedissem pra sair com o Antônio, eu seria capaz de tacar uma pedra e sair correndo* — disse. — *Você vai ficar em casa até ele voltar?*

Eu deveria.

— Hum... não — disse-lhe. — Eu tô dentro de um ônibus.

Ele ficou um tempo em silêncio e disse:

— *Você vai aprontar, né?*

— Eu? — Pus a mão no peito, indignado. — O quê? Não! Nossa, Ícaro... como pode pensar assim?

— *Vai dar merda* — avisou. — *O que você vai fazer?*

Eu me encolhi no banco, meio que formando um bico.

— Vou só dar uma olhadinha e voltar para casa.

— *Você não sabe a hora de parar mesmo, né?* — Eu o ouvi suspirar. — *Se, um dia, o Erick capar seu saco, não diz que eu não alertei.*

— O Erick nunca iria capar meu saco — disse. — Ele ama meu saco, ok?

— *Haja amor* — resmungou. — *Tudo bem, eu vou levar o Antônio pra jantar antes que ele comece a reclamar.*

— Vai lá, aproveita que seu namorado sai com você e não com um cara chamado Chupetinha — respondi. — Tchau.

— *Vê se não caga no pau* — pediu. — *Tchau.*

Encerrei a ligação, abaixei o celular e encostei-me na janela, restando apenas esperar que o ônibus chegasse logo lá. Assim que ele adentrou o terminal e estacionou, eu me levantei e desci, procurando por Kris em volta. Não demorei a encontrá-la, em um canto, com um cara. Chegando perto, eu pude ouvir:

— Só cem reais? Mas que pobreza, piá. Minha vagina não vale tão pouco.

— É isso ou nada, não tenho mais dinheiro — O rapaz respondeu.

— Ah, então sai daqui, seu mendigo! — Ela o empurrou para longe. — Vai trabalhar, pedir ajuda ao governo, vai. Com esse valor, tu não come uma *pizza* de camarão e muito menos minha perereca.

— Nem quero essa tua perereca também! — O cara ralhou.

— Minha perereca que não te quer. — Mostrou o dedo meio e me viu. — Alan!

— Oi. — Acenei.

— E aí? Pronto pra fazer uma cagada? — perguntou, começando a me guiar para outro ponto. — Eu não quero um trabalho infantil, só saio de casa se for pra criar um caos.

— Olha, a gente vai só vigiar — expliquei.

— Podemos vigiar com uma escopeta apontada pra cabeça deles?

— Não! Vamos só vigiar, por precaução — disse e vi o ônibus chegar. — É esse?

— Sim — respondeu, e nós entramos. — Por precaução? Macho, eu acho que você não confia no próprio pinto. Se confiasse, ficava em casa.

— No meu pinto eu confio — disse-lhe, sentando-me. — Não confio no teu irmão.

— O Davi não aguenta um *round*! — Ela me disse. — Erick nem vai sentir que deu o cu.

Eu a olhei, meio que puto.

— Ele não vai transar com aquele cara!

— Isso, fala mais alto. — Deu-me uma cotovelada. — Não vai mesmo. Erick não fode com caras fracos, você deve saber bem disso.

— Meu Deus! Cala a boca — pedi. — Não tem a mínima chance de rolar nada. Eu sou o único pra ele.

— Que isso, hein? — Olhou-me, impressionada. — Que puta rola tu deve ter, caralho.

— Não é questão de pênis. — Suspirei, olhando para fora do ônibus. — Ele me ama, e eu amo ele.

Ela me olhou com atenção por um tempo.

— Um senhor pirocão, eu diria!

Eu desisto.

— Por favor, só abre a boca quando for pra dizer que a gente vai descer.

— Hum, tá metido, é? Lá nas minhas quebradas, a princesinha não consegue nem passar sozinha nos becos e aqui vem dar de bonzão pro meu lado — resmungou. — Deixa eu chamar o Marquinhos Brigão que ele já acaba com tua pose.

Apenas a ignorei, esperando o momento em que chegaríamos. Eu estava ansioso, só queria que tudo desse certo. Vigiar o jantar, voltar para casa e o Erick não desconfiar de nada. Tenho capacidade para isso, certo? Ok! Na quarta série, eu fiz uma maquete sobre a vida no campo, e na verdade, era sobre a galáxia. Mas tenho quase certeza de que, em Marte, tem uma fazendinha, na qual vivem um plantador de milho e uma vaquinha.

Kris calou-se e realmente só voltou a falar quando me avisou para descermos. Eu a acompanhei, e nós saltamos no ponto que ela queria.

Era um bairro bonito, uma rua com vários comércios, e a noite deixava tudo mais bonito. Mas Erick está jantando com outro cara, não comigo, então não tem beleza nesta noite.

Kris guiou-me pela calçada, até apontar para um restaurante que estava adiante. Ela parou quase em frente a ele e abriu a bolsa, tirando de dentro dois óculos escuros.

— Quê? — Tentei entender.

— Põe esse caralho — mandou, me entregando os óculos, e em seguida, puxou meu capuz. Eu a vi se agachar e enfiar a porra de uma peruca na cabeça. Levantou-se e bateu a plataforma no meio-fio para tirar uma bala grudada nela. — Tá, vamos.

Meu plano era ficar encostado em um poste, olhando para dentro do restaurante, não entrar no lugar! Mas ela me puxou para dentro, com meu coração pulando no peito, e guiou-me até uma mesa, em um lugar discreto. O lugar era grande, havia várias mesas ocupadas.

Meus olhos encontraram Erick no outro lado, sentado em frente a Chupetinha. Eu queria morrer, porque ele estava todo lindo e aquele urubu estava em sua frente, desfrutando da visão privilegiada. Vi o garçom deixar alguns pratos em sua mesa, e Kris abriu a boca.

— Ah, pilantra! Para o Erick ele paga comida gostosa, pra gente ele não compra nem um cachorro-quente com salsicha fria. Cuzão.

— Tá... eu não acho uma boa ideia a gente ficar aqui — disse, puxando um cardápio para esconder meu rosto.

— Ninguém vai nos ver — disse e provocou-me: — Eles estão muito ocupados.

Eu mostrei o dedo do meio, fazendo uma careta de ódio mortal, e abaixei o cardápio um instante, olhando a mesa dos dois. Davi falava pra caramba, e Erick sorria. Droga! Aquele sorriso tão lindo. Por que ele estava sorrindo?

Enquanto os olhava, eu perguntei a Kris:

— Tem alguma chance do seu irmão ser mais legal que eu?

Ela até desviou o olhar, pigarreando.

— Eu não queria te deixar preocupado…

Eu a interrompi, um pouco desesperado:

— Eu já tô preocupado!

— Ah! — Bateu na própria testa, como se tivesse cometido um erro. — É verdade, você já está.

Grunhi, olhando-os mais uma vez. Agora, Erick até gargalhava, daquele jeitinho, tapando a boca com a mão, com os olhos bem fechadinhos.

— É sério, Kris? Ele é interessante?

— Porra, ele é um Flores! — Exclamou. — É óbvio que é interessante... Resta saber quão interessante.

Assim que ela terminou de falar, eu pus meus olhos nos dois mais uma vez, e Erick parecia escutá-lo com atenção.

— Erick parece estar tendo um ótimo jantar — resmunguei, sentindo meu peito inflar de raiva.

Ele se divertia mais com esse cara do que comigo, e isso me fazia pensar em mil tipos de erros que eu estava cometendo, e cometendo desde o início. Aposto que Chupetinha é mais inteligente que eu, deve ter um monte de coisas para falar e deve saber como impressionar o Erick. Eu só... só sou um idiota.

Kris puxou meu casaco, chamando minha atenção.

— Vou pedir uma porção pra gente.

— Viemos vigiar os dois, e não comer. — Eu a olhei.

— Vigia também tem direito a lanche. E se negar, eu grito daqui mesmo o nome do Erick, aponto pra você e falo "Aqui teu macho, Pimentinha" — ameaçou, e eu só pude torcer o nariz, antes de ela dar sinal ao garçom e pedir a comida.

Em meu estômago, nada descia. A imagem de Erick ali, naquela mesa, com outro cara, me deixava enjoado, indigesto. Eu só queria estar com Erick na nossa casinha, recebendo seus carinhos gostosos, sua atenção, não assistindo a um encontro seu com um cara que deve amá-lo.

Olhei em volta do restaurante e perguntei-me: "Será que eu sou um merda?"

— Filho da puta — Kris xingou, enquanto os olhava. — Ele pediu mais comida. Tá tudo no plano dele.

— Que plano? — perguntei, tentando entendê-la.

— Ele vai encher o Erick de comida — disse, parecendo mergulhada em seus pensamentos.

— O que tem? — Ainda não entendia.

— Ele vai encher o Erick de comida. Assim, quando o Erick chegar em casa e você procurar ele pra transar, ele não vai poder. Ou, se vocês transarem, Erick vai provavelmente passar cheque... e você vai ficar bravo! Assim, Davi conseguirá abalar a relação de vocês.

Continuei olhando, com meu rosto todo morto e meu cérebro tentando processar aquele caralho de coisa que ela disse. Aposto que Diego a entenderia, afinal suas mães deviam usar o mesmo tipo de droga no leite.

— Sua louca... — Consegui falar, em choque com o absurdo. — O Erick nem caga.

— Tem uma explicação mais lógica?

— Ele está pedindo tanta comida para que o jantar seja mais longo? — Sugeri, e ela ficou em silêncio por um tempo.

Depois de muito pensar, respondeu:

— Não, ele quer que o Erick suje seu pau.

Rolei meus olhos, desistindo, e voltei a vigiá-los, cerrando o punho toda vez que Davi tocava na mão do Erick. Mas deixei de olhá-los quando o garçom deixou em nossa mesa um prato com batatas fritas e linguicinhas. Agradeci, já que Kris o ignorou, importando-se apenas com a comida, e continuei com meus olhos voltados à mesa dos dois.

Kris falou, depois de engolir um punhado de comida:

— Você é bem ciumento pra um banana.

— Não sou um banana — Eu me defendi. — Pareço um banana e ajo como um, mas eu não sou.

— Banana. — Tacou-me uma batata. — Devia confiar no Erick... Ele é uma piranha, mas nunca traiu ninguém... tá? Ele era garoto de programa, nem namorava... mas quando passava algumas semanas com uns caras que ele gostava, nunca saía com outras pessoas.

— Eu confio nele — resmunguei. — Sei que ele não me trocaria por esse cara, por ninguém... Pelo menos eu espero que não... Enfim! Eu só estou aqui, por causa do Davi, não confio nele.

— Seria estranho se confiasse num contrabandista que morre de amores pelo seu bombom. — Deu de ombros. — Pare de mentir pra si mesmo... você tem medo de que ele te deixe.

Ela me olhava seriamente, então a olhei do mesmo jeito. Eu não sabia o que estava sentindo, mas era ruim, fazia mal. Eu não ficava nada bem com a ideia de Erick e outra pessoa em um clima desses, porque fiquei tanto tempo sem ele, sofri tanto sem sua presença, dei o meu máximo para trazê-lo de volta e iria até o fim do mundo por ele se fosse preciso. Só queria me sentir seguro alguma vez, sem ninguém no meu caminho, sem ter que lidar com pessoas desejando o que, supostamente, era meu.

— Kris... — Suspirei. — É como se... eu não tivesse valor algum, não fosse respeitado por nem uma pessoa sequer. Eu tô cansado de não ter meu namorado só pra mim.

— Mas você precisa entender — Ela disse. — Isso é novo pro Erick... Toda a vida, ele foi assim: saía pra jantar, almoçar, era cordial, fazia os caras ficarem loucos. Nossa! Ele está acostumado a lidar com o desejo de outras pessoas. Não vê problema em sair pra conversar com um cara que gosta dele. Ele ainda não entendeu que namoros não funcionam assim. — Fiquei quieto, tentando entender, tentando entendê-lo, e Kris continuou: — E, mano, você escolheu ficar com Erick

Capdeville... Ele é, tipo, o desejo de pelo menos quinze velhos milionários. É melhor se acostumar.

— Nem a pau — Logo respondi, ficando bravo.

— Você devia era ficar feliz. — Riu. — Entre tantos caras querendo pagar rios de dinheiro pra ter exclusividade do corpo dele, ele escolheu ficar com você, em troca de dinheiro algum.

Abaixei minha cabeça, pensando nisso.

— É verdade...

Ela assentiu e focou a comida, deixando-me com meus pensamentos. Eu respirei fundo, olhando-o, e para falar a verdade, Erick não estava especialmente arrumado nem agia de forma diferente, era assim com todo mundo. Erick é vaidoso e gentil pra caralho.

Sorri fraco, pensando que não importava o lugar nem a companhia, ele continuava sendo meu namorado. E eu sabia que ele me amava.

— Vamos embora.

— Oi? — Olhou-me, com a boca cheia de batata. — Mas eu ia pedir um pudim.

— Não, vamos embora — repeti, decidido.

— Que porra, hein? — Ela reclamou. — Tá, tá! Vamos.

Nós íamos nos levantar, quando Erick se levantou, e nós o ouvimos pedir um minuto ao Davi, que assentiu.

— Ué — Kris murmurou, permanecendo em seu lugar. Erick andou até a porta, apanhando o celular, e pareceu discar um número, o que se confirmou quando levou o aparelho à orelha. Foram poucos segundos até meu celular vibrar em meu bolso. Com a consoante C e a vogal U na mão, eu o peguei, confirmando que Erick estava me ligando.

— Atende — Kris mandou.

— Por quê?!

— Pra ele não desconfiar. E se chegar em casa e continuar bravo com você? — disse, mas eu estava tão desencorajado. — Vai pro banheiro e atende, lá ninguém vai te ouvir.

Puta merda! Por que aquilo tinha que estar acontecendo justo comigo? Frustrado, eu me levantei, dei a volta por trás das mesas, correndo para banheiro, fechei a porta e atendi.

— Oi...

— *Ei* — respondeu. — *Liguei pra saber se você está deitadinho ou se está perambulando pela casa.*

— Hm... tô... tô deitado — falei, apoiando-me na pia, nervoso.

— *Tá tudo bem?*

Tentei relaxar minha voz.

— Sim... e aí?

— *Tá normal* — disse. — *Quando eu chegar em casa, podemos ficar juntos? Não quero dormir longe de você esta noite.*

Ah, Erick...

— Sim... é claro.

— *Que bom.* — Riu fraco, o que soava totalmente adorável por meio da distorção da ligação. — *Eu tô com saudade...*

— Eu também — falei honestamente.

— *O que disse? — perguntou*, e eu pude notar uma barulheira em volta dele. — *Poxa, chegou um grupo aqui perto... Não sei se tá ouvindo...*

— Dá pra ouvir — respondi.

— *Oi?* — perguntou mais uma vez. — *Ai, que saco, não tô ouvindo nada...* — E, então, disse: — *Eu vou pro banheiro... aqui não dá pra ouvir nada.*

Meu sangue gelou, e eu tenho certeza de que fiquei tão pálido quanto um vampiro brilhante.

— B-banheiro?

— *O que disse? Argh! Espera, eu vou pro banheiro* — avisou.

Eu me desencostei da pia, ficando apavorado, e dei um giro em volta de mim mesmo, procurando uma saída. Uma janela foi a única coisa que eu vi.

— Caralho — murmurei e cocei violentamente minha nuca, antes de correr até ela. Eu me apoiei em uma das cabines, guardando o celular no bolso, dei impulso e subi, enfiando rapidamente metade de meu corpo pela janela apertada. Ouvindo o barulho da porta, eu me joguei para fora, caindo no chão, esborrachando-me.

Grunhi de dor, jogado no chão duro, e quando ouvi a voz de Erick lá dentro, chamando-me no celular, levantei-me, todo dolorido, e peguei o aparelho.

— Oi.

— *O que houve?* — perguntou. — *Sua voz tá toda gasta. Você tá bem?*

Andando devagar, eu afastei o celular para soltar um gemido de dor.

— Tô... t-tô bem... Hum... você vai ficar no banheiro? E o Chupetinha?

— *Ah... Ele ia fazer uma ligação também, disse que eu não podia ouvir. Enfim, não ligo* — disse. — *Eu estava pensando, bebê... agora que seu corpo está se recuperando...*

Ah, sim. Eu estou cem por cento, nem acabei de cair de uma altura de dois metros.

— Hum?

— *Bom... eu poderia parar de cavalgar e você poderia voltar a ficar por cima, né? Agora você aguenta me foder, né?* — Ele perguntou com a voz meiga, e eu só pude ter uma crise de tosse no meio da rua.

— Erick... — Arfei, quase pedindo clemência. — Você... você não presta.

Ele riu. Era claro que estava se divertindo com a situação.

— *Eu nem disse nada.*

— Pelo amor de Deus, termina logo esse jantar e vai pra casa — pedi.

— *Não é "vai", é "vem", Alan* — corrigiu. — *Você devia dizer "vem pra casa", porque você está em casa.*

Puta que me pariu. Eu ri, nervoso.

— Ah... é... não sou bom com essas coisas, você sabe.

— *Tudo bem* — murmurou. — *Eu vou voltar lá, então. Daqui a pouco chego em casa.*

— Tá... vou te esperar — disse, e o ouvi responder um "tchau, bebê" antes de desligar.

Levei minha mão livre ao meu pulso quebrado, que agora doía mais um pouco, e respirei fundo, podendo finalmente dar uma limpada em minha roupa. Essa foi por pouco, caralho.

Enfim, eu dei a volta no restaurante, chamei a atenção de Kris, que me olhou sem entender, e sinalizei um "vamos embora". Ela se apressou para pagar a conta, sem nem pegar o troco, e correu até mim. Parecia desesperada.

— O que foi, Kris?

— O Davi. — Apontou, afobada. — Colocou alguma coisa na bebida do Erick!

Meus olhos ficaram a ponto de saltar, e eu subi os degraus até a entrada do restaurante, vendo Erick caminhar para a mesa, Davi imediatamente oferecer a bebida e ele aceitá-la.

Não, não, não, não! Porra, o que eu faço? O que eu faço? O que eu faço?

Quando vi Erick levar o copo à boca, eu adentrei o lugar, correndo para ele, enquanto bebia.

— Erick, não!

Tanto ele quanto Davi me olharam, e os olhos de Erick se abriram em minha direção, com sua boca fazendo o mesmo.

— Alan…?!

Ao alcançá-lo, arranquei o copo de sua mão e bati contra a mesa, fazendo o líquido espirrar. Eu estava puto e preocupado!

— Davi, seu filho da puta!

— Como é que é?! — Ele se levantou, enquanto os olhares se voltavam a nós.

— Você drogou o Erick! — Apontei. — Colocou alguma coisa no suco dele!

— O quê, Alan? — Erick olhava assustado, confuso.

— Você bebeu quase metade do copo, Erick! — disse, um pouco desesperado, e o puxei para perto de mim. — O que você deu pra ele?!

— Guri, eu não dei merda alguma — Ele disse, quase debochando de mim.

— A Kris viu! — Acusei, mantendo Erick colado a mim. — Ela viu você pondo alguma coisa na bebida dele!

— Kris? — Erick não parecia entender nada.

Então, Davi gargalhou, o que só me irritou mais e mais.

— Garoto... Quer saber o que eu pus na bebida dele? — perguntou e apanhou um saquinho de açúcar vazio. — Erick disse que o suco estava amargo.

— Açúcar? — Olhei o pacotinho, e Erick se desvencilhou de mim. — Oh.

O olhar duro de Erick pousou sobre mim, mas ele apenas disse:

— Me espera lá fora.

Davi voltou a rir, tirando sarro de mim, e eu só pude obedecer ao Erick, dando-lhe as costas e saindo, com o olhar de todo mundo sobre mim. Que merda, que merda. Merda!

Saindo do restaurante, eu encontrei Kris, que me deu um sorriso amarelo. Filha da mãe. Mas eu não disse nada a ela, porque não a via como culpada de alguma coisa. Eu só me encostei em um poste ali em frente, cruzando meus braços e encarando o chão.

Açúcar... Ah, tomar no meu cu. Fala sério! Eu estava morrendo de vergonha e de raiva. Deu errado! De novo! Porra, era só ir para casa e esperar deitadinho, o plano estava certo!

— Me fodi — resmunguei, passando a mão por meu cabelo, meio que o puxando. — Porra!

Eu não sei quanto tempo fiquei ali, mas minhas pernas doíam um pouco e o frio fazia meus lábios arderem. Distraidamente, via Kris andar de um lado para o outro. Quando Erick e Davi saíram pelas portas de vidro, eu os olhei por apenas um segundo, antes de voltar a abaixar minha cabeça, e ouvi Chupetinha gargalhar e dizer:

— Que papelão! Vocês dois são mesmo uns toscos.

— Davi — Erick chamou, com a voz um pouco cansada. — Não fale assim... nós já vamos embora.

— Hum… toscos — repetiu. — Vamos, Kris, eu te deixo em casa. Ridícula.

— Só vou porque tenho mais medo do Erick do que de você — disse ela, ajeitando o casaco para acompanhá-lo, mas, antes de o seguir, mirou Erick, dizendo: — O Alan só estava preocupado, Erick… não brigue com ele.

— Venha, Kris! — Davi chamou, sem paciência.

— Eu tô indo, porra — gritou, dando uma corridinha para alcançá-lo. — Tchau, Alan da perninha!

Respirei fundo, afundando minhas mãos nos bolsos da calça. Eu ouvi apenas Erick realizar uma ligação para um taxista, dando o endereço em que estávamos, e depois disso, ficou em silêncio.

Que droga, não era para acabar assim. Porra, talvez eu não devesse nem ter vindo, mas tinha tanto medo do que poderia acontecer sem meu conhecimento. Talvez, no fundo, eu seja só um moleque inseguro, que nem acredita que namora um cara como Erick Capdeville e, por isso, tenha tanto medo de perdê-lo. Talvez Erick esteja equivocado em ficar comigo.

— Alan… — Chamou.

Logo o respondi:

— Eu sei! Sou um idiota, sou infantil e babaca. Eu não devia ter vindo, não devia me meter nas suas coisas, devia… Tá, eu sei, sei que sou um tosco, como ele disse. Eu já sei.

Sentia-me um completo idiota, um otário. Eu me sentia e era, de fato. Aparentemente, seria sempre o Alan que não faz nada certo, que só se ferra, por ser, cientificamente comprovado, um burro! Burro, é isso que eu sou, desde o início até agora, para sempre também.

— Alan… não. — Erick aproximou-se, e levantei meu olhar apenas um pouquinho para encará-lo. — Você não devia ter vindo mesmo, porque eu te disse que nada ia acontecer. Eu te disse. Você devia ter acreditado em mim.

— Me desculpa — pedi, porque não sabia mais o que fazer, não sabia como me explicar.

— Olha… — Eu o ouvi suspirar, antes de juntar seu corpo ao meu, e uma de suas mãos alcançaram meu cabelo por baixo do capuz. — Eu entendo, eu acho… também não gostaria de te ver saindo com outro cara. Eu iria odiar muito, mas só vim pelo Diego, entende? Eu precisava vir.

Fechei meus olhos, sentindo vontade de chorar, porque me sentia cheio de vergonha e de medo de perder o Erick. Em pouco tempo, minhas lágrimas começaram a escapar, rolando por minhas bochechas.

— Alan… — Erick chamou meu nome com jeitinho, abraçando-me. — Não precisa chorar, ok? Eu não tô bravo com você.

— M-mas eu fui um id-idiota. — Funguei, agarrando-me a ele, chorando em seu ombro.

— Não, não foi — disse, aconchegando-me em seus braços. — Não fique assim, bebê… não precisa ter medo de nada. Eu tô com você, eu te amo.

— Jura?

— Sim, eu juro. Eu te amo e nunca vou te deixar — jurou. — Você também me ama, certo?

— Muito — respondi, deitando minha cabeça em seu ombro. — Te amo muito.

Erick beijou meu rosto, dizendo:

— Então, é só isso que importa.

Quando nós chegamos, Erick fechou a porta, olhando-me daquele jeito, e eu só pude desviar o olhar, porque sabia que, apesar de termos nos "acertado" na frente do restaurante, no fundo, ele estava bravo, sim.

Ah, qual é? Eu só o segui, me escondi no restaurante, menti para ele no telefone, pulei uma janela e interrompi seu encontro por causa de um saquinho de açúcar. Tipo, o que é que tem? Essas coisas acontecem toda hora.

— Você disse que não tava bravo — falei, tirando meu moletom e, em seguida, os tênis, enquanto o via seguir para o quarto, com seu ar um pouco frio.

— Eu não tô bravo — respondeu, e eu o acompanhei, enquanto chutava meus tênis para fora dos pés. — Só não entendo por que não confia em mim.

A mulher do tempo bem que avisou que hoje a previsão era de que eu ia me foder. Respirei fundo, sentando-me na beirada da cama, assistindo a Erick se despir devagar.

— Eu confio, Erick... Hoje, eu só fui lá por ciúme, por medo de que ele fizesse alguma coisa.

— Que coisa? — perguntou, vestindo uma camisa e uma samba-canção.

— Sei lá... o cara é bandido! — eu disse, torcendo o nariz só de me lembrar dele. — Podia ser alguma droga no lugar do açúcar.

— Alan... — Erick virou-se e olhou-me, tirando os anéis dos dedos e o colar. — Eu posso ter só vinte e sete anos, mas já vivi coisas o suficiente... Eu tenho, sei lá, o passado equivalente ao de uma pessoa de cinquenta anos, o que é algo que você nunca vai entender. Enfim, eu conheço um pouquinho do mundo. Muito dificilmente Davi iria me drogar. Ele teve mil chances de fazer isso, porque, caralho, tantas vezes eu dormi na casa do Diego, com ele por perto, e ele nunca me tocou.

— Você confia nele, então? — perguntei, segurando uma careta. — Confia que ele não iria te forçar a nada?

— Ele perdeu uma filha, quando um homem... — Apenas começou a falar, e eu não entendi, só sabia que era algo ruim. — Enfim, Alan. Eu o conheço há oito anos, ele não é assim, e eu não sou louco.

Arqueei uma sobrancelha, duvidando, e ele tacou uma camisa em mim.

— Acha que eu sou louco?

— Hum, eu não disse nada — murmurei, deitei-me no colchão e peguei a camisa, sentindo o cheiro, o cheiro dele. — Bom, você confia no Davi... eu não. Eu não conseguiria ficar aqui em casa imaginando o que vocês estavam fazendo, porque... — Suspirei. — Só de pensar que ele ficou frente a frente com você, olhando pro seu rosto e ouvindo sua voz... Argh, eu gosto tanto de ter você, me estressa ter que te dividir com outras pessoas.

Fui pego de surpresa quando Erick subiu na cama e se sentou em meu colo. Eu o olhei, pondo a camisa de lado, e levei minhas mãos às suas coxas nuas.

— Não precisa me dividir com ninguém.

— Não? — perguntei, sentindo meu coração palpitar ao sentir seu rosto cada vez mais perto do meu.

— Não — falou baixinho, apoiando os cotovelos no colchão, juntando nossos rostos até que nossos narizes se tocassem, e com o mesmo tom de voz, continuou: — Porque ninguém me tem como você. Não me entrego a ninguém além de você. Da pior forma possível, descobri que te amo e que só com você eu posso ser feliz. Não, Alan, não precisa me dividir... não há com quem dividir.

Enfeitiçado por suas palavras, por sua beleza, por minha queda sem fim por ele, eu o beijei, sentindo a textura familiar, a técnica familiar, da qual nunca enjoava. Eu o amo, amo demais.

Aos poucos, virei Erick na cama, ficando por cima, sustentando-me por meus braços, sem usar meu punho fraturado. Enfiei por entre suas pernas, sem quebrar o beijo por um bom tempo, e quando o fiz, beijei todo seu rosto, antes de descer os selares, beijando a pele macia de seu pescoço.

— Erick...

— Diga, amor — falou, enquanto me abraçava e me apertava, beijando meu rosto.

Arfei, levantando a cabeça para olhá-lo.

— Me desculpa?

Ele sorriu fraco, prendeu minha cintura com suas pernas, fazendo nossos corpos se chocarem, e com sua voz quase pornográfica, disse:

— Eu desculpo... *se me foder a noite toda.*

Sorrimos juntos, e usei minha mão livre para soltar suas pernas de mim. Por um momento, eu vi confusão em seu olhar, mas, então, o fiz se virar, ficando de bruços. Puxei sua boxer, retirando-a de seu corpo, deitei-me sobre ele, passando um de meus braços por seu pescoço, mantendo sua cabeça erguida, e levei minha boca ao seu ouvido, enquanto espalmava sua bunda farta e a apertava. Entre meus dedos, estava sua cintura, encapada por gordurinhas e pele macia.

— E você vai aguentar?

Ele riu quase com deboche.

— Moleque...

— O quê? — Sussurrei, acertando um tapa em sua bunda, que o fez arfar e agarrar o lençol da cama. — Está duvidando do quanto eu posso fazer isso com você? Hum, acha que não consigo?

— Não — respondeu, com a voz desgastada.

— Quer a noite toda mesmo? — perguntei, massageando a área em que bati, enquanto mantinha seu pescoço preso em uma chave de braço fraca.

— Sim — murmurou, e eu sorri, sentindo-o rebolar.

— Ah, gatinho. — Suspirei, beijando sua nuca. — Você ainda vai pedir pra eu parar.

De fato, nós fomos a noite toda.

Quando nossos corpos nus entraram em contato, até esqueci que, há pouco tempo, mal conseguia me mover. Apesar de minhas provocações serem agressivas, não fui nada rude, porque, aos poucos, Erick escondeu o seu chifrinho de satanás e ficou todo bobo em meus braços, gemendo "amor" enquanto acariciava meu rosto.

Dentro dele, no meio da madrugada, eu beijei todo o seu rosto, enquanto suas pernas enfraquecidas abraçavam-me pela cintura e suas mãos delicadas e precisas tocavam-me com suavidade.

Os seus gemidos sôfregos em meu ouvido eram meu maior presente. Enquanto nossos corpos quentes se amarravam, eu o sentia por dentro, sensível, rebolando devagar, agarrado a mim, choramingando de prazer e dizendo besteiras. Ele não demorou a vir — devia ser a quarta vez —, e quando eu me soltei de seu corpo, sentei-me e assisti a Erick ter espasmos, enquanto colocava seu prazer para fora. Era arte para os meus olhos. Ainda não sei como teve forças para se pôr no chão, entre minhas pernas, e me chupar pela segunda vez na noite. A sutil maquiagem em seus olhos, há muito tempo, havia sido borrada, e seu cabelo loiro não tinha tanto brilho, pois estavam encharcados de suor, caindo sobre sua testa, enquanto seus lábios, bem vermelhos e um pouco inchados, iam e viam em torno de meu sexo. E a forma depravada como pôs tudo para dentro... Erick Capdeville era desejado, porque não havia nada que fizesse mal.

No nosso último contato, desceu do meu colo, andando de maneira vacilante, e jogou-se na cama, ofegante, destruído, e eu vi o Sol clarear o quarto, aos poucos, no momento em que ele terminava de gemer e sentir os efeitos do orgasmo.

Ele pediu que eu fizesse a noite toda, e para o meu Erick, não posso negar certas coisas.

No fim, ele parecia ter sido atropelado também, mas gostava daquele massacre.

E dormiu como um anjo em meus braços.

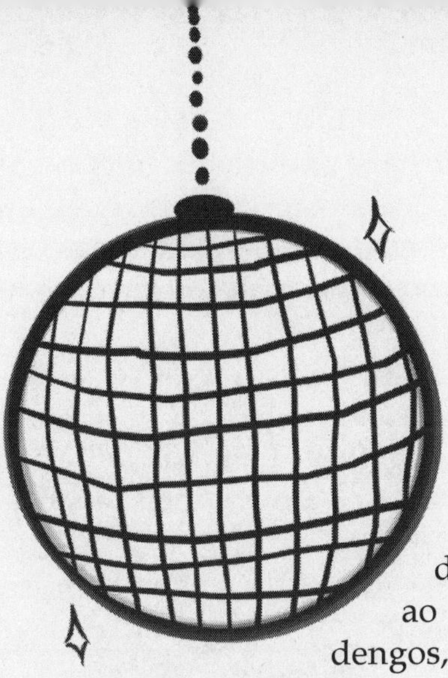

Celebremos o amor

Eu esperava acordar depois das quatro da tarde, com o meu Erick ao lado, e receber uns beijos, carinhos, dengos, mas tudo que tive foi literalmente um tapa na cara.

E não, a mão delicada de Erick não era fria e pesada daquele jeito.

Mal abri os meus olhos com o susto e automaticamente agarrei a pessoa, indo ao chão com ela, imobilizando-a contra o assoalho.

— Alan! — Ouvi Erick gritar, correndo para o quarto. — Por Deus, solte ele!

Olhando o rosto esmagado da pessoa, eu ouvi sair de sua boca um grande e furioso:

— *KARATÊ KID*!

Puta merda.

— Diego — resmunguei, soltando-o e puxando-o para se levantar. — Caralho, você conseguiu ficar mais branco do que era.

— Será que é porque passei quatro meses na tranca, porra?! — Grunhiu e me enfiou um murro no ombro, e mesmo tendo estado machucado, eu não senti grande dor. — Moleque ousado, quem tá achando que eu sou, pra me receber desse jeito? Deu sorte porque só te dei um tapinha, minha ideia era te acordar atirando um guarda-roupa na sua cara! E ainda encostou esse pau mole na minha bunda, nem pra estar duro, a praga. Namorinho morto o de vocês, hein, senhores de sessenta e oito anos, presos em corpinhos de vinte!

Erick tossiu.

— Estávamos transando há menos de cinco horas.

— Ew! Que nojo, vocês transam. — Diego fez careta, fingindo golfar. — Eu que não ia deixar esse pinto entrar no meu rabo. Cruzes, se mole já pesou.

Eu mirei Erick, rolando meus olhos.

— Quem deveria estar bravo era eu.

— Você, Alan? — Cruzou os braços, dando-me um olhar debochado. — Eu fui preso por causa do casinho de amor de vocês! Eu quase morri! Não aguentava mais comer ovo cozido, puta merda.

— Ah! Por causa de você, o seu primo Chupetinha quase drogou o Erick! — Ralhei.

— Teu cu, Alan — Erick disse logo em seguida. — Nós só saímos pra jantar.

— Humm, foi por isso que o Davi me tirou da cadeia — Diego pareceu entender. — Fala sério, Erick, o Chupetinha é mais interessante que esse fedelho que come você, né?

— Olha, eu devia ter deixado você na cadeia pelo menos mais uns dias, pra que os caras quebrassem sua cara por mim — resmunguei. — Eu não sou fedelho!

— Um verdadeiro fedelho diria isso — apontou.

— *Woah!* — Soltei, emburrado, cruzando meus braços. — Erick, fala pra ele que eu não sou fedelho!

— Ele não é fedelho. Vem, Diego, vem tomar seu café — Erick chamou. — Deixa o Alan se arrumar.

— Ciúme? Não quer que eu veja seu namoradinho sem camisa e de moletom marcando o pau? Hum? — Diego o acompanhou. — Eu já vi, Erick.

— Viu o quê? Viu quando? — Erick olhou, fechando a cara. — Quando foi que você viu?! Hein, o que você viu? Diego, como você viu? Quando?

Assim que deixaram o quarto, levantei-me e andei até o armário, pondo minhas roupas. Nem acredito que Diego voltou e voltou bem na hora do meu sono. Puta merda, mas é um empata-foda em todos os sentidos mesmo. Arrumado, dei uma jogadinha de cabelo para o lado e segui para a cozinha, na qual conversavam sobre alguma porcaria enquanto comiam.

— Falando de macho?

— Macho? Nem conheço. — Diego ajeitou a touca na cabeça. — Enfim, como eu estava te falando, Erick, pensei em virar pastor, porque é tendência os bandidos saírem da cadeia e virarem pastores. Mas fiz umas pesquisas, e, caralho, o dízimo é uma mixaria, não dá nem pra comprar o lubrificante que eu uso pra dar o cu.

— Por que não ficou na cadeia? Lá você não precisa pagar aluguel nem comida — eu disse, botando café em uma xícara.

— Mas não tem lubrificante pra dar o cu — respondeu.

— Dá pra fazer com manteiga — Erick comentou por alto, fazendo Diego e eu voltarmos o olhar para sua cara. — Oh, o quê?

— Tu já deu a bunda igual a um pão francês, Erick? — perguntei.

— Você deu o rabo salgado? — perguntou Diego. — Besuntado igual a uma forma de bolo?

Erick ficou em silêncio por um tempo.

— Olha, eu tava pobre, louco pra dar, e o pau não entrava!

— Eca, Erick! — Repreendi severamente. — Podemos tentar? Eu e você?

Diego torceu o nariz, afastando seu prato com torradas lambuzadas de manteiga, e Erick resmungou um "Idiotas".

— Deixando de lado o assunto rabo e margarina... — Diego chamou. — Eu preciso de um emprego, ou vou ter que voltar pro crime.

— Precisa entregar currículos, então, procurar por aí — Erick respondeu-lhe. — Sabe... você tem sete passagens pela polícia, mas ainda há chances de conseguir um trabalho dignificante.

— O Alan não sabe o que significa "dignificante" — Diego soltou, bebericando seu café. — Fale de um jeito que todos entendam.

— Ei, não fale assim dele! — Erick ralhou. — Você sabe o que é "dignificante", não é, amor?

— Não — Eu respondi e o vi tapar o rosto com a mão.

— E "PAM"? — Diego testou-me.

— Passiva Até a Morte! — respondi na hora.

— O que você tem de burra tem de bicha mesmo. — Riu. — Certíssima.

Eu o olhei e chutei seu calcanhar.

— Otário.

— *Woah!* — Devolveu-me o chute. — Me respeita! Quem te ouviu chorar, como um corno mal-amado, quando o Erick foi embora? Quem te ajudou a pegar ele de volta? Quem? Quem? Quem? Quem, *Daniel-San*? É! Fui eu. Você devia beijar meus pés.

— Vai beijar nada — Erick resmungou.

— Já beijou — Diego soltou.

Eu vi o queixo de Erick cair, esbarrar no chão, antes de ele fechar a boca e lançar um olhar fulminante.

— Você tava bêbado, né, Diego?

— Na verdade... Alan chegou em mim, um dia, e confessou, dizendo: "Diego... eu nunca te disse isso, mas desde o momento em que te vi, senti, dentro de mim, um fogo que se alastrava. Desde então, eu só continuei a namorar o Erick para poder ficar próximo de ti" — contou dramaticamente. — E deu-me um beijo de tirar o fôlego, me fez gemer "*K-Karatê... Kid. Ohh!*"

— Mentiroso! — Apontei.

— É, mentiroso! — Erick acompanhou-me, emburrado.

E eu continuei, acusando Diego:

— Você gemeu *"Daniel-San"*!

Foi o suficiente para Erick planejar a nossa morte.

Talvez eu esteja feliz. Eu não gosto nem de pensar, porque geralmente, quando digo a mim mesmo que as coisas estão indo bem, a vida vem e me dá um bicudão.

Olhando em volta, eu via meu Erick cantarolando enquanto, sentado em frente a um espelho, maquiava os olhos. E eu podia ir até ele, porque já estava quase totalmente recuperado do atropelamento. Sim, eu arriscava dizer que estava bem.

Por isso, me levantei de onde estava, na janela, assistindo ao Sol se pôr, e caminhei até ele, agachando-me, ao seu lado, e olhando-o no reflexo.

— Sabe que nem precisa se maquiar pra ficar bonito.

— Sim — respondeu, rindo fraco. — Mas eu também fico bonito maquiado. Então, por que não?

Sorri para ele, antes de fechar a cara.

— Porque demora pra caramba! Já devíamos ter saído de casa.

Ele me olhou, enquanto eu me levantava.

— Alguém mandou o Diego nos avisar sobre esse encontro em cima da hora?

— Ele avisou anteontem, Erick — respondi.

— É tempo suficiente pra você, Alan, que veste um jeans, moletom, um tênis, e acha que tá arrasando — disse, terminando de pintar a boca com um *gloss* e fechando a bolsinha de maquiagem. — Vou pôr minhas botas.

Fiz uma careta, antes de me olhar no espelho. *Woah*, eu até pus meus brincos hoje, e ele desprezando meu *look* desse jeito. Suspirei, sentando-me na cama e observando-o terminar de se arrumar. Erick espirrou seu perfume pelo pescoço e beliscou as bochechas, fazendo com que elas ficassem mais coradas, o que me fez rir.

— O que foi?

— Nada — murmurei e chamei: — Vem aqui, vem.

— Pra quê? — Ele me olhou desconfiado, vindo devagar.

— Vem! — Sussurrei, dando dois tapinhas na minha coxa. Ele deixou um sorriso escapar e apressou-se, sentando-se em meu colo. —

Você está bem? — perguntei, abraçando-o pela cintura, enquanto juntava nossos rostos. — Hum?

— Sim, Alan — assentiu, e o brilho em seu olhar entregava veracidade. — Você me faz bem.

Sorri, beijando seu queixo.

— Jura? Está feliz comigo?

Erick moveu a cabeça, assentindo.

— Muito, muito, muito... muito. — Abraçou-me pelos ombros, puxando meu gorro e acariciando meu cabelo. — Está feliz comigo?

— Não posso dizer — disse —, se não atrai azar.

— Que besteira! — Puxou meu cabelo. — Diga.

— Não — Eu me recusei.

— Diga, e eu te pago um oral — ofereceu.

Eu o derrubei na cama, ficando por cima.

— Deus, estou tão feliz, Erick, você não imagina! Eu estou feliz como nunca estive antes! Nem quando a Rihanna tomou banho na Baía de Guanabara, eu estive tão feliz.

— Sujo — resmungou, descendo sua mão até minha bunda e estalando um tapa.

Eu ri, beijando todo o seu rosto.

— Posso ser burro e não saber muitas coisas, mas eu sei que você é o meu amor.

Olhando-me, ele ficou em silêncio, até seus olhos se encherem de água, e eu me apavorei.

— Pelo amor de Deus! O que foi, Erick? O que eu disse? Por Deus, me desculpa!

— Ei! — Choramingou, dando-me alguns tapas, antes de tentar secar o rosto. — Cala a boca, Alan... você não disse nada errado. Foi só... — Fungou. — Lindo. Lindo, lindo, lindo.

Continuei a olhá-lo, quieto por um tempo.

— Então, não chore, vai borrar sua maquiagem.

— Já borrou — disse, engolindo o choro, com os dedos manchados de sombra. — Vou ter que refazer por sua causa!

— Você que é emotivo — retruquei, sentando-me e ajudando-o a se sentar.

Ele respondeu:

— falou o bebezão... vive chorando.

— Ah, ah! — Eu soltei e me defendi: — Só quando você é grosso comigo.

— Quietinho, Alan — pediu. — Me dê minha *necessaire*.

— Nece-quê? — perguntei, coçando atrás de minha cabeça.

— Aquilo! — Apontou.

— Ah, a bolsinha de *maquilagem* — compreendi e a apanhei.

— Maquiagem — corrigiu.

— E o que eu disse?

— *Maquilagem* — disse, pegando a paletinha de sombras. — É maquiagem.

— Foi isso que eu disse — falei e, então, me atrapalhei todo. — Não é a mesma coisa?

— Alan — grunhiu, dando-me um de seus olhares assassinos. — Como se escreve maquiagem?

Eu pensei com força.

— Com as mãos?

— Mas puta merda. — Eu o vi suspirar, fechando os olhos por um tempo. — Tá certo, bebê. Vai, vai, vai chamar o táxi.

— Eu já volto — disse, esbarrando minha mão na sua para que ele borrasse a maquiagem, e corri, rindo com certo desespero.

Chamado o táxi, foi o tempo de Erick terminar de se enfeitar. Eu tenho certeza de que ele acha que é a própria árvore de Natal.

Ouvimos a buzina e, juntos, nós descemos as escadas e entramos no veículo.

Boa parte do trajeto foi feito em silêncio, a pedido do próprio Erick, que pediu que eu não dissesse nada, já que, segundo ele, a gente só fala merda. Foi só depois de um tempo que ele me perguntou:

— Já acertou tudo com o Sr. Kentaro?

— Sim, o básico — disse, enquanto entrelaçava nossas mãos. — Eu volto a dar aulas na terça.

Vi Erick sorrir, logo deitando a cabeça em meu ombro.

— As crianças te adoram.

— Tem certeza?

Ele ficou em silêncio.

— Bom... eu te adoro.

— Mesmo? — Questionei. — Não tá comigo só porque tenho pinto grande?

— Não é tão grande.

— Mas é maior que o seu.

— Continua falando que eu arranco metade dele fora — ameaçou.

— Ainda seria maior que o seu — arrisquei dizer.

— Ah, Alan, todo pinto é pequeno até que entre na sua bunda, aí você vê a verdadeira grandeza. — Erick beliscou-me, fazendo com que eu me segurasse para não chorar de dor.

Quando o carro parou, o taxista foi o mais breve possível ao pegar o dinheiro e sair cantando pneu. Erick e eu subimos na calçada, de braços dados, como duas *BFF's* no recreio. Ao chegarmos ao bar, no endereço dado por Diego, Erick conseguiu passar facilmente pelo segurança, mas eu fui barrado, porque não acreditaram que eu era maior de idade.

— Moço, o senhor, pelo amor de Deus... Eu tenho vinte e dois anos de idade.

— Com essa cara de fedelho? Essa cara de garotinho da mamãe que joga *Minecraft*? Ah, aqui não, piá — negou mais uma vez. — Eu já não caio nesse conto há dez anos.

Bufei, sem saber o que dizer para que ele acreditasse que eu sou um homem. Um homem com H maiúsculo, viril, peludo, desmamado, que já não anda de bicicleta com rodinhas.

Passei cerca de vinte minutos ali fora, tentando provar ao distinto que eu era maior de idade, mas só consegui entrar mesmo quando Diego veio resolver a situação, já que eu não havia levado minha identidade, por não saber que precisaria dela.

— Eu sei que ele parece uma menina de cabelo curto, que acabou de fazer quinze anos, que precisa estar em casa antes das nove, que não perde a novela das *Pequetitas*, mas, acredite, isso aí, essa ninfeta, tem uma piroca, meu amigo, mas uma piroca… O senhor precisa deixar ele passar só pelo fato de ele ter um pinto que bate no nosso estômago.

Eu encarei o segurança, que demorou um pouco a se pronunciar:

— É grande assim?

Diego assentiu.

— E o piá tá solteiro?

— Definitivamente não — Foi Erick quem respondeu, me puxando para dentro do bar. E ali, eu encontrei Ícaro, Antônio e Kris em uma mesa, servindo-se com cerveja.

— Mas vocês não aceitam nem um *threesome*? — Kris perguntava ao Ícaro, e Antônio, ao seu lado, só faltava enfiar um garfo em cada olho dela. — Eu dou meu rabo e uso cinto com pênis de silicone.

— *Threesome*? Eu não falo inglês — Foi Antônio quem respondeu. *— Lo siento.*

— Eu faço metade do preço — Kris sugeriu.

Ri fraco, me sentando ao lado de Ícaro, e Erick sentou-se logo ao meu lado. Diego chamou nossa atenção para dizer:

— Eu estou oferecendo essas bebidas, mas são vocês que vão pagar, ok? Não tenho condições de pagar cerveja para essa cambada. Aliás, eu gostaria de pedir um pouquinho de seu tempo pra ouvir minha história... Minha casa pegou fogo, tenho duas crianças em casa, a gente tá morando em um barraco, não tem o que comer. Quem puder contribuir com qualquer quantia, que Jesus toque em seu coração e você possa m... — E foi interrompido por Erick, que o puxou para se sentar. — Poxa, Erick, mas você não tem Deus no coração mesmo.

— Diego, se sua casa fosse queimada, provavelmente seria você mesmo a pôr fogo nela. E se tivesse dois filhos, teria incendiado a casa para queimá-los — Erick disse. — Então, senta essa bundinha sem carne na cadeira.

— Não fala da minha bundinha só porque você tem uma bundona — falou. — Enfim, eu reuni todos aqui hoje pra comemorar minha saída da prisão. Podem respirar, aliviados, eu voltei e sei que vocês estavam mortos de saudade.

— Olha, por mim, você poderia ficar lá ma... — Ícaro começou, mas Antônio o impediu de continuar. — Digo, bem-vindo de volta. Nossa, sinto até o Sol mais claro, o ar mais puro, e os passarinhos cantam.

— Ah, muito obrigado pelo apoio, Ícaro Russo... — disse Diego. — Só me responda uma coisa, hum: quem te convidou mesmo?

— Você chamou meu noivo, então eu vim também — respondeu.

— Antônio e você são costurados? Pague um, leve dois? Dois sanduíches por quinze reais? Como é que é? — Quis saber.

— Diego! — Chamei. — Fico feliz que tenha voltado!

— Bom. — Sorriu. — Era o mínimo. Fui preso por sua causa.

— Primo — Kris chamou, terminando sua segunda garrafa de cerveja. — Não ponha a culpa nele. Você não precisa de ninguém pra acabar na cadeia.

— Olha aqui, sua encardida. — Apontou. — Arrisquei minha liberdade pro Alan poder comer o Erick. Eu fui preso por causa do amor!

— Do amor? Eu achei que tinha sido por invadir um cartório, chutar o saco de um policial e ter uma ficha criminal maior que o pau do Alan — Kris respondeu-lhe.

— Maior que o pau do Alan? — Antônio pareceu surpreso. — Eu não achei que fosse tanto assim.

— Com o tanto de papel que foi usado para listar a ficha criminal do Diego, dava pra embrulhar o planeta e entregar de presente pro capeta — disse Erick, antes de beber um gole de cerveja.

— Estamos aqui pra comemorar minha liberdade, e não falar dos crimes que me fizeram perdê-la um dia — Diego resmungou. — Passando todos esses meses na cadeia, eu pensei bastante na minha vida... e decidi que eu vou vender salgados, de agora em diante. Então, quem puder comprar, eu agradeço.

— Ah, eu não como salgado de rua, me dá dor de estômago — avisei, lamentando um pouco.

— Vai tomar no teu cu, então — Diego retrucou. — Mais alguém?

— É um casamento, Alan, não pode ir de qualquer jeito — Erick dizia, na verdade insistia nessa ideia.

— Mas eu acho que tô ótimo — respondi, olhando-me no espelho mais uma vez. — Esse *All Star* é clássico, tenho desde os dezesseis anos, e ele foi do meu pai. Meu pai o usava com dezesseis anos.

Erick olhou no espelho, vestido com um conjunto azul e com o cabelo impecável.

— Ah, não, Alan... eu não vou com você se for vestido assim.

— Por Deus, Erick — reclamei. — É o casamento do Antônio e do Ícaro, nem é oficial, é uma cerimônia só.

Ele me olhou daquele jeito feio, o qual, mesmo feio, não o deixava menos lindo.

— Nós nunca vamos a lugares bonitos, essa é a única oportunidade que eu tenho de me vestir bem.

— Mas ninguém tá te proibindo de ir vestido assim, amor — Eu lhe disse.

— Mas somos um casal. — Cruzou os braços. — Se formos vestidos assim, vai parecer que eu fui obrigado a levar meu irmão de dezesseis anos comigo.

Sem resposta, somente o olhei, tentando entender.

— Qual o problema, Erick?

— O problema é que esse é provavelmente o único casamento ao qual vamos juntos na vida, e você nem se esforça pra se arrumar — disse, e eu só pude coçar a nuca, ainda sem entender. — Eu ia te perguntar se também se vestiria assim no nosso casamento... mas nós nem vamos nos casar, não é?

Oh, meu Deus.

— É melhor eu me contentar apenas com o casamento dos seus amigos e ainda ir com você vestido assim. Nem dá pra tirar uma foto bonita. — E seguiu resmungando, enquanto andava pelo quarto, arrumando coisas que já estavam arrumadas.

Porra, é complicado lidar com ele, ah. Todo dia algo novo, todo dia um enigma, um problema que só existe na mente dele, mas eu preciso resolver. Sem escolhas, disse-lhe:

— Eu vou me trocar.

— Não dá mais tempo! — disse, e puta que pariu, viu? — E tanto faz também. Vamos.

Demorei, mas aprendi, com o tempo, que quando ele diz "tanto faz", faz, sim, faz muito, faz pra caralho. Mas, de fato, agora já era tarde, e Antônio disse que não podíamos nos atrasar de jeito nenhum. Preso em um beco sem saída, eu peguei minhas coisas e o segui pela casa, até passarmos pela porta e descermos as escadas do prédio.

Mesmo durante o tempo em que esperamos o táxi, ele também não disse nada. Eu que não ia arriscar dizer alguma coisa e ainda tomar no meio do meu cu.

Quando entramos no carro, que partiu para o endereço dado, comecei a pensar comigo mesmo. Pensar sobre o porquê de ele estar tão estressado e ter se irritado tanto com minhas roupas. Digo, eu estava usando camisa de time de *baseball*, jeans e um *All Star* pretinho. Como eu deveria ir a um casamento? Arriscando olhá-lo, pelo cantinho do olho, eu falei meio baixo, quase na esperança de que ele nem ouvisse:

— Bebê...

— Hum? — Soltou, ainda com seus braços cruzados e a cara fechada.

Meu Deus do céu, eu vou morrer.

— Tá tudo bem?

De repente, ele riu. Ele riu. Porra, eu até fiquei aliviado, antes de perceber que não era um tipo de risada boa.

— Tá tudo ótimo, Alan.

Tentei formular algum pensamento, alguma hipótese, qualquer coisa que pudesse justificar a postura tensa de Erick no banco do táxi. Olhando para ele, eu não conseguia ler nem um pouquinho do que zanzava pela sua cabeça bonita.

Ele olhou de volta por um instante, talvez vendo a confusão nítida no meu rosto, mas apenas franziu os lábios e desviou sua atenção para a estrada de novo. Eu deveria falar alguma coisa? Bem, seja lá o que tenha acontecido, é culpa minha. Aparentemente. Mas como é culpa minha, se eu não sei o que eu fiz de errado?

— Erick? — Arrastei-me um pouquinho mais para perto dele e, quando os ceifadores, seus olhinhos, encontraram os meus, eu gelei de novo. Ele me assustava quando ficava irritado de verdade. E o pior era que eu nem tinha como pedir desculpas, porque não tinha ideia do que se passava pela cabecinha dele.

— O que... Eu fiz algo? Foi o pedaço de bolo? Aquele que eu comi todo?

— Você só pode estar me zoando, Alan! — respondeu, fazendo tanto eu quanto o motorista engolirmos em seco. Mas no caso, só eu estava prestes a ser assassinado bem aqui e agora, usando meu tênis favorito.

Desisti, mais uma vez, voltando-me ao meu interior.

Pensa, Alan, pensa.

Ah, pensar não é meu fraco. Ou é forte? Fraco ou forte? Enfim!

Antes que eu pudesse dizer algo mais e cavar minha cova mais fundo ainda, o carro parou, e Erick foi o primeiro a descer, enquanto eu fiquei para pagar, saindo em seguida. Respirei fundo e, com toda a coragem presente dentro de mim, segurei a sua mão. Erick encarou nossas mãos engatadas, e eu jurei, juradinho, que ele ia cortar meu punho inteiro e me deixar sem mão, mas apenas o ouvi suspirar, devolvendo o aperto e puxando-me na direção devida.

Antônio e Ícaro haviam alugado um pequeno salão, o qual, segundo Antônio, havia sido enfeitado com flores, véus, tapetes e travesseiros, desde que ele sonhou com uma cerimônia assim.

Enquanto uma parte de mim tinha ficado satisfeita com nossas mãos juntas daquele jeito, sentia que ele estava preso com alguma coisa que não queria me dizer. Eu não entendia o Erick às vezes. Ok, ok! Muitas vezes. Muitas vezes eu não entendia coisa nenhuma de nada. Senti que estava sendo deixado no escuro de propósito, mas não conseguia pensar muito além disso.

Erick puxou-me para a porta bem-iluminada do salão e disse nossos nomes a uma garota sorridente, que deveria ser alguma amiga do casal. Ela deixou que entrássemos, e estava tudo realmente muito bonito, do jeitinho que ouvi Antônio suspirar tantas e tantas vezes antes.

Encontramos os dois sorridentes, radiantes, muito bonitos nos ternos coloridos e com os cabelos bem-arrumados. Eu sorri de verdade, muito feliz por encontrar os meus dois garotos brilhando daquele jeito, e me apressei um pouco em direção aos dois.

Assim que nos viram, pausaram a conversa com alguns outros amigos, e logo tomei Ícaro em um abraço, enquanto Erick fazia o mesmo com Antônio. Quando me aproximei de Antônio para lhe abraçar também, ele me apertou forte e deu risada quando disse:

— Vocês estão lindos, mas, da próxima vez, quero ver o Alan de terno no altar também, hein, Erick?

Sorri, porque não tinha entendido muito bem, então minha resposta automática era rir e fingir que fez sentido. Quando vi os olhos de Erick, meu sorriso morreu instantaneamente.

— Hum... que bom que vocês vieram. Sério! — Ícaro interferiu no pequeno clima que parecia tomar a situação toda agora. Eu ainda não tinha entendido. — Não seria a mesma coisa sem vocês aqui.

— Obrigado, Ícaro. — Erick sorriu, apossando-se de alguma bebida na mesa e ignorando completamente meus olhares confusos.

Caramba. Eu estava tão ferrado assim?

Ícaro foi quem me puxou meio que de canto.

— O que houve? Por que ele está assim?

— Ah, eu gostaria de saber — respondi. — Gostaria *muito* de saber. Entre todas as coisas do mundo que eu poderia saber, escolheria essa. Eu juro, queria muito saber.

Ícaro girou seus olhos, suspirando de forma exasperada.

— Vão ficar com cara de bunda no meu casamento?

— Não tem nada que eu possa fazer — resmunguei.

— Mas você só me fode, hein, Alan — respondeu, e eu dei de ombros. — Olha... vai no banheiro com ele, dá umazinha, só pra amansar o bicho, e aí volta.

— O quê? — Quase me engasguei com sua ideia. — Se eu chamo ele pra foder agora, ele que me come, e não no bom sentido.

— Bem, dá seu jeito, Alan! Vocês não vão aproveitar nada direito se continuarem arrastando a cara de bunda de lá pra cá. E o Antônio vai ficar chateado se estiverem brigados.

Eu suspirei em resposta, tentando encontrar os olhos de Erick, mas fui ignorado de novo. Ele apertava a taça com tanta força que eu conseguia ver seus nós dos dedos esbranquiçados. Caramba, não fazia sentido nenhum. Ele gostava de Antônio, de Ícaro e de mim, certo? O que tinha para ficar tão bravo assim?

Ícaro lançou-me um olhar encorajador, apertando os meus ombros, como se me assegurasse que daria tudo certo, e voltou para o lado do marido, segurando-o pela cintura, enquanto se integrava na conversa com os outros naturalmente.

Peguei um doce qualquer na mesa, aproximando-me devagar de Erick, e o ofereci a ele, tentando enlaçar nossos dedos de novo, só para receber uma olhada feia e murchar como um cachorrinho.

— Erick? Eu peguei pra você — insisti com o docinho rosa.

— Come você, eu tô bebendo agora — respondeu, colocando as duas mãos na taça, enquanto continuava a beber.

Recebi um olhar de Antônio, que franziu o cenho, mas logo foi distraído por Ícaro.

Mas que porra. Mesmo quando eu não faço nada, nadinha, ainda sou o filho da puta.

— E agora? — murmurei comigo mesmo e, de forma triste, comi o docinho.

Fiquei ao lado dele, mesmo que sem dizer nada, e por um tempo, ficamos em silêncio, até eu ouvir a voz de Diego. E olhando em sua direção, o vi adentrar o salão.

— Até ele veio arrumado — Erick soltou, parecendo abismado.

Droga.

Respirei fundo, tentando não dar atenção às suas reclamações, e quando Diego aproximou-se, parecendo minúsculo dentro do terno, eu quase ri.

— Não ria — mandou. — Era o único terno que eu tinha. Eu o uso apenas em julgamentos e velórios.

— Quem te chamou? — Ícaro perguntou ao Flores.

— Ninguém — Diego prontamente respondeu. — Mas eu trouxe um presente.

— Uma viagem com tudo pago para Ibiza?

— Um pintão de borracha. — Tirou o dildo da sacola, no meio do salão. — Antônio vai precisar.

— Vai precisar seu cu! — Ícaro quase o atacou, só não fez porque Antônio o segurou.

— É muita gentileza da sua parte, Diego — disse Antônio. — Mas... hum, não posso aceitar.

— Hum. — Diego estufou o peito. — Mal-agradecido. — Mirou Erick. — Quer pra você?

Eu intervi desta vez, mais rápido que a luz.

— Ele já tem um, muito obrigado.

— Uau, Alan. — Suspirou. — Queria que minha autoestima fosse do tamanho da tua rola.

— Não vamos começar a falar do pinto do Alan de novo — Ícaro pediu. — É nosso casamento. Por favor, tenham respeito.

Então, ficamos em silêncio por um momento, com o assunto morrendo... até Antônio acabar dizendo:

— Nossa, mas é um pintão mesmo!

— Eu sei, né? Erick deve ter um túnel — Diego comentou.

Erick pronunciou-se, sussurrando:

— Só tem tamanho. — E saiu, deixando-nos ali, com mais um silêncio se instalando e minha boca aberta, como se meu queixo tivesse quebrado com uma porrada.

O que ele quis dizer? O quê? O quê?!

Diego foi o primeiro a falar, após o período de silêncio:

— Você fez merda, né, Alan?

— Eu... não! — Defendi-me.

— Céus... nunca vi esse cara reclamando da Máquina de Sexo, Alan Pellegrini, o próprio. — Parecia chocado.

— Não sei o que houve — Antônio falou —, mas precisamos ir, a cerimônia vai começar! Ok, vão para os seus lugares.

Eu assisti a Antônio arrastar Ícaro pelo salão, até que sumissem, e tornei a olhar para Diego.

— Então, o que foi?

Demorei a encontrar palavras e pensei muito bem na situação, procurando articular minhas falas e explicar da melhor forma possível, procurando esclarecer os fatos, até mesmo para mim. Antes de tudo, suspirei, e então, disse:

— Num sei.

E eu só vi Diego girar seus olhos redondos.

— Eu não fui preso pra vocês dois se reencontrarem e viverem brigando. Tô avisando, a próxima vez que eu voltar pra cadeia vai ser por homicídio.

Eu não entendi, mas sorri, dizendo:

— Amém.

Frustrado, ele mandou eu seguir para onde ficaria durante a cerimônia, e eu fui. No caminho, cumprimentei alguns familiares de Antônio e Ícaro e me enfiei entre alguns amigos. Quando Erick ia passando por mim, o segurei seu pulso, fazendo com que se sentasse ao meu lado. Eu o olhei pelo canto dos olhos, vendo-o com os seus no meio do salão em que tudo ocorreria, e arrisquei-me mais uma vez:

— Amor...

— Que foi? — Nem me olhou.

Tentei me controlar, mas não consegui e fechei minha cara também.

— Vai ficar bravo por nada mesmo? Tudo bem, fica. Tô nem aí, Erick. Chato!

Então, ele me olhou, e mantive meu olhar no seu, pronto para brigar se ele quisesse, mas ele não fez nada, apenas me deu um de seus olhares assassinos, tornando a observar o centro do círculo que formávamos.

Diego chegou, em seguida, e após tropeçar no pé de uma moça, pediu desculpas, mas ela o respondeu com um "Tá cego?".

Ah, pra quê? O bicho virou o capeta.

— Eu pedi desculpas, grossa do caralho. Aprendeu a ser grossa assim com o pau do Alan? É?! Se eu quiser, pego uma cerra elétrica, corto teu pé fora e ponho no arroz com tomatinho, sua-

Eu o interrompi, puxando-o para perto de nós de uma vez.

— Será que você consegue passar um dia inteiro sem que alguém chame a polícia pra ti, Diego? — Erick perguntou, fazendo com que ele se sentasse ao seu lado.

— Eu sou da paz — defendeu-se.

— Imagine se não fosse... — murmurei.

— Como é que é? — Diego esticou o pescoço para me encarar. — Fala na cara.

Eu o ignorei, fingindo que nem ouvi, e depois de alguns minutos, pude ver alguns amigos da faculdade de Antônio chegarem, com Kaíque entre eles. Ele acenou, vindo em nossa direção, e sentou-se ao meu lado.

— Ei... tudo bom?

— É... — Soltei assim, sem atitude. — Tô bem. Só não hoje.

— Oh, *boy*. — Suspirou, deixando um carinho em meu ombro, e olhou para trás de mim. — Oi, Erick. Oi, Diego.

— Oi, Kaíque — Erick o cumprimentou.

— Oi, ex-namorado bonito do Alan. — Diego acenou para ele, e eu ri, um pouco sem graça. Hum... muito sem graça. Bem sem graça, na verdade.

Sorrindo para eles, Kaíque tornou a me olhar.

— Então, o que aconteceu pra você estar assim?

Nossa, ele fala como se fosse muito difícil eu estar na merda, me senti até lisonjeado.

— Hum... Erick e eu, nós…

Eu fui interrompido por ele:

— Nós o quê, bebê? — Riu, puxando-me meio de lado, abraçando-me e fazendo carinhos no meu cabelo. — Hum? — perguntou, e eu não consegui responder. — Estamos ótimos, Kaíque... Ele só está um pouco tristinho, porque perdemos uma sessão de cinema ontem. Não é, amor? — Nós nem perdemos coisa nenhuma nem marcamos de ver nada. — Mas tirando isso, estamos muito bem — disse ao Kaíque e beijou minha testa.

Kaíque parecia um pouco confuso, mas assentiu, abrindo um sorriso.

— Que bom, fico feliz que as coisas estejam indo bem.

— Obrigado — respondeu, ainda abraçado a mim.

Assim que Kaíque se virou para conversar com alguém, ele me soltou, empurrando-me, para que eu me endireitasse, e eu sussurrei, quase cuspindo:

— Você mentiu!

— Menti! — Admitiu. E, *woah*! Ele mentiu mesmo. Eu estava até me perguntando se tinha me esquecido de levá-lo ao cinema mesmo.

— Por quê? — perguntei, confuso.

Ele me olhou, cruzando os braços.

— Não vai ficar falando da nossa vida pras pessoas.

— Mas é o Kaíque — retruquei, e ele não me disse nada, só continuou a me olhar como se fosse me matar. E, então, eu entendi. — Ah... é o *Kaíque*.

Ele pareceu até aliviado por eu compreender e se virou, voltando a me ignorar. E eu soltei um "Hum, nojento", tirando meus olhos dele também.

O mestre da cerimônia andou para o centro, pedindo silêncio, e se sentou em uma almofada.

— Boa noite a todos. Sou Vicente e serei o mestre da celebração desta noite. Não sei se Antônio ou Ícaro disse a vocês o que ocorrerá, imagino que todos estejam imaginando que foram convidados para um casamento. Sim, é um casamento, mas não um dos usuais, não um daqueles que se vai ao cartório assinar papéis, não. Essa é uma cerimônia simbólica e espiritual, regida por amor.

Curioso, eu me ajeitei sobre minha almofada, mantendo minha atenção nele, com medo de perder algum detalhe e acabar não entendendo. Então, o homem voltou a falar:

— Chamo, para estar aqui comigo, o casal, do qual celebraremos o amor agora, os amigos, filhos e irmãos de vocês: Antônio Cidavil e Ícaro Russo.

E eu abri um sorriso quando os vi entrarem pela única passagem aberta, ambos com coroas de flores na cabeça e os ternos de cores claras ornando com a decoração do lugar. Os vi caminharem até em frente ao Sr. Vicente, um de cada lado, e sentarem-se um em frente ao outro. Eram visíveis os sorrisos em seus rostos, encantados um com o outro. Suspirei, apaixonado pela imagem que eu gostaria de registrar para sempre comigo, e me recompus, atento ao que via.

— Esta noite, Antônio e Ícaro — Sr. Vicente disse-lhes —, vocês se tornam um.

Então, duas moças se levantaram, com cestas nos braços, e começaram a despejar pétalas de flores sobre os dois, e o Sr. Vicente continuou:

— Flores, para que o amor de vocês renasça, estação após estação, tão forte e tão lindo quanto antes. — Ele entregou um incenso a cada um deles. — Desejando apenas o melhor do mundo ao seu parceiro, acendam as hastes e soprem para que a essência se despeje sobre ele. — Deu a vez: — Antônio Cidavil.

Antônio sorriu e esticou a mão, pondo fogo na ponta do incenso por meio da vela acesa quase entre eles.

— Ícaro Russo… a você, desejo meu amor. Meu amor, de todas as formas e em todos os momentos, desde quando acordo e não sei que horas são até ao fim de noite. Amor que não para de fluir, mesmo que eu não esteja consciente. Meu amor, na mesma intensidade, mesmo quando te odeio. Meu amor, tão forte quanto sempre foi, mesmo quando não estamos bem. Eu desejo, desde o princípio de tudo, que você me aceite como seu para sempre, para que eu possa viver em paz e ser feliz, para que eu possa te dar paz e te fazer feliz. Meu amor, do início ao fim de nossos dias, e cada um desses dias, mais forte que o dia anterior. E se for muito, me perdoe… não consigo te amar menos que isso.

Com meu queixo no chão, apenas o vi soprar a fumaça perfumada, com o odor se impregnando em Ícaro.

— Ícaro Russo — Sr. Vicente chamou, e eu o vi demorar a responder, parecendo preso no olhar de Antônio por um tempo.

Então, levou o incenso ao fogo, acendendo-o.

Foi possível vê-lo tomar uma respiração funda.

— Antônio Cidavil, meu anjo, você sempre me diz que não somos perfeitos, mas eu acredito que, juntos, unindo tudo que eu sinto à alegria constante de estar ao seu lado, formamos algo perfeito. Não que nosso amor não tenha defeitos nem erros… mas são defeitos e erros que constroem o que nós somos. As brigas bobas, as mais importantes, somos eu e você, eu e você em um só, fazem parte de nós, do "eu" que compartilhamos um com o outro. Desejo que não façamos nosso "eu" chorar demais, se chatear demais, se magoar demais. Desejo que nosso "eu", que nosso "nós", desfrute de um intenso amor, dia a dia, de hoje até o fim. E se me deseja amor, eu também desejo a ti, para que possamos recarregar nossas energias um no outro. Quero ser uma perna sua, um braço, uma mão, um lado de seu pulmão… Quero que seja uma perna minha, um braço, uma mão, o outro lado do meu pulmão. Me complete, amor, para que eu esteja inteiro para ti, para mim, que faço o mesmo por ti, para que você faça o mesmo por si. Se ame para me amar, que eu me amo para te amar.

E após dito, Ícaro também soprou a fumaça, podendo vê-la se dissipar ao se encontrar com Antônio. Pobre Antônio, tinha o rostinho quase todo regado pelas lágrimas que derrubava.

— Céus — Diego soltou baixinho. — Que casal nojento de bonito!

Discretamente, eu ri e, mais discretamente ainda, mirei Erick, que chorava.

— Erick... — Chamei, tocando sua mão. — Bebê, o que foi?

E ele me olhou, fungando.

— Nada… Só… é tão lindo.

Woah.

— Não precisa ficar assim.

Não gostava de vê-lo chorar, mesmo quando não era por tristeza.

— Eu sei — murmurou. — É que… é tão lindo, e eu nunca… nunca vou ter algo assim.

Confuso, eu não respondi, somente permaneci olhando-o por um tempo. Mas que coisa! O que ele quer? Tentei pensar, mas minha atenção foi chamada, mais uma vez, pelo que acontecia no centro do círculo. O Sr. Vicente tinha um sorriso quando disse:

— Vamos ao enlace, o símbolo mais singelo e especial da cerimônia, que os une como um.

Eu pude vê-lo abrir uma caixinha de madeira, tirando dela um laço lilás e esticando-o.

— Beijem as pontas. — Antônio beijou um lado, deixando o outro para que Ícaro fizesse o mesmo. — Segurem-se pelo pulso um do outro, por favor. — Deram as mãos, como ele pediu. — Fechem seus olhos e olhem para o interior de si, transmitam seu amor um ao outro.

Enquanto eles faziam, o Sr. Vicente passou o laço por seus punhos, até que as pontas se encontrassem, e ele também fechou os olhos enquanto amarrava o nó.

— Podem abrir os olhos.

Olharam-se com puro carinho, antes de analisarem o laço feito, e o Sr. Vicente disse em seguida:

— Pelo amor, pelo companheirismo, pela fidelidade, pelas boas energias de todos aqui e pela bênção dos céus, vocês estão casados. Podem selar os lábios.

Segurando sorrisos enormes, os dois chegaram pertinho, juntando suas bocas, e deram um daqueles beijos de dar inveja. O Sr. Vicente levantou-se de repente, soltando pétalas sobre os dois, e a música começou a tocar.

— Celebremos o amor!

Eu me levantei, puxando Erick, e me senti cheio de uma alegria imensa, enquanto a música empolgante crescia e os convidados sorriam e elogiavam. Alguns até começaram a dançar.

— Fantástico! — Soltei, batendo palmas, e mirei Erick. — Não achou, bebê?

Mas ele parecia ter um sorriso um pouco triste no rosto, o que me fez cuidadosamente segurar seu queixo, olhando em seus olhos.

— O que foi, Erick?

Erick não respondeu, hesitou até onde pôde, antes de Diego aparecer com uma taça de champanhe na mão, dizendo:

— Ele quer casar, Alan. — E foi só o que disse, dando as costas, em seguida, e deixando-nos.

Erick deu-me uma última olhada, logo abaixando a cabeça.

— Puta merda, bicho — murmurei, perdidinho.

Nem entendi quando alguém gritou:

— Quem pegar o laço vai casar, hein!

Eu só vi Antônio e Ícaro se virarem de costas, atirando o laço no ar. A outra vez que vi o laço foi quando suavemente caiu sobre o ombro de Erick, que levantou a cabeça devagar, mirando a fita no ombro, apanhou-a com sutileza, talvez tão confuso quanto eu, e então, olhou-me.

E merda. Toda vez que esse par de olhinhos, que carrega esse tom de amêndoa tão brilhante e delicado, cai sobre mim, eu sei que meu fim está próximo, que eu sou todinho dele.

Sorri genuinamente, recebendo seu sorriso também, e o vi passar o laço por meu pescoço, puxando-me para ele, até que nossas bocas estivessem juntas, coladas, da melhor forma que poderiam estar.

— Mas ai, que nojo! — Diego soltou no ar.

Alan Pellegrini, o último dos românticos

Naquela manhã, acordado em meio à bagunça de nossos lençóis, de nossos corpos, senti o Sol nos tocar. Abrindo os olhos, a imagem nua de Erick se projetou, com seus olhos fechados, dormindo com tranquilidade. O Sol adentrava pela janela, cobrindo sua pele caramelo, em tom e gosto.

É um privilégio apenas meu e seu o Sol poder tocar você, Erick. Se soubesse o quanto o adoro, seu ego se tornaria tão grande que seria responsabilidade minha carregá-lo. E, meu bem, eu carrego, com todo prazer, só para que sinta o quanto é importante em minha vida.

E assim, deitados juntos, no silêncio calmo, eu me pergunto em que acertei para merecê-lo. Eu juro, por Deus e minha mãezinha, nunca vou sentir algo assim por outra pessoa.

— Ah, Erick... — murmurei, tocando seu rosto com as pontas de meus dedos. — Você não sabe o quanto eu te amo, gatinho.

Eu me acostumei a ouvir sua cantoria pela casa; me acostumei ao seu perfume caro, que você não gosta de gastar, mas usa porque eu gosto; me acostumei à sua comida quente, às nossas noites quentes; me acostumei aos seus cuidados cautelosos, à sua preocupação; me acostumei às suas mudanças de humor, aos seus olhares mortais, aos seus beijos doces; me acostumei ao fato de que você faz meu coração pular feito um idiota.

Ah, eu sou um idiota.

Não deve ser politicamente correto, mas, caralho, cada lágrima que derramei por ele valeu a pena.

Movendo-se devagar, de forma preguiçosa, Erick se virou, e como um admirador, observei cada pequena mudança de sombra e luz, com o Sol agora iluminando outras partes tão perfeitas quanto.

Amar Erick deve ser um castigo, pois a mera chance de ficar sem ele é, por si só, uma tortura medieval, das mais cruéis possíveis.

Caralho, eu até me sinto inteligente quando penso em coisas bonitas sobre ele.

Com toda a certeza, se eu pudesse ler minha mente, me diria para parar de ser bobo e crescer. Mas… ah, se havia chances de acontecer, estas se dissiparam quando meu coração resolveu amá-lo.

Como eu sou meloso.

— Como você é meloso — Ouvi, e virando-me, saltei da cama com a aparição de Diego ali.

— Mas que cacete!

Erick, consequentemente, acordou também e, avistando Flores ali, puxou o lençol, cobrindo-se, para, segundos depois, me puxar para cama e me cobrir.

— Diego!

— É o quê? Vai ficar bravo comigo? Era esse seu namoradinho que estava há dez minutos te olhando dormir — acusou. — Ele é um psicopata.

— A-ha! Você que entra na casa das pessoas, invadindo a privacidade alheia, e eu que sou o psicopata? — Defendi-me. — Erick! Manda ele embora.

Erick, esfregando o rosto com as mãos, encarou o amigo, com sono.

— Por Deus, o que faz aqui?

— Veja só como fala... parece até que não sou desejado — disse, ofendido. — Logo eu, que cuidei de você como um filho, Erick.

— Diego, se você fosse meu pai, certamente estaria preso por isso também — respondeu, levantando-se. — Sabe bem o que fizemos. E não foi nada que um pai e um filho possam fazer.

Torcendo meu rosto em uma careta, eu encarei Diego. Lembrar que esses dois já transaram uma vez na vida me dá calafrios.

— Chega desse assunto, ah! O que você quer, Diego?

— Quero de volta os anos que me dediquei a cuidar desse ingrato. — Agrediu Erick com a sombrinha que carregava, e ele se armou, ameaçando revidar.

Ótimo. Briga de anões. Eu sou o quê? A Branca de Neve?

Limpando a garganta, Diego começou a dizer:

— Vocês vão casar, certo?

— Bom... — Tentei dizer.

— Vamos — Erick interrompeu, me olhando sério.

— Então, vocês são noivos — constatou. — Ah, a que *pinto* chegamos? — Lamentou. — Ok. Como vocês agora são noivos, precisamos comemorar.

— Diego. — Erick pôs uma mão em seu ombro. — Aja como uma pessoa normal ao menos uma vez na vida... Se quer encher a cara, apenas mande uma mensagem nos convidando. Não precisa invadir nossa casa e bolar toda uma desculpa para fazer uma festa.

— *Woah*! Quem você pensa que eu sou? — Mais uma vez, se mostrou ofendido. — Imagine... eu encher a cara... o quê? Acha que quero beber até o cu fazer bico? Hm? Uma cervejinha gelada, hm, a latinha molhada e bigode de espuminha... hum... — Lambeu os lábios, antes de olhar sério para Erick. — Claro que não!

Mas é claro que não, poxa.

— Eu só estou sugerindo uma comemoração pelo noivado. E, hum, caso queiram beber, nós compramos alguma coisa — terminou de dizer.

Erick o olhou, assentindo de forma sarcástica, e depois me olhou.

— Então... vai ter noivado?

Seus olhinhos cor de caramelo eram como suas pistolas de precisão miradas em mim, mas eu sorri, assentindo, e perguntei:

— Aonde vamos?

— A um barzinho dentro de um parque florestal — disse e mirou Erick. — Você conhece!

— Ah, sim — Erick concordou e, parecendo se tocar de algo, acusou: — Você quer dar para o filho do dono!

— O quê?! — Diego mostrou-se indignado.

— É, sim! Você deu pra ele aquela vez!

— Mas... — Diego tentou dizer e, desistindo, apenas falou: — E daí? Só você pode dar o rabo?

— Argh... Por que quer que a gente vá? — Erick perguntou.

Diego empinou o nariz.

— Porque eu estou sem dinheiro.

— E como pode saber se nós temos dinheiro? — Questionei.

— Você voltou a dar aulas, eu sei — devolveu, e fitei Erick, duvidando se ele havia contado, mas negou. — Eu sei de tudo. Não adianta me esconder nada.

Girei meus olhos.

— Por que não tem dinheiro?

E Diego bufou.

— Porque parei de dar golpes, ok? Eu parei de dar golpes. Espero que esteja satisfeito com a resposta e que me ajude a transar.

— Meu filho, por que eu deveria? — Cruzei meus braços.

— *Daniel-San*! Eu te ajudei pra caralho quando estava na fossa, até me disponibilizei a trepar contigo — disse, e Erick tossiu. — E se não me ajudar, eu faço seu pinto e seu nariz trocarem de lugar. Eles são do mesmo tamanho mesmo.

— Vai começar a falar do pau do meu noivo de novo? — Erick pôs as mãos na cintura, desafiando.

— Tá achando que eu sou você pra estar com o pau dele na boca? — perguntou Diego. — O pinto dele nem é tão grande... — Deu uma pausa. — Comparado ao seu buraco, né, Erick?

Eu tive que me levantar quando Erick grudou nele, estapeando-o, e os dois foram ao chão. Com uma das mãos segurando o lençol, tive que separar a breve briga de galinhos.

— Ei, ei! Vocês dois! Parecem dois *pinschers* brigando, sabiam?

Ambos me olharam, antes de me acertarem bons tapas também, mas farto, eu fugi dali, dizendo:

— Vocês. São. Doidos. Doidos!

— Erick — Diego suplicou. — Deixa, vai! Vão comigo, eu preciso foder, por favor.

— Não sei se tá merecendo, Diego.

— Escuta. — Voltou a assumir a pose pomposa. — Me ajuda, que eu te ajudo a casar com o Alan.

Ficando em silêncio por um tempo, Erick parecia analisar a proposta e, depois de um tempo, perguntou:

— Sem separação de bens?

— Tudo que é dele, é seu, bebê! — Diego garantiu.

Erick sorriu, de fechar os olhinhos.

— Eu te ajudo, então.

Perplexo, em um canto, eu me perguntei sobre o tipo de pessoa com quem estava envolvido. Mesmo contrariado sobre aquilo tudo, eu não tive muitas escolhas, a não ser pegar minha mochilinha e pôr dentro algumas mudas de roupa, já que não havia nem sequer como discutir com esses dois.

É claro que Erick quis gastar uma hora a mais que o normal para arrumar suas roupas para um dia, mas desta vez, eu me impus, mostrando quem era o homem da casa, e deixei gastar só cinquenta e cinco minutos.

Jogado no sofá da sala, vi Diego deixar o banheiro, caminhando até mim.

— Lá tem um rio, vocês podem foder na água.

Eu lhe dei um olhar indignado, porque aquilo era um absurdo. Digo, que tipo de pessoa ele pensa que sou? Perguntei seriamente:

— Quão fundo é?

Erick deixou o quarto, com uma bolsa maior que ele no ombro.

— Podemos ir? Estão esperando o quê?

— Ah, o quê, né? — Soltei. — O que será?

— O que quer dizer?

Olhando-o, sorri.

— Nada não, anjo... Eu... eu demorei aqui, arrumando minhas coisas. Eu.

— Oh — assentiu. — Exato.

Abrindo a porta, Diego chamou:

— Vamos rápido com isso, eu não vim ao mundo pra aguentar discussão de casalzinho meloso.

— Isso não seria você com dor de cotovelo, porque nunca consegue um namorado? — perguntou Erick, enquanto seguíamos para fora.

— Meu anjo, quem precisa de namorado? Namorados só trazem desgraça — respondeu.

— Nada a ver, Diego — respondi.

— falou bem quem ficou três meses numa cama, enrolado numas faixas, parecendo uma múmia da catatumba, lá da Cleópatra, do... do... Como é? Egito! — Acusou. — Não levo a sério palavra de corno.

— Quem aqui é corno?! — Resmunguei.

— Você mesmo — apontou.

— Seu cu.

— Cuidado com o chifre! — gritou ele.

E em reflexo, eu me abaixei, com medo de realmente bater os chifres em algum lugar. Erick, ao meu lado, mostrou o dedo do meio, enquanto Diego gargalhava. Mas fazer o quê? São traumas. Uma vez que se é corno, sempre temerá bater o chifre.

Enfim, entrando no carro de Diego, que não, não me pergunte como ele conseguiu, nós nos acomodamos, e ele deu início ao trajeto até o mato em que ele transaria. Quero dizer, a floresta, no bar do amigo dele. E onde eu noivaria com Erick.

Ah, isso me dava tanto medo. Eu pensava ser um romântico à moda antiga, corno e tudo, até isso acontecer, e, *wow*, agora eu não sei se estou preparado. Certo, não sei se casar muda algo, se muda pra melhor ou pior. Ícaro e Antônio estão transando pra caralho agora, em outra cidade, mas isso é só a lua de mel, e eu sei bem que eles ainda vão quebrar muito pau. Afinal, são Antônio e Ícaro, casados. Casados!

Perdido em meus pensamentos, eu só "acordei" quando Erick, no banco da frente, alcançou meu joelho, olhando-me.

— Tudo bem? Pensando em algo?

Eu disfarcei um sorriso, engolindo em seco.

— Não. Hum... Como é esse lugar?

— É mato, Alan. Com uns rios, uma pousada, um bar, um restaurante — Diego explicou. — Uns pássaros, umas capivaras... uma cobra, se tiver azar, uns cavalos, pocotó, pocotó... uns lugares para acampar... uma valeta para desovar uns corpos? Talvez... Bem, não que eu saiba, claro.

Um pouco impressionado, eu preferi não responder, ficando na minha.

Com pouco mais de quarenta minutos, nós estávamos lá, e o lugar parecia ser meio que uma divisa entre uma cidade e outra, contando que a outra devia ser própria para área agrícola.

— É a roça, gente — Diego resumiu. — Bora, que minha bunda tá... Quero dizer, que eu estou com fome.

— Você tá com fome, mas é outra pessoa que vai comer, né? — Erick provocou.

— Hã?! Me respeita, piá, que eu não te dei essa liberdade, não — respondeu. — Vai falar assim com teu candango aí.

Erick riu, seguindo-o pela trilha.

— Foi você quem chegou lá em casa implorando pra gente te ajudar a vir pra cá, pra você cruzar, né?

Diego empinou o nariz.

— São necessidades naturais. Vai dizer que você também não fica com saudade de transar?

Erick soltou uma risadinha.

— A gente faz tanto que nem dá tempo de sentir saudade, bebê.

Diego, então, virou-se, atacando Erick com tapas, e eu tive que me enfiar entre os dois de novo, separando-os.

— Argh! Caramba! Vai, Diego, vai transar, puta merda!

— Vou mesmo — respondeu, irritado. — E você vai tomar no cu, Erick.

— Já tomei, você que não tomou — Erick ainda soltou.

— Olha, *Karatê Kid*, você segura essa cobra que chama de namorado, antes que eu estraçalhe ele e aquela paleta de maquiagem horrorosa! — Resmungou.

— Do que você está falando agora? — Erick gritou.

— Olha seu *feed* do *Instagram* e foca os seus olhos, que você vai entender, anjo. — Deu de ombros.

Pasmo, Erick quis atacá-lo, mas eu o segurei.

— E você tira fotos parecendo um bandido!

— Pelo menos não faço *cosplay* de Glória Groove! — disse e, pondo a mão na cintura, mandou um beijo.

— Por Deus, eu já disse que vocês são dois *chihuahuas* brigando? — Questionei.

— Não era *pinscher*? — perguntou Erick.

Eu o olhei.

— Não são da mesma raça?

Erick suspirou e me fez um carinho no cabelo.

— Não, bebê.

Durante o resto do caminho, ele foi me explicando aquilo e a diferença entre os dois. No fim, quando a trilha teve sua primeira parada, já me sentia um bom conhecedor do mundo animal.

Diego puxou o celular do bolso, arrumou o cabelo, checando a aparência, ajeitou a mochila nas costas também e rumou ao bar, que parecia um lugar bem interessante até, com algumas coisas típicas da região e algumas pessoas por ali.

— Quer ver o Diego flertar? — Erick perguntou-me.

— Nah... Eu já sei como ele faz. Olha nos olhos e diz poucas coisas, todas com duplo sentido, enquanto toca o rosto e finge estar entediado — expliquei. — Né?

Erick, em silêncio, encarou-me por um tempo, mas não de um jeito bom. Rindo forçado, eu disse:

— Foi o que ele me contou, claro.

— Claro — Erick repetiu, pondo os óculos escuros, saindo na frente, e seguindo-o, continuamos pela trilha.

Passamos por baixo de uma ponte, e eu descobri que nem era um lugar tão remoto assim, pois ficava no caminho de uma via popular nas rotas de viagem. E eu achando que estava na terra do King Kong.

— Vamos ficar aqui — Erick apontou quando alcançamos uma clareira, com o rio em frente, a alguns quilômetros ou metros ou qualquer medida dessas que nunca vou entender. — Pelo fogo do Diego, eu diria que ele vai tentar partir pra fodeção o mais rápido possível. Tenho certeza de que ele não volta até deixar desidratar as bolas daquele cara. Então, senta e espera.

Como se eu tivesse alguma escolha, para começo de história, eu disse:

— Tudo bem, podemos ficar aqui. — Tirei a mochila das costas, abri-a, apanhei a manta, logo a estendendo sobre o gramado, e apontei: — Pode sentar, bebê.

Dando-me um olhar meio desdenhoso por cima dos óculos, Erick sentou-se e tirou os tênis, mas não disse nada. Eu engoli em seco, sentando-me também, encarando o rio, demorei a falar e, quando falei, disse apenas:

— Rio bonito.

— Ai, cê não começa já a me estressar, Alan Pellegrini! — Erick soltou em seguida, levantando-se todo irritado.

Paradinho, eu olhei em volta, procurando alguma resposta.

— O rio... não é... bonito?

Erick caminhou até a beira dele, pondo as mãos na cintura.

— Me diz!

Céus, o quê?!

— Por Deus, Erick Capdeville, estamos falando da mesma coisa?

— Ta nunca estamos, né? — Resmungou, tirando os óculos de forma dramática.

— Claro que não! — Arriscando-me a me levantar, eu abri a boca para falar, mas fechei-a, para tentar de novo. — Eu... a... É sobre meus pelos no sabonete, não é?

— Alan!

— Argh! Eu nem esfrego no meu saco, não sei como vão parar lá. Eu passo na mão e então lav-

— Alan Pellegrini! — Repetiu, mais e mais irritado.

Resolvendo ficar em silêncio, eu tentei falar com as minhas expressões, que visivelmente diziam: "*Baby, baby*, eu te amo, briga comigo não, só me diz o que aconteceu. Porque quando eu tinha oito anos, só percebi que meu peixinho havia morrido depois de notar que ele já estava dormindo há duas semanas".

Girando os olhos, Erick bateu o pé no chão.

— Você não quer noivar, né?

Como se o mundo se iluminasse e tudo ganhasse um sentido, as nuvens sumiram, com uma rajada homogênea de vento, carregando cada mínima partícula daquele nevoeiro para longe, bem longe, *far away*. E com o Sol crescendo em minha direção, minha mente sentiu uma revolução interna e externa, quase como se meus cabelos ficassem loiros e eu virasse um *Super Saiyajin.*

— Erick... — Soltei, em um sopro. — É isso?

— "É isso?" — Imitou, com um tom três vezes mais tosco. — Alan...

— Erick...

— Alan! — Reclamou, batendo o pezinho de novo.

— Erick! — Chamei, apelando, e respirei fundo. — Tá... Por que é tão importante?

— Eu peguei o buquê!

— Era um laço.

— Com o mesmo significado — contornou, aproximando-se devagarinho, e fez um bico, olhando meio baixo. — Você... — Apontou

o dedo em meu peito. — Meu noivo. Eu... — Apontou para si. — Seu noivo.

Ih, rapaz!

— Erick, eu... sei lá. Precisa? — perguntei honestamente. — Diego ia fazer nosso noivado, mas ele foi dar meia-hora de relógio parado.

— Não quer? — Questionou.

— Não é isso — Tentei dizer.

— Não quer, né?! Tá bom, então! — Decidiu e deu as costas.

— Pensei que, depois da última vez que você noivou, estivesse traumatizado com noivados — brinquei.

Mas pareceu não ter graça, desde que Erick me olhou por cima do ombro, antes de se agachar e começar a chorar.

— Puta merda, não! — disse, correndo até ele. — Erick... não... Nenê, não!

Curvando-me sobre ele, para consolá-lo, não tive tempo nem sequer de respirar, quando, com um golpe rápido, Erick agarrou-me e jogou-me na água.

Afundando por um tempo, mal tive tempo de pensar no quão traiçoeiro e filho da puta o Erick era. Nadando para cima, eu arfei, em busca de ar, passando as mãos pelos olhos e cabelo, e apontei, ofegante:

— Sua cobrinha esperta!

Ele riu, mordendo o lábio, e desdenhou, checando as unhas. Irritado, eu bati a mão na água, jogando nele, e bravo, ele me praguejou:

— Seu esperma mal desenvolvido!

Eu só joguei mais, até o ponto em que ele correu, e eu provoquei:

— Vai correr, né? É de açúcar, docinho? Ou tá com medo?

— Medo devia ter você — resmungou e caminhou de volta para a beira. — Que eu te quebro, moleque.

— Me quebra? E quem vai te foder, enquanto isso? — perguntei, sorrindo. — Alguém te faz gemer tão alto e desesperado daquele jeito? Alguém fica até de manhã saciando esse teu fogo? Porque, olha, o cara precisa ser muito bom pra aguentar você, hein. Nunca vi um cara tão louco por sexo igual a você.

Surpreso, Erick tentou me chutar, mas eu agarrei sua perna, puxando-o para dentro da água, e um pouco desesperado, ele agarrou-se a mim, como um gato com medo de se molhar. Sem entender direito, eu ri. — Tem medo de água, Erick?

— Argh... — Soltou, fechando os olhos, e eu gargalhei mais. — Não brinque com isso! Eu não sei nadar.

— Hum... — falei e ameacei soltá-lo, o que bastou para que ele se agarrasse mais e mais, soltando gritinhos. Abraçando-o, sorri.

— Vai ter que se segurar em mim se quiser sobreviver.

— Me ajuda a sair! — Pediu e esticou a mão para alcançar a beirada, mas eu não permiti, afastando-me mais. — Alan!

— Vai ter que me tratar muito bem, se não quiser se afogar — falei.

Erick nem respondeu, agarrado a mim como se eu fosse a bebê Lindalva, e ele, a Nazaré Tedesco.

— Um homem desse tamanho não sabe nadar... Que papelão, Erick. Pensei que fosse um homem com O maiúsculo.

Erick olhou-me e, tremendo o queixo, corrigiu:

— É com H.

— É verdade — murmurei e zombei. — É verdade, também, que você não sabe nadar.

— Não aprendi a nadar, mas aprendi a escrever. Os dois a oitenta quilômetros por hora. Quem ganha? — Questionou.

— Não se brinca com isso! Eu tenho dificuldades! — Grunhi. — E você depende de mim!

Girando os olhos, ele encostou o queixo em meu ombro.

— É gostoso ficar na água. — Quando disse isso, eu ameacei soltá-lo. — Alan!

Rindo, eu o abracei mais gentilmente e, nadando devagarinho, levei Erick pelo rio, deixando-o sentir o balanço da água, enquanto ele soltava risadinhas em meu ouvido, o quase me fez morrer de amor, mas me contive. Suspirando, o levei para um conjunto de grandes pedras, deixando-o sentado sobre uma delas, e o olhei, em silêncio. Ele me olhou em silêncio também, até que disse:

— Tudo bem, Alan. — Acariciou meu rosto. — Tudo bem não noivarmos.

Apoiando meu queixo em sua coxa, eu o olhei com carinho.

— É que eu já te considero meu marido.

Vendo suas bochechas se tornarem rubras, como dois tomatinhos, Erick sorriu, bobo.

— Eu também. Marido.

Apoiando as mãos na pedra, eu empurrei meu corpo para fora, alcançando os lábios dele, deixei um selar longo, antes de voltar para água, e beijei suas coxas desnudas e molhadas.

— Podemos noivar por quinze anos, como esses casais legais.

Rindo, Erick assentiu e, penteando meu cabelo para trás, olhou-me nos olhos.

— Você é minha sorte, sabia?

— Eu sou? — Sorri, curioso, e ele assentiu. — Por quê?

— Porque você transforma tudo ruim em algo bom. Porque você traz coisas boas e melhora meus dias, você simplifica e acha soluções... Me acalma, me ilumina — disse, e surpreso com as palavras, eu fiquei envergonhado, a ponto de tentar esconder meu rosto em suas pernas. — Olha aqui, Alan... — Pediu, e mesmo constrangido, eu olhei. — Eu te amo. De verdade.

— Eu sei — murmurei, sorrindo fraco. — E eu te amo.

Sorrindo também, ele ficou em silêncio, um silêncio bom, daqueles que deixa o sentimento preencher o lugar de qualquer barulho.

Admirando Erick, seu rosto lindo, a pele caramelada, o sorriso viçoso, os lábios vermelhos, os olhinhos brilhantes, o cabelo loiro caindo de forma adorável, mexendo lentamente os pezinhos debaixo da água, eu vi o Sol surgir por trás das nuvens, vindo de frente, iluminando-o, potencializando-o, deixando o brilho e o calor crescerem, aparecerem. Para si. Para mim.

Não restavam mais dúvidas: Alan Pellegrini e Erick Capdeville tinham que acontecer. O Sol e a Lua eram, definitivamente, complementares.

Epílogo: Por Diego Flores

Fim uma ova. Quem dita as regras aqui sou eu. Porque posso não ser o dono da razão, mas sou sócio. E, céus, como restou a mim a tarefa de dar os devidos resumos desta história, aqui estou eu, como se realmente me importasse com essa gente. Paciência, são essas as desvantagens de ser o mais qualificado.

Vamos lá. Erick e Alan não se casaram. Bom, ao menos até agora, e isso já deve fazer umas setenta e oito primaveras. Mas se acalme, ainda são tão melosos quanto um casalzinho de dezesseis anos de idade postando "Você é meu mundo, mozão" no *status* do *WhatsApp*.

É "Ai, Erick, eu te amo, meu amorzinho" pra cá e "Ai, Alan, come meu cuzinho" pra lá, como se o mundo realmente aprovasse essa poluição sonora, visual e sensitiva. Casais apaixonados deveriam ser os primeiros a serem extintos na próxima vez que um meteoro atingir a Terra.

Aí, você me pergunta: Mas, tio Diego, não foi você que os ajudou a ficarem juntos?

Primeiro, eu não sou seu tio, porque eu não tenho idade pra isso. Segundo, Alan Pellegrini com Erick Capdeville é ruim; Alan Pellegrini sem Erick Capdeville é pior ainda.

Porque fulano faz cagada e o trouxa aqui tem que limpar. Eu me pergunto o que seria da plebe sem mim.

Continuando, Alan voltou a dar aulas de karatê, e desde que eu fiz uma visita, em uma das aulas, todos aqueles pivetes melequentos o chamam de "*Daniel-San*", eu não sei por quê. Vai entender.

Erick conseguiu um emprego como professor de karatê também, na academia rival da do Alan. Bem, em toda competição, os alunos de Pellegrini perdem, mas as crianças ganham doces e é dito a elas que será melhor da próxima vez.

Não será, não.

De qualquer forma, eles se mudaram. Alan alugou uma casa amarela, por causa de um fetiche supersecreto de Erick em ser chicoteado no rabo, enquanto as pessoas da rua pensam que eles são doces e amáveis por morarem em uma casa amarelinha, iguais a camponeses de um desenho de ratos, que usam chapéu e óculos.

Mentira, é só porque o Erick acha fofo.

E na boa, mais nada aconteceu. Da última vez que eu liguei, estavam fodendo pra caralho, mas isso nem precisa ser mencionado, já que eles estão sempre fodendo pra caralho.

Se isso me abala de alguma forma? Ha! Eu cresci e não preciso de sexo para viver. A necessidade sexual nada mais é que uma pressão social e capitalista, que incentiva a sociedade a gastar o que não tem, dando créditos em cartões para pessoas endividadas, só para poder cobrar juros. É tudo por causa dos Estados Unidos. *Fuck Trump*.

Sexo, sexo... quem precisa de sexo? Eu que não. Escrevo meu número na porta de banheiros, com a mensagem "Chama na madruga bb", só de pira.

Resumindo, nada aconteceu, só umas coisas, mas fora essas coisas, mais nada, tirando o que aconteceu, é claro.

Antônio e Ícaro continuam a mesmíssima merda, aquela frescura de casamento foi só pra gastar dinheiro, porque rico adora gastar dinheiro em coisa inútil. Ou seja, não mudou nada, está a mesma bosta, só que com um anel no dedo. Coisa besta. Odeio gente besta. Continuam brigando como antes, porque o lance de paz em ti, paz em mim, tua felicidade, minha felicidade, foi só texto retirado do *Tumblr*. Nada que uma escritora de *fanfic* não possa fazer.

Enfim, casaram-se, disseram que tudo seria rosas e creme de leite batido com açúcar, igual à sobremesa de Natal, mas nada mudou. Não querendo te desiludir, mas o amor perfeito não existe. Seus otários.

Aí, bom, vejamos, aquele Kaíque, aquele gostoso, pá, altão, bumbum redondinho e sorriso maroto, hm, chega, manteiga derrete, ele realmente não voltou com aquele lá, o Luan, hein, sorrisão Colgate e movimento sensual, ah, aquelas pernas, hein. Não voltaram a namorar.

Por quê? Porque nem tudo são rosas. Finais felizes existem para alguns e para outros, mas de formas diferentes. Entende?

É isso aí, pode parar de chorar!

Epílogo: Juntos do nosso jeito

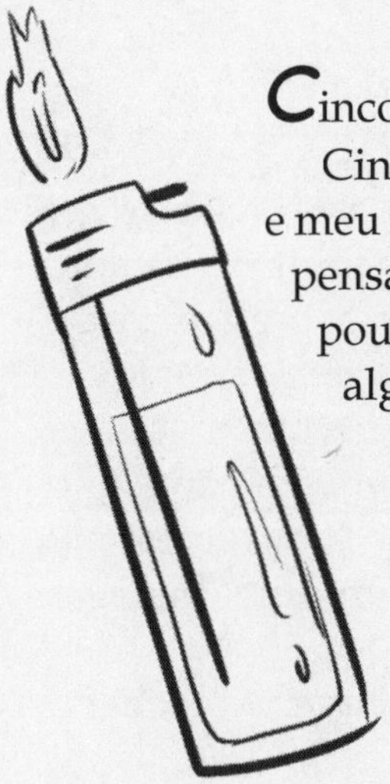

Cinco anos.

Cinco anos se passaram desde quando conheci Erick e meu mundo deu um giro de 180 graus. Você pode estar pensando: "Nossa, isso é tempo pra caramba", mas pouca coisa mudou desde então. Vou resumir algumas mudanças que possam te interessar.

Erick entrou na faculdade. Eu comecei a competir em campeonatos de karatê. Antônio e Ícaro adotaram uma criança. Acho que só. Ah, não, tem mais: Diego virou pastor.

Há um tempo atrás eu soube que algumas pessoas apostaram que Erick e eu não íamos durar 6 meses, mas nós continuamos firmes e fortes como nunca antes, e praticamente, não tem como melhorar.

— Alan! — Erick me chamou, alto, irritado. — Você esqueceu de pagar a internet?

De novo?

— Eu tenho quase certeza que paguei — respondi, terminando de estender meu kimono.

Depois que minhas turmas infantis continuaram a falhar miseravelmente nos campeonatos, o Sr. Kentaro me convidou a me retirar da academia. Eu não entendi muito bem o que ele queria dizer, até Erick me explicar que eu havia sido demitido.

Uns dias depois ele me ligou e me perguntou se eu gostaria de competir em alguns eventos locais, já que eu ainda era jovem e estava em forma. Sinceramente, ele devia ter me dito que eu estava em forma, mas em forma de idoso.

Meu primeiro combate foi contra um senhor de pelo menos, tipo, chutando baixo, uns 98 anos de idade. Naquele dia, ao perder para o avô do meu pai, provavelmente, eu percebi que treinar crianças de 8 anos por tanto tempo não me ajudou em nada. Mas naquele dia também, ao sentir o pé daquele senhor, que já estava aos farelos, vir de encontro a minha cara, percebi que eu gostava de competir, e talvez eu devesse mesmo tentar voltar aos campeonatos, algo que não fazia desde os 16 anos de idade.

Após um tempo de treino, eu já estava melhor, e podia derrubar pelo menos uma grávida em trabalho de parto. E também havia vencido os últimos dois eventos dos quais participei, em breve teria um novo combate, com alguém da minha idade e peso dessa vez. Eu precisava ir bem.

— Alan! — Erick tornou a me chamar. — Eu preciso enviar meu trabalho para o grupo.

Erick Capdeville tinha começado uma faculdade após regularizar os estudos, estava cursando Recursos Humanos, e era muito dedicado, mesmo, quase obcecado. Também ficava falando que já tinha mais de 30 anos e não tinha nenhuma carreira a seguir, que a qualquer momento poderia acabar no olho da rua. Eu disse que ele não precisava se preocupar, porque eu o bancaria. É claro que eu também não tenho nenhuma carreira, mas quem precisa de dinheiro quando se tem amor?

— Hoje é domingo, meu bem — disse a ele. — Como eu vou pagar a internet?

— Mas eu preciso entregar isso hoje, porque o Hugo vai fechar o arquivo e imprimir para a primeira aula amanhã — Erick disse.

Pensei em dizer que ele devia ter terminado aquilo antes, se não quisesse ter problemas com atraso, mas algo em mim disse que Erick ia arrancar no mínimo três de meus membros. Os vitais, no caso.

Quando eu digo que Erick se dedicava muito à faculdade, eu digo que ele até andava esquecendo de retocar a raíz do cabelo de loiro. E geralmente adiantava muito os trabalhos da faculdade, mas essa tarefa fora passada de última hora, aparentemente.

— O que quer que eu faça, Erick? — perguntei, honestamente confuso.

— Nada, né! — Soltou, visivelmente puto. — Tenta pagar o quanto antes, o dinheiro tá na sua conta. Eu vou procurar uma *lan house*.

Vendo ele se afastar, eu suspirei, e quando ele já estava na porta, o seu celular tocou e ele logo atendeu.

— Oh, Hugo...

Sempre esse Hugo.

— Sim, vou entregar... não, é que meu namorado não pagou a internet — O ouvi explicar. — Não, ele não gastou o dinheiro. — E deu uma risadinha. — Ok, se um dia eu precisar, eu peço pra você. — E mais uma pausa. — Ah, parece uma boa! Sim, me lembro do seu endereço… Ah, legal, então, vai ser mais fácil se eu for aí. Certo, até mais, Hu.

Respira fundo, Alan Pellegrini.

O acompanhando com o olhar, o vi andar até o quarto e passar perfume e depois voltar para a porta. Fingindo limpar a garganta, o fiz me olhar.

— Aonde você vai?

— Virou GPS, Alan? — Questionou, calçando os tênis.

— Óh! — Apontei. — Depois que você sumir e eu não fizer ideia de onde te procurar, não vem reclamar!

— Aham, é com isso que está preocupado — disse, já abrindo a porta. — Vou na casa do Hugo.

— Por quê? — perguntei, incomodado.

Ele me deu aquele olhar, aquele, que soava como facadas em minha direção, e disse:

— Lá tem internet. — E saiu. Batendo a porta, ainda!

E eu fiquei, encarando a parede, completamente sozinho. Ele passava a semana inteira na faculdade ou biblioteca, e agora, nem no domingo, nós podíamos ficar juntos.

Irritado, eu afastei os sofás, começando a treinar sozinho. No início, Erick me ajudava, mas depois a carga horária do curso ficou mais pesada e ele não teve mais tempo. Mas tá tudo bem, sabe? Eu não sou mais carente. Aquele Alan que passava meses chorando pelo Erick, simplesmente, morreu. Sabe por que? Porque Ícaro Russo mandou eu me amar.

No final daquela noite, quando ouvi a porta da frente abrir, eu me levantei quase de imediato da cama, indo receber Erick, analisando qualquer tipo de evidência visual de que algo poderia estar errado, mas não, como ele saiu, ele também voltou, e deixando uma sacola na mesa, ele me olhou.

— Eu hein, por que levantou? Tá frio, garoto.

— Vim só ver se não era um ladrão — disse, indo também especular o que havia na sacola.

— Parece cachorro quando o dono chega — resmungou, tomando a sacola da minha mão. — Hugo me comprou um band-aid porque cortei meu dedo enquanto fazíamos miojo.

Enquanto faziam miojo? Escuta, eu nunca tive nenhum problema com nenhum amigo universitário de Erick, mas esse Hugo, ah… não podia ser coisa só da minha cabeça. Ela nem funciona assim tão bem, então eu raramente percebo alguma coisa, mas esse cara!

— Tem miojo em casa — respondi. — Você não precisa ir na casa dos outros pra fazer miojo, sabia? Aliás, você tem casa, sabia? A casa é pra gente ficar dentro, não fora.

Ele me ignorou, caminhando para o banheiro.

— Vou tomar um banho. Arruma a cama pra gente, por favor.

Eu colei na porta do banheiro.

— Banho pra quê? Você se sujou na casa do seu amigo? Mas vocês não foram só estudar… por acaso você suou?

— Por Deus, Alan! — Ele soltou. — Põe um microfone em mim da próxima vez, e fica escutando tudo num *walkie talkie*… ou melhor, enfia uma câmera no meu rabo, estaciona uma van na frente da casa dele da próxima vez. Só não me enche o saco.

Girei meus olhos, porque tinha a impressão de que Erick sempre fazia isso, desviava do assunto me tirando pra lunático. Respirei fundo e observei entrar no banho, sem falar mais nada, antes de me retirar, indo arrumar a cama.

Pra falar a verdade, algumas coisas andavam esquisitas. Mas Antônio me disse que era normal. Sei lá, talvez o fato de estarmos fazendo coisas completamente diferentes dificultasse a comunicação, e por estarmos a maior parte do tempo longe um do outro, talvez a gente deixasse a imaginação fluir demais.

Mas Erick não imaginava nada estranho sobre mim, aliás, parecia mais seguro do que nunca. Já eu, eu não. Eu sabia que ele não estava fazendo nada de errado, mas só de pensar que agora ele estava rodeado de caras bonitos e inteligentes, a insegurança entrava igual um pinto na minha bunda. Só não era gostoso. E se ele achasse alguém mais legal que eu? Não seria difícil.

Quando ele entrou no quarto, eu ainda estava de pé, arrumando algumas coisas no armário. Erick veio em minha direção, apanhando algumas peças de roupa, se vestindo em seguida.

— Alan…

— Hum? — Soltei, muito baixinho.

— Eu não gosto de quando insinua coisas — disse, e eu soltei o ar preso em meu peito. — Faz eu me sentir nojento.

— Eu não insinuei nada — respondi. — Estava só irritado.

— Cuida do que fala, então — pediu, virando um pouco a cara. — Não tô aqui pra pagar de idiota.

— Pelo amor de Deus. — Eu ri, me estressando. — Vai ficar com esses papos? Era melhor ter ficado na casa do seu amigo.

Ele se deitou, ajeitando os travesseiros debaixo da cabeça.

— Você não vai me fazer sentir mal por ter um amigo, Alan, não adianta. Ao contrário de você, eu sei separar muito bem.

— Ah, por favor — respondi. — Você tem uma porrada de amigos... nenhum deles fica no seu pé igual esse Hugo.

— Olha onde essa sua cabecinha vai, Alan — Ele disse, debochando. — Me dá um tempo, cara, faz isso por mim. Tenho que acordar cedo amanhã.

— Quem estava na casa de fulano até uma hora dessas era você — revidei, apagando a luz e me deitando ao lado dele.

— Estava mesmo, e pelo menos não estava me estressando igual agora — Erick me disse, virando para um canto.

— Se muda pra lá, vai — disse, puxando o cobertor para mim.

— Eu posso me mudar sem problemas — respondeu. — Só que você vai ter que lembrar de pagar a internet pra me ligar implorando pra eu voltar.

Eu ri, eu genuinamente ri, e quando ouvi, ele também estava rindo. Que cachorro.

Sorrindo contra o travesseiro, eu fiquei assim um tempo, deixando o silêncio tomar conta do quarto por um tempo, antes de me virar, colando no corpo dele, sussurrei:

— Você não iria suportar me ver com outra pessoa, Erick.

Ele puxou minha mão, a pressionando contra sua barriga, a esquentando.

— Que outra pessoa, Alan? Quem iria te suportar?

Verdade, pensei. Todo mundo me acha meloso demais.

Uns dias antes do início do meu torneio, Erick e eu estávamos jantando, enquanto ele digitava no computador, quando Antônio me ligou, e eu atendi, porque há uns dias eu não falava com ele.

— Pronto — disse ao atender.

— Parece um velho — Erick comentou baixinho, com os olhos colados no computador.

— *Alan!* — Antônio soltou do outro lado, e automaticamente eu soube que havia algo de errado. — *Alan, meu melhor amigo de toda uma vida...*

Algo definitivamente estava errado.

Em resposta, tentando imitar seu tom, eu disse:

— ...Antônio?! Meu... meu amigo... yeee...!

— *Liguei mais cedo para o Erick, mas ele não me atendeu* — me contou.

— Ah, ele só atende as ligações do amante que ele conheceu na faculdade — respondi, e tudo o que senti, foi a cotovelada que Erick me deu, me mostrando o dedo do meio em seguida, sibilando um: "Vou te comer na porrada, moleque". — Mas o que queria falar, Antônio?

— *Ah... nada... você é meu amigo né, é normal que eu ligue. Tipo, a gente é brother, né? Há anos, assim, coisa de muito tempo. Eu sinto que posso contar com você pra qualquer coisa* — me disse, e no fundo eu pude ouvir Ícaro dizendo: "*Diz que sem ele, você é Claudinho sem Buchecha*". — *Hum, enfim! Somos melhores amigos, Alan... uma amizade assim é rara. É preciosa, é genuína e precisa ser cuidada... tipo, tipo uma criança.*

Eu não sabia onde ele queria chegar, mas sabia que ele queria muito chegar. Já eu, queria fazer o caminho contrário e pegar o primeiro trem para bem longe.

— Antônio... — Pedi, incerto se queria saber. — O que foi?

O ouvi respirar antes de falar:

— *Ícaro e eu vamos viajar. Diana-vai-ter-que-ficar-com-vocês.*

Meu celular caiu de minha mão, e tudo que ouvi foi ele dizer:

— *Te ligo mais tarde para combinarmos tudo. Você é um grande amigo Alan, grande, enorme, bem maior que o seu pau.* — E desligou.

Erick, apanhando meu celular na mesa, não entendeu nada e me olhou, confuso.

— O que foi, bebê?

Eu o olhei, sem saber como contar. Mas quanto mais eu demorava a dizer, mais desencorajado eu ficava. Erick tornou a me perguntar, e me restou falar:

— Diana vai ficar com... a gente.

Seus olhinhos arregalaram, e a cor de suas bochechas sumiu.

— Não podemos, Alan!

Como eu devia dizer que Antônio não parecia estar nos dando muitas opções?

Ele tentou me fazer segurar o celular.

— Ligue e diga que não podemos... Vamos, Alan! Não podemos cuidar de uma criança!

Juntando forças, eu liguei de volta para Antônio, e depois de alguns toques, quem atendeu foi Ícaro.

— *Alan! Por favor, cara... por favor.*

— Ícaro, eu... — Tentei dizer. — Eu... a gente não sabe...

— *Claro que sabem!*

Erick então tomou o celular de minha mão.

— Escuta aqui, Ícaro Russo, a prole é sua!

Isso não vai terminar bem.

— *Ah, mas na hora você incentivou a gente, né? "Vai, adota, vocês vão ser ótimos pais"* — Ouvi Ícaro responder.

— Eu estava errado! — Erick lhe disse. — As pessoas erram, tá? Foi um erro! Vocês são uns pais bem pé de chinelo!

— *Mas na hora você bem que gostou, e agora não quer ajudar a cuidar!* — Ícaro respondeu.

— O pai é você! — Ele retrucou. — Nem temos espaço pra uma criança aqui!

— *É uma criança de menos de um metro de altura* — Ícaro rebateu. — *Se cabe você, cabe ela também!*

Ficando vermelho, Erick me passou o celular.

— Resolve isso, os amigos são seus.

Voltando para a ligação, eu ouvi Ícaro passar o telefone para Antônio, que me disse logo:

— *São uns dias, por favor... A gente anda esgotado por causa do trabalho.*

— *Pede pra ele cuidar, ele nem trabalha!* — Ícaro gritou no fundo.

— *Hm, eu sei que você pode nos ajudar... por favor.* — Antônio pediu de novo, usando sua voz chorosa.

Ah, por que tudo que pinta, pinta de novo no meu rabo?

— Ah... — Tentei responder, enquanto Erick me encarava, esperando eu negar. — É... eu acho que eu posso ficar com ela uns dias.

— *Aeeeeê!* — Ouvi Antônio soltar do outro lado, enquanto Erick soltava o ar, se virando e apanhando o notebook, indo para o quarto.

— Quem vai cuidar é você, Alan — Ele me avisou, antes de se enfiar no quarto.

— *Eu vou te pagar, tá, Alan* — Antônio disse.

Até que seria bom, mas eu paguei de simples e humilde:

— Não precisa.

Por favor, insista e dobre a proposta.

— *Ah, tudo bem, então* — Ele respondeu. — *Vamos combinar tudo por mensagem, ok?*

Eu sou um otário mesmo.

— Ok.

Entrando no quarto, Erick tinha os braços cruzados, encarando uma pilha de roupas.

— Como nós vamos cuidar de uma criança?

Eu pisquei algumas vezes, sem resposta.

— Somos amigos legais.

— Então a gente vai cuidar da menina enquanto eles transam? — Questionou, cerrando os punhos.

— E daí? — Questionei. — Isso não vai impedir a gente de transar também. A gente não transa mesmo. — E assim que aquelas palavras saíram de minha boca, soube que elas não deviam ter saído.

— Sabe que odeio quando você fala assim — Ele disse, virando-se e começando a separar as roupas. — Fica parecendo esses caras héteros.

— Gays não são automaticamente pessoas bacanas.

— Mas você é, então para de falar assim — pediu.

Erick era mais divertido antes. E odeio ter esses pensamentos, porque eu queria que fosse apenas paranoia minha. E se eu estiver sendo um idiota?

— Essa faculdade te mudou — soltei, sem mais conseguir segurar minha frustração.

Ele se virou devagar, deixando uma peça de roupa cair.

— Do que tá falando?

Me encostando na porta do nosso armário, eu dei de ombros, sentindo uma raiva crescer em mim.

— Você não era assim antes de voltar a estudar.

Ele riu, daquele jeito, estupefato.

— Não começa, Alan, você vai acabar ouvindo o que não quer.

Isso me deixou tão puto. E eu não fico assim com facilidade.

— Fala, fala o que você pensa — pedi, cruzando os braços. — Posso ser um idiota, mas acho que ainda falamos o mesmo idioma. Vai, me fala o que você tá pensando... tô com saudade de te ouvir falar comigo, sabia? Você quase não faz mais isso.

Ele não respondeu de imediato, ficou um bom tempo apenas me olhando, e eu não posso dizer o que ele estava pensando, mas aquele era o olhar que você dá para um estranho. Mas achei que nós nos conhecêssemos muito bem.

— Sabe qual seu problema, Alan? — Me perguntou, finalmente. — Você criou uma imagem de mim, baseado no que você sonhava e nas impressões que você teve. Mas eu não sou apenas o cara dos seus sonhos. Eu vivo pra mim também. Se você não pode aceitar isso, então temos uma situação aqui...

Ele tinha razão. Eu ouvi o que eu não queria.

Então, apenas assenti, o olhando enquanto segurava as lágrimas que queriam escapar dos meus olhos. Infelizmente sou péssimo em esconder minhas emoções, então tive que me virar e ir para o banheiro.

E encarando a pia enquanto minha visão se perdia nas poças de água, eu chorei igual bebê. Poderia ter ouvido aquilo de qualquer um, mas não dele, porque vindo dele, eu era obrigado a encarar esse pensamento. E não era assim, não era… eu não criei fantasia alguma. Erick era exatamente o que ele era e se era tão bom quanto um sonho, então não era só a forma como eu o via, mas a forma como ele era de fato. Eu não precisei inventar nada. Gostaria que as pessoas soubessem, que não era coisa da minha cabeça, não, eu via o que via e sentia coisas de verdade. Ele não se via assim? Por isso mudou? Ou mudou por que se via assim e não gostava? Ah, eu gostava tanto de quando ele era assim…

Fungando, eu me olhei no espelho, e pensei comigo: odeio dramas disfarçados de comédia. E naquela noite eu não dormi com ele, não porque estava bravo, mas porque estava triste, e raiva passa, mas isso… dura mais.

De manhã, mesmo que estivéssemos tomando café juntos, a única coisa que eu ouvia era o noticiário, a moça do tempo mostrando o clima na praia, e a quantidade de carros que desciam rumo ao litoral no feriado. Nós viajamos ano passado, mas esse ano Erick tinha muitos trabalhos para fazer.

Quando o interfone tocou, eu levei um susto, confesso que estava perdido nas lembranças não tão distantes. Quando atendi, levei outro susto, porque era Antônio, e confesso que esqueci que ele viria. Que Diana viria.

Meu Deus, é verdade. É verdade!

— *Alan?* — Ele chamou mais uma vez. — *Alan! Amigão, qual é… responde… deixa a gente subir vai.*

Ah, céus… que vontade de dizer que nem os conheço.

Suspirando, eu fechei os olhos e apertei o botão para liberar o portão.

— Oi, Antônio… sobe aí.

E agradecendo, ele desligou. Me virando, peguei Erick me olhando.

— Já são eles? Eu nem terminei de tomar café… O inferno já começa agora?

— Não fala assim, é uma criança — ralhei. — Eu pensei que você gostasse de crianças.

— Eu gosto — disse ele, desviando o olhar. — Gosto das crianças do Japão, que estão bem longe de mim.

Não sei se entendi, mas parecia coisa ruim.

— Erick, é uma criança de 3 anos de idade, não é tão difícil quanto um bebê, ela já é bem independente tá — Tentei dizer. — E já está quase do seu tamanho…

— Vai, fala, fala da minha altura de novo — resmungou. — Se cuida, Alan, você é grande mas não é dois e eu sou pequeno mas não sou metade. Vigia, viu!

Quando ouvi as batidas na porta, me perguntei como eles poderiam ter subido tão rápido assim. Tudo isso era saudade de mim? Que amor.

Abrindo a porta, Ícaro suspirou, jogando uma mochila da Miraculous sobre mim, passou para dentro, se apoiando no primeiro móvel que viu na frente.

— Tá na hora de se mudar para um apartamento com elevador, não acha? Tá vivendo em 1950 ainda?

— Veio só esculachar? Pode voltar! — Erick reclamou com ele.

— Escuta, por mim você nem estaria namorando meu amigo, tá — Ícaro me puxou, passando o braço por meus ombros. — Ele é um homem de ouro, e é meu parceiro.

Eu o olhei, confuso.

— Ícaro, você nunca me disse coisas assim, que lindo.

— Ele só tá dizendo isso porque você vai cuidar da filhinha deles, Alan. — Erick se levantou da mesa, me puxando para longe dele. — Sai, seu interesseiro!

— Eu conheci ele pri… — E Russo ia continuar falando, mas Antônio o interrompeu, finalmente chegando, arrastando Diana pelo carpete.

— É aqui, princesa. — Antônio a puxava, e chorava tanto quanto ela, mas ela provavelmente só estava fazendo birra, enquanto Antônio provavelmente estava chorando de verdade.

— Papai. — Ela abriu o bocão, chorando e exibindo seus dentes de leite. — *Eu querio i juto!*

Eu me virei para captar a reação de Erick, mas ele já estava apanhando todos os enfeites da estante, enfiando em uma fronha.

— O que ela disse?

— Ela disse que vai destruir tudo — Erick passou por mim dizendo. — E eu vou destruir os pais dela.

Deixando a menina no chão, Antônio se encostou na porta.

— Obrigado, Alan, de verdade… eu não sei o que faria sem você.

Eu dei de ombros, sorrindo amarelo.

— Ah… isso não é nada.

Eu queria chorar também.

Pegando Diana no colo, Antônio a entregou para mim.

— É bom que ela durma antes das dez, sério, não deixem passar da meia noite. Ela não come açúcar, escondam tudo de doce que vocês tiverem. Se as coisas ficarem feias, coloquem Pocoyo na TV. Se ela for malvada, digam que o Bolsonaro vai vir pegar ela. E estamos tentando tirar a chupeta dela, então só deem se ela chorar muito.

Eu juro, depois de ouvir tudo aquilo, acho que o espaço restante da minha memória encheu.

— O que mais? — Erick quis saber, parado no caminho, com seus vasos de plantas nos braços. — Tem que esperar a lua cheia pra dar banho nela? Ela só come carne crua? Devo comprar arruda?

— Isso é muito sério — Antônio nos disse, quase chorando de novo. — É só um esforcinho.

— Sejam os titios legais que eu sei que vocês são — Ícaro pediu. — Que a força esteja com vocês.

— Titios legais? — murmurei, enquanto já sentia meu ombro babado pela saliva de Diana.

— Vejam isso como um treinamento — Antônio sugeriu.

— Treinamento pra quê?

— Pra guerra — Erick respondeu.

— Pra quando vocês forem ter o filho de vocês — Antônio abriu um sorriso robótico. — Tipo, um treinamento para ver se vocês sobreviveriam. — E mesmo sorrindo, uma lágrima escapou de um dos olhos dele. — Eu até me emociono com a paternidade, sabe... Ícaro, vamos logo.

— Pelo amor de Deus, eu achei que nunca diria isso — O mais alto respondeu, sendo o primeiro a pular para fora da minha casa, puxando o marido em seguida. — Nós vamos ligar... não atenda.

E assim, eles desapareceram como as minhas últimas esperanças.

Erick fechou a porta lentamente, e eu coloquei Diana no chão. Não tinha mais volta.

— Papai... — Ela chamou. — *Fo ibora?*

Eu fiquei a olhando por um tempo, encarando seus olhos pretos e grandões. Não entendi uma palavra do que ela disse.

— Sim — Foi Erick quem respondeu. — Os papais saíram. Espero que o destino seja o raio que o parta.

Eu peguei a mãozinha dela e a guiei até o sofá.

— Os papais vem te buscar depois de amanhã.

— *Debois manha?* — Ela perguntou, quer dizer, eu acho que foi uma pergunta.

— É... — Assenti, mesmo sem entender. — Hum... Diz pro titio, o que você gosta de fazer?

Ela me olhou e riu, e eu não sabia se ela havia me entendido.

— Não sei se ela sabe o que ela gosta, Alan. — Erick chegou por trás, a olhando como se ela fosse um filhote de espécie não identificada. — Vê se tem algum brinquedo na mochila dela.

Assentindo, eu apanhei a mochila, e assim que abri, a chupeta dela caiu e saiu rolando pelo tapete. Eu vi então a ferocidade no olhar daquela menininha, e toda sua técnica ao soltar o ursinho que ela segurava, e pular para fora do sofá, pulando por cima do meu par de tênis, correndo em direção a chupeta que ainda não havia parado de rolar.

— Erick, a chupeta! — gritei, longe demais para que eu mesmo tentasse apanhar o objeto mortal. — Ela não pode pegar!

E eu vi o olhar desesperado de Erick ao notar o que estava acontecendo, e aquela altura, ele só teve tempo para uma reação possível, se jogando no chão, impedindo que Diana passasse, ele arrancou um grito de raiva da fera enfurecida, mas esticando seus braços, ele conseguiu finalmente recuperar a chupeta, levantando-se em um pulo. Com o objeto místico nas mãos, ele encarou a fera, esbravejando:

— Não pode!

Explosões, flashes, o céu fechou e trovões foram ouvidos. A pior de todas as coisas aconteceu, a temível Diana começou a chorar. E era ensurdecedor.

— Por quanto tempo vamos aguentar?! — perguntei, levando as mãos aos ouvidos, tentando abafar o som.

Quando ela parou, Erick já estava trancado no banheiro, e quando se sentiu seguro, ele saiu, e seus cabelos estavam em pé. Foram só alguns minutos.

— É por isso que eu não me dou bem com nenhum tipo de Cidavil-Russo — soltou, esfregando o rosto. — Não deixe ela chorar, eu vou estudar.

Eu o observei sumir no quarto, antes de encarar Diana, que estava sentada comendo um pêssego, com toda a tranquilidade do mundo, e suspirei, me sentando ao seu lado, parando para assistir o desenho na TV com ela. E desabafei:

— Ele não me ama mais, Diana.

— Hm? — Ela me olhou, apanhando mais um pedaço da fruta.

E eu a olhei também.

— É exatamente o que você ouviu. Escute, nunca se apaixone, tá?

— *Papaixona?* — Ela perguntou, e eu assenti.

— Isso, *papaixona*. — Suspirei. — É um sofrimento sem fim. No começo é tudo mil maravilhas... mas depois... Sabe, eu iniciei uma operação para salvar Erick das mãos de uma bruxa malvada. Mas parece que agora ele me odeia.

— *Buija?* — Ela me perguntou, e eu não compreendi, mas assenti. — Feio, feio…

Ela está certa. É exatamente isso, sabe?

— Diana, eu acho que você é a única que me entende. — E afaguei sua cabecinha, deixando seu cabelo todo bagunçado e seu rosto com uma careta.

No fim, cuidar de Diana não era ruim, não era o pesadelo que pensei que seria. Ela virava os olhos para mim e me olhava como se eu fosse um idiota, mas ficou quieta, apenas assistindo TV, rabiscando um caderninho que pegara na própria bolsa, chacoalhando a própria mamadeira de leite. De repente, era como se tivesse mais um Erick na casa.

A noite, quando lhe dei um banho de gato, com medo de machucá-la, dividi um macarrão com ela e a peguei no colo, me preparando para encarar o Erick no quarto, entretanto, para minha surpresa, quando entrei, já tinha o colchão estendido no chão, arrumado com lençol, travesseiro e cobertor, para Diana dormir.

— O que você deu pra ela comer? Ela não ficou com fome não? — Ele perguntou, fechando o notebook, enrolando o carregador e guardando.

— Está com fome ainda, Diana? — perguntei, a colocando no colchão.

— *Mome não… peta… peta, Diana domi…* — Ela disse, e esticou as mãos, chamando alguma coisa.

— Por Deus… o que? — perguntei.

— Ela disse que não tá com fome, mas quer a chupeta pra dormir — Erick disse, apanhando uma toalha e roupas. — Fala pra ela que depois você dá.

Eu o olhei.

— Como você sabe?

Ele deu de ombros.

— Só enrola ela até dormir.

Comecei a enrolar o cobertor ao redor dela então, o que falhou, e Erick soltou, suspirando:

— Não foi isso que eu disse, Alan.

— Não? — Questionei, soltando a bebê.

— É pra você distrair ela, Alan — explicou.

— Ah! — Entendi então. — Eu não sei, nunca cuidei de criança.

Ele riu, baixinho.

— Mas você até que cuida bem de si mesmo.

— Ahn?

— Nada — disse. — Conta uma história, brinca com o cabelo dela, sei lá... Já ela dorme, o olho dela tá pesado.

Assentindo, eu mirei Diana. Como Erick podia saber que os olhos dela estavam pesados? Eu não via nada de diferente, mas em seguida, a bebê bocejou.

Contar uma história?

Pensando sobre aquilo, cruzei minhas pernas, sentado ao lado dela, que me olhava com o ursinho nas mãos.

— Você gosta de histórias?

Ela sorriu, as bochechas ficando rosas.

— Princesa!

Foi uma das primeiras palavras que eu a ouvi pronunciar corretamente. Assumi, então, que ela gostava de histórias de princesas, mas não sabia qual contar, e nem como contar. Provavelmente iria esquecer muitas partes e trocar outras. Histórias de princesas são sempre meio parecidas pra mim, honestamente, tipo a da Bela Adormecida, que fura o dedo nos espinhos de uma rosa guardada num vidro, e a Bela e a Fera, que dorme e é acordada pela Fera, que em seguida se torna humano de novo. Espera... Quem é acordada por um príncipe é a Branca de Neve, não?

Suspirando, frustrado, eu a olhei e comecei a murmurar: "Dorme, dorme, dorme" porque eu acredito muito na lei da atração, sabe. Mas ela continuou bem acordada.

Voltando ao plano da história, eu respirei fundo, começando:

— Era uma vez... uma princesa... que amava muito seu noivo, um príncipe lindíssimo... até que, um dia, o rei descobriu que esse príncipe era uma farsa, e que ele sequer amava a princesa, sabe... — disse, vendo os olhos dela saltarem por um instante. — A princesa, desolada, não sei se você vai entender essa palavra... — Comentei, interrompendo minha narrativa. — Triste. A princesa, muito triste, saiu do palácio, e foi beber no vilarejo... Não beba, tá? Faz mal. Enfim, no dia seguinte, sem lembrar de muita coisa, ela esbarrou com um rapaz lindo no palácio, e ele era um lorde, de família muito nobre, que viera visitar as terras... e... e ao colocar os olhos nele, a princesa soube que já o tinha visto alguma vez, e flashes vieram a sua mente, lapsos de memória...

— Lápis? — Ela me perguntou.

— Lapsos — repeti. — Tá, você provavelmente não conhece essa também... hm... enfim, ela teve lembranças daquele rosto. Ela se lembrou, então, que o viu na noite anterior, no vilarejo, que bebeu com ele... Não beba, ok? Hm, e aquelas memórias fizeram sentido, sabe? Tudo meio que fez sentido. O sorriso, o olhar, a voz... o toque. Era como estar embriagado, entende?

E esperei que ela me respondesse, mas ela apenas sorriu, os olhos se fechando.

— A princesa se apaixonou pelo lorde nos dias em que ele esteve ali, e o lorde também se apaixonou por ela... Eles se gostavam muito e sentiam que era para sempre. Um dia, o lorde e a princesa estavam andando em direção ao rei e à rainha, eles iam pedir permissão para casar. Mas, infelizmente, no meio do caminho, os guardas passaram com o antigo amor da princesa, o falso príncipe, e quando ela o viu, ela chorou, porque ainda estava muito magoada... E diante daquela cena, o lorde do sorriso bonito pensou que ela ainda amasse o falso príncipe. Confuso e chateado, ele fugiu, porque não queria mais ver a princesa, e correu tão longe, que não viu quando pegou o caminho errado na floresta... E você não acredita, Diana... ele foi raptado por uma bruxa má. Uma bruxa impiedosa. Ela pôs os olhos nele e o quis para si. Foi horrível. Ela o prendeu em sua casa e não soltou mais. Desesperada para encontrar o príncipe perdido, a princesa pediu ajuda do mais bravo cavaleiro do palácio, que investigou as pistas deixadas e descobriu onde o lorde estava. Descobriu também que, em pouco tempo, a bruxa obrigaria o lorde a casar com ela na floresta, e então roubaria dele toda sua juventude. O cavaleiro montou um plano, e em pouco tempo, ele e a princesa adentraram a floresta, chegando a tempo de impedir o casamento. Eles lutaram bravamente contra os poderes sombrios da bruxa, conseguindo, enfim, resgatar o lorde, e derrotar a bruxa. Todos voltaram para o palácio, são e salvos... Digo, a princesa estava um pouco machucada, mas logo se recuperou. O rei e a rainha permitiram o casamento dos dois, e em pouco tempo a princesa e o lorde se casaram... e foram felizes... — Parei de contar, notando que ela dormia, murmurei: — *Para sempre.*

Ajeitando sua franja, eu me levantei e a deixei dormir. Quando me virei, Erick estava na porta do quarto, com seu cabelo úmido e desbotado, me olhando.

— Ela dormiu. — Apontei. — Contei uma historinha.

Erick sorriu, daquele jeitinho, tão bonito, sincero.

— Vamos assistir um filme... é final de semana.

— Você não está cansado? — perguntei, estranhando.

Ele negou com um gesto, e estendeu a mão.

— Vamos?

Erick já havia caído no sono antes mesmo do segundo ato do filme começar, o filme que ele mesmo havia escolhido, e agora eu olhava para a bunda do Henry Cavill com um pouco de culpa, mas tenho certeza que Erick faria o mesmo.

Abaixando meu olhar para admirá-lo, eu notei suas olheiras um pouco escuras, percebendo então que ele devia estar bem cansado. Ele devia estudar menos e dormir mais, porque o estudo pode esperar, mas seu rostinho lindo não pode ficar com marcas de cansaço. Quem é essa tal de faculdade que está fodendo meu namorado pelas minhas costas?

Minhas pernas já dormiam, mas não tive coragem de incomodá-lo, porque há semanas que ele não ficava assim comigo, e há dias ele não dormia bem.

O que o fez me chamar? O que o fez querer ficar perto de mim?

As vezes eu sinto que… que ele só está aqui por causa de tudo que vivemos. Talvez ele tenha medo de ir embora. Talvez sinta culpa, como das vezes que me disse que sabia de tudo que eu havia feito por ele. O que eu fiz por ele? Eu não sei, não vejo assim.

A ideia de ele estar comigo por culpa me corrói. É meu pior pesadelo. Qualquer motivo, menos esse. Tudo menos isso.

Quase cronometrado, Erick acordou assim que o filme acabou, e eu esperei ele se levantar totalmente para, então, me mexer. Com os cachinhos bagunçados, ele coçou os olhos e então me olhou.

— Eu dormi no seu colo?

— Sim — disse. — Eu gostei, pode dormir sempre… Mas não deve ser tão confortável, né? Eu te acordo da próxima vez, desculpa.

Ele jogou uma sobrancelha para cima.

— Eu gosto.

— Ah, que bom — soltei, suspirando. — Achei que você fosse brigar comigo.

Ele então voltou a se sentar, de frente para mim agora.

— Sério?

Hm. O que eu devo responder? Mentir para ele não achar problemas ou ser sincero e fazer ele ficar bravo? Mas se eu mentir ele vai saber. Antes que eu decidisse o que fazer, ele encostou a cabeça em meu ombro, me surpreendendo, fungou.

— O que foi, Erick?

Ele não respondeu, mas eu o ouvi chorar, e então o puxei para um abraço.

— Não chore, Erick… você acabou de acordar, seus olhos vão arder — expliquei, porquê de chorar eu entendia, mas ele só fez fungar mais, e eu senti o quente de suas lágrimas em minha pele nua. — Erick... O que foi?

Delicadamente o afastando, eu encarei seu rosto, os olhos fechados e as bochechas vermelhas molhadas, os lábios apertados em um bico choroso, até que ele suspirou, ainda de olhos fechados, me disse:

— Já se sentiu velho?

Surpreso, eu fiquei até sem palavras por um tempo.

— Como assim?

Ele puxou a manga da blusa, enxugando o rosto, me olhou.

— Velho. Já se sentiu velho?

— Hm... — Soltei. — Às vezes... quando revejo os desenhos que eu assistia quando era criança.

Ele moveu a cabeça, negando.

— Pior que isso.

Eu tentei entendê-lo, mas apenas repeti o mesmo gesto que ele, respondendo "não". E ele arfou, ficando em silêncio, traçando as linhas das minhas mãos com seu dedo, causando leves cócegas por onde sua unha longa passeava.

— Me fala, Erick... O que você tá pensando? — Pedi. — O que você quer dizer.

Eu vi mais uma lágrima escorrer de um de seus olhos quando ele começou a falar:

— Se sentir velho... como... se o tempo tivesse escorrido das suas mãos igual areia... e agora tudo meio que não tem volta. Você se vê praticamente sozinho, sem perspectiva de futuro, correndo atrás do atraso... enquanto todos estão vivendo os dias como se pudessem cometer erros, você está dando seu sangue, porque não tem mais tanto tempo assim... não tem mais tempo para corrigir, para refazer... como se estivesse correndo contra o relógio pra consertar todas as merdas que você fez quando era jovem. Lamentar tudo que não fez, as escolhas que teve... ficar imaginando como tudo seria se você tivesse tido uma vida diferente. Onde você estaria.

Ele está falando... de si mesmo? É isso o que ele pensa? O que ele sente?

— Sabe, Alan... quando eu era novo, eu enchia a cara e dançava, gastava o tempo com qualquer pessoa, me viciava em momentos, e tentava ao máximo encher minha cabeça de coisas inúteis... porque eu não queria pensar na minha vida. Não queria pensar no que eu havia deixado na minha cidade, não queria pensar no meu futuro... mas hoje, hoje tudo mudou. E hoje tudo que eu penso é naquelas coisas que eu evitava pensar quando tinha 18 anos. Só que não posso voltar.

Entretanto, é tudo que eu penso... na família que não vejo mais, no tempo que perdi em boates, nos estudos que abandonei. Ultimamente, ando cheio de raiva, cheio de rancor, cheio de arrependimento, porque... estudo com uma galera de 20 anos de idade, que vivem vidas completamente normais, e eu fico olhando e pensando... que na idade deles, eu tava... você sabe... e me vem esse sentimento de que...

Ele fez uma pausa, fungando, retornando com a voz mais trêmula que antes.

— Sentimento de que tô indo atrás de algo impossível. E me vem esse ímpeto de desistir de tudo e aceitar que eu estraguei tudo muito tempo atrás. Eu vejo todo mundo vivendo como bem quer, enquanto eu estou dando tudo de mim pra fazer isso dar certo... porque eu não tenho mais tanto tempo.

Eu estava errado. Erick não mudou nadinha. Ele continua se preocupando com as mesmas coisas de quando o conheci.

Segurando seu rosto com gentileza, eu o levantei e olhei em seus olhos molhados.

— Quantas vezes eu vou ter que te dizer que você pode fazer tudo o que quiser? Você não está velho. Você pode recomeçar quantas vezes quiser, Erick. Você é... — E me aproximei, beijando seu bico choroso. — Você é como uma fadinha... cheia de magia... que nunca envelhece. E você voa por aí, jogando seu pozinho brilhante, deixando todo mundo encantado... e você consegue fazer tudo que lhe dá vontade.

E notando seus olhos derramarem lágrimas, eu levei minha outra mão ao seu cabelo, fazendo carinho.

— Eu nunca vi você perder pra ninguém... você sempre chegou onde quis, e sempre teve tudo que queria. Por que você está duvidando de si agora?

Afundando o rosto em meu peito, ele agarrou o tecido de minha calça, chorando feito uma criança, como a Diana. Com a voz embargada, ele disse:

— Porque eu não consigo mais, Alan... eu não controlo mais nada. Porque tudo que eu quero agora está no passado. Não tenho magia para voltar atrás. Eu queria consertar tudo, mas, na verdade, estou estragando tudo... Estou estragando tudo que tenho porque agora vejo que não sou tudo que você pensou que eu fosse. Eu sou só um idiota que está ficando velho e não pensou nas consequências do que fez.

Eu não podia dizer que entendia o que ele estava sentindo, não mesmo, porque eu realmente não sabia bem o que ele queria dizer com tudo aquilo. Além de sermos um pouco diferentes um do outro, também vivemos vidas muito distintas.

— Você não fez nada errado, Erick — Tentei dizer, acariciando seu cabelo macio. — Você, do jeito que podia, fez as escolhas que estavam à sua disposição... sabe muito bem que a vida foi injusta com você quando ainda era muito jovem.

Mesmo assim, ele não levantou a cabeça, continuou chorando contra minha pele, e eu reparei que... ele não chorava há muito tempo. Então, ao invés de tentar fazê-lo parar, eu o deixei chorar, porque talvez ele precisasse. Bom, eu preciso às vezes... mas eu não me seguro, já ele, sim.

Me acomodando melhor no sofá com ele sobre mim, eu abracei seus ombros, o deixando livre para fazer como quisesse, e quando seu choro baixinho finalmente cessou, ele virou a cabeça e me olhou. Seus olhos pequenos estavam apertados, inchados, e minha barriga estava ensopada de lágrimas. Eu o olhei de volta, sem dizer nada por um tempo, antes de finalmente falar:

— Sabe que eu não gosto de ver você chorar.

— Nem na cama? — Ele perguntou, com a voz embargada e rouca pelo recente ataque, limpando o nariz molhado com a manga da blusa.

Ficando vermelho, eu levei minha mão a sua testa, soltando um peteleco.

— Ainda prefiro quando sorri.

Massageando o local onde "bati", eu estendi minha mão, deixando Erick deitar a cabeça nela, a segurando para ele.

— Você não está velho, bebê. E tudo está dando certo. Tempo é... bobagem. Mesmo as pessoas mais planejadas se perdem nele, é como... um labirinto.

Ele fungou, enrolando o dedo indicador em uma mecha de meu cabelo.

— Mas eu me sinto um tolo às vezes.

— E daí? — perguntei. — Eu me sinto um tolo 24 horas por dia.

— Mas você não é.

— Você também não — insisti, falando com ele do mesmo jeito que minha mãe falava comigo no ensino médio. — E se alguém disser que você é, nós vamos cortar a cara delu.

Ele riu, baixinho e sutil. Eu continuei:

— Ninguém liga se seus colegas de classe tem 20, 30, 50 anos... Se são ricos ou como eu. Eu pelo menos não ligo, olha aqui, meu ombro subindo e descendo, subindo e descendo — ilustrei para ele, movendo meu ombro. — Tô nem aí. Não ligo nem pro seu amante.

Sorrindo, com as bochechas vermelhas, ele desceu sua mão, que estava em meu cabelo, para meu rosto, me fazendo carinhos.

— Meu amante nunca vai ser meu namorado, porque não tem ninguém melhor que você, sabia?

Aquela foi a coisa mais bonita que eu já ouvi. O virando no sofá, ficando por cima dele, eu beijei sua testa.

— Você sabe que pode conseguir quem você quiser, não é? Por que eu?

Na sala pouco iluminada, seus olhos brilharam com o reflexo da TV, enquanto me olhava.

— Você é como… um verão antes de começar o terceiro ano do ensino médio — disse, formando um sorriso com sua boca bonita. — É um momento que eu não quero que acabe, é uma noite quente, de lua nova e muitas estrelas… É simplesmente que no dia seguinte o céu vai estar completamente azul, sem nem uma nuvem. Eu te beijo e sinto o gosto de soda, te ouço e é uma música sobre amor, eu te olho e quero pintar um quadro seu — terminou de dizer, pousando sua mão pequena em minha bochecha. — Por isso.

Droga, eu não entendi uma sequer palavra. Mas o beijei, de um jeito que eu não fazia há semanas, meses talvez, porque estava com saudade do tom doce de sua voz, de seu olhos cheio de estrelas, de sua pele macia e cheirosa, como a porra de um pudim. Sentia saudade de seus lábios tomando os meus, e suas mãos me procurando, ah… a sua procura era minha total perdição. Acho que ele sabia, sabia exatamente que me deixava de quatro igual um cachorro quando mostrava que me queria.

Eu esperava que Diana estivesse dormindo muito profundamente aquela noite, sonhando com a história de princesa que lhe contei.

Silenciosamente o meu princípe apanhou minha espada naquela noite, e eu, a princesa em perigo, fui salva com um beijinho bem longe da boca.

De manhã, abrindo meus olhos para uma luz forte, pisquei várias vezes até desviar meu rosto do feixe de luz do sol. Ainda sentia o peso de Erick sobre mim, quando levantei minha cabeça de cima da almofada do sofá, encontrando Diego sentado na poltrona, com Diana no colo, tomando leite em um copinho da Hello Kitty. Diego tinha na cabeça uma tiara de princesa, de brinquedo.

— Que isso? Paralisia do sono? — perguntei, com a voz contorcida.

— Sim, eu sou o demônio, vim comer seu cu — respondeu Diego, e sua voz fez Erick acordar, que imediatamente saltou de cima de mim, ajustando a calça, que revelava o começo de sua bunda, buscou a blusa que usava. — Ui, cheguei tarde, já comeram tudo…

Erick primeiramente lhe mostrou um dedo do meio atrapalhado, antes de andar até a porta da frente.

— Você vai consertar o trinco, sabe disso, né?

Diego fez um gesto com a mão, fazendo pouco caso.

— Eu chamei, ninguém atendeu... queria que eu perdesse a viagem?

Ainda aéreo, eu perguntei:

— A igreja deixa você arrombar a porta dos outros?

— Eu não sou mais pastor — disse, enfim.

— Você nunca foi pastor, Diego — Capdeville grunhiu, andando até o banheiro. — Você chegou na igreja com um terno, subiu no palco sem ser convidado, e pediu dízimo.

— Eles gostaram muito — Diego Flores deu de ombros. — Mas fui expulso da igreja ontem. O que não é justo, porque eu juro que me arrependo de ter mamado o baterista. E quem se arrepende de verdade sempre é perdoado.

— Realmente, o reino dos céus pertence aos loucos — Erick soltou, de dentro do banheiro.

— Tá, tá — Ele retrucou, pegando um paninho para limpar o rosto de Diana. — De quem é essa criança?

Mais tarde, depois de propriamente alimentarmos Diana, nós três nos sentamos no sofá, enquanto ela brincava no tapete da sala. Diego cruzou os braços:

— Vocês nunca fazem nada por mim, mas estão sempre fazendo tudo que aqueles dois pedem, estão até cuidando do nenê deles.

— Só estamos fazendo um favor — Erick explicou. — Sabe como é o meu coração, não consigo negar nada pra ninguém.

Eu o olhei pelo canto dos olhos, arqueando uma das sobrancelhas, tentado a confrontá-lo.

Em silêncio, nós assistimos ela socar a cara de uma Barbie com um copo, deixando o rosto da boneca afundado. Depois, ela nos olhou e sorriu, mostrando o brinquedo todo desconjuntado. Diego bateu palmas, entusiasmado.

— Enfia a cabeça dela na água agora. Na água!

Eu me virei para Erick, e ele fez o mesmo, e ambos os nossos olhares estavam preocupados.

Quando Diego desceu do sofá para brincar com Diana no tapete, Erick e eu nos encostamos, os olhando.

— É fofo — disse Erick. — Olha...

— Eu também acho o Diego fofo.

— Eu estava falando dela — O loiro me disse, e eu soltei um "ah", compreendendo. — Você quer ter filhos, Alan? Acho que nunca falamos sobre isso.

Eu o olhei nos olhos, e lentamente comecei a mexer minha cabeça... negando. Um sorriso enorme se abriu em seus lábios, e naquele momento nós soubemos: éramos perfeitos um pro outro. E ali naquele sofá mesmo, nos beijamos, selando aquele momento, concretizando aquela promessa: não teríamos filhos. Nenhum. Jamais.

Quando voltamos a observar os dois no tapete, Diana estava com a chupeta na boca. Eu saltei do sofá.

— Diego! Não! A pepeta não!

— Não acredito que você fez isso. — Erick se agachou ao lado deles. — Ela não pode pegar a chupeta, Diego!

Surpreso, Diego fez uma careta descontente.

— Oh, perdão, mas a bola que eu tenho não é de cristal. — Se levantou. — Por que ela não pode?

— Eles querem que ela pare, pra não entortar os dentes — Erick explicou.

— O que é isso? Pressão estética numa criança de 3 anos? — perguntou ele. — Isso é capitalismo sabia? E gays não podem ser capitalistas! É a regra número 1.

— Dá aqui, Diana — Erick pediu. — Dá a pepeta pro tio.

Ela se negou, virando o rosto. Erick sentou-se no tapete, encarando-a sem saber o que fazer.

— Vamos, Diana. Orra, qual fita? Passa logo o bagulho!

— Ah, muito bem, tá falando com uma criança ou com o Cleyton do Beco, porra? — Diego repreendeu Erick. — É pra ela parar de usar chupeta? — perguntou, e nós assentimos. — Okay. Pega o bebê, *Daniel-San*.

Obviamente eu tentei pegar Erick, que caiu na minha graça, rindo com as bochechas vermelhas, enquanto Diego colocava as mãos na cintura, impaciente.

Com Diana no colo, Diego nos guiou até a sacada, ao ar livre. Se virando para a bebê, Flores estendeu a mão.

— Vamos acabar com isso, Diana Russo Cidavil. — Ela devolveu o olhar, intenso. — Você vai fazer jogo duro? Tudo bem, nós temos o dia todo — disse ele, e ela engoliu em seco, de punhos cerrados. — Você não vai querer ver o pior de mim, Diana, vamos resolver isso como bons amigos. Ou as consequências podem ser fatais.

Dada por vencida, Diana lentamente apanhou a chupeta, enquanto o vento movia sua cabeleira preta, e seu olhar era melancólico, cansado, cheio de histórias, as cicatrizes do passado.

Assim que Diego apanhou a chupeta, ele respirou fundo, sério.

— Diana Russo Cidavil, essa história chegou ao fim... você nunca mais verá essa pepeta. É pro seu bem.

E apanhando um isqueiro, ele começou a queimar a chupeta. Erick arregalou os olhos, pasmo.

— Diego!

Eu não podia acreditar que Diego estava queimando a chupeta da garota bem em sua frente, e esperando que ela chorasse, a abracei, mas... ela começou a rir. Batendo palminhas, ela pulou no meu colo, dizendo:

— *De nofo!* Mais, mais!

O Flores sorriu, realmente animado, antes de pegar ela no colo, voltando para brincar dentro do apartamento. Eu e Erick ficamos na varanda, os olhando por um tempo. Ele disse:

— Como vamos contar para o Antônio e o Ícaro que Diana, na verdade, é filha do Diego?

Passando um braço por seus ombros, respondi:

— Eu... eu acho que eles não iam se importar. Não que eu esteja dizendo que eles são pais ruins, sabe, longe de mim...

Enfim, nos virando para a cidade, observando a paisagem cheia de prédios e carros, eu encostei minha cabeça na dele, dizendo:

— Eu adoro a nossa vida, sabia?

Erick me abraçou.

— Não queria nada diferente?

— Nada... — respondi , beijando o topo de sua cabeça. — Tipo... meu pau poderia ser menor — disse, e ele me deu um soco fraco na barriga, me fazendo sorrir. — Eu não mudaria nada, porque o principal eu já tenho... — E roubei um selinho dele. — Você.

Isso foi gay o suficiente?

Erick me devolveu o sorriso.

— Obrigado... — Mas não entendi o que ele quis dizer, e eu acho que ele notou. — Exatamente.

233
Aonde quer que você vá,
eu vou morrer de saudade.

SUN BOY

AGRADECIMENTOS

Meus agradecimentos começam do início: começam por minha mãe, que nunca me impediu de ter meus próprios pensamentos, nunca podou minhas asas, que, mesmo quando não concordava, confiava no meu ponto de vista.

Agradeço à cultura, à vida, por abastecer meu tanque de ideias todos os dias, por ser meu cinema em tela viva, mostrando-me, todos os dias, as várias histórias que são contadas por aí.

Agradeço a todos que confiaram na minha escrita e no que eu queria contar, a todos que pediram por mais e me ajudaram a acreditar que eu podia, sim, causar impacto. Sou grata a meus leitores, que foram ao delírio com cada palavrinha que eu escrevi, empurrando-me para a frente, mesmo quando eu não tinha motivação nenhuma para continuar.

Agradeço às minhas amigas por não sentirem vergonha de mim, sei que era uma tarefa difícil. Muito obrigada a Lorraine, Brenda e Victória Pellegrino.

Muito obrigada, Nathalia Brandão, por acreditar nas minhas obras e me convidar a fazer parte da história da sua editora. Você é grande.

Obrigada, Vitoria Almeida, por me guiar e me mostrar os pontos bons do que eu crio.

Obrigada a todos que fizeram parte deste livro e da minha jornada de escritora, como um todo. Muito obrigada, de coração.

Sunboy, 1ª edição
Dimensões 16x23cm
Orelhas 8cm
Papel pólen 70g

editoraeuphoria.com.br